中国现代文学作品导读

姜振昌　魏韶华

周海波　李玉明 ◎ 主编

现　代　文　学

中国社会科学出版社

图书在版编目（CIP）数据

中国现代文学作品导读／姜振昌等主编. —北京：中国社会科学出版社，
2015.1

ISBN 978 - 7 - 5161 - 5413 - 7

Ⅰ.①中… Ⅱ.①姜… Ⅲ.①现代文学 - 文学欣赏 - 中国 - 高等学校 -
教材 Ⅳ.①I206.6

中国版本图书馆 CIP 数据核字（2014）第 311116 号

出 版 人	赵剑英	
责任编辑	任 明	
责任校对	徐 丽	
责任印制	何 艳	

出 版	中国社会科学出版社	
社 址	北京鼓楼西大街甲 158 号	
邮 编	100720	
网 址	http：//www.csspw.cn	
发 行 部	010 - 84083685	
门 市 部	010 - 84029450	
经 销	新华书店及其他书店	

印刷装订	北京市兴怀印刷厂
版 次	2015 年 1 月第 1 版
印 次	2015 年 1 月第 1 次印刷

开 本	710×1000 1/16
印 张	43.75
插 页	2
字 数	740 千字
定 价	88.00 元

凡购买中国社会科学出版社图书，如有质量问题请与本社营销中心联系调换
电话：010 - 84083683

目　录

小　说

诗　歌

散　文

戏　剧

小 说

狂 人 日 记

鲁 迅

　　某君昆仲，今隐其名，皆余昔日在中学校时良友；分隔多年，消息渐阙。日前偶闻其一大病；适归故乡，迂道往访，则仅晤一人，言病者其弟也。劳君远道来视，然已早愈，赴某地候补矣。因大笑，出示日记二册，谓可见当日病状，不妨献诸旧友。持归阅一过，知所患盖"迫害狂"之类。语颇错杂无伦次，又多荒唐之言；亦不著月日，惟墨色字体不一，知非一时所书。间亦有略具联络者，今撮录一篇，以供医家研究。记中语误，一字不易；惟人名虽皆村人，不为世间所知，无关大体，然亦悉易去。至于书名，则本人愈后所题，不复改也。七年四月二日识。

一

　　今天晚上，很好的月光。

　　我不见他，已是三十多年；今天见了，精神分外爽快。才知道以前的三十多年，全是发昏；然而须十分小心。不然，那赵家的狗，何以看我两眼呢？

　　我怕得有理。

二

　　今天全没月光，我知道不妙。早上小心出门，赵贵翁的眼色便怪：似乎怕我，似乎想害我。还有七八个人，交头接耳的议论我，又怕我看见。一路上的人，都是如此。其中最凶的一个人，张着嘴，对我笑了一笑；我便从头直冷到脚跟，晓得他们布置，都已妥当了。

　　我可不怕，仍旧走我的路。前面一伙小孩子，也在那里议论我；眼色也同赵贵翁一样，脸色也都铁青。我想我同小孩子有什么仇，他们也这样。忍不住大声说，"你告诉我！"他们可就跑了。

　　我想：我同赵贵翁有什么仇，同路上的人又有什么仇；只有廿年以前，把古久先生的陈年流水簿子，踹了一脚，古久先生很不高兴。赵贵翁虽然不认识他，一定也听到风声，打抱不平；约定路上的人，同我作冤对。但是小孩子呢？那时候，他们还没有出世，何以今天也睁着怪眼睛，似乎怕我，似乎想害我。这真叫我怕，叫我纳罕而且伤心。

　　我明白了。这是他们娘老子教的！

<h1 style="text-align:center">三</h1>

　　晚上总是睡不着。凡事须得研究，才会明白。

　　他们——也有给知县打枷过的，也有给绅士掌过嘴的，也有衙役占了他妻子的，也有老子娘被债主逼死的；他们那时候的脸色，全没有昨天这么怕，也没有这么凶。

　　最奇怪的是昨天街上的那个女人，打他儿子，嘴里说道，"老子呀！我要咬你几口才出气！"他眼睛却看着我。我出了一惊，遮掩不住；那青面獠牙的一伙人，便都哄笑起来。陈老五赶上前，硬把我拖回家中了。

　　拖我回家，家里的人都装作不认识我；他们的眼色，也全同别人一样。进了书房，便反扣上门，宛然是关了一只鸡鸭。这一件事，越教我猜不出底细。

　　前几天，狼子村的佃户来告荒，对我大哥说，他们村里的一个大恶人，给大家打死了；几个人便挖出他的心肝来，用油煎炒了吃，可以壮壮胆子。我插了一句嘴，佃户和大哥便都看我几眼。今天才晓得他们的眼光，全同外面的那伙人一模一样。

　　想起来，我从顶上直冷到脚跟。

　　他们会吃人，就未必不会吃我。

　　你看那女人"咬你几口"的话，和一伙青面獠牙人的笑，和前天佃户的话，明明是暗号。我看出他话中全是毒，笑中全是刀。他们的牙齿，全是白厉厉的排着，这就是吃人的家伙。

　　照我自己想，虽然不是恶人，自从踹了古家的簿子，可就难说了。他们似乎别有心思，我全猜不出。况且他们一翻脸，便说人是恶人。我还记得大哥教我做论，无论怎样好人，翻他几句，他便打上几个圈；原谅坏人几句，他便说"翻天妙手，与众不同"。我哪里猜得到他们的心思，究竟怎样；况且是要吃的时候。

凡事总须研究，才会明白。古来时常吃人，我也还记得，可是不甚清楚。我翻开历史一查，这历史没有年代，歪歪斜斜的每页上都写着"仁义道德"几个字。我横竖睡不着，仔细看了半夜，才从字缝里看出字来，满本都写着两个字是"吃人"！

书上写着这许多字，佃户说了这许多话，却都笑吟吟地睁着怪眼睛看我。

我也是人，他们想要吃我了！

四

早上，我静坐了一会。陈老五送进饭来，一碗菜，一碗蒸鱼；这鱼的眼睛，白而且硬，张着嘴，同那一伙想吃人的人一样。吃了几筷，滑溜溜的不知是鱼是人，便把他兜肚连肠的吐出。

我说"老五，对大哥说，我闷得慌，想到园里走走。"老五不答应，走了；停一会，可就来开了门。

我也不动，研究他们如何摆布我；知道他们一定不肯放松。果然！我大哥引了一个老头子，慢慢走来；他满眼凶光，怕我看出，只是低头向着地，从眼镜横边暗暗看我。大哥说，"今天你仿佛很好。"我说"是的。"大哥说，"今天请何先生来，给你诊一诊。"我说"可以！"其实我岂不知道这老头子是刽子手扮的！无非借了看脉这名目，揣一揣肥瘠：因这功劳，也分一片肉吃。我也不怕；虽然不吃人，胆子却比他们还壮。伸出两个拳头，看他如何下手。老头子坐着，闭了眼睛，摸了好一会，呆了好一会；便张开他鬼眼睛说，"不要乱想。静静的养几天，就好了。"

不要乱想，静静的养！养肥了，他们是自然可以多吃；我有什么好处，怎么会"好了"？他们这群人，又想吃人，又是鬼鬼祟祟，想法子遮掩，不敢直接下手，真要令我笑死。我忍不住，便放声大笑起来，十分快活。自己晓得这笑声里面，有的是义勇和正气。老头子和大哥，都失了色，被我这勇气正气镇压住了。

但是我有勇气，他们便越想吃我，沾光一点这勇气。老头子跨出门，走不多远，便低声对大哥说道，"赶紧吃罢！"大哥点点头。原来也有你！这一件大发现，虽似意外，也在意中：合伙吃我的人，便是我的哥哥！

吃人的是我哥哥！

我是吃人的人的兄弟！

我自己被人吃了，可仍然是吃人的人的兄弟！

五

这几天是退一步想：假使那老头子不是刽子手扮的，真是医生，也仍然是吃人的人。他们的祖师李时珍做的"本草什么"上，明明写着人肉可以煎吃；他还能说自己不吃人么？

至于我家大哥，也毫不冤枉他。他对我讲书的时候，亲口说过可以"易子而食"；又一回偶然议论起一个不好的人，他便说不但该杀，还当"食肉寝皮"。我那时年纪还小，心跳了好半天。前天狼子村佃户来说吃心肝的事，他也毫不奇怪，不住的点头。可见心思是同从前一样狠。既然可以"易子而食"，便什么都易得，什么人都吃得。我从前单听他讲道理，也胡涂过去；现在晓得他讲道理的时候，不但唇边还抹着人油，而且心里满装着吃人的意思。

六

黑漆漆的，不知是日是夜。赵家的狗又叫起来了。

狮子似的凶心，兔子的怯弱，狐狸的狡猾，……

七

我晓得他们的方法，直接杀了，是不肯的，而且也不敢，怕有祸祟。所以他们大家连络，布满了罗网，逼我自戕。试看前几天街上男女的样子，和这几天我大哥的作为，便足可悟出八九分了。最好是解下腰带，挂在梁上，自己紧紧勒死；他们没有杀人的罪名，又偿了心愿，自然都欢天喜地的发出一种呜呜咽咽的笑声。否则惊吓忧愁死了，虽则略瘦，也还可以首肯几下。

他们是只会吃死肉的！——记得什么书上说，有一种东西，叫"海乙那"的，眼光和样子都很难看；时常吃死肉，连极大的骨头，都细细嚼烂，咽下肚子去，想起来也教人害怕。"海乙那"是狼的亲眷，狼是狗的本家。前天赵家的狗，看我几眼，可见他也同谋，早已接洽。老头子眼看着地，岂能瞒得过我。

最可怜的是我的大哥，他也是人，何以毫不害怕；而且合伙吃我呢？还是历来惯了，不以为非呢？还是丧了良心，明知故犯呢？

我诅咒吃人的人，先从他起头；要劝转吃人的人，也先从他下手。

八

其实这种道理，到了现在，他们也该早已懂得，……

忽然来了一个人；年纪不过二十左右，相貌是不很看得清楚，满面笑容，对了我点头，他的笑也不像真笑。我便问他，"吃人的事，对么？"他仍然笑着说，"不是荒年，怎么会吃人。"我立刻就晓得，他也是一伙，喜欢吃人的；便自勇气百倍，偏要问他。

"对么？"

"这等事问他什么。你真会……说笑话。……今天天气很好。"

天气是好，月色也很亮了。可是我要问你，"对么？"

他不以为然了。含含胡胡的答道，"不……"

"不对？他们何以竟吃？！"

"没有的事……"

"没有的事？狼子村现吃；还有书上都写着，通红斩新！"

他便变了脸，铁一般青。睁着眼说，"有许有的，这是从来如此……"

"从来如此，便对么？"

"我不同你讲这些道理；总之你不该说，你说便是你错！"

我直跳起来，张开眼，这人便不见了。全身出了一大片汗。他的年纪，比我大哥小得远，居然也是一伙；这一定是他娘老子先教的。还怕已经教给他儿子了；所以连小孩子，也都恶狠狠的看我。

九

自己想吃人，又怕被别人吃了，都用着疑心极深的眼光，面面相觑。……

　　去了这心思，放心做事走路吃饭睡觉，何等舒服。这只是一条门槛，一个关头。他们可是父子兄弟夫妇朋友师生仇敌和各不相识的人，都结成一伙，互相劝勉，互相牵掣，死也不肯跨过这一步。

十

　　大清早，去寻我大哥；他立在堂门外看天，我便走到他背后，拦住门，格外沉静，格外和气的对他说，

　　"大哥，我有话告诉你。"

　　"你说就是，"他赶紧回过脸来，点点头。

　　"我只有几句话，可是说不出来。大哥，大约当初野蛮的人，都吃过一点人。后来因为心思不同，有的不吃人了，一味要好，便变了人，变了真的人。有的却还吃，——也同虫子一样，有的变了鱼鸟猴子，一直变到人。有的不要好，至今还是虫子。这吃人的人比不吃人的人，何等惭愧。怕比虫子的惭愧猴子，还差得很远很远。

　　"易牙蒸了他儿子，给桀纣吃，还是一直从前的事。谁晓得从盘古开辟天地以后，一直吃到易牙的儿子；从易牙的儿子，一直吃到徐锡林；从徐锡林，又一直吃到狼子村捉住的人。去年城里杀了犯人，还有一个生痨病的人，用馒头蘸血舐。"

　　"他们要吃我，你一个人，原也无法可想；然而又何必去入伙。吃人的人，什么事做不出；他们会吃我，也会吃你，一伙里面，也会自吃。但只要转一步，只要立刻改了，也就人人太平。虽然从来如此，我们今天也可以格外要好，说是不能！大哥，我相信你能说，前天佃户要减租，你说过不能。"

　　当初，他还只是冷笑，随后眼光便凶狠起来，一到说破他们的隐情，那就满脸都变成青色了。大门外立着一伙人，赵贵翁和他的狗，也在里面，都探头探脑的挨进来。有的是看不出面貌，似乎用布蒙着；有的是仍旧青面獠牙，抿着嘴笑。我认识他们是一伙，都是吃人的人。可是也晓得他们心思很不一样，一种是以为从来如此，应该吃的；一种是知道不该吃，可是仍然要吃，又怕别人说破他，所以听了我的话，越发气愤不过，可是抿着嘴冷笑。

这时候，大哥也忽然显出凶相，高声喝道，

"都出去！疯子有什么好看！"

这时候，我又懂得一件他们的巧妙了。他们岂但不肯改，而且早已布置；预备下一个疯子的名目罩上我。将来吃了，不但太平无事，怕还会有人见情。佃户说的大家吃了一个恶人，正是这方法。这是他们的老谱！

陈老五也气愤愤的直走进来。如何按得住我的口，我偏要对这伙人说，

"你们可以改了，从真心改起！要晓得将来容不得吃人的人，活在世上。

"你们要不改，自己也会吃尽。即使生得多，也会给真的人除灭了，同猎人打完狼子一样！——同虫子一样！"

那一伙人，都被陈老五赶走了。大哥也不知哪里去了。陈老五劝我回屋子里去。屋里面全是黑沉沉的。横梁和椽子都在头上发抖；抖了一会，就大起来，堆在我身上。

万分沉重，动弹不得；他的意思是要我死。我晓得他的沉重是假的，便挣扎出来，出了一身汗。可是偏要说，

"你们立刻改了，从真心改起！你们要晓得将来是容不得吃人的人，……"

十一

太阳也不出，门也不开，日日是两顿饭。

我捏起筷子，便想起我大哥；晓得妹子死掉的缘故，也全在他。那时我妹子才五岁，可爱可怜的样子，还在眼前。母亲哭个不住，他却劝母亲不要哭；大约因为自己吃了，哭起来不免有点过意不去。如果还能过意不去，……

妹子是被大哥吃了，母亲知道没有，我可不得而知。

母亲想也知道；不过哭的时候，却并没有说明，大约也以为应当的了。记得我四五岁时，坐在堂前乘凉，大哥说爷娘生病，做儿子的须割下一片肉来，煮熟请他吃，才算好人；母亲也没有说不行。一片吃得，整个的自然也吃得。但是那天的哭法，现在想起来，实在还教人伤心，这真是奇极的事！

十二

不能想了。

四千年来时时吃人的地方，今天才明白，我也在其中混了多年；大哥正管着家务，妹子恰恰死了，他未必不和在饭菜里，暗暗给我们吃。

我未必无意之中，不吃了我妹子的几片肉，现在也轮到我自己，……

有了四千年吃人履历的我，当初虽然不知道，现在明白，难见真的人！

十三

没有吃过人的孩子，或者还有？

救救孩子……

一九一八年四月

［提示］

鲁迅（1881—1936），原名周树人，浙江绍兴人，是我国现代著名的文学家、思想家、革命家。一生写作 600 万字，由人民文学出版社 1981年出版的《鲁迅全集》是目前认可度最高的版本，一般教科书所选用的鲁迅的文章均出自这个版本，全集共 16 卷，包括小说集《呐喊》《彷徨》《故事新编》，散文集《朝花夕拾》，散文诗集《野草》，杂文集《坟》《热风》《南腔北调集》《伪自由书》《准风月谈》等 16 部，评论、书信、日记、翻译作品等。

《狂人日记》最初发表于 1918 年 5 月《新青年》第四卷第五号，后收入《呐喊》。这是作者首次采用"鲁迅"的笔名在《新青年》杂志上发表文章。同时，《狂人日记》是鲁迅创作的第一篇白话文作品，也是中国第一篇现代白话文小说。

主人公狂人是一个患有被迫害狂想症的精神病人，他以日记的形式，记录了自己患病期间语无伦次的荒唐之言。得了病的狂人否定了自己三十年来的一切，从写着"仁义道德"的古书里看出了"吃人"二字，大胆揭露了社会是"人吃人的社会"，奋力祈求"救救孩子"！鲁迅写此文的目的,在《〈中国新文学大系〉小说二集序》中说道,"意在暴露家族制度和礼教的弊害",揭示出封建社会吃人的本质。狂人一句"从来如此,便对么?",向世人发出了反封建礼教、反封建家族制度的呐喊。

《狂人日记》以其"格式的特别"、白话的运用、现实主义和象征主义的创作手法对中国现代文学产生了深远影响。

(姜素琼)

阿 Q 正传（存目）

鲁 迅

[提示]

《阿 Q 正传》是鲁迅唯一的一部中篇小说，最初分章发表于北京《晨报副刊》，自 1921 年 12 月 4 日起至 1922 年 2 月 12 日止，每周或隔周刊登一次，署名巴人。作者在 1925 年曾为这篇小说的俄文译本写过一篇短序，后收在《集外集》中；1926 年又写过《阿 Q 正传的成因》一文，收在《华盖集续编》中，都可参看。

故事发生在一个叫未庄的闭塞小村里，小说开头便交代了阿 Q 的身份地位和生活处境：没有名字，没有本家，祖籍不详，阿 Q 是一个穷苦潦倒的单身汉；没有土地，没有家，住在未庄的土谷祠里；也没有固定的职业，靠做短工、帮工维持生活。在"恋爱悲剧"之后，他唯一的一条棉被、最后一件布衫、一顶破毡帽也被赵太爷和地保敲诈走了。就是这样一个一无所有、生计都成问题、处在社会最底层的贫苦农民，又很自尊，所有未庄的居民，全不在阿 Q 眼神里，连赵太爷进了学，阿 Q 也不表示推崇。后来阿 Q 进了几回城，更觉自负，甚至连城里人也瞧不起。当辛亥革命爆发的消息传来时，阿 Q 却表现出自发的革命要求。然而，阿 Q 神往革命，想投降革命党，并不是为了推翻豪绅阶级的统治，而只是希望从此能够改变自己的命运，"想跟别人一样拿点东西"，可以随意夺取属于赵太爷、钱太爷们的"威福、子女、玉帛"；阿 Q 还幻想着自己革命后可以奴役曾与他一样生活在底层的小 D、王胡们。

阿 Q 受尽欺凌还能如此自大自负，全靠他的"精神胜利法"，物质上的绝望，必然要用精神来安慰。虽然他在现实生活中处于失败者的地位，但他从不正视现实，不能清醒地认识自己的悲惨命运，盲目地自尊自大、自轻自贱、自欺欺人、欺软怕硬，自我陶醉于虚伪的精神胜利之中，至死也不觉悟。阿 Q 的精神胜利法，是普遍存在于各阶层中国人身上的一种国民性弱点，我们每个人都能从阿 Q 那儿找到自己的影子。

　　《阿 Q 正传》采用章回体的形式写成，包括了序、优胜记略、续优胜记略、恋爱的悲剧、生计问题、从中兴到末路、革命、不准革命、大团圆九个部分，通过对阿 Q 的遭遇和阿 Q 式的革命的描写，鲁迅把探索中国农民问题和考察中国革命问题联系在一起，以讽刺手法批判了阿 Q 的愚昧落后和他的精神胜利法，将阿 Q 的悲剧命运和喜剧行为相结合，形成了独特而鲜明的艺术特色；向读者展现了辛亥革命前后畸形的社会现状和像阿 Q 一样病态的中国人的真面貌，揭示了辛亥革命的不彻底性，总结了辛亥革命最终失败的历史教训，提出了农民问题在中国民族革命中的重要性。

（姜素琼）

伤　　逝

——涓生的手记

鲁　迅

如果我能够，我要写下我的悔恨和悲哀，为子君，为自己。

会馆里的被遗忘在偏僻里的破屋是这样地寂静和空虚。时光过得真快，我爱子君，仗着她逃出这寂静和空虚，已经满一年了。事情又这么不凑巧，我重来时，偏偏空着的又只有这一间屋。依然是这样的破窗，这样的窗外的半枯的槐树和老紫藤，这样的窗前的方桌，这样的败壁，这样的靠壁的板床。深夜中独自躺在床上，就如我未曾和子君同居以前一般，过去一年中的时光全被消灭，全未有过，我并没有曾经从这破屋子搬出，在吉兆胡同创立了满怀希望的小小的家庭。

不但如此。在一年之前，这寂静和空虚是并不这样的，常常含着期待；期待子君的到来。在久待的焦躁中，一听到皮鞋的高底尖触着砖路的清响，是怎样地使我骤然生动起来呵！于是就看见带着笑涡的苍白的圆脸，苍白的瘦的臂膊，布的有条纹的衫子，玄色的裙。她又带了窗外的半枯的槐树的新叶来，使我看见，还有挂在铁似的老干上的一房一房的紫白的藤花。

然而现在呢，只有寂静和空虚依旧，子君却决不再来了，而且永远，永远地！……

子君不在我这破屋里时，我什么也看不见。在百无聊赖中，随手抓过一本书来，科学也好，文学也好，横竖什么都一样；看下去，看下去，忽而自己觉得，已经翻了十多页了，但是毫不记得书上所说的事。只是耳朵却分外地灵，仿佛听到大门外一切往来的履声，从中便有子君的，而且橐橐地逐渐临近，——但是，往往又逐渐渺茫，终于消失在别的步声的杂沓中了。我憎恶那不像子君鞋声的穿布底鞋的长班的儿子，我憎恶那太像子君鞋声的常常穿着新皮鞋的邻院的搽雪花膏的小东西！

莫非她翻了车么？莫非她被电车撞伤了么？……

我便要取了帽子去看她，然而她的胞叔就曾经当面骂过我。

　　蓦然，她的鞋声近来了，一步响于一步，迎出去时，却已经走过紫藤棚下，脸上带着微笑的酒窝。她在她叔子的家里大约并未受气；我的心宁帖了，默默地相视片时之后，破屋里便渐渐充满了我的语声，谈家庭专制，谈打破旧习惯，谈男女平等，谈伊孛生，谈泰戈尔，谈雪莱……。她总是微笑点头，两眼里弥漫着稚气的好奇的光泽。壁上就钉着一张铜板的雪莱半身像，是从杂志上裁下来的，是他的最美的一张像。当我指给她看时，她却只草草一看，便低了头，似乎不好意思了。这些地方，子君就大概还未脱尽旧思想的束缚，——我后来也想，倒不如换一张雪莱淹死在海里的记念像或是伊孛生的罢；但也终于没有换，现在是连这一张也不知哪里去了。

　　"我是我自己的，他们谁也没有干涉我的权利！"

　　这是我们交际了半年，又谈起她在这里的胞叔和在家的父亲时，她默想了一会之后，分明地，坚决地，沉静地说了出来的话。其时是我已经说尽了我的意见，我的身世，我的缺点，很少隐瞒；她也完全了解的了。这几句话很震动了我的灵魂，此后许多天还在耳中发响，而且说不出的狂喜，知道中国女性，并不如厌世家所说那样的无法可施，在不远的将来，便要看见辉煌的曙色的。

　　送她出门，照例是相离十多步远；照例是那鲇鱼须的老东西的脸又紧帖在脏的窗玻璃上了，连鼻尖都挤成一个小平面；到外院，照例又是明晃晃的玻璃窗里的那小东西的脸，加厚的雪花膏。她目不斜视地骄傲地走了，没有看见；我骄傲地回来。

　　"我是我自己的，他们谁也没有干涉我的权利！"这彻底的思想就在她的脑里，比我还透澈，坚强得多。半瓶雪花膏和鼻尖的小平面，于她能算什么东西呢？

　　我已经记不清那时怎样地将我的纯真热烈的爱表示给她。岂但现在，那时的事后便已模胡，夜间回想，早只剩了一些断片了；同居以后一两月，便连这些断片也化作无可追踪的梦影。我只记得那时以前的十几天，曾经很仔细地研究过表示的态度，排列过措辞的先后，以及倘或遭了拒绝以后的情形。可是临时似乎都无用，在慌张中，身不由己地竟用了在电影上见过的方法了。后来一想到，就使我很愧恧，但在记忆上却偏只有这一点永远留遗，至今还如暗室的孤灯一般，照见我含泪握着她的手，一条腿跪了下去……

　　不但我自己的，便是子君的言语举动，我那时就没有看得分明；仅知道她已经允许我了。但也还仿佛记得她脸色变成青白，后来又渐渐转作绯红，——没有见过，也没有再见的绯红；孩子似的眼里射出悲喜，但是夹着惊疑的光，虽然力避我的视线，张皇地似乎要破窗飞去。然而我知道她已经允许我了，没有知道她怎样说或是没有说。

　　她却是什么都记得：我的言辞，竟至于读熟了的一般，能够滔滔背诵；我的举动，就如有一张我所看不见的影片挂在眼下，叙述得如生，很细微，自然连那使我不愿再想的浅薄的电影的一闪。夜阑人静，是相对温习的时候了，我常是被质问，被考验，并且被命复述当时的言语，然而常须由她补足，由她纠正，像一个丁等的学生。

　　这温习后来也渐渐稀疏起来。但我只要看见她两眼注视空中，出神似地凝想着，于是神色越加柔和，笑窝也深下去，便知道她又在自修旧课了，只是我很怕她看到我那可笑的电影的一闪。但我又知道，她一定要看见，而且也非看不可的。

　　然而她并不觉得可笑。即使我自己以为可笑，甚而至于可鄙的，她也毫不以为可笑。这事我知道得很清楚，因为她爱我，是这样地热烈，这样地纯真。

　　去年的暮春是最为幸福，也是最为忙碌的时光。我的心平静下去了，但又有别一部分和身体一同忙碌起来。我们这时才在路上同行，也到过几回公园，最多的是寻住所。我觉得在路上时时遇到探索，讥笑，猥亵和轻蔑的眼光，一不小心，便使我的全身有些瑟缩，只得即刻提起我的骄傲和反抗来支持。她却是大无畏的，对于这些全不关心，只是镇静地缓缓前行，坦然如入无人之境。

　　寻住所实在不是容易事，大半是被托辞拒绝，小半是我们以为不相宜。起先我们选择得很苛酷，——也非苛酷，因为看去大抵不像是我们的安身之所；后来，便只要他们能相容了。看了二十多处，这才得到可以暂且敷衍的处所，是吉兆胡同一所小屋里的两间南屋；主人是一个小官，然而倒是明白人，自住着正屋和厢房。他只有夫人和一个不到周岁的女孩子，雇一个乡下的女工，只要孩子不啼哭，是极其安闲幽静的。

　　我们的家具很简单，但已经用去了我的筹来的款子的大半；子君还卖掉了她唯一的金戒指和耳环。我拦阻她，还是定要卖，我也就不再坚持下去了；我知道不给她加入一点股分去，她是住不舒服的。

和她的叔子，她早经闹开，至于使他气愤到不再认她做侄女；我也陆续和几个自以为忠告，其实是替我胆怯，或者竟是嫉妒的朋友绝了交。然而这倒很清静。每日办公散后，虽然已近黄昏，车夫又一定走得这样慢，但究竟还有二人相对的时候。我们先是沉默的相视，接着是放怀而亲密的交谈，后来又是沉默。大家低头沉思着，却并未想着什么事。我也渐渐清醒地读遍了她的身体，她的灵魂，不过三星期，我似乎于她已经更加了解，揭去许多先前以为了解而现在看来却是隔膜，即所谓真的隔膜了。

子君也逐日活泼起来。但她并不爱花，我在庙会时买来的两盆小草花，四天不浇，枯死在壁角了，我又没有照顾一切的闲暇。然而她爱动物，也许是从官太太那里传染的罢，不一月，我们的眷属便骤然加得很多，四只小油鸡，在小院子里和房主人的十多只在一同走。但她们却认识鸡的相貌，各知道哪一只是自家的。还有一只花白的叭儿狗，从庙会买来，记得似乎原有名字，子君却给它另起了一个，叫作阿随。我就叫它阿随，但我不喜欢这名字。

这是真的，爱情必须时时更新，生长，创造。我和子君说起这，她也领会地点点头。

唉唉，那是怎样的宁静而幸福的夜呵！

安宁和幸福是要凝固的，永久是这样的安宁和幸福。我们在会馆里时，还偶有议论的冲突和意思的误会，自从到吉兆胡同以来，连这一点也没有了；我们只在灯下对坐的怀旧谭中，回味那时冲突以后的和解的重生一般的乐趣。

子君竟胖了起来，脸色也红活了；可惜的是忙。管了家务便连谈天的工夫也没有，何况读书和散步。我们常说，我们总还得雇一个女工。

这就使我也一样地不快活，傍晚回来，常见她包藏着不快活的颜色，尤其使我不乐的是她要装作勉强的笑容。幸而探听出来了，也还是和那小官太太的暗斗，导火线便是两家的小油鸡。但又何必硬不告诉我呢？人总该有一个独立的家庭。这样的处所，是不能居住的。

我的路也铸定了，每星期中的六天，是由家到局，又由局到家。在局里便坐在办公桌前钞，钞，钞些公文和信件；在家里是和她相对或帮她生白炉子，煮饭，蒸馒头。我的学会了煮饭，就在这时候。

但我的食品却比在会馆里时好得多了。做菜虽不是子君的特长，然而她于此却倾注着全力；对于她的日夜的操心，使我也不能不一同操心，来算作分甘共苦。况且她又这样地终日汗流满面，短发都粘在脑额上；两只手又只是这样地粗糙起来。

况且还要饲阿随，饲油鸡，……都是非她不可的工作。

我曾经忠告她：我不吃，倒也罢了；却万不可这样地操劳。她只看了我一眼，不开口，神色却似乎有点凄然；我也只好不开口。然而她还是这样地操劳。

我所预期的打击果然到来。双十节的前一晚，我呆坐着，她在洗碗。听到打门声，我去开门时，是局里的信差，交给我一张油印的纸条。我就有些料到了，到灯下去一看，果然，印着的就是：

```
        奉
  局长谕史涓生着毋庸到局办事
  秘书处启　十月九号
```

这在会馆里时，我就早已料到了；那雪花膏便是局长的儿子的赌友，一定要去添些谣言，设法报告的。到现在才发生效验，已经要算是很晚的了。其实这在我不能算是一个打击，因为我早就决定，可以给别人去抄写，或者教读，或者虽然费力，也还可以译点书，况且《自由之友》的总编辑便是见过几次的熟人，两月前还通过信。但我的心却跳跃着。那么一个无畏的子君也变了色，尤其使我痛心；她近来似乎也较为怯弱了。

"那算什么。哼，我们干新的。我们……"她说。

她的话没有说完；不知怎地，那声音在我听去却只是浮浮的；灯光也觉得格外黯淡。人们真是可笑的动物，一点极微末的小事情，便会受着很深的影响。我们先是默默地相视，逐渐商量起来，终于决定将现有的钱竭力节省，一面登"小广告"去寻求抄写和教读，一面写信给《自由之友》的总编辑，说明我目下的遭遇，请他收用我的译本，给我帮一点艰辛时候的忙。

"说做，就做罢！来开一条新的路！"

我立刻转身向了书案，推开盛香油的瓶子和醋碟，子君便送过那暗淡的灯来。我先拟广告；其次是选定可译的书，迁移以来未曾翻阅过，每本的头上都满漫着灰尘了；最后才写信。

我很费踌蹰，不知道怎样措辞好，当停笔凝思的时候，转眼去一瞥她的脸，在昏暗的灯光下，又很见得凄然。我真不料这样微细的小事情，竟会给坚决的，无畏的子君以这么显著的变化。她近来实在变得很怯弱了，但也并不是今夜才开始的。我的心因此更缭乱，忽然有安宁的生活的影像——会馆里的破屋的寂静，在眼前一闪，刚刚想定睛凝视，却又看见了昏暗的灯光。

许久之后，信也写成了，是一封颇长的信；很觉得疲劳，仿佛近来自己也较为怯弱了。于是我们决定，广告和发信，就在明日一同实行。大家不约而同地伸直了腰肢，在无言中，似乎又都感到彼此的坚忍倔强的精神，还看见从新萌芽起来的将来的希望。

外来的打击其实倒是振作了我们的新精神。局里的生活，原如鸟贩子手里的禽鸟一般，仅有一点小米维系残生，决不会肥胖；日子一久，只落得麻痹了翅子，即使放出笼外，早已不能奋飞。现在总算脱出这牢笼了，我从此要在新的开阔的天空中翱翔，趁我还未忘却了我的翅子的扇动。

小广告是一时自然不会发生效力的；但译书也不是容易事，先前看过，以为已经懂得的，一动手，却疑难百出了，进行得很慢。然而我决计努力地做，一本半新的字典，不到半月，边上便有了一大片乌黑的指痕，这就证明着我的工作的切实。《自由之友》的总编辑曾经说过，他的刊物是决不会埋没好稿子的。

可惜的是我没有一间静室，子君又没有先前那么幽静，善于体帖了，屋子里总是散乱着碗碟，弥漫着煤烟，使人不能安心做事，但是这自然还只能怨我自己无力置一间书斋。然而又加以阿随，加以油鸡们。加以油鸡们又大起来了，更容易成为两家争吵的引线。

加以每日的"川流不息"的吃饭；子君的功业，仿佛就完全建立在这吃饭中。吃了筹钱，筹来吃饭，还要喂阿随，饲油鸡；她似乎将先前所知道的全都忘掉了，也不想到我的构思就常常为了这催促吃饭而打断。即使在坐中给看一点怒色，她总是不改变，仍然毫无感触似的大嚼起来。

使她明白了我的作工不能受规定的吃饭的束缚，就费去五星期。她明白之后，大约很不高兴罢，可是没有说。我的工作果然从此较为迅速地进行，不久就共译了五万言，只要润色一回，便可以和做好的两篇小品，一同寄给《自由之友》去。只是吃饭却依然给我苦恼。菜冷，是无妨的，然而竟不够；有时连饭也不够，虽然我因为终日坐在家里用脑，饭量已经比先前要减少得多。这是先去喂了阿随了，有时还并那近来连自己也轻易不吃的羊肉。她说，阿随实在瘦得太可怜，房东太太还因此嗤笑我们了，她受不住这样的奚落。

于是吃我残饭的便只有油鸡们。这是我积久才看出来的，但同时也如赫胥黎的论定"人类在宇宙间的位置"一般，自觉了我在这里的位置：不过是叭儿狗和油鸡之间。

后来，经多次的抗争和催逼，油鸡们也逐渐成为肴馔，我们和阿随都享用了十多日的鲜肥；可是其实都很瘦，因为它们早已每日只能得到几粒高粱了。从此便清静得多。只有子君很颓唐，似乎常觉得凄苦和无聊，至于不大愿意开口。我想，人是多么容易改变呵！

但是阿随也将留不住了。我们已经不能再希望从什么地方会有来信，子君也早没有一点食物可以引它打拱或直立起来。冬季又逼近得这么快，火炉就要成为很大的问题；它的食量，在我们其实早是一个极易觉得的很重的负担。于是连它也留不住了。

倘使插了草标到庙市去出卖，也许能得几文钱罢，然而我们都不能，也不愿这样做。终于是用包袱蒙着头，由我带到西郊去放掉了，还要追上来，便推在一个并不很深的土坑里。

我一回寓，觉得又清静得多多了；但子君的凄惨的神色，却使我很吃惊。那是没有见过的神色，自然是为阿随。但又何至于此呢？我还没有说起推在土坑里的事。

到夜间，在她的凄惨的神色中，加上冰冷的分子了。

"奇怪。——子君，你怎么今天这样儿了？"我忍不住问。

"什么？"她连看也不看我。

"你的脸色……。"

"没有什么，——什么也没有。"

我终于从她言动上看出，她大概已经认定我是一个忍心的人。其实，我一个人，是容易生活的，虽然因为骄傲，向来不与世交来往，迁居以后，也疏远了所有旧识的人，然而只要能远走高飞，生路还宽广得很。现在忍受着这生活压迫的苦痛，大半倒是为她，便是放掉阿随，也何尝不如此。但子君的识见却似乎只是浅薄起来，竟至于连这一点也想不到了。

我拣了一个机会，将这些道理暗示她；她领会似的点头。然而看她后来的情形，她是没有懂，或者是并不相信的。

天气的冷和神情的冷，逼迫我不能在家庭中安身。但是，往哪里去呢？大道上，公园里，虽然没有冰冷的神情，冷风究竟也刺得人皮肤欲裂。我终于在通俗图书馆里觅得了我的天堂。

那里无须买票；阅书室里又装着两个铁火炉。纵使不过是烧着不死不活的煤的火炉，但单是看见装着它，精神上也就总觉得有些温暖。书却无可看：旧的陈腐，新的是几乎没有的。

好在我到那里去也并非为看书。另外时常还有几个人，多则十余人，都是单薄衣裳，正如我，各人看各人的书，作为取暖的口实。这于我尤为合式。道路上容易遇见熟人，得到轻蔑的一瞥，但此地却决无那样的横祸，因为他们是永远围在别的铁炉旁，或者靠在自家的白炉边的。

那里虽然没有书给我看，却还有安闲容得我想。待到孤身枯坐，回忆从前，这才觉得大半年来，只为了爱，——盲目的爱，——而将别的人生的要义全盘疏忽了。第一，便是生活。人必生活着，爱才有所附丽。世界上并非没有为了奋斗者而开的活路；我也还未忘却翅子的扇动，虽然比先前已经颓唐得多⋯⋯。

屋子和读者渐渐消失了，我看见怒涛中的渔夫，战壕中的兵士，摩托车中的贵人，洋场上的投机家，深山密林中的豪杰，讲台上的教授，昏夜的运动者和深夜的偷儿⋯⋯。子君，——不在近旁。她的勇气都失掉了，只为着阿随悲愤，为着做饭出神；然而奇怪的是倒也并不怎样瘦损⋯⋯。

冷了起来，火炉里的不死不活的几片硬煤，也终于烧尽了，已是闭馆的时候。又须回到吉兆胡同，领略冰冷的颜色去了。近来也间或遇到温暖的神情，但这却反而增加我的苦痛。记得有一夜，子君的眼里忽而又发出久已不见的稚气的光来，笑着和我谈到还在会馆时候的情形，时时又很带些恐怖的神色。我知道我近来的超过她的冷漠，已经引起她的忧疑来，只得也勉力谈笑，想给她一点慰藉。然而我的笑貌一上脸，我的话一出口，却即刻变为空虚，这空虚又即刻发生反响，回向我的耳目里，给我一个难堪的恶毒的冷嘲。

子君似乎也觉得的，从此便失掉了她往常的麻木似的镇静，虽然竭力掩饰，总还是时时露出忧疑的神色来，但对我却温和得多了。

我要明告她，但我还没有敢，当决心要说的时候，看见她孩子一般的眼色，就使我只得暂且改作勉强的欢容。但是这又即刻来冷嘲我，并使我失却那冷漠的镇静。

她从此又开始了往事的温习和新的考验，逼我做出许多虚伪的温存的答案来，将温存示给她，虚伪的草稿便写在自己的心上。我的心渐被这些草稿填满了，常觉得难于呼吸。我在苦恼中常常想，说真实自然须有极大的勇气的；假如没有这勇气，而苟安于虚伪，那也便是不能开辟新的生路的人。不独不是这个，连这人也未尝有！

子君有怨色，在早晨，极冷的早晨，这是从未见过的，但也许是从我看来的怨色。我那时冷冷地气愤和暗笑了；她所磨练的思想和豁达无畏的言论，到底也还是一个空虚，而对于这空虚却并未自觉。她早已什么书也不看，已不知道人的生活的第一着是求生，向着这求生的道路，是必须携手同行，或奋身孤往的了，倘使只知道揪着一个人的衣角，那便是虽战士也难于战斗，只得一同灭亡。

我觉得新的希望就只在我们的分离；她应该决然舍去，——我也突然想到她的死，然而立刻自责，忏悔了。幸而是早晨，时间正多，我可以说我的真实。我们的新的道路的开辟，便在这一遭。

我和她闲谈，故意地引起我们的往事，提到文艺，于是涉及外国的文人，文人的作品：《诺拉》，《海的女人》。称扬诺拉的果决……。也还是去年在会馆的破屋里讲过的那些话，但现在已经变成空虚，从我的嘴传入自己的耳中，时时疑心有一个隐形的坏孩子，在背后恶意地刻毒地学舌。

她还是点头答应着倾听，后来沉默了。我也就断续地说完了我的话，连余音都消失在虚空中了。

"是的。"她又沉默了一会，说，"但是，……涓生，我觉得你近来很两样了。可是的？你，——你老实告诉我。"

我觉得这似乎给了我当头一击，但也立即定了神，说出我的意见和主张来：新的路的开辟，新的生活的再造，为的是免得一同灭亡。

临末，我用了十分的决心，加上这几句话：

"……况且你已经可以无须顾虑，勇往直前了。你要我老实说；是的，人是不该虚伪的。我老实说罢：因为，因为我已经不爱你了！但这于你倒好得多，因为你更可以毫无挂念地做事……。"

我同时豫期着大的变故的到来，然而只有沉默。她脸色陡然变成灰黄，死了似的；瞬间便又苏生，眼里也发了稚气的闪闪的光泽。这眼光射向四处，正如孩子在饥渴中寻求着慈爱的母亲，但只在空中寻求，恐怖地回避着我的眼。

我不能看下去了，幸而是早晨，我冒着寒风径奔通俗图书馆。

在那里看见《自由之友》，我的小品文都登出了。这使我一惊，仿佛得了一点生气。我想，生活的路还很多，——但是，现在这样也还是不行的。

我开始去访问久已不相闻问的熟人，但这也不过一两次；他们的屋子自然是暖和的，我在骨髓中却觉得寒冽。夜间，便蜷伏在比冰还冷的冷屋中。

冰的针刺着我的灵魂，使我永远苦于麻木的疼痛。生活的路还很多，我也还没有忘却翅子的扇动，我想。——我突然想到她的死，然而立刻自责，忏悔了。

在通俗图书馆里往往瞥见一闪的光明，新的生路横在前面。她勇猛地觉悟了，毅然走出这冰冷的家，而且，——毫无怨恨的神色。我便轻如行云，漂浮空际，上有蔚蓝的天，下是深山大海，广厦高楼，战场，摩托车，洋场，公馆，晴明的闹市，黑暗的夜……。

而且，真的，我豫感得这新生面便要来到了。

我们总算度过了极难忍受的冬天，这北京的冬天；就如蜻蜓落在恶作剧的坏孩子的手里一般，被系着细线，尽情玩弄，虐待，虽然幸而没有送掉性命，结果也还是躺在地上，只争着一个迟早之间。

写给《自由之友》的总编辑已经有三封信，这才得到回信，信封里只有两张书券：两角的和三角的。我却单是催，就用了九分的邮票，一天的饥饿，又都白挨给于己一无所得的空虚了。

然而觉得要来的事，却终于来到了。

这是冬春之交的事，风已没有这么冷，我也更久地在外面徘徊；待到回家，大概已经昏黑。就在这样一个昏黑的晚上，我照常没精打采地回来，一看见寓所的门，也照常更加丧气，使脚步放得更缓。但终于走进自己的屋子里了，没有灯火；摸火柴点起来时，是异样的寂寞和空虚！

正在错愕中，官太太便到窗外来叫我出去。

"今天子君的父亲来到这里，将她接回去了。"她很简单地说。

这似乎又不是意料中的事，我便如脑后受了一击，无言地站着。

"她去了么？"过了些时，我只问出这样一句话。

"她去了。"

"她，——她可说什么？"

"没说什么。单是托我见你回来时告诉你，说她去了。"

　　我不信；但是屋子里是异样的寂寞和空虚。我遍看各处，寻觅子君；只见几件破旧而暗淡的家具，都显得极其清疏，在证明着它们毫无隐匿一人一物的能力。我转念寻信或她留下的字迹，也没有；只是盐和干辣椒，面粉，半株白菜，却聚集在一处了，旁边还有几十枚铜元。这是我们两人生活材料的全副，现在她就郑重地将这留给我一个人，在不言中，教我借此去维持较久的生活。

　　我似乎被周围所排挤，奔到院子中间，有昏黑在我的周围；正屋的纸窗上映出明亮的灯光，他们正在逗着孩子玩笑。我的心也沉静下来，觉得在沉重的迫压中，渐渐隐约地现出脱走的路径：深山大泽，洋场，电灯下的盛筵，壕沟，最黑最黑的深夜，利刃的一击，毫无声响的脚步……。

　　心地有些轻松，舒展了，想到旅费，并且嘘一口气。

　　躺着，在合着的眼前经过的豫想的前途，不到半夜已经现尽；暗中忽然仿佛看见一堆食物，这之后，便浮出一个子君的灰黄的脸来，睁了孩子气的眼睛，恳托似的看着我。我一定神，什么也没有了。

　　但我的心却又觉得沉重。我为什么偏不忍耐几天，要这样急急地告诉她真话的呢？现在她知道，她以后所有的只是她父亲——儿女的债主——的烈日一般的严威和旁人的赛过冰霜的冷眼。此外便是虚空。负着虚空的重担，在严威和冷眼中走着所谓人生的路，这是怎么可怕的事呵！而况这路的尽头，又不过是——连墓碑也没有的坟墓。

　　我不应该将真实说给子君，我们相爱过，我应该永久奉献她我的说谎。如果真实可以宝贵，这在子君就不该是一个沉重的空虚。谎语当然也是一个空虚，然而临末，至多也不过这样地沉重。

　　我以为将真实说给子君，她便可以毫无顾虑，坚决地毅然前行，一如我们将要同居时那样。但这恐怕是我错误了。她当时的勇敢和无畏是因为爱。

　　我没有负着虚伪的重担的勇气，却将真实的重担卸给她了。她爱我之后，就要负了这重担，在严威和冷眼中走着所谓人生的路。

　　我想到她的死……。我看见我是一个卑怯者，应该被摈于强有力的人们，无论是真实者，虚伪者。然而她却自始至终，还希望我维持较久的生活……。

　　我要离开吉兆胡同，在这里是异样的空虚和寂寞。我想，只要离开这里，子君便如还在我的身边；至少，也如还在城中，有一天，将要出乎意表地访我，像住在会馆时候似的。

　　然而一切请托和书信，都是一无反响；我不得已，只好访问一个久不问候的世交去了。他是我伯父的幼年的同窗，以正经出名的拔贡，寓京很久，交游也广阔的。

　　大概因为衣服的破旧罢，一登门便很遭门房的白眼。好容易才相见，也还相识，但是很冷落。我们的往事，他全都知道了。

　　"自然，你也不能在这里了，"他听了我托他在别处觅事之后，冷冷地说，"但哪里去呢？很难。——你那，什么呢，你的朋友罢，子君，你可知道，她死了。"

　　我惊得没有话。

　　"真的？"我终于不自觉地问。

　　"哈哈。自然真的。我家的王升的家，就和她家同村。"

　　"但是，——不知道是怎么死的？"

　　"谁知道呢。总之是死了就是了。"

　　我已经忘却了怎样辞别他，回到自己的寓所。我知道他是不说谎话的；子君总不会再来的了，像去年那样。她虽是想在严威和冷眼中负着虚空的重担来走所谓人生的路，也已经不能。她的命运，已经决定她在我所给与的真实——无爱的人间死灭了！

　　自然，我不能在这里了；但是，"哪里去呢？"

　　四围是广大的空虚，还有死的寂静。死于无爱的人们的眼前的黑暗，我仿佛一一看见，还听得一切苦闷和绝望的挣扎的声音。

　　我还期待着新的东西到来，无名的，意外的。但一天一天，无非是死的寂静。

　　我比先前已经不大出门，只坐卧在广大的空虚里，一任这死的寂静侵蚀着我的灵魂。死的寂静有时也自己战栗，自己退藏，于是在这绝续之交，便闪出无名的，意外的，新的期待。

　　一天是阴沉的上午，太阳还不能从云里面挣扎出来，连空气都疲乏着。耳中听到细碎的步声和咻咻的鼻息，使我睁开眼。大致一看，屋子里还是空虚；但偶然看到地面，却盘旋着一匹小小的动物，瘦弱的，半死的，满身灰土的……。

　　我一细看，我的心就一停，接着便直跳起来。

　　那是阿随。它回来了。

　　我的离开吉兆胡同，也不单是为了房主人们和他家女工的冷眼，大半就为着这阿随。但是，"哪里去呢?"新的生路自然还很多，我约略知道，也间或依稀看见，觉得就在我面前，然而我还没有知道跨进那里去的第一步的方法。

　　经过许多回的思量和比较，也还只有会馆是还能相容的地方。依然是这样的破屋，这样的板床，这样的半枯的槐树和紫藤，但那时使我希望，欢欣，爱，生活的，却全都逝去了，只有一个虚空，我用真实去换来的虚空存在。

　　新的生路还很多，我必须跨进去，因为我还活着。但我还不知道怎样跨出那第一步。有时，仿佛看见那生路就像一条灰白的长蛇，自己蜿蜒地向我奔来，我等着，等着，看看临近，但忽然便消失在黑暗里了。

　　初春的夜，还是那么长。长久的枯坐中记起上午在街头所见的葬式，前面是纸人纸马，后面是唱歌一般的哭声。我现在已经知道他们的聪明了，这是多么轻松简截的事。

　　然而子君的葬式却又在我的眼前，是独自负着虚空的重担，在灰白的长路上前行，而又即刻消失在周围的严威和冷眼里了。

　　我愿意真有所谓鬼魂，真有所谓地狱，那么，即使在孽风怒吼之中，我也将寻觅子君，当面说出我的悔恨和悲哀，祈求她的饶恕；否则，地狱的毒焰将围绕我，猛烈地烧尽我的悔恨和悲哀。

　　我将在孽风和毒焰中拥抱子君，乞她宽容，或者使她快意……。

　　但是，这却更虚空于新的生路；现在所有的只是初春的夜，竟还是那么长。我活着，我总得向着新的生路跨出去，那第一步，——却不过是写下我的悔恨和悲哀，为子君，为自己。

　　我仍然只有唱歌一般的哭声，给子君送葬，葬在遗忘中。

　　我要遗忘；我为自己，并且要不再想到这用了遗忘给子君送葬。

　　我要向着新的生路跨进第一步去，我要将真实深深地藏在心的创伤中，默默地前行，用遗忘和说谎做我的前导……。

一九二五年十月

［提示］

　　《伤逝》是鲁迅唯一一篇写青年男女爱情的小说，在收入《彷徨》前从未在报刊上发表。作品采用"涓生手记"的形式，以第一人称"我"

的口吻回顾了涓生和子君从恋爱、同居到感情破灭的经历，时隔一年，物是人非，涓生诉说着他的悔恨和悲哀。

五四以来，恋爱自由、婚姻自主成为青年们所热烈追求的生活理想。小说的主人公涓生和子君自由恋爱，尽管遇到来自家庭、朋友、社会的反对和阻挠，但二人同心，无所畏惧，毫不退缩。子君面对父亲和叔父的反对，态度尤其坚决，她坚定地表示："我是我自己的，他们谁也没有干涉我的权利！"正是靠这种无畏的坚定，涓生和子君冲破阻碍同居在一起，过着简单满足的生活。但两人的"安宁和幸福"并未维持多久，生计问题使二人幸福的爱情生活受到了打击。子君日渐沉浸在小家庭琐碎的生活中，整日为生活中柴米油盐的琐事和邻里间鸡毛蒜皮的小事烦恼，从一个果敢坚强、独立上进的知识女性变成了一个目光短浅甚至有些庸俗的家庭主妇；涓生被解聘失业后，虽然尝试多个办法"来开一条新路"，但暂时都没有走通，自私软弱的涓生在感受到生活的压迫和子君的庸俗后，不是正视现实解决二人的问题，而是逃避现实，躲避子君，只想着"救出自己"，自欺欺人地把抛弃子君作为"向着新的生路跨出去"的第一步，结果造成了子君的死亡的悲剧，而他自己也无法真正开始新的生活，整日在悔恨与悲哀中消磨着生命。

子君勇敢的反封建精神，和涓生自由恋爱追求幸福生活的行为是值得肯定的，但二人的悲剧结局更得引起青年们的深刻反思。

大量的内心独白和浓重的抒情性，是《伤逝》的主要艺术特色，小说中对油鸡和阿随命运的细节描写也起到了以小见大的效果。

（姜素琼）

补　天

鲁　迅

一

女娲忽然醒来了。

伊似乎是从梦中惊醒的，然而已经记不清做了什么梦；只是很懊恼，觉得有什么不足，又觉得有什么太多了。煽动的和风，暖曛的将伊的气力吹得弥漫在宇宙里。

伊揉一揉自己的眼睛。

粉红的天空中，曲曲折折的漂着许多条石绿色的浮云，星便在那后面忽明忽灭的睒眼。天边的血红的云彩里有一个光芒四射的太阳，如流动的金球包在荒古的熔岩中；那一边，却是一个生铁一般的冷而且白的月亮。然而伊并不理会谁是下去，和谁是上来。

地上都嫩绿了，便是不很换叶的松柏也显得格外的娇嫩。桃红和青白色的斗大的杂花，在眼前还分明，到远处可就成为斑斓的烟霭了。

"唉唉，我从来没有这样的无聊过！"伊想着，猛然间站立起来了，擎上那非常圆满而精力洋溢的臂膊，向天打一个欠伸，天空便突然失了色，化为神异的肉红，暂时再也辨不出伊所在的处所。

伊在这肉红色的天地间走到海边，全身的曲线都消融在淡玫瑰似的光海里，直到身中央才浓成一段纯白。波涛都惊异，起伏得很有秩序了，然而浪花溅在伊身上。这纯白的影子在海水里动摇，仿佛全体都正在四面八方的进散。但伊自己并没有见，只是不由的跪下一足，伸手掬起带水的软泥来，同时又揉捏几回，便有一个和自己差不多的小东西在两手里。

"阿，阿！"伊固然以为是自己做的，但也疑心这东西就白薯似的原在泥土里，禁不住很诧异了。

然而这诧异使伊喜欢，以未曾有的勇往和愉快继续着伊的事业，呼吸吹嘘着，汗混和着……

"Nga！nga！"那些小东西可是叫起来了。

"阿，阿！"伊又吃了一惊，觉得全身的毛孔中无不有什么东西飞散，于是地上便罩满了乳白色的烟云，伊才定了神，那些小东西也住了口。

"Akon，Agon！"有些东西向伊说。

"阿阿，可爱的宝贝。"伊看定他们，伸出带着泥土的手指去拨他肥白的脸。

"Uvu，Ahaha！"他们笑了。这是伊第一回在天地间看见的笑，于是自己也第一回笑得合不上嘴唇来。

伊一面抚弄他们，一面还是做，被做的都在伊的身边打圈，但他们渐渐的走得远，说得多了，伊也渐渐的懂不得，只觉得耳朵边满是嘈杂的嚷，嚷得颇有些头昏。

伊在长久的欢喜中，早已带着疲乏了。几乎吹完了呼吸，流完了汗，而况又头昏，两眼便蒙胧起来，两颊也渐渐的发了热，自己觉得无所谓了，而且不耐烦。然而伊还是照旧的不歇手，不自觉的只是做。

终于，腰腿的酸痛逼得伊站立起来，倚在一座较为光滑的高山上，仰面一看，满天是鱼鳞样的白云，下面则是黑压压的浓绿。伊自己也不知道怎样，总觉得左右不如意了，便焦躁的伸出手去，信手一拉，拔起一株从山上长到天边的紫藤，一房一房的刚开着大不可言的紫花，伊一挥，那藤便横搭在地面上，遍地散满了半紫半白的花瓣。

伊接着一摆手，紫藤便在泥和水里一翻身，同时也溅出拌着水的泥土来，待到落在地上，就成了许多伊先前做过的一般的小东西，只是大半呆头呆脑，獐头鼠目的有些讨厌。然而伊不暇理会这等事了，单是有趣而且烦躁，夹着恶作剧的将手只是抡，愈抡愈飞速了，那藤便拖泥带水的在地上滚，像一条给沸水烫伤了的赤练蛇。泥点也就暴雨似的从藤身上飞溅开来，还在空中便成了哇哇地啼哭的小东西，爬来爬去的撒得满地。

伊近于失神了，更其抡，但是不独腰腿痛，连两条臂膊也都乏了力，伊于是不由的蹲下身子去，将头靠着高山，头发漆黑的搭在山顶上，喘息一回之后，叹一口气，两眼就合上了。紫藤从伊的手里落了下来，也困顿不堪似的懒洋洋的躺在地面上。

二

轰！！！

　　在这天崩地塌价的声音中，女娲猛然醒来，同时也就向东南方直溜下去了。伊伸了脚想踏住，然而什么也踹不到，连忙一舒臂揪住了山峰，这才没有再向下滑的形势。

　　但伊又觉得水和沙石都从背后向伊头上和身边滚泼过去了，略一回头，便灌了一口和两耳朵的水，伊赶紧低了头，又只见地面不住的动摇。幸而这动摇也似乎平静下去了，伊向后一移，坐稳了身子，这才挪出手来拭去额角上和眼睛边的水，细看是怎样的情形。

　　情形很不清楚，遍地是瀑布般的流水；大概是海里罢，有几处更站起很尖的波浪来。伊只得呆呆的等着。

　　可是终于大平静了，大波不过高如从前的山，像是陆地的处所便露出棱棱的石骨。伊正向海上看，只见几座山奔流过来，一面又在波浪堆里打旋子。伊恐怕那些山碰了自己的脚，便伸手将他们撮住，望那山坳里，还伏着许多未曾见过的东西。

　　伊将手一缩，拉近山来仔细的看，只见那些东西旁边的地上吐得很狼藉，似乎是金玉的粉末，又夹杂些嚼碎的松柏叶和鱼肉。他们也慢慢的陆续抬起头来了，女娲圆睁了眼睛，好容易才省悟到这便是自己先前所做的小东西，只是怪模怪样的已经都用什么包了身子，有几个还在脸的下半截长着雪白的毛毛了，虽然被海水粘得像一片尖尖的白杨叶。

　　"阿，阿！"伊诧异而且害怕的叫，皮肤上都起粟，就像触着一支毛刺虫。

　　"上真救命……"一个脸的下半截长着白毛的昂了头，一面呕吐，一面断断续续的说，"救命……臣等……是学仙的。谁料坏劫到来，天地分崩了。……现在幸而……遇到上真，……请救蚁命，……并赐仙……仙药……"他于是将头一起一落的做出异样的举动。

　　伊都茫然，只得又说，"什么？"

　　他们中的许多也都开口了，一样的是一面呕吐，一面"上真上真"的只是嚷，接着又都做出异样的举动。伊被他们闹得心烦，颇后悔这一拉，竟至于惹了莫名其妙的祸。伊无法可想的向四处看，便看见有一队巨鳌正在海面上游玩，伊不由的喜出望外了，立刻将那些山都搁在他们的脊梁上，嘱咐道，"给我驮到平稳点的地方去罢！"巨鳌们似乎点一点头，成群结队的驮远了。可是先前拉得过于猛，以致从山上摔下一个脸有白毛的来，此时赶不上，又不会凫水，便伏在海边自己打嘴巴。这倒使女娲觉得可怜了，然而也不管，因为伊实在也没有工夫来管这些事。

伊嘘一口气，心地较为轻松了，再转过眼光来看自己的身边，流水已经退得不少，处处也露出广阔的土石，石缝里又嵌着许多东西，有的是直挺挺的了，有的却还在动。伊瞥见有一个正在白着眼睛呆看伊；那是遍身多用铁片包起来的，脸上的神情似乎很失望而且害怕。

"那是怎么一回事呢？"伊顺便的问。

"呜呼，天降丧。"那一个便凄凉可怜的说，"颛顼不道，抗我后，我后躬行天讨，战于郊，天不祐德，我师反走，……"

"什么？"伊向来没有听过这类话，非常诧异了。

"我师反走，我后爰以厥首触不周之山，折天柱，绝地维，我后亦殂落。呜呼，是实惟……"

"够了够了，我不懂你的意思。"伊转过脸去了，却又看见一个高兴而且骄傲的脸，也多用铁片包了全身的。

"那是怎么一回事呢？"伊到此时才知道这些小东西竟会变这么花样不同的脸，所以也想问出别样的可懂的答话来。

"人心不古，康回实有豕心，觊天位，我后躬行天讨，战于郊，天实祐德，我师攻战无敌，殛康回于不周之山。"

"什么？"伊大约仍然没有懂。

"人心不古，……"

"够了够了，又是这一套！"伊气得从两颊立刻红到耳根，火速背转头，另外去寻觅，好容易才看见一个不包铁片的东西，身子精光，带着伤痕还在流血，只是腰间却也围着一块破布片。他正从别一个直挺挺的东西的腰间解下那破布来，慌忙系上自己的腰，但神色倒也很平淡。

伊料想他和包铁片的那些是别一种，应该可以探出一些头绪了，便问道：

"那是怎么一回事呢？"

"那是怎么一回事呵。"他略一抬头，说。

"那刚才闹出来的是？……"

"那刚才闹出来的么？"

"是打仗罢？"伊没有法，只好自己来猜测了。

"打仗罢？"然而他也问。

女娲倒抽了一口冷气，同时也仰了脸去看天。天上一条大裂纹，非常深，也非常阔。伊站起来，用指甲去一弹，一点不清脆，竟和破碗的声音相差无几了。伊皱着眉心，向四面察看一番，又想了一会，便拧去头发里的水，分开了搭在左右肩膀上，打起精神来向各处拔芦柴：伊已经打定了"修补起来再说"的主意了。

伊从此日日夜夜堆芦柴，柴堆高多少，伊也就瘦多少，因为情形不比先前，——仰面是歪斜开裂的天，低头是齷齪破烂的地，毫没有一些可以赏心悦目的东西了。

芦柴堆到裂口，伊才去寻青石头。当初本想用和天一色的纯青石的，然而地上没有这么多，大山又舍不得用，有时到热闹处所去寻些零碎，看见的又冷笑，痛骂，或者抢回去，甚而至于还咬伊的手。伊于是只好搀些白石，再不够，便凑上些红黄的和灰黑的，后来总算将就的填满了裂口，止要一点火，一熔化，事情便完成，然而伊也累得眼花耳响，支持不住了。

"唉唉，我从来没有这样的无聊过。"伊坐在一座山顶上，两手捧着头，上气不接下气的说。

这时昆仑山上的古森林的大火还没有熄，西边的天际都通红。伊向西一瞟，决计从那里拿过一株带火的大树来点芦柴积，正要伸手，又觉得脚趾上有什么东西刺着了。

伊顺下眼去看，照例是先前所做的小东西，然而更异样了，累累坠坠的用什么布似的东西挂了一身，腰间又格外挂上十几条布，头上也罩着些不知什么，顶上是一块乌黑的小小的长方板，手里拿着一片物件，刺伊脚趾的便是这东西。

那顶着长方板的却偏站在女娲的两腿之间向上看，见伊一顺眼，便仓皇的将那小片递上来了。伊接过来看时，是一条很光滑的青竹片，上面还有两行黑色的细点，比槲树叶上的黑斑小得多。伊倒也很佩服这手段的细巧。

"这是什么?"伊还不免于好奇，又忍不住要问了。

顶长方板的便指着竹片，背诵如流的说道，"裸裎淫佚，失德蔑礼败度，禽兽行。国有常刑，惟禁!"

女娲对那小方板瞪了一眼，倒暗笑自己问得太悖了，伊本已知道和这类东西扳谈，照例是说不通的，于是不再开口，随手将竹片搁在那头顶上面的方板上，回手便从火树林里抽出一株烧着的大树来，要向芦柴堆上去点火。

忽而听到呜呜咽咽的声音了，可也是闻所未闻的玩艺，伊姑且向下再一瞟，却见方板底下的小眼睛里含着两粒比芥子还小的眼泪。因为这和伊先前听惯的"nga nga"的哭声大不同了，所以竟不知道这也是一种哭。

伊就去点上火，而且不止一地方。

火势并不旺，那芦柴是没有干透的，但居然也烘烘的响，很久很久，终于伸出无数火焰的舌头来，一伸一缩的向上舔，又很久，便合成火焰的重台花，又成了火焰的柱，赫赫的压倒了昆仑山上的红光。大风忽地起来，火柱旋转着发吼，青的和杂色的石块都一色通红了，饴糖似的流布在裂缝中间，像一条不灭的闪电。

风和火势卷得伊的头发都四散而且旋转，汗水如瀑布一般奔流，大光焰烘托了伊的身躯，使宇宙间现出最后的肉红色。

火柱逐渐上升了，只留下一堆芦柴灰。伊待到天上一色青碧的时候，才伸手去一摸，指面上却觉得还很有些参差。

"养回了力气，再来罢。……"伊自己想。

伊于是弯腰去捧芦灰了，一捧一捧的填在地上的大水里，芦灰还未冷透，蒸得水渐渐的沸涌，灰水泼满了伊的周身。大风又不肯停，夹着灰扑来，使伊成了灰土的颜色。

"吁！……"伊吐出最后的呼吸来。

天边的血红的云彩里有一个光芒四射的太阳，如流动的金球包在荒古的熔岩中；那一边，却是一个生铁一般的冷而且白的月亮。但不知道谁是下去和谁是上来。这时候，伊的以自己用尽了自己一切的躯壳，便在这中间躺倒，而且不再呼吸了。

上下四方是死灭以上的寂静。

三

有一日，天气很寒冷，却听到一点喧嚣，那是禁军终于杀到了，因为他们等候着望不见火光和烟尘的时候，所以到得迟。他们左边一柄黄斧头，右边一柄黑斧头，后面一柄极大极古的大纛，躲躲闪闪的攻到女娲死尸的旁边，却并不见有什么动静。他们就在死尸的肚皮上扎了寨，因为这一处最膏腴，他们检选这些事是很伶俐的。然而他们却突然变了口风，说惟有他们是女娲的嫡派，同时也就改换了大纛旗上的科斗字，写道"女娲氏之肠"。

落在海岸上的老道士也传了无数代了。他临死的时候，才将仙山被巨鳌背到海上这一件要闻传授徒弟，徒弟又传给徒孙，后来一个方士想讨好，竟去奏闻了秦始皇，秦始皇便教方士去寻去。

方士寻不到仙山，秦始皇终于死掉了；汉武帝又教寻，也一样的没有影。

大约巨鳌们是并没有懂得女娲的话的，那时不过偶尔凑巧的点了点头。模模胡胡的背了一程之后，大家便走散去睡觉，仙山也就跟着沉下了，所以直到现在，总没有人看见半座神仙山，至多也不外乎发见了若干野蛮岛。

　　　　　　　　　　　　　　　　　　　　一九二二年十一月作。

［提示］

本篇最初发表于 1922 年 12 月 1 日北京《晨报四周纪念增刊》，题名《不周山》，曾收入《呐喊》；1930 年 1 月《呐喊》第十三次印刷时，作者将此篇抽去，后改为现名，收入《故事新编》。

《补天》的第一节即向读者展现了一个色彩斑斓、瑰丽雄奇的神话世界：粉红的天空、石绿色的浮云、血红的云彩、桃红和青白色斗大杂花、光芒四射的太阳、冷且白的月亮、淡玫瑰似的光海。在这原初的肉红色天地自然中，无聊的女娲无意识间伸手掬起带水的软泥玩，在她游戏的揉捏中，便有一个和自己差不多的小东西出现在两手里，女娲创造了第一个人类。女娲很喜欢这小东西，一边抚摸他们，一边"以未曾有的勇往和愉快"继续造人事业。然而做得多了，女娲开始讨厌他们的呆头呆脑和獐头鼠目了。后来，女娲听不懂"白毛"的胡言乱语，被人类闹得心烦，对人类伤心失望了，却还要修补被人类破坏了的天。女娲最后累死了，但她死后，一群自称女娲嫡系的人在女娲的肚皮上安营扎寨。女娲的结局与她的出场形成了巨大反差，令读者深感悲凉。

作者在文中对女娲敬业精神歌颂，实际上是对劳动人民改造世界的功绩的歌颂；对于女娲的命运描写，实际上是影射出包括自己在内的"五四"先驱者的命运，体现出先驱者和英雄的悲剧性。

　　　　　　　　　　　　　　　　　　　　　　（姜素琼）

沉　　思

王统照

　　韩叔云坐在他的画室里，正向西面宽大的玻璃窗子深沉地凝望。他有三十二三岁的年纪，是个壮年的画家。他住在这间屋子里，在最近三四年所出的作品有几种很博得社会上良好的批评，但他总不以自己的艺术品能满足他的天才的发挥；所以在最近期中，想画一幅极有艺术价值而可表现人生真美的绘画，送到绘画展览会想博得一个最大的荣誉。他想：她已经应允来作我这绘画的模型——裸体的模型——这是再好不过的事。在现代的女子中，她虽是女优，却行这种精神，情愿将她的肌体一一呈露到我的笔尖上，以我的画才表现出来。这才是真正的曲线美哩。哦！这是我一生最得意的艺术表现！她美丽而温和，即使能把她那一对大而黑的眼睛画出，也足使我们绘画界的作家都搁笔了。

　　他作这种想法非常愉快，是真洁的愉快，是艺术家艺术冲动的愉快。

　　这时正当春暮，他穿了一身灰色的呢洋服，加一朵紫色绫花的领结，衬着雪白领子。他满脸上现出了无阻欣喜的情绪。窗外的日影已经慢慢地移过了对面一所花园中的楼顶，金色兼着虹彩的落日余光，反射着天上一群白肚青冀的鸽子，一闪一闪的光线耀人眼光。这群鸽子飞翔空中，鸣叫的声音也同发挥自然的美惠一样。

　　画室里充满了和静，深沉而安定的空气。韩叔云据在一张新式的斜面画案上，很精细地一笔一笔在描他对面的那个裸体美人的轮廓。他把前天那种喜乐都收藏在心里，这时拿出他全副的艺术天才，对于这个活动的裸体模型作周到细密的观察。琼逸女士，斜坐在西窗下一个垫了绣袱的沙发上，右手托住沙发的靠背，抚着自己的额角。一头柔润细腻的头发自然蓬松着，不十分齐整。她那白润中显出微红的皮肤色素，和那双一见能感人极深的眼睛，与耳轮的外廓——半掩在发中——都表现出难以形容的美丽。腰间斜拖着极明极薄的茜色轻纱，半堆在沙发上，半拖在地上的绒毯上面。在那如波纹的细纱中，浮显出琢玉似的身体与纱的颜色相映。下面赤着双足，却非常平整、洁净，与云母石刻成的一样。她的态度自然安闲，更显出她不深思而深思的表情来。玻璃窗子虽被罗纹的白幕遮住，而净淡的日光线射到她的肉体上，越发有一种令人生出十分肃静的光景。

这时两个人都没一点声音，满室里充满了艺术的意味，与自然幽静的香味——是几上一瓶芍药花香和她的肉体上发散的香味。这位画家的灵魂沉浸在这香味里了。

两点半钟已过，忽有一种声浪从窗外传来。韩叔云向来不许有别人的声音打扰他的作画，现在正画的出神，正在画意上用功夫，竭力想发挥他的艺术天才，对着这个人身美心中却也怦怦地乱跃。他一笔一笔的画下去，他的思想，也一起一落，不知如何，总是不能安静。不意这叩门的声浪忽来惊破他的思溯。且是一连几次的门铃，扯得非常的响。他怒极了！再也不能画了，丢下笔，跑出画室。走到门口的时候，无意中回头来看看琼逸，她仍是手抚着额角，一毫不动，而洁白手腕上的皮肤里的青脉管，显得非常清楚。

大门开了，他一看来的人像是个新闻记者，又像是个教书的青年，戴一顶讲究的薄绒帽，这却拿在手里煽风。天气并不很暖，他头上偏有几颗汗珠。他的脸色在苍白色中现出原是活泼秀美的神情。这时见门开了，不等韩叔云说一句话，便踏进门来道：

"密斯脱韩，……是你吗？"

韩叔云也摸不清头脑，本来一团怒气，更加上些疑惑，匆忙里道：

"是呀，我是，但……"

"好……画室在哪里？……哼，……大画师！……"话还没说完，便要往里跑；叔云截上一步道："少年，……你是谁？为什么这样？……"

"我呀，……是《日日新闻》的记者，……琼逸女士，在这里吗？……"

他说时用精锐的眼光注射着叔云。叔云明白了他是什么人，更不由非常生气，把住少年的臂膀，想拉着他出去。正在这时，琼逸女士披着茜纱的长帔，把画室的西窗开放，叫出惊促的声音道：

"我以为是谁，还是你……你呀！请密斯脱韩让他到屋里坐吧。"

叔云抱了一腔子怒气，方要向着这个少年发泄，不料琼逸却从窗里说出这个话，竟要将他让到自己的画室里去。他简直手指都发抖了。那个少年更不管他，便闯进了画室。叔云也脸红气促，跟了进来.

琼逸满脸欣喜，披着茜纱长帔，两只润丽的眼睛，含了无限的乐意。

待到青年进来后，便用双手握住了他的两臂。但青年看看屋里的画具，和她这种披着轻纱的裸体，觉得他所听的话，是没什么疑惑了！他脸上也发了一阵微红，即刻变成郁怒的样子，一句话也不说，只是反抓住她的手向叔云看。叔云此时，心里的艺术性已经消失无余了，从心灵中冒出热情的火焰来，面上火也似的热，觉得有些把持不定，恨不得将青年即时打死。自己也知道这话不能说出，便用力地坐在一把软椅上，用力过猛，几将弹簧坐陷。琼逸握住青年的手，觉得其冷如冰，也很奇怪。

青年对她除了极冷冷的不自然的微笑外，更不说别的话。把乍叩门时那种怒气又消失了，变成一种忧郁懊丧的面色。她后来几乎落下泪来。不多时穿好衣服，也不顾和叔云辞别，并着青年的肩膀走了出去。

叔云不能说一句话，眼睁睁望着她的影子，随了青年走去！白色丝裙的摆纹摇动，也似乎嘲笑他的失意一般。看她对待青年那种亲密态度，恨不能立刻便同他决斗。不知怎的，他原来的艺术性完全消失了！他忘了她来作裸体模型的钟点是过了，他似是仍然看见她的充实、美满、如云石琢成的身子还斜欹在那个沙发上。他恨极了，身上都觉得颤动，勉强立起身来，走到沙发边，却有一种芬香甜静的气味，触到了他的嗅觉。

她同青年出了韩画师的大门，她满心里不知怎样难过，不是靠近青年便站不住了。但青年却板起冷酷苍白的面目对地，有时向她脸上用力看一看。两个人都不言语。

转过了两条街角，忽听得吱吱的声响，一辆华丽摩托车从对面疾驰过来。车上就只有一个司机人，却是穿着礼服，带着徽章，高高的礼帽压住浓厚的眉心，蕴了满脸的怒气。是个五十多岁的官吏。看他那个样子，似乎方从哪里宴会来的。但是当他的摩托车走的时候，琼逸的眼光非常尖利，从沙土飞扬中看见车上这个人，不禁吃了一惊！而且这辆车去的路线，正是他们从韩叔云家来的路线。这时被种种感觉渗到心头上，自己疑惑起来，不知为什么一天之中遇到了这些奇怪的事情？

不多时，这辆汽车已经停在韩画师的门首了。这个五十多岁的人，穿了时髦华贵的大礼服，挺起胸脯，手里提着一根分量重的手杖，用力向着髹漆的极精致的门上乱敲。——他忘了扯门铃——相隔不到一点钟的工夫，韩叔云这个门首，受了这两次敲声。这种声音，直把画师的心潮激乱了，一层层的怒涛冲荡，也把他的心打碎，变成狂人了！

五十多岁的官吏和韩叔云对立在门首——因为他再不能让人到他室中

去——这位官吏拿出一副骄贵傲慢的眼光注定叔云似怒似狂的面孔。他从狡猾的眼角里露出十二分瞧不起这位画师的态度。叔云对这个来人更加愤怒。两个人没说了两句话，就各人喊出难听而暴厉的声音。叔云两手用力叉着腰道：

"恶徒！……万恶的官吏！你有权力吗？……哼，……来站脏了我的门口！"

"呵呵！简直是个流氓，是个高等骗人的流氓！你骗了社会上多少金钱、虚誉还不算，又要借着画什么裸体不裸体的画来骗那个女子！我和你说，……"

这时这个官吏眼睛已经斜楞了，说到末后一个字，现出极坚决的态度。

"……什么？……"

"骗人的人！……往后不准你再引她入你的画室，……哼！……你敢不照我的话办理，……你听见吗？……她是我的！……"

狡猾的官吏话还没完，陡觉得脸上一响，眼前便发了一阵黑。原来韩叔云这时，他那一向温和幽静的艺术性质完全消失，直是成了狂人。听了这个官吏的话再也忍不住，便抓住他的衣领，给他脸上打了沉重有力的一掌。

于是两个人便在门首石阶上抓扭起来，手杖丢了，折断了，不知谁的金钮扣用脚踏坏了，各人很整齐光洁的头发纷乱了，韩叔云的紫绫花领结，也撕破了。他们——官吏和画家的庄严安闲的态度，全没有了。他们是被心中的迷妄的狂热燃烧着全身了！

春末的晚风已无些冷意，只挟着了一些花香气味，阵阵的吹到湖中的绿波上。天气微阴，一片一片暗云遮住蔚蓝的天色，有时从云影里露出些霞光来。映在湖滨的柳叶子上，更发出一种鲜嫩的微光，反射到平镇似的湖水上。风声微动，柳叶也随着沙沙作响。渐渐地四围罩了些暖雾，似有无穷的细小白点，与纲目版上印的细点一样，将一片大地迷漫起来。这个城外的湖滨是风景最盛的地方，这时的一切风景笼在雾中，看不分明了。湖滨有个亭子，是预备游人息足的所在。琼逸一个人不知怎的却独自跑到这个亭子上来。

她怎么不到韩叔云画室里作裸体模型了？不到戏院里去扮演了？在这春日的黄昏，一个人儿跑出城外，在暖雾幕住的亭子里，独自沉思！

她穿了雅淡的衣服，脸上露出非常忧郁的面色。从前丰润的面貌已变成惨白，连眼圈也有些青色。她把握着自己的手像没点气力，只觉着周围的雾咧、水田、风吹的柳叶声咧，和晚上归飞的乌鸦乱啼声都向她尽力的逼来，使她的心弦越发沉郁不扬！她在白雾的亭中，看着濛濛不清的湖光。她一面想：他和我几年的相知，平常对我很恳挚，很亲爱的，也没什么呀！我替人家作裸体画的模型并不是可耻的事，助成名家的艺术品，也没有别的关系啊！他知道的这样快，找到那里那样冷淡，看我像作了什么恶事，从此便和我同陌生的人一般，这是什么意思啊？……韩叔云却也奇怪得很，我的朋友找我，没有什么希奇，怎么便和人家抢去了他的画稿一样的愤怒？……我的灵魂却在我自己的身子里啊！……她想到这里，看看四围的雾气越发重了，毫无声息。她不觉又继续想道：那讨人嫌的狡猾官吏，听说后来和韩叔云还打了一场，被巡警劝开了。他来缠我，我只是不见他，他反在社会上给我散布些恶迹的谣言。现在我最爱的人不来了，不再爱我了！画师成了狂人，不再作他的艺术生活了！……奇怪？……到底我有我的自由啊！……世上的人怎么对于我这种人这么逼迫呢？

她想到这里，她的心像浸在冷水里一样抖颤。四围静寂，白雾渐渐消失了。从朦胧的云影里稍稍露出一丝的月光，射在幕着雾的湖水上。这阴黑的黄昏，却和她心中的沉思一般，但在云雾中还射出的一丝光明，在她心头上，只是闷沉沉的一片！

她沉思了多少时候，忽听得耳旁有一种呕……呕的声音，方由梦中醒悟过来。一阵微风吹过，抬头借着月光看去，原来是只白鸥从身旁飞过，没入淡雾的湖中去了。

一九二〇年十二月

[提示]

王统照（1897—1957），字剑三，山东诸城人，是中国现代文学史上著名的小说家，也是文学研究会的主要发起人，号召"为人生而艺术"，主张文学中的现实主义。他一生写有小说、诗歌、散文等多种著作，主要作品有长篇小说《一叶》、《黄昏》、《山雨》，短篇小说集《春雨之夜》、《霜痕》、《湖畔儿语》，散文集《北国之春》、《片云集》，诗集《童心》、《鹊华小集》，《王统照选集》，《王统照诗选》，《王统照文集》等。

本文是作者较早的文学作品，发表于1921年1月10日《小说月报》

第十二卷第一号。这是一篇有关"爱与美"的小说，主要写了文中三个人物——画家韩叔云、青年新闻记者、五十多岁的官吏——围绕人体模特儿琼逸女士展开的行为冲突。琼逸女士为献身艺术，为画家呈现人体美，这很崇高；画家韩叔云想为她画一幅极有艺术价值且可表现人生真美的画，这很艺术。但琼逸女士为艺术献身的行为，没有得到记者爱人的理解，爱人气愤地抛弃了二人的爱情；一向温和幽静的画家也因此事变成狂人，甚至与狡猾的官吏动手打了起来，这些都引起了琼逸女士的沉思，却不明白自己有灵魂、有自由为何也受到如此逼迫。

文中的四个形象各有象征意义，在"为人生"大前提下，作者用象征主义方法表现出自己对现实生活真实的感受，借琼逸女士的沉思写出了自己对"爱与美"的见解。

（姜素琼）

超　人

冰　心

　　何彬是一个冷心肠的青年，从来没有人看见他和人有什么来往。他住的那一座大楼上，同居的人很多，他却都不理人家，也不和人家在一间食堂里吃饭，偶然出入遇见了，轻易也不招呼。邮差来的时候，许多青年欢喜跳跃着去接他们的信，何彬却永远得不着一封信。他除了每天在局里办事，和同事们说几句公事上的话；以及房东程姥姥替他端饭的时候，也说几句照例的应酬话，此外就不开口了。

　　他不但是和人没有交际，凡带一点生气的东西，他都不爱；屋里连一朵花，一根草，都没有，冷阴阴的如同山洞一般。书架上却堆满了书。他从局里低头独步的回来，关上门，摘下帽子，便坐在书桌旁边，随手拿起一本书来，无意识的看着，偶然觉得疲倦了，也站起来在屋里走了几转，或是拉开帘幕望一望，但不多一会儿，便又闭上了。

　　程姥姥总算是他另眼看待的一个人；她端进饭去，有时便站在一边，絮絮叨叨的和他说话，也问他为何这样孤零。她问上几十句，何彬偶然答应几句说："世界是虚空的，人生是无意识的。人和人，和宇宙，和万物的聚合，都不过如同演剧一般：上了台是父子母女，亲密的了不得；下了台，摘下假面具，便各自散了。哭一场也是这么一回事，笑一场也是这么一回事，与其互相牵连，不如互相遗弃；而且尼采说得好，爱和怜悯都是恶……"

　　程姥姥听着虽然不很明白，却也懂得一半，便笑道："要这样，活在世上有什么意思？死了，灭了，岂不更好，何必穿衣吃饭？"他微笑道："这样，岂不又太把自己和世界都看重了。不如行云流水似的，随它去就完了。"程姥姥还要往下说话，看见何彬面色冷然，低着头只管吃饭，也便不敢言语。

　　这一夜他忽然醒了。听得对面楼下凄惨的呻吟着，这痛苦的声音，断断续续的，在这沉寂的黑夜里只管颤动。他虽然毫不动心，却也搅得他一夜睡不着。月光如水，从窗纱外泻将进来，他想起了许多幼年的事情，——慈爱的母亲，天上的繁星，院子里的花……他的脑子累极了，极力的想摈绝这些思想，无奈这些事只管奔凑了来，直到天明，才微微的合一合眼。

他听了三夜的呻吟，看了三夜的月，想了三夜的往事——

眠食都失了次序，眼圈儿也黑了，脸色也惨白了。偶然照了照镜子，自己也微微的吃了一惊，他每天还是机械似的做他的事——然而在他空洞洞的脑子里，平空添了一个深夜的病人。

第七天早起，他忽然问程姥姥对面楼下的病人是谁？程姥姥一面惊讶着，一面说："那是厨房里跑街的孩子禄儿，那天上街去了，不知道为什么把腿摔坏了，自己买块膏药贴上了，还是不好，每夜呻吟的就是他。这孩子真可怜，今年才十二岁呢，素日他勤勤恳恳极疼人的……"何彬自己只管穿衣戴帽，好像没有听见似的，自己走到门边。程姥姥也住了口，端起碗来，刚要出门，何彬慢慢的从袋里拿出一张钞票来，递给程姥姥说："给那禄儿罢，叫他请大夫治一治。"说完了，头也不回，径自走了。——程姥姥一看那巨大的数目，不禁愕然，何先生也会动起慈悲念头来，这是破天荒的事情呵！她端着碗，站在门口，只管出神。

呻吟的声音，渐渐的轻了，月儿也渐渐的缺了。何彬还是朦朦胧胧的——慈爱的母亲，天上的繁星，院子里的花……他的脑子累极了，竭力的想摈绝这些思想，无奈这些事只管奔凑了来。

过了几天，呻吟的声音住了，夜色依旧沉寂着，何彬依旧"至人无梦"的睡着。前几夜的思想，不过如同晓月的微光，照在冰山的峰尖上，一会儿就过去了。

程姥姥带着禄儿几次来叩他的门，要跟他道谢；他好像忘记了似的，冷冷的抬起头来看了一看，又摇了摇头，仍去看他的书。禄儿仰着黑胖的脸，在门外张着，几乎要哭了出来。

这一天晚饭的时候，何彬告诉程姥姥说他要调到别的局里去了，后天早晨便要起身，请她将房租饭钱，都清算一下。程姥姥觉得很失意，这样清净的住客，是少有的，然而究竟留他不得，便连忙和他道喜。他略略的点一点头，便回身去收拾他的书籍。

他觉得很疲倦，一会儿便睡下了。——忽然听得自己的门钮动了几下，接着又听见似乎有人用手推的样子。他不言不动，只静静的卧着，一会儿也便渺无声息。

第二天他自己又关着门忙了一天，程姥姥要帮助他，他也不肯，只说有事的时候再烦她。程姥姥下楼之后，他忽然想起一件事来，绳子忘了买了。慢慢的开了门，只见人影儿一闪，再看时，禄儿在对面门后藏着呢。他踌躇着四围看了一看，一个仆人都没有，便唤："禄儿，你替我买几根绳子来。"禄儿趁趁的走过来，欢天喜地的接了钱，如飞走下楼去。

不一会儿，禄儿跑得通红的脸，喘息着走上来，一只手拿着绳子，一只手背在身后，微微露着一两点金黄色的星儿。他递过了绳子，仰着头似乎要说话，那只手也渐渐的回过来。何彬却不理会，拿着绳子自己走进去了。

他忙着都收拾好了，握着手周围看了看，屋子空洞洞的——睡下的时候，他觉得热极了，便又起来，将窗户和门，都开了一缝，凉风来回的吹着。

"依旧热得很。脑筋似乎很杂乱，屋子似乎太空沉。——累了两天了，起居上自然有些反常。但是为何又想起深夜的病人。——慈爱的……，不想了，烦闷的很！"

微微的风，吹扬着他额前的短发，吹干了他头上的汗珠，也渐渐的将他扇进梦里去。

四面的白壁，一天的微光，屋角几堆的黑影。时间一分一分的过去了。

慈爱的母亲，满天的繁星，院子里的花。不想了，——烦闷……闷……

黑影漫上屋顶去，什么都看不见了，时间一分一分的过去了。

风大了，那壁厢放起光明。繁星历乱的飞舞进来。星光中间，缓缓的走进一个白衣的妇女，右手撩着裙子，左手按着额前。走近了，清香随将过来；渐渐的俯下身来看着，静穆不动的看着，——目光里充满了爱。

神经一时都麻木了！起来罢，不能，这是摇篮里，呀！母亲，——慈爱的母亲。

母亲呵！我要起来坐在你的怀里，你抱我起来坐在你的怀里。

母亲呵！我们只是互相牵连，永远不互相遗弃。

渐渐的向后退了，目光仍旧充满了爱。模糊了，星落如雨，横飞着都聚到屋角的黑影上。——

"母亲呵，别走，别走！……"

　　十几年来隐藏起来的爱的神情，又呈露在何彬的脸上；十几年来不见点滴的泪儿，也珍珠般散落了下来。

　　清香还在，白衣的人儿还在。微微的睁开眼，四面的白壁，一天的微光，屋角的几堆黑影上，送过清香来。——刚动了一动，忽然觉得有一个小人儿，蹑手蹑脚的走了出去，临到门口，还回过小脸儿来，望了一望。他是深夜的病人——是禄儿。

　　何彬竭力的坐起来。那边捆好了的书籍上面，放着一篮金黄色的花儿。他穿着单衣走了过去，花篮底下还压着一张纸，上面大字纵横，借着微光看时，上面是：

　　我也不知道怎样可以报先生的恩德。我在先生门口看了几次，桌子上都没有摆着花儿。——这里有的是卖花的，不知道先生看见过没有？——这篮子里的花，我也不知道是什么名字，是我自己种的，倒是香得很，我最爱它。我想先生也必是爱它。我早就要送给先生了，但是总没有机会。昨天听见先生要走了，所以赶紧送来。

　　我想先生一定是不要的。然而我有一个母亲，她因为爱我的缘故，也很感激先生。先生有母亲么？她一定是爱先生的。这样我的母亲和先生的母亲是好朋友了。所以先生必要收母亲的朋友的儿子的东西。

　　　　　　　　　　　　　　　　　　　　　　　　禄儿叩上

　　何彬看完了，捧着花儿，回到床前，什么定力都尽了，不禁呜呜咽咽的痛哭起来。

　　清香还在，母亲走了！窗内窗外，互相辉映的，只有月光，星光，泪光。

　　早晨程姥姥进来的时候，只见何彬都穿着好了，帽儿戴得很低，背着脸站在窗前。程姥姥陪笑着问他用不用点心，他摇了摇头。——车也来了，箱子也都搬下去了，何彬泪痕满面，静默无声的谢了谢程姥姥，提着一篮的花儿，遂从此上车走了。禄儿站在程姥姥的旁边，两个人的脸上，都堆着惊讶的颜色。看着车尘远了，程姥姥才回头对禄儿说："你去把那间空屋子收拾收拾，再锁上门罢，钥匙在门上呢。"

　　屋里空洞洞的，床上却放着一张纸，写着：

　　小朋友禄儿：

　　我先要深深的向你谢罪，我的恩德，就是我的罪恶。你说你要报答我，我还不知道我应当怎样的报答你呢！

　　你深夜的呻吟，使我想起了许多的往事。头一件就是我的母亲，她的爱可以使我止水似的感情，重要荡漾起来。我这十几年来，错认了世界是虚空的，人生是无意识的，爱和怜悯都是恶德。我给你那医药费，里面不含着丝毫的爱和怜悯，不过是拒绝你的呻吟，拒绝我的母亲，拒绝了宇宙和人生，拒绝了爱和怜悯。上帝呵！这是什么念头呵！

　　我再深深的感谢你从天真里指示我的那几句话。小朋友呵！不错的，世界上的母亲和母亲都是好朋友，世界上的儿子和儿子也都是好朋友，都是互相牵连，不是互相遗弃的。

　　你送给我那一篮花之先，我母亲已经先来了。她带了你的爱来感动我。我必不忘记你的花和你的爱，也请你不要忘了，你的花和你的爱，是借着你朋友的母亲带了来的！

　　我是冒罪丛过的，我是空无所有的，更没有东西配送给你。——然而这时伴着我的，却有悔罪的泪光，半弦的月光，灿烂的星光。宇宙间只有它们是纯洁无疵的。我要用一缕柔丝，将泪珠儿穿起，系在弦月的两端，摘下满天的星儿来盛在弦月的圆凹里，不也是一篮金黄色的花儿么？它的香气，就是悔罪的人呼吁的言词，请你收了罢。只有这一篮花配送给你！

　　天已明了，我要走了。没有别的话说了，我只感谢你，小朋友，再见！再见！世界上的儿子和儿子都是好朋友，我们永远是牵连着呵！

　　　　　　　　　　　　　　　　　　　　　　　　　何彬草

　　我写了这一大段，你未必都认得都懂得；然而你也用不着都懂得，因为你懂得的，比我多得多了！又及。

　　"他送给我的那一篮花儿呢？"禄儿仰着黑胖的脸儿，呆呆的望着天上。

［提示］

　　冰心（1900—1999），原名谢婉莹，祖籍福建福州，著名诗人、作家、翻译家、儿童文学家，因其一生正好度过一个世纪，后被人称为"世纪老人"。主要作品有诗集《繁星》、《春水》，散文集《寄小读者》，短篇小说集《超人》等。

　　《超人》于1921年4月在《小说月报》的第12卷第4号上发表，是冰心五四时期写的暴露社会黑暗、探索人生道路的"问题小说"的代表作之一，主要讲述了一个对人对物都漠不关心的冷血的青年被小朋友的行为感化，从此改变了自己的世界观、人生观的故事。

文章开篇就说"何彬是一个冷心肠的青年，从来没有人看见他和人有什么来往"，而且凡带一点生气的东西，他都不爱，住的屋里没有任何花草鱼虫，书架上却堆满了书。受到尼采"超人"哲学思想的影响，何彬认同"世界是虚空的，人生是无意识的。人和人，和宇宙，和万物……与其互相牵连，不如互相遗弃"；"爱和怜悯都是恶"。但深夜听到小朋友病痛的呻吟失眠后，他想了三夜的往事，想起慈爱的母亲，天上的繁星，院子里的花。何彬并不是没有感情的人，虽然他出钱给禄儿看好了病却依旧冷酷，拒绝别人和帮助，也不接受孩子的谢意。直到他要离开时，梦到母亲，收到禄儿的花和信，信中稚嫩的童言让他明白了世界上的母亲和母亲都是好朋友，世界上的儿子和儿子也是好朋友，人和人，人和物都是互相牵连的。"超人"被爱感化，承认了自己思想上的错误。

冰心"有了爱就有了一切"观点在《超人》中又一次得到了很好的诠释。

（姜素琼）

缀 网 劳 蛛

许地山

"我像蜘蛛，
命运就是我的网。"
我把网结好，
还住在中央。

呀，我的网甚时节受了损伤！
这一坏，教我怎地生长？
生的巨灵说："补缀补缀罢。"
世间没有一个不破的网。

我再结网时，
要结在玳瑁梁栋。
珠玑帘拢；
或结在断井颓垣，
荒烟蔓草中呢？
生的巨灵按手在我头上说：
"自己选择去罢，
你所在的地方无不兴隆，亨通。"

虽然，我再结的网还是像从前那么脆弱，
敌不过外力冲撞；
我网的形式还要像从前那么整齐——
平行的丝连成八角，十二角的形状吗？
他把"生的万花筒"交给我，说：
"望里看罢，
你爱怎样，就结成怎样。"

呀，万花筒里等等的形状和颜色

仍与从前没有什么差别！

求你再把第二个给我，

我好谨慎地选择。

"咄咄：贪得而无智的小虫！

自而今回溯到濛鸿，

从没有人说过里面有个形式与前相同。

去罢，生的结构都由这几十颗'彩琉璃屑'幻成种种，

不必再看第二个生的万花筒。"

　　那晚上的月色格外明朗，只是不时来些微风把满园的花影移动得不歇地作响。素光从椰叶下来，正射在尚洁和她的客人史夫人身上。她们二人的容貌，在这时候自然不能认得十分清楚；但是二人对谈的声音却像幽谷的回响，没有一点模糊。

　　周围的东西都沉默着，像要让她们密谈一般，树上的鸟儿把喙插在翅膀底下；草里的虫儿也不敢做声；就是尚洁身边那只玉狸，也当主人所发的声音为催眠歌，只管鼻及齁齁地沉睡着。她用纤手抚着玉狸，目光注在她的客人身上，懒懒地说："夺魁嫂子，外间的闲话是听不得的。这事我全不计较——我虽不信定命的说法，然而事情怎样来，我就怎样对付，毋庸在事前预先谋定什么方法。"

　　她的客人听了这场冷静的话，心里很是着急，说："你对于自己的前程太不注意了！若是一个人没有长久的顾虑，就免不了遇着危险，外人的话虽不足信，可是你得把你的态度显示得明了一点，教人不疑惑你才是。"

　　尚洁索性把玉狸抱在怀里，低着头，只管摩弄。一会儿，她才冷笑了一声，说："吓吓，夺魁嫂子，你的话差了！危险不是顾虑所能闪避的。后一小时的事情，我们也不敢说准知道，哪里能顾到三四个月、三两年那么长久呢？你能保我待一会不遇着危险，能保我今夜里睡得平安么？纵使我准知道今晚上会遇着危险，现在的谋虑也未必来得及。我们都在云雾里走，离身二三尺以外，谁还能知道前途的光景呢？经里说：'不要为明日自夸，因为一日要生何事，你尚且不能知道。'这句话，你忘了么？……

唉，我们都是从渺茫中来在渺茫中住，望渺茫中去。若是怕在这条云封雾锁的生命路程里走动，莫如止住你的脚步；若是你有漫游的兴趣，纵然前途和四围的光景暧昧，不能使你赏心快意，你也是要走的。横竖是往前走，顾虑什么？"

"我们从前的事，也许你和一般侨寓此地的人都不十分知道。我不愿意破坏自己的名誉，也不忍教他出丑。你既是要我把态度显示出来，我就得略把前事说一点给你听，可是要求你暂时守这个秘密。"

"论理，我也不是他的……"

史夫人没等她说完，早把身子挺起来，作很惊讶的样子，回头用焦急的声音说："什么？这又奇怪了！"

"这倒不是怪事，且听我说下去；你听这一点，就知道我的全意思了。我本是人家的童养媳，一向就不曾和人行过婚礼，——那就是说，夫妇的名分，在我身上用不着。当时，我并不是爱他，不过要仗着他的帮助，救我脱出残暴的婆家。走到这个地方，依着时势的境遇，使我不能不认他为夫。……"

"原来你们的家有这样特别的历史。……那么，你对于长孙先生可以说没有精神的关系，不过是不自然的结合罢了。"

尚洁庄重地回答说："你的意思是说我们没有爱情么？诚然，我从不曾在别人身上用过一点男女的爱情；别人给我的，我也不曾辨别过那是真的，这是假的。夫妇，不过是名义上的事：爱与不爱，只能稍微影响一点精神的生活，和家庭的组织是毫无关系的。"

"他怎样想法子要奉承我，凡认识我的人都觉得出来。然而我却没有领他的情，因为他从没有把自己的行为检点一下。他的嗜好多，脾气坏，是你所知道的。我一到会堂去，每听到人家说我是长孙可望的妻子，就非常的惭愧。我常想着从不自爱的人所给底爱情都是假的。"

"我虽然不爱他，然而家里的事，我认为应当替他做的，我也乐意去做。因为家庭是公的，爱情是私的。我们两人的关系，实在就是这样。外人说我和谭先生的事，全是不对的。我的家庭已经成为这样，我又怎能把它破坏呢？"

史夫人说："我现在才看出你们的真相，我也回去告诉史先生，教他不要多信闲话。我知道你是好人，是一个纯良的女子，神必保佑你。"说着，用手轻轻地拍一拍尚洁底肩膀，就站立起来告辞。

尚洁陪她在花荫底下走着，一面说："我很愿意你把这事的原委单说给史先生知道。至于外间传说我和谭先生有秘密的关系，说我是淫妇，我都不介意。连他也好几天不回来啦。我估量他是为这事生气，可是我并不辩白。世上没有一个人能够把真心拿出来给人家看；纵然能够拿出来，人家也看不明白；那么，我又何必多费唇舌呢？人对于一件事情一存了成见，就不容易把真相观察出来。凡是人都有成见，同一件事，必会生出歧异的评判，这也是难怪的。我不管人家怎样批评我，也不管他怎样疑惑我，我只求自己无愧，对得住天上的星辰和地下的蝼蚁便了。你放心罢，等到事情临到我身上，我自有方法对付。我的意思就是这样，若是有工夫，改天再谈罢。"

她送客人出门，就把玉狸抱到自己房里。那时已经不早，月光从窗户进来，歇在椅桌、枕席之上，把房里的东西染得和铅制的一般。她伸手向床边按了一按铃子，须臾，女佣妥娘就上来。她问："佩荷姑娘睡了么？"妥娘在门边回答说："早就睡了。宵夜已预备好了，端上来不？"她说着，顺手把电灯拧着，一时满屋里都着上颜色了。

在灯光之下，才看见尚洁斜倚在床上。流动的眼睛，软润的颔颊，玉葱似的鼻，柳叶似的眉，桃绽似的唇，衬着蓬乱的头发，……凡形体上各样的美都凑合在她头上。她的身体，修短也很合度。从她口里发出来的声音，都合音节，就是不懂音乐的人，一听了她的话语，也能得着许多默感。她见妥娘把灯拧亮了，就说："把它拧灭了吧。光太强了，更不舒服。方才我也忘了留史夫人在这里消夜。我不觉得十分饥饿，不必端上来，你们可以自己方便去。把东西收拾清楚，随着给我点一支洋烛上来。"

妥娘遵从她的命令，立刻把灯灭了，接着说："相公今晚上也许又不回来，可以把大门扣上吗？"

"是；我想他永远不回来了。你们吃完，就把门关好，各自歇息去罢，夜很深了。"

尚洁独坐在那间充满月亮的房里，桌上一枝洋烛已燃过三分之二，轻风频拂火焰，眼看那枝发光底小东西要泪尽了。她于是起来，把烛火移到屋角一个窗户前头的小几上。那里有一个软垫，几上搁几本《经》典和祈祷文。她每夜睡前的功课就是跪在那垫上默记三两节经句，或是诵几句祷词。别的事情，也许她会忘记，惟独这圣事是她所不敢忽略的。她跪在那里冥想了许多，睁眼一看，火光已不知道在什么时候从烛台上逃走了。

她立起来，把卧具整理妥当，就躺下睡觉，可是她怎能睡着呢？呀，月亮也循着宾客的礼，不敢相扰，慢慢地辞了她，走到园里和它的花草朋友、木石知交周旋去了！

月亮虽然辞去，她还不转眼地望着窗外的天空，像要诉她心中的秘密一般。她正在床上展来转去，忽听园里"嚯"一声，响得很厉害。她起来，走到窗边，往外一望，但见一重一重的树影和夜雾把园里盖得非常严密，教她看不见什么。于是她蹑步下楼，唤醒妥娘，命她到园里去察看那怪声的出处。妥娘自己一个人哪里敢出去；她走到门房把团哥叫醒，央他一同到围墙边察一察。团哥也就起来了。

妥娘去不多会，便进来回话。她笑着说："你猜是什么呢？原来是一个蹇运的窃贼摔倒在我们的墙根。他底腿已摔坏了，脑袋也撞伤了，流得满地都是血，动也动不得了。团哥拿着一枝荆条正在抽他哪。"

尚洁听了，一霎时前所有的恐怖情绪一时尽变为慈祥的心意。她等不得回答妥娘，便跑到墙根。团哥还在那里，"你这该死的东西。……不知厉害底坏种。……"一句一鞭，打骂得很高兴。尚洁一到，就止住他，还命他和妥娘把受伤的贼扛到屋里来。她吩咐让他躺在贵妃床上，仆人们都显出不愿意的样子；因为他们想着一个贼人不应该受这么好的待遇。

尚洁看出他们的意思，便说："一个人走到做贼的地步是最可怜悯的。若是你们不得着好机会，也许……。"她说到这里，觉得有点失言，教她的佣人听了不舒服，就改过一句说话："若是你们明白他的境遇，也许会体贴他。我见了一个受伤的人，无论如何，总得救护的。你们常常听见'救苦救难'的话，遇着忧患的时候，有时也会脱口地说出来；为何不从'他是苦难人'那方面体贴他呢？你们不要怕他的血沾脏了那垫子，尽管扶他躺下罢。"团哥只得扶他躺下，口里沉吟地说："我们还得为他请医生去吗？"

"且慢，你把灯移近一点，待我来看一看。救伤的事，我还在行。妥娘，你上楼去把我们那个'常备药箱'捧下来。"又对团哥说："你去倒一盆清水来罢。"

仆人都遵命各自干事去了。那贼虽闭着眼，方才尚洁所说的话，却能听得分明。他心里的感激可使他自忘是个罪人，反觉他是世界里一个最能得人爱惜的青年。这样的待遇，也许就是他生平第一次得着的。他呻吟了一下，用低沉的声音说："慈悲的太太，菩萨保佑慈悲的太太！"

那人的太阳边受了一伤很重，腿部倒不十分厉害。她用药棉蘸水轻轻地把伤处周围的血迹涤净，再用绷带裹好。等到事情做得清楚，天早已亮了。

她正转身要上楼去换衣服，蓦听得外面敲门的声很急，就止步问说："谁这么早就来敲门呢？"

"是警察罢。"

妥娘提起这四个字，教她很着急。她说："谁去告诉警察呢？"那贼躺在贵妃床上，一听见警察要来，恨不能立刻起来跪在地上求恩。但这样的行动已从他那双劳倦的眼睛表白出来了。尚洁跑到他跟前，安慰他说，"我没有叫人去报警察……"正说到这里，那从门外来的脚步已经踏进来。

来底并不是警察，却是这家的主人长孙可望。他见尚洁穿着一件睡衣站在那里和一个躺着的男子说话，心里的无明业火已从身上八万四千个毛孔里发射出来。他第一句就问，"那人是谁？"

这个问实在叫尚洁不容易回答，因为她从不曾问过那受伤者底名字，也不便说他是贼。

"他……他是受伤的人。……"

可望不等说完，便拉住她的手，说："你办的事，我早已知道。我这几天不回来，正要侦察你的动静，今天可给我撞见了。我何尝辜负你呢？……一同上去罢，我们可以慢慢地谈。"不由分说，拉着她就往上跑。

妥娘在旁边，看得情急，就大声嚷着，"他是贼！"

"我是贼，我是贼！"那可怜的人也嚷了两声。可望只对着他冷笑，说："我明知道你是贼。不必报名，你且歇一歇罢。"

一到卧房里，可望就说："我且问你，我有什么对你不起的地方？你要入学堂，我便立刻送你去；要到礼拜堂听道，我便特地为你预备车马。现在你有学问了，也入教了，我且问你，学堂教你这样做，教堂教你这样做么？"

他的话意是要诘问她为什么变心，因为他许久就听见人说尚洁嫌他鄙陋不文，要离弃他去嫁给一个姓谭的。夜间的事，他一概不知，他进门一看尚洁底神色，老以为她所做的是一段爱情把戏。在尚洁方面，以为他是不喜欢她这样待遇窃贼。她的慈悲性情是上天所赋的，她也觉得这样办，于自己的信仰和所受的教育没有冲突，就回答说："是的，学堂教我这样做，教会也教我这样做。你敢是……"

"是吗？"可望喝了一声，猛将怀中小刀取出来向尚洁的肩膀上一击。这不幸的妇人立时倒在地上；那玉白的面庞已像渍在胭脂膏里一样。

她不说什么，但用一种沉静的和无抵抗的态度，就足以感动那愚顽的凶手。可望见此情景，心中恐怖的情绪已把凶猛的怒气克服了。他不再有什么动作，只站在一边出神。他看尚洁动也不动一下，估量她是死了；那时，他觉得自己底罪恶压住他，不许再逗留在那里，便溜烟似地往外跑。

妥娘见他跑了，知道楼上必有事故，就赶紧上来。她看尚洁那样子，不由得"啊，天公！"喊了一声，一面上去，要把她搀扶起来。尚洁这时，眼睛略略睁开，像要对她说什么，只是说不出。她指着肩膀示意，妥娘才看见一把小刀插在她肩上。妥娘底手便即酥软，周身发抖，待要扶她，也没有气力了。她含泪对着主妇说："容我去请医生罢。"

"史……史……"妥娘知道她是要请史夫人来，便回答说："好，我也去请史夫人来。"她教团哥看门，自己雇一辆车找救星去了。

医生把尚洁扶到床上，慢慢施行手术；赶到史夫人来时，所有的事情都弄清楚啦。医生对史夫人说："长孙夫人的伤不甚要紧，保养一两个星期便可复元。幸而那刀从肩胛骨外面脱出来，没有伤到肺叶——那两个创口是不要紧的。"

医生辞去以后，史夫人便坐在床沿用法子安慰她。这时，尚洁的精神稍微恢复，就对她的知交说："我不能多说话，只求你把底下那个受伤的人先送到公医院去；其余的，待我好了再给你说。……唉，我的嫂子，我现在不能离开你，你这几天得和我同在一块儿住。"

史夫人一进门就不明白底下为什么躺着一个受伤的男子。妥娘去时，也没有对她详细地说。她看见尚洁这个样子，又不便往下问。但尚洁的颖悟性从不会被刀所伤，她早明白史夫人猜不透这个闷葫芦，就说："我现在没有气力给你细说，你可以向妥娘打听去。就要速速去办，若是他回来，便要害了他的性命。"

史夫人照她所吩咐的去做，回来，就陪着她在房里，没有回家。那四岁的女孩佩荷更不知道这是怎么一回事，还是啼啼，笑笑，过她的平安日子。

　　一个星期，两个星期，在她病中嘿嘿地过去。她也渐次复元了。她想许久没有到园里去，就央求史夫人扶着她慢慢走出来。她们穿过那晚上谈话的柳荫，来到园边一个小亭下，就歇在那里。她们坐的地方开满了玫瑰，那清静温香的景色委实可以消灭一切忧闷和病害。

　　"我已忘了我们这里有这么些好花，待一会，可以折几枝带回屋里。"

　　"你且歇歇，我为你选择几枝罢。"史夫人说时，便起来折花。尚洁见她脚下有一朵很大的花，就指着说："你看，你脚下有一朵很大、很好看的，为什么不把他摘下？"

　　史夫人低头一看，用手把花提起来，便叹了一口气。

　　"怎么啦？"

　　史夫人说："这花不好。"因为那花只剩地上那一半，还有一边是被虫伤了。她怕说出伤字，要伤尚洁的心，所以这样回答。但尚洁看的明明是一朵好花，直教递过来给她看。

　　"夺魁嫂，你说他不好么？我在此中找出道理咧！这花虽然被虫伤了一半，还开得这么好看，可见人的命运也是如此——若不把他的生命完全夺去，虽然不完全，也可以得着生活上一部分的美满，你以为如何呢？"

　　史夫人知道她联想到自己的事情上头，只回答说，"那是当然的，命运的偃蹇和亨通，于我们的生活没有多大关系。"

　　谈话之间，妥娘领着史夺魁先生进来。他向尚洁和他的妻子问过好，便坐在她们对面一张凳上。史夫人不管她丈夫要说什么，头一句就问："事情怎样解决呢？"

　　史先生说："我正是为这事情来给长孙夫人一个信。昨天在会堂里有一个很激烈的纷争，因为有些人说可望的举动是长孙夫人迫他做成的，应当剥夺她赴圣筵的权利。我和我奉真牧师在席间极力申辩，终归无效。"他望着尚洁说："圣筵赴与不赴也不要紧。因为我们的信仰决不能为仪式所束缚；我们的行为，只求对得起良心就算了。"

　　"因为我没有把那可怜的人交给警察，便责罚我么？"

　　史先生摇头说："不，不。现在的问题不在那事上头。前天可望寄一封长信到会里，说到你怎样对他不住，怎样想弃绝他去嫁给别人。他对于你和某人、某人往来的地点、时间都说出来。且说，他不愿意再见你的面，若不与你离婚，他永不回家。信他所说的人很多，我们怎样申辩也挽不过来。我们虽然知道事实不是如此，可是不能找出什么凭据来证明，我现在正要告诉你，若是要到法庭去的话，我可以帮你的忙。这里不像我们祖国，公庭上没有女人说话的地位。况且他的买卖起先都是你拿资本出来，要离异时，照法律，最少总得把财产分一半给你。……像这样的男子，不要他也罢了。"

尚洁说："那事实现在不必分辩，我早已对嫂子说明了。会里因为信条的缘故，说我的行为不合道理，便禁止我赴圣筵——这是他们所信的，我有什么可说的呢！"她说到末一句，声音便低下了。她的颜色很像为同会的人误解她，和误解道理惋惜。

"唉，同一样道理，为何信仰的人会不一样？"

她听了史先生这话，便兴奋起来，说："这何必问？你不常听见人说：'水是一样，牛喝了便成乳汁，蛇喝了便成毒液'吗？我管保我所得能化为乳汁，哪能干涉人家所得的变成毒液呢？若是到法庭去的话，倒也不必。我本没有正式和他行过婚礼，自毋须乎在法庭上公布离婚。若说他不愿意再见我的面，我尽可以搬出去。财产是生活的赘瘤，不要也罢，和他争什么？……他赐给我的恩惠已是不少，留着给他……"

"可是你一把财产全部让给他，你立刻就不能生活。还有佩荷呢？"

尚洁沉吟半晌便说："不妨，我私下也曾积聚些少，只不能支持到一年罢了。但不论如何，我总得自己挣扎。至于佩荷……"她又沉思了一会，才续下去说："好罢，看他的意思怎样，若是他愿意把那孩子留住，我也不和他争。我自己一个人离开这里就是。"

他们夫妇二人深知道尚洁的性情，知道她很有主意，用不着别人指导。并且她在无论什么事情上头都用一种宗教的精神去安排。她的态度常显出十分冷静和沉毅，做出来的事，有时超乎常人意料之外。

史先生深信她能够解决自己将来的生活，一听了她的话，便不再说什么，只略略把眉头皱了一下而已。史夫人在这两三个星期间，也很为她费了些筹划。他们有一所别业在土华地方，早就想教尚洁到那里去养病，到现在她才开口说："尚洁妹子，我知道你一定有更好的主意，不过你的身体还不甚复元，不能立刻出去做什么事情，何不到我们的别庄里静养一下，过几个月再行打算？"史先生接着对他妻子说："这也好。只怕路途远一点，由海船去，最快也得两天才可以到。但我们都是惯于出门的人，海涛的颠簸当然不能制服我。若是要去的话，你可以陪着去，省得寂寞了长孙夫人。"

尚洁也想找一个静养的地方，不意他们夫妇那么仗义，所以不待踌躇便应许了。她不愿意为自己的缘故教别人麻烦，因此不让史夫人跟着去。她说："寂寞的生活是我尝惯的。史嫂子在家里也有许多当办的事情，那里能够和我同行？还是我自己去好一点。我很感谢你们二位的高谊，要怎样表示我的谢忱，我去不懂得；就是懂，也不能表示得万分之一。我只说一声'感激莫名'便了。史先生，烦你再去问他要怎样处置佩荷，等这事弄清楚，我便要动身。"她说着就从方才摘下的玫瑰中间选出一朵好看的递给史先生，教他插在胸前底钮门上。不久，史先生也就起立告辞，替她办交涉去了。

土华在马来半岛底西岸，地方虽然不大，风景倒还幽致。那海里出的珠宝不少，所以住在那里的多半是搜宝之客。尚洁住的地方就在海边一丛棕林里。在她的门外，不时看见采珠的船往来于金的塔尖和银的浪头之间。这采珠的工夫赐给她许多教训。因为她这几个月来常想着人生就同入海采珠一样；整天冒险入海里去，要得着多少，得着什么，采珠者一点把握也没有。但是这个感想决不会妨害她的生命。她见那些人每天迷蒙蒙地搜求，不久就理会她在世间的历程也和采珠的工作一样。要得着多少，得着什么，虽然不在她的权能之下，可是她每天总得入海一遭，因为她的本分就是如此。

她对于前途不但没有一点灰心，且要更加奋勉。可望虽是剥夺她们母女的关系，不许佩荷跟着她，然而她仍不忍弃掉她的责任，每月要托人暗地里把吃的用的送到故家去给她女儿。

她现在已变主妇的地位为一个珠商底记室了。住在那里的人，都说她是人家的弃妇，就看轻她，所以她所交游的都是珠船里的工人。那班没有思想的男子在休息的时候，便因着她的姿色争来找她开心。但她的威仪常是调伏这班人的邪念，教他们转过心来承认她是他们的师保。

她一连三年，除干她的正事以外，就是教她那班朋友说几句英吉利语，念些少经文，知道些少常识。在她的团体里，使令，供养，无不如意。若说过快活日子，能像她这样也就不劣了。

虽然如此，她还是有缺陷的。社会地位，没有她的分；家庭生活，也没有她的分；我们想想，她心里到底有什么感觉？前一项，于她是不甚重要的；后一项，可就缭乱她的衷肠了！史夫人虽常寄信给她，然而她不见信则已，一见了信，那种说不出来的伤感就加增千百倍。

她一想起她的家庭，每要在树林里徘徊，树上的蛑螭常要幻成她女儿底声音对她说："母思儿耶？母思儿耶？"这本不是奇迹，因为发声者无情，听音者有意；她不但对于那些小虫的声音是这样，即如一切的声音和颜色，偶一触着她的感官，便幻成她的家庭了。

她坐在林下，遥望着无埃的波浪，一度一度地掀到岸边，常觉得她的女儿踏着浪花踊跃而来，这也不止一次了。那天，她又坐在那里，手拿着一张佩荷的小照，那是史夫人最近给她寄来的。她翻来翻去地看，看得眼昏了。她猛一抬头，又得着常时所现的异象。她看见一个人携着她的女儿从海边上来，穿过林樾，一直走到跟前。那人说："长孙夫人，许久不见，贵体康健啊！我领你的女儿来找你哪。"

尚洁此时，眨一眨眼睛，才理会果然是史先生携着佩荷找她来。她不等回答史先生的话，便上前用力搂住佩荷；她的哭声从她爱心的深密处殷雷似地震发出来。佩荷因为不认得她，害怕起来，也放声哭了一场。史先生不知道感触了什么，也在旁边只尽管擦眼泪。

这三种不同情绪的哭泣止了以后，尚洁就呜咽地问史先生说："我实在喜欢。想不到你会来探望我，更想不到佩荷也能来！……"她要问的话很多，一时摸不着头绪。只搂定佩荷，眼看着史先生出神。

史先生很庄重地说："夫人，我给你报好消息来了。"

"好消息！"

"你且镇定一下，等我细细地告诉你。我们一得着这消息，我的妻子就教我和佩荷一同来找你。这奇事，我们以前都不知道，到前十几天才听见我奉真牧师说的。我牧师自那年为你底事卸职后，他的生活，你已经知道了。"

"是，我知道。他不是白天做裁缝匠，晚间还做制饼师吗？我信得过，神必要帮助他，因为神的儿子说：'为义受逼迫的人是有福的。'他的事业还顺利吗？"

"倒没有什么过不去的地方。他不但日夜劳动，在合宜的时候，还到处去传福音哪。他现在不用这样地吃苦，因为他底老教会看他的行为，请他回国仍旧当牧师去，在前一个星期已经动身了。"

"是吗！谢谢神！他必不能长久地受苦。"

"就是因为我牧师回国的事，我才能到这里来。你知道长孙先生也受了他的感化么？这事详细地说起来，倒是一种神迹。我现在来，也是为告诉你这件事。”

“前几天，长孙先生忽然到我家里找我。他一向就和我们很生疏，好几年也不过访一次，所以这次的来，教我们很诧异。他第一句就问你的近况如何，且诉说他的懊悔。他说这反悔是忽然的，是我牧师警醒他的。现在我就将他的话，照样他说一遍给你听——

“‘在这两三年间，我牧师常来找我谈话，有时也请我到他的面包房里去听他讲道。我和他来往那么些次，就觉得他是我的好师傅。我每有难决的事情或疑虑的问题，都去请教他。我自前年生事，二人分离以后，每疑惑尚洁官的操守，又常听见家里佣人思念她的话，心里就十分懊悔。但我总想着，男人说话将军箭，事已做出，哪里还有脸皮收回来？本是打算给他一个错到底的。然而日子越久，我就越觉得不对。到我牧师要走，最末次命我去领教训的时候，讲了一个章经，教我很受感动。散会后，他对我说，他盼望我做的是请尚洁官回来。他又念《马可福音》十章给我听，我自得着那教训以后，越觉得我很卑鄙、凶残、淫秽，很对不住她。现在要求你先把佩荷带去见她，盼望她为女儿的缘故赦免我。你们可以先走，我随后也要亲自前往。’”

“他说懊悔底话很多，我也不能细说了。等他来时，容他自己对你细说罢。我很奇怪我牧师对于这事，以前一点也没有对我说过，到要走时，才略提一提；反教他来到我那里去，这不是神迹吗？”

尚洁听了这一席话，却没有显出特别愉悦的神色，只说：“我的行为本不求人知道，也不是为要得人家的怜恤和赞美；人家怎样待我，我就怎样受，从来是不计较的。别人伤害我，我还饶恕，何况是他呢？他知道自己的鲁莽，是一件极可喜的事。——你愿意到我屋里去看一看吗？我们一同走走罢。”

他们一面走，一面谈。史先生问起她在这里的事业如何，她不愿意把所经历的种种苦处尽说出来，只说：“我来这里，几年的工夫也不算浪费，因为我已找着了许多失掉底珠子了！那些灵性的珠子，自然不如入海去探求那么容易，然而我竟能得着二三十颗。此外，没有什么可以告诉你。”

尚洁把她的事情结束停当，等可望不来，打算要和史先生一同回去。正要到珠船里和她的朋友们告辞，在路上就遇见可望跟着一个本地人从对面来。她认得是可望，就堆着笑容，抢前几步去迎他，说：“可望君，平安哪！"可望一见她，也就深深地行了一个敬礼，说："可敬的妇人，我所做的一切事都是伤害我的身体，和你我二人的感情，此后我再不敢了。我知道我多多地得罪你，实在不配再见你的面，盼望你不要把我的过失记在心中。今天来到这里，为的是要表明我悔改的行为；还要请你回去管理一切所有的。你现在要到哪里去呢？我想你可以和史先生先行动身，我随后回来。"

尚洁见他那番诚恳的态度，比起从前，简直是两个人，心里自然满是愉快，且暗自谢她的神在他身上所显底奇迹。她说："呀，往事如梦中之烟，早已在虚幻里消散了，何必重行提起呢？凡人都不可积聚日间的怨恨、怒气和一切伤心的事到夜里，何况是隔了好几年的事？请你把那些事情搁在脑后罢。我本想到船里去，向我那班同工的人辞行。你怎样不和我们一起回去，还有别的事情要办么？史先生现时在他的别业——就是我住的地方——我们一同到那里去罢，待一会，再出来辞行。"

"不必，不必。你可以去你的，我自己去找他就可以。因为我还有些正当的事情要办。恐怕不能和你们一同回去；什么事，以后我才叫你知道。"

"那么，你教这土人领你去罢，从这里走不远就是。我先到船里，回头再和你细谈。再见哪！"

她从土华回来，先住在史先生家里，意思是要等可望来到，一同搬回她的旧房子去。谁知等了好几天，也不见他的影。她才知道可望在土华所说的话意有所含蓄。可是他到哪里去呢？去干什么呢？她正想着，史先生拿了一封信进来对她说："夫人，你不必等可望了，明后天就搬回去罢。他寄给我这一封信说，他有许多对不起你的地方，都是出于激烈的爱情所致，因他爱你的缘故，所以伤了你。现在他要把从前邪恶的行为和暴躁的脾气改过来，且要偿还你这几年来所受的苦楚，故不得不暂时离开你。他已经到槟榔屿了。他不直接写信给你的缘故，是怕你伤心，故此写给我，教我好安慰你；他还说从前一切的产业都是你的，他不应独自霸占了许久，要求你尽量地享用，直等到他回来。"

"这样看来，不如你先搬回去，我这里派人去找他回来如何？唉，想不到他一会儿就能悔改到这步田地！"

她遇事本来很沉静，史先生说时，她的颜色从不曾显出什么变态，只说："为爱情么？为爱而离开我么？这是当然的，爱情本如极利的斧子，用来剥削命运常比用来整理命运的时候多一些。他既然规定他自己的行程，又何必费工夫去寻找他呢？我是没有成见的，事情怎样来，我怎样对付就是。"

尚洁搬回来那天，可巧下了一点雨，好像上天使园里的花木特地沐浴得很妍净来迎接他们的旧主人一样。她进门时，妥娘正在整理厅堂，一见她来，便嚷着："奶奶，你回来了！我们很想念你哪！你的房间乱得很，等我把各样东西安排好再上去。先到花园去看看罢，你手植各样的花木都长大了。后面那棵释迦头长得像罗伞一样，结果也不少，去看看罢。史夫人早和佩荷姑娘来了，她们现时也在园里。"

她和妥娘说了几句话，便到园里。一拐弯，就看见史夫人和佩荷坐在树荫底下一张凳上，——那就是几年前，她要被刺那夜，和史夫人坐着谈话的地方。她走来，又和史夫人并肩坐在那里。史夫人说来说去，无非是安慰她的话。她像不信自己这样的命运不甚好，也不信史夫人用定命论的解释来安慰她，就可以使她满足。然而她一时不能说出合宜的话，教史夫人明白她心中毫无忧郁在内。她无意中一抬头，看见佩荷拿着树枝把结在玫瑰花上一个蜘蛛网撩破了一大部分。她注神许久，就想出一个意思来。

她说："呀，我给这个比喻，你就明白我的意思。"

"我像蜘蛛，命运就是我的网。蜘蛛把一切有毒无毒的昆虫吃入肚里，回头把网组织起来。他第一次放出来的游丝，不晓得要被风吹到多么远；可是等到粘着别的东西的时候，他的网便成了。"

"他不晓得那网什么时候会破，和怎样破法。一旦破了，它还暂时安安然然地藏起来，等有机会再结一个好的。"

"他的破网留在树梢上，还不失为一个网。太阳从上头照下来，把各条细丝映成七色；有时粘上些少水珠，更显得灿烂可爱。"

"人和他的命运，又何尝不是这样？所有的网都是自己组织得来，或完或缺，只能听其自然罢了。"

史夫人还要说时，妥娘来说屋子已收拾好了，请她们进去看看。于是，她们一面谈，一面离开那里。

园里没人，寂静了许久。方才那只蜘蛛悄悄地从叶底出来，向着网的破裂处，一步一步，慢慢补缀。他补这个干什么？因为他是蜘蛛，不得不如此！

［提示］

　　许地山（1893—1941），名赞堃，字地山，出生于台湾一个爱国志士的家庭，文学研究会中的"人生派"作家，一生著作颇多，代表作有散文集《空山灵雨》，小说《缀网劳蛛》、《春桃》、《命命鸟》等。

　　《缀网劳蛛》发表于1922年，是许地山前期小说的代表作。女主人公尚洁是一个从婆家逃跑的童养媳，后与帮助她出走的长孙可望结婚，但两人之间并没有真正的爱情，虽然如此，尚洁对待家里的事仍然是尽心尽力。在小说开头，从尚洁与史夫人的对话中我们得知，可望本就因为听信尚洁和谭先生的传言不回家，回家又正好撞见家里一个陌生男人——尚洁好心搭救的受伤的盗贼，不听解释就刺伤了尚洁，并要与她离婚。尚洁平静地接受了事实，并没有过分的举动，只身到土华岛居住，过着坦然自若、自食其力的生活。三年后丈夫在牧师的启迪下悔悟，把尚洁接回家，自己却到槟榔屿去悔过，把从前邪恶的行为和暴躁的脾气改过来。面对史夫人"宿命论"的安慰，尚洁把自己比作蜘蛛，命运就是她的网，"所有的网都是自己组织得来，或完或缺，只能听其自然罢了"，"一旦破了，它还暂时安安然然地藏起来，等有机会再结一个好的"。这就是作者向读者传递的"随缘"人生观，每个人都应像尚洁这样，做一个虔诚的教徒，冷静平和地在世间行走，一切顺其自然。

　　文章充满了浓郁的宗教色彩和异域情调，给读者以人生启迪。

（姜素琼）

海滨故人（存目）

卢　隐

[提示]

卢隐（1898—1934），原名黄淑仪，又名黄英，生于福建闽侯，五四时期与冰心齐名的女小说家，作品风格直爽坦率、哀婉缠绵，成为五四文坛上瞩目的明星。主要作品包括小说《海滨故人》、《象牙戒指》、《灵海潮汐》，散文集《东京小品》，诗集《卢隐自传》等。

《海滨故人》发表于 1923 年《小说月报》第 14 卷第 10、12 号，是卢隐最具代表性的一篇作品，也是她的成名作，她以女性独有的视角和情怀，讲述了五个同在海滨避暑的大学生的友谊和各自的成长故事，这些故事多半带有卢隐的自传性质。

海滨度假回来，她们好似一下长大了，各种人生经历丰富起来，"接二连三卷入了愁海"，先后进入到成人世界中来。首先是其中最活泼的露莎，从小被父母嫌弃，跟着奶妈在农村度过童年的经历，让她自小就感到"世界的孤寂和冷刻"，性格孤僻倔强。露莎在闹学中结识有包办婚姻的梓青后，开始研究哲学，悲欢苦恼彷徨矛盾着，最终与梓青过着心心相通的精神生活。理智的云青中意蔚然，却终因父亲对蔚然不满意而放弃了这段姻缘，回家乡过起了侍奉父母、教导弟妹、研究佛经的恬淡生活，梦中仍是认定"许多青年男女的幸福，都被这戴着紫金冠的魔鬼剥夺了"。和云青不同，娇艳的宗莹并没有听从父亲的建议嫁给"将来至少有科学希望的小官僚"，她积极为自己的爱情争取，努力冲破父母的阻碍，和自己心爱的胖青年师旭走到了一起。富于感情的玲玉，男朋友是从美国归来的留学生，但家中已有妻子，虽然为此玲玉伤心过、矛盾过、彷徨过，但最后还是与离了婚的留学生幸福地结了婚。唯一一个不在北京的莲裳，是五人中结婚最早的。为人周到的莲裳随遇而安，在天津女校教书不久就与张姓青年恋爱、结婚，获得了真爱。

五个好友的感情道路因为各自的性格差异而呈现出不同的形式，侧面反映了知识女性大胆追求爱情、反抗封建礼教的精神风貌，同时展现出觉醒了的知识女性感情世界的痛苦与彷徨。主人公对自己人生、爱情、前途产生的彷徨、迷茫情绪，正是"五四运动"高潮过后人们心理状态的缩影。

　　细腻的心理描写，华丽的语言，诗歌、书信穿插叙事的形式，都令文章增色不少。

　　　　　　　　　　　　　　　　　　　　　　　　　（姜素琼）

拜　　堂

台静农

　　黄昏的时候，汪二将蓝布夹小袄托蒋大的屋里人①当了四百大钱。拿了这些钱一气跑到吴三元的杂货店，一屁股坐在柜台前破旧的大椅上，椅子被坐得格格地响。

　　"哪里来，老二？"吴家二掌柜问。

　　"从家里来。你给我请三股香，数二十张黄表。"

　　"弄什么呢？"

　　"人家下书子②，托我买的。"

　　"那么不要蜡烛吗？"

　　"他妈的，将蜡烛忘了，那么就给我拿一对蜡烛罢。"

　　吴家二掌柜将香表蜡烛裹在一起，算了账，付了钱。汪二在回家的路上走着，心里默默地想：同嫂子拜堂成亲，世上虽然有，总不算好事。哥哥死了才一年，就这样了，真有些对不住。转而想，要不是嫂子天天催，也就可以不用磕头③，糊里糊涂地算了。不过她说得也有理：肚子眼看一天大似一天，要是生了一男半女，到底算谁的呢？不如率性磕了头，遮遮羞，反正人家是笑话了。

　　走到家，将香纸放在泥砌的供桌上。嫂子坐在门口迎着亮上鞋。

　　"都齐备了么？"她停了针向着汪二问。

　　"都齐备了，香，烛，黄表。"汪二蹲在地上，一面答，一面擦了火柴吸起旱烟来。

　　"为什么不买炮呢？"

　　"你怕人家不晓得么，还要放炮？"

　　"那么你不放炮，就能将人家瞒住了！"她深深地叹了一口气。"既然

---

　　①　屋里人即内人。

　　②　下书子即过婚书。

　　③　磕头即拜堂。

丢了丑，总得图个吉利，将来日子长，要过活的。我想哈①要买两张灯红纸，将窗户糊糊。"

"俺爹可用告诉他呢？"

"告诉他作什么？死多活少的，他也管不了这些，他天天只晓得问人要钱灌酒。"她愤愤地说。"夜里哈少不掉牵亲②的，我想找赵二的家里同田大娘，你去同她两个说一声。"

"我不去，不好意思的。"

"哼，"她向他重重地看了一眼。"要讲意思，就不该作这样丢脸的事！"她冷悄地说。

这时候，汪二的父亲缓缓地回来了。右手提了小酒壶，左手端着一个白碗，碗里放着小块豆腐。他将酒壶放在供桌上，看见了那包香纸，于是不高兴地说：

"妈的，买这些东西作什么？"

汪二不理他，仍旧吸烟。

"又是许你妈的什么愿，一点本事都没有，许愿就能保佑你发财了？"

汪二还是不理他。他找了一双筷子，慢慢地在拌豆腐，预备下酒。全室都沉默了，除了筷子捣碗声，汪二的吸旱烟声，和汪大嫂的上鞋声。

镇上已经打了二更，人们大半都睡了，全镇归于静默。

她趁着夜静，提了篾编的小灯笼，悄悄地往田大娘那里去。才走到田家荻柴门的时候，已听着屋里纺线的声音，她知道田大娘还没有睡。

"大娘，你开开门。哈在纺线呢。"她站在门外说。

"是汪大嫂么？在哪里来呢，二更都打了？"田大娘早已停止了纺线，开开门，一面向她招呼。

她坐在田大娘纺线的小椅上，半晌没有说话，田大娘很奇怪，也不好问。终于她说了：

"大娘，我有点事……就是……"她未说出又停住了。"真是丑事，现在同汪二这样了。大娘，真是丑事，如今有了四个月的胎了。"她头是深深地低着，声音也随之低微。"我不恨我的命该受苦，只恨汪大丢了我，使我孤零零地，又没有婆婆，只这一个死多活少的公公。……我好几回就想上吊死去，……"

---

①　哈在此文中是还的意思。
②　牵亲即傧相。

"嗳，汪大嫂你怎么这样说！小家小户守什么？况且又没有个牵头①；就是大家的少奶奶，又有几个能守得住的？"

"现在真没有脸见人……"她的声音有些哽咽了。

"是不是想打算出门呢？本来应该出门，找个不缺吃不缺喝的人家。"

"不呀，汪二说不如磕个头，我想也只有这一条路。我来就是想找大娘你去。"

"要我牵亲么？"

"说到牵亲，真丢脸，不过要拜天地，总得要旁人的；要是不恭不敬地也不好，将来日子长，哈要过活的。"

"那么，总得哈要找一个人，我一个也不大好。"

"是的，我想找赵二嫂。"

"对啦，她很相宜，我们一阵去。"田大娘说着，在房里摸了一件半旧的老蓝布褂穿了。

这深夜的静寂的帷幕，将大地紧紧地包围着，人们都酣卧在梦乡里，谁也不知道大地上有这么两个女人，依着这小小的灯笼的微光，在这漆黑的帷幕中走动。

渐渐地走到了，不见赵二嫂屋里的灯光，也听不见房内有什么声音，知道她们是早已睡了。

"赵二嫂，你睡了么？"田大娘悄悄地走到窗户外说。

"是谁呀？"赵二嫂丈夫的口音。

"是田大娘么？"赵二嫂接着问。

"是的，二嫂你开开门，有话跟你说。"

赵二嫂将门开开，汪大嫂就便上前招呼：

"二嫂已经睡了，又麻烦你开门。"

"怎么，你两个吗，这夜黑头从哪里来呢？"赵二嫂很惊奇地问。"你俩请到屋里坐，我来点灯。"

"不用，不用，你来我跟你说！"田大娘一把拉了她到门口一棵柳树的底下。低声地说了她们的来意。结果赵二嫂说：

"我去，我去，等我换件褂子。"

少顷，她们三个一起在这黑的路上缓缓走着了，灯笼残烛的微光，更

_____

① 牵头指儿女。

加黯弱。柳条迎着夜风摇摆，荻柴沙沙地响，好像幽灵出现在黑夜中的一种阴森的可怕，顿时使这三个女人不禁地感觉着恐怖的侵袭。汪大嫂更是胆小，几乎全身战栗得要叫起来了。

到了汪大嫂家以后，烛已熄灭，只剩了烛烬上一点火星了。汪二将茶已煮好，正在等着；汪大嫂端了茶敬奉这两位来客。赵二嫂于是问：

"什么时候拜堂呢？"

"就是半夜子时罢，我想。"田大娘说。

"你两位看着罢，要是子时，就到了，马上要打三更的。"汪二说。

"那么，你就净净手，烧香罢。"赵二嫂说着，忽然看见汪大嫂还穿着孝。"你这白鞋怎么成，有黑鞋么？"

"有的，今天下晚才赶着上起来的。"她说了，便到房里换鞋去了。

"扎头绳也要换大红的，要是有花，哈要戴几朵。"田大娘一面说着，一面到了房里帮着她去打扮。

汪二将香烛都已烧着，黄表预备好了。供桌捡得干干净净的。于是轻轻地跑到东边墙外半间破屋里，看看他的爹爹是不是睡熟了，听在打鼾，倒放下心。

赵二嫂因为没有红毡子，不得已将汪大嫂床上破席子拿出铺在地上。汪二也穿了一件蓝布大褂，将过年的洋缎小帽戴上，帽上小红结，系了几条水红线；因为没有红丝线，就用几条绵线替代了。汪大嫂也穿戴周周正正地同了田大娘走出来。

烛光映着陈旧褪色的天地牌，两人恭敬地站在席上，顿时显出庄严和寂静。

"站好了，男左女右，我来烧黄表。"田大娘说着，向前将表对着烛焰燃起，又回到汪大嫂身边。"磕罢，天地三个头。"赵二嫂说。

汪大嫂本来是经过一次的，也倒不用人扶持；听赵二嫂说了以后，就静静地和汪二磕了三个头。

"祖宗三个头。"

汪大嫂和汪二，仍旧静静地磕了三个头。

"爹爹呢，请来，磕一个头。"

"爹爹睡了，不要惊动罢，他的脾气又不好。"汪二低声说。

"好罢，那就给他老人家磕一个堆着罢。"

"再给阴间的妈妈磕一个。"

"哈有……给阴间的哥哥也磕一个。"

然而汪大嫂的眼泪扑的落下地了，全身是颤动和抽搐；汪二也木然地站着，颜色变得可怕。全室中情调，顿成了阴森惨淡。双烛的光辉，竟黯了下去，大家都张皇失措了。终于田大娘说：

"总得图个吉利，将来哈要过活的！"

汪大嫂不得已，忍住了眼泪，同了汪二，又呆呆地磕了一个头。

第二天清晨，汪二的爹爹，提了小酒壶，买了一个油条，坐在茶馆里。

"给你老头道喜呀，老二安了家。"推车的吴三说。

"道他妈的喜，俺不问他妈的这些屌事！"汪二的爹爹愤然地说。"以前我叫汪二将这小寡妇卖了，凑个生意本。他妈的，他不听，居然他俩个弄起来了！"

"也好。不然，老二到哪里安家去，这个年头？"拎画眉笼的齐二爷庄重地说。

"好在肥水不落外人田。"好像摆花生摊的小金从后面这样说。

汪二的爹爹没有听见，低着头还是默默地喝他的酒。

［提示］

台静农（1903—1990），字伯简，安徽霍邱人，自幼熟读经史，勤练书法，涉猎文学、艺术、经史等诸多领域，尤其精通书法，亦擅篆刻、绘画，以人格耿介、文章书画高绝而驰名于世。著有《台静农短篇小说集》、《台静农散文集》、《静农论文集》、《静农书艺集》等。

《拜堂》原载于1927年6月10日《莽原》第2卷第10期，后收入《地之子》，是乡土小说中的一篇佳作。小说采用以场景展示为主的结构方式，着重描写了年轻贫困的汪二与已有四个月身孕的寡嫂悄悄拜堂成亲的故事。虽然是"丢了丑"，但将来还要过活，为了图个吉利，还是尽量按照成亲的礼仪，汪二当了小袄，买来拜堂用的香、烛、黄表，汪大嫂摸黑去请来田大娘和赵二嫂"牵亲"。拜堂时，作者以白描手法对细节进行描绘：到了子时，汪二和汪大嫂都穿戴周正，恭敬地站在陈旧褪色的天地牌前，庄严郑重地向天地、祖宗、父母磕头行礼，然而当赵二嫂要求新人向死去的汪大哥也磕一个头时，汪大嫂全身颤动和抽搐，眼泪扑地落下地，汪二也木然地站着，颜色变得可怕。深夜阴森寒冷的景物更衬托出两人悲凉、凄苦的心境，喜事中透出浓重的悲剧意味。

　　简单却特殊的拜堂成亲仪式，作者特别刻画了当地的婚嫁风俗和当事人复杂矛盾的心理状态，于民俗风情中，表现了穷苦农民惨淡凄凉的生存状态，以及对命运的苦苦挣扎。

　　　　　　　　　　　　　　　　　　　　　　　　　（姜素琼）

菊英的出嫁

鲁 彦

菊英离开她已有整整的十年了。这十年中她不知道滴了多少眼泪，瘦了多少肌肉了，为了菊英，为了她的心肝儿。

人家的女儿都在自己的娘身边长大，时时刻刻倚傍着自己的娘，"阿姆阿姆"的喊。只有她的菊英，她的心肝儿，不在她的身边长大，不在她的身边倚傍着喊"阿姆阿姆"。

人家的女儿离开娘的也有，例如出了嫁，她便不和娘住在一起。但做娘的仍可以看见她的女儿，她可以到女儿那边去，女儿可以到她这里来。即使女儿被丈夫带到远处去了，做娘的可以写信给女儿，女儿也可以写信给娘，娘不能见女儿的面，女儿可以寄一张相片给娘。现在只有她，菊英的娘，十年中不曾见过菊英，不曾收到菊英一封信，甚至一张明片。十年以前，她又不曾给菊英照过相。

她能知道她的菊英现在的情形吗？菊英的口角露着微笑？菊英的眼边留着泪痕？菊英的世界是一个光明的？是一个黑暗的？有神在保佑菊英？有恶鬼在捉弄菊英？菊英肥了？菊英瘦了？或者病了？——这种种，只有天知道！

但是菊英长得高了，发育成熟了，她相信是一定的。无论男子或女子，到了十七八岁的时候想要一个老婆或老公，她相信是必然的。她确信——这用不着问菊英——菊英现在非常的需要一个丈夫了。菊英现在一定感觉到非常的寂寞，非常的孤单。菊英所呼吸的空气一定是沉重的，闷人的。菊英一定非常的苦恼，非常的忧郁。菊英一定感觉到了活着没有趣味。或者——她想——菊英甚至于想自杀了。要把她的心肝儿菊英从悲观的，绝望的，危险的地方拖到乐观的，希望的，平安的地方，她知道不是威吓，不是理论，不是劝告，不是母爱，所能济事；唯一的方法是给菊英一个老公，一个年轻的老公。自然，菊英绝不至于说自己的苦恼是因为没有老公；或者菊英竟当真的不晓得自己的苦恼是因何而起的也未可知。但是给菊英一个老公，必可除却菊英的寂寞，菊英的孤单。他会给菊英许多温和的安慰和许多的快乐。菊英的身体有了托付，灵魂有了依附，便会快活起来，不至于再陷入这样危险的地方去了。问一个十七八岁的女子要不要老公，这是不会得到"要"字的回答的。不论她平日如何注意男子，喜欢男子，想念男子，或甚至已爱上了一个男子，你都无须多礼。菊英的娘明白这个道理，所以也毅然的把对女儿的责任照着向来的风俗放在自己的肩上了。她已经耗费了许多心血。五六年前，一听见媒人来说某人要给儿子讨一个老婆，她便要冒风冒雨，跋山涉水的去东西打听。于今，她心满意足了，她找到了一个非常好的女婿。虽然她现在看不见女婿，但是女婿在七八岁时照的一张相片，她看见过。他生的非常的秀丽，显见得是一个聪明的孩子。因了媒人的说合，她已和他的爹娘订了婚约。他的家里很有钱，聘金的多少是用不着开口的。四百元大洋已做一次送来。她现在正忙着办嫁妆，她的力量能好到什么地步，她便好到什么地步。这样，她才心安，才觉得对得住女儿。

　　菊英的爹是一个商人。虽然他并不懂得洋文，但是因为他老成忠厚，森森煤油公司的外国人遂把银根托付了他，请他做经理。他的薪水不多，每月只有三十元，但每年年底的花红往往超过他一年的薪水。他在森森公司五年，手头已有数千元的积蓄。菊英的娘对于穿吃，非常的俭省。虽然菊英的爹不时一百元二百元的从远处带来给她，但她总是不肯做一件好的衣服，买一点好的小菜。她身体很不强健，屡因稍微过度的劳动或心中有点不乐，她的大腿腰背便会酸起来，太阳心口会痛起来，牙床会浮肿起来，眼睛会模糊起来。但是她虽然这样的多病，她总是不肯雇一个女工，甚至一个工钱极便宜的小女孩。她往往带着病还要工作。腰和背尽管酸痛，她有衣服要洗时，还是不肯在家用水缸里的水洗——她说水缸里的水是备紧要时用的——定要跑到河边，走下那高高低低摇动而巨狭窄的一级一级的埠头，跪倒在最末的一级，弯着酸痛的腰和背，用力地洗衣服。眼睛尽管起了红丝，模糊而且疼痛，有什么衣或鞋要做时，她还是要带上眼镜，勉强的做衣或鞋。她的几种病所以成为医不好的老病，而且一天比一天厉害了下去，未始不是她过度的勉强支持所致。菊英的爹和邻居都屡次劝她雇一个女工，不要这样过度的操劳，但她总是不肯。她知道别人的劝告是对的。她知道自己的身体一天不如一天的缘故。但是她以为自己是不要紧的，不论多病或不寿。她以为要紧的是，赶快给女儿嫁一个老公，给儿子讨一个老婆，而且都要热热闹闹阔阔绰绰的举办。菊英的娘和爹，一个千辛万苦的在家工作，一个飘海过洋的在外面经商，一大半是为的儿女的大事。如果儿女的婚姻草草的了事，他们的心中便要生出非常的不安。因为他们觉得儿女的婚嫁，是做爹娘责任内应尽的事，做儿女的除了拜堂以外，可以袖手旁观。不能使喜事热闹阔绰，他们便觉得对不住儿女。人家女儿多的，也须东挪西扯的弄一点钱来尽力的把她们一个一个、热热闹闹阔阔绰绰的嫁出去，何况他们除了菊英没有第二个女儿，而且菊英又是娘所最爱的心肝儿。

尽她所有的力给菊英预备嫁妆，是她的责任，又是她十分的心愿。

哈，这样好的嫁妆，菊英还会不喜欢吗？人家还会不称赞吗？你看，哪一种不完备？哪一种不漂亮？哪一种不值钱？

大略的说一说：金簪二枚，银簪珠簪各一枚。金银发钗各二枚。挖耳，金的二个，银的一个。金的、银的和钻石的耳环各两副。金戒指四枚，又钻石的二枚。手镯三对，金的倒有二对。自内至外，四季衣服粗穿的俱备三套四套，细穿的各二套。凡丝罗缎如纺绸等衣服皆在粗穿之列。棉被八条，湖绉的占了四条。毯子四条，外国绒的占了两条。十字布乌贼枕六对，两面都挑出山水人物。大床一张，衣橱二个，方桌及琴桌各一个。椅，凳，茶几及各种木器，都用花梨木和其他上等的硬木做成，或雕刻，或嵌镶，都非常细致，全件漆上淡黄、金黄和淡红等各种颜色。玻璃的橱头籍中的银器光彩夺目。大小的蜡烛台六副，最大的每只重十二斤。其余日用的各种小件没有一件不精致，新奇，值钱。在种种不能详说（就是菊英的娘也不能一一记得清楚）的东西之外，还随去了良田十亩，每亩约计价一百二十元。

吉期近了，有许多嫁妆都须在前几天送到男家去，菊英的娘愈加一天比一天忙碌起来。一切的事情都要经过她的考虑，她的点督，或亲自动手。但是尽管日夜的忙碌，她总是不觉得容易疲倦，她的身体反而比平时强健了数倍。她心中非常的快活。人家都由"阿姆"而至"丈姆"，由"丈姆"而至"外婆"，她以前看着好不难过，现在她可也轮到了！邻居亲戚们知道罢，菊英的娘不是一个没有福气的人！

她进进出出总是看见菊英一脸的笑容。"是的呀，喜期近了呢，我的心肝儿！"她暗暗的对菊英说。菊英的两颊上突然飞出来两朵红云。"是一个好看的郎君，聪明的郎君哩！你到他的家里去，做'他的人'去！让你日日夜夜跟着他，守着他，让他日日夜夜陪着你，抱着你！"菊英羞得抱住了头想逃走了。"好好的服侍他，"她又庄重的训导菊英说，"依从他，不要使他不高兴。欢欢喜喜的明年就给他生一个儿子！对于公婆要孝顺，要周到。对于其他的长者要恭敬，幼者要和蔼。不要被人家说半句坏话，给娘争气，给自己争气，牢牢的记着！……"

音乐热闹的奏着，渐渐由远而近了。住在街上的人家都晓得菊英的轿子出了门。菊英的出嫁比别人要热闹，要阔绰，他们都知道。他们都预先扶老携幼的在街上等候着观看。

最先走过的是两个送嫂①。她们的背上各斜披着一幅大红绫子，送嫂约过去有半里远近，队伍就到了。为首的是两盏红字的大灯笼。灯笼后八面旗子，八个吹手。随后便是一长排精制的、逼真的，各色纸童、纸婢、纸马、纸轿、纸桌、纸椅、纸箱、纸屋，以及许多纸做的器具。后面一顶鼓阁②两杠纸铺陈③，两杠真铺陈。铺陈后一顶香亭，香亭后才是菊英的轿子。这轿子与平常花轿不同，不是红色，却是青色，四围结着彩。轿后十几个人抬着一口十分沉重的棺材，这就是菊英的灵柩。棺材在一套呆大的格子架中，架上盖着红色的绒毯，四面结着彩，后面跟送着两个坐轿的，和许多预备在中途折回的，步行的孩子。

看的人多说菊英的娘办得好，称赞她平日能吃苦耐劳。她们又谈到菊英的聪明和新郎生前的漂亮，都说配合的得当。

这时，菊英的娘在家里哭得昏过去了。娘的心中是这样的悲苦，娘从此连心肝儿的棺材也要永久看不见了。菊英幼时是何等的好看，何等的聪明，又是何等听娘的话！她才学会走路，尚不能说话的时候，一举一动已很可爱了。来了一位客，娘喊她去行个礼，她便过去弯了一弯腰。客给她糖或饼吃，她红了脸不肯去接，但看着娘，娘说"接了罢，谢谢！"她便用两手捧了，弯了一弯腰。她随后便走到娘的身边，放了一点在自己的口里，拿了一点给娘吃，娘说，"娘不要吃，"她便"嗯"的响了一声，露出不高兴的样子，高高的举着手，硬要娘吃，娘接了放在口里，她便高兴得伏在娘的膝上嘻嘻的笑了。那时她的爹不走运，跑

---

① 送嫂专于婚丧时服侍女客，及平日与妇人绞面毛，其丈夫多为吹手兼轿夫或管庙祠。此处系用为男家报喜及服侍新娘子之用。

② 鼓阁系一种轿子形式，内置乐器数种，以一人司之，与轿后数人之乐相和。

③ 铺陈系嫁妆之一，即棉被枕头等物。宁波人多以别的嫁妆先婚期一二天搬去，铺陈则随花轿抬去。

到千里迢迢的云南去做生意，半年六个月没有家信，四年没有回家，也
没有半边烂钱寄回来。娘和她的祖母千辛万苦的给人家做粗做细，赚钱
来养她，她六岁时自己学磨纸①，七岁绣花，学做小脚娘子②的衣裤，
八岁便能帮娘磨纸，挑花边了。她不同别的孩子去玩耍，也不噪吃闲
食，只是整天的坐在房子里做工。她离不开娘，娘也离不开她。她是娘
的肉，她是娘的唯一的心肝儿！好几次，娘想到她的爹不走运，娘和祖
母日日夜夜低着头给人家做苦工，还不能多赚一点钱，做一件好看的新
衣给她穿，买点好吃的糖果给她吃，反而要她日日夜夜的帮着娘做苦
工，娘的心酸了起来，忽然抱着她哭了。她看见娘哭，也就放声大哭起
来。娘没有告诉她，娘想些什么，但是娘的心酸苦了，她也酸苦了。夜
间娘要她早一点睡，她总是说做完了这一点，做完了这一点。娘恐怕她
疲倦，但是她反说娘一定疲倦了，她说娘的事情比她多。她好几次的对
娘说，"阿姆，我再过几年，人高了，气力大了，我来代你煮饭。你太
苦了，又要做这个，又要做那个。"娘笑了，娘抱着她说，"好的，我
的肉！"这时，眼泪几乎从娘的眼中滚出来了。娘有时心中悲伤不过，
脸上露着愁容，一言不发的独自坐着，她便走了过来，靠着娘站着说
"阿姆，我猜阿爹明天要回来了。"她看见娘病了，躺在床上，她的脸
上的笑容就没有了。她没有心思再做工，但她整天的坐在娘的床边，牵
着娘的手，或给娘敲背，或给娘敲腿。八年来，娘没有打过她一下，骂
过她半句，她实在也无须娘用指尖去轻轻的触一触！菩萨，娘是敬重
的，娘没有做过一件亵渎菩萨的事情。但是，天呵！为什么不留心肝儿
在娘的身边呢？那时虽是娘不小心，但也是为的她苦得太可怜了，所以
娘才要她跟着祖母到表兄弟那里去吃喜酒，好趁此热闹热闹，开开心。
谁能够晓得反而害了她呢？早知这样，咳，何必要她去呢！她原是不肯
去的。"阿姆不去，我也不去。"她对娘这样说。但是又有吃，又好看，
又好耍，做娘的怎么不该劝她偶尔的去一次呢？"那末只有阿姆一个人
在家了，"她固执不过娘，便答应了，但她又加上这一句。娘愿意离开
她吗？娘能离开她吗？天呵，她去了八天，娘已经尽够苦恼了！她的爹
在千里迢迢的地方，钱也没有，信也没有，人又不回来，娘日日夜夜在
愁城中做苦工，还有什么生趣？娘的唯一的安慰只有这一个心肝儿，没

---

① 磨纸，即磨锡箔。
② "小脚娘子"系女孩以各色布自做的女玩偶，以其小脚，故名。

有她，娘早就不想再活下去了。第九天，她跟着祖母回来了。娘是这样的喜欢：好像娘的灵魂失去了又回来一般！她一看见娘便喊着"阿姆"，跑到娘的身边来。娘把她抱了起来，她便用手臂挽住了娘的颈，将面颊贴到娘的脸上来。娘问她去了八天喜欢不喜欢，她说，"喜欢，只是阿姆不在那里没有十分趣味。"娘摸她的手，看她的脸，觉得反而比先瘦了。娘心中有点不乐。过了一会，她咳嗽了几声，娘没有留意。谁知过了一会，她又咳嗽了。娘连忙问她咳嗽了几天，她说两天。娘问她身体好过不好过，她说好过，只是咳了又咳，有点讨厌。娘听了有点懊悔，忙到街上去买了两个铜子的苏梗来泡茶给她吃。她把新娘子生得什么样子，穿什么好的衣服，闹房时怎样，以及种种事情讲给娘听，她的确很喜欢，她讲起来津津有味。第二天早晨，她的声音有点哑了，娘很担忧。但因为要预备早饭，娘没有仔细的问她，娘烧饭时，她还代娘扫了房中的地。吃饭时，娘见她吃不下去，两颊有点红色，忙去摸她的头，她的头发烧了。娘问她还有什么地方难过，她说喉咙有点痛。这一来，娘懊悔得不得了了，娘觉得以先不该要她去。祖母愈加懊悔，她说不知道哪里疏忽了，竟使她受了寒，咳嗽而至于喉痛。娘放下饭碗，看她的喉咙，她的喉咙已如血一般的红了。收拾过饭碗，娘又喊她到屋外去，给她仔细的看。这时，娘看见她喉咙的右边起了一个小小的雪白的点子。娘不晓得这是什么病，娘只知道喉病是极危险的。娘的心跳了起来，祖母也非常的担忧。娘又问她，哪一天便觉得喉咙不好过了，这时她才告诉说，前天就觉得有点干燥了似的。娘连忙喊了一只划船，带她到四里远的一个喉科医生那里去。医生的话，骇死了娘，他说这是白喉，已起了两三天了。"白喉！"这是一个可怕的名字！娘听见许多人说，生这病的人都是一礼拜就死的！医生要把一根明晃晃的东西拿到她的喉咙里去搽药，她怕，她闭着嘴不肯。娘劝她说这不痛的，但是她依然不肯。最后，娘急得哭了："为了阿姆呀，我的肉！"于是她也哭了，她依了娘的话，让医生搽了一次药。回来时，医生又给了一包吃的和漱的药。

第二天，她更加厉害了：声音愈加哑，咳嗽愈加多，喉咙里面起了一层白的薄膜，白点愈加多，人愈发烧了。娘和祖母都非常的害怕。一个邻居来说，昨天的医生不大好，他是中医，这种病应该早点请西医。西医最好的办法是打药水针，只要病人在二十四点钟内不至于窒息，药水针便可保好。娘虽然不大相信西医，但是眼见得中医医不好，也就不得不去试一试。首善医院是在万邱山那边，娘想顺路去求药，便带了香烛和香灰去①。她怕中医，一定更怕西医，娘只好不告诉她到医院里，只说到万邱山求药去。她相信了娘的话，和娘坐着船去了。但是到要上岸的时候，她明白了。因为她到过万邱山两次，医院的样子与万邱山一点也不像。她哭了，她无论如何不肯上岸去。娘劝她，两个划船的也劝她说，不医是不会好的，你不好，娘也不能活了，她总是不肯。划船的想把她抱上岸去，她用手足乱打乱挣，哑着声音号哭得更厉害了，娘看着心中非常的不好过，又想到外国医生的厉害，怕要开刀做什么，她既一定不肯去，不如依了她，因此只到万邱山去求了药回来了。第三天早晨，她的呼吸是这样的困难：喉咙中发出嘶嘶的声音，好像有什么塞住了喉咙一般，咳嗽愈厉害，她的脸色非常的青白。她瘦了许多，她有两天没有吃饭了。娘的心如烈火一般的烧着，只会抱着流泪。祖母也没有一点主意，也只会流眼泪了。许多人说可以拿荸荠汁，莱菔汁给她吃，娘也一一的依着办来给她吃过。但是第四天早晨，她的喉咙中声音响得如猪的一般了。说话的声音已经听不清楚。嘴巴大大的开着，鼻子跟着呼吸很快的一开一闭。咳嗽得非常厉害。脸色又是青又是白，两颊陷了进去。下颚变得又长又尖。两眼呆呆的圆睁着，凹了进去，眼白青青的失了光，眼珠暗淡的不活泼了——像山羊的面孔！死相！娘怕看了。娘看起来，心要碎了！但是娘肯甘心吗？娘肯看着她死吗？娘肯舍却心肝儿吗？不的！娘是无论如何也要想法子的！娘没有钱，娘去借了钱来请医生。内科医生请来了两个，都说是肺风，各人开了一个方子。娘又暗自的跪倒在灶前，眼泪如潮一般的流了出来，对灶君菩萨许了高王经三千，吃斋一年的愿，求灶君菩萨的保佑。娘又诚心的在房中暗祝说，如果有客②在房中请求饶恕了她。今晚瘥了，今晚就烧元宝五十锭，直到完全好了，摆一桌十六大碗的羹饭。上半天，那个要娘送她到医院去看的邻居又来了。他说今天再不去请医生来打药水针，一定不会好了。他说他亲眼看见过医好几个人，如果她在二十四点钟内不至于"走"③，打了这药水针一定保好。请医院的医生来，必须喊轿子给他，打针和药钱都贵，他说总须六元钱才能请来，他既然这样说，娘在走投无路

---

①　求药者将香灰供神前，求神于冥冥中赐药于香灰上，持回与病人吞服。
②　"客"，对鬼尊称之词。
③　"走"即死，避讳也。

的时候也必须试一试看。娘没有钱，也没有地方可以再借了，娘只有把自己的皮袄①托人拿去当了请医生。皮袄还有什么用处呢，她如果没有法子救了，娘还能活下去吗？吃中饭的时候，医生请来了。他说不应该这样迟才去请他，现在须看今夜的十二点钟了，过了这一关便可放心。她听见，哭了，紧紧的挽住了娘的头颈。她心里非常的清白。她怕打针，几个人硬按住了她，医生便在她的屁股上打了一针，灌了一瓶药水进去。——但是，命运注定了，还有什么用处呢！咳，娘是该要这样可怜的！下半天，她的呼吸渐渐透不转来，就在夜间十一点钟……天呀！

［提示］

鲁彦（1901—1944），原名王衡臣，浙江镇海县人，现代小说家、翻译家。主要作品有短篇小说集《柚子》、《黄金》等九篇，中篇小说《乡下》和长篇小说《野火》，另著有《鲁彦散文集》和译作《世界短篇小说集》等。

鲁彦是以乡土文学代表作家的身份确立他在现代中国文学史上的地位的，他的创作以半殖民地化的中国江南小镇为背景，描摹了浙东农村的人情世态、民风习俗，显示了朴实细密的写实风尚。《菊英的出嫁》是王鲁彦《柚子》集中的一篇佳作。他以绵密的笔致展示了浙东农村特异的冥婚习俗。作品中的主人公菊英是一个只有 8 岁阳寿的女孩，全文主要分为两个部分，菊英的母亲为菊英安排冥婚，及对冥婚的描写为第一部分。这部分通过菊英母亲对女儿的想念与痛爱，表现并称颂了农村妇女的纯朴，并且也通过写菊英出嫁时排场之大而衬托出封建农村中人的迷信与无知。菊英母亲对菊英生前及菊英患病到死去全程的回忆为第二部分。菊英死于白喉，本来她是可以被西医救治的，但菊英娘以求神拜佛代替西医针药，也可以说是菊英娘的软弱、迷信间接害死了菊英。我们在感动于菊英娘伟大母爱的同时，也可以看出封建农村妇女的无知与落后，麻木可悲的生活。

对于《菊英的出嫁》，作者采用了一系列白日梦似的意识流动，跃动于纸上的菊英形象只是母亲意识中的若虚若实的形象，开篇的描述与疑问也会勾起读者的阅读欲望，这正是这篇小说构思的奇特之处。而菊英的出

---

① 宁波人好体面，虽极穷也必尽力挪借购置美服，故菊英的娘尚有花缎皮袄及华丝葛（从音）裙子。

嫁则是一曲母爱的挽歌，冥婚制透现出愚昧落后的原始信仰，即以为人死后依然成长并且灵魂不灭；那铺排的煞有介事的程式在令人咋舌之余难免显得荒唐可笑。然而小说有关这一事件的始末通过一位失去女儿的母亲的意识之流渐次溢出，浸盈着浓厚的无依无托的母爱，对落后意识与习俗的批判与讽意由此淡化于一个母爱对早夭女儿彻骨的哀思之中。

　　　　　　　　　　　　　　　　　　　　　　　　　　　（赵　琛）

菱　荡

废　名

陶家村在菱荡圩的坝上，离城不过半里，下坝过桥，走一个沙洲，到城西门。

一条线排着，十来重瓦屋，泥墙，石灰画得砖块分明，太阳底下更有一种光泽，表示陶家村总是兴旺的。屋后竹林，绿叶堆成了台阶的样子，倾斜至河岸，河水沿竹子打一个弯，潺潺流过。这里离城才是真近，中间就只有河，城墙的一段正对了竹子临水而立，竹林里一条小路，城上也窥得见，不当心河边忽然站了一个人——陶家村人出来挑水。落山的太阳射不过陶家村的时候（这时游城的很多），少不了有人攀了城垛子探首望水，但结果城上人望城下人，仿佛不会说水清竹叶绿——城下人亦望城上。

陶家村过桥的地方有一座石塔，名叫洗手塔。人说，当初是没有桥的，往来要"摆渡"。摆渡者，是指以大乌竹做成的筏载行人过河。一位姓张的老汉，专在这里摆渡过日，头发白得像银丝。一天，何仙姑下凡来，渡老汉升天，老汉道："我不去。城里人如何下乡？乡下人如何进城？"但老汉这天晚上死了。清早起来，河有桥，桥头有塔。何仙姑一夜修了桥。修了桥洗一洗手，成洗手塔。这个故事，陶家村的陈聋子独不相信，他说："张老头子摆渡，不是要渡钱吗？"摆渡依然要人家给他钱，同聋子"打长工"是一样，所以决不能升天。

塔不高，一棵大枫树高高地在塔之上，远路行人总要歇住乘一乘凉。坐在树下，菱荡圩一眼看得见——看见的也仅仅只有菱荡圩的天地了，坝外一重山，两重山，虽知道隔得不近，但树林是山腰。菱荡圩算不得大圩，花篮的形状，花篮里却没有装一朵花，从底绿起——若是荞麦或油菜花开的时候，那又尽是花了。稻田自然一望而知，另外树林子堆的许多球，哪怕城里人时常跑到菱荡圩来玩，也不能一一说出，哪是村，哪是园，或者水塘四围栽了树。坝上的树叫菱荡圩的天比地更来得小，除了陶家村以及陶家村对面的一个小庙，走路是在树林里走了一圈。有时听得斧头斫树响，一直听到不再响了还是一无所见。那个小庙，从这边望去，露出一幅白墙，虽是深藏也逃不了是一个小庙。到了晚半天，这一块儿首先没有太阳，树色格外深。有人想，这庙大概是村庙，因为那么小，实在同它背后山腰里的水竹寺差不多大小，不过水竹寺的林子是远山上的竹林罢了。城里人有终其身没有向陶家村人问过这庙者，终其身也没有再见过这么白的墙。

陶家村门口的田十年九不收谷的，本来也就不打算种谷，太低，四季有水，收谷是意外的丰年。（按：陶家村的丰年是岁旱。）水草连着菖蒲，菖蒲长到坝脚，树荫遮得这一片草叫人无风自凉。陶家村的牛在这坝脚下放，城里的驴子也在这坝脚下放。人又喜欢伸开他的手脚躺在这里闭眼向天。环着这水田的一条沙路环过菱荡。

菱荡圩是以这个菱荡得名。

菱荡属陶家村，周围常青树的矮林，密得很。走在坝上。望见白水的一角。荡岸，绿草散着野花，成一个圈圈。两个通口，一个连菜园，陈聋子种的几畦园也在这里。

菱荡的深，陶家村的二老爹知道，二老爹是七十八岁的老人，说，道光十九年，剩了他们的菱荡没有成干土，但也快要见底了。网起来的大小鱼真不少，鲤鱼大的有二十斤。这回陶家村可热闹，六城的人来看，洗手塔上是人，荡当中人挤人，树都挤得稀疏了。

菱叶差池了水面，约半荡，余则是白水。太阳当顶时，林茂无鸟声，过路人不见水的过去。如果是熟客，绕到进口的地方进去玩，一眼要上下闪，天与水。停了脚，水里唧唧响——水仿佛是这一个一个的声音填的！偏头，或者看见一人钓鱼，钓鱼的只看他的一根线。一声不响的你又走出来了。好比是进城去，到了街上你还是菱荡的过客。

这样的人，总觉得有一个东西是深的，碧蓝的，绿的，又是那么圆。

城里人并不以为菱荡是陶家村的，是陈聋子的。大家都熟识这个聋子，喜欢他，打趣他，尤其是那般洗衣的女人——洗衣的多半住在西城根，河水渴了到菱荡来洗。菱荡的深，这才被她们搅动了。太阳落山以及天刚刚破晓的时候，坝上也听得见她们喉咙叫，甚至，衣篮太重了坐在坝脚下草地上"打一栈"的也与正在捶捣忤的相呼应。野花做了她们的蒲团，原来青青的草她们踏成了路。

陈聋子，平常略去了陈字，只称聋子。他在陶家村打了十几年长工，轻易不见他说话，别人说话他偏肯听，大家都嫉妒他似的这样叫他。但这或者不始于陶家村，他到陶家村来似乎就没有带来别的名字了。二老爹的园是他种，园里出的菜也要他挑上街去卖，二老爹相信他一人，回来一文一文的钱向二老爹手上数。洗衣女人问他讨萝卜吃——好比他正在萝卜田里，他也连忙拔起一个大的，连叶子给她。不过讨萝卜他就答应一个萝卜，再说他的萝卜不好，他无话回，笑是笑的。菱荡圩的萝卜吃在口里实在甜。

菱荡满菱角的时候，菱荡里不时有一个小划子（这划子一个人背得起），坐划子菱叶上打回旋的常是陈聋子。聋子到哪里去了，二老爹也不知道，二老爹或者在坝脚下看他的牛吃草，没有留心他的聋子进菱荡。聋子挑了菱角回家——聋子是在菱荡摘菱角！

聋子总是这样的去摘菱角，恰如菱荡在菱荡圩不现其水。

有一回聋子送一篮菱角到石家井去——石家井是城里有名的巷子，石姓所居，两边院墙夹成一条深巷，石铺的道，小孩子走这里过，故意踏得响，逗回声。聋子走到石家大门，站住了，抬了头望院子里的石榴，仿佛这样望得出人来。两匹狗朝外一奔，跳到他的肩膀上叫。一匹是黑的，一匹白的，聋子分不开眼睛，尽站在一块石上转，两手紧握篮子，一直到狗叫出了石家的小姑娘，替他喝住狗。石家姑娘见了一篮红菱角，笑道："是我家买的吗？"聋子被狗呆住了的模样，一言没有发，但他对了小姑娘牙齿都笑出来了。小姑娘引他进来，一会儿又送他出门。他连走路也不响。

以后逢着二老爹的孙女儿吵嘴，聋子就咕噜一句：
"你看街上的小姑娘是多么好！"
他的话总是这样的说。

一日，太阳已下西山，青天罩着菱荡圩照样地绿，不同的颜色，坝上庙的白墙，坝下聋子人一个，他刚刚从家里上园来，挑了水桶，夹了锄头。他要挑水浇一浇园里的青椒。他一听——菱荡洗衣的有好几个。风吹得很凉快。水桶歇下畦径，荷锄沿畦走，眼睛看一个一个的茄子。青椒已经有了红的，不到跟前看不见。

走回了原处，扁担横在水桶上，他坐在扁担上，拿出烟竿来吃，他的全副家伙都在腰边。聋子这个脾气厉害，倘是别个，二老爹一天少不了啰嗦几遍，但是他的聋子（圩里下湾的王四牛却这样说："一年四吊毛钱，不吃烟做什么？何况聋子挑了水，卖菜卖菱角！"）

　　打火石打得火喷——这一点是陈聋子替菱荡圩添的。

　　吃烟的聋子是一个驼背。

　　衔了烟偏了头，听——

　　是张大嫂，张大嫂讲了一句好笑的话。聋子也笑。

　　烟竿系上腰。扁担挑上肩。

　　"今天真热！"张大嫂的破喉咙。

　　"把人热死了怎么办？"

　　两边的树还遮了挑水桶的，水桶的一只已经进了菱荡。

　　"哎呀——"

　　"哈哈哈，张大嫂好大奶！"

　　这个绰号鲇鱼，是王大妈的第三的女儿，刚刚洗完衣同张大嫂两人坐在岸上。张大嫂解开了她的汗湿的褂子兜风。

　　"我道是谁——聋子。"

　　聋子眼睛望了水，笑着自语——

　　"聋子！"

1927 年 10 月

［提示］

　　废名（1901—1967），原名冯文炳，曾为语丝社成员，师从周作人的风格，被视为京派代表作家。代表作有《竹林的故事》、《桥》、《莫须有先生传》、《莫须有先生坐飞机以后》等。

　　废名的小说以"散文化"闻名，其独特的创作风格人称"废名风"，对沈从文、汪曾祺等作家产生过影响。《菱荡》创作于 1927 年 10 月，收入小说集《桃园》。该作最能代表废名早期风格，乡村人事，儿女翁媪，冲淡平和，低徊婉转。小说以舒缓的笔调描绘了一幅旧时中国南方水乡的世俗图，反映了旧时中国南方农民的生活状态、思想意识及人与人之间的纯朴、融洽的关系，塑造了一个诚实朴讷、憨厚风趣的农民陈聋子形象。菱荡和聋子是《菱荡》的两个关键性意象，菱荡代表着世俗、实用，聋子代表着"封闭"、快乐，二者共同体现着废名追求和乐的精神世界。

　　静寂意境的营造是废名小说的重要美学特征，《菱荡》中的陶家村一年四季总是那样的宁静，它深藏在茂密的树林之中，一道河水，一个水洲

使它远离县城的喧嚣与热闹，给人一种"蝉噪林愈静，鸟鸣山更幽"的
感觉，一切最终还是消融在无垠的静谧之中。此外，《菱荡》淡化了小说
的故事性，在细微的片段场景中对日常生活做了想象的表达，表现出浓郁
的诗意，反映了废名以梦为真实的艺术追求。小说语言自然质朴，娓娓道
来，富于口语趣味横生。小说意境幽丽，承转自然，语言清纯恬美，状物
摹人，细腻传神，画面感极强，给读者以身临其境般的感受，颇具唐人绝
句的特点，体现了废名写作的独特风格。

（赵　琛）

潘先生在难中

叶圣陶

一

车站里挤满了人，各有各的心事，都现出异样的神色。

脚夫的两手插在号衣的口袋里，睡着一般地站着；他们知道可以得到特别收入的时间离得还远，也犯不着老早放出精神来。空气沉闷得很，人们略微感到呼吸受压迫，大概快要下雨了。电灯亮了一会了，仿佛比平时昏黄一点，望去好象一切的人物都在雾里梦里。

揭示处的黑漆板上标明西来的快车须迟到四点钟。这个报告在几点钟以前早就教人家看熟了，现在便同风化了的戏单一样，没有一个人再望它一眼。象这种报告，在这一个礼拜里，几乎每天每趟的行车都有：大家也习以为当然了。

不知几多人心系着的来车居然到了，闷闷的一个车站就一变而为扰扰的境界。来客的安心，候客者的快意，以及脚夫的小小发财，我们且都不提。单讲一位从让里来的潘先生。他当火车没有驶进月台之先，早已安排得十分周妥：他领头，右手提着个黑漆皮包，左手牵着个七岁的孩子；七岁的孩子牵着他哥哥（今年九岁），哥哥又牵着他母亲。潘先生说人多照顾不齐，这么牵着，首尾一气，犹如一条蛇，什么地方都好钻了。他又屡次叮嘱，教大家握得紧紧，切勿放手；尚恐大家万一忘了，又屡次摇荡他的左手，意思是教把这警告打电报一般一站一站递过去。

首尾一气诚然不错，可是也不能全然没有弊病。火车将停时，所有的客人和东西都要涌向车门，潘先生一家的那条蛇就有点尾大不掉了。他用黑漆皮包做前锋，胸腹部用力向前抵，居然进展到距车门只两个窗洞的地位。但是他的七岁的孩子还在距车门四个窗洞的地方，被挤在好些客人和座椅之间，一动不能动；两臂一前一后，伸得很长，前后的牵引力都很大，似乎快要把胳臂拉了去的样子。他急得直喊，"啊！我的胳臂！我的胳臂!"

一些客人听见了带哭的喊声,方才知道腰下挤着个孩子;留心一看,见他们四个人一串,手联手牵着。一个客人呵斥道,"赶快放手;要不然,把孩子拉做两半了!"

"怎么的,孩子不抱在手里!"又一个客人用鄙夷的声气自语,一方面他仍注意在攫得向前行进的机会。

"不,"潘先生心想他们的话不对,牵着自有牵着的妙用;再转一念,妙用岂是人人能够了解的,向他们辩白,也不过徒费唇舌,不如省些精神吧;就把以下的话咽了下去。而七岁的孩子还是"胳臂! 胳臂!"喊着。潘先生前进后退都没有希望,只得自己失约,先放了手,随即惊惶地发命令道,"你们看着我! 你们看着我!"

车轮一顿,在轨道上站定了;车门里弹出去似地跳下了许多人。潘先生觉得前头松动了些;但是后面的力量突然增加,他的脚作不得一点儿主,只得向前推移;要回转头来招呼自己的队伍,也不得自由,于是对着前面的人的后脑叫喊,"你们跟着我! 你们跟着我!"

他居然从车门里被弹出来了。旋转身子一看,后面没有他的儿子同夫人。心知他们还挤在车中,守住车门老等总是稳当的办法。又下来了百多人,方才看见脚踏上人丛中现出七岁的孩子的上半身,承着电灯光,面目作哭泣的形相。他走前去,几次被跳下来的客人冲回,才用左臂把孩子抱了下来。再等了一会,潘师母同九岁的孩子也下来了;她吁吁地呼着气,连喊"哎唷,哎唷",凄然的眼光相着潘先生的脸,似乎要求抚慰的孩子。

潘先生到底镇定,看见自己的队伍全下来了,重又发命令道,"我们仍旧像刚才一样联起来。你们看月台上的人这么多,收票处又挤得厉害,要不是联着,就走散了!"

七岁的孩子觉得害怕,拦住他的膝头说,"爸爸,抱。"

"没用的东西!"潘先生颇有点愤怒,但随即耐住,蹲下身子把孩子抱了起来。同时关照大的孩子拉着他的长衫的后幅,一手要紧紧牵着母亲,因为他自己两只手都不空了。

潘师母从来不曾受过这样的困累,好容易下了车,却还有可怕的拥挤在前头,不禁发怨道, "早知道这样子,宁可死在家里,再也不要逃难了!"

"悔什么!"潘先生一半发气,一半又觉得怜惜。"到了这里,懊悔也是没用。并且,性命到底安全了。走吧,当心脚下。"于是四个一串向人丛中蹒跚地移过去。

一阵的拥挤,潘先生象在梦里似的,出了收票处的隘口。他仿佛急流里的一滴水滴,没有回旋转侧的余地,只有顺着大家的势,脚不点地地走。一会儿已经出了车站的铁栅栏,跨过了电车轨道,来到水门汀的人行道上。慌忙地回转身来,只见数不清的给电灯光耀得发白的面孔以及数不清的提箱与包裹,一齐向自己这边涌来,忽然觉得长衫后幅上的小手没有了,不知什么时候放了的;心头怅惘到不可言说,只是无意识地把身子乱转。转了几回,一丝踪影也没有。家破人亡之感立时袭进他的心,禁不住渗出两滴眼泪来,望出去电灯人形都有点模糊了。

幸而抱着的孩子眼光敏锐,他瞥见母亲的疏疏的额发,便认识了,举起手来指点着,"妈妈,那边。"

潘先生一喜;但是还有点不大相信,眼睛凑近孩子的衣衫擦了擦,然后望去。搜寻了一会,果然看见他的夫人呆鼠一般在人丛中瞎撞,前面护着那大的孩子,他们还没跨过电车轨道呢。他便向前迎上去,连喊"阿大",把他们引到刚才站定的人行道上。于是放下手中的孩子,舒畅地吐一口气,一手抹着脸上的汗说,"现在好了!"的确好了,只要跨出那一道铁栅栏,就有人保险,什么兵火焚掠都遭逢不到;而已经散失的一妻一子,又幸运得很,一寻即着:岂不是四条性命,一个皮包,都从毁灭和危难之中捡了回来么?岂不是"现在好了"?

"黄包车!"潘先生很入调地喊。

车夫们听见了,一齐拉着车围拢来,问他到什么地方。

他稍微昂起了头,似乎增加了好几分威严,伸出两个指头扬着说,"只消两辆! 两辆!"他想了一想,继续说,"十个铜子,四马路,去的就去!"这分明表示他是个"老上海"。

辩论了好一会,终于讲定十二个铜子一辆。潘师母带着大的孩子坐一辆,潘先生带着小的孩子同黑漆皮包坐一辆。

车夫刚要拔脚前奔,一个背枪的印度巡捕一条胳臂在前面一横,只得缩住了。小的孩子看这个人的形相可怕,不由得回过脸来,贴着父亲的胸际。

潘先生领悟了,连忙解释道,"不要害怕,那就是印度巡捕,你看他的红包头。我们因为本地没有他，所以要逃到这里来；他背着枪保护我们。他的胡子很好玩的，你可以看一看，同罗汉的胡子一个样子。"

孩子总觉得怕，便是同罗汉一样的胡子也不想看。直到听见当当的声音，才从侧边斜睨过去，只见很亮很亮的一个房间一闪就过去了；那边一家家都是花花灿灿的，灯点得亮亮的，他于是不再贴着父亲的胸际。

到了四马路，一连问了八九家旅馆，都大大的写着"客满"的牌子；而且一望而知情商也没用，因为客堂里都搭起床铺，可知确实是住满了。最后到一家也标着"客满"，但是一个伙计懒懒地开口道，"找房间么？"

"是找房间，这里还有么？"一缕安慰的心直透潘先生的周身，仿佛到了家似的。

"有是有一间，客人刚刚搬走，他自己租了房子了。你先生若是迟来一刻，说不定就没有了。"

"那一间就归我们住好了。"他放了小的孩子，回身去扶下夫人同大的孩子来，说，"我们总算运气好，居然有房间住了！"随即付车钱，慷慨地照原价加上一个铜子；他相信运气好的时候多给人一些好处，以后好运气会连续而来的。但是车夫偏不知足，说跟着他们回来回去走了这多时，非加上五个铜子不可。结果旅馆里的伙计出来调停，潘先生又多破费了四个铜子。

这房间就在楼下，有一张床，一盏电灯，一张桌子，两把椅子，此外就只有烟雾一般的一房间的空气了。潘先生一家跟着茶房走进去时，立刻闻到刺鼻的油腥味，中间又混着阵阵的尿臭。潘先生不快地自语道，"讨厌的气味！"随即听见隔壁有食料投下油锅的声音，才知道那里是厨房。再一想时，气味虽讨厌，究比吃枪子睡露天好多了；也就觉得没有什么，舒舒泰泰地在一把椅子上坐下。

"用晚饭吧？"茶房放下皮包回头问。

"我要吃火腿汤淘饭，"小的孩子咬着指头说。

潘师母马上对他看个白眼，凛然说，"火腿汤淘饭！是逃难呢，有得吃就好了，还要这样那样点戏！"

大的孩子也不知道看看风色，央着潘先生说，"今天到上海了，你给我吃大菜。"

潘师母竟然发怒了，她回头呵斥道，"你们都是没有心肝的，只配什么也没得吃，活活地饿……"

潘先生有点儿窘，却作没事的样子说，"小孩子懂得什么。"便吩咐茶房道，"我们在路上吃了东西了，现在只消来两客蛋炒饭。"

茶房似答非答地一点头就走，刚出房门，潘先生又把他喊回来道，"带一斤绍兴，一毛钱熏鱼来。"

茶房的脚声听不见了，潘先生舒快地对潘师母道，"这一刻该得乐一乐，喝一杯了。你想，从兵祸凶险的地方，来到这绝无其事的境界，第一件可乐。刚才你们忽然离开了我，找了半天找不见，真把我急死了；倒是阿二乖觉（他说着，把阿二拖在身边，一手轻轻地拍着），他一眼便看见了你，于是我迎上来，这是第二件可乐。乐哉乐哉，陶陶酌一杯。"他作举杯就口的样子，迷迷地笑着。

潘师母不响，她正想着家里呢。细软的虽然已经带在皮包里，寄到教堂里去了，但是留下的东西究竟还不少。不知王妈到底可靠不可靠；又不知隔壁那家穷人家有没有知道他们一家都出来了，只剩个王妈在家里看守；又不知王妈睡觉时，会不会忘了关上一扇门或是一扇窗。她又想起院子里的三只母鸡，没有完工的阿二的裤子，厨房里的一碗白燷鸭……真同通了电一般，一刻之间，种种的事情都涌上心头，觉得异样地不舒服；便叹口气道，"不知弄到怎样呢！"

两个孩子都怀着失望的心情，茫昧地觉得这样的上海没有平时父母嘴里的上海来得好玩而有味。

疏疏的雨点从窗外洒进来，潘先生站起来说，"果真下雨了，幸亏在这时候下，"就把窗子关上。突然看见原先给窗子掩没的旅客须知单，他便想起一件顶紧要的事情，一眼不眨地直望那单子。

"不折不扣，两块！"他惊讶地喊。回转头时，眼珠瞪视着潘师母，一段舌头从嘴里伸了出来。

二

第二天早上，走廊中茶房们正蜷在几条长凳上熟睡，狭得只有一条的天井上面很少有晨光透下来，几许房间里的电灯还是昏黄地亮着。但是潘先生夫妇两个已经在那里谈话了，两个孩子希望今天的上海或许比昨晚的好一点，也醒了一会儿，只因父母教他们再睡一会，所以还躺在床上，彼此呵痒为戏。

　　"我说你一定不要回去，"潘师母焦心地说。"这报上的话，知道它靠得住靠不住的。既然千难万难地逃了出来，哪有立刻又回去的道理！"

　　"料是我早先也料到的。顾局长的脾气就是一点儿不肯马虎。'地方上又没有战事，学自然照常要开的'，这句话确然是他的声口。这个通信员我也认识，就是教育局里的职员，又哪里会靠不住？回去是一定要回去的。"

　　"你要晓得，回去危险呢！"潘师母凄然地说。"说不定三天两天他们就会打到我们那地方去，你就是回去开学，有什么学生来念书？就是不打到我们那地方，将来教育局长怪你为什么不开学时，你也有话回答。你只要问他，到底性命要紧还是学堂要紧？他也是一条性命，想来决不会对你过不去。"

　　"你懂得什么！"潘先生颇怀着鄙薄的意思，"这种话只配躲在家里，伏在床角里，由你这种女人去说；你道我们也说得出口么！你切不要拦阻我（这时候他已转为抚慰的声调），回去是一定要回去的；但是包你没有一点危险，我自有保全自己的法子。而且（他自喜心思灵敏，微微笑着），你不是很不放心家里的东西么？我回去了，就可以自己照看，你也能定心定意住在这里了。等到时局平定了，我马上来接你们回去。"

　　潘师母知道丈夫的回去是万无挽回的了。回去可以照看东西固然很好；但是风声这样紧，一去之后，犹如珠子抛在海里，谁保得定必能捞回来呢！生离死别的哀感涌上心头，她再不敢正眼看她的丈夫，眼泪早在眼角边偷偷地想跑出来了。她又立刻想起这个场面不大吉利，现在并没有什么不好的事情，怎么能凄惨地流起眼泪来。于是勉强忍住眼泪，聊作自慰地请求道，"那么你去看看情形，假使教育局长并没有照常开学这句话，要是还来得及，你就搭了今天下午的车来，不然，搭了明天的早车来。你要知道（她到底忍不住，一滴眼泪落在手背，立刻在衫子上擦去了），我不放心呢！"

　　潘先生心里也着实有点烦乱，局长的意思照常开学，自己万无主张暂缓开学之理，回去当然是天经地义，但是又怎么放得下这里！看他夫人这样的依依之情，断然一走，未免太没有恩义。又况一个女人两个孩子都是很懦弱的，一无依傍，寄住在外边，怎能断言决没有意外？他这样想时，不禁深深地发恨：恨这人那人调兵遣将，预备作战，恨教育局长主张照常开课，又恨自己没有个已经成年，可以帮助一臂的儿子。

但是他究竟不比女人，他更从厉害远近种种方面着想，觉得回去终于是天经地义。便把恼恨搁在一旁，脸上也不露一毫形色，顺着夫人的口气点头道，"假若打听明白局长并没有这个意思，依你的话，就搭了下午的车来。"

两个孩子约略听得回去和再来的话，小的就伏在床沿作娇道，"我也要回去。"

"我同爸爸妈妈回去，剩下你独个儿住在这里，"大的孩子扮着鬼脸说。

小的听着，便迫紧喉咙叫唤，作啼哭的腔调，小手擦着眉眼的部分，但眼睛里实在没有眼泪。

"你们都跟着妈妈留在这里，"潘先生提高了声音说。"再不许胡闹了，好好儿起来等吃早饭吧。"说罢，又嘱咐了潘师母几句，径出雇车，赶往车站。

模糊地听得行人在那里说铁路已断火车不开的话，潘先生想，"火车如果不开，倒死了我的心，就是立刻免职也只得由他了。"同时又觉得这消息很使他失望；又想他要是运气好，未必会逢到这等失望的事，那么行人的话也未必可靠。欲决此疑，只希望车夫三步并作一步跑。

他的运气果然不坏，赶到车站一看，并没有火车不开的通告；揭示处只标明夜车要迟四点钟才到，这时候还没到呢。买票处绝不拥挤，时时有一两个人前去买票。聚集在站中的人却不少，一半是候客的，一半是来看看的，也有带着照相器具的，专等夜车到时摄取车站拥挤的情形，好作《风云变幻史》的一页。行李房满满地堆着箱子铺盖，各色各样，几乎碰到铅皮的屋顶。

他心中似乎很安慰，又似乎有点儿怅惘，顿了一顿，终于前去买了一张三等票，就走入车厢里坐着。晴明的阳光照得一车通亮，可是不嫌燠热；坐位很宽舒，勉强要躺躺也可以。他想，"这是难得逢到的。倘若心里没有事，真是一趟愉快的旅行呢。"

这趟车一路耽搁，听候军人的命令，等待兵车的通过。开到让里，已是下午三点过了。潘先生下了车，急忙赶到家，看见大门紧紧关着，心便一定，原来昨天再四叮嘱王妈的就是这一件。

扣了十几下，王妈方才把门开了。一见潘先生，出惊地说，"怎么，先生回来了！不用逃难了么？"

潘先生含糊回答了她；奔进里面四周一看，便开了房门的锁，直闯进去上下左右打量着。没有变更，一点儿没有变更，什么都同昨天一样。于是他吊起的半个心放下来了。还有半个心没放下，便又锁上房门，回身出门；吩咐王妈道，"你照旧好好把门关上了。"

王妈摸不清头绪，关了门进去只是思索。她想主人们一定就住在本地，恐怕她也要跟去，所以骗她说逃到上海去。"不然，怎么先生又回来了？奶奶同两个孩子不同来，又躲在什么地方呢？但是，他们为什么不让我跟去？这自然嫌得人多了不好。——他们一定就住在那洋人的红房子里，那些兵都讲通的，打起仗来不打那红房子。——其实就是老实告诉我，要我跟去，我也不高兴去呢。我在这里一点儿也不怕；如果打仗打到这里来，反正我的老衣早就做好了。"她随即想起甥女儿送她的一双绣花鞋真好看，穿了那双鞋上西方，阎王一定另眼相看；于是她感到一种微妙的舒快，不再想主人究竟在哪里的问题。

潘先生出门，就去访那当通信员的教育局职员，问他局长究竟有没有照常开学的意思。那人回答道，"怎么没有？他还说有些教员只顾逃难，不顾职务，这就是表示教育的事业不配他们干的；乘此淘汰一下也是好处。"潘先生听了，仿佛觉得一凛；但又赞赏自己有主意，决定从上海回来到底是不错的。一口气奔到自己的学校里，提起笔来就起草送给学生家属的通告。通告中说兵乱虽然可虑，子弟的教育犹如布帛菽粟，是一天一刻不可废弃的，现在暑假期满，学校照常开学。从前欧洲大战的时候，人家天空里布着御防炸弹的网，下面学校里却依然在那里上课：这种非常的精神，我们应当不让他们专美于前。希望家长们能够体谅这一层意思，若无其事地依旧把子弟送来：这不仅是家庭和学校的益处，也是地方和国家的荣誉。

他起好草稿，往复看了三遍，觉得再没有可以增损，局长看见了，至少也得说一声"先得我心"。便得意地誊上蜡纸，又自己动手印刷了百多张，派校役向一个个学生家里送去。公事算是完毕了，开始想到私事；既要开学，上海是去不成了，他们母子三个住在旅馆里怎么挨得下去！但也没有办法，惟有教他们一切留意，安心住着。于是蘸着刚才的残墨写寄与夫人的信。

下一天，他从茶馆里得到确实的信息，铁路真个不通了。他心头突然一沉，似乎觉得最亲热的一妻两儿忽地乘风飘去，飘得很远，几乎至于渺茫。没精没采地踱到学校里，校役回报昨天的使命道，"昨天出去送通告，有二十多家关上了大门，打也打不开，只好从门缝里塞进去。有三十多家只有佣人在家里，主人逃到上海去了，孩子当然跟了去，不一定几时才能回来念书。其余的都说知道了；有的又说性命还保不定安全，读书的事再说吧。"

"哦，知道了"；潘先生并不留心在这些上边，更深的忧虑正萦绕在他的心头。他抽完了一支烟卷以后，应走的路途决定了，便赶到红十字会分会的办事处。

他缴纳会费愿做会员；又宣称自己的学校房屋还宽敞，愿意作为妇女收容所，到万一的时候收容妇女。这是慈善的举措，当然受热诚的欢迎，更兼潘先生本来是体面的大家知道的人物。办事处就给他红十字的旗子，好在学校门前张起来；又给他红十字的徽章，标明他是红十字会的一员。

潘先生接旗子和徽章在手，像捧着救命的神符，心头起一种神秘的快慰。"现在什么都安全了！但是……"想到这里，便笑向办事处的职员道，"多给我一面旗，几个徽章罢。"他的理由是学校还有个侧门，也得张一面旗，而徽章这东西太小巧，恐怕偶尔遗失了，不如多备几个在那里。办事员同他说笑话，这东西又不好吃的，拿着玩也没有什么意思，多拿几个也只作一个会员，不如不要多拿罢。但是终于依他的话给了他。

两面红十字旗立刻在新秋的轻风中招展，可是学校的侧门上并没有旗，原来移到潘先生家的大门上去了。一个红十字徽章早已缀上潘先生的衣襟，闪耀着慈善庄严的光，给与潘先生一种新的勇气。其余几个呢，重重包裹，藏在潘先生贴身小衫的一个口袋里。他想，"一个是她的，一个是阿大的，一个是阿二的。"虽然他们远处在那渺茫难接的上海，但是仿佛给他们加保了一重险，他们也就各各增加一种新的勇气。

三

碧庄地方两军开火了。

让里的人家很少有开门的，店铺自然更不用说，路上时时有兵士经过。他们快要开拔到前方去，觉得最高的权威附灵在自己身上，什么东西都不在眼里，只要高兴提起脚来踩，都可以踩做泥团踩做粉。这就来了拉夫的事情：恐怕被拉的人乘隙脱逃，便用长绳一个联一个拴着胳臂，几个弟兄在前，几个弟兄在后，一串一串牵着走。因此，大家对于出门这件事都觉得危惧，万不得已时，也只从小巷僻路走，甚至佩着红十字徽章如潘先生之辈，也不免怀着戒心，不敢大模大样地踱来踱去。于是让里的街道见得又清静又宽阔了。

上海的报纸好几天没来。本地的军事机关却常常有前方的战报公布出来，无非是些"敌军大败，我军进展若干里"的话。街头巷尾贴出一张新鲜的战报时，也有些人慢慢聚集拢来，注目看着。但大家看罢以后依然不能定心，好似这布告背后还有许多话没说出来，于是怅怅地各自散了，眉头照旧皱着。

这几天潘先生无聊极了。最难堪的，自然是妻儿远离，而且消息不通，而且似乎有永远难通的朕兆。次之便是自身的问题，"碧庄冲过来只一百多里路，这徽章虽说有用处，可是没有人写过笔据，万一没有用，又向谁去说话？——枪子炮弹劫掠放火都是真家伙，不是耍的，到底要多打听多走门路才行。"他于是这里那里探听前方的消息，只要这消息与外间传说的不同，便觉得真实的成分越多，即根据着盘算对于自身的厉害。街上如其有一个人神色仓皇急忙行走时，他便突地一惊，以为这个人一定探得确实而又可怕的消息了；只因与他不相识，"什么！"一声就在喉际咽住了。

红十字会派人在前方办理救护的事情，常有人搭着兵车回来，要打听消息自然最可靠了。潘先生虽然是个会员，却不常到办事处去探听，以为这样就是对公众表示胆怯，很不好意思。然而红十字会究竟是可以得到真消息的机关，舍此他求未免有点傻，于是每天傍晚到姓吴的办事员家里去打听。姓吴的告诉他没有什么，或者说前方抵住在那里，他才透了口气回家。

这一天傍晚，潘先生又到姓吴的家里；等了好久，姓吴的才从外面走进来。

"没有什么吧？"潘先生急切地问。"照布告上说，昨天正向对方总攻击呢。"

"不行，"姓吴的忧愁地说；但随即咽住了，捻着唇边仅有的几根二三分长的髭须。

"什么！"潘先生心头突地跳起来，周身有一种拘牵不自由的感觉。

姓吴的悄悄地回答，似乎防着人家偷听了去的样子，"确实的消息，正安（距碧庄八里的一个镇）今天早上失守了！"

"啊！"潘先生发狂似地喊出来。顿了一顿，回身就走，一壁说道，"我回去了！"

路上的电灯似乎特别昏暗，背后又仿佛有人追赶着的样子，惴惴地，歪斜地急步赶到了家，叮嘱王妈道，"你关着门安睡好了，我今夜有事，不回来住了。"他看见衣橱里有一件绉纱的旧棉袍，当时没收拾在寄出去的箱子里，丢了也可惜；又有孩子的几件布夹衫，仔细看时还可以穿穿；又有潘师母的一条旧绸裙，她不一定舍得便不要它；便胡乱包在一起，提着出门。

"车！车！福星街红房子，一毛钱。"

"哪里有一毛钱的？"车夫懒懒地说。"你看这几天路上有几辆车？不是拼死寻饭吃的，早就躲起来了。随你要不要，三毛钱。"

"就是三毛钱，"潘先生迎上去，跨上脚踏坐稳了，"你也得依着我，跑得快一点！"

"潘先生，你到哪里去？"一个姓黄的同业在途中瞥见了他，站定了问。

"哦，先生，到那边……"潘先生失措地回答，也不辨问他的是谁；忽然想起回答那人简直是多事——车轮滚得绝快，那人决不会赶上来再问，——便缩住了。

红房子里早已住满了人，大都是十天以前就搬来的，儿啼人语，灯火这边那边亮着，颇有点热闹的气象。主人翁见面之后，说，"这里实在没有余屋了。但是先生的东西都寄在这里，也不好拒绝。刚才有几位匆忙地赶来，也因不好拒绝，权且把一间做厨房的厢房让他们安顿。现在去同他们商量，总可以多插你先生一个。"

"商量商量总可以，"潘先生到了家似地安慰。"何况在这样时候。我也不预备睡觉，随便坐坐就得了。"

他提着包裹跨进厢房的当儿，以为自己受惊太厉害了，眼睛生了翳，因而引起错觉；但是闭一闭眼睛再睁开来时，所见依然如前，这靠窗坐着，在那里同对面的人谈话，上唇翘起两笔浓须的，不就是教育局长么？

他顿时踌躇起来，已跨进去的一只脚想要缩出来，又似乎不大好。那局长也望见了他，尴尬的脸上故作笑容说，"潘先生，你来了，进来坐坐。"主人翁听了，知道他们是相识的，转身自去。

"局长先在这里了。还方便吧，再容一个人？"

"我们只三个人，当然还可以容你。我们带着席子；好在天气不很凉，可以轮流躺着歇歇。"

潘先生觉得今晚上局长特别可亲，全不象平日那副庄严的神态，便忘形地直跨进去说，"那么不客气，就要陪三位先生过一夜了。"

这厢房不很宽阔。地上铺着一张席子，一个戴眼镜的中年人坐在上面，略微有疲倦的神色，但绝无欲睡的意思。

锅灶等东西贴着一壁。靠窗一排摆着三只凳子，局长坐一只，头发梳得很光的二十多岁的人，局长的表弟，坐一只，一只空着。那边的墙角有一只柳条箱，三个衣包，大概就是三位先生带来的。仅仅这些，房间里已没有空地了。电灯的光本来很弱，又蒙上了一层灰尘，照得房间里的人物都昏暗模糊。

潘先生也把衣包放在那边的墙角，与三位的东西合伙。回过来谦逊地坐上那只空凳子。局长给他介绍了自己的同伴，随后说，"你也听到了正安的消息么？"

"是呀，正安。正安失守，碧庄未必靠得住呢。"

"大概这方面对于南路很疏忽，正安失守，便是明证。那方面从正安袭取碧庄是最便当的，说不定此刻已被他们得手了。要是这样，不堪设想！"

"要是这样，这里非糜烂不可！"

"但是，这方面的杜统帅不是庸碌无能的人，他是著名善于用兵的，大约见得到这一层，总有方法抵挡得住。也许就此反守为攻，势如破竹，直捣那方面的巢穴呢。"

"若能这样，战事便收场了，那就好了！——我们办学的就可以开起学来，照常进行。"

局长一听到办学，立刻感到自己的尊严，捻着浓须叹道，"别的不要讲，这一场战争，大大小小的学生吃亏不小呢！"他把坐在这间小厢房里的局促不舒的感觉忘了，仿佛堂皇地坐在教育局的办公室里。

坐在席子上的中年人仰起头来含恨似地说，"那方面的朱统帅实在可恶！这方面打过去，他抵抗些什么，——他没有不终于吃败仗的。他若肯漂亮点儿让了，战事早就没有了。"

"他是傻子，"局长的表弟顺着说，"不到尽头不肯死心的。只是连累了我们，这当儿坐在这又暗又窄的房间里。"他带着玩笑的神气。

潘先生却想念起远在上海的妻儿来了。他不知道他们可安好，不知道他们出了什么乱子没有，不知道他们此刻睡了不曾，抓既抓不到，想象也极模糊；因而想自己的被累要算最深重了，凄然望着窗外的小院子默不作声。

"不知道到底怎么样呢！"他又转而想到那个可怕的消息以及意料所及的危险，不自主地吐露了这一句。

"难说，"局长表示富有经验的样子说。"用兵全在趁一个机，机是刻刻变化的，也许竟不为我们所料，此刻已……所以我们……"他对着中年人一笑。

中年人，局长的表弟同潘先生三个已经领会局长这一笑的意味；大家想坐在这地方总不至于有什么，也各安慰地一笑。

小院子里长满了草，是蚊虫同各种小虫的安适的国土。厢房里灯光亮着，虫子齐飞了进来。四位怀着惊恐的先生就够受用了；扑头扑面的全是那些小东西，蚊虫突然一针，痛得直跳起来。又时时停语侧耳，惶惶地听外边有没有枪声或人众的喧哗。睡眠当然是无望了，只实做了局长所说的轮流躺着歇歇。

下一天清晨，潘先生的眼球上添了几缕红丝；风吹过来，觉得身上很凉。他急欲知道外面的情形，独个儿闪出红房子的大门。路上同平时的早晨一样，街犬竖起了尾巴高兴地这头那头望，偶尔走过一两个睡眼惺忪的人。他走过去，转入又一条街，也听不见什么特别的风声。回想昨夜的匆忙情形，不禁心里好笑。但是再一转念，又觉得实在并无可笑，小心一点儿总比冒险好。

二十余天之后，战事停止了。大众点头自慰道，"这就好了！只要不打仗，什么都平安了！"但是潘先生还不大满意，铁路还没通，不能就把避居上海的妻儿接回来。信是来过两封了，但简略得很，比不看更教他想念。他又恨自己到底没有先见之明；不然，这一笔冤枉的逃难费可以省下，又免得几十天的孤单。

他知道教育局里一定要提到开学的事情了，便前去打听。跨进招待室，看见局里的几个职员在那里裁纸磨墨，像是办喜事的样子。

一个职员喊道，"巧得很，潘先生来了！你写得一手好颜字，这个差使就请你当了吧。"

"这么大的字，非得潘先生写不可，"其余几个人附和着。

"写什么东西？我完全茫然。"

"我们这里正筹备欢迎杜统帅凯旋的事务。车站的两头要搭起四个彩牌坊，让杜统帅的花车在中间通过。现在要写的就是牌坊上的几个字。"

"我哪里配写这上边的字？"

"当仁不让，""一致推举，"几个人一哄地说；笔杆便送到潘先生手里。

潘先生觉得这当儿很有点意味，接了笔便在墨盆里蘸墨汁。凝想一下，提起笔来在蜡笺上一并排写"功高岳牧"四个大字。第二张写的是"威镇东南"。又写第三张，是"德隆恩溥"。——他写到"溥"字，仿佛看见许多影片，拉夫，开炮，焚烧房屋，奸淫妇人，菜色的男女，腐烂的死尸，在眼前一闪。

旁边看写字的一个人赞叹说，"这一句更见恳切。字也越来越好了。"

"看他对上一句什么，"又一个说。

1924 年 11 月 27 日写毕

[提示]

叶圣陶（1894—1988），又名叶绍钧，江苏苏州人。文学研究会主要成员。代表作有短篇小说《潘先生在难中》、《抗争》、《多收了三五斗》，长篇小说《倪焕之》等。

《潘先生在难中》写于 1924 年 11 月，发表于翌年元月《小说月报》第 16 卷第 1 期。这是作者描写旧中国小资产阶级知识分子"灰色的卑琐人生"的代表作。作品以 1924 年江浙战乱为背景，描写了小学校长潘先生在战乱中举家逃难的种种可笑而又可鄙的行径。潘先生是个讽刺形象，在他的整个精神世界中，只有妻子、儿女与自己的身家性命。为了维护财产安全，他主动让出学校作妇女收容所，并在自家的门前挂了红十字的旗帜；为了保住饭碗，不得罪权贵，他违心地为军阀书写歌功颂德的牌匾。小说塑造了潘先生这一患得患失、明哲保身、自私精明的小市民知识分子的形象，这一艺术形象的社会意义，不仅在于嘲讽、批判了部分小资产阶级知识分子屈服于丑恶现实的处事态度和卑怯、自私的性格弱点，也从侧面揭露了军阀混战给社会带来的罪恶和苦难。

作品以冷静客观的态度，严格遵守让倾向从情节中自然流露的原则，反映生活，刻画人物；不刻意追求形式的新奇和故事情节的曲折，而是致力于人物的心理刻画；善于在富有特征性的动作和细节中，揭示人物的内心活动和精神状态；语言朴素，笔调幽默；结构严谨，结尾巧妙，耐人寻味。《潘先生在难中》还体现着叶圣陶"教育小说"的特色，即通过教育界中的小事和人物来反映整个教育界乃至社会。小说并没有用主观的语言来批判，而是通过人物的言行举止，以冷静观察和客观描写的方式，把批判寓于描写中，让读者自己去感悟，这也是叶圣陶的一个写作风格。

（赵　琛）

沉　沦

郁达夫

一

他近来觉得孤冷得可怜。

他的早熟的性情，竟把他挤到与世人绝不相容的境地去，世人与他的中间介在的那一道屏障，愈筑愈高了。

天气一天一天的清凉起来，他的学校开学之后，已经快半个月了。那一天正是九月的二十二日。

晴天一碧，万里无云，终古常新的皎日，依旧在她的轨道上，一程一程的在那里行走。从南方吹来的微风，同醒酒的琼浆一般，带着一种香气，一阵阵的拂上面来。在黄苍未熟的稻田中间，在弯曲同白线似的乡间的官道上面，他一个人手里捧了一本六寸长的 Wordsworth 的诗集，尽在那里缓缓的独步。在这大平原内，四面并无人影：不知从何处飞来的一声两声的远吠声，悠悠扬扬的传到他耳膜上来。他眼睛离开了书，同做梦似的向有犬吠声的地方看去，但看见了一丛杂树，几处人家，同鱼鳞似的屋瓦上，有一层薄薄的蜃气楼，同轻纱似的，在那里飘荡。

Oh, you serene gossamer! you beautiful gossamer!

这样的叫了一声，他的眼睛里就涌出了两行清泪来，他自己也不知道是什么缘故。

呆呆的看了好久，他忽然觉得背上有一阵紫色的气息吹来，息索的一响，道旁的一枝小草，竟把他的梦境打破了。他回转头来一看，那枝小草还是颠摇不已，一阵带着紫罗兰气息的和风，温微微的哼到他那苍白的脸上来。在这清和的早秋的世界里，在这澄清透明的以太（Ether）中，他的身体觉得同陶醉似的酥软起来。他好像是睡在慈母怀里的样子。他好像是梦到了桃花源里的样子。他好像是在南欧的海岸，躺在情人膝上，在那里贪午睡的样子。

　　他看看四边，觉得周围的草木，都在那里对他微笑。看看苍空，觉得悠久无穷的大自然，微微的在那里点头。一动也不动的向天看了一会，他觉得天空中，有一群小天神，背上插着了翅膀，肩上挂着了弓箭，在那里跳舞。他觉得乐极了。便不知不觉开了口，自言自语的说：

　　"这里就是你的避难所。世间的一般庸人都在那里妒忌你，轻笑你，愚弄你；只有这大自然，这终古常新的苍空皎日，这晚夏的微风，这初秋的清气，还是你的朋友，还是你的慈母，还是你的情人，你也不必再到世上去与那些轻薄的男女共处去，你就在这大自然的怀里，这纯朴的乡间终老了罢。"

　　这样的说了一遍，他觉得自家可怜起来，好像有万千哀怨，横亘在胸中，一口说不出来的样子。含了一双清泪，他的眼睛又看到他手里的书上去。

　　Behold her, single in the field,

　　You solitary Highland lass!

　　Reaping and singing by herself;

　　Stop here, or gently pass!

　　Alone she cuts, and binds the grain,

　　And sings a melancholy strain;

　　Oh, listen!! for the vale profound

　　Is over flowing with the sound.

　　看了这一节之后，他又忽然翻过一张来，脱头脱脑的看到那第三节去。

　　Will no one tell me what she sings?

　　Perhaps the plaintive numbers flow

　　For old, unhappy, far-off things,

　　And battle long ago:

　　Or is it some more humble lay,

　　Familiar matter of today?

　　Some natural sorrow, loss, or pain,

　　That has been, and may be again?

　　这也是他近来的一种习惯，看书的时候，并没有次序的。几百页的大书，更可不必说了，就是几十页的小册子，如爱美生的《自然论》

（Emerson's "On Nature"），沙罗的《逍遥游》（Thoreau's "Excursion"）之类，也没有完完全全从头至尾的读完一篇过。当他起初翻开一册书来看的时候，读了四行五行或一页二页，他每被那一本书感动，恨不得要一口气把那一本书吞下肚子里去的样子，到读了三页四页之后，他又生起一种怜惜的心来，他心里似乎说：

"像这样的奇书，不应该一口气就把它念完，要留着细细儿的咀嚼才好。一下子就念完了之后，我的热望也就不得不消灭，那时候我就没有好望，没有梦想了，怎么使得呢？"

他的脑里虽然有这样的想头，其实他的心里早有一些儿厌倦起来，到了这时候，他总把那本书收过一边，不再看下去。过几天或者过几个钟头之后，他又用了满腔的热忱，同初读那一本书的时候一样的，去读另外的书去；几日前或者几点钟前那样的感动他的那一本书，就不得不被他遗忘了。

放大了声音把渭迟渥斯的那两节诗读了一遍之后，他忽然想把这一首诗用中国文翻译出来。

《孤寂的高原刈稻者》

他想想看，"The solitary reaper"诗题只有如此的译法。

你看那个女孩儿，她只一个人在田里，

你看那边的那个高原的女孩儿，她只一个人，冷清清地！

她一边刈稻，一边在那儿唱着不已；

她忽儿停了，忽而又过去了，轻盈体态，风光细腻！

她一个人，刈了，又重把稻儿捆起，

她唱的山歌，颇有些儿悲凉的情味；

听呀听呀！这幽谷深深，

全充满了她的歌唱的清音。

………

有人能说否，她唱的究是什么？

或者她那万千的痴话

是唱着前代的哀歌，

或者是前朝的战事，千兵万马；

或者是些坊间的俗曲

便是目前的家常闲说？

　或者是些天然的哀怨，必然的丧苦，自然的悲楚，

　这些事虽是过去的回思，将来想亦必有人指诉。

　他一口气译了出来之后，忽又觉得无聊起来，便自嘲自骂的说道：

　"这算是什么东西呀，岂不同教会里的赞美歌一样的乏味么？英国诗是英国诗，中国诗是中国诗，又何必译来对去呢！"

　这样的说了一句，他不知不觉便微微儿的笑起来。向四边一看，太阳已经打斜了；大平原的彼岸，西边的地平线上，有一座高山，浮在那里，饱受了一天残照，山的周围酝酿成一层朦朦胧胧的岚气，反射出一种紫不紫红不红的颜色来。

　他正在那里出神呆看的时候，喀的咳嗽了一声，他的背后忽然来了一个农夫。回头一看，他就把他脸上的笑容装改了一副忧郁的面色，好像他的笑容是怕被人看见的样子。

二

　他的忧郁症愈闹愈甚了。

　他觉得学校里的教科书，真同嚼蜡一般，毫无半点生趣。天气清朗的时候，他每捧了一本爱读的文学书，跑到人迹罕至的山腰水畔，去贪那孤寂的深味去。在万籁俱寂的瞬间，在天水相映的地方，他看看草木虫鱼，看看白云碧落，便觉得自家是一个孤高傲世的贤人，一个超然独立的隐者。有时在山中遇着一个农夫，他便把自己当作了 Zaratustra，把 Zaratustra 所说的话，也在心里对那农夫讲了。他的 Megalomania 也同他的 Hypochondria 成了正比例，一天一天的增加起来。在这样的时候，也难怪他不愿意上学校去，去作那同机械一样的工夫去。他竟有接连四五天不上学校去听讲的时候。

　有时候他到学校里去，他每觉得众人都在那里凝视他的样子。他避来避去想避他的同学，然而无论到了什么地方，他的同学的眼光，总好像怀了恶意，射在他的背脊上的样子。

　上课的时候，他虽然坐在全班学生的中间，然而总觉得孤独得很：在稠人广众之中，感得的这种孤独，倒比一个人在冷清的地方，感得的那种孤独，还更难受。看看他的同学们，一个个都是兴高采烈的在那里听先生的讲义，只有他一个人身体虽然坐在讲堂里头，心思却同飞云逝电一般，

在那里作无边无际的空想。

好容易下课的钟声响了！先生退去之后，他的同学说笑的说笑，谈天的谈天，个个都同春来的燕雀似的，在那里作乐；只有他一个人锁了愁眉，舌根好像被千钧的巨石锤住的样子，兀的不作一声。他也很希望他的同学来对他讲些闲话，然而他的同学却都自家管自家的去寻欢乐去，一见了他那一副愁容，没有一个不抱头奔散的，因此他愈加怨他的同学了。

"他们都是日本人，他们都是我的仇敌，我总有一天来复仇，我总要复他们的仇。"

一到了悲愤的时候，他总这样的想的，然而到了安静之后，他又不得不嘲骂自家说：

"他们都是日本人，他们对你当然是没有同情的，因为你想得他们的同情，所以你怨他们，这岂不是你自家的错误么？"

他的同学中的好事者，有时候也有人来向他说笑的，他心里虽然非常感激，想同那一个人谈几句知心的话，然而口中总说不出什么话来；所以有几个解他的意的人，也不得不同他疏远了。

他的同学日本人在那里欢笑的时候，他总疑他们是在那里笑他，他就一霎时的红起脸来。他们在那里谈天的时候，若有偶然看他一眼的人，他又忽然红起脸来，以为他们是在那里讲他。他同他同学中间的距离，一天一天的远背起来，他的同学都以为他是爱孤独的人，所以谁也不敢来近他的身。

有一天放课之后，他挟了书包，回到他的旅馆里来，有三个日本学生同他同路的。就要到他寄寓的旅馆时，前面忽然来了两个穿红裙的女学生。在这一区市外的地方，从没有女学生看见的，所以他一见了这两个女子，呼吸就紧缩起来。他们四个人同那两个女子擦过的时候，他的三个日本人的同学都问她们说：

"你们上哪儿去？"

那两个女学生就作起娇声来回答说，

"不知道！"

"不知道！"

那三个日本学生都高笑起来，好像是很得意的样子；只有他一个人似乎是他自家同她们讲了话似的，匆匆跑回旅馆里来。进了他自家的房，把书包用力的向席上一丢，他就在席上躺下了。——日本室内都铺的席子，坐也席地而坐，睡也睡在席上的。——他的胸前还在那里乱跳，用了一只手枕着头，一只手按着胸口，他便自嘲自骂的说：

"You coward fellow, you are too coward!"

"你既然怕羞，何以又要后悔？

"既要后悔，何以当时你又没有那样的胆量？不同她们去讲一句话。

"Oh, coward, coward!"

说到这里，他忽然想起刚才那两个女学生的眼波来了。

那两双活泼泼的眼睛！

那两双眼睛里，确有惊喜的意思含在里头。然而再仔细想了一想，他又忽然叫起来说：

"呆人呆人！她们虽有意思，与你有什么相干？她们所送的秋波，不是单送给那三个日本人的么？唉！唉！她们已经知道了，已经知道我是支那人了，否则她们何以不来看我一眼呢！复仇复仇，我总要复她们的仇。"

说到这里，他那火热的颊上忽然滚了几颗冰冷的眼泪下来。他是伤心到极点了。这一天晚上，他记的日记说：

我何苦要到日本来，我何苦要求学问。既然到了日本，那自然不得不被他们日本人轻侮的。中国呀中国！你怎么不富强起来。我不能再隐忍过去了。

故乡岂不有明媚的山河，故乡岂不有如花的美女？我何苦要到这东海的岛国里来！

到日本来倒也罢了，我何苦又要进这该死的高等学校。他们留了五个月学回去的人，岂不在那里享荣华安乐么？这五六年的岁月，教我怎么能捱得过去。受尽了千辛万苦，积了十数年的学识，我回国去，难道定能比他们来胡闹的留学生更强么？

人生百岁，年少的时候，只有七八年的光景，这最纯最美的七八年，我就不得不在这无情的岛国里虚度过去，可怜我今年已经是二十一了。

槁木的二十一岁！

死灰的二十一岁！

我真还不如变了矿物质的好，我大约没有开花的日子了。

知识我也不要，名誉我也不要，我只要一个安慰我体谅我的"心"。一副白热的心肠！从这一副心肠里生出来的同情！从同情而来的爱情！

我所要求的就是爱情！

若有一个美人，能理解我的苦楚，她要我死，我也肯的。

若有一个妇人，无论她是美是丑，能真心真意的爱我，我也愿意为她死的。

我所要求的就是异性的爱情！

苍天呀苍天，我并不要知识，我并不要名誉，我也不要那些无用的金钱，你若能赐我一个伊甸园内的"伊扶"，使她的肉体与心灵，全归我有，我就心满意足了。

三

他的故乡，是富春江上的一个小市，去杭州水程不过八九十里。这一条江水，发源安徽，贯流全浙，江形曲折，风景常新：唐朝有一个诗人赞这条江水说"一川如画"。他十四岁的时候，请了一位先生写了这四个字，贴在他的书斋里，因为他的书斋的小窗，是朝着江面的。虽则这书斋结构不大，然而风雨晦明，春秋朝夕的风景，也还抵得过滕王高阁。在这小小的书斋里过了十几个春秋，他才跟了他的哥哥到日本来留学。

他三岁的时候就丧了父亲，那时候他家里困苦得不堪。好容易他长兄在日本 W 大学卒了业，回到北京，考了一个进士，分发在法部当差，不上两年，武昌的革命起来了。那时候他已在县立小学堂卒了业，正在那里换来换去的换中学堂。他家里的人都怪他无恒性，说他的心思太活；然而依他自己讲来，他以为他一个人同别的学生不同，不能按部就班的同他们同在一处求学的。所以他进了 K 府中学之后，不上半年又忽然转到 H 府中学来；在 H 府中学住了三个月，革命就起来了。H 府中学停学之后，他依旧只能回到那小小的书斋里来。第二年的春天，正是他十七岁的时候，他就进了 H 大学的预科。这大学是在杭州城外，本来是美国长老会捐钱创办的，所以学校里浸润了一种专制的弊风，学生的自由，几乎被压缩得同针眼儿一般的小。礼拜三的晚上有什么祈祷会，礼拜日非但不准出去游玩，并且在家里看别的书也不准的，除了唱赞美诗祈祷之外，只许看新旧约书：每天早晨从九点钟到九点二十分，定要去做礼拜，不去做礼拜，就要扣分数记过。他虽然非常爱那学校近傍的山水景物，然而他的心里，总有些反抗的意思，因为他是一个爱自由的人，对那些迷信的管束，怎么也不甘心服从的。住不上半年，那大学里的厨子，托了校长的势，竟打起学生来。学生中间有几个不服的，便去告诉校长，校长反说学生不是。他看看这些情形，实在是太无道理了，就立刻去告了退，仍复回家，到那小小的书斋里去。那时候已经是六月初了。

在家里住了三个多月，秋风吹到富春江上，两岸的绿树，就快凋落的时候，他又坐了帆船，下富春江，上杭州去。却好那时候石牌楼的 W 中学正在那里招插班生，他进去见了校长 M 氏，把他的经历说给了 M 氏夫妻听，M 氏就许他插入最高的班里去。这 W 中学原来也是一个教会学校，校长 M 氏，也是一个糊涂的美国宣教师；他看看这学校的内容倒比 H 大学不如了。与一位很卑鄙的教务长——原来这一位先生就是 H 大学的卒业生——闹了一场，第二年的春天，他就出来了。出了 W 中学，他看看杭州的学校，都不能如他的意，所以他就打算不再进别的学校去。

正是这个时候，他的长兄也在北京被人排斥了。原来他的长兄为人正直得很，在部里办事，铁面无私，并且比一般部内的人物又多了一些学识，所以部内上下，都忌惮他。有一天某次长的私人，来问他要一个位置，他执意不肯，因此次长就同他闹起意见来，过了几天他就辞了部里的职，改到司法界去做司法官去了。他的二兄那时候正在绍兴军队里作军官，这一位二兄军人习气颇深，挥金如土，专喜结交侠少。他们弟兄三人，到这时候都不能如意之所为，所以那一小市镇里的闲人都说他们的风水破了。

他回家之后，镇日镇夜的蛰居在他那小小的书斋里。他父祖及他长兄所藏的书籍，就作了他的良师益友。他的日记上面，一天一天的记起诗来。有时候他也用了华丽的文章做起小说来；小说里就把他自己当作了一个多情的勇士，把他邻近的一家寡妇的两个女儿，当作了贵族的苗裔，把他故乡的风物，全编作了田园的情景；有兴的时候，他还把他自家的小说，用单纯的外国文翻译起来；他的幻想，愈演愈大了，他的忧郁病的根苗，大约也就在这时候培养成功的。

在家里住了半年，到了七月中旬，他接到他长兄的来信说：

院内近有派予赴日本考察司法事务之意，予已许院长以东行，大约此事不日可见命令。渡日之先，拟返里小住。三弟居家，断非上策，此次当偕伊赴日本也。

他接到了这一封信之后，心中日日盼他长兄南来，到了九月下旬，他的兄嫂才自北京到家。住了一月，他就同他的长兄长嫂同到日本去了。

到了日本之后，他的 Dreams of the romantic age 尚未醒悟，模模糊糊的过了半载，他就考入了东京第一高等学校里去了。这正是他 19 岁的秋天。

第一高等学校将开学的时候，他的长兄接到了院长的命令，要他回去。他的长兄就把他寄托在一家日本人的家里，几天之后，他的长兄长嫂和他的新生的侄女儿就回国去了。

东京的第一高等学校里有一班预备班，是为中国学生特设的。在这预科里预备一年，卒业之后，才能入各地高等学校的正科，与日本学生同学。他考入预科的时候，本来填的是文科，后来将在预科卒业的时候，他的长兄定要他改到医科去，他当时亦没有什么主见，就听了他长兄的话把文科改了。

预科卒业之后，他听说 N 市的高等学校是最新的，并且 N 市是日本产美人的地方，所以他就要求到 N 市的高等学校去。

四

他的二十岁的八月二十九日的晚上，他一个人从东京的中央车站乘了夜行车到 N 市去。

那一天大约刚是旧历的初三四的样子，同天鹅绒似的又蓝又紫的天空里，洒满了一天星斗。半痕新月，斜挂在西天角上，却似仙女的蛾眉，未加翠黛的样子。他一个人靠着了三等车的车窗，默默的在那里数窗外人家的灯火。火车在暗黑的夜气中间，一程一程的进去，那大都市的星星灯火，也一点一点的朦胧起来，他的胸中忽然生了万千哀感，他的眼睛里就忽然觉得热起来了。

"Sentimental, too sentimental！"

这样的叫一声，把眼睛揩了一下，他反而自家笑起自家来。

"你也没有情人留在东京，你也没有弟兄知己住在东京，你的眼泪究竟是为谁洒的呀！或者是对于你过去的生活的伤感，或者是对你二年间的生活的余情，然而你平时不是说不爱东京的么？

"唉，一年人住岂无情。

"黄莺住久浑相识，欲别频啼四五声！"

胡思乱想的寻思了一会，他又忽然想到初次赴新大陆去的清教徒的身上去。

"那些十字架下的流人。离开他故乡海岸的时候，大约也是悲壮淋漓，同我一样的。"

火车过了横滨，他的感情方才渐渐儿的平静起来。呆呆的坐了一忽，他就取了一张明信片出来，垫在海涅（Heine）的诗集上，用铅笔写了一首诗寄他东京的朋友。

峨眉月上柳梢初，又向天涯别故居，

四壁旗亭争赌酒，六街灯火远随车，

乱离年少无多泪，行李家贫只旧书，

后夜芦根秋水长，凭君南浦觅双鱼。

在朦胧的电灯光里，静悄悄的坐了一会，他又把海涅的诗集翻开来看了。

Lebet wohl, ihr glatten Saele,

Glatte Herren, glatte Frauen!

Auf die Berge will ich steigen,

Lach end auf euch niederschauen!

（Aus Heines, Buch der Lieder）

浮薄的尘寰，无情的男女，

你看那隐隐的青山，我欲乘风飞去，

且住且住，

我将从那绝顶的高峰，笑看你终归何处。

单调的轮声，一声声连连续续的飞到他的耳膜上来，不上三十分钟他竟被这催眠的车轮声引诱到梦幻的仙境里去了。

早晨五点钟的时候，天空渐渐儿的明亮起来。在车窗里向外一望，他只见一线青天还被夜色包住在那里。探头出去一看，一层薄雾，笼罩着一幅天然的画图，他心里想了一想：

"原来今天又是清秋的好天气，我的福分真可算不薄了。"

过了一个钟头，火车就到了 N 市的停车场。

下了火车，在车站上遇见了个日本学生；他看看那学生的制帽上也有两条白线，便知道他也是高等学校的学生。他走上前去，对那学生脱了一脱帽，问他说：

"第 X 高等学校是在什么地方的?"

那学生回答说;

"我们一路去罢。"

他就跟了那学生跑出火车站来，在火车站的前头，乘了电车。

早晨还早得很，N 市的店家都还未曾起来。他同那日本学生坐了电车，经过了几条冷清的街巷，就在鹤舞公园前面下了车。他问那日本学生说：

"学校还远得很么?"

"还有二里多路。"

穿过了公园，走到稻田中间的细路上的时候，他看看太阳已经起来了。稻上的露滴，还同明珠似的挂在那里。前面有一丛树林，树林荫里，疏疏落落的看得见几椽农舍。有两三条烟囱筒子，突出在农舍的上面，隐隐约约的浮在清晨的空气里。一缕两缕的青烟，同炉香似的在那里浮动，他知道农家已在那里炊早饭了。

到学校近边的一家旅馆去一问，他一礼拜前头寄出的几件行李，已经到在那里。原来那一家人家是住过中国留学生的，所以主人待他也很殷勤。在那一家旅馆里住下了之后，他觉得前途好像有许多欢乐在那里等他的样子。

他的前途的希望，在第一天的晚上，就不得不被目前的实情嘲弄了。原来他的故里，也是一个小小的市镇。到了东京之后，在人山人海的中间，他虽然时常觉得孤独，然而东京的都市生活，同他幼时的习惯尚无十分龃龉的地方。如今到了这 N 市的乡下之后，他的旅馆，是一家孤立的人家，四面并无邻舍，左首门外便是一条如发的大道，前后都是稻田，西面是一方池水，并且因为学校还没有开课，别的学生还没有到来，这一间宽旷的旅馆里，只住了他一个客人。白天倒还可以支吾过去，一到了晚上，他开窗一望，四面都是沉沉的黑影，并且因 N 市的附近是一大平原，所以望眼连天，四面并无遮障之处，远远里有一点灯火，明灭无常，森然有些鬼气。天花板里，又有许多虫鼠，窸哩窣啰的在那里争食。窗外有几株梧桐，微风动叶，咄咄的响得不已，因为他住在二层楼上，所以梧桐的叶战声，近在他的耳边。他觉得害怕起来，几乎要哭出来了。他对于都市的怀乡病（nostalgia），从未有比那一晚更甚的。

学校开了课，他朋友也渐渐儿的多起来。感受性非常强烈的他的性情，也同天空大地丛林野水融和了。不上半年，他竟变成了一个大自然的宠儿，一刻也离不了那天然的野趣了。

他的学校是在 N 市外，刚才说过市的附近是一大平原，所以四边的地平线，界限广大的很。那时候日本的工业还没有十分发达，人口也还没有增加得同目下一样，所以他的学校的近边，还多是丛林空地，小阜低岗。除了几家与学生做买卖的文房具店及菜馆之外，附近并没有居民。荒野的中间，只有几家为学生而设的旅馆，同晓天的星影似的，散缀在麦田瓜地的中央。晚饭毕后，披了黑呢的缦斗（Le manteau），拿了爱读的书，在迟迟不落的夕照中间，散步逍遥，是非常快乐的。他的田园趣味，大约也是在这 Idyllic wanderings 的中间养成的。

在生活竞争不十分猛烈，逍遥自在，同中古时代一样的时候；在风气纯良，不与市井小人同处，清闲雅淡的地方；过日子正如做梦一般。他到了 N 市之后，转瞬之间，已经有半载多了。

熏风日夜的吹来，草色渐渐儿的绿起来。旅馆近旁麦田里的麦穗，也一寸一寸的长起来了。草木虫鱼都化育起来，他的从始祖传来的苦闷也一日一日的增长起来，他每天早晨，在被窝里犯的罪恶，也一次一次的加起来了。

他本来是一个非常爱高尚爱洁净的人，然而一到了这邪念发生的时候，他的智力也无用了，他的良心也麻痹了，他从小服膺的"身体发肤不敢毁伤"的圣训，也不能顾全了。他犯了罪之后，每深自痛悔，切齿的说，下次总不再犯了，然而到了第二天的那个时候，种种幻想，又活泼泼的到他的眼前来。他平时所看见的"伊扶"的遗类，都赤裸裸的来引诱他。中年以后的 Madam 的形体，在他的脑里，比处女更有挑发他情动的地方。他苦闷一场，恶斗一场，终究不得不做她们的俘虏。这样的一次成了两次，两次之后，就成了习惯。他犯罪之后，每到图书馆里去翻出医书来看，医书上都千篇一律的说，于身体最有害的就是一种犯罪。从此以后，他的恐惧心也一天一天的增加起来。有一天他不知道从什么地方得来的小席，好像是一本书上说，俄国近现代文学的创设者 Gogol 也犯这一宗病，他到死竟没有改过来，他想到了 Gogol 心里就宽了一宽，因为这《死了的灵魂》的著者，也同他一样的。然而这不过自家对自家的宽慰而已，他的胸里，总有一种非常的忧虑存在那里。

因为他是非常爱洁净的，所以他每天总要去洗澡一次，因为他是非常爱惜身体的，所以他每天总要去吃几个生鸡子和牛乳；然而他去洗澡或吃牛乳鸡子的时候，他总觉得惭愧得很，因为这都是他的犯罪的证据。

　　他觉得身体一天一天的衰弱起来，记忆力也一天一天的减退了。他又渐渐儿的生了一种怕见人面的心，见了女子的时候，他觉得更加难受。学校的教科书，他渐渐的嫌恶起来，法国自然派的小说，和中国那几本有名的海淫小说，他念了又念，几乎记熟了。

　　有时候他忽然做出一首好诗来，他自家便喜欢得非常，以为他的脑力还没有破坏。那时候他每对着自家起誓说：

　　"我的脑力还可以使得，还能做得出这样的诗，我以后决不再犯罪了。过去的事实是没法，我以后总不再犯罪了。若从此自新，我的脑力，还是很可以的。"

　　然而一到了紧迫的时候，他的誓言又忘了。

　　每礼拜四五，或每月的二十六七的时候，他索性尽意的贪起欢来。他的心里想，自下礼拜一或下月初一起，我总不犯罪了。有时候正合到礼拜六或月底的晚上，去剃头洗澡去，以为这就是改过自新的记号，然而过几天他又不得不吃鸡子和牛乳了。

　　他的自责心同恐惧心，竟一日也不使他安闲，他的忧郁症也从此厉害起来了。这样的状态继续了一二个月，他的学校里就放了暑假，暑假的两个月内，他受的苦闷，更甚于平时；到了学校开课的时候，他的两颊的颧骨更高起来，他的青灰色的眼窝更大起来，他的一双灵活的瞳人，变了同死鱼眼睛一样了。

五

　　秋天又到了。浩浩的苍空，一天一天的高起来。他的旅馆旁边的稻田，都带起黄金色来。朝夕的凉风，同刀也似的刺到人的心骨里去，大约秋冬的佳日，来也不远了。

　　一礼拜前的有一天午后，他拿了一本 Wordsworth 的诗集，在田塍路上逍遥漫步了半天。从那一天以后，他的循环性的忧郁症，尚未离他的身过。前几天在路上遇着的那两个女学生，常在他的脑里，不使他安静；想起那一天的事情，他还是一个人要红起脸来。

　　他近来无论上什么地方去，总觉得有坐立难安的样子。他上学校去的时候，觉得他的日本同学都似在那里排斥他。他的几个中国同学，也许久不去寻访了，因为去寻访了回来，他心里反觉得空虚。他的几个中国同学，怎么也不能理解他的心理。他去寻访的时候，总想得些同情回来的，然而谈了几句之后，他又不得不自悔寻访错了。有时候讲得投机，他就任了一时的热意，把他的内外的生活都讲了出来，然而到了归途，他又自悔失言，心里的责备，倒反比不去访友的时候，更加厉害。他的几个中国朋友，因此都说他是染了神经病了。他听了这话之后，对了那几个中国同学，也同对日本学生一样，起了一种复仇的心。他同他的几个中国同学，一日一日的疏远起来。虽在路上，或在学校里遇见的时候，他同那几个中国同学，也不点头招呼。中国留学生开会的时候，他当然是不去出席的。因此他同他的几个同胞，竟宛然成了两家仇敌。

他的中国同学的里边，也有一个很奇怪的人：因为他自家的结婚有些道德上的罪恶，所以他专喜讲人家的丑事，以掩己之不善，说他是神经病，也是这一位同学说的。

他交游离绝之后，孤冷得几乎到将死的地步，幸而他住的旅馆里，还有一个主人的女儿，可以牵引他的心，否则他真只能自杀了。他旅馆的主人的女儿，今年正是十七岁，长方的脸儿，眼睛大得很，笑起来的时候，面上有两颗笑靥，嘴里有一颗金牙看得出来，因为她的笑容是非常可爱，所以她也时常在那里笑的。

他心里虽然非常爱她，然而她送饭来或来替他铺被的时候，他总装出一种兀不可犯的样子来。他心里虽想对她讲几句话，然而一见了她，他总不能开口。她进他房里来的时候，他的呼吸竟急促到吐气不出的地步。他在她的面前实在是受苦不起了，所以近来她进他的房里来的时候，他每不得不跑出房外去。然而他思慕她的心情，却一天一天的浓厚起来。有一天礼拜六的晚上，旅馆里的学生，都上 N 市去行乐去了。他因为经济困难，所以吃了晚饭，上西面池上去走了一回，就回来了。

回家来坐了一会，他觉得那空旷的二层楼上，只有他一个人在家。静悄悄地坐了不耐烦起来的时候，他又想跑出外面去。然而要跑出外面去，不得不由主人的房门口经过，因为主人和他女儿的房，就在大门的边上。他记得刚才进来的时候，主人和他的女儿正在那里吃饭。他一想到经过她面前的时候的苦楚，就把跑出外面去的心思丢了。

拿出了一本 G. Gissing 的小说来读了三四页之后，静寂的空气里，忽然传了几声煞煞的泼水声音过来。他静静儿的听了一听，呼吸又一霎时的急了起来，面色也涨红了。迟疑了一会，他就轻轻的开了房门，拖鞋也不拖，幽脚幽手的走下扶梯去。轻轻的开了便所的门，他尽兀兀的站在便所的玻璃窗口偷看。原来他旅馆里的浴室，就在便所的间壁，从便所的玻璃窗看去，浴室里的动静了了可见。他起初以为看一看就可以走的，然而到了一看之后，他竟同被钉子钉住的一样，动也不能动了。

那一双雪样的乳峰！

那一双肥白的大腿！

这全身的曲线！

呼气也不呼，仔仔细细的看了一会，他面上的筋肉，都发起痉来。愈看愈颤得厉害，他那发颤的前额部竟同玻璃窗冲击了一下。被蒸气包住的那赤裸裸的"伊扶"便发了娇声问说：

"是谁呀……"

他一声也不响，急忙跳出了便所，就三脚两步的跑上楼上去了。

他跑到了房里，面上同火烧的一样，口也干渴了。一边他自家打自家的嘴巴，一边就把他的被窝拿出来睡了。他在被窝里翻来覆去，总睡不着，便立起了两耳，听起楼下的动静来。他听听泼水的声音也息了，浴室的门开了之后，他听见她的脚步声好像是走上楼来的样子。用被包着了头，他心里的耳朵明明告诉他说：

"她已经立在门外了。"

他觉得全身的血液，都在往上奔注的样子。心里怕得非常，羞得非常，也喜欢得非常。然而若有人问他，他无论如何，总不肯承认说，这时候他是喜欢的。

他屏住了气息，尖着了两耳听了一会，觉得门外并无动静，又故意咯嗽了一声，门外亦无声响。他正在那里疑惑的时候，忽听见她的声音，在楼下同她的父亲在那里说话。他手里捏了一把冷汗，拼命想听出她的话来，然而无论如何总听不清楚。停了一会，她的父亲高声笑了起来，他把被蒙头的一罩，咬紧了牙齿说：

"她告诉了他了！她告诉了他了！"

这一天的晚上他一睡也不曾睡着。第二天的早晨，天亮的时候，他就惊心吊胆的走下楼来。洗了手面，刷了牙，趁主人和他的女儿还没有起来之先，他就同逃也似的出了那个旅馆，跑到外面来。

官道上的沙尘，染了朝露，还未曾干着。太阳已经起来了。

　　他不问皂白，一直的往东走去，远远有一个农夫，拖了一车野菜慢慢的走来。那农夫同他擦过的时候，忽然对他说：

　　"你早啊！"

　　他倒惊了一跳，那清瘦的脸上，又起了一层红潮，胸前又乱跳起来，他心里想：

　　"难道这农夫也知道了么？"

　　无头无脑的跑了好久，他回转头来看看他的学校，已经远得很了。太阳也升高了。他摸摸表看，那银饼大的表，也不在身边。从太阳的角度看起来，大约已经是九点钟前后的样子。他虽然觉得饥饿得很，然而无论如何，总不愿意再回到那旅馆里去，同主人和他的女儿相见。想去买些零食充一充饥，然而他摸摸自家的袋看，袋里只剩了一角二分钱在那里。他到一家乡下的杂货店内，尽那一角二分钱，买了些零碎的食物，想去寻一处无人看见的地方去吃去。走到了一处两路交叉的十字路口，他朝南的一望，只见与他的去路横交的那一条自北趋南的路上，行人稀少得很。那一条路是向南的斜低下去的，两面更有高壁在那里，他知道这路是从一条小山中开辟出来的。他刚才走来的那条大道，便是这山的岭脊，十字路当作了中心，与岭脊上的那条大道相交的横路，是两边低斜下去的。在十字路口迟疑了一会，他就取了那一条向南斜下的路走去。走尽了两面的高壁，他的去路就穿入大平原去，直通到彼岸的市内。平原的彼岸有一簇深林，划在碧空的心里，他心里想：

　　"这大约就是Ａ神宫了。"

　　他走尽了两面的高壁，向左手斜面上一望，见沿高壁的那山面上有一道女墙，围住着几间茅舍，茅舍的门上悬着了"香雪海"三字的一方匾额。他离开了正路，走上几步，到那女墙的门前，顺手的向门一推，那两扇柴门竟自开了。他就随随便便的踏了进去。门内有一条曲径，自门口通过了斜面，直达到山上去的。曲径的两旁，有许多老苍的梅树种在那里，他知道这就是梅林了。顺了那一条曲径，往北的从斜面上走到山顶的时候，一片同图画似的平地，展开在他的眼前。这园自从山脚上起，跨有朝南的半山斜面，同顶上的一块平地，布置得非常幽雅。

　　山顶平地的西面是千仞的绝壁，与隔岸的绝壁相对峙，两壁的中间，便是他刚走过的那一条自北趋南的通路。背临着了那绝壁，有一间楼屋，几间平屋造在那里。因为这几间屋，门窗都闭在那里，他所以知道这定是

为梅花开日，卖酒食用的。楼屋的前面，有一块草地，草地中间，有几方
白石，围成了一个花园，圈子里，卧着一枝老梅，那草地的南尽头，山顶
的平地正要向南斜下去的地方，有一块石碑立在那里，系记这梅林的历史
的。他在碑前的草地上坐下之后，就把买来的零食拿出来吃了。

吃了之后，他兀兀的在草地上坐了一会。四面并无人声，远远的树枝
上，时有一声两声的鸟鸣声飞来。他仰起头来看看澄清的碧落，同那皎洁
的日轮，觉得四面的树枝房屋，小草飞禽，都一样的在和平的太阳光里，
受大自然的化育。他那昨天晚上的犯罪的记忆，正同远海的帆影一般，不
知消失到哪里去了。

这梅林的平地上和斜面上，又来又去的曲径很多。他站起来走来走去
的走了一会，方晓得斜面上梅树的中间，更有一间平屋造在那里。从这一
间房屋往东的走去几步，有眼古井，埋在松叶堆中。他摇摇井上的唧筒
看；呷呷的响了几声，却抽不起水来。他心里想：

"这园大约只有梅花开的时候，开放一下，平时总没有人住的。"

想到这时他又自言自语的说：

"既然空在这里，我何妨去问园主人去借住借住。"

想定了主意，他就跑下山来，打算去寻园主人去。他将走到门口的时
候，却好遇见了一个五十来岁的农夫走进园来。他对那农夫道歉之后，就
问他说：

"这园是谁的，你可知道？"

"这园是我经管的。"

"你住在什么地方的？"

"我住在路的那面的。"

一边这样的说，一边那农民指着通路西边的一间小屋给他看。他向西
一看，果然在西边的高壁尽头的地方，有一间小屋在那里。他点了点头，
又问说：

"你可以把园内的那间楼屋租给我住住么？"

"可是可以的，你只一个人么？"

"我只一个人。"

"那你可不必搬来的。"

"这是什么缘故呢？"

"你们学校里的学生，已经有几次搬来过了，大约都因为冷静不过，

住不上十天，就搬走的。"

"我和别人不同，你但能租给我，我是不怕冷静的。"

"这样岂有不租的道理，你想什么时候搬来？"

"就是今天午后罢。"

"可以的，可以的。"

"请你就替我扫一扫干净，免得搬来之后着忙。"

"可以可以。再会！"

"再会！"

六

搬进了山上梅园之后，他的忧郁症（Hypochondria）又变起形状来了。

他同他的北京的长兄，为了一些儿细事，竟生起龃龉来。他发了一封长长的信，寄到北京，同他的长兄绝了交。

那一封信发出之后，他呆呆的在楼前草地上想了许多时候。他自家想想看，他便是世界上最不幸的人了。其实这一次的决裂，是发始于他的。同室操戈，事更甚于他姓之相争，自此之后，他恨他的长兄竟同蛇蝎一样，他被他人欺侮的时候，每把他长兄拿出来作比：

"自家的弟兄，尚且如此，何况他人呢！"

他每达到这一个结论的时候，必尽把他长兄待他苛刻的事情，细细回想出来。把各种过去的事迹，列举出来之后，就把他长兄判决是一个恶人，他自家是一个善人。他又把自家的好处列举出来，把他所受的苦处，夸大的细数起来。他证明得自家是一个世界上最苦的人的时候，他的眼泪就同瀑布似的流下来。他在那里哭的时候，空中好像有一种柔和的声音在对他说：

"啊吓，哭的是你么？那真是冤屈了你了。像你这样的善人，受世人的那样的虐待，这可真是冤屈了你了。罢了罢了，这也是天命，你别再哭了，怕伤害了你的身体！"

他心里一听到这一种声音，就舒畅起来。他觉得悲苦的中间，也有无穷的甘味在那里。

他因为想复他长兄的仇，所以就把所学的医科丢弃了，改入文科里去。他的意思，以为医科是他长兄要他改的，仍旧改回文科，就是对他长兄宣战的一种明示。并且他由医科改入文科，在高等学校须迟卒业一年。他心里想，迟卒业一年，就是早死一岁，你若因此迟了一年，就到死可以对你长兄含一种敌意。因为他恐怕一二年之后，他们兄弟两人的感情，仍旧和好起来；所以这一次的转科，便是帮他永久敌视他长兄的一个手段。

气候渐渐儿的寒冷起来，他搬上山来之后，已经有一个月了。

几日来天气阴郁，灰色的层云，天天挂在空中。寒冷的北风吹来的时候，梅林的树叶，已将凋落起来。

初搬来的时候，他卖了些旧书，买了许多烩饭的器具，自家烧了一个月饭，因为天冷了，他也懒得烧了。他每天的伙食，就一切包给了山脚下的园丁家包办，他近来只同退院的闲僧一样，除了怨人骂己之外，更没有别的事情了。

有一天早晨，他侵早的起来，把朝东的窗门开了之后，他看见前面的地平线上有几缕红云，在那里浮荡。东天半角，反照出一种银红的灰色。因为昨天下了一天微雨，所以他看了这清新的旭日，比平日更添了几分欢喜。他走到山的斜面上，从那古井里汲了水，洗了手面之后，觉得满身的气力，一霎时回复转来的样子。他便跑上楼去，拿了一本黄仲则的诗集下来，一边高声朗读，一边尽在那梅林的曲径里，跑来跑去的跑圈子。不多一会，太阳起来了。

从他住的山顶向南方看去，眼下看得出一大平原。平原里的稻田，都尚未收割起。金黄的谷色，以绀碧的天空作了背景，反映着一天太阳的晨光，那风景正同看密来（Millet）的田园清画一般。

他觉得自家好像已经变了几千年前的原始基督教徒的样子，对了这自然的默示，他不觉笑起自家的气量狭小起来。

"赦饶了！赦饶了！你们世人得罪于我的地方，我都饶赦了你们罢，来，你们来，都来同我讲和罢！"

手里拿着了那一本诗集，眼里浮着了两泓清泪，正对了那平原的秋色，呆呆的立在那里想这些事情的时候，他忽听见他的近边，有两人在那里低声的说：

"今晚上你一定要来的哩！"

这分明是男子的声音。

"我是非常想来的，但是恐怕……"

　　他听了这娇滴滴的女子的声音之后，好像是被电气贯穿了的样子，觉得自家的血液循环都停止了。原来他的身边有一丛长大的苇草生在那里，他立在苇草的右面，那一对男女，大约是在苇草的左面，所以他们两个还不晓得隔着苇草，有人站在那里。那男人又说：

　　"你心真好，请你今晚上来罢，我们到如今还没在被窝里××。"

　　"………"

　　他忽然听见两人的嘴唇，灼灼的好像在那里吮吸的样子。他正同偷了食的野狗一样，就惊心吊胆的把身子屈倒去听了。

　　"你去死罢，你去死罢，你怎么会下流到这样的地步！"

　　他心里虽然如此的在那里痛骂自己，然而他那一双尖着的耳朵，却一言半语也不愿意遗漏，用了全副精神在那里听着。

　　地上的落叶窸窣窸窣的响了一下。

　　解衣带的声音。

　　男人嘶嘶的吐了几口气。

　　舌尖吮吸的声音。

　　女人半轻半重，断断续续的说：

　　"你！……你！……你快……你快××罢。……别……别……别被人……被人看见了。"

　　他的面色，一霎时的变了灰色了。他的眼睛同火也似的红了起来。他的上腭骨同下腭骨呷呷的发起颤来。他再也站不住了。他想跑开去，但是他的两只脚，总不听他的话。他苦闷了一场，听听两人出去了之后，就同落水的猫狗一样，回到楼上房里去，拿出被窝来睡了。

七

　　他饭也不吃，一直在被窝里睡到午后四点钟的时候才起来。那时候夕阳洒满了远近。平原的彼岸的树林里，有一带苍烟，悠悠扬扬的笼罩在那里。他踉踉跄跄的走下了山，上了那一条自北趋南的大道，穿过了那平原，无头无绪的尽是向南的走去。走尽了平原，他已经到了 A 神宫前的电车停留处了。那时候却好从南面有一乘电车到来，他不知不觉就乘了上去，既不知道他究竟为什么要乘电车，也不知道这电车是往什么地方去的。

走了十五六分钟，电车停了，运车的教他换车，他就换了一乘车。走了二三十分钟，电车又停了，他听见说是终点了，他就走了下来。他的前面就是筑港了。

前面一片汪洋的大海，横在午后的太阳光里，在那里微笑。超海而南有一条青山，隐隐的浮在透明的空气里。西边是一脉长堤，直驰到海湾的心里去。堤外有一处灯台，同巨人似的，立在那里。几艘空船和几只舢板，轻轻的在系着的地方浮荡。海中近岸的地方，有许多浮标，饱受了斜阳，红红的浮在那里。远处风来，带着几句单调的话声，既听不清楚是什么话，也不知道是从哪里来的。

他在岸边上走来走去走了一会，忽听见那一边传过了一阵击磬的声来。他跑过去一看，原来是为唤渡船而发的。他立了一会，看有一只小火轮从对岸过来了。跟着了一个四五十岁的工人，他也进了那只小火轮去坐下了。

渡到东岸之后，上前走了几步，他看见靠岸有一家大庄子在那里。大门开得很大，庭内的假山花草，布置得楚楚可爱。他不问是非，就踱了进去。走不上几步，他忽听得前面家中有女人的娇声叫他说：

"请进来呀！"

他不觉惊了一下，就呆呆的站住了。他心里想：

"这大约就是卖酒食的人家，但是我听见说，这样的地方，总有妓女在那里的。"

一想到这里，他的精神就抖擞起来，好像是一桶冷水浇上身来的样子。他的面色立时变了。要想进去又不能进去，要想出来又不得出来；可怜他那同兔儿似的小胆，同猿猴似的淫心，竟把他陷到一个大大的难境里去了。

"进来吓！请进来吓！"

里面又娇滴滴的叫了起来，带着笑声。

"可恶东西，你们竟敢欺我胆小么？"

这样的怒了一下，他的面色更同火也似的烧了起来。咬紧了牙齿，把脚在地上轻轻的蹬了一蹬，他就捏了两个拳头，向前进去，好像是对了那几个年轻的侍女宣战的样子。但是他那青一阵红一阵的面色，和他的面上，微微儿在那里震动的筋肉，他总隐藏不过。

他走到那几个侍女的面前的时候，几乎要同小孩似的哭出来了。

“请上来!”

“请上来!”

他硬了头皮,跟了一个十七八岁的侍女走上楼去,那时候他的精神已经有些镇静下来了。走了几步,经过一条暗暗的夹道的时候,一阵恼人的花粉香气,同日本女人特有的一种肉的香味,和头发上的香油气息合作了一处,哼的扑上他的鼻孔里来。他立刻觉得头晕起来,眼睛里看见了几颗火星,向后边跌也似的退了一步。他再定睛一看,只见他的前面黑暗暗的中间,有一长圆形的女人的粉面,堆着了微笑,在那里问他说:

“你!你还是上靠海的地方去呢?还是怎样?”

他觉得女人口里吐出来的气息,也热和和的哼上他的面来。他不知不觉把这气息深深的吸了一口。他的意识,感觉到他这行为的时候,他的面色,又立刻红了起来。他不得已只能含含糊糊的答应她说:

“上靠海的房间里去。”

进了一间靠海的小房间,那侍女便问他要什么菜。他就回答说:

“随便拿几样来罢。”

“酒要不要?”

“要的。”

那侍女出去之后,他就站起来推开了纸窗,从外边放了一阵空气进来。因为房里的空气,沉浊得很,他刚才在夹道中闻过的那一阵女人的香味,还剩在那里,他实在是被这一阵气味压迫不过了。

一湾大海,静静的浮在他的面前。外边好像是起了微风的样子,一片一片的海浪,受了阳光的返照,同金鱼的鱼鳞似的,在那里微动。他立在窗前看了一会,低声的吟了一句诗出来:

“夕阳红上海边楼。”

他向西的一望,见太阳离西南的地平线只有一丈多高了。呆呆的看了一会,他的心思怎么也离不开刚才的那个侍女。她的口里的头上的面上的和身体上的那一种香味,怎么也不容他的心思去想别的东西。他才知道他想吟诗的心是假的,想女人的肉体的心是真的了。

停了一会,那侍女把酒菜搬了进来,跪坐在他的面前,亲亲热热的替他上酒。他心里想仔仔细细的看她一看,把他的心里的苦闷都告诉了她,然而他的眼睛怎么也不敢平视她一眼,他的舌根,怎么也不能摇动一摇动。他不过同哑子一样,偷看着她那搁在膝上一双纤嫩的白手,同衣缝里露出来的一条粉红的围裙角。

　　原来日本的妇人都不穿裤子，身上贴肉只围着一条短短的围裙。外边就是一件长袖的衣服，衣服上也没有钮扣，腰里只缚着一条一尺多宽的带子，后面结着一个方结。她们走路的时候，前面的衣服每一步一步的掀开来，所以红色的围裙，同肥白的腿肉，每能偷看。这是日本女子特别的美处；他在路上遇见女子的时候，注意的就是这些地方。他切齿的痛骂自己，畜生！狗贼！卑怯的人！也便是这个时候。

　　他看了那侍女的围裙角，心头便乱跳起来。愈想同她说话，他觉得愈讲不出话来。大约那侍女是看得不耐烦起来了，便轻轻的问他说：

　　"你府上是什么地方？"

　　一听了这一句话，他那清瘦苍白的面上，又起了一层红色；含含糊糊的回答了一声，他呐呐的总说不出清晰的回话来。可怜他又站在断头台上了。

　　原来日本人轻视中国人，同我们轻视猪狗一样。日本人都叫中国人作"支那人"，这"支那人"三字，在日本，比我们骂人的"贱贼"还更难听，如今在一个如花的少女前头，他不得不自认说："我是支那人"了。

　　"中国呀中国，你怎么不强大起来！"

　　他全身发起痉来，他的眼泪又快滚下来了。

　　那侍女看他发颤发得厉害，就想让他一个人在那里喝酒，好教他把精神安镇安定安定，所以对他说：

　　"酒就快没有了，我再去拿一瓶来罢。"

　　停了一会，他听得那侍女的脚步声又走上楼来。他以为她是上他这里来的，所以就把衣服整了一整，姿势改了一改。但是他被她欺骗了。她原来是领了两三个另外的客人，上间壁的那一间房间里去的。那两三个客人都在那里对那侍女取笑，那侍女也娇滴滴的说：

　　"别胡闹了，间壁还有客人在那里。"

　　他听了就立刻发起怒来。他心里骂他们说：

　　"狗才！俗物！你们都敢来欺侮我么？复仇复仇，我总要复你们的仇。世间那里有真心的女子！那侍女的负心东西，你竟敢把我丢了么？罢了罢了，我再也不爱女人了，我再也不爱女人了。我就爱我的祖国，我就把我的祖国当作了情人罢。"

　　他马上就想跑回去发愤用功。但是他的心里，却很羡慕那间壁的几个俗物。他的心里，还有一处地方在那里盼望那个侍女再回到他这里来。

　　他按住了怒，默默的喝干了几杯酒，觉得身上热起来。打开了窗门，他看太阳就快要下山去了。又连饮了几杯，他觉得他面前的海景都朦胧起来。西面堤外的灯台的黑影，长大了许多。一层茫茫的薄雾，把海天融混作了一处。在这一层浑沌不明的薄纱影里，西方那将落不落的太阳，好像在那里惜别的样子。他看了一会，不知道是什么缘故，只觉得好笑。呵呵的笑了一回，他用手擦擦自家那火热的双颊，便自言自语的说：

　　"醉了醉了！"

　　那侍女果然进来了。见他红了脸，立在窗口在那里痴笑，便问他说：

　　"窗开了这样大，你不冷的么？"

　　"不冷不冷，这样好的落照，谁舍得不看呢？"

　　"你真是一个诗人呀！酒拿来了。"

　　"诗人！我本来是一个诗人。你去把纸笔拿了来，我马上写一首诗给你看看。"

　　那侍女出去了之后，他自家觉得奇怪起来。他心里想：

　　"我怎么会变了这样大胆的？"

　　痛饮了几杯新拿来的热酒，他更觉得快活起来，又禁不得呵呵的笑了一阵。他听见间壁房间里的那几个俗物，高声的唱起日本歌来，他也放大了嗓子唱着说：

　　"醉拍阑干酒意寒。江湖牢落又冬残。剧怜鹦鹉中州骨。

　　未拜长沙太傅官。一饭千金图报易。五噫几辈出关难，

　　茫茫烟水回头望，也为神州泪暗弹。"

　　高声的念了几遍，他就在席上醉倒了。

八

　　一醉醒来，他看看自家睡在一条红绸的被里，被上有一种奇怪的香气。这一间房间也不很大，但已不是白天的那一间房间了。

　　房中挂着一张十烛光的电灯，枕头边上摆着了一壶茶，两只杯子。他倒了二三杯茶，喝了之后，就跟跟跄跄的走到房外去。他开了门，却好白天的那侍女也跑过来了。她问他说：

　　"你！你醒了么？"

他点了一点头，笑微微的回答说：

"醒了。便所是在什么地方的？"

"我领你去罢。"

他就跟了她去。他走过日间的那条夹道的时候，电灯点得明亮得很。远近有许多歌唱的声音，三弦的声音，大笑的声音，传到他耳朵里来。白天的情节，他都想出来了。一想到酒醉之后，他对那侍女说的那些话的时候，他觉得面上又发起烧来。

从厕所回到房里之后，他问那侍女说：

"这被是你的么？"

侍女笑着说：

"是的。"

"现在是什么时候了。"

"大约是八点四五十分的样子。"

"你去开了账来罢！"

"是。"

他付清了账，又拿了一张纸币给那侍女，他的手不觉微颤起来。

那侍女说：

"我是不要的。"

他知道她是嫌少了。他的面色又涨红了，袋里摸来摸去，只有一张纸币了，他就拿了出来给她说：

"你别嫌少了，请你收了罢。"

他的手震动得更加厉害，他的话声也颤动起来了。那侍女对他看了一眼，就低声的说：

"谢谢！"

他直的跑下了楼，套上了皮鞋，就走到外面来。

外面冷得非常，这一天大约是旧历的初八九的样子。半轮寒月，高挂在天空的左半边。淡青的圆形天盖里，也有几点疏星，散在那里。

他在海边上走了一回，看看远岸的渔灯，同鬼火似的在那里招引他。细浪中间，映着了银色的月光，好像是山鬼的眼波，在那里开闭的样子。不知是什么道理，他忽想跳入海里去死了。

他摸摸身边看，乘电车的钱也没有了。想想白天的事情看，他又不得不痛骂自己。

"我怎么会走上那样的地方去的？我已经变了一个最下等的人了。悔也无及，悔也无及。我就在这里死了罢。我所求的爱情，大约是求不到的了。没有爱情的生涯，岂不同死灰一样么？唉，这干燥的生涯，这干燥的生涯。世上的人又都在那里仇视我，欺侮我，连我自家的亲弟兄，自家的手足，都在那里挤我到这世界外去。我将何以为生，我又何必生存在这多苦的世界里呢！"

想到这里，他的眼泪就连连续续的滴下来。他那灰白的面色，竟同死人没有分别了。他也不举起手来揩揩眼泪，月光射到他的面上，两条泪线，倒变了叶上的朝露一样放起光来。他回转头来，看看他自家的又瘦又长的影子，就觉得心痛起来。

"可怜你这清影，跟了我二十一年，如今这大海就是你的葬身地了。我的身子，虽然被人家欺辱，我可不该累你也瘦弱到这地位的。影子呀影子，你饶了我罢！"

他向西面一看，那灯台的光，一霎变了红一霎变了绿的，在那里尽它的本职。那绿的光射到海面上的时候，海面就现出一条淡青的路来。再向西天一看，他只见西方青苍苍的天底下，有一颗明星，在那里摇动。

"那一颗摇摇不定的明星的底下，就是我的故国。也就是我的生地。我在那一颗星的底下，也曾送过十八个秋冬，我的乡土吓，我如今再也不能见你的面了。"

他一边走着，一边尽在那里自伤自悼的想这些伤心的哀话。走了一会，再向那西方的明星看了一眼，他的眼泪便同骤雨似的落下来。他觉得四边的景物，都模糊起来。把眼泪揩了一下，立住了脚，长叹了一声，他便断断续续的说：

"祖国呀祖国！我的死是你害我的！"

"你快富起来！强起来罢！"

"你还有许多儿女在那里受苦呢！"

一九二一年五月九日改作

[提示]

郁达夫（1896—1945），原名郁文，字达夫，浙江富阳人，中国现代著名小说家、散文家、诗人。代表作有短篇小说《沉沦》、《故都的秋》、《春风沉醉的晚上》，中篇小说《她是一个弱女子》、《出奔》，散文集

《郁达夫游记》等，另有文艺理论论著多种。

　　《沉沦》是郁达夫早期的代表作之一，写于作者在日本留学期间。小说讲述了一个中国留学生在日本的遭遇，通过"一个病的青年忧郁症的解剖"，揭示主人公内心灵与肉、伦理与情感、本我与超我矛盾冲突。作品细致地描写了这位忧郁型青年，由于是弱国子民在强邻日本所受的屈辱，以及他在精神上和生理上的种种难以排遣的苦闷。这些苦闷情绪交织在一起，相互影响和渗透：追求异性的爱情而不得，不堪忍受日本人的民族歧视，同时热切地希望着祖国富强起来。最后他痛苦不堪，投海自尽。作品突出表现了对封建礼教和虚伪道德的冲击，折射出一个弱国子民的灵魂创伤；虽带有一些感伤情绪，却表现出明显的反帝倾向和渴望民族自立、自强的爱国主义思想；同时也描写了五四时期一部分开始觉悟，又尚未找到出路的小资产阶级知识分子的共同心理，带有明显的时代特征。

　　与郁达夫其他的小说作品一样，《沉沦》是一篇"注重内心纷争苦闷"的现代抒情小说，带有"自叙传"的色彩。作者充满清醒的病态心理解剖意识，创作了独特的"零余者"形象，成为新文学自觉描写灵与肉冲突的二重人格形象的佳作。此外，《沉沦》的作者是把年轻人正当的、合理的性爱要求，与热烈的爱国主义情感紧紧交织在一起描写的，这就使得作品具有了深刻的思想和艺术感染力量。然而，小说仍旧停留在"揭出病苦，引起疗救的注意"的"问题小说"上，对中国社会问题的前途方向没有较为明确的认识。在语言上过度的诗化、散文化的倾向，有过分雕琢的嫌疑。

（赵　琛）

莎菲女士的日记

丁　玲

十二月二十四

今天又刮风！天还没亮，就被风刮醒了。伙计又跑进来生火炉。我知道，这是哪样都不能再睡得着了的。我也知道，不起来，便会头昏。睡在被窝里是太爱想到一些奇奇怪怪的事上去。医生说顶好能多睡，多吃，莫看书，莫想事，偏这就不能，夜晚总得到两三点才能睡着，天不亮又醒了。像这样刮风天，真不能不令人想到许多使人焦躁的事。并且一刮风，就不能出去玩，关在屋子里没有书看，还能做些什么？一个人能呆呆的坐着，等时间的过去吗？我是每天都在等着，挨着，只想这冬天快点过去；天气一暖和，我咳嗽总可好些，那时候，要回南便回南，要进学校便进学校，但这冬天可太长了。

太阳照到纸窗上时，我在煨第三次的牛奶。昨天煨了四次。次数虽煨得多，却不定是要吃，这只不过是一个人在刮风天为免除烦恼的养气法子。这固然可以混去一小点时间，但有时却又不能不令人更加生气，所以上星期整整的有七天没玩它，不过在没想出别的法子时，是又不能不借重它来像一个老年人耐心着消磨时间。

报来了，便看报，顺着次序看那大号字标题的国内新闻，然后又看国外要闻，本埠琐闻……把教育界，党化教育，经济界，九六公债盘价……全看完，还要再去温习一次昨天前天已看熟了的那些招男女，编级新生的广告，那些为分家产起诉的启事，连那些什么六〇六，百零机，美容药水，开明戏，真光电影……都熟悉了过后才懒懒的丢开报纸。自然，有时会发现点新的广告，但也除不了是些绸缎铺五年六年纪念的减价，恕讣不周的讣闻之类。

报看完，想不出能找点什么事做，只好一人坐在火炉旁生气。气的事，也是天天气惯了的。天天一听到从窗外走廊上传来的那些住客们喊伙计的声音，便头痛，那声音真是又粗，又大，又嘎，又单调；"伙计，开壶!"或是"脸水,伙计!"这是谁也可以想像出来的一种难听的声音。还有,那楼下电话也是不断的有人在电机旁大声的说话。没有一些声息时,又会感到寂沉沉的可怕,尤其是那四堵粉垩的墙。它们呆呆的把你眼睛挡住,无论你坐在哪方:逃到床上躺着吧,那同样的白垩的天花板,便沉沉地把你压住。真找不出一件事是能令人不生嫌厌的心的;如同那麻脸伙计,那有抹布味的饭菜,那扫不干净的窗格上的沙土,那洗脸台上的镜子——这是一面可以把你的脸拖到一尺多长的镜子,不过只要你肯稍微一偏你的头,那你的脸又会扁的使你自己也害怕——……这都可以令人生气了又生气。也许这只我一人如是。但我宁肯能找到些新的不快活,不满足;只是新的,无论好坏,似乎都隔我太远了。

吃过午饭,苇弟便来了,我一听到那特有的急遽的皮鞋声从走廊的那端传来时,我的心似乎便从一种窒息中透出一口气来的感到舒适。但我却不会表示,所以当苇弟进来时,我只默默的望着他;他反以为我又在烦恼,握紧我一双手,"姊姊,姊姊,"那样不断的叫着。我,我自然笑了!我笑的什么呢,我知道!在那两颗只望到我眼睛下面的跳动的眸子中,我准懂得那收藏在眼帘下面,不愿给人知道的是些什么东西!这是有多么久了,你,苇弟,你在爱我!但他捉住过我吗?自然,我是不能负一点责,一个女人是应当这样。其实,我算够忠厚了;我不相信会有第二个女人这样不捉弄他的,并且我还在确确实实的可怜他,竟有时忍不住想去指点他:"苇弟,你不可以换个方法吗?这样是只能反使我不高兴的……"对的,假使苇弟能够再聪明一点,我是可以比较喜欢他些,但他却只能如此忠实的去表现他的真挚!

苇弟看见我笑了,便很满足。跳过床头去脱大氅,还脱下他那顶大皮帽。假使他这时再掉过头来望我一下,我想他一定可以从我的眼睛里得些不快活去。为什么他不可以再多的懂得我些呢?

我总愿意有那末一个人能了解得我清清楚楚的,如若不懂得我,我要那些爱,那些体贴做什么?偏偏我的父亲,我的姊姊,我的朋友都能如此盲目的爱惜我,我真不知他们所爱惜我的是些什么;爱我的骄纵,爱我的脾气,爱我的肺病吗?有时我为这些生气,伤心,但他们却都更容让我,更爱我,说一些错到更使我想打他们的一些安慰话,我真愿意在这种时候会有人懂得我,便骂我,我也可以快乐而骄傲了。

没有人来理我,看我,我是会想念人家,或恼恨人家,但有人来后,我不觉得又会给人一些难堪，这也是无法的事。近来为要磨练自己，常常话到口边便咽住，怕又在无意中竟刺着了别人的隐处，虽说是开玩笑。因为如此，所以这是可以想像出来的，我是拿一种什么样的心情在陪苇弟坐。但苇弟若站起身来喊走时，我又会因怕寂寞而感到怅惘，而恨起他来。这个，苇弟是早就知道了的，所以他一直到晚上十点钟才回去。不过我却不骗人，并骗自己，我清白，苇弟不走，不特于他没有益处，反只能让我更觉得他太容易支使，或竟更可怜他的太不会爱的技巧了。

十二月二十八

今天我请毓芳同云霖看电影。毓芳却邀了剑如来。我气得只想哭，但我却纵声的笑了。剑如，她是多么可以损害我自尊之心的；我因为她的容貌，举止，无一不像我幼时所最投洽的一个朋友，所以我竟不觉的时常在追随她，她又特意给了我许多敢于亲近她的勇气，但后来，我却遭受了一种不可忍耐的待遇，无论什么时候想起，我都会痛恨我那过去的，已不可追悔的无赖行为：在一个星期中我会足足的给了她八封长信，而未曾给人理睬过。毓芳真不知想的哪一股劲，明知我不愿再提起从前的事，却故意邀着她来，像有心要挑逗我的愤恨一样，我真气了。

我的笑，毓芳和云霖不会留意这有什么变异，但剑如，她是能感觉得；可是她会装，装糊涂，同我毫无芥蒂的说话。我预备骂她几句，不过话只到口边便想到我为自己定下的戒条。并且做得太认真，怕越令人得意。所以我又忍下心去同她们玩。

到真光时，还很早，在门口遇着一群同乡的小姐们，我真厌恶那些惯做的笑靥，我不去理她们，并且我无缘无故的生气到那许多去看电影的人。我乘毓芳同她们说到热闹中，我丢下我所请的客，悄悄回来了。

除了我自己，没有人会原谅我的。谁也在批评我，谁也不知道我在人前所忍受的一些人们给我的感触，别人说我怪僻，他们哪里知道我却时常在讨人好讨人欢喜。不过人们太不肯鼓励我去说那大违我心的话，常常给我机会，让我反省我自己的行为，让我离人们却更远了。

夜深时，全公寓都静静的，我躺在床上好久了。我清清白白的想透了一些事，我还能伤心什么呢？

十二月二十九

一早毓芳就来电话。毓芳是好人，她不会扯谎，大约剑如是真病。毓芳说，起病是为我，要我去，剑如将向我解释。毓芳错了，剑如也错了，莎菲不是喜欢听人解释的人。根本我就否认宇宙间要解释。朋友们好，便好；合不来时，给别人点苦头吃，也是正大光明的事。我还以为我够大量，太没报复人了。剑如既为我病，我倒快活，我不会拒绝听别人为我而病的消息。并且剑如病，还可以减少点我从前自怨自艾的烦恼。

我真不知应怎样才能分析我自己。有时为一朵被风吹散了的白云，会感到一种渺茫的不可捉摸的难过，但看到一个二十多岁的男子（苇弟其实还大我四岁）把眼泪一颗一颗掉到我手背时，却像野人一样的在得意的笑了。苇弟从东城买了许多信纸信封来我这里玩，为了他很快乐，在笑，我便故意去捉弄，看到他哭了，我却快意起来，并且说"请珍重点你的眼泪吧，不要以为姊姊像别的女人一样脆弱得受不起一颗眼泪……""还要哭，请你转家去哭，我看见眼泪就讨厌……"自然，他不走，不分辩，不负气，只蜷在椅角边老老实实无声的去流那不知从哪里得来的那末多的眼泪。我，自然，得意够了，是又会惭愧起来，于是用着姊姊的态度去喊他洗脸，抚摩他的头发。他镶着泪珠又笑了。

在一个老实人面前，我是已尽自己的残酷天性去磨折了他，但当他走后，我真又想能抓回他来，只请求他："我知道自己的罪过，请不要再爱这样一个不配承受那真挚的爱的女人了吧！"

一月一号

我不知道那些热闹的人们是怎样的过年法，我是只在牛奶中加了一个鸡子，鸡子还是昨天苇弟拿来的，一共是二十个，昨天煨了七个茶卤蛋，剩下十三个，大约够我两星期来吃它。若吃午饭时，苇弟会来，则一定有两个罐头的希望。我真希望他来。因为想到苇弟来，我便上单牌楼去买了四合糖，两包点心，一篓橘子和苹果，是预备他来时给他吃。我是只断定在今天只有他才能来。

但午饭吃过了，苇弟却没来。

我一共写了五封信，都是用前几天苇弟买来的好纸好笔。但我想能接得几个美丽的画片，却不能。连几个最爱弄这个玩艺儿的姊姊们都把我这应得的一份儿忘了。不得画片，不希罕，单单只忘我，却是可气的事。不过了为自己从不曾给人拜过一次年，算了，这也是应该的。

晚饭还是我一人独吃。我烦恼透了。

　　夜晚毓芳云霖却来了，还引来一个高个儿少年，我只想他们才真算幸福；毓芳有云霖爱她，她满意，他也满意。幸福不是在有爱人，是在两人都无更大的欲望，商商量量平平和和的过日子。自然，也有人将不屑于这平庸，但那只是另外那人的，却与我的毓芳无关。

　　毓芳是好人，因为她有云霖，所以她"愿天下有情人皆成眷属。"她去年曾替玛丽作过一次恋爱婚姻的介绍。她又希望我能同苇弟好，她一来便问苇弟。但她却和云霖及那高个儿把我给苇弟买的东西吃完了。

　　那高个儿可真漂亮，这是我第一次感觉到男人的美，从来我还没有留心到。只以为一个男人的本行是会说话，会看眼色，会小心就够了。今天我看了这高个儿，才懂得男人是另铸有一种高贵的模型，我看出那衬在他面前的云霖显得多么委琐，多么呆拙，……我真要可怜云霖，假使他知道了他在这个人前所衬出的不幸时，他将怎样伤心他那些所有的粗丑的眼神，举止。我更不知，当毓芳拿这一高一矮的男人相比时，会起一种什么情感！

　　他，这生人，我将怎样去形容他的美呢？固然，他的颀长的身躯，白嫩的面庞，薄薄的小嘴唇，柔软的头发，都足以闪耀人的眼睛，但他却还另外有一种说不出，捉不到的丰仪来煽动你的心。比如，当我请问他的名字时，他会用那种我想不到的不急遽的态度递过那只擎有名片的手来。我抬起头去，呀，我看见那两个鲜红的，嫩腻的，深深凹进的嘴角了。我能告诉人吗？我是用一种小儿要糖果的心情在望着那惹人的两个小东西。但我知道在这个社会里面是不准许任我去取得我所要的来满足我的冲动，我的欲望，无论这是于人并没有损害的事，所以我只得忍耐着，低下头去，默默的去念那名片上的字：

　　"凌吉士，新加坡……"

　　凌吉士，他能那样毫无拘束的在我这儿谈话，像是在一个很熟的朋友处，难道我能说他这是有意来捉弄一个胆小的人？我为要强迫的去拒绝引诱，从不敢把眼光抬平去一望那可爱慕的火炉的一角。两只不知羞惭的破烂拖鞋，也逼着我不准走到桌前的灯光处。我气我自己：怎么我只会那样拘束，不调皮的应对？平日看不起别人的交际法，今天才知道自己是显得又呆，又默，又傻气。唉，他一定以为我是一个乡下才出来的姑娘了。

　　云霖同毓芳两人看见我木木的，以为我不欢喜这生人，常常去打断他的说话，不久带着他又走了。这个我也感激他们的好意吗？我望着那一高两矮的影子在楼下院子中消失时，我真不愿再回到这留得有那人的靴印，那人的声音，和那人吃剩的饼屑的屋子。

一月三号

这两夜通宵通宵的咳嗽。对于药，简直就不会有信仰，药与病不是已毫无关系吗？我明明厌烦那苦水，但却又按时去吃它，假使连药也不吃，我能拿什么来希望我的病呢？神要人忍耐着生活，安排许多痛苦在死的前面，使人不敢走拢死去。我呢，我是更为了我这短促的不久的生，所以我越求生得厉害；不是我怕死，是我总觉得我还没享有我生的一切。我要，我要使我快乐。无论在白天，在夜晚，我都在梦想可以使我没有什么遗憾在我死的时候的一些事情。我想能睡在一间极精致的卧房的睡榻上，有我的姊姊们跪在榻前的熊皮毡子上为我祈祷，父亲悄悄的朝着窗外叹息，我读着许多封从那些爱我的人儿们寄来的长信，朋友们都纪念我流着忠实的眼泪……我迫切的需要这人间的感情，想占有许多不可能的东西。

但人们给我的是什么呢？整整两天，又一人幽囚在公寓里，没有一个人来，也没有一封信来，我躺在床上咳嗽，坐在火炉旁咳嗽，走到桌子前也咳嗽，还想念这些可恨的人们……其实还是收到一封信的，不过这除了更加我一些不快外，也只不过是加我不快。这是一年前曾骚扰过我的一个安徽粗壮男人寄来的，我没有看完就扯了。我真肉麻那满纸的"爱呀爱的！"我厌恨我不喜欢的人们的苋献……

我，我能说得出我真实的需要是些什么呢？

一月四号

事情不知错到什么地方去了。我为什么会想到搬家，并且在糊里糊涂中欺骗了云霖，好像扯谎也是本能一样，所以在今天能毫不费力的便使用了。假使云霖知道莎菲也会哄骗他，他不知应如何伤心；莎菲是他们那样爱惜的一个小妹妹。自然我不是安心的，并且我现在在后悔。但我能决定吗，搬呢，还是不搬？

我不能不向我自己说："你是在想念那高个儿的影子呢！"是的，这几天几夜我无时不神往到那些足以诱惑我的。为什么他不在这几天中单独来会我呢？他应当知道他不该让我如此的去思慕他。他应当来看我，说他也想念我才对。假使他来，我是不会拒绝听听他所说的一些爱慕我的话，我还将令他知道我所要的是些什么。但他却不来。我估定这像传奇中的事是难实现了。难道我去找他吗？一个女人这样放肆，是不会得好结果的。何况还要别人能尊敬我呢。我想不出好法子，只好先去到云霖处试一试，所以吃过午饭，我便冒风向东城去。

　　云霖是京都大学的学生，他的住房便租在一家间于京都大学一院和二院之间的青年胡同里。我到他那里时，幸好他没出去，毓芳也没有来。云霖当然很诧异我在大风天出来，我说是到德国医院看病，顺便来这里。他也就毫不疑惑的，又来问我的病状，我却把话头故意引到那天晚上。不费一点气力我便已打探得那人儿是住在第四寄宿舍，位置是在京都大学二院隔壁的。不久，我于是又叹起气来，我用许多言辞把在西城公寓里的生活，描摹得怎样的寂寞，暗淡。我又扯谎。说我唯一只想能贴近毓芳（我知道毓芳已预备搬来云霖处）。我要求云霖同我往近处找房。云霖是当然高兴这差事，不会迟疑的。

　　在找房的时候，凑巧竟碰着了凌吉士。他也陪着我们。我真高兴，高兴使我胆大了，我狠狠的望了他几次，他没有觉得，他问我的病，我说全好了，他不信似的在笑。

　　我看上一间又低，又小，又霉的东房，这是在云霖的隔壁一家叫大元的公寓里。他和云霖都说太湿，我却执意要在第二天便搬来，理由是那边太使我厌倦，而我急切的又要依着毓芳。云霖无法，也就答应了，还说好第二天一早他和毓芳便过来替我帮忙。

　　我能告诉人，我单单选上这房子的用意吗？它位置在第四寄宿舍和云霖住所之间的。

　　他不曾向我告别，所以我又转到云霖处，我尽所有的大胆在谈笑。我把他什么细小处都审视遍了。我觉得都有我嘴唇放上去的需要。他不会也想到我是在打量他，盘算他吗？后来我特意说我想请他替我补英文，云霖笑，他听后却受窘了，不好意思的在含含糊糊的问答，于是我向心里说，这还不是一个坏蛋呢，那样高大的一个男人却还会红脸？因此我的狂热更炎炽了。但我不愿让人懂得我，看得我太容易，所以我就驱遣我自己，很早就回来了。

　　现在仔细一想，我唯恐我的任性，将把我送到更坏的地方去，暂时且住在这有洋炉的房里吧，难道我能说得上我是爱上了那南洋人吗？我还一丝一毫都不知道他呢。什么那嘴唇，那眉梢，那眼角，那指尖……多无意识！这并不是一个人所应须的，我着魔了，会想到那上面。我决计不搬，一心一意来养病。

我决定了。我懊悔，懊悔我白天所做的一些不是，一个正经女人所做不出来的。

一月六号

都奇怪我，听说我搬了家，南城的金英，西城的江周，都来到我这低湿的小屋里。我笑着，有时在床上打滚，她们都说我越小孩气了，我更大笑起来，我只想告诉她们我想的是什么。下午苇弟也来了。苇弟最不快活我搬家，因为我未曾同他商量，并且离他更远了。他见着云霖时，竟不理他。云霖摸不着他为什么生气，望着他。他却更板起脸孔。我好笑，我向自己说"可怜，冤枉他了，一个好人！"

毓芳不再向我说剑如。她决定两三天便搬来云霖处，因为她觉得我既这样想傍着她住，她不能让我一人寂寂寞寞的住在这里。她和云霖待我更比以前亲热。

一月十号

这几天我都见着凌吉士，但我从没同他多说过几句话，我是决不先提到补英文事。我看见他一天要两次的往云霖处跑，我发笑，我准断定他以前一定不会同云霖如此亲密的。我没有一次邀请他来我那儿去玩，虽说他问了几次搬了家如何，我都装出不懂的样儿笑一下便算回答。我是把所有的心计都放在这上面用，好像同着什么东西搏斗一样。我要着那样东西，我还不愿去取得，我务必想方设计的让他自己送来。是的，我了解我自己，不过是一个女性十足的女人，女人只把心思放到她要征服的男人们身上。我要占有他，我要他无条件的献上他的心，跪着求我赐给他的吻呢。我简直癫了，反反复复的只想着我所要施行的手段的步骤，我简直癫了！

毓芳云霖看不出我的兴奋来，只说我病快好了。我也正不愿他们知道，说我病好，我就假装着高兴。

一月十二

毓芳已搬来，云霖却又搬走了。宇宙间竟会生出这样一对人来，为怕生小孩，便不肯住在一起，我猜想他们是连自己也不敢断定：当两人抱在一床时是不会另外又干出些别的事来，所以只好预先防范，不给那肉体接触的机会。至于那单独在一房时的拥抱和亲嘴，是不会发生危险，所以悄悄表演几次，便不在禁止之列。我忍不住嘲笑他们了，这禁欲主义者！为什么会不须要拥抱那爱人的裸露的身体？为什么要压制住这爱的表现？为什么在两人还没睡在一个被窝里以前，会想到那些不相干足以担心的事？我不相信恋爱是如此的理智如此的科学！

他俩不生气我的嘲笑，他俩还骄傲着他们的纯洁，而笑我小孩气呢。我体会得出他们的心情，但我不能解释宇宙间所发生的许许多多奇怪的事。

这夜我在云霖处（现在要说毓芳处了）坐到夜晚十点钟才回来，说了许多关于鬼怪的故事。

鬼怪这东西，我是在一点点大的时候，坐在姨妈怀里听姨爹讲《聊斋》是常事，并且一到夜里就爱听。至于怕，又是另外一件不愿告人的。因为一说怕，准就听不成，姨爹便会踱过对面书房去，小孩就不准下床了。到进了学校，又从先生口里得知点科学常识，为了信服我们那位周麻子二先生，所以连书本也信服，从此鬼怪，便不屑于害怕了。近来人是更在长高长大，说起来，总是否认有鬼怪的，但鸡粟却不肯因为不信便不出来，毛孔一个个也会空起的。不过每次同人一说到鬼怪时，别人是不知道我正在想拗开些说到别的闲话上去，为的怕夜里一个人睡在被窝里时想到死去了的姨爹姨妈就伤心。

回来时，我看到那黑魆魆的小胡同，真有点胆悸。我想，假使在哪个角落里露出一个大黄脸，或伸来一只毛手，又是在这样像冻住了的冷巷里，我不会以为是意外。但看到身边的这高大汉子（凌吉士）做镖手，大约总可靠，所以当毓芳问我时，我只答应"不怕，不怕。"

云霖也同我们出来，他回他的新房子去，他向南，我们向北，所以只走了三四步，便听不清那橡皮鞋底在泥板上发出的声音。

他伸来一只手，拢住了我的腰：

"莎菲，你一定怕哟！"

我想挣，但挣不掉。

我的头停在他的胁前，我想，如若在亮处，看起来，我会像个什么东西，被挟在比我高一个头还多的人的腕中。

我把身一蹲，便窜出来了，他也松了手陪我站在大门边打门。

小胡同里黑极了，但他的眼睛望到何处，我却能很清白的看见。心微微有点跳，等着开门。

"莎菲，你怕哟！"

门闩已在响，是伙计在问谁。我朝他说：

"再——"

他猛的握住我的手，我无力再说下去。

伙计看到我身后的大人，露着诧异。

到单独只剩两人在一房时，我的大胆，已经变得毫无用处了。想故意说几句客套话，也不会，只说："请坐吧！"自己便去洗脸。

鬼怪的事，已不知忘到什么地方去了。

"莎菲！你还高兴读英文吗？"他忽然问。

这是他来找我，提头到英文，自然他未必欢喜白白牺牲时间去替人补课，这意思，在一个二十岁的女人面前，怎能瞒过，我笑了（这是只在心里笑）。我说：

"蠢得很，怕读不好，丢人。"

他不说话，把我桌上摆的照片拿来玩弄着，这照片是我姊姊的一个刚满一岁的女儿。

我洗完脸，坐在桌子那头。

他望望我，便又去望那小女孩，然后又望我。是的，这小女孩长的真像我，于是我问他：

"好玩吗？你说像我不像？"

"她，谁呀！"显然，这声音就表示着非常之认真。

"你说可爱不可爱？"

他只追问着是谁。

忽的，我明白了他意思，我又想扯谎了。

"我的"，于是我把相片抢过来吻着。

他信了。我竟愚弄了他，我得意我的不诚实。

这得意，似乎便能减少他的妩媚，他的英爽。要是不，为什么当他显出那天真的诧愕时，我会忽略了他那眼睛，我会忘掉了他那嘴唇？否则，这得意一定将冷淡下我的热情来。

然而当他走后，我却懊悔了。那不是明明安放着许多机会吗？我只要在他按住我手的当儿，另做出一种眼色，让他懂得他是不会遭拒绝，那他一定可以还做出一些比较大胆的事。这种两性间的大胆，我想只要不厌烦那人，是也会像把肉体来融化了的感到快乐，是无疑。但我为什么要给人一些严厉，一些端庄呢？唉，我搬到这破房子里来，到底为的是些什么呢？

一月十五

近来我是不算寂寞了，白天便在隔壁玩，晚上又有一个新鲜的朋友陪我谈话。但我的病却越深了。这真不能不令我灰心，我要什么呢，什么也于我无益。难道我有所眷恋吗？一切又是多么的可笑，但死却不期然的会让我一想到便伤心。每次看见那克利大夫的脸色，我便想：是的，我懂得，你尽管说吧。是不是我已没希望了！但我却拿笑代替了我的哭。谁能知道我在夜深流出的眼泪的分量！

几夜，凌吉士都接着接着来，他告人说是在替我补英文，云霖问我，我只好不答应。晚上我拿一本"PoorPeople"放在他面前，他真个便教起我来。我只好又把书丢开，我说："以后你不要再向人说在替我补英文吧，我病，谁也不会相信这事的。"他赶忙便说："莎菲，我不可以等你病好些就教你吗？莎菲，只要你喜欢。"

这新朋友似乎是来得如此够人爱，但我却不知怎的，反而懒于注意到这些事。我每夜看到他丝毫得不着高兴的出去，心里总觉得有点歉仄：我只好在他穿大氅的当儿向他说："原谅我吧，我是有病！"他会错了我的意思，以为我同他客气。"病有什么要紧呢，我是不怕传染的。"后来我仔细一想，也许这话是另含得有别的意思，我真不敢断定人的所作所为是像可以想像出来的那样单纯。

一月十六

今天接到蕴姊从上海来的信，更把我引到百无可望的境地，我哪里还能找得几句话去安慰她呢？她信里说："我的生命，我的爱，都于我无益了……"那她是更不必需要到我的安慰，我为她而流的眼泪了。唉！从她信中，我可以揣想得出她婚后的生活，虽说她未肯明明的表白出来。神为什么要去捉弄这些在爱中的人儿？蕴姊是最神经质，最热情的人，自然她是更受不住那渐渐的冷淡，那已遮饰不住的虚情……我想要蕴姊来北京，不过这是做得到的吗？这还是疑问。

　　苇弟来的时候，我把蕴姊的信给他看：他真难过，因为那使我蕴姊感到生之无趣的人，不幸便是苇弟的哥哥。于是我向他说了我许多新得的"人生哲学"的意义；他又尽他唯一的本能在哭。我只是很冷静的去看他怎样使眼睛变红，怎样拿手去擦干，并且我在他那些举动中，加上许多残酷的解释。我未曾想到在人世中，他是一个例外的老实人，不久，我一个人悄悄的跑出去了。

　　为要躲避一切的熟人，深夜我才独自从冷寂寂的公园里转来，我不知怎样的度过那些时间，我只想："多无意义啊！倒不如早死了干净……"

一月十七

　　我想：也许我是发狂了！假使是真发狂，我倒愿意。我想，能够得到那地步，我总可以不会再感到这人生的麻烦了吧……

　　足足有半年为病而禁绝了的酒，今天又开始痛饮了。明明看到那吐出来的是比酒还红的血。但我心却像有什么别的东西主宰一样，似乎这酒便可在今晚致死我一样，我是不愿再去细想到那些纠纠葛葛的事……

一月十八

　　现在我还睡在这床上，但不久就将与这屋分别了，也许是永别，我断得定我还有哪样能再亲我这枕头，这棉被，……的幸福吗？毓芳，云霖，苇弟，金夏都保守着一种沉默围绕着我坐着，焦急的等着天明了好送我进医院去。我是在他们忧愁的低语中醒来的，我不愿说话，我细想昨天上午的事，我闻到屋子中所遗留下来的酒气和腥气，才觉得心是正在剧烈的痛，于是眼泪便汹涌了，因了他们的沉默，因了他们脸上所显现出来的凄惨和暗淡，我似乎感到这便是我死的预兆。假设我便如此长睡不醒了呢，是不是他们也将是如此沉默的围绕着我僵硬的尸体？他们看见我醒了，便都走拢来问我。这时我真感到了那可怕的死别！我握着他们，仔细望着他们每个的脸，似乎要将这记忆永远保存着。他们便都把眼泪滴到我手上，好像觉得我就要长远的离开他们而走向死之国一样。尤其是苇弟，哭得现出丑的脸。唉，我想：朋友呵，请给我一点快乐吧……于是我反而笑了。我请他们替我清理一下东西，他们便在床铺底下拖出那口大藤箱来，在箱子里有几捆花手绢的小包，我说："这我要的，随着我进'协和'吧。"他们便递给我，我又给他们看，原来都满满是信札，我又向他们笑：

"这，你们的也在内！"他们才似乎也快乐些了。苇弟又忙着从抽屉里递给我一本照片，是要我也带去的样子，我更笑了。这里面有七八张是苇弟的单像，我又特容许了苇弟接吻在我手上，并握着我的手在他脸上摩擦，于是这屋子才不至于像真的有个僵尸停着的一样，天光这时也慢慢显出了鱼肚白。他们又忙乱了，慌着在各处找洋车，于是我病院的生活便开始了。

三月四号

接蕴姊死电是二十天以前的事，而我的病却又一天有希望一天了。所以在一号又由送我进院的几人把我送转公寓来，房子已打扫得干干净净。又因为怕我冷，特生了一个小小的洋炉，我真不知应怎样才能表示我的感谢，尤其是苇弟和毓芳。金和周又在我这儿住了两夜才走，都充当我的看护，我是每日都躺着，简直舒服得不像住公寓，同在家里也差不了什么了！毓芳还决定再陪我住几天，等天气还暖和点便替我上西山去找房子，我便好专去养病，我也真想能离开北京，可恨阳历三月了，还如是之冷！毓芳硬要住在这儿，我也不好十分拒绝，所以前两天为金和周搭的一个小铺又不能撤了。

近来在病院却把我自己的心又医转了，这实实在在却是这些朋友们的温情把它又重暖了起来，又觉得这宇宙还充满着爱呢。尤其是凌吉士，当他到医院去看我时，我便觉得很骄傲，我想他那种风仪才够去看一个在病院女友的病，并且我也懂得，那些看护妇都在羡慕着我呢。有一天，那个很漂亮的密司杨问我：

"那高个儿，是你的什么人呢？"

"朋友！"我忽略了她问的无礼。

"同乡吗？"

"不，他是南洋的华侨。"

"那末是同学？"

"也不是。"

于是她狡猾的笑了，"就仅是朋友吗？"

自然，我可以不必脸红，并且还可以警训她几句，但我却惭愧了。她看到我闭着眼装要睡的狼狈样儿，便得意的笑着走去。后来我一直都恼着她。并且为了躲避麻烦，有人问起苇弟时，我便扯谎说是我的哥哥。有一个同周很好的小伙子，我便说是同乡，或是亲戚的乱扯。

当毓芳上课去后，我一人留在房里时，我就去翻在一月多中所收到的信，我又很快活，很满足，还有许多人在纪念我呢。我是需要别人纪念的，总觉得能多得点好意就好。父亲是更不必说，又寄了一张像来，只有白头发似乎又多了几根。姊姊们都好，可惜就为小孩们忙得很，不能多替我写信。

信还没看完，凌吉士又来了。我想站起来，但他却把我按住。他握着我的手时，我快活得真想哭了。我说：

"你想没想到我又会回转这屋子呢？"

他只瞅着那侧面的小铺，表示一种不高兴的样子，于是我告诉他从前的那两位客已走了，这是特为毓芳预备的。

他听了便向我说他今晚不愿再来，怕毓芳会厌烦他。于是我心里更充满乐意了，便说："难道你就不怕我厌烦吗？"

他坐在床头更长篇的述说他这一月多中的生活，还怎样和云霖冲突，闹意见，因为他赞成我早些出院，而云霖执着说不能出来。毓芳也附着云霖，他懂得他认识我的时间太少，说话自然不会起影响，所以以后他不管这事了，并且在院中一和云霖碰见，自己便先回来。

我懂得他的意思，但我却装着说："你还说云霖，不是云霖我还不会出院呢，住在里面舒服多了。"于是我又看见他默默地把头掉到一边去，不答应我的话。

他算着毓芳快来时，便走了，还悄悄告诉我说等明天再来。果然，不久毓芳便回来了。毓芳不曾问，我也不告她，并且她为我的病，不愿同我多说话，怕我费神，我更乐得藉此可以多去想些另外的小闲事。

三月六号

当毓芳上课去后，把我一人撂在房里时，我便会想起这所谓男女间的怪事；其实，在这上面，不是我爱自夸，我所受的训练，至少也有我几个朋友们的相加或相乘，但近来我却非常之不能了解了。当独自同着那高个儿时，我的心便会跳起来，又是羞惭，又是害怕，而他呢，他只是那样随便的坐着，类乎天真的讲他过去的历史。有时握着我的手，但这也不过是非常之自然，然而我的手便不会很安静的被握在那大手中，是慢慢的会发烧。并且一当他站起身预备走时，不由的我心便慌张了，好像我将跌入那可怕的不安中，于是我盯着他看，真说不清那眼光是求怜，还是怨恨；但他却忽略了我这眼光，偶尔懂得了，也只说："毓芳要来了哟！"我应当怎样说呢？他是在怕毓芳！自然，我也会不愿有人知道我暗地一人所想的一些不近情理的事，不过近来我又感得我有别人了解我感情的必要；几次我向毓芳含糊的说起我的心境，她还是只那样忠实的替我盖被子，留心到我的药，我真不能不有点烦闷了。

三月八号

　　毓芳已搬回去，苇弟却又想代替那看护的差事。我知道，如若苇弟来，一定比毓芳还好，夜晚若想茶吃时，总不至于因听到那浓睡中的鼾声而不愿搅扰人而把头缩进被窝点算了；但我自然拒绝他这好意，他又固执着，我只好说："你在这里，我有许多不方便，并且病呢也好了。"他还要证明间壁的屋子是空着，他可以住间壁我正在无法时，凌吉士却来了，我以为他们还不认识，而凌吉士已握着苇弟的手，说是在医院已见过两次。苇弟只冷冷的不理他，我笑着向凌吉士说："这是我的弟弟，小孩子，不懂交际，你常来同他玩吧。"苇弟真的变成了小孩子，丧着脸站起身就走了。我因为有人在面前，便感得不快，也只好掩藏住，并且觉得有点对凌吉士不住，但他却毫没介意，反问我："不是他姓白吗，怎会变成你的弟弟？"于是我笑了："那末你是只准姓凌的人叫你做哥哥弟弟的！"于是他也笑了。

　　近来青年人在一处时，老喜欢研究到这一个"爱"字，虽说有时我似乎懂得点，不过终究还是不很说得清。至于男女间的一些小动作，似乎我又太看得明白了。也许便是因为我懂得了这些小动作，而于"爱"才反迷糊，才没有勇气鼓吹恋爱，才不敢相信自己还是一个纯粹的够人爱的小女子，并且才会怀疑到世人所谓的"爱"，以及我所接受的"爱"……

　　在我刚稍微有点懂事的时候，便给爱我的人把我苦够了，给许多无事的人以诬蔑我，凌辱我的机会，以致我顶亲密的小伴侣们也疏远了。后来又为了爱的胁迫，使我害怕得离开了我的学校。以后，人虽说一天天大了，但总常常感到那些无味的纠缠，因此有时不特怀疑到所谓"爱"，竟会不屑于这种亲密。苇弟说他爱我，为什么他只会常常给我一些难过呢？譬如今晚，他又来了，来了便哭，并且似乎带了很浓的兴味来哭一样，无论我说："你怎么了，说呀！""我求你，说话呀，苇弟！……"他都不理会。这是从未有的事，我尽我的脑力也猜想不出他所骤遭的这灾祸。我应当把不幸朝哪一方去揣测呢？后来，大约他是哭够了，于是才大声说："我不喜欢他！""这又是谁欺侮了你呢，这样大嚷大闹的？""我不喜欢那高个子！那同你好的！"哦，我这才知道原来还是怄我的气。我不觉得会笑了。这种无味的嫉妒，这种自私的占有，便是所谓爱吗？我发笑，而这笑，自然不会安慰到那有野心的男人的。并且因了我不屑的态度，更激起他那不可抑制的怒气。我看着他那放亮的眼光，我以为他要噬人了，我想："来吧！"但他却又低下头去哭了，还揩着眼泪，踉跄的又走出去。

这种表示，也许是称为狂热的，真率的爱的表现吧，但苇弟却毫不加思索的来使用在我面前，自然是只会失败；并不是我愿意别人虚伪点，做作点在爱上，我只觉得想靠这种小孩般举动来打动我的心，是全无用。或者这因为我的心是生来便如此硬；那我之种种不惬于人意而得来烦恼和伤心，也是应该的。

苇弟一走，自自然然我把我自己的心意去揣摩，去仔细回忆到那一种温柔的，大方的，坦白而又多情的态度上去，光这态度已够人欣赏像吃醉一般的感到那融融的蜜意，于是我拿了一张画片，写了几个字，命伙计即刻送到第四寄宿舍去。

三月九号

我看见安安闲闲坐在我房里的凌吉士，不禁又可怜到苇弟，我祝祷世人不要像我一样，忽略了蔑视了那可贵的真诚而把自己陷到那不可拔的渺茫的悲境里；我更愿有那末一个真诚纯洁的女郎去饱领苇弟的爱；并填实苇弟所感得的空虚啊！

三月十三

好几天又不提笔，不知还是因为我心情不好，或是找不出所谓的情绪。我只知道，从昨天来我是更只想哭了。别人看到我哭，便以为我在想家，想到病，看见我笑呢，又以为我快乐了，还欣庆着这健康的光芒……但所谓朋友皆如是，我能告谁以我的不屑流泪，而又无力笑出的痴呆心境？并且因我看清了自己在人间的种种不愿舍弃的热望以及每次追求而得来的懊丧，所以连自己也不愿再同情这未能悟澈所引起的伤心。更哪能捉住一管笔去详细写出自怨和自恨呢！

是的，我好像又在发牢骚了。但这只是隐忍在心头而反复向自己说，似乎还无碍。因为我未曾有过那种胆量，给人看我的蹙紧眉头，和听我的叹气，虽说人们早已无条件的赠送过我以"狷傲""怪僻"等等好字眼。其实，我并不是要发牢骚，我只想哭，想有那末一个人来让我倒在他怀里哭，并告诉他："我又糟踏我自己了！"不过谁能了解我，抱我，抚慰我呢？是以我只能在笑声中咽住"我又糟踏我自己了"的哭声。

我到底又为了什么呢，这真好难说！自然我是未曾有过一刻私自承认我是爱恋上那高个儿了的，但他之在我的心心念念中怎地又蕴蓄着一种分析不清的意义。虽说他那颀长的身躯，嫩玫瑰般的脸庞，柔软的眼波，惹人的嘴角，是可以诱惑许多爱美的女子，并以他那娇贵的态度倾倒那些还有情爱的。但我岂肯为了这些无意识的引诱而迷恋到一个十足的南洋人！真的，在他最近的谈话中，我懂得了他的可怜的思想；他需要的是什么？是金钱，是在客厅中能应酬买卖中朋友们的年青太太，是几个穿得很标致的白胖儿子。他的爱情是什么？是拿金钱在妓院中，去挥霍而得来的一时肉感的享受，和坐在软软的沙发上，拥着香喷喷的肉体，嘴抽着烟卷，同朋友们任意谈笑，还把左腿叠压在右膝上；不高兴时，便拉倒，回到家里老婆那里去。热心于演讲辩论会，网球比赛，留学哈佛，做外交官，公使大臣，或继承父亲的职业，做橡树生意，成资本家……这便是他的志趣！他除了不满于他父亲未曾给他过多的钱以外，便什么都可使他在一夜不会做梦的睡觉；如有，便只是嫌北京好看的女人太少，有时也会厌腻起游戏园，戏场，电影院，公园来……唉，我能说什么呢？当我明白了那使我爱慕的一个高贵的美型里，是安置着如此一个卑劣灵魂，并且无缘无故还接受过他的许多亲密，这亲密自然是还值不了他从妓院中挥霍里剩余下的一半多！想起那落在我发际的吻来，真又使我悔恨到想哭了！我岂不是把我献给他任他来玩弄来比拟到卖笑的姊妹中去！然而这又都只能把责备来加上我自己使我更难受的，因为假设只要我自己肯，肯把严厉的拒绝放到我眸子中去，我敢相信他不会那样大胆，并且我也敢相信他之所以不会那样大胆，是由于他还未曾有过那恋爱的火焰燃烧，……唉！我应该怎样来诅咒我自己了！

三月十四

这是爱吗，也许爱才具有如此的魔力，不是，为什么一个人的思想会变幻得如此不可测！当我睡去的时候，我看不起那美人，但刚从梦里醒来，一揉开睡眼，便又思念那市侩了。我想：他今天会来吗？什么时候呢，早晨，过午，晚上？于是我跳下床来，急忙忙的洗脸，铺床，还把昨夜丢在地下的一本大书捡起，不住的在边缘处摩挲着，这是凌吉士昨夜遗忘在这儿的一本威尔逊《演讲录》。

三月十四晚上

我是有如此一个美的梦想，这梦想是凌吉士所给我的。然而同时又为他而破灭，所以我因了他才能满饮着青春的醇酒，在爱情的微笑中度过了清晨；但因了他，我认识了"人生"这玩艺，而灰心而又想到死；至于痛恨到自己甘于堕落，所招来的，简直只是最轻的刑罚！真的，有时我为愿保存我所爱的，我竟想到"我有没有力去杀死一个人呢？"

我想遍了，我觉得为了保存我的美梦，为了免除使我生活的力一天天减少，顶好是即刻下西山好。但毓芳告诉我，说她所托找房子的那位住在西山的朋友还没有回信来，我又怎好再去询问或催促呢？不过我决心了，我决心让那高小子来尝一尝我的不柔顺，不近情理的倨傲和侮弄。

三月十七

那天晚上苇弟赌着气回去，今天又小小心心的自己来和解，我不觉笑了，并感到他的可爱。如若一个女人只要能找得一个忠实的男伴，做一身的归宿，我想谁也没有我苇弟可靠。我笑问："苇弟，还恨姊姊不呢？"于是他羞惭的说："不敢。姊姊，你了解我罢！我是除了希冀你不会摈弃我以外不敢有别的念头。一切只要你好，你快乐就够了！"这还不真挚吗？这还不动人吗？比起那白脸庞红嘴唇的如何？但是后来我说："苇弟，你好，你将来一定是一切都会很满你意的。"他却露出凄然的一笑："永世也不会——但愿如你所说……"这又是什么呢？又是给我难受一下！我恨不得跪在他面前求他只赐我以弟弟或朋友的爱吧！单单为了我的自私，我愿我少些纠葛，多点快乐。苇弟爱我，并会说那样好听的话，但他忽略了第一他应当真的减少他的热望，第二他也应该藏起他的爱。我为了这一个老实的男人，所感到无能的抱歉，真也够受了。

三月十八

我又托夏在替我往西山找房了。

三月十九

凌吉士居然已几日不来我这里了。自然，我不会打扮，不会应酬，不会治理家事，我有肺病，无钱，他来我这里做什么！我本无须乎要他来，但他真的不来了却又更令我伤心，更证实他以前的轻薄。难道他也是如苇弟一样老实，当他看到我写给他的字条："我有病，请不要再来扰我，"就信会是真话，竟不可违背，而果真不来吗？这又使我只想再见他一面，到底审看一下这高大的怪物到底是怎样的在觑看我。

三月二十

今天我在云霖处跑了三次，都未曾遇见我想见的人，似乎云霖也有点疑惑，所以他问我这几天见着凌吉士没有。我只好又怅怅的跑回来。我实在焦烦得很，我敢自己欺自己说我这几日没有思念到他吗？

晚上七点钟的时候，毓芳和云霖来邀我到京都大学第三院去听英语辩论会，并且乙组的组长便是凌吉士。我一听到这消息，心就立刻砰砰的跳起来。我只得拿病来推辞了这善意的邀请。我这无用的弱者，我没有胆量去承受那激动，我还是希望我能不见着他。不过在他俩走时，我却又请他俩致意到凌吉士，说我问候他。唉，这又是多无意识啊！

三月二十一

在我刚吃过鸡子牛奶，一种熟习的叩门声便响着，在纸格上还映印上一个顾长的黑影。我只想跳过去开门，但不知为一种什么情感所支使，我暗着气，低下头去了。

"莎菲，起来没有？"这声音是如此柔嫩，令我一听到会想哭。

为了知道我已坐在椅子上吗？为了知道我无能发气和拒绝吗？他轻轻的托开门便走进来了。我不敢仰起我滋润的眼皮来。

"病好些没有，刚起来吗？"

我答不出一句话。

"你真在生我的气啊。莎菲，你厌烦我，我只好走了。莎菲！"

他走，于我自然很合适，但我又猛然抬起头拿眼光止住了他开门的手。

谁说他不是一个坏蛋呢，他懂得了。他敢于把我的双手握得紧紧的。

他说：

"莎菲，你捉弄我了。每天我走你门前过，都不敢进来，不是云霖告诉我说你不会生我气，那我今天还不敢来。你，莎菲，你厌烦我不呢？"

谁都可以体会得出来，假使他这时敢于拥抱住我，狂乱的吻我，我一定会倒在他手腕上哭了出来："我爱你呵！我爱你呵！"但他却如此的冷淡，冷淡得使我又恨他了。然而我心里又在想："来呀，抱我，我要接吻在你脸上咧！"自然，他依旧还握着我的手，把眼光紧盯在我脸上，然而我搜遍了，在他的各种表示中，我得不着我所等待于他的赐予。为什么他仅仅只懂得我的无用，我的可轻侮，而不够了解他之在我心中所占的是一种怎样的地位！我恨不得用脚尖踢他出去，不过我又为了另一种情绪所支配，我向他摇了头，表示是不厌烦他的来到。

于是我又很柔顺的接受了他许多浅薄的情意，听他也说着那些使他津津回味的卑劣享乐，以及"赚钱和花钱"的人生意义。并承他暗示我许多做女人的本分。这些又使我看不起他，暗骂他，嘲笑他，我拿我的拳头，隐隐痛击我的心，但当他扬扬的走出我时，我受逼得又想哭了，因为我压制住我那狂热的欲念。我未曾请求他多留一会儿。

唉，他走了！

三月二十一夜

在去年这时候，我过的是一种什么生活！为了有蕴姊千依百顺的疼我，我便装病躺在床上不肯起来。为了想受蕴姊抚摩我，便因那着急无以安慰我而流泪的滋味，我伏在桌上想到一些小不满意的事而哼哼唧唧的哭。便有时因在整日静寂的沉思里得了点哀戚，但这种淡淡的凄凉，却更令我舍不得去扰乱这情调，似乎在这里面我也可以味出一缕甜意一样的。至于在夜深了的法国公园，听躺在草地上的蕴姊唱《牡丹亭》，那又是更不愿想到的事了。假使她不会被神捉弄般的去爱上那苍白脸色的男人，她一定不会死去的这样快，我当然不会一人漂流到北京，无亲无爱的在病中挣扎，虽说有几个朋友，他们也很体惜我，但在我所感应得出的我和他们的关系能和蕴姊的爱在一个天平上相称吗？想起蕴姊，我真应当像从前在蕴姊面前撒娇一样的纵声大哭，不过这一年来，因为多懂得了一些事，虽说时时想哭却又咽住了，怕让人知道了厌烦。近来呢，我更不知为了什么只能焦急。而想得点空闲去思虑一下我所做的，我所想的，关于我的身体，我的名誉，我的前途的好处和歹处的时间也没有，整天把紊乱的脑筋放到一个我不愿想到的去处，因为便是我想逃避的，所以越把我弄成焦烦苦恼得不堪言说！但是我除了说"死了也活该！"是不能再希冀什么了。我能求得一些同情和慰藉吗？然而我又似乎在向人乞怜了。

晚饭一吃过，毓芳和云霖来我这儿坐，到九点我还不肯放他俩走。我知道，毓芳碍住面子只好又坐下来，云霖藉口要预备明天的课，执意一人走回去了。于是我隐隐的向毓芳吐露我近来所感得的窘状，我只想她能懂得这事，并且能硬自作主把我的生活改变一下，做我自己所不能胜任的。但她完全把话听到反面去了，她忠实的告诫我："莎菲，我觉得你太不老实，自然你不是有意，你可太不留心你的眼波了。你要知道，凌吉士他们比不得在上海同我们玩耍的那群孩子，他们很少机会同女人接近，受不起一点好意的，你不要令他将来感到失望和痛苦。我知道，你哪里会爱他呢？"这错误是不是又该归我，假设我不想求助于她而向她饶舌，是不是她不会说出这更令我生气，更令我伤心的话来？我噎着气又笑了："芳姊，不要把我说得太坏了吓！"

毓芳愿意留下住一夜时，我又赶她走了。

像那些才女们，因为得了一点点不很受用，便能"我是多愁善感呀"，"悲哀呀我的心……""……"做出许多新旧的诗。我呢，没出息的，白白被这些诗境困着，连想以哭代替诗句来表现一下我的情感的搏斗都不能。光在这上面，为了不如人，也应撇开一切去努力做人才对，便退一千步说，为了自己的热闹，得一群浅薄眼光之赞颂，我总也不该不拿起笔或枪来。真的便把自己陷到比死还难忍的苦境里，单单为了那男人的柔发，红唇……？

我又梦想到欧洲中古的骑士风度，这拿来比拟是不会有错，如其是有人看到凌吉士过的。他又能把那东方特长的温柔保留着。神把什么好的，都慨然赐给他了，但神为什么不再给他一点聪明呢？他还不懂得真的爱情呢，他确是不懂得，虽说他有了妻（今夜毓芳告我的），虽说他曾在新加坡乘着脚踏车追赶坐洋车的女人，因而恋爱过一小段时间，虽说他曾在"韩家潭"住过夜。但他真得到过一个女人的爱吗？他爱过一个女人么？我敢说不曾！

一种奇怪的思想又在我脑中燃炽了。我决定来教教这大学生。这宇宙并不是像他所懂的那样简单的啊！

三月二十二

在心的忙乱中，我勉强竟写了这些日记了。早先是因为蕴姊写信来要，再三再四的，我只好开始来写。现在是蕴姊又死了好久，我还舍不得不继续下去，心想便为了蕴姊在世时所谆谆向我说的一些话而便永远写下去做纪念蕴姊也好。所以无论我那样不愿提笔，也只得胡乱画下一页半页的字来。本来是睡了的，但望到挂在壁上蕴姊的像，忍不住又爬起，为免掉想念蕴姊的难受而提笔了。自然，这日记，我总是觉得除了蕴姊我不愿给任何人看。第一是因为这是特为了蕴姊，要知道我的生活而记下的一些琐琐碎碎的事，二来我怕别人给一些理智的面孔给我看，好更刺透我的心；似乎我自己也会因了别人所尊崇的道德而真的也感到像犯了罪一样的难受。所以这黑皮的小本子我是许久以来都安放在枕头底下的垫被的下层。今天不幸我却违背我的初意了，然而也是不得已，虽说似乎是出于毫未思考。原因是苇弟近来非常误解我，以致常常使得他自己不安，而又常常波及我。我相信在我平日的一举一动中，我都很能表示出我的态度来。为什么他懂不了我的意思呢？难道我能直捷的说明，和阻止他的爱吗？我常常想，假设这不是苇弟而是另外一人，我将会知道应怎样处置是最合法的。偏偏又是如此令我忍不下心去的一个好人！我无法了，我只好把我的日记给他看。让他知道他之在我的心里是怎样的无希望，并知道我是如何凉薄的反反复复的不足爱的女人。假使苇弟知道我，我自然是会将他当做我唯一可诉心肺的朋友，我会热诚的拥着他同他接吻。我将替他愿望那世界上最可爱，最美的女人……日记，苇弟是看过一遍，又一遍了，虽说他曾经哭过，但态度非常镇静，是出我意料之外的。我说：

"懂得了姊姊吗？"

他点头。

"相信姊姊吗？"

"关于哪方面的？"

于是我懂得那点头的意义。谁能懂得我呢，便能懂得了这只能表现我万分之一的日记，也只能令我看到这有限的而伤心哟！何况，希求人了解，而以想方设计用文字来反复说明的日记给人看，已够是多么可伤心的事！并且，后来苇弟还怕我以为他未曾懂得我，于是不住的说：

"你爱他，你爱他！我不配你！"

　　我真想一赌气扯了这日记。我能说我没有糟踏这日记吗？我只好向苇弟说："我要睡了，明天再来罢。"

　　在人里面，真不必求什么！这不是顶可怕的吗？假设蕴姊在，看见我这日记，我知道，她是会抱着我哭："莎菲，我的莎菲！我为什么不再变得伟大点，让我的莎菲不至于这样苦啊……"但蕴姊已死了，我拿着这日记应怎样的痛哭才对！

三月二十三

　　凌吉士向我说："莎菲！你真是一个奇怪的女子。"我了解这并不是懂得了我的什么而说出的一句赞叹。他所以为奇怪的，无非是看见我的破烂了的手套，搜不出香水的抽屉，无缘无故扯碎了的新棉袍，保存着一些旧的小玩具，……还有什么？听见些不常有的笑声，至于别的，他便无能去体会了，我也从未向他说过一句我自己的话。譬如他说"我以后要努力赚钱呀。"我便笑；他说到邀起几个朋友在公园追着女学生时，"莎菲，那真有趣，"我也笑。自然，他所说的奇怪，只是一种在他生活习惯上不常见的奇怪。并且我也很伤心，我无能使他了解我而敬重我。我是什么也不希求了，除了往西山去。我想到我过去的一切妄想，我好笑！

三月二十四

　　一当他单独在我面前时，我觑着那脸庞，聆着那音乐般的声音，我心便在忍受那感情的鞭打！为什么不扑过去吻他的嘴唇，他的眉梢，他的……无论什么地方？真的，有时话都到口边了："我的王！准许我亲一下吧！"但又受理智，不，我就从没有过理智，是受另一种自尊的情感所裁制而又咽住了。唉！无论他的思想是怎样坏，而他使我如此癫狂的动情，是曾有过而无疑，那我为什么不承认我是爱上了他咧？并且，我敢断定，假使他能把我紧紧的拥抱着，让我吻遍他全身，然后他把我丢下海去，丢下火去，我都会快乐的闭着眼等待那可以永久保藏我那爱情的死的来到。唉！我竟爱他了，我要他给我一个好好的死就够了……

三月二十四夜深

　　我决心了。我为拯救我自己被一种色的诱惑而堕落，我明早便会到夏那儿去，以免看见凌吉士又痛苦，这痛苦已缠缚我如是之久了！

三月二十六

为了一种纠缠而去，但又遭逢着另一种纠缠，使我不得不又急速的转来了。在我去夏那儿的第二天，梦如便去了。虽说她是看另一人去的，但使我感到很不快活。夜晚，她大发其对感情的一种新近所获得的议论，隐隐的含着讥刺向我，我默然。为不愿让她更得意，我睁着眼，睡在夏的床上等到天明，我才又忍着气转来……

毓芳告诉我，说西山房子已找好了，并且又另外替我邀了一个女伴，也是养病的，而这女伴同毓芳又算是一个很好的朋友。听到这消息，应该是很欢喜吧，但我刚刚在眉头舒展了一点喜色，而一种默然的凄凉便罩上了。虽说我从小便离开家，在外面混，但都有我的亲戚朋友随着我。这次上西山，固然说起来离城只是几十里，但在我，一个活了二十岁的人，开始一人跑到陌生的地方去，还是第一次。假使我竟无声无息的死在那山上，谁是第一个发现我死尸的？我能担保我不会死在那里吗？也许别人会笑我担忧到这些小事，而我却真的哭过，当我问毓芳舍不舍得我时，而毓芳却笑，笑我问小孩话，说是这一点点路有什么舍不得，直到毓芳准许了我每礼拜上山一次，我才不好意思的揩干眼泪。

下午我到苇弟那儿去，苇弟也说他一礼拜上山一次，填毓芳不去的空日。

回来已夜了，我一人寂寂寞寞的在收拾东西，想到我要离开北京的这些朋友们，我又哭了。但一想到朋友们都未曾向我流泪，我又擦去我脸上的泪痕。我是将一人寂寂寞寞的又离开这古城了。

在寂寞里，我又想到凌吉士了，其实，话不是这样说，凌吉士简直不能说"想起，""又想起，"完全是整天都在系念到他，只能说："又来讲我的凌吉士吧"。这几天我故意造成的离别，在我是不可计的损失，我本想放松了他，而我把他捏得更紧了。我既不能把他从心里压根儿拔去，我为什么要躲避着不见他的面呢？这真使我懊恼，我不能便如此同他离别，这样寂寂寞寞的走上西山……

三月二十七

一早毓芳便上西山去了，去替我布置房子，说好明天我便去。我为她这番盛情，我应怎样去找得那些没有的字来表示我的感谢。我本想再呆一天在城里，便也不好说出了。

我正焦急的时候，凌吉士才来，我握紧他双手，他说：

"莎菲！几天没见你了！"

我很愿意在这时我能哭出来，抱着他哭，但眼泪只能噙在眼里，我只好又笑了。他听见明天我要上山时，他显出的那惊诧和一种嗟叹，又很安慰到我，于是我真的笑了。他见到我笑，便把我的手反捏得紧紧的，紧得使我生痛。他怨恨似的说：

"你笑！你笑！"

这痛，是我从未有过的舒适，好像心里也正锥下去一个什么东西，我很想倒下他的手腕去，而这时苇弟却来了。

苇弟知道我恨他来，而他偏不走。我向着凌吉士使眼色，我说："这点钟有课吧？"于是我送凌吉士出来。他问我明早什么时候走，我告他；我问他还来不来呢，他说回头便来；于是我望着他快乐了，我忘了他是怎样可鄙的人格，和美的相貌了，这时他在我的眼里，是一个传奇中的情人。哈，莎菲有一个情人了！……

三月二十七晚

自从我赶走苇弟到这时已整整五个钟头了。在这五点钟里，我应怎样才想得出一个恰当的名字来称呼它？像热锅上的蚂蚁在这小房子里不安的坐下，又站起，又跑到门缝边瞧，但是——他一定不来了，他一定不来了，于是我又想哭，哭我走得这样凄凉，北京城就没有一个人陪我一哭吗？是的，我是应该离开这冷酷的北京的，为什么我要舍不得这板床，这油腻的书桌，这三条腿的椅子……是的，明早我就要走了，北京的朋友们不会再腻烦莎菲的病。为了朋友们轻快的舒适，莎菲便为朋友们死在西山也是该的！但都能如此的让莎菲一人得不着一点热情孤孤寂寂的上山去，想来莎菲便不死，也不会有损害或激动于人心吧……不想了！不想！有什么可想的？假使莎菲不如此贪心在攫取感情，那莎菲不是便很可满足于那些眉目间的同情了吗？……

关于朋友，我不说了。我知道永世也不会使莎菲感到满足这人间的友谊的！

但我能满足些什么呢？凌吉士答应来，而这时已晚上九点了。纵是他来了，我便会很快乐吗？他会给我所需要的吗？……

想起他不来，我又该痛恨自己了！在很早的从前，我懂得对付哪一种男人应用哪一种态度，而到现在反蠢了。当我问他还来不来时，我怎能显露出那希求的眼光，在一个漂亮人面前，是不应老实，让人瞧不起……但我爱他，为什么我要使用技巧？我不能直接向他表明我的爱吗？并且我觉得只要于人无损，便吻人一百下，为什么便不可以被准许呢？

他既答应来，而又失信，显见得是在戏弄我。朋友，留点好意在莎菲走时，总不至于像是一种损失吧。

今夜我简直狂了。语言，文字是怎样在这时显得无用！我心像被许多小老鼠啃着一样，又像一盆火在心里燃烧。我想把什么东西都摔破，又想冒着夜气在外面乱跑去，我无法制止我狂热的感情的激荡，我躺在这热情的针毯上，反过去也刺着，翻过来也刺着，似乎我又是在油锅里听到那油沸的响声，感到浑身的灼热……为什么我不跑出去呢？我等着一种渺茫的无意义的希望到来！哈……想到那红唇，我又癫了！假使这希望是可能的话——我独自又忍不住笑，我再三再四反复问我自己："爱他吗？"我更笑了。莎菲不会傻到如此地步去爱上那南洋人。难道因了我不承认我的爱，便不可以被人准许做一点儿于人也无损的事？

假使今夜他竟不来，我怎能甘心便恝然上西山去……

唉！九点半了！

九点四十分了！

三月二十八晨三时

莎菲生活在世上，所要人们的了解她体会她的心太热烈太恳切了，所以长远的沉溺在失望的苦恼中，但除了自己，谁能够知道她所流出的眼泪的分量？

在这本日记里，与其说是莎菲生活的一段记录，不如直接算为莎菲眼泪的每一个点滴，是在莎菲心上，才觉得更切实。然而这本日记现在要收束了，因为莎菲已无须乎此——用眼泪来泄愤和安慰，这原因是对于一切都觉得无意识，流泪更是这无意识的极深的表白。可是在这最后一页的日记上，莎菲应该用快乐的心情来庆祝，她是从最大的那失望中，蓦然得到了满足，这满足似乎要使人快乐得到死才对。但是我，我只从那满足中感到胜利，从这胜利中得到凄凉，而更深的认识我自己的可怜处，可笑处，因此把我这几月来所萦萦于梦想的一点"美"反缥缈了，——这个美便是那高个儿的丰仪！

我应该怎样来解释呢？一个完全癫狂于男人仪表上的女人的心理！自然我不会爱他，这不会爱，很容易说明，就是在他丰仪的里面是躲着一个何等卑丑的灵魂！可是我又倾慕他，思念他，甚至于没有他，我就失掉一切生活意义的保障了；并且我常常想，假使有那末一日，我和他的嘴唇合拢来，密密的，那我的身体就从这心的狂笑中瓦解去，也愿意。其实，单单能获得骑士一般的那人儿的温柔的一抚摩，随便他的手尖触到我身上的任何部分，因此就牺牲一切，我也肯。

我应当发癫，因为像这些幻想中的异迹梦似的，终于毫无困难的都给我得到了。但是从这中间，我所感到的是我所想像的那些会醉我灵魂的幸福吗？不啊！

当他——凌吉士……在晚间十点钟来到时候，开始向我嗫嚅的表白，说他是如何的在想我……还使我心动过好几次；但不久我看到他那被情欲燃烧的眼睛，我就害怕了。于是从他那卑劣的思想中所发出的更丑的誓语，又振起我的自尊心来！假使他把这串浅薄肉麻的情话去对别个女人说，一定是很动听的，可以得一个所谓的爱的心吧。但他却向我，就由这些话语的力，把我推得隔他更远了。唉，可怜的男子！神既然赋与你这样的一副美形，却又暗暗的捉弄你，把那样一个毫不相称的灵魂放到你人生的顶上！你以为我所希望的是"家庭"吗？我所欢喜的是"金钱"吗？我所骄傲的是"地位"吗？"你，在我面前，是显得多么可怜的一个男子啊！"我真要为他不幸而痛哭，然而他依样把眼光镇住我脸上，是被情欲之火燃烧得如何的怕人！倘若他只限于肉感的满足，那末他倒可以用他的色来摧残我的心；但他却哭声的向我说："莎菲，你信我，我是不会负你的！"啊，可怜的人！他还不知道在他面前的这女人，是用如何的轻蔑去可怜他的使用这些做作，这些话！我竟忍不住笑出声来，说他也知道爱，会爱我，这只是近于开玩笑！那情欲之火的巢穴——那两只灼闪的眼睛，不正宣布他除了可鄙的浅薄的需要，别的一切都不知道么？

"喂，聪明一点，走开吧，'韩家潭'那个地方才是你寻乐的场所！"我既然认清他，我就应该这样说，教这个人类中最劣种的人儿滚出去。然而，虽说我暗暗的在嘲笑他，但当他大胆的贸然伸开手臂来拥我时，我竟又忘记了一切，我临时失掉了我所有的一些自尊和骄傲，我是完全被那仅有的一副好丰仪迷住了，在我心中，我只想，"紧些！多抱我一会儿吧，明早我便走了。"假使我那时还有一点自制力，我该会想到他的美形以外的那东西，而把他像一块石头般，丢到房外去。

唉！我能用什么言语或心情来痛悔？他，凌吉士，这样一个可鄙的人，吻了我！我静静默默的承受着！但那时，在一个温润的软热的东西放到我脸上，我心中得到的是些什么呢？我不能像别的女人一样会晕倒在她那爱人的臂膀里！我张大着眼睛望他，我想："我胜利了！我胜利了!"因为他所使我迷恋的那东西，在吻我时，我已知道是如何的滋味——我同时鄙夷我自己了！于是我忽然伤心起来，我把他用力推开，我哭了。

他也许忽略了我的眼泪，以为他的嘴唇给我如何的温软，如何的嫩腻，把我的心融醉到发迷的状态里吧，所以他又挨我坐着，继续的说了许多所谓爱情表白的肉麻话。

"何必把你那令人惋惜处暴露得无余呢?"我真这样的又可怜起他来。我说："不要乱想吧，说不定明天我便死去了!"

他听着，谁知道他对于这话是得到怎样的感触？他又吻我，但我躲开了，于是那嘴唇便落到我手上……

我决心了，因为这时我有的是充足的清晰的脑力，我要他走，他带点抱怨颜色，缠着我。我想"为什么你也是这样傻劲呢？"他直挨到夜十二点半钟才走。

他走后，我想起适间的事情。我用所有的力量，来痛击我的心！为什么呢，给一个如此我看不起的男人接吻？既不爱他，还嘲笑他，又让他来拥抱？真的，单凭了一种骑士般的风度，就能使我堕落到如此地步吗?

总之，我是给我自己糟踏了，凡一个人的仇敌就是自己，我的天。这有什么法子去报复而偿还一切的损失？

好在在这宇宙间，我的生命只是我自己的玩品，我已浪费得尽够了，那末因这一番经历而使我更陷到极深的悲境里去，似乎也不成一个重大的事件。

但是我不愿留在北京，西山更不愿去了，我决计搭车南下，在无人认识的地方，浪费我生命的余剩；因此我的心从伤痛中又兴奋起来，我狂笑的怜惜自己：

"悄悄的活下来，悄悄的死去，啊，我可怜你，莎菲!"

[提示]

丁玲（1904—1986），原名蒋伟，字冰之，湖南临澧人，现代女作

家，1949 年后历任《文艺报》主编，1927 年开始发表作品。代表作有
《梦珂》、《莎菲女士的日记》、《太阳照在桑干河上》等作品，1951 年获
斯大林文学奖金二等奖。

　　丁玲在 20 年代时就以其大胆的女性意识、敏锐的文学感觉和细腻的
叙述风格闻名文坛，其中《莎菲女士的日记》作为丁玲中篇小说的代表
作，反映了当时知识少女的苦闷与追求，成为文坛不朽之作。小说描写了
"五四运动"后几年北京城里的几个青年的生活。主人公莎菲是一个集善
恶于一身，"多样性、矛盾性和一致性"高度统一的一位女性，她是"五
四"浪潮中的叛逆女性，痛恨和蔑视一切，却没有找到正确的道路。患
了肺病后，她便放纵自己的感情，追求南洋华侨凌吉士，却又鄙视他卑劣
的灵魂，终于陷于痛苦的挣扎之中。作者用大胆的毫不遮掩的笔触，细腻
真实地刻画出莎菲倔强的个性和反叛精神，同时明确地表露出脱离社会的
个人主义者的反抗带来的悲剧结果。此外作品也留下了"五四"后冲出
旧家庭，大胆追求爱情的青年女性的辛酸而痛苦的足迹。

　　《莎菲女士的日记》不仅以其独特的艺术手法和深刻的思想内涵而具
有特殊的文学魅力，更由于作者在小说里使用了对疾病及有病的身体的描
写这一独特手法深刻揭示了小说的主题，控制小说情节的展开，并进而界
定了小说女主人公莎菲的内心世界及其个人身份认同。此外，小说采用散
文式的日记体裁写成，行文舒缓流畅，一气呵成，显示了作者驾驭语言的
能力。这种日记体的形式对于坦露主人公丰富、复杂的内心世界极为有
利，莎菲女士的独特心理，被写得细腻而大胆。主人公在叙事、回忆中，
时而思索、感慨，时而想像、幻想，时而又出现闪念、欲望等，这个年轻
知识女性的复杂个性被表现得真切而自然。

（赵　琛）

山雨（存目）

王统照

[**提示**]

《山雨》是王统照的代表作，出版于一九三三年，与《子夜》同年。由于两部作品都是反映当时农村和城市斗争生活的巨制，所以当时文学界称一九三三年为"子夜、山雨年"。《山雨》通过描写北方一个农村——陈家庄的变迁，反映北伐前后中国农村衰败的情景，写出北方农村崩溃的几种原因，描绘农村错综复杂的矛盾斗争，表现农民的苦难遭遇与觉醒过程，揭露了新旧军阀、官僚买办、封建地主阶级的反动统治，展示历史发展的趋势。

小说具体描写了徐利、肖达子、宋大傻等几家的遭遇，特别集中笔力描写了自耕农奚大有一家从富裕到破产的变迁。奚大有作为作品的主人公，他的老实本分——忍受折磨——无理性反抗——变成沉默的羔羊继续任人宰割——安土重迁的思想斗争——忍无可忍而离乡——渐渐觉醒，这一系列的事都反映了当时整个农村的境况和农民们的凄惨生活以及社会的混乱动荡，最终鼓励大家，尤其是广大的农人们站起来反抗。而奚二叔和陈庄长，他们可以说是封建身份的象征，他们的死是必然的，新时代的到来必定夺取旧时代的生命，通过他们与青年的对比，从而将整部作品的政治高度拔高到极致，也与当时的三股势力相吻合。《山雨》值得称道的是作家写出了农民转变过程中性格的丰富性与复杂性，写出了农民觉醒的必然性。尤其值得注意的，王统照从生活出发，笔下的农民不是赤贫者，不是英雄人物，只是一些普通的安分的只知赤背流汗的庄稼汉。但是，就在这种逐步觉醒的转变中的人物身上，得出了要反抗，要改变现状的革命结论，这就使人感到更有认识价值与审美意义。

王统照对民族的危亡和农民的命运，怀有浓烈的忧患意识，《山雨》便是这种主体意识的艺术呈现，它的整体风格以凝重浑厚、惨烈宏阔见长，既体现在所描绘的生活画面中，更渗透于人物的道德层面与人格理想之中艺术成就。而作品最惹人注目的在于它浓郁的地方色彩。首先，作家从当地的生活实际出发，捕捉具有地方生活气息的事物，表现鲜明的地方特色。其次，作家还捕捉有地区特征的自然景物，表现山东的乡土风情，增强了作品的时代感与真实感。虽然有些地方以叙述代替描写，读来略嫌粗疏。但在三十年代大量反映农村破产的小说中，《山雨》仍不愧为一部风格浑厚扎实的作品。

（赵　琛）

春　蚕

茅　盾

一

　　老通宝坐在"塘路"边的一块石头上，长旱烟管斜摆在他身边。"清明"节后的太阳已经很有力量，老通宝背脊上热烘烘的，像背着一盆火。"塘路"上拉纤的快班船上的绍兴人只穿了一件蓝布单衫，敞开了大襟，弯着身子拉，额角上黄豆大的汗粒落到地下。

　　看着人家那样辛苦的劳动，老通宝觉得身上更加热了；热的有点儿发痒。他还穿着那件过冬的破棉袄，他的夹袄还在当铺里，却不防才得"清明"边，天就那么热。

　　"真是天也变了！"

　　老通宝心里说，就吐一口浓厚的唾沫。在他面前那条"官河"内，水是绿油油的，来往的船也不多，镜子一样的水面这里那里起了几道皱纹或是小小的涡漩，那时候，倒影在水里的泥岸和岸边成排的桑树，都晃乱成灰暗的一片。可是不会很长久的。渐渐儿那些树影又在水面上显现，一弯一曲地蠕动，像是醉汉，再过一会儿，终于站定了，依然是很清晰的倒影。那拳头模样的桠枝顶都已经簇生着小手指儿那么大的嫩绿叶。这密密层层的桑树，沿着那"官河"一直望去，好像没有尽头。田里现在还只有干裂的泥块，这一带，现在是桑树的势力！在老通宝背后，也是大片的桑林，矮矮的，静穆的，在热烘烘的太阳光下，似乎那"桑拳"上的嫩绿叶过一秒钟就会大一些。

　　离老通宝坐处不远，一所灰白色的楼房蹲在"塘路"边，那是茧厂。十多天前驻扎过军队，现在那边田里留着几条短短的战壕。那时都说东洋兵要打进来，镇上有钱人都逃光了；现在兵队又开走了，那座茧厂依旧空关在那里，等候春茧上市的时候再热闹一番。老通宝也听得镇上小陈老爷的儿子——陈大少爷说过，今年上海不太平，丝厂都关门，恐怕这里的茧厂也不能开；但老通宝是不肯相信的。他活了六十岁，反乱年头也经过好几个，从没见过绿油油的桑叶白养在树上等到成了"枯叶"去喂羊吃；除非是"蚕花"不熟，但那是老天爷的"权柄"，谁又能够未卜先知？

"才得清明边，天就那么热！"

老通宝看着那些桑拳上怒茁的小绿叶儿，心里又这么想，同时有几分惊异，有几分快活。他记得自己还是二十多岁少壮的时候，有一年也是"清明"边就得穿夹，后来就是"蚕花二十四分"，自己也就在这一年成了家。那时，他家正在"发"；他的父亲像一头老牛似的，什么都懂得，什么都做得；便是他那创家立业的祖父，虽说在长毛窝里吃过苦头，却也愈老愈硬朗。那时候，老陈老爷去世不久，小陈老爷还没抽上鸦片烟，"陈老爷家"也不是现在那么不像样的。老通宝相信自己一家和"陈老爷家"虽则一边是高门大户，而一边不过是种田人，然而两家的命运好像是一条线儿牵着。不但"长毛造反"那时候，老通宝的祖父和陈老爷同被长毛掳去，同在长毛窝里混上了六七年，不但他们俩同时从长毛营盘里逃了出来，而且偷得了长毛的许多金元宝——人家到现在还是这么说；并且老陈老爷做丝生意"发"起来的时候，老通宝家养蚕也是年年都好，十年中间挣得了二十亩的稻田和十多亩的桑地，还有三开间两进的一座平屋。这时候，老通宝家在东村庄上被人人所妒羡，也正像"陈老爷家"在镇上是数一数二的大户人家。可是以后，两家都不行了；老通宝现在已经没有自己的田地，反欠出三百多块钱的债，"陈老爷家"也早已完结。人家都说"长毛鬼"在阴间告了一状，阎罗王追还"陈老爷家"的金元宝横财，所以败的这么快。这个，老通宝也有几分相信，不是鬼使神差，好端端的小陈老爷怎么会抽上了鸦片烟？

可是老通宝死也想不明白为什么"陈老爷家"的"败"会牵动到他家。他确实知道自己家并没得过长毛的横财。虽则听死了的老头子说，好像那老祖父逃出长毛营盘的时候，不巧撞着了一个巡路的小长毛，当时没法，只好杀了他，——这是一个"结"！然而从老通宝懂事以来，他们家替这小长毛鬼拜忏念佛烧纸锭，记不清有多少次了。这个小冤魂，理应早投凡胎。老通宝虽然不很记得祖父是怎样"做人"，但父亲的勤俭忠厚，他是亲眼看见的；他自己也是规矩人，他的儿子阿四，儿媳四大娘，都是勤俭的。就是小儿子阿多年纪青，有几分"不知苦辣"，可是毛头小伙子，大都这么着，算不得"败家相"！

　　老通宝抬起他那焦黄的皱脸，苦恼地望着他面前的那条河，河里的船，以及两岸的桑地。一切都和他二十多岁时差不了多少，然而"世界"到底变了。他自己家也要常常把杂粮当饭吃一天，而且又欠出了三百多块钱的债。

　　呜！呜，呜，呜，——

　　汽笛叫声突然从那边远远的河身的弯曲地方传了来。就在那边，蹲着又一个茧厂，远望去隐约可见那整齐的石"帮岸"。一条柴油引擎的小轮船很威严地从那茧厂后驶出来，拖着三条大船，迎面向老通宝来了。满河平静的水立刻激起泼刺刺的波浪，一齐向两旁的泥岸卷过来。一条乡下"赤膊船"赶快拢岸，船上人揪住了泥岸上的树根，船和人都好像在那里打秋千。轧轧轧的轮机声和洋油臭，飞散在这和平的绿的田野。老通宝满脸恨意，看着这小轮船来，看着它过去，直到又转一个弯，呜呜呜地又叫了几声，就看不见。老通宝向来仇恨小轮船这一类洋鬼子的东西！他从没见过洋鬼子，可是他从他的父亲嘴里知道老陈老爷见过洋鬼子：红眉毛，绿眼睛，走路时两条腿是直的。并且老陈老爷也是很恨洋鬼子，常常说"铜钿都被洋鬼子骗去了"。老通宝看见老陈老爷的时候，不过八九岁，——现在他所记得的关于老陈老爷的一切都是听来的，可是他想起了"铜钿都被洋鬼子骗去了"这句话，就仿佛看见了老陈老爷捋着胡子摇头的神气。

　　洋鬼子怎样就骗了钱去，老通宝不很明白。但他很相信老陈老爷的话一定不错。并且他自己也明明看到自从镇上有了洋纱，洋布，洋油，——这一类洋货，而且河里更有了小火轮船以后，他自己田里生出来的东西就一天一天不值钱，而镇上的东西却一天一天贵起来。他父亲留下来的一分家产就这么变小，变做没有，而且现在负了债。老通宝恨洋鬼子不是没有理由的！他这坚定的主张，在村坊上很有名。五年前，有人告诉他：朝代又改了，新朝代是要"打倒"洋鬼子的。老通宝不相信。为的他上镇去看见那新到的喊着"打倒洋鬼子"的年轻人们都穿了洋鬼子衣服。他想来这伙年轻人一定私通洋鬼子，却故意来骗乡下人。后来果然就不喊"打倒洋鬼子"了，而且镇上的东西更加一天一天贵起来，派到乡下人身上的捐税也更加多起来。老通宝深信这都是串通了洋鬼子干的。

　　然而更使老通宝去年几乎气成病的，是茧子也是洋种的卖得好价钱；洋种的茧子，一担要贵上十多块钱。素来和儿媳总还和睦的老通宝，在这件事上可就吵了架。儿媳四大娘去年就要养洋种的蚕。小儿子跟他嫂嫂是一路，那阿四虽然嘴里不多说，心里也是要洋种的。老通宝拗不过他们，末了只好让步。现在他家里有的五张蚕种，就是土种四张，洋种一张。

"世界真是越变越坏！过几年他们连桑叶都要洋种了！我活得厌了！"

老通宝看着那些桑树，心里说，拿起身边的长旱烟管恨恨地敲着脚边的泥块。太阳现在正当他头顶，他的影子落在泥地上，短短的像一段乌焦木头，还穿着破棉袄的他，觉得浑身躁热起来了。他解开了大襟上的钮扣，又抓着衣角搧了几下，站起来回家去。

那一片桑树背后就是稻田。现在大部分是匀整的半翻着的燥裂的泥块。偶尔也有种了杂粮的，那黄金一般的菜花散出强烈的香味。那边远远的一簇房屋，就是老通宝他们住了三代的村坊，现在那些屋上都袅起了白的炊烟。

老通宝从桑林里走出来，到田塍上，转身又望那一片爆着嫩绿的桑树。忽然那边田野跳跃着来了一个十来岁的男孩子，远远地就喊道：

"阿爹！妈等你吃中饭呢！"

"哦——"

老通宝知道是孙子小宝，随口应着，还是望着那一片桑林。才只得"清明"边，桑叶尖儿就抽得那么小指头儿似的，他一生就只见过两次。今年的蚕花，光景是好年成。三张蚕种，该可以采多少茧子呢？只要不像去年，他家的债也许可以拔还一些罢。

小宝已经跑到他阿爹的身边了，也仰着脸看那绿绒似的桑拳头；忽然他跳起来拍着手唱道：

"清明削口，看蚕娘娘拍手！"①

老通宝的皱脸上露出笑容来了。他觉得这是一个好兆头。他把手放在小宝的"和尚头"上摩着，他的被穷苦弄麻木了的老心里勃然又生出新的希望来了。

二

天气继续暖和，太阳光催开了那些桑拳头上的小手指儿模样的嫩叶，

---

① 这是老通宝所在那一带乡村里关于"蚕事"的一种歌谣式的成语。所谓"削口"，指桑叶抽发如指；"清明削口"谓清明边桑叶已抽放如许大也。"看"是方言，意同"饲"或"育"。全句谓清明边桑叶开绽则熟年可卜，故蚕妇拍手而喜。

现在都有小小的手掌那么大了。老通宝他们那村庄四周围的桑林似乎发长得更好，远望去像一片绿锦平铺在密密层层灰白色矮矮的篱笆上。"希望"在老通宝和一般农民们的心里一点一点一天一天强大。蚕事的动员令也在各方面发动了。藏在柴房里一年之久的养蚕用具都拿出来洗刷修补。那条穿村而过的小溪旁边，蠕动着村里的女人和孩子，工作着，嚷着，笑着。

这些女人和孩子们都不是十分健康的脸色，——从今年开春起，他们都只吃个半饱；他们身上穿的，也只是些破旧的衣服。实在他们的情形比叫花子好不了多少。然而他们的精神都很不差。他们有很大的忍耐力，又有很大的幻想。虽然他们都负了天天在增大的债，可是他们那简单的头脑老是这么想：只要蚕花熟，就好了！他们想像到一个月以后那些绿油油的桑叶就会变成雪白的茧子，于是又变成丁丁当当响的洋钱，他们虽然肚子里饿得咕咕地叫，却也忍不住要笑。

这些女人中间也就有老通宝的媳妇四大娘和那个十二岁的小宝。这娘儿两个已经洗好了那些"团匾"和"蚕箪"①，坐在小溪边的石头上撩起布衫角揩脸上的汗水。

"四阿嫂！你们今年也看（养）洋种么？"

小溪对岸的一群女人中间有一个二十岁左右的姑娘隔溪喊过来了。四大娘认得是隔溪的对门邻舍陆福庆的妹子六宝。四大娘立刻把她的浓眉毛一挺，好像正想找人吵架似的嚷了起来：

"不要来问我！阿爹做主呢！——小宝的阿爹死不肯，只看了一张洋种！老糊涂的听得带一个洋字就好像见了七世冤家！洋钱，也是洋，他倒又要了！"

小溪旁那些女人们听得笑起来了。这时候有一个壮健的小伙子正从对岸的陆家稻场上走过，跑到溪边，跨上了那横在溪面用四根木头并排做成的雏形的"桥"。四大娘一眼看见，就丢开了"洋种"问题，高声喊道：

"多多弟！来帮我搬东西罢！这些匾，浸湿了，就像死狗一样重！"

小伙子阿多也不开口，走过来拿起五六只"团匾"，湿漉漉地顶在头

①　老通宝乡里称那圆桌面那样大、极像一个盘的竹器为"团匾"；又一种略小而底部编成六角形网状的，称为"箪"，方言读如"踏"；蚕初收蚁时，在"箪"中养育，呼为"蚕箪"，那是糊了纸的；这种纸通称"糊箪纸"。

上，却空着一双手，划桨似的荡着，就走了。这个阿多高兴起来时，什么事都肯做，碰到同村的女人们叫他帮忙拿什么重家伙，或是下溪去捞什么，他都肯；可是今天他大概有点不高兴，所以只顶了五六只"团匾"去，却空着一双手。那些女人们看着他戴了那特别大箬帽似的一叠"匾"，袅着腰，学镇上女人的样子走着，又都笑起来了，老通宝家紧邻的李根生的老婆荷花一边笑，一边叫道：

"喂，多多头！回来！也替我带一点儿去！"

"叫我一声好听的，我就给你拿。"

阿多也笑着回答，仍然走。转眼间就到了他家的廊下，就把头上的"团匾"放在廊檐口。

"那么，叫你一声干儿子！"

荷花说着就大声地笑起来，她那出众的白净然而扁得作怪的脸上看去就好像只有一张大嘴和眯紧了好像两条线一般的细眼睛。她原是镇上人家的婢女，嫁给那不声不响整天苦着脸的半老头子李根生还不满半年，可是她的爱和男子们胡调已经在村中很有名。

"不要脸的！"

忽然对岸那群女人中间有人轻声骂了一句。荷花的那对细眼睛立刻睁大了，怒声嚷道：

"骂哪一个？有本事，当面骂，不要躲！"

"你管得我？棺材横头踢一脚，死人肚里自得知：我就骂那不要脸的骚货！"

隔溪立刻回骂过来了，这就是那六宝，又一位村里有名淘气的大姑娘。

于是对骂之下，两边又泼水。爱闹的女人也夹在中间帮这边帮那边。小孩子们笑着狂呼。四大娘是老成的，提起她的"蚕箪"，喊着小宝，自回家去。阿多站在廊下看着笑。他知道为什么六宝要跟荷花吵架；他看着那"辣货"六宝挨骂，倒觉得很高兴。

老通宝捐着一架"蚕台"① 从屋子里出来，这三棱形家伙的木梗子有几条给白蚂蚁蛀过了，怕的不牢，须得修补一下。看见阿多站在那里笑嘻嘻地望着外边的女人们吵架，老通宝的脸色就板起来了。他这"多多头"

_____

① "蚕台"是三棱式可以折起来的木架子，像三张梯连在一处的家伙；中分七八格，每格可放一团匾。

的小儿子不老成，他知道。尤其使他不高兴的，是多多也和紧邻的荷花说说笑笑。"那母狗是白虎星，惹上了她就得败家"，——老通宝时常这样警戒他的小儿子。

"阿多！空手看野景么？阿四在后边扎'缀头'①，你去帮他！"

老通宝像一匹疯狗似的咆哮着，火红的眼睛一直盯住了阿多的身体，直到阿多走进屋里去，看不见了，老通宝方才提过那"蚕台"来反复审察，慢慢地动手修补。木匠生活，老通宝早年是会的；但近来他老了，手指头没有劲，他修了一会儿，抬起头来喘气，又望望屋里挂在竹竿上的三张蚕种。

四大娘就在廊檐口糊"蚕箪"。去年他们为的想省几百文钱，是买了旧报纸来糊的。老通宝直到现在还说是因为用了报纸——不惜字纸，所以去年他们的蚕花不好。今年是特地全家少吃一餐饭，省下钱来买了"糊箪纸"来了。四大娘把那鹅黄色坚韧的纸儿糊得很平贴，然后又照品字式糊上三张小小的花纸——那是跟"糊箪纸"一块儿买来的，一张印的花色是"聚宝盆"，另两张都是手执尖角旗的人儿骑在马上，据说是"蚕花太子"。

"四大娘！你爸爸做中人借来三十块钱，就只买了二十担叶。后天米又吃完了，怎么办？"

老通宝气喘喘地从他的工作里抬起头来，望着四大娘。那三十块钱是二分半的月息。总算有四大娘的父亲张财发做中人，那债主也就是张财发的东家"做好事"，这才只要了二分半的月息。条件是蚕事完后本利归清。

四大娘把糊好了的"蚕箪"放在太阳底下晒，好像生气似的说：

"都买了叶！又像去年那样多下来——"

"什么话！你倒先来发利市了！年年像去年么？自家只有十来担叶；五张布子（蚕种），十来担叶够么？"

"噢，噢；你总是不错的！我只晓得有米烧饭，没米饿肚子！"

四大娘气哄哄地回答；为了那"洋种"问题，她到现在常要和老通宝抬杠。

老通宝气得脸都紫了。两个人就此再没有一句话。

---

① "缀头"也是方言，是稻草扎的，蚕在上面做茧子。

　　但是"收蚕"的时期一天一天逼进了。这二三十人家的小村落突然呈现了一种大紧张，大决心，大奋斗，同时又是大希望。人们似乎连肚子饿都忘记了。老通宝他们家东借一点，西赊一点，居然也一天一天过着来。也不仅老通宝他们，村里哪一家有两三斗米放在家里呀！去年秋收固然还好，可是地主，债主，正税，杂捐，一层一层地剥削来，早就完了。现在他们唯一的指望就是春蚕，一切临时借贷都是指明在这"春蚕收成"中偿还。

　　他们都怀着十分希望又十分恐惧的心情来准备这春蚕的大搏战！

　　"谷雨"节一天近一天了。村里二三十人家的"布子"都隐隐现出绿色来。女人们在稻场上碰见时，都匆忙地带着焦灼而快乐的口气互相告诉道：

　　"六宝家快要'窝种'① 了呀！"

　　"荷花说她家明天就要'窝'了。有这么快！"

　　"黄道士去测一字，今年的青叶要贵到四洋！"

　　四大娘看自家的五张"布子"。不对！那黑芝麻似的一片细点子还是黑沉沉，不见绿影。她的丈夫阿四拿到亮处去细看，也找不出几点"绿"来。四大娘很着急。

　　"你就先'窝'起来罢！这余杭种，作兴是慢一点的。"

　　阿四看着他老婆，勉强自家宽慰。四大娘堵起了嘴巴不回答。

　　老通宝哭丧着干皱的老脸，没说什么，心里却觉得不妙。

　　幸而再过了一天，四大娘再细心看那"布子"时，哈，有几处转成绿色了！而且绿的很有光彩。四大娘立刻告诉了丈夫，告诉了老通宝，多多头，也告诉了她的儿子小宝。她就把那些布子贴肉揾在胸前，抱着吃奶的婴孩似的静静儿坐着，动也不敢多动了。夜间，她抱着那五张"布子"到被窝里，把阿四赶去和多多头做一床。那"布子"上密密麻麻的蚕子儿贴着肉，怪痒痒的；四大娘很快活，又有点儿害怕，她第一次怀孕时胎儿在肚子里动，她也是那样半惊半喜的！

　　全家都是惴惴不安地又很兴奋地等候"收蚕"。只有多多头例外。他说：今年蚕花一定好，可是想发财却是命里不曾来。老通宝骂他多嘴，他还是要说。

---

　　① "窝种"也是老通宝乡里的习惯；蚕种转成绿色后就得把来贴肉揾着，约三四天后，蚕蚁孵出，就可以"收蚕"。这工作是女人做的。"窝"是方言，意即"揾"也。

　　蚕房早已收拾好了。"窝种"的第二天，老通宝拿一个大蒜头涂上一些泥，放在蚕房的墙脚边；也是年年的惯例，但今番老通宝更加虔诚，手也抖了。去年他们"卜"①的非常灵验。可是去年那"灵验"，现在老通宝想也不敢想。

　　现在这村里家家都在"窝种"了。稻场上和小溪边顿时少了那些女人们的踪迹。一个"戒严令"也在无形中颁布了：乡农们即使平日是最好的，也不往来；人客来冲了蚕神不是玩的！他们至多在稻场上低声交谈一二句就走开。这是个"神圣"的季节。

　　老通宝家的五张布子上也有些"乌娘"②蠕蠕地动了。于是全家的空气，突然紧张。那正是"谷雨"前一日。四大娘料来可以挨过了"谷雨"节那一天③。布子不需再"窝"了，很小心地放在"蚕房"里。老通宝偷眼看一下那个躺在墙脚边的大蒜头，他心里就一跳。那大蒜头上还只有一两茎绿芽！老通宝不敢再看，心里祷祝后天正午会有更多更多的绿芽。

　　终于"收蚕"的日子到了。四大娘心神不定地淘米做饭，时时看饭锅上的热气有没有直冲上来。老通宝拿出预先买了来的香烛点起来，恭恭敬敬放在灶君神位前。阿四和阿多去到田里采野花。小宝帮着把灯芯草剪成细末子，又把采来的野花揉碎。一切都准备齐了时，太阳也近午刻了，饭锅上水蒸气嘟嘟地直冲，四大娘立刻跳了起来，把"蚕花"④和一对鹅毛插在发髻上，就到"蚕房"里。老通宝拿着秤杆，阿四拿了那揉碎的野花片儿和灯芯草碎末。四大娘揭开"布子"，就从阿四手里拿过那野花碎片和灯芯草末子撒在"布子"上，又接过老通宝手里的秤杆来，将"布子"挽在秤杆上，于是拔下发髻上的鹅毛丢在"布子"上轻轻儿拂；野花片，灯芯草末子，连同"乌娘"，都拂在那"蚕箪"里了。一张，两张，……都拂过了；最后一张是洋种，那就收在另一个"蚕箪"里。末了，四大娘又拔下发髻上那朵"蚕花"，跟鹅毛一块插在"蚕箪"的边儿上。

　　这是一个隆重的仪式！千百年相传的仪式！那好比是誓师典礼，以后

---

　　①　用大蒜头来"卜"蚕花好否，是老通宝乡里的迷信。收蚕前两三天，以大蒜涂泥置蚕房中，至收蚕那天拿来看，蒜叶多主蚕熟，少则不熟。

　　②　老通宝乡间称初生的蚕蚁为"乌娘"；这也是方言。

　　③　老通宝乡里的习惯，"收蚕"——即收蚁，须得避过"谷雨"那一天，或上或下都可以，但不能正在"谷雨"那一天。什么理由，可不知道。

　　④　"蚕花"是一种纸花，预先买下来的。这些迷信的仪式，各处小有不同。

就要开始了一个月光景的和恶劣的天气和恶运以及和不知什么的连日连夜无休息的大决战！

"乌娘"在"蚕箪"里蠕动，样子非常强健；那黑色也是很正路的。四大娘和老通宝他们都放心地松一口气了。但当老通宝悄悄地把那个"命运"的大蒜头拿起来看时，他的脸色立刻变了！大蒜头上还只得三四茎嫩芽！天哪！难道又同去年一样？

三

然而那"命运"的大蒜头这次竟不灵验。老通宝家的蚕非常好！虽然头眠二眠的时候连天阴雨，气候是比"清明"边似乎还要冷一点，可是那些"宝宝"都很强健。

村里别人家的"宝宝"也都不差。紧张的快乐弥漫了全村庄，似那小溪里淙淙的流水也像是朗朗的笑声了。只有荷花家是例外。她们家看了一张"布子"，可是"出火"① 只称得二十斤；"大眠"快边人们还看见那不声不响晦气色的丈夫根生倾弃了三"蚕箪"在那小溪里。

这一件事，使得全村的妇人对于荷花家特别"戒严"。她们特地避路，不从荷花的门前走，远远地看见了荷花或是她那不声不响丈夫的影儿就赶快躲开；这些幸运的人儿惟恐看了荷花他们一眼或是交谈半句话就传染了晦气来！

老通宝严禁他的小儿子多多头跟荷花说话。——"你再跟那东西多嘴，我就告你忤逆！"老通宝站在廊檐外高声大气喊，故意要叫荷花他们听得。

小小宝也受到严厉的嘱咐，不许跑到荷花家的门前，不许和他们说话。

阿多像一个聋子似的不理睬老头子那早早夜夜的唠叨，他心里却在暗笑。全家就只有他不大相信那些鬼禁忌。可是他也没有跟荷花说话，他忙都忙不过来。

"大眠"捉了毛三百斤，老通宝全家连十二岁的小宝也在内，都是两日两夜没有合眼。蚕是少见的好，活了六十岁的老通宝记得只有两次是同

———————————

① "出火"也是方言，是指"二眠"以后的"三眠"；因为"眠"时特别短，所以叫"出火"。

样的，一次就是他成家的那年，又一次是阿四出世那一年。"大眠"以后的"宝宝"第一天就吃了七担叶，个个是生青滚壮，然而老通宝全家都瘦了一圈，失眠的眼睛上布满了红丝。

谁也料得到这些"宝宝"上山前还得吃多少叶，老通宝和儿子阿四商量了：

"陈大少爷借不出，还是再求财发的东家吧？"

"地头上还有十担叶，够一天。"

阿四回答，他委实是支撑不住了，他的一双眼皮像有几百斤重，只想合下来。老通宝却不耐烦了，怒声喝道：

"说什么梦话！刚吃了两天老蚕呢。明天不算，还得吃三天，还要三十担叶，三十担！"

这时外边稻场上忽然人声喧闹，阿多押了新发来的五担叶来了。于是老通宝和阿四的谈话打断，都出去"捋叶"。四大娘也慌忙从蚕房里钻出来。隔溪陆家养的蚕不多，那大姑娘六宝抽得出工夫，也来帮忙了。那时星光满天，微微有点风，村前村后都断断续续传来了吆喝的欢笑，中间有一个粗暴的声音嚷道：

"叶行情飞涨了！今天下午镇上开到四洋一担！"

老通宝偏偏听得了，心里急得什么似的。四块钱一担，三十担可要一百二十块呢，他哪来这许多钱！但是想到茧子总可以采五百多斤，就算五十块钱一百斤，也有这么二百五，他又心一宽。那边"捋叶"的人堆里忽然又有一个小小的声音说：

"听说东路不大好，看来叶价钱涨不到多少的！"

老通宝认得这声音是陆家的六宝。这使他心里又一宽。

那六宝是和阿多同站在一个筐子边"捋叶"。在半明半暗的星光下，她和阿多靠得很近。忽然她觉得在那"杠条"① 的隐蔽下，有一只手在她大腿上拧了一把。好像知道是谁拧的，她忍住了不笑，也不声张。蓦地那手又在她胸前摸了一把，六宝直跳起来，出惊地喊了一声：

"嗳哟！"

"什么事？"

同在那筐子边捋叶的四大娘问了，抬起头来。六宝觉得自己脸上热烘

---

① "杠条"也是方言，指那些带叶的桑树枝条。通常采叶是连枝条剪下来的。

烘了，她偷偷地瞪了阿多一眼，就赶快低下头，很快地捋叶，一面回答：

"没有什么，想来是毛毛虫刺了我一下。"

阿多咬住了嘴唇暗笑。虽然在这半个月来也是半饱而且少睡，也瘦了许多了，他的精神可还是很饱满。老通宝那种忧愁，他是永远没有的。他永不相信靠一次蚕花好或是田里熟，他们就可以还清了债再有自己的田；他知道单靠勤俭工作，即使做到背脊骨折断也是不能翻身的。但是他仍旧很高兴地工作着，他觉得这也是一种快活，正像和六宝调情一样。

第二天早上，老通宝就到镇里去想法借钱来买叶。临走前，他和四大娘商量好，决定把他家那块出产十五担叶的桑地去抵押。这是他家最后的产业。

叶又买来了三十担。第一批的十担发来时，那些壮健的"宝宝"已经饿了半点钟了。"宝宝"们尖出了小嘴巴，向左向右乱晃，四大娘看得心酸。叶铺了上去，立刻蚕房里充满着萨萨萨的响声，人们说话也不大听得清。不多一会儿，那些"团匾"里立刻又全见白了，于是又铺上厚厚的一层叶。人们单是"上叶"也就忙得透不过气来。但这是最后五分钟了。再得两天，"宝宝"可以上山。人们把剩余的精力榨出来拼死命干。

阿多虽然接连三日三夜没有睡，却还不见怎么倦。那一夜，就由他一个人在"蚕房"里守那上半夜，好让老通宝以及阿四夫妇都去歇一歇。那是个好月夜，稍稍有点冷。蚕房里熬了一个小小的火。阿多守以二更过，上了第二次的叶，就蹲在那个"火"旁边听那些"宝宝"萨萨萨地吃叶。渐渐儿他的眼皮合上了。恍惚听得有门响，阿多的眼皮一跳，睁开眼来看了看，就又合上了。他耳朵里还听得萨萨萨的声音和屑索屑索的怪声。猛然一个跟跄，他的头在自己膝头上磕了一下，他惊醒过来，恰就听得蚕房的芦帘拍叉一声响，似乎还看见有人影一闪。阿多立刻跳起来，到外面一看，门是开着，月光下稻场上有一个人正走向溪边去。阿多飞也似跳出去，还没看清那人是谁，已经把那人抓过来摔在地下。他断定了这是一个贼。

"多多头！打死我也不怨你，只求你不要说出来！"

是荷花的声音，阿多听真了时不禁浑身的汗毛都竖了起来。月光下他又看见那扁得作怪的白脸儿上一对细圆的眼睛定定地看住了他。可是恐怖的意思那眼睛里也没有。阿多哼了一声，就问道：

"你偷什么？"

"我偷你们的宝宝！"

"放到哪里去了？"

"我扔到溪里去了！"

阿多现在也变了脸色。他这才知道这女人的恶意是要冲克他家的"宝宝"。

"你真心毒呀！我们家和你们可没有冤仇！"

"没有么？有的，有的！我家自管蚕花不好，可并没害了谁，你们都是好的！你们怎么把我当作白老虎，远远地望见我就别转了脸？你们不把我当人看待！"

那妇人说着就爬了起来，脸上的神气比什么都可怕。阿多瞅着那妇人好半晌，这才说道：

"我不打你，走你的吧！"

阿多头也不回地跑回家去，仍在"蚕房"里守着。他完全没有睡意了。他看那些"宝宝"，都是好好的。他并没想到荷花可恨或可怜，然而他不能忘记荷花那一番话；他觉到人和人中间有什么地方是永远弄不对的，可是他不能明白想出来是什么地方，或是为什么。再过一会儿，他就什么都忘记了。"宝宝"是强健的，像有魔法似的吃了又吃，永远不会饱！

以后直到东方快打白了时，没有发生事故。老通宝和四大娘来替换阿多了，他们拿那些渐渐身体发白而变短了的"宝宝"在亮处照着，看是"有没有通"。他们的心被快活胀大了。但是太阳出山时四大娘到溪边汲水，却看见六宝满脸严重地跑过来悄悄地问道：

"昨夜二更过，三更不到，我远远地看见那骚货从你们家跑出来，阿多跟在后面，他们站在这里说了半天话呢！四阿嫂！你们怎么不管事呀？"

四大娘的脸色立刻变了，一句话也没说，提了水桶就回家去，先对丈夫说了，再对老通宝说。这东西竟偷进人家"蚕房"来了，那还了得！老通宝气得直跺脚，马上叫了阿多来查问。但是阿多不承认，说六宝是做梦见鬼。老通宝又去找六宝询问。六宝是一口咬定了看见的。老通宝没有主意，回家去看那"宝宝"，仍然是很健康，瞧不出一些败相来。

但是老通宝他们满心的欢喜却被这件事打消了。他们相信六宝的话不会毫无根据。他们唯一的希望是那骚货或者只在廊檐口和阿多鬼混了一阵。

　　"可是那大蒜头上的苗却当真只有三四茎呀!"

　　老通宝自心里这么想,觉得前途只是阴暗。可不是,吃了许多叶去,一直落来都很好,然而上了山却干僵了的事,也是常有的。不过老通宝无论如何不敢想到这上头去;他以为即使是肚子里想,也是不吉利。

四

　　"宝宝"都上山了,老通宝他们还是捏着一把汗。他们钱都花光了,精力也绞尽了,可是有没有报酬呢,到此时还没有把握。虽则如此,他们还是硬着头皮去干。"山棚"下蒸了火,老通宝和阿四他们伛着腰慢慢地从这边蹲到那边,又从那边蹲到这边。他们听得山棚上有些屑屑索索的细声音①,他们就忍不住想笑,过一会儿又不听得了,他们的心就重甸甸地往下沉了。这样地,心是焦灼着,却不敢向山棚上望。偶或他们仰着的脸上淋到了一滴蚕尿了②,虽然觉得有点难过,他们心里却快活;他们巴不得多淋一些。

　　阿多早已偷偷地挑开"山棚"外围着的芦帘望过几次了。小小宝看见,就扭住了阿多,问"宝宝"有没有做茧子。阿多伸出舌头做一个鬼脸,不回答。

　　"上山"后三天,息火了。四大娘再也忍不住,也偷偷地挑开芦帘角看了一眼,她的心立刻卜卜地跳了。那是一片雪白,几乎连"缀头"都瞧不见;那是四大娘有生以来从没有见过的"好蚕花"呀!老通宝全家立刻充满了欢笑。现在他们一颗心定下来了!"宝宝"们有良心,四洋一担的叶不是白吃的;他们全家一个月的忍饿失眠总算不冤枉,天老爷有眼睛!

　　同样的欢笑声在村里到处都起来了。今年蚕花娘娘保佑这小小的村子。二三十人家都可以采到七八分,老通宝家更是比众不同,估量来总可以采一个十二三分。

　　小溪边和稻场上现在又充满了女人和孩子们。这些人都比一个月前瘦

---

　　①　蚕在山棚上受到热,就往"缀头"上爬,所以有屑索屑索的声音。这是蚕要做茧的第一步手续。爬不上去的,不是健康的蚕,多半不能作茧。

　　②　据说蚕在作茧以前必撒一泡尿,而这尿是黄色的。

了许多，眼眶陷进了，嗓子也发沙，然而都很快活兴奋。她们嘈嘈地谈论那一个月内的"奋斗"时，她们的眼前便时时现出一堆堆雪白的洋钱，她们那快乐的心里便时时闪过这样的盘算：夹衣和夏衣都在当铺里，这可先得赎出来；过端阳节也许可以吃一条黄鱼。

那晚上荷花和阿多的把戏也是她们谈话的资料。六宝见了人就宣传荷花的"不要脸，送上门去！"男人们听了就粗暴的笑着，女人们念一声佛，骂一句，又说老通宝家总算幸气，没有犯克，那是菩萨保佑，祖宗有灵！

接着是家家都"浪山头"了，各家的至亲好友都来"望山头"①。老通宝的亲家张财发带了小儿子阿九特地从镇上来到村里。他们带来的礼物，是软糕，线粉，梅子，枇杷，也有咸鱼。小小宝快活得好像雪天的小狗。

"通宝，你是卖茧子呢，还是自家做丝？"

张老头子拉老通宝到小溪边一棵杨柳树下坐了，这么悄悄的问。这张老头子张财发是出名"会寻快活"的人，他从镇上城隍庙前露天的"说书场"听来了一肚子的疙瘩东西；尤其烂熟的，是"十八路反王，七十二处烟尘"，程咬金卖柴扒，贩私盐出身，瓦岗寨做反王的《隋唐演义》。他向来说话"没正经"，老通宝是知道的；所以现在听得问是卖茧子或者自家做丝，老通宝并没把这话看重，只随口回答道：

"自然卖茧子。"

张老头子却拍着大腿叹一口气。忽然他站了起来，用手指着村外那一片秃头桑林后面耸露出来的茧厂的风火墙说道：

"通宝！茧子是采了，那些茧厂的大门还关得紧洞洞呢！今年茧厂不开秤！——十八路反王早已下凡，李世民还没出世；世界不太平！今年茧厂关门，不做生意！"

老通宝忍不住笑了，他不肯相信。他怎么能够相信呢？难道那"五步一岗"似的比露天毛坑还要多的茧厂会一齐都关了门不做生意？况且听说和东洋人也已"讲拢"，不打仗了，茧厂里驻的兵早已开走。

张老头子也换了话，东拉西扯讲镇里的"新闻"，夹着许多"说书场"上听来的什么秦叔宝，程咬金。最后，他代他的东家催那三十块钱

①　"浪山头"在息火后一日举行，那时蚕已成茧，山棚四周的芦帘撤去。"浪"是"亮出来"的意思。"望山头"是来探望"山头"，有慰问祝颂的意思。"望山头"的礼物也有定规。

的债，为的他是"中人"。

　　然而老通宝到底有点不放心。他赶快跑出村去，看看"塘路"上最近的两个茧厂，果然大门紧闭，不见半个人；照往年说，此时应该早已摆开了柜台，挂起了一排乌亮亮的大秤。

　　老通宝心里也着慌了，但是回家去看见了那些雪白发光很厚实硬古古的茧子，他又忍不住嘻开了嘴。上好的茧子！会没有人要，他不相信。并且他还要忙着采茧，还要谢"蚕花利市"①，他渐渐不把茧厂的事放在心上了。

　　可是村里的空气一天一天不同了。才得笑了几声的人们现在又都是满脸的愁云。各处茧厂都没开门的消息陆续从镇上传来，从"塘路"上传来。往年这时候，"收茧人"像走马灯似的在村里巡回，今年没见半个"收茧人"，却换替着来了债主和催粮的差役。请债主们就收了茧子罢，债主们板起面孔不理。

　　全村子都是嚷骂，诅咒，和失望的叹息！人们做梦也不会想到今年"蚕花"好了，他们的日子却比往年更加困难。这在他们是一个青天的霹雳！并且愈是像老通宝他们家似的，蚕愈养得多，愈好，就愈加困难，——"真正世界变了！"老通宝捶胸踉脚的没有办法。然而茧子是不能搁久了的，总得赶快想法：不是卖出去，就是自家做丝。村里有几家已经把多年不用的丝车拿出来修理，打算自家把茧做成了丝再说。六宝家也打算这么办。老通宝便也和儿子媳妇商量道：

　　"不卖茧子了，自家做丝！什么卖茧子，本来是洋鬼子行出来的！"

　　"我们有四百多斤茧子呢，你打算摆几部丝车呀！"

　　四大娘首先反对了。她这话是不错的。五百斤的茧子可不算少，自家做丝万万干不了。请帮手么？那又得花钱。阿四是和他老婆一条心。阿多抱怨老头子打错了主意，他说：

　　"早依了我的话，扣住自己的十五担叶，只看一张洋种，多么好！"

　　老通宝气得说不出话来。

　　终于一线希望忽又来了。同村的黄道士不知从哪里得的消息，说是无锡脚下的茧厂还是照常收茧。黄道士也是一样的种田人，并非吃十方的"道士"，向来和老通宝最说得来。于是老通宝去找那黄道士详细问过了

---

　　①　老通宝乡里的风俗，"大眠"以后得拜一次"利市"，采茧以后，又是一次。经济窘的人家只举行"谢蚕花利市"，"拜利市"也是方言，意即"谢神"。

以后，便又和儿子阿四商量把茧子弄到无锡脚下去卖。老通宝虎起了脸，像吵架似的嚷道：

"水路去有三十多九①呢！来回得六天！他妈的！简直是充军！可是你有别的办法么？茧子当不得饭吃，蚕前的债又逼紧来！"

阿四也同意了。他们去借了一条赤膊船，买了几张芦席，赶那几天正是好晴，又带了阿多。他们这卖茧子的"远征军"就此出发。

五天以后，他们果然回来了；但不是空船，船里还有一筐茧子没有卖出。原来那三十多九水路远的茧厂挑剔得非常苛刻：洋种茧一担只值三十五元，土种茧一担二十元，薄茧不要。老通宝他们的茧子虽然是上好的货色，却也被茧厂里挑剩了那么一筐，不肯收买。老通宝他们实卖得一百十一块钱，除去路上盘川，就剩了整整的一百元，不够偿还买青叶所借的债！老通宝路上气得生病了，两个儿子扶他到家。

打回来的八九十斤茧子，四大娘只好自家做丝了。她到六宝家借了丝车，又忙了五六天。家里米又吃完了。叫阿四拿那丝上镇里去卖，没有人要；上当铺当铺也不收。说了多少好话，总算把清明前当在那里的一石米换了出来。

就是这么着，因为春蚕熟，老通宝一村的人都增加了债！老通宝家为的养了五张布子的蚕，又采了十多分的好茧子，就此白赔上十五担叶的桑地和三十块钱的债！一个月光景的忍饥熬夜还不算！

1932 年 11 月 1 日

[提示]

茅盾，原名沈德鸿，字雁冰，浙江桐乡人。中国现代著名作家、文学评论家，五四新文化运动先驱者之一，我国革命文艺奠基人之一。代表作有长篇小说《子夜》、《霜叶红似二月花》，短篇小说《林家铺子》、"农村三部曲"（《春蚕》、《秋收》、《残冬》），散文《白杨礼赞》等。

《春蚕》是茅盾反映农村生活的优秀短篇小说，作品以江南水乡为背景，以养蚕为主线，描写蚕农老通宝一家紧张、艰辛的劳作，赢得了春蚕的空前丰收，却反而负债、卖地，落得个"白赔上十五担叶的桑地和三十块钱的债"的结局。小说反映了 30 年代初期农村经济凋敝、农民丰收

---

① 老通宝乡间计算路程都以"九"计；"一九"就是九里。"十九"是九十里，"三十多九"就是三十多个"九里"。

成灾的残酷社会现实，深刻揭露了丰收成灾的根源是帝国主义的侵略和国民党的统治。作品不但有真实的现实描写，也通过老通宝对自己过去的回忆，从一个老农民的视角展示了中国近代农村的衰败史。老通宝是小说的重要人物，他忠厚倔强，相信勤劳就有生路，因此卖尽力气，把全部精力投入到养蚕事业中去。然而老通宝身上又有落后保守的一面，他相信命运和鬼神，虔诚地遵守养蚕的一切禁忌，这使他跟不上时代的变化，终于成为悲剧性的人物。作者通过他的悲剧命运，说明了单靠劳动要想摆脱穷困生活在旧社会是绝对不可能的。

《春蚕》艺术构思的重点放在为夺取春蚕丰收而进行的蚕事活动上，丰收成灾的结局则写的简劲利落。文章结构严谨，富于变化，具有发人深思的艺术效果。作品以典型的细节，细致的心理描写，成功地塑造了老通宝形象，显示了30年代中国老一辈农民的灵魂。此外，作品中充满泥土气息的蚕农生活，蚕农们风趣盎然的劳动情致以及秀丽恬静的水乡风光等，都表现出浓郁的乡土地方色彩，使这篇作品在茅盾小说中独具一格。

（赵　琛）

家（存目）

巴　金

[提示]

巴金（1904—2005），原名李尧棠，字芾甘，四川成都人，祖籍浙江嘉兴。现代文学家、出版家、翻译家，是 20 世纪中国杰出的文学大师。代表作有爱情三部曲《雾》、《雨》、《电》，激流三部曲《家》、《春》、《秋》，中篇小说《憩园》、《第四病室》，长篇小说《寒夜》等。此外还有散文集《海行集记》，随笔集《随想录》等。

在我国现代文学史上，巴金是一位有热情、有进步思想、有独特艺术风格的文学巨匠之一。巴金作品多以抒情笔调，描写新知识青年对旧制度、旧文化的强烈憎恨和大胆抗争，充满激情，语言清新流畅。《家》是巴金 30 年代创作的"激流三部曲"中的第一部，写于 1931 年，小说写的是四川成都一个封建官僚地主家庭中，高老太爷统治下觉新、觉民、觉慧兄弟三人不同的思想性格和生活道路。通过这些故事，作家批判的锋芒不仅指向旧礼教，更指向作为封建统治核心的专制主义，其所描述的恋爱婚姻悲剧的真正意义，也不只是主张自由恋爱，而是唤醒青年"人"的意识，启迪与号召他们与封建家庭决裂。

故事中的主人公觉新是一个新旧参半的人物，他接受了封建主义的正统思想，但也对封建家庭的腐败不满，性格上具有较突出的两重性。由于他承受着太重的旧文化的因袭重担，在封建意识的压迫和自我思想矛盾的痛苦中，无力自拔。他的悲剧命运说明，在反封建斗争中，妥协、调和、屈从是绝无出路的，从而宣告了作揖主义、不抵抗主义的彻底破产。而觉慧，是一个大胆而幼稚的叛逆者的形象，他是被"五四"新思潮唤醒的新生的民主主义力量的代表。尽管觉慧身上有着明显的幼稚，但他却真实地反映出了"五四"时期我国觉醒了的一代青年人。作者通过觉慧写出了革命潮流在青年中的激荡，写出了包含在旧家庭内部的新力量的成长。作品中的高老太爷，是封建家长制和封建礼教的代表。作为这个封建大家庭至高无上的统治者，作品突出表现了他专横、冷酷的性格特征。此外，《家》还重点描写了几个有着不幸遭遇的女子形象——梅、鸣凤和瑞珏。这三个女子虽然性格不同——梅悒郁，瑞珏贤惠，鸣凤善良却柔中有刚；她们的社会地位也不同，但她们的悲剧结局却是相同的。作品通过对这几位女子悲剧遭际的描写，进一步控诉了封建礼教以及封建道德对弱小、无辜、善良的人们的迫害，强化了全书主旨。

作品运用了典型化的人物塑造方法，写出了人物性格的复杂性与多层次性，如高觉新复杂的人物性格。并且侧重于人物的心理描写，例如作品对于鸣凤初恋心态的描写就很好地呈现了这个初恋的女孩子对于异性之爱的既惊又喜，以及青春期的萌动和羞涩。此外，作品平易、平白的文字中洋溢着浓郁的情感。作者无论是写人，或是叙事，甚至剖析人物心理，都是带着浓郁的感情色彩，这就使读者在领略人物命运时，一同体味到了作者的喜怒哀乐，使作品具有了格外感人的情感力量。

（赵　琛）

寒夜（存目）

巴　金

[提示]

　　巴金（1904—2005），原名李尧棠，字芾甘，四川成都人，祖籍浙江嘉兴。现代文学家、出版家、翻译家，是20世纪中国杰出的文学大师。代表作有爱情三部曲《雾》、《雨》、《电》，激流三部曲《家》、《春》、《秋》，中篇小说《憩园》、《第四病室》，长篇小说《寒夜》等。此外还有散文集《海行集记》，随笔集《随想录》等。

　　《寒夜》最初动笔于1944年秋冬之际的重庆，1946年底在上海完成。巴金在《寒夜》里描写了小公务员汪文宣的生活。它的最大成就在于详尽细腻地描写一个人的屈辱心理，深刻地表现了一个被侮辱被损害的病态灵魂，并以异常冷峻的笔调剖析这个家庭最终"覆灭"的社会原因。作家在小说中成功地塑造了汪文宣、曾树生、汪母这三个人物形象，深刻地写出了抗战时期勤恳、忠厚、善良的小知识分子的命运。

　　作品中的汪文宣是一个被不合理的社会所压垮的知识分子，他善良、胆小、懦弱，是一个多余的人的形象。作家描绘了汪文宣矛盾的感情生活，从另一角度刻画了他优柔寡断的性格。他没有力量去调解不和睦的婆媳关系，他爱她们，他没有勇气抛弃任何一方，最后只有在两种爱的漩涡中一直挣扎到死。曾树生是一个受新思潮影响的女性，既是一个受过高等教育的新式女性，又是一个爱家爱先生爱孩子的传统女人，然而，却无法与母亲和睦相处，最终只能是选择逃离。她年轻美丽、思想开放、富有活力，内心孤独苦闷，代表着意识与潜意识的矛盾与冲突。汪文宣和曾树生虽是不同类型的知识分子，但他们都无法摆脱社会为他们安排的悲剧命运。作家正是通过二人的悲剧，揭示了小资产阶级知识分子本身固有的弱点，更是鞭挞了黑暗的社会对人性的摧残，客观上也表明了知识分子只有将自己的命运同国家民族紧紧联在一起，才会找到正确的出路。

　　相对于巴金的《家》等前期作品，《寒夜》不是一个慷慨激昂之作，小说的文字反而显得异常的朴素、简洁、干净。作品通过小人物的平凡生活琐事揭示重大主题，从而表现出作家非凡的艺术功力。小说的精致构思在于整个小说紧扣"寒夜"的命题，开始是汪文宣在寒夜中寻找树生，结尾是树生在寒夜中回到旧居。其中人物的活动，情节的展开也大都在寒夜，首尾贯串，意境悲凉，以点染烘托的手法，使平淡的故事波澜起伏，引人入胜，富有魅力。结局加深了读者的悬念，强化了作品的悲剧气氛，从而取得了更大的艺术效果。此外，作品将笔墨重点放在了人物的心理描写和对话上。作者以全知叙事的视角将人物的内心世界展示给读者。在读者面前，小说中的人物便以内心和外在的两重感体现出来，人物性格具有相当强的立体感；同时，这样的语言表达方式也更适合曾树生等人知识分子的身份，人物相应地被赋予了自主性和知性的魅力，这便是"复调"创作手法带来的优点。

（赵　琛）

骆驼祥子（存目）

老　舍

[提示]

老舍（1899—1966），原名舒庆春，字舍予，北京满族正红旗人，主要作品有长篇小说《老张的哲学》、《四世同堂》、《正红旗下》、《骆驼祥子》、《离婚》、《牛天赐传》、《二马》等，短篇小说《月牙儿》、《阳光》等，剧本《茶馆》、《龙须沟》等。

老舍文学创作历时40年，作品多以城市人民生活为题材，人物性格鲜明，情节严谨有序，风格轻松诙谐，语言带有浓郁的北京地方色彩。《骆驼祥子》是老舍的现实主义代表作品之一，最初于1936年发表在杂志《宇宙风》上，主要描写底层劳动者的悲惨命运，是中国现代文学史上最优秀的长篇小说之一。

作品讲述了民国时期北平人力车夫"祥子"的心酸故事。祥子来自于农村，老实，吃苦，一人来到城市打拼，渴望通过自己的努力和奋斗来拥有新的生活，然而他的生活却经历了巨大的波折。他选择了拉洋车的职业，并且希望拥有自己的一辆洋车。经过了三年奋斗买了辆新车，但不到半年，连人带车被宪兵抓去当壮丁竟被人抢去。千辛万苦逃了出来，回到了"仁和厂子"继续拉车。后来娶了虎妞，用虎妞的积蓄买了车子，可是虎妞难产死了，他只能把车子卖了来安葬虎妞。他所喜欢的小福子自杀，消灭了他心中最后的希望，他丧失了对生活的信心而走上自甘堕落的道路。

祥子的悲剧主要体现为社会批判与人性批判。显而易见祥子的悲剧是由他所置身的社会环境造成的。祥子在一次又一次的痛苦中挣扎最终被黑暗的社会所吞没。作者控诉了旧社会的无情和黑暗，揭露了旧社会对淳朴善良的劳动者所进行的剥削和压迫，表达了作者对生活在社会底层的劳动人民的深切同情，同时也揭示了在黑暗的旧社会里个人奋斗无法改变命运的主题。作品刻画了祥子、虎妞、刘四爷、小福子、二强子等众多人物形象。祥子起初憨厚老实，坚韧好强，最终却变得麻木狡猾好占便宜自甘堕落。虎妞一方面有着追求幸福生活的愿望，对祥子有真诚的一面，另一方面又以剥削者的态度意图控制祥子，支配祥子。作品包含着对城市文明病与人性关系的思考。金钱社会如同猛兽一般吞噬着善良的人性，通过揭示文明失范下善良的人性如何一步步走向极端和污浊的过程来引发读者对人性善恶变化的重新估量与深思。

老舍根据自己当时生活环境的所见所闻真实地描写一个人力车夫悲惨的生活，语言既保留民间口语的通俗易懂，又具有艺术语言的简洁生动，容易使读者具有切身处地的感受，从而引发情感上的共鸣和人性价值的思考。这种雅俗共赏的语言写市民社会各色人物具有生活感和真实感。

（陈广军）

断 魂 枪

老 舍

"生命是闹着玩，事事显出如此；从前我这么想过，现在我懂得了。"沙子龙的镖局已改成客栈。

东方的大梦没法子不醒了。炮声压下去马来与印度野林中的虎啸。半醒的人们，揉着眼，祷告着祖先与神灵；不大会儿，失去了国土、自由与主权。门外立着不同面色的人，枪口还热着。他们的长矛毒弩，花蛇斑彩的厚盾，都有什么用呢；连祖先与祖先所信的神明全不灵了啊！龙旗的中国也不再神秘，有了火车呀，穿坟过墓破坏着风水。枣红色多穗的镖旗，绿鲨皮鞘的钢刀，响着串铃的口马，江湖上的智慧与黑话，义气与声名，连沙子龙，他的武艺、事业，都梦似的成昨夜的。今天是火车、快枪，通商与恐怖。听说，有人还要杀下皇帝的头呢！

这是走镖已没有饭吃，而国术还没被革命党与教育家提倡起来的时候。

谁不晓得沙子龙是短瘦、利落、硬棒，两眼明得像霜夜的大星？可是，现在他身上放了肉。镖局改了客栈，他自己在后小院占着三间北房，大枪立在墙角，院子里有几只楼鸽。只是在夜间，他把小院的门关好，熟悉熟悉他的"五虎断魂枪"。这条枪与这套枪，二十年的工夫，在西北一带，给他创出来："神枪沙子龙"五个字，没遇见过敌手。现在，这条枪与这套枪不会再替他增光显胜了；只是摸摸这凉、滑、硬而发颤的杆子，使他心中少难过一些而已。只有在夜间独自拿起枪来，才能相信自己还是"神枪沙"。在白天，他不大谈武艺与往事；他的世界已被狂风吹了走。

在他手下创练起来的少年们还时常来找他。他们大多数是没落子的，都有点武艺，可是没地方去用。有的在庙会上去卖艺：踢两趟腿，练套家伙，翻几个跟头，附带着卖点大力丸，混个三吊两吊的。有的实在闲不起了，去弄筐果子，或挑些毛豆角，赶早儿在街上论斤吆喝出去。那时候，米贱肉贱，肯卖膀子力气本来可以混个肚儿圆；他们可是不成：肚量既大，而且得吃口管事儿的；干饽饽辣饼子咽不下去。况且他们还时常去走会：五虎棍，开路，太狮少狮……虽然算不了什么——比起走镖来——可是到底有个机会活动活动，露露脸。是的，走会捧场是买脸的事，他们打扮的得象个样儿，至少得有条青洋绉裤子，新漂白细市布的小褂，和一双鱼鳞洒鞋——顶好是青缎子抓地虎靴子。他们是神枪沙子龙的徒弟——虽然沙子龙并不承认——得到处露脸，走会得赔上俩钱，说不定还得打场架。没钱，上沙老师那里去求。沙老师不含糊，多少不拘，不让他们空着手儿走。可是，为打架或献技去讨教一个招数，或是请给说个"对子"——什么空手夺刀，或虎头钩进枪——沙老师有时说句笑话，马虎过去："教什么？拿开水浇吧！"有时直接把他们赶出去。他们不大明白沙老师是怎么了，心中也有点不乐意。

可是，他们到处为沙老师吹腾，一来是愿意使人知道他们的武艺有真传授，受过高人的指教；二来是为激动沙老师：万一有人不服气而找上老师来，老师难道还不露一两手真的么？所以：沙老师一拳就砸倒了个牛！沙老师一脚把人踢到房上去，并没使多大的劲！他们谁也没见过这种事，但是说着说着，他们相信这是真的了，有年月，有地方，千真万确，敢起誓！

王三胜——沙子龙的大伙计——在土地庙拉开了场子，摆好了家伙。抹了一鼻子茶叶末色的鼻烟，他抡了几下竹节钢鞭，把场子打大一些。放下鞭，没向四围作揖，叉着腰念了两句："脚踢天下好汉，拳打五路英雄！"向四围扫了一眼："乡亲们，王三胜不是卖艺的；玩艺儿会几套，西北路上走过镖，会过绿林中的朋友。现在闲着没事，拉个场子陪诸位玩玩。有爱练的尽管下来，王三胜以武会友，有赏脸的，我陪着。神枪沙子龙是我的师傅；玩艺地道！诸位，有愿下来的没有？"他看着，准知道没人敢下来，他的话硬，可是那条钢鞭更硬，十八斤重。

王三胜，大个子，一脸横肉，努着对大黑眼珠，看着四围。大家不出声。他脱了小褂，紧了紧深月白色的"腰里硬"，把肚子杀进去。给手心一口唾沫，抄起大刀来：

"诸位，王三胜先练趟瞧瞧。不白练，练完了，带着的扔几个；没钱，给喊个好，助助威。这儿没生意口。好，上眼！"

大刀靠了身，眼珠努出多高，脸上绷紧，胸脯子鼓出，像两块老桦木根子。一跺脚，刀横起，大红缨子在肩前摆动。削砍劈拨，蹲越闪转，手起风生，忽忽直响。忽然刀在右手心上旋转，身弯下去，四围鸦雀无声，只有缨铃轻叫。刀顺过来，猛的一个"跺泥"，身子直挺，比众人高着一头，黑塔似的。收了势："诸位！"一手持刀，一手叉腰，看着四围。稀稀的扔下几个铜钱，他点点头。"诸位！"他等着，等着，地上依旧是那几个亮而削薄的铜钱，外层的人偷偷散去。他咽了口气："没人懂！"他低声的说，可是大家全听见了。

"有功夫！"西北角上一个黄胡子老头儿答了话。

"啊？"王三胜好似没听明白。

"我说：你——有——功——夫！"老头子的语气很不得人心。

放下大刀，王三胜随着大家的头往西北看。谁也没看重这个老人：小干巴个儿，披着件粗蓝布大衫，脸上窝窝瘪瘪，眼陷进去很深，嘴上几根细黄胡，肩上扛着条小黄草辫子，有筷子那么细，而绝对不像筷子那么直顺。王三胜可是看出这老家伙有功夫，脑门亮，眼睛亮——眼眶虽深，眼珠可黑得像两口小井，深深的闪着黑光。王三胜不怕：他看得出别人有功夫没有，可更相信自己的本事，他是沙子龙手下的大将。

"下来玩玩，大叔！"王三胜说得很得体。

点点头，老头儿往里走。这一走，四外全笑了。他的胳臂不大动；左脚往前迈，右脚随着拉上来，一步步的往前拉扯，身子整着，像是患过瘫痪病。蹭到场中，把大衫扔在地上，一点没理会四围怎样笑他。

"神枪沙子龙的徒弟，你说？好，让你使枪吧；我呢？"老头子非常的干脆，很像久想动手。

人们全回来了，邻场耍狗熊的无论怎么敲锣也不中用了。

"三截棍进枪吧？"王三胜要看老头子一手，三截棍不是随便就拿得起来的家伙。

老头子又点点头，拾起家伙来。

王三胜努着眼，抖着枪，脸上十分难看。

老头子的黑眼珠更深更小了，像两个香火头，随着面前的枪尖儿转，王三胜忽然觉得不舒服，那俩黑眼珠似乎要把枪尖吸进去！四外已围得风雨不透，大家都觉出老头子确是有威。为躲那对眼睛，王三胜耍了个枪花。老头子的黄胡子一动："请！"王三胜一扣枪，向前躬步，枪尖奔了老头子的喉头去，枪缨打了一个红旋。老人的身子忽然活展了，将身微偏，让过枪尖，前把一挂，后把撩王三胜的手。拍，拍，两响，王三胜的枪撒了手。场外叫了好。王三胜连脸带胸口全紫了，抄起枪来；一个花子，连枪带人滚了过来，枪尖奔了老人的中部。老头子的眼亮得发着黑光；腿轻轻一屈，下把掩裆，上把打着刚要抽回的枪杆；拍，枪又落在地上。

场外又是一片彩声。王三胜流了汗，不再去拾枪，努着眼，木在那里。老头子扔下家伙，拾起大衫，还是拉拉着腿，可是走得很快了。大衫搭在臂上，他过来拍了王三胜一下：

"还得练哪，伙计！"

"别走！"王三胜擦着汗："你不离，姓王的服了！可有一样，你敢会会沙老师？"

"就是为会他才来的！"老头子的干巴脸上皱起点来，似乎是笑呢。"走；收了吧；晚饭我请！"

王三胜把兵器拢在一处，寄放在变戏法二麻子那里，陪着老头子往庙外走。后面跟着不少人，他把他们骂散了。

"你老贵姓？"他问。

"姓孙哪，"老头子的话与人一样，都那么干巴。"爱练；久想会会沙子龙"

沙子龙不把你打扁了！王三胜心里说。他脚底下加了劲，可是没把孙老头落下。他看出来，老头子的腿是老走着查拳门中的连跳步；交起手来，必定很快。但是，无论他怎么快，沙子龙是没对手的。准知道孙老头要吃亏，他心中痛快了些，放慢了些脚步。

"孙大叔贵处？"

"河间的，小地方。"孙老者也和气了些："月棍年刀一辈子枪，不容易见功夫！说真的，你那两手就不坏！"

王三胜头上的汗又回来了，没言语。

到了客栈，他心中直跳，唯恐沙老师不在家，他急于报仇。他知道老师不爱管这种事，师弟们已碰过不少回钉子，可是他相信这回必定行，他是大伙计，不比那些毛孩子；再说，人家在庙会上点名叫阵，沙老师还能丢这个脸么？

"三胜，"沙子龙正在床上看着本《封神榜》，"有事吗？"

三胜的脸又紫了，嘴唇动着，说不出话来。

沙子龙坐起来，"怎么了，三胜？"

"栽了跟头！"

只打了个不甚长的哈欠，沙老师没别的表示。

王三胜心中不平，但是不敢发作；他得激动老师："姓孙的一个老头儿，门外等着老师呢；把我的枪，枪，打掉了两次！"他知道"枪"字在老师心中有多大分量。没等吩咐，他慌忙跑出去。

客人进来，沙子龙在外间屋等着呢。彼此拱手坐下，他叫三胜去泡茶。三胜希望两个老人立刻交了手，可是不能不沏茶去。孙老者没话讲，用深藏着的眼睛打量沙子龙。沙很客气：

"要是三胜得罪了你，不用理他，年纪还轻。"

孙老者有些失望，可也看出沙子龙的精明。他不知怎样好了，不能拿一个人的精明断定他的武艺。"我来领教领教枪法！"他不由地说出来。

沙子龙没接碴儿。王三胜提着茶壶走进来——急于看二人动手，他没管水开了没有，就沏在壶中。

"三胜，"沙子龙拿起个茶碗来，"去找小顺们去，天汇见，陪孙老者吃饭。"

"什么！"王三胜的眼珠几乎掉出来。看了看沙老师的脸，他敢怒而不敢言地说了声"是啦！"走出去，撅着大嘴。

"教徒弟不易！"孙老者说。

"我没收过徒弟。走吧，这个水不开！茶馆去喝，喝饿了就吃。"沙子龙从桌子上拿起缎子褡裢，一头装着鼻烟壶，一头装着点钱，挂在腰带上。

"不，我还不饿！"孙老者很坚决，两个"不"字把小辫从肩上抡到后边去。

"说会子话儿。"

"我来为领教领教枪法。"

"功夫早搁下了，"沙子龙指着身上，"已经放了肉！"

"这么办也行，"孙老者深深的看了沙老师一眼："不比武，教给我那趟五虎断魂枪。"

"五虎断魂枪?"沙子龙笑了："早忘干净了！早忘干净了！告诉你，在我这儿住几天，咱们各处逛逛，临走，多少送点盘缠。"

"我不逛，也用不着钱，我来学艺！"孙老者立起来，"我练趟给你看看，看够得上学艺不够！"一屈腰已到了院中，把楼鸽都吓飞起去。拉开架子，他打了趟查拳：腿快，手飘洒，一个飞脚起去，小辫儿飘在空中，像从天上落下来一个风筝；快之中，每个架子都摆得稳、准，利落；来回六趟，把院子满都打到，走得圆，接得紧，身子在一处，而精神贯串到四面八方。抱拳收势，身儿缩紧，好似满院乱飞的燕子忽然归了巢。

"好！好！"沙子龙在台阶上点着头喊。

"教给我那趟枪！"孙老者抱了抱拳。

沙子龙下了台阶，也抱着拳："孙老者，说真的吧；那条枪和那套枪都跟我入棺材，一齐入棺材！"

"不传？"

"不传！"

孙老者的胡子嘴动了半天，没说出什么来。到屋里抄起蓝布大衫，拉拉着腿："打搅了，再会！"

"吃过饭走！"沙子龙说。

孙老者没言语。

沙子龙把客人送到小门，然后回到屋中，对着墙角立着的大枪点了点头。

他独自上了天汇，怕是王三胜们在那里等着。他们都没有去。

王三胜和小顺们都不敢再到土地庙去卖艺，大家谁也不再为沙子龙吹胜；反之，他们说沙子龙栽了跟头，不敢和个老头儿动手；那个老头子一脚能踢死个牛。不要说王三胜输给他，沙子龙也不是他的对手。不过呢，王三胜到底和老头子见了个高低，而沙子龙连句硬话也没敢说。"神枪沙子龙"慢慢似乎被人们忘了。

夜静人稀，沙子龙关好了小门，一气把六十四枪刺下来；而后，拄着枪，望着天上的群星，想起当年在野店荒林的威风。叹一口气，用手指慢慢摸着凉滑的枪身，又微微一笑，"不传！不传！"

［提示］

《断魂枪》最初发表于1935年，是现代文学史上最优秀的短篇小说之一。作品通过沙子龙这一艺术形象来反映清朝末年辛亥革命前夕中国的社会风貌。沙子龙从"东方大梦"中清醒过来，他引以为豪的武艺已经成为明日黄花，他把镖局改成了客栈，连自己的绝技"五虎断魂枪"也弃之一旁，他身上充满了一种世纪末英雄末路的悲剧色彩。沙子龙形象的塑造表现出个体在整个人类现代历史发展过程中的渺小无力，表现出个体

生命在时代大环境下的无奈与孤独。时代在改变，社会环境在改变，中国
自古传承的文化也随之改变，有的式微，有的消亡。"断魂枪"不单是一
种冷兵器，它也是自古传承下的文化基因，是人文精神的血脉，它的
"不传"如同警钟一样敲响在读者的心头引发深思。作品承受着对转型期
中国文化发展的冷静审视，既有批判又有眷恋。

    作者把个人命运的小故事和时代变迁的历史大背景结合起来，通过对
人物肖像、语言、动作的出色白描来塑造人物，用比喻等手法来刻画人
物，达到了传神的境界。小说情节营造有序，结构布局严谨。语言含蓄凝
练，通俗易懂，生动有趣，极易引人入胜。

（陈广军）

边城（存目）

沈从文

[提示]

沈从文（1902—1988），原名沈岳焕，字崇文，湖南凤凰县人，是中国现代著名的文学家、小说家、散文家和考古学专家。主要代表作品有《边城》《长河》等小说以及《唐宋铜镜》、《龙凤艺术》、《中国古代服饰研究》等学术专著。

《边城》以20世纪30年代川湘交界的边城小镇茶峒为背景，描绘了湘西特有的风土人情，通过描述翠翠的爱情悲剧来凸显人性的美好与善良。川湘交界的茶峒附近，住着一户人家。独门独院里住着老船夫爷爷和孙女翠翠，还有一只黄狗。端午节翠翠去看龙舟赛，偶遇青年水手傩送。傩送的兄长天保与傩送一样都喜欢翠翠，兄弟俩采用唱山歌的方式表达情感，让翠翠自己选择。天保唱不过弟弟，驾船远行，后来淹死了，傩送因天保的死而下桃园去了。后来翠翠的爷爷死了，翠翠伤心欲绝，老军人杨马热心地前来陪伴翠翠，也以渡船为生，等待着傩送的归来。整个边城故事委婉动人，情景交融，感人至深。

沈从文通过《边城》这部爱情悲剧，赞美了边城人们的淳朴和善良，表达了对田园牧歌式生活的憧憬和向往。边城人们的生活如同世外桃源般美好，充满着原始的、内在的人性之美。翠翠是纯洁美丽的化身，是和谐的生命形态，她的爱情是自然孕育出来的，清新而又健康。湘西醇厚朴实的人情，健康纯洁的人性，幽雅的景色，构成一幅优美的风土人情画。这幅画与都市"现代文明"形成了鲜明的对照，都市生活中人们的腐化堕落，自然率真的丧失，人性丑恶的暴露，使读者更迫切地希望追求质朴自然健康的生存方式和生命形态，从而进一步产生对现代文明生活的忧虑和对生命本质的哲学思考。作者通过对湘西人生命形态和人生方式的讴歌，来表达对现实生活美德、价值观失落的痛心，意图重建民族的品德和人格。

　　《边城》采用兼具抒情诗和小品文的优美笔触描绘了湘西特有的风土人情。小说中大量采用细腻的心理描写来揭示人物的精神状态和性格特征，对话、独白、行为、姿态等直接剖析，幻想、梦境等间接暗示，借助景物描写、气氛烘托来披露人物内心奥秘，使读者更容易把握主人公的内心状态。小说语言优美，文笔细腻，忧伤的基调为小说注入感人至深的悲剧美，具有独特的浪漫主义之美。

　　　　　　　　　　　　　　　　　　　　　　　　　（陈广军）

丈　夫

沈从文

　　落了春雨，一共有七天，河水涨大了。

　　河中涨了水，平常时节泊在河滩的烟船妓船，离岸极近，船皆系在吊脚楼下的支柱上。

　　在四海春茶馆楼上喝茶的闲汉子，伏身在临河一面窗口，可以望到对河的宝塔"烟雨红桃"好景致，也可以知道船上妇人陪客烧烟的情形。因为那么近，上下都方便，有喊熟人的声音，从上面或从下面喊叫，到后是互相见到了，谈话了，取了亲昵样子，骂着野话粗话，于是楼上人会了茶钱，从湿而发臭的甬道走去，从那些肮脏地方走到船上了。

　　上了船，花钱半元到五块，随心所欲吃烟睡觉，同妇人毫无拘束的放肆取乐，这些在船上生活的大臀肥身年轻女人，就用一个妇人的好处，服侍男子过夜。

　　船上人，她们把这件事也像其余地方一样称呼，这叫做"生意"。她们都是做生意而来的。在名分上，那名称与别的工作同样，既不与道德相冲突，也并不违反健康。她们从乡下来，从那些种田挖园的人家，离了乡村，离了石磨同小牛，离了那年轻而强健的丈夫，跟随到一个熟人，就来到这船上做生意了。做了生意，慢慢的变成为城市里人，慢慢的与乡村离远，慢慢的学会了一些只有城市里才需要的恶德，于是这妇人就毁了。但那毁，是慢慢的，因为需要一些日子，所以谁也不去注意了。而且也仍然不缺少在任何情形下还依然会好好的保留着那乡村纯朴气质的妇人，所以在市的小河妓船上，决不会缺少年轻女子的来路。

　　事情非常简单，一个不亟于生养孩子的妇人，到了城市，能够每月把从城市里两个晚上所得的钱，送给那留在乡下诚实耐劳种田为生的丈夫处去，在那方面就可以过了好日子，名分不失，利益存在，所以许多年轻的丈夫，在娶妻以后，把妻送出来，自己留在家中耕田种地安分过日子，也竟是极其平常的事。

　　这种丈夫，到什么时候，想及那在船上做生意的年轻的媳妇，或逢年过节，照规矩要见见媳妇的面了，自己便换了一身浆洗干净的衣服，腰带上挂了那个工作时常不离口的短烟袋，背了整箩整篓的红薯糍粑之类，赶到市上来，像访远亲一样，从码头第一号船上问起，一直到认出自己女人所在的船上为止。问明白了，到了船上，小心小心的把一双布鞋放到舱外护板上，把带来的东西交给了女人，一面便用着吃惊的眼睛，搜索女人的全身。这时节，女人在丈夫眼下自然已完全不同了。

大而油光的发髻，用小镊子扯成的细细眉毛，脸上的白粉同绯红胭脂，以及那城市里人神气派头，城市里人的衣裳，都一定使从乡下来的丈夫感到极大的惊讶，有点手足无措。那呆象是女人很容易清楚的。女人到后开了口，或者问："那次五块钱得了么？"或者问："我们那对猪养儿子了没有？"女人说话时口音自然也完全不同了，变成像城市里做太太的大方自由，完全不是在乡下做媳妇的神气了。

听女人问到钱，问到家乡豢养的猪，这做丈夫的看出自己做主人的身分，并不在这船上失去，看出这城里奶奶还不完全忘记乡下，胆子大了一点，慢慢的摸出烟管同火镰。第二次惊讶，是烟管忽然被女人夺去，即刻在那粗而厚大的掌握里，塞了一枝哈德门香烟的缘故。吃惊也仍然是暂时的事，于是这做丈夫的，一面吸烟一面谈话，……

到了晚上，吃过晚饭，仍然在吸那有新鲜趣味的香烟。来了客，一个船主或一个商人，穿生牛皮长统靴子，抱兜一角露出粗而发亮的银链，喝过一肚子烧酒，摇摇荡荡的上了船。

一上船就大声的嚷要亲嘴要睡，那洪大而含胡的声音，那势派，都使这做丈夫的想起了村长同乡绅那些大人物的威风，于是这丈夫不必指点，也就知道怯生生的往后舱钻去，躲到那后梢舱上去低低的喘气，一面把含在口上那枝卷烟摘下来，毫无目的的眺望河中暮景。夜把河上改变了，岸上河上已经全是灯火，这丈夫到这时节一定要想起家里的鸡同小猪，仿佛那些小小东西才是自己的朋友，仿佛那些才是亲人，如今与妻接近，与家庭却离得很远，淡淡的寂寞袭上了身，他愿意转去了。

当真转去没有？不。三十里路路上有豺狗，有野猫，有查夜的放哨的团丁，全是不好惹的东西，转去自然做不到。船上的大娘自然还得留他上三元宫看夜戏，到四海春去喝清茶，并且既然到了市上，大街上的灯同城市中的人更不可不去看看。于是留下了，坐到后舱看河中景致，等候大娘的空暇。到后要上岸了，就由小阳桥上扳篷架到船头；玩过后，仍然由那旧地方转到船上，小心小心使声音放轻，省得留在舱里躺到床上烧烟的人发怒。

到要睡觉的时候，城里起了更，西梁山上的更鼓冬冬响了一会，悄悄的从板缝里看看客人还不走，丈夫没有什么话可说，就在梢舱上新棉絮里一个人睡了。半夜里，或者已睡着，或者还在胡思乱想，那媳妇抽空爬过了后舱，问是不是想吃一点糖。本来非常欢喜口含冰糖的脾气，是做媳妇的记得清楚明白，所以即或说已经睡觉，已经吃过，也仍然还是塞了一小片冰糖在口里。媳妇用着略略抱怨自己那种神气走去了，丈夫把冰糖含在口里，正像仅仅为了这一点理由，就得原谅媳妇的行为，尽她在前舱陪客，自己也仍然很和平的睡觉了。

这样的丈夫在黄庄多着，那里出强健女子同忠厚男人。地方实在太穷了，一点点收成照例要被上面的人拿去一大半，手足贴地的乡下人，任你如何勤省耐劳的干做，一年中四分之一时间，即或用红薯叶子拌和糠灰充饥，总还不容易对付下去。地方虽在山中，离大河码头只三十里，由于习惯，女子出乡讨生活，男人通明白这做生意的一切利益。他懂事，女子名分上仍然归他，养得儿子归他，有了钱，也总有一部分归他。

那些船排列在河下，一个陌生人，数来数去是永远无法数清的。明白这数目，而且明白那秩序，记忆得出每一个船与摇船人样子，是五区一个老水保。

水保是个独眼睛的人。这独眼就据说在年轻时节因殴斗杀过一个水上恶人，因为杀人，同时也就被人把眼睛抠瞎了。

但两只眼睛不能分明的，他一只眼睛却办到了。一个河里都由他管事。他的权力在这些小船上，比一个中国的皇帝、总统在地面上的权力还统一集中。

涨了河水，水保比平时似乎忙多了。由于责任，他得各处去看看。是不是有些船上做父母的上了岸，小孩子在哭奶了。是不是有些船上在吵架，需要排难解纷。是不是有些船因照料无人，有溜去的危险。在今天，这位大爷，并且要到各处去调查一些从岸上发生影响到了水面的事情。岸上这几天来发生三次小抢案，据公安局那方面人说，是凡地上小缝小罅都找寻到了，还是毫无痕迹。地上小缝小罅都亏那些体面的在职人员找过，于是水保的责任便到了。他得了通知，就是那些说谎话的公安局办事处通知，要他到半夜会同水面武装警察上船去搜索"歹人"。

水保得到这个消息时是上半天。一个整白天他要做许多事。他要先尽一些从平日受人款待好酒好肉而来的义务了，于是沿了河岸，从第一号船起始，每个船上去谈谈话。他得先调查一下，问问这船上是不是留容得有不端正的外乡人。

做水保的人照例是水上一霸，凡是属于水面上的事他无有不知。这人本来就是一个吃水上饭的人，是立于法律同官府对面，按照习惯被官吏来利用，处治这水上一切的。但人一上了年纪，世界成天变，变去变来这人有了钱，成过家，喝点酒，生儿育女，生活安舒，这人慢慢的转成一个和平正直的人了。在职务上帮助了官府，在感情上却亲近了船家。在这些情形上面他建设了一个道德的模范。他受人尊敬不下于官，却不让人害怕讨厌。他做了河船上许多妓女的干爹。由于这些社会习惯的联系，他的行为处事是靠在水上人一边的。

他这时正从一个木跳板上跃到一只新油漆过的"花船"头，那船位置在较清静的一家莲子铺吊脚楼下。他认得这只船归谁管，一上船就喊"七丫头"。

没有声音。年轻的女人不见出来，年老的掌班也不见出来。老年人很懂事情，以为或者是大白天有年轻男子上船做呆事，就站在船头眺望，等了一会。

过一阵他又喊了两声，又喊伯妈，喊五多；五多是船上的小毛头，年纪十二岁，人很瘦，声音尖锐，平时大人上了岸就守船，买东西煮饭，常常挨打，爱哭，过一会儿又唱起小调来。但是喊过五多后，也仍然得不到结果。因为听到舱里又似乎实在有声音，像人出气，不像全上了岸，也不像全在做梦。水保就钩身窥觑舱口，向暗处询问是谁在里面。

里面还是不作答。

水保有点生气了，大声的问，"你是哪一个？"

里面一个很生疏的男子声音，又虚又怯回答说，"是我。"

接着又说，"都上岸去了。"

"都上岸了么？"

"上岸了。她们……"

好像单单是这样答应，还深恐开罪了来人，这时觉得有一点义务要尽了，这男子于是从暗处爬出来，在舱口，小心小心扳到篷架，非常拘束的望到来人。

先是望到那一对峨然巍然似乎是为柿油涂过的猪皮靴子，上去一点是一个赭色柔软麂皮抱兜，再上去是一双回环抱着的毛手，满是青筋黄毛，手上有颗其大无比的黄金戒指，再上去才是一块正四方形像是无数橘子皮拼合而成的脸膛。

这男子，明白这是有身分的主顾了，就学到城市里人说话，说，"大爷，您请里面坐坐，她们就回来。"

从那说话的声音，以及干浆衣服的风味上，这水保一望就明白这个人是才从乡下来的种田人。本来女人不在就想走，但年轻人忽然使他发生了兴味，他留着了。

"你从什么地方来的？"他问他，为了不使人拘束，水保取得是做父亲的和平样子，望到这年轻人。"我认不得你。"

他想了一下，好象也并不认得客人，就回答，"我昨天来的。"

"乡下麦子抽穗了没有？"

"麦子吗？水碾子前我们那麦子，哈，我们那猪，哈，我们那……"

这个人，象是忽然明白了答非所问，记起了自己是同一个有身分的城里人说话，不应当说"我们"，不应当说我们"水碾子"同"猪"，把字眼用错，所以再也接不下去了。

因为不说话，他就怯怯的望到水保笑，他要人了解他，原谅他——他是个正派人，并不敢有意张三拿四。

水保是懂这个意思的。且在这对话中，明白这是船上人的亲戚了，他问年轻人，"老七到什么地方去了，什么时候可以回来？"

这时节，这年轻人答语小心了。他仍然说，"是昨天来的。"

他又告水保，他"昨天晚上来的。"末了才说，老七同掌班、五多上岸烧香去了，要他守船。因为守船必得把守船身分说出，他还告给了水保，他是老七的"汉子"。

因为老七平常喊水保都喊干爹，这干爹第一次认识了女婿，不必挽留，再说了几句，不到一会儿，两人皆爬进舱中了。

舱中有个小小床铺，床上有锦绸同红色印花洋布铺盖，摺叠得整整齐齐来客照规矩应当坐在床沿。光线从舱口来，所以在外面以为舱中极黑，在里面却一切分明。

年轻人为客找烟卷，找自来火，毛脚毛手打翻了身边一个贮栗子的小坛子，圆而发乌金光泽的板栗在薄明的船舱里各处滚去，年轻人各处用手去捕捉，仍然放到小坛中去，也不知道应当请客人吃点东西。但客人却毫不客气，从舱板上把栗拾起咬破了吃，且说这风干的栗子真好。

"这个很好，你不欢喜么？"因为水保见到主人并不剥栗子吃。

"我欢喜。这是我屋后栗树上长的。去年结了好多，乖乖的从刺球里爆出来，我欢喜。"他笑了，近于提到自己儿子模样，很高兴说这个话。

"这样大栗子不容易得到。"

"我一个一个选出来的。"

"你选？"

"是的，因为老七欢喜吃这个，我才留下来。"

"你们那里可有猴栗？"

"什么猴栗？"

水保就把故事所说的"猴子在大山上住，被人辱骂时，抛下拳大栗子打人。人想这栗子，就故意去山下骂丑话，预备捡栗子。"——说给乡下人听。

因为栗子，正苦无话可说的年轻人，得到同情他的人了。

他就告水保另外属于栗子的种种事情。他知道的乡下问题可多咧。于是他说到地名"栗坳"的新闻。又说到一种栗木作成的犁具如何结实合用。这人是太需要说到这些了。昨天来一晚上都有客人吃酒烧酒，把自己关闭在小船后梢，同五多说话，五多睡得成死猪。今天一早上，本来应当有机会同媳妇谈到乡下事情了，女人又说要上岸过七里桥烧香，派他一个人守船。坐到船上等了半天，还不见人回，到后梢去看河上景致，一切新不同，全只给自己发闷。先一时，正睡在舱里，就想这满江大水若到乡下涨，鱼梁上不知道应当有多少鲤鱼上梁！把鱼捉来时，用柳条穿鳃到太阳下去晒，正计算到那数目，总算不清楚。忽然客人来到船上，似乎一切鱼都争着跳进水中去了。

来了客人，且在神气上看出来人是并不拒绝这些谈话的，所以这年轻人，凡是预备到同自己媳妇在枕边诉说的各样事情，这时得到了一个好机会，都拿来同水保谈了。

他告给水保许多乡下情形，说到小猪捣乱的脾气，叫小猪名字是"乖乖"，又说到新由石匠整治过的那副石磨，顺便告给了一个石匠的笑话。又说到一把失去了多久的镰刀，一把水保梦想不到的小镰刀，他说，"你瞧，奇怪不奇怪？我赌咒我各处都找到了。我们的床下，门枋上，仓角里，什么不找到？它躲了。躲猫猫一样，不见了。我为这件事骂过老七。老七哭过。可还是不见。鬼打岩，蒙蒙眼，原来它躲在屋梁上饭箩里！半年躲在饭箩里！它吃饭！一身锈得像生疮。这东西多狡猾！我说这个你明白我没有？怎么会到饭箩里半年？那是一只做样子的东西，挂到斗窗上。我记起那事了，是我削楔子，手上刮了皮，流了血，生了大气，赌气把刀一丢。……到水上磨了半天，还不错，仍然能吃肉，你一不小心，就得流血。我还不曾同老七说到这个，她不会忘记那哭得伤心的一回事。找到了，哈哈，真找到了。"

"找到它就好了。"

"是的，得到了它那是好的。因为我总疑心这东西是老七掉到溪里，不好意思说明。我知道她不骗我了。我明白了。我知道她受了冤屈，因为我说过：'找不出么？那我就要打人！'我并不曾动过手。可是生气时也真吓人。她哭了半夜！"

"你不是用得着它割草么？"

"嗨，哪里，用处多咧。是小镰刀，那么精巧，你怎么说是割草？那是削一点薯皮，刮刮箫：这些这些用的。小得很，值三百钱，钢火妙极了。我们都应当有这样一把刀放到身边，不明白么？"

水保说，"明白明白：都应当有一把，我懂你这个话。"

他以为水保当真是懂的，什么也说到了，甚至于希望明年来一个小宝宝，这样只合宜于同自己的媳妇睡到一个枕头上商量的话也说到了。年轻人毫无拘束的还加上许多粗话蠢话。说了半天，水保起身要走了，他才记起问客人贵姓。

"大爷，您贵姓？留一个片子到这里，我好回话。"

"不用不用。你只告她有这么一个大个儿到过船上，穿这样大靴子。告她晚上不要接客，我要来。"

"不要接客，您要来？"

"就是这样说，我一定要来的。我还要请你喝酒。我们是朋友。"

"我们是朋友，是朋友。"

水保用他那大而肥厚的手掌，拍了一下年轻人的肩膊，从船头上岸，走到别一个船上去了。

在水保走后，年轻人就一面等候一面猜想这个大汉子是谁。他还是第一次同这样尊贵的人物谈话。他不会忘记这很好的印象的。人家今天不仅是同他谈话，还喊他做朋友，答应请他喝酒！他猜想这人一定是老七的"熟客"。他猜想老七一定得了这人许多钱。他忽然觉得愉快，感到要唱一个歌了，就轻轻的唱了一首山歌。用四溪人体裁，他唱得是"水涨了，鲤鱼上梁，大的有大草鞋那么大，小的有小草鞋那么小。"

但是等了一会还不见老七回来，一个鬼也不回来，他又想起那大汉子的丰采言谈了。他记起那一双靴子，闪闪发光，以为不是极好的山柿油涂到上面，是不会如此体面好看的。他记起那黄而发沉的戒子，说不分明那将值多少钱，一点不明白那宝贝为什么如此可爱。他记起那伟人点头同发言，一个督抚的派头，一个军长的身分——这是老七的财神！他于是又唱了一首歌。用杨村人不庄重口吻，唱得是"山坳的团总烧炭，山脚的地保爬灰；爬灰红薯才肥，烧炭脸庞发黑。"

到午时，各处船上都已有人烧饭了。湿柴烧不燃，烟子各处窜，使人流泪打嚏，柴烟平铺到水面时如薄绸。听到河街馆子里大师傅用铲子敲打锅边的声音，听到邻船上白菜落锅的声音，老七还不见回来。可是船上烧湿柴的本领年轻人还没有学到，小钢灶总是冷冷的不发吼。做了半天还是无结果，只有把它放下一个办法了。

应当吃饭时候不得饭吃，人饿了，坐到小凳上敲打舱板，他仍然得想一点事情。一个不安分的估计在心上滋长了。正似乎为装满了钱钞便极其骄傲模样的抱兜，在他眼下再现时，把原有的和平已失去了。一个用酒糟同红血所捏成的橘皮红色四方脸，也是极其讨厌的神气，保留到印象上。并且，要记忆有什么用？他记忆得到那嘱咐，是当到一个丈夫面前说的！"今晚上不要接客，我要来。"该死的话，是那么不客气的从那吃红薯的大口里说出！为什么要说这个？有什么理由要说这个？……

胡想使他心上增加了愤怒，饥饿重复揪着了这愤怒的心，便有一些原始人就不缺少的情绪，在这个年轻简单的人情绪中长大不已。

他不能再唱一首歌了。喉咙为妒嫉所扼，唱不出什么歌。

他不能再有什么快乐。按照一个种田人的脾气，他想到明天就要回家。

有了脾气再来烧火，自然更不行了，于是把所有的柴全丢到河里去了。

"雷打你这柴！要你到洋里海里去！"

但那柴是在两三丈以外，便被别个船上的人捞起了的。那船上人似乎一切都准备好了，正等待一点从河面漂流而来的湿柴，把柴捞上，即刻就见到用废缆一段引火，且即刻满船发烟，火就带着小小爆裂声音燃好了。看到这一切，新的愤怒使年轻人感到羞辱，他想不必等待人回船就要走路。

在街尾遇到女人同小毛头五多两个人，正牵了手说着笑着走来。五多手上拿得有一把胡琴，崭新的样子，这是做梦也不曾遇到的一件家伙！

"你走哪里去？"

"我——要回去""要你看船船也不看，要回去。什么人得罪了你，这样小气？"

"我要回去，你让我回去。"

"回到船上去！"

看看媳妇，样子比说话还硬劲。并且看到那一张胡琴，明知道这是特别买来给他的，所以再不能坚持，摸了摸自己发烧的额角，幽幽的说，"回去也好，回去也好"，就跟了媳妇的身后跑转船上。

掌班大娘也赶来了，原来提了一副猪肺，好像东西只是乘便偷来的，深恐被人追上带到衙门里去。所以跑得颧骨发了红，喘气不止。大娘一上船，女人在舱中就喊：

"大娘，你瞧，我家汉子想走！"

"谁说的，戏都不看就走！"

"我们到街口碰到他，他生气样子，一定是怪我们不早回来。"

"那是我的错；是菩萨的错；是屠户的错。我不该同屠户为一个钱吵闹半天，屠户不该肺里灌这样多水。"

"是我的错。"陪男子在舱里的女人，这样说了一句话，坐下了。对面是男子汉。她于是有意的在把衣服解换时，露出极风情的红绫胸襦。胸襦上绣了"鸳鸯戏荷"。

男子觑着，不说话。有说不出的什么东西，在血里窜着涌着。

在后梢，听到大娘同五多谈着柴米。

"怎么我们的柴都被谁偷去了！"

"米是谁淘好的？"

"一定是火烧不燃。……姐夫是乡下人，只会烧松香。"

"我们不是昨天才解散一捆柴么？"

"都完了。"

"去前面搬一捆，不要说了。"

"姐夫只知道淘米！"

听到这些话的年轻汉子，一句话不说，静静的坐在舱里，望到那一把新买来的胡琴。

女人说，"弦都配好了，试拉拉看。"

先是不作声，到后把琴搁在膝上，查看松香。调琴时，生疏的音从指间流出，拉琴人便快乐的微笑了。

不到一会，满舱是烟，男子被女人喊出去，仍然把琴拿到外面去，站在船头调弦。

到后吃中饭时，五多说：

"姐夫，你回头拉'孟姜女哭长城'，我唱。"

"我不会拉。"

"我听说你拉得很好，你骗我谎我。"

"我不骗你。"

大娘说，"我听老七说你拉得好，所以到庙里，一见这琴，我就想起你才说就为姐买回去吧。是运气，烂贱就买来了。这到乡里一块钱还恐怕买不到，不是么？"

"是的。值多少钱？"

"一吊六。他们都说值得！"

五多说，"谁说值得？"

大娘很生气的说，"毛丫头，谁说不值得？你知道什么！撕你的嘴！"

因为这琴是从一个卖琴熟人手上拿来，一个钱不花，听到大娘的谎话，五多分辩，大娘就骂五多，老七却笑了。男子以为这是笑大娘不懂事，所以也在一旁干笑。

男子先把饭吃完，就动手拉琴，新琴声音又清又亮，五多高兴到得意忘形，放下碗筷唱将起来，被大娘结结实实打了一筷子头，才忙着吃饭、收碗、洗锅子。

到了晚上，前舱盖了篷，男子拉琴，五多唱歌，老七也唱歌，美孚灯罩子有红纸剪成的遮光帽，全舱灯光红红的如办大喜事，年轻人在热闹中像过年，心上开了花。可是过不久，有兵士从河街过身，喝得烂醉，听到这声音了。

两个醉鬼踉踉跄跄到了船边，两手全是污泥，用手扳船，口含胡桃那么混混胡胡的嚷叫：

"什么人唱，报上名来！唱得好，赏一个五百。不听到么？老子赏你五百！"

里面琴声戛然而止，沉静了。

醉鬼用脚不住踢船，蓬蓬蓬发出钝而沉闷的声音，且想推篷，搜索不到篷盖接榫处，于是又叫嚷，"不要赏么，婊子狗造的？装聋，装哑？什么人敢在这里作乐？我怕谁？皇帝我也不怕。大爷，我怕皇帝我不是人！我们军长师长，都是混账王八蛋！是皮蛋鸡蛋，寡了的臭蛋！我才不怕。"

另一个喉咙发沙的说道：

"骚婊子？出来拖老子上船！"

且即刻听到用石头打船篷，大声的辱骂祖宗。一船人都吓慌了。大娘忙把灯扭小一点，走出去推篷，男子听到那汹汹声气，夹了胡琴就往后舱钻去。不一会，醉人已经进到前舱了。两个人一面说着野话一面要争到同老七亲嘴，同大娘五多亲嘴。且听到问："是什么人在此唱歌作乐，把拉琴的抓来再给老子唱一个歌。"

大娘不敢作声，老七也无主意了，两个酒疯子就大声的骂人。

"臭货，喊龟子出来，跟老子拉琴，赏一千！英雄盖世的曹孟德也不会这样大方！我赏一千，一千个红薯，快来，不出来我烧掉你们这只船！听着没有，老东西！？赶快，莫让老子们生了气，灯笼子认不得人？"

"大爷，这是我们自己家几个人玩玩，不是外人……"

"不！不！不！老婊子，你不中吃。你老了，皱皮柑！快叫拉琴的来！杂种！我要拉琴，我要自己唱！"一面说一面便站起身来，想向后舱去搜寻。大娘弄慌了，把口张大合不拢去。老七急中生智，拖着那醉鬼的手，安置到自己的大奶上。

醉人懂到这意思，又坐下了。"好的，妙的，老子出得起钱，老子今天晚上要到这里睡觉！孤王酒醉在桃花宫，韩素梅生来好貌容……"

这一个在老七左边躺下去后，另一个不说什么，也在右边躺了下去。

年轻人听到前舱仿佛安静了一会，在隔壁轻轻的喊大娘。

正感到一种侮辱的大娘，悄悄爬过去，男子还不大分明是什么事情，问大娘：

"什么事情？"

"营上的副爷，醉了，像猫，等一会儿就得走。"

"要走才行。我忘记告你们了，今天有一个大方脸人来，好像大官，吩咐过我，他晚上要来，不许留客。"

"是脚上穿大皮靴子，说话像打锣么？"

"是的，是的。他手上还有一个大金戒子。"

"那是老七干爹。他今早上来过了么？"

"来过的。他说了半天话才走，吃过些干栗子。"

"他说些什么？"

"他说一定要来，一定莫留客，……还说一定要请我喝酒。"

大娘想想，来做什么？难道是水保自己要来歇夜？难道是老对老，水保注意到……想不通，一个老鸨虽一切丑事做成习惯，什么也不至于红脸，但被人说到"不中吃"时，是多少感到一种羞辱的。她悄悄的回到前舱，看前舱新事情不成样子，扁了扁瘪嘴，骂了一声猪狗，终归又转到后舱来了。

"怎么？"

"不怎么。"

"怎么，他们走了？"

"不怎么，他们睡了。"

"睡了？"

大娘虽不看清楚这时男子的脸色，但她很懂这语气，就说："姐夫，你难得上城来，我们可以上岸玩去。今夜三元宫夜戏，我请你坐高台子，是'秋胡三戏结发妻'。"

男子摇头不语。

兵士胡闹一阵走后，五多大娘老七都在前舱灯光下说笑，说那兵士的醉态。男子留在后舱不出来。大娘到门边喊过了二次，不答应，不明白这脾气从什么地方发生。大娘回头就来检查那四张票子的花纹，因为她已经认得出票子的真假了。

票子倒是真的，她在灯光下指点给老七看那些记号，那些花，且放到鼻子上嗅嗅，说这个一定是清真馆子里找出来的，因为有牛油味道。

五多第二次又走过去，"姐夫，姐夫，他们走了，我们来把那个唱完，我们还得……"

女人老七像是想到了什么心事，拉着了五多，不许她说话。

一切沉默了。男子在后舱先还是正用手指扣琴弦，作小小声音，这时手也离开那弦索了。

三个女人都听到从河街上飘来的锣鼓唢呐声音，河街上一个做生意人办喜事，客来贺喜，大唱堂戏，一定有一整夜热闹。

过了一会，老七一个人轻脚轻手爬到后舱去，但即刻又回来了。

大娘问："怎么了？"

老七摇摇头，叹了一口气。

先以为水保恐怕不会来的，所以大家仍然睡了觉，大娘老七五多三个人在前舱，只把男子放到后面。

查船的在半夜时，由水保领来了，水面鸦雀无声，四个全副武装警察守在船头，水保同巡官晃着手电筒进到前舱。这时大娘已把灯捻明了，她经验多，懂得这不是大事情。老七披了衣坐在床上，喊干爹，喊巡官老爷，要五多倒茶。五多还睡意迷蒙，只想到梦里在乡下摘三月莓。

男子被大娘摇醒揪出来，看到水保，看到一个穿黑制服的大人物，吓得不能说话，不晓得有什么严重事情发生。

那巡官装成很有威风的神气开了口："这是什么人？"

水保代为答应，"老七的汉子，才从乡下来走亲戚。"

老七说道，"老爷，他昨天才来的。"

巡官看了一会儿男子，又看了一会儿女人，仿佛看出水保的话不是谎话，就不再说话了，随意在前舱各处翻翻。待注意到那个贮风干栗子的小坛子时，水保便抓了一大把栗子塞到巡官那件体面制服的大口袋里去，巡官只是笑，也不说什么。

一伙人一会儿就走到另一船上去了。大娘刚要盖篷，一个警察回来传话：

"大娘，大娘，你告老七，巡官要回来过细考察她一下，你懂不懂？"

大娘说，"就来么？"

"查完夜就来。"

"当真吗？"

"我什么时候同你这老婊子说过谎？"

大娘很欢喜的样子，使男子很奇怪，因为他不明白为什么巡官还要回来考察老七。但这时节望到老七睡起的样子，上半晚的气已经没有了，他愿意讲和，愿意同她在床上说点家常私话，商量件事情，就傍床沿坐定不动。

大娘像是明白男子的心事，明白男子的欲望，也明白他不懂事，故只同老七打知会，"巡官就要来的！"

老七咬着嘴唇不作声，半天发痴。

男子一早起来就要走路，沉默的一句话不说，端整了自己的草鞋，找到了自己的烟袋。一切归一了，就坐到那矮床边沿，像是有话说又说不出口。

老七问他，"你不是昨晚上答应过干爹，今天到他家中吃中饭吗？"

"……"摇摇头，不作答。

"人家特意为你办了酒席，好意思不领情？"

"……"

"戏也不看看么？"

"……"

"满天红的晕油包子，到半日才上笼，那是你欢喜的包子。"

"……"

一定要走了，老七很为难，走出船头呆了一会，回身从荷包里掏出昨晚上那兵士给的票子来，点了一下数，一共四张，捏成一把塞到男子左手心里去。男子无话说，老七似乎懂到那意思了，"大娘，你拿那三张也把我。"大娘将钱取出，老七又把这钱塞到男子右手心里去。

男子摇摇头，把票子撒到地下去，两只大而粗的手掌捣着脸孔，像小孩子那样莫名其妙的哭了起来。

五多同大娘看情形不好，一齐逃到后舱去了。五多心想这真是怪事，那么大的人会哭，好笑。可是她并不笑。她站在船后梢舵，看见挂在梢舱顶梁上的胡琴，很愿意唱一个歌，可是不知为什么也总唱不出声音来。

水保来船上请远客吃酒，只有大娘同五多在船上。问到时，才明白两夫妇一早都回转乡下去了。

1930 年 4 月作于吴淞

[提示]

《丈夫》于 1930 年发表在《小说月报》上，讲述了一个乡下男子到河船上探望被送出"做生意"的妻子一日一夜的遭遇。作者用平淡朴实的口吻讲述了丈夫的所闻所见，再现"丈夫"在残酷的现实面前不得不放下尊严并承受着羞辱的心理过程，写出了城乡冲突下男女关系的变化历程。沈从文推崇乡村健康优美自然的人性，表达了对金钱社会下人性品格、男女关系恶化堕落的强烈不满。小说中的丈夫一开始麻木冷淡，之后又是失落和寂寞，最后又痛苦和悔恨，这是丈夫在人格上的自我实现过程，是自然人性的回归。《丈夫》表达了沈从文对人性美的憧憬和肯定，既对乡下人愚昧麻木进行了讽刺，也对罪恶的金钱社会与虚伪的城市文明流露出厌倦和不满。都市文明慢慢渗入到乡村，不可避免地影响了乡村人的质朴和善良，都市文明和自然间的激烈冲突与对抗加剧了乡村人的悲剧，同时无法抗拒的生存压力也使得人们崇尚金钱，利益至上，从而人性变得扭曲和堕落。

小说采用漫不经心、平淡无奇的笔调来叙述悲剧故事，使读者笑中落泪，喜中见悲，从而增强了悲剧效果。采用荒诞、夸张、类比、比喻等手法来刻画人物，烘托人物，使人物性格变得鲜明突出。

（陈广军）

死水微澜（存目）

李劼人

[提示]

李劼人（1891—1962），原名李家祥，四川成都人，中国现代知名小说家，也是中国现代重要的法国文学翻译家。1921年发表处女作《游园会》，代表作品有《死水微澜》、《暴风雨前》、《大波》等。

《死水微澜》以四川成都郊外的一个小乡镇——天回镇为主要叙述空间，以袍哥与教民两种势力在中国内地的相互冲突为背景，而以蔡大嫂、罗歪嘴、顾天成之间的恩怨情仇、悲欢离合为基本线索，描绘出如死水般的古城在辛亥革命前夕的激荡不平，用故事呈现出整个民族在历史转折背景下的恢宏之网。清末封建专制统治的高压政策和愚昧落后的封建文化观念使天回镇如同一潭没有生机和活力的"死水"，这潭死水的动荡是由外来资本主义物质、精神的渗入引起的，袍哥与教民的冲突折射出农耕生产方式与现代文明之间的时代性对决。作者有意识地追求历史发展与个人命运、社会矛盾与生活纠葛的有机统一，为读者呈现出波澜壮阔的社会生活全景。

女主人公蔡大嫂是一个极为复杂矛盾的人物，也是小说刻画得最为成功的形象。她是一个无法用善恶来界定的女性，她有爱，有恨，她爱慕虚荣，红杏出墙，但她也刚烈，善良聪慧，她既有女性的温柔、多情、辛勤，又有男儿一样的豪放、开放、重道义。她的非分之想和越轨具有叛逆性，具有一定的反封建意识和个性解放意识，但其思想基础又多是务实主义和利己主义。封建伦理道德观念在她面前失去了至高无上的权威和尊严，她与掌柜蔡兴顺、袍哥罗歪嘴、教民顾天成的三次婚姻、爱情生活，体现了那个年代里女性不甘命运摆布、渴望理想生活和自由爱情的追求，她的改嫁是对传统的妇女道德观、婚姻观的颠覆，是她多面性格中不可缺少、熠熠生辉的一面。

作品从日常生活小事和万千风俗入手，把"历史"和"个人"有机地结合在一起，着眼于对民族性格和文化心理的揭示，来审视和评判当时的社会和时代。大量的风土人情、世态习俗的描写成为情节的一部分，并借此营造浓重的历史文化氛围，推动故事的情节，刻画人物性格。作品运用四川方言较多，带有浓重的川西地方韵味，为小说增添了几分活的生命力。小说语言自然朴实，对景物描写巨细无遗，令人印象深刻。

（陈广军）

为奴隶的母亲

柔　石

　　她的丈夫是一个皮贩，就是收集乡间各猎户底兽皮和牛皮，贩到大埠上出卖的人。但有时也兼做点农作，芒种的时节，便帮人家插秧，他能将每行插得非常直，假如有五人同在一个水田内，他们一定叫他站在第一个做标准，然而境况是不佳，债是年年积起来了。他大约就因为境况的不佳。烟也吸了，酒也喝了，钱也赌起来了。这样，竟使他变做一个非常凶狠而暴躁的男子，但也就更贫穷下去。连小小的移借，别人也不敢答应了。

　　在穷底结果的病以后，全身便变成枯黄色，脸孔黄的和小铜鼓一样，连眼白也黄了。别人说他是黄疸病，孩子们也就叫他"黄胖"了。有一天，他向他的妻说：

　　"再也没有办法了。这样下去，连小锅也都卖去了。我想，还是从你底身上设法罢。你跟着我挨饿，有什么办法呢？"

　　"我底身上？……"

　　他底妻坐在灶后，怀里抱着她刚满五周的男小孩——孩子还在啜着奶，她讷讷地低声地问。

　　"你，是呀，"她底丈夫病后的无力的声音，"我已经将你出典了……"

　　"什么呀？"她底妻子几乎昏去似的。

　　屋内是稍稍静寂了一息。他气喘着说：

　　"三天前，王狼来坐讨了半天的债回去以后，我也跟着他去，走到九亩潭边，我很不想要做人了。但是坐在那株爬上去一纵身就可落在潭里的树下，想来想去，总没有力气跳了。猎头鹰在耳朵边不住地啭，我底心被它叫寒起来，我只得回转身，但在路上，遇见了沈家婆，她问我，晚也晚了，在外做什么。我就告诉她，请她代我借一笔款，或向什么人家的小姐借些衣服或首饰去暂时当一当，免得王狼底狼一般的绿眼睛天天在家里闪烁。可是沈家婆向我笑道：

‘你还将妻养在家里做什么呢？你自己黄也黄到这个地步了。’

我低着头站在她面前没有答，她又说：

‘儿子呢，你只有一个，舍不得。但妻——’

我当时想：‘莫非叫我卖去妻子么？’

她继续道：

‘但妻——虽然是结发的，穷了，也没有法。还养在家里做什么呢？’

这样，她就直说出：‘有一个秀才，因为没有儿子，年纪已五十岁了，想买一个妾；又因他底大妻不允许，只准他典一个，典三年或五年，叫我物色相当的女人：年纪约三十岁左右，养过两三个儿子的，人要沉默老实，又肯做事，还要对他底大妻肯低眉下首。这次是秀才娘子向我说的，假如条件合，肯出八十元或一百元的身价。我代她寻好几天，总没有相当的女人。’她说：‘现在碰到我，想起了你来，样样都对的。’当时问我底意见怎样，我一边掉了几滴泪，一边却被她催的答应她了。”

说到这里，他垂下头，声音很低弱，停止了。他底妻简直痴似的，话一句没有。又静寂了一息，他继续说：

“昨天，沈家婆到过秀才底家里，她说秀才很高兴，秀才娘子也喜欢，钱是一百元，年数呢，假如三年养不出儿子，是五年。沈家婆并将日子也拣定了——本月十八，五天后。今天，她写典契去了。”

这时，他底妻简直连腑脏都颤抖，吞吐着问：

“你为什么早不对我说？”

“昨天在你底面前旋了三个圈子，可是对你说不出。不过我仔细想，除出将你底身子设法外，再也没有办法了。”

“决定了么？”妇人战着牙齿问。

“只待典契写好。”

“倒霉的事情呀，我！——一点也没有别的方法了么？春宝底爸呀！”

春宝是她怀里的孩子底名字。

“倒霉，我也想到过，可是穷了，我们又不肯死，有什么办法？今年，我怕连插秧也不能插了。”

“你也想到过春宝么？春宝还只有五岁，没有娘，他怎么好呢？”

“我领他便了，本来是断了奶的孩子。”

他似乎渐渐发怒了。也就走出门外去了。她，却呜呜咽咽地哭起来。

这时，在她过去的回忆里，却想起恰恰一年前的事：那时她生下了一个女儿，她简直如死去一般地卧在床上。死还是整个的，她却肢体分作四碎与五裂。刚落地的女婴，在地上的干草堆上叫："呱呀，呱呀，"声音很重的，手脚揪缩。脐带绕在她底身上，胎盘落在一边，她很想挣扎起来给她洗好，可是她底头昂起来，身子凝滞在床上。这样，她看见她底丈夫，这个凶狠的男子，红着脸，提了一桶沸水到女婴的旁边。她简直用了她一生底最后的力向他喊："慢！慢……"但这个病前极凶狠的男子，没有一分钟商量的余地，也不答半句话，就将"呱呀，呱呀，"声音很重地在叫着的女儿，刚出世的新生命，用他底粗暴的两手捧起来，如屠户捧将杀的小羊一般，扑通，投下在沸水里了！除出沸水的溅声和皮肉吸收沸水的嘶声以外，女孩一声也不喊——她疑问地想，为什么也不重重地哭一声呢？竟这样不响地愿意冤枉死去么？啊！——她转念，那是因为她自己当时昏过去的缘故，她当时剜去了心一般地昏去了。

想到这里，似乎泪竟干涸了。"唉！苦命呀！"她低低地叹息了一声。这时春宝拔去了奶头，向他的母亲的脸上看，一边叫：

"妈妈！妈妈！"

在她将离别的前一晚，她拣了房子底最黑暗处坐着。一盏油灯点在灶前，萤火那么的光亮。她，手里抱着春宝，将她底头贴在他的头发上。她的思想似乎浮漂在极远，可是她自捉摸不定远在哪里。于是慢慢地跑过来，跑到眼前，跑到她的孩子底身上。

她向她底孩子低声叫：

"春宝，宝宝！"

"妈妈，"孩子含着奶头答。

"妈妈明天要去了……"

"唔"，孩子似不十分懂得，本能地将头钻进他母亲底胸膛。

"妈妈不回来了，三年内不能回来了！"

她擦一擦眼睛，孩子放松口子问：

"妈妈哪里去呢？庙里么？"

"不是，三十里路外，一家姓李的。"

"我也去。"

"宝宝去不得的。"

"呃！"孩子反抗地，又吸着并不多的奶。

"你跟爸爸在家里，爸爸会照料宝宝的：同宝宝睡，也带宝宝玩，你听爸爸底话好了。过三年……"

她没有说完，孩子要哭似地说：

"爸爸要打我的！"

"爸爸不再打你了，"同时用她底左手抚摸着孩子底右额，在这上，有他父亲在杀死他刚生下的妹妹后第三天，用锄柄敲他，肿起而又平复了的伤痕。

她似要还想对孩子说话，她底丈夫踏进门了。他走到她底面前，一只手放在袋里，掏取着什么，一边说：

"钱已经拿来七十元了。还有三十元要等你到了十天后付。"

停了一息说："也答应轿子来接。"

又停了一息说："也答应轿夫一早吃好早饭来。"

这样，他离开了她，又向门外走出去了。

这一晚，她和她底丈夫都没有吃晚饭。

第二天，春雨竟滴滴淅淅地落着。

轿是一早就到了。可是这妇人，她却一夜不曾睡。她先将春宝底几件破衣服都修补好；春将完了，夏将到了，可是她，连孩子冬天用的破烂棉袄都拿出来，移交给他底父亲——实在，他已经在床上睡去了。以后，她坐在他底旁边，想对他说几句话，可是长夜是迟延着过去，她底话一句也说不出。而且，她大着胆向他叫了几声，发了几个听不清楚的声音，声音在他底耳外，她也就睡下不说了。

等她朦朦胧胧地刚离开思索将要睡去，春宝醒了，他就推叫他底母亲，要起来。以后当她给他穿衣服的时候，向他说："宝宝好好地在家里，不要哭，免得你爸爸打你。以后妈妈常买糖果来，买给宝宝吃，宝宝不要哭。"

而小孩子竟不知道悲哀是什么一回事，张大口子"唉，唉，"他唱起来了。她在他底唇边吻了一吻，又说：

"不要唱，你爸爸被你唱醒了。"

轿夫坐在门首的板凳上，抽着旱烟，说着他们自己要听的话。一息，邻村的沈家婆也赶到了。一个老妇人，熟悉世故的媒婆，一进门，就拍拍她身上的雨点，向他们说：

"下雨了，下雨了，这是你们家里此后会有滋长的预兆。"

老妇人忙碌似地在屋内旋了几个圈，对孩子底父亲说了几句话，意思是讨酬报。因为这件契约之能订的如此顺利而合算，实在是她底力量。

"说实在话，春宝底爸呀，再加五十元，那老头子可以买一房妾了。"她说。

于是又转向催促她——妇人却抱着春宝，这时坐着不动。老妇人声音很高地：

"轿夫要赶到他们家里吃中饭的，你快些预备走呀！"

可是妇人向她瞧了一瞧，似乎说：

"我实在不愿离开呢！让我饿死在这里罢！"

声音是在她底喉下，可是媒婆懂得了，走近到她前面，迷迷地向她笑说：

"你真是一个不懂事的丫头，黄胖还有什么东西给你呢？那边真是一份有吃有剩的人家，两百多亩田，经济很宽裕，房子是自己底，也雇着长工养着牛。大娘底性子是极好的，对人非常客气，每次看见人总给人一些吃的东西。那老头子——实在并不老，脸是很白白的，也没有留胡子，因为读了书，背有些偻偻的，斯文的模样。可是也不必多说，你一走下轿就看见的，我是一个从不说谎的媒婆。"

妇人拭一拭泪，极轻地：

"春宝……我怎么抛开他呢！"

"不用想到春宝了。"老妇人一手放在她底肩上，脸凑近她和春宝。"有五岁了，古人说：'三周四岁离娘身'，可以离开你了。只要你肚子争气些，到那边，也养下一二个来，万事都好了。"

轿夫也在门首催起身了，他们噜苏着说：

"又不是新娘子，啼啼哭哭的。"

这样，老妇人将春宝从她底怀里拉去，一边说：

"春宝让我带去罢。"

小小的孩子也哭了，手脚乱舞的，可是老妇人终于给他拉到小门外去。当妇人走进轿门的时候，向他们说：

"带进屋里来罢，外边有雨呢。"

她底丈夫用手支着头坐着，一动没有动，而且也没有话。

两村的相隔有三十里路，可是轿夫的第二次将轿子放下肩，就到了。

春天的细雨，从轿子底布篷里飘进，吹湿了她底衣衫。一个脸孔肥肥的，两眼很有心计的约摸五十四五岁的老妇人来迎她，她想：这当然是大娘了。可是只向她满面羞涩地看一看，并没有叫。她很亲昵似地将她牵上阶沿，一个长长的瘦瘦的而面孔圆细的男子就从房里走出来。他向新来的少妇，仔细地瞧了瞧，堆出满脸的笑容来，向她问：

"这么早就到了么？可是打湿你底衣裳了。"

而那位老妇人，却简直没有顾到他底说话，也向她问：

"还有什么在轿里么？"

"没有什么了，"少妇答。

几位邻舍的妇人站在大门外，探头张望的；可是她们走进屋里面了。

她自己也不知道这究竟为什么，她底心老是挂念着她底旧的家，掉不下她的春宝。这是真实而明显的，她应庆祝这将开始的三年的生活——这个家庭，和她所典给他的丈夫，都比曾经过去的要好，秀才确是一个温良和善的人，讲话是那么地低声，连大娘，实在也是一个出乎意料之外的妇人，她底态度之殷勤，和滔滔的一席话：说她和她丈夫底过去的生活之经过，从美满而漂亮的结婚生活起，一直到现在，中间的三十年。她曾做过一次的产，十五六年以前，养下一个男孩子，据她说，是一个极美丽又极聪明的婴儿，可是不到十个月竟患天花死去了。这样，以后就没有养过第二个。在她底意思中，似乎——似乎——早就叫她底丈夫娶一房妾，可是他，不知是爱她呢，还是没有相当的人——这一层她并没有说清楚；于是，就一直到现在。这样，竟说得这个具着朴素的心地的她，一时酸，一时苦，一时甜上心头，一时又咸的压下去了。最后这个老妇人并将她底希望也向她说出来了。她底脸是娇红的，可是老夫人说：

"你是养过三四孩子的女人了，当然，你是知道什么的，你一定知道的还比我多。"

这样，她说着走开了。

当晚，秀才也将家里底种种情形告诉她，实际，不过是向她夸耀或求媚罢了。她坐在一张橱子的旁边，这样的红的木橱，是她旧的家所没有的，她眼睛白晃晃地瞧着它。秀才也就坐在橱子底面前来，问她：

"你叫什么名字呢？"

她没有答，也并不笑，站起来，走在床底前面，秀才也跟到床底旁边，更笑地问她：

"怕羞么？哈，你想你底丈夫么？哈，哈，现在我是你底丈夫了。"声音是轻轻的，又用手去牵着她底袖子。"不要愁罢！你也想你底孩子的，是不是？不过——"

他没有说完，却又哈地笑了一声，他自己脱去他外面的长衫了。

她可以听见房外的大娘底声音在高声地骂着什么人，她一时听不出在骂谁，骂烧饭的女仆，又好像骂她自己，可是因为她底怨恨，仿佛又是为她而发的。秀才在床上叫道：

"睡罢，她常是这么噜噜苏苏的。她以前很爱那个长工，因为长工要和烧饭的黄妈多说话，她却常要骂黄妈的。"

日子是一天天地过去了。旧的家，渐渐地在她底脑子里疏远了，而眼前，却一步步地亲近她使她熟悉。虽则，春宝底哭声有时竟在她耳朵边响，梦中，她也几次地遇到过他了。可是梦是一个比一个缥渺，眼前的事务是一天比一天繁多。她知道这个老妇人是猜忌多心的，外表虽则对她还算大方，可是她底嫉妒的心是和侦探一样，监视着秀才对她的一举一动。有时，秀才从外面回来，先遇见了她而同她说话，老妇人就疑心有什么特别的东西买给她了，非在当晚，将秀才叫到她自己底房内去，狠狠地训斥一番不可。"你给狐狸迷着了么？""你应该称一称你自己底老骨头是多少重！"像这样的话，她耳闻到不止一次了。这样以后，她望见秀才从外面回来而旁边没有她坐着的时候，就非得急忙避开不可。即使她在旁边，有时也该让开些，但这种动作，她要做的非常自然，而且不能让别人看出，否则，她又要向她发怒，说是她有意要在旁人的前面暴露她大娘底丑恶。而且以后，竟将家里的许多杂务都堆积在她底身上，同一个女仆那么样。她还算是聪明的，有时老妇人底换下来的衣服放着，她也给她拿去洗了，虽然她说：

"我底衣服怎么要你洗呢？就是你自己底衣服，也可叫黄妈洗的。"可是接着说：

"妹妹呀，你最好到猪栏里去看一看，那两只猪为什么这样喁喁叫的，或者因为没有吃饱罢，黄妈总是不肯给它们吃饱的。"

八个月了，那年冬天，她底胃却起了变化：老是不想吃饭，想吃新鲜的面，番薯等。但番薯或面吃了两餐，又不想吃，又想吃馄饨，多吃又要呕。而且还想吃南瓜和梅子——这是六月里的东西，真稀奇，向哪里去找呢？秀才是知道在这个变化中所带来的预告了。他镇日地笑微微，能找到的东西，总忙着给她找来。他亲身给她街上去买橘子，又托便人买了金柑来，他在廊沿下走来走去，口里念念有词的，不知说什么。他看她和黄妈磨过年的粉，但还没有磨了三升，就向她叫："歇一歇罢，长工也好磨的，年糕是人人要吃的。"

有时在夜里，人家谈着话，他却独自拿了一盏灯，在灯下，读起《诗经》来了：

"关关雎鸠，

在河之洲，

窈窕淑女，

君子好逑——"

这时长工向他问：

"先生，你又不去考举人，还读它做什么呢？"

他却摸一摸没有胡子的口边，怡悦地说道：

"是呀，你也知道人生底快乐么？所谓：'洞房花烛夜，金榜挂名时。'你也知道这两句话底意思么？这是人生底最快乐的两件事呀！可是我对于这两件事都过去了，我却还有比这两件更快乐的事呢！"

这样，除出他底两个妻以外，其余的人们都大笑了。

这些事，在老妇人眼睛里是看得非常气恼了。她起初闻到她地受孕也欢喜，以后看见秀才的这样奉承她，她却怨恨她自己肚子地不会还债了。有一次，次年三月了，这妇人因为身体感觉不舒服，头有些痛，睡了三天。秀才呢，也愿她歇息歇息，更不时地问她要什么，而老妇人却着实地发怒了。她说她装娇，噜噜苏苏地说了三天。她先是恶意地讥嘲她：说是一到秀才底家里就高贵起来了，什么腰酸呀，头痛呀，姨太太的架子也都摆出来了；以前在自己底家里，她不相信她有这样的娇养，恐怕竟和街头的母狗一样，肚皮里有着一肚子的小狗，临产了，还要到处地奔求着食物。现在呢，因为"老东西"——这是秀才的妻叫秀才的名字——趋奉了她，就装着娇滴滴的样子了。

"儿子，"她有一次在厨房里对黄妈说："谁没有养过呀？我也曾怀过十个月的孕，不相信有这么的难受。而且，此刻的儿子，还在'阎罗王的簿里'，谁保的定生出来不是一只癫蛤蟆呢？也等到真的'鸟儿'从洞里钻出来看见了，才可在我底面前显威风，摆架子，此刻，不过是一块血的猫头鹰，就这么的装腔，也显得太早一点！"

当晚这妇人没有吃晚饭，这时她已经睡了，听了这一番婉转的冷嘲与热骂，她呜呜咽咽地低声哭泣了。秀才也带衣服坐在床上，听到浑身透着冷汗，发起抖来。他很想扣好衣服，重新走起来，去打她一顿，抓住她底头发狠狠地打她一顿，泄泄他一肚皮的气。但不知怎样，似乎没有力量，连指也颤动，臂也酸软了，一边轻轻地叹息着说：

"唉，一向实在太对她好了。结婚了三十年，没有打过她一掌，简直连指甲都没有弹到她底皮肤上过，所以今日，竟和娘娘一般地难惹了。"

同时，他爬过到床底那端，她底身边，向她耳语说：

"不要哭罢，不要哭罢，随她吠去好了！她是阉过的母鸡，看见别人的孵卵是难受的。假如你这一次真能养出一男孩子来。我当送你两样宝贝——我有一只青玉的戒指，我有一只白玉的……"

他没有说完，可是他忍不住听下门外的他底大妻底喋喋的讥笑声音，他急忙地脱去了衣服，将头钻进被窝里去，凑向她底胸膛，一边说：

"我有白玉的……"

肚子一天天地膨胀的如斗那么大，老妇人终究也将产婆雇定了，而且在别人的面前，竟拿起花布来做婴儿用的衣服。酷热的暑天到了尽头，旧历的六月，他们在希望的眼中过去。秋开始，凉风也拂拂地乡镇上吹送。于是有一天，这全家的人们都到了希望底最高潮，屋里底空气完全地骚动起来。秀才底心更是异常地紧张，他在天井上不断地徘徊，手里捧着一本历书，好似要读它背诵那么地念去——"戊辰"，"甲戌"，"壬寅之年"，老是反复地轻轻地说着。有时他底焦急的眼光向一间关了窗的房子望去——在这间房子内是有产母底低声呻吟的声音；有时他向天上望一望被云笼罩着的太阳，于是又走向房门口，向站在房门内的黄妈问：

"此刻如何？"

黄妈不住地点着头不做声响，一息，答：

"快下来了，快下来了。"

于是他又捧了那本历书，在廊下徘徊起来。

这样的情形，一直继续到黄昏底青烟在地面起来，灯火一盏盏的如春天的野花般在屋内开起，婴儿才落地了，是一个男的。婴儿底声音很重地在屋内叫，秀才却坐在屋角里，几乎快乐到流出泪来了。全家的人都没有心思吃晚饭，在平淡的晚餐席上，秀才底大妻向佣人们说道：

"暂时瞒一瞒罢，给小猫头避避晦气；假如别人问起，也答养一个女的好了。"

他们都微笑地点点头。

一个月以后，婴儿底白嫩的小脸孔，已在秋天的阳光里照耀了。这个少妇给他哺着奶，邻舍的妇人围着他们瞧，有的称赞婴儿底鼻子好，有的称赞婴儿底口子好，有的称赞婴儿底两耳好；更有的称赞婴儿母亲，也比以前好，白而且壮了。老妇人却和老祖母那么地吩咐着，保护着，这时开始说：

"够了，不要弄他哭了。"

关于孩子底名字，秀才是煞费苦心地想着，但总想不出一个相当的字来。据老妇人底意见，还是从"长命富贵"或"福禄寿喜"里拣一个字，最好还是"寿"字或"寿"同意义的字，如"其颐"，"彭祖"等。但秀才不同意，以为太通俗，人云亦云的名字。于是翻开了《易经》，《书经》，向这里面找，但找了半月，一月，还没有恰贴的字。在他底意思：以为在这个名字内，一边要祝福孩子，一边要包含他底老而得子底蕴义，所以竟不容易找。这一天，他一边抱着三个月的婴儿，一边又向书里找名字，戴着一副眼镜，将书递到灯底旁边去。婴儿底母亲呆呆地坐在房内底一边，不知思想着什么，却忽然开口说：

"我想，还是叫他'秋宝'罢。"屋内的人们底几对眼睛都转向她，注意地静听着："他不是生在秋天吗？秋天的宝贝还是叫他'秋宝'罢。"

秀才立刻接着说道：

"是呀，我真极费心思了。我年过半百，实在到了人生的秋期；孩子也正养在秋天；'秋'是万物成熟的季节，秋宝，实在是很好的名字呀！而且《书经》里没有么？'乃亦有秋'，我真乃亦有'秋'了！"

接着，又称赞了一通婴儿底母亲：说是呆读书实在无用，聪明是天生的。这些话，说的这妇人连坐着都局促不安，垂下头，苦笑地又含泪地想：

"我不过因春宝想到了。"

秋宝是天天成长的非常可爱地离不开他底母亲了。

他有出奇的大的眼睛，对陌生人是不倦地注视地瞧着，但对他底母亲，却远远地一眼就知道了。他整天地抓住了他底母亲，虽则秀才是比她还爱他，但不喜欢父亲；秀才底大妻呢，表面也爱他，似爱她自己亲生的儿子一样，但在婴儿底大眼睛里，却看她似陌生人，也用奇怪的不倦的视法。可是他的执住他底母亲愈紧，而他底母亲离开这家的日子也愈近了。春天底口子咬住了冬天底尾巴；而夏天底脚又常是紧随着在春天底身后的；这样，谁都将孩子底母亲底三年快到的问题横放在心头上。

秀才呢，因为爱子的关系，首先向他底大妻提出来了：他愿意再拿出一百元钱，将她永远买下来。可是他底大妻底回答是：

"你要买她，那先给药死罢！"

秀才听到这句话，气的只向鼻孔放出气，许久没有说；以后，他反而做着笑脸地：

"你想想孩子没有娘……"

老妇人也尖利地冷笑地说：

"我不好算是他底娘么？"

在孩子的母亲的心呢，却正矛盾这两种的冲突了：一边，她底脑里老是有"三年"这两个字，三年是容易过去的，于是她底生活便变做在秀才家里底用人似的了。而且想象中的春宝，也同眼前的秋宝一样活泼可爱，她既舍不得秋宝，怎么就能舍得掉春宝呢？可是另一面边，她实在愿意永远在这新的家里住下去，她想，春宝的爸爸不是一个长寿的人，他底病一定是在三五年之内要将他带走到不可知的异国里去的，于是，她便要求她底第二个丈夫，将春宝也领过来，这样，春宝也在她底眼前。

有时，她倦坐在房外的沿廊下，初夏的阳光，异常地能令人昏朦地起幻想，秋宝睡在她底怀里，含着她底乳，可是她觉得仿佛春宝同时也站在她底旁边，她伸出手去也想将春宝抱近来，她还要对他们兄弟两人说几句话，可是身边是空空的。在身边的较远的门口，却站着这位脸孔慈善而眼睛凶毒的老妇人，目光注视着她。这样，恍恍惚惚地敏悟："还是早些脱离开罢，她简直探子一样地监视着我了。"可是忽然怀内的孩子一叫，她却又什么也没有的只剩着眼前的事实来支配她了。

以后，秀才又将计划修改了一些：他想叫沈家婆来，叫她向秋宝底母亲底前夫去说，他愿否再拿进三十元——最多是五十元，将妻续典三年给秀才。秀才对他底大妻说：

"要是秋宝到五岁，是可以离开娘了。"

他底大妻正是手里捻着念佛珠，一边在念着"南无阿弥陀佛"，一边答：

"她家里也还有前儿在，你也应放她和她底结发夫妇团聚一下罢。"

秀才低着头，断断续续地仍然这样说：

"你想想秋宝两岁就没有娘……"

可是老妇人放下念佛珠说：

"我会养的，我会管理他的，你怕我谟害了他么？"

秀才一听到末一句话，就拨步走开了。老妇人仍在后面说：

"这个儿子是帮我生的，秋宝是我底；绝种虽然是绝了你家底种，可是我却仍然吃着你家底餐饭。你真被迷了，老昏了，一点也不会想了。你还有几年好活，却要拼命拉她在身边？双连牌位，我是不愿意坐的！"

老妇人似乎还有许多刻毒的锐利的话，可是秀才走远开听不见了。

在夏天，婴儿底头上生了一个疮，有时身体稍稍发些热，于是这位老妇人就到处地问菩萨，求佛药，给婴儿敷在疮上，或灌下肚里，婴儿底母亲觉得并不十分要紧，反而使这样小小的生命哭成一身的汗珠，她不愿意，或将吃了几口的药暗地里拿去倒掉。于是这位老妇人就高声叹息，向秀才说：

"你看她竟一点也不介意他底病，还说孩子是并不怎样瘦下去。爱在心里的是深的；专疼表面是假的。"

这样，妇人只有暗自挥泪，秀才也不说什么话了。

秋宝一周纪念的时候，这家热闹地排了一天的酒筵，客人也到了三四十，有的送衣服，有的送面，有的送银制的狮狻，给婴儿挂在胸前的，有的送镀金的寿星老头儿，给孩子钉在帽上的，许多礼物，都在客人底袖子里带来了。他们祝福着婴儿的飞黄腾达，赞颂着婴儿的长寿永生；主人底脸孔，竟是荣光照耀着，有如落日的云霞反映着在他底颊上的。

可是在这天，正当他们筵席将举行的黄昏时，来了一个客，从朦胧的暮光中向他们底天井走进，人们都注意他：一个憔悴异常的乡人，衣服补衲的，头发很长，在他底腋下，挟着一个纸包。主人骇异地迎上前去，问他是哪里人，他口吃似地答了，主人一时糊涂的，但立刻明白了，就是那个皮贩。主人更轻轻地说：

"你为什么也送东西来了？你真不必的呀！"

来客胆怯地向四周看看，一边答说：

"要，要的……我来祝祝这个宝贝长寿千……"

他似没有说完，一边将腋下的纸包打开来了，手指颤动地打开了两三重的纸，于是拿出四只铜制镀银的字，一方寸那么大，是"寿比南山"四字。

秀才底大娘走来了，向他仔细一看，似乎不大高兴。秀才却将他招待到席上，客人们互相私语着。

两点钟的酒与肉，将人们弄的胡乱与狂热了：他们高声猜着拳，用大碗盛着酒互相比赛，闹得似乎房子都被震动了。只有那个皮贩，他虽然也喝了两杯酒，可是仍然坐着不动，客人们也不招呼他。等到兴尽了，于是各人草草地吃了一碗饭，互祝着好话，从两两三三的灯笼光影中，走散了。

而皮贩却吃到最后，佣人来收拾羹碗了，他才离开了桌，走到廊下的黑暗处。在那里，他遇见了他底被典的妻。

"你也来做什么呢？"妇人问，语气是非常凄惨的。

"我哪里又愿意来，因为没有法子。"

"那末你为什么来的这样晚？"

"我哪里来买礼物的钱呀?! 奔跑了一上午，哀求了一上午，又到城里买礼物，走得乏了，饿了，也迟了。"

妇人接着问：

"春宝呢？"

男子沉吟了一息答：

"所以，我是为春宝来的。……"

"为春宝来的？"妇人惊异地回音似地问。

男人慢慢地说：

"从夏天来，春宝是瘦的异样了。到秋天，竟病起来了。我又哪里有钱给他请医生吃药，所以现在，病是更厉害了！再不想法救救他，眼见得要死！"静寂了一刻，继续说："现在，我是向你来借钱的……"

这时妇人底胸膛内，简直似有四五只猫在抓她，咬她，咀嚼着她底心脏一样。她恨不得哭出来，但在人们个个向秋宝祝颂的日子，她又怎么好跟在人们底声音后面叫哭呢？她吞下她底眼泪，向她底丈夫说；

"我又哪里有钱呢？我在这里，每月只给我两角钱的零用，我自己又哪里要用什么，悉数补在孩子底身上了。现在，怎么好呢？"

他们一时没有话，以后，妇人又问：

"此刻有什么人照顾着春宝呢？"

"托了一个邻舍，我仍旧想回家，我就要走了。"

他一边说着，一边揩着泪。女的同时哽咽着说：

"你等一下罢，我向他去借借看。"

她就走开了。

三天以后的一天晚上，秀才忽然问这妇人道：

"我给你的那只青玉戒指？"

"在那天夜里，给了他了。给了他拿去当了。"

"没有借你五块钱么？"秀才愤怒地。

妇人低着头停了一息答：

"五块钱怎么够呢！"

秀才接着叹息说：

"总是前夫和眼儿好，无论我对你怎么样！本来我很想再留你两年的，现在，你还是到明春就走罢！"

女人简直连泪也没有地呆着了。

几天后，他还向她那么地说：

"那只戒指是宝贝，我给你是要你传给秋宝的，谁知你一下就拿去当了！幸得她不知道，要是知道了。有三个月好闹了！"

妇人是一天天地黄瘦了。没有精采的光芒在她底眼睛里起来，而讥笑与冷骂的声音又充塞在她底耳内了。她是时常记念着她底春宝的病的，探听着有没有从她底本乡来的朋友，也探听着有没有向她底本乡去的便客，她很想得到一个关于"春宝的身体已复原"的消息，可是消息总没有；她也想借两元钱或买些糖果去，方便的客人又没有，她不时地抱着秋宝在门首过去一些的大路边，眼睛望着来和去的路。这种情形却很使秀才底大妻不舒服了，她时常对秀才说：

"她哪里愿意在这里呢？她是极想早些飞回去的。"

有几夜，她抱着秋宝在睡梦中突然喊起来，秋宝也被吓醒，哭起来了。秀才就追逼地问：

"你为什么？你为什么？"

可是女人拍着秋宝，口子哼哼的没有答。秀才继续说：

"梦着你底前儿死了么，那么地喊？连我都被你叫醒了。"

女人急忙一边答：

"不，不，……好像我底前面有一圹坟呢！"

秀才没有再讲话，而悲哀的幻象更在女人底前面展现开来，她要走向这坟去。

冬末了，催离别的小鸟，已经到她底窗前不住地叫了。先是孩子断了奶，又叫道士们来给孩子了一个关，于是孩子和他亲生的母亲的别离——永远的别离的命远就被决定了。

这一天，黄妈先悄悄地向秀才底大妻说：

"叫一顶轿子送他去么？"

秀才底妻子还是手里捻着念佛珠说：

"走走好罢，到那边轿钱是那边付的确她又哪里有钱呢？听说她底亲夫连饭也没得吃，她不必摆阔了解路也不算远郊我也是曾经走过三十里路的人，她的脚比较大，半天可以到了。"

这天早晨当她给秋宝穿衣服的时候，她的泪如溪水地流下，孩子向她叫："婶婶，婶婶"——因为老妇人要他叫自己是"妈妈"，只准叫她是"婶婶"——她向咽咽地答应。她很想对他说几句话的意思是：

"别了，我底亲爱的儿子呀！你的妈妈待你是好的，你将来也好好地待还她罢，永远不要再记念我了！"

可是她无论怎样也说不出。她也知道一周半的孩子是不会了解的。

秀才悄悄地走向她，从她背后的腋下伸进手来，在他底手内是十枚双毫角子，一边轻轻说：

"拿去罢，这两块钱。"

妇人扣好孩子的钮扣，就将角子塞在怀内的衣袋里。

老妇人又进来了，注意着秀才走出去的背后，又向妇人说：

"秋宝给我抱去罢，免得你走时他哭。"

妇人不做声响，可是秋宝总不愿意，用手不住地拍在老妇人底脸上，于是老妇人生气地又说：

"那末那同他去吃早饭去罢，吃了早饭交给我。"

拼命地劝她多吃饭，一边说：

"半月来你就这样了，你真比来的时候还瘦了。你没有去照照镜子。今天，吃一碗下去罢，你还要走三十里路呢。"

她只不关紧要地说了一句：

"你对我真好！"

但是太阳是升的非常高了，一个很好的天气，秋宝还是不肯离开他的母亲，老妇人便狠狠将他从她的怀里夺去，秋宝用小小的脚踢在老妇人的肚子上，用小小的拳头搔住她底头发，高声呼喊她。妇人在后面说：

"让我吃了中饭去罢。"

老妇人却转过头，汹汹地答：

"赶快打起你底包袱去罢，早晚总有一次的！"

孩子的哭声便在她的耳内渐渐去了。

打包裹的时候，耳是听着孩子的哭声。黄妈在旁边，一边劝慰着她，一边却看她打进甚么去。终于，她挟着一只旧的包裹走了。她离开他的大门时，听见她的秋宝的哭声。可是慢慢地远远地走了三里路了，还听见她的秋宝的哭声。

暖和的太阳所照耀的路，在她面前竟和天一样无穷止地长。当她走到一条河边的时候，她很想停止她的那么无力的脚步，向明澈可以照见她自己底身子的水底跳下去了。但在水边坐了一会之后，她还得依前去的方向，移动她自己的影子。太阳已经过午了，一股村里的一个年老的乡人告诉她，路还有十五里；于是她向那个老人说：

"伯伯，请你代我就近叫一顶轿子罢，我是走不回去了！"

"你是有病的么？"老人问。

"是的。"

她那时坐在村口的凉亭里面。

"你从哪里来？"

妇人静默了一时答：

"我是向那里去的；早晨我以为自己会走的。"

老人怜悯地也没有多说话，就给她两位轿夫，一顶没篷的轿。因为那是下秧的季节。

下午三四时的样子，一条狭窄而污秽的乡村小街上，抬过了一顶没篷的轿子，轿里躺着一个脸色枯萎如同一张瘪的黄菜叶那么的中年妇人，两眼朦胧地颓唐地闭着。嘴里的呼吸只有微弱地吐出。街上的人们个个睁着惊异的目光，怜悯地凝视着过去。一群孩子们，争噪地跟在轿后，好像一件奇异的事情落到这沉寂小村镇里来了。

春宝也是跟在轿的孩子们中底一个，他还在似赶猪那么地哗着轿走，可是轿子一转一个弯，却是向他底家里去的路，他却直了两手而奇怪了，等到轿子到了他家里的门口，他简直呆似地远远地站在前面，背靠一株柱子上，面向着轿，其余的孩子们胆怯地围在轿的两边。妇人走出来了，她昏迷的眼睛还认不清站在前面的，穿着褴褛的衣服，头发蓬乱的，身子和三年前一样的短小，那个八岁的孩子是她的春宝。突然，她哭出来地高叫了：

"春宝呀！"

一群孩子们，个个无意地吃了一惊，而春宝简直吓得躲进屋子他父亲那里去了。

妇人在灰暗的屋内坐了许久许久，她和她底丈夫都没有一句话。夜色降落了，他下垂的头昂起来，向她说：

"烧饭吃罢！"

妇人不得已地站起来，向屋角上旋转了一周，一点也没有气力地对她丈夫说：

"米缸内是空空的……"

男人冷笑了一声，答说："你真是大人家里生活过了！米，盛在那只香烟盒子内。"

当天晚上，男子向她底儿子说：

"春宝，跟你底娘去睡！"

而春宝却靠在灶边哭起来了。他的母亲走近他，一边叫：

"春宝，宝宝！"

可是当她底手去抚摸他的时候，他又躲闪开了。男子加上说：

"会生疏得那么快，一顿打呢！"

她眼睁睁地睡在一张龌龊的狭窄板床上，春宝陌生似地睡在她底身边。在她底已经麻木的胸内，仿佛秋宝肥白可爱地在她身边挣动着，她伸出两手去抱，可是身边是春宝。这时，春宝睡着了。转了一个身，她的母亲紧紧地将他抱住，而孩子却从微弱的鼻声中，脸伏在她的胸膛，两手抚摩着她的两乳。

沉静而寒冷的死一般长的夜，似无限地拖延着，拖延着……

　　　　　　　　　　　　　　一九三〇年一月二十日

[提示]

柔石（1902—1931），原名赵平复，化名少雄，浙江宁海人。代表作有中篇小说《二月》、《三姊妹》、短篇小说《为奴隶的母亲》。

《为奴隶的母亲》是柔石1930年创作的小说，经过八十多年漫长时间的考验，仍然包含着生命的光彩。小说通过对社会底层的劳动人民的生活特别是对底层妇女的悲惨命运的描写，揭露了封建伦理道德和愚昧典妻制度对女性的伤害和压迫。封建伦理道德规范抑制自然的人性，缺乏最基本的人文关怀。小说塑造了一个被压迫、被摧残、被蹂躏的贫穷妇女——春宝娘的形象。因生活所迫，她不得不撇下五岁的儿子春宝，被丈夫典到一个地主秀才家当生儿子的工具，生下了小儿子秋宝。当典当期满，她又被迫离开秋宝回到依然难改恶习的丈夫旁边，等待她的是无尽的黑夜和绝望。为奴隶的母亲身上体现了强烈的生命悲剧性。小说最后一句"沉寂而寒冷的死一般长的夜，似无限拖延着，拖延着"体现出春宝娘的悲剧性命运会无限延续下去。其实，悲剧的阴影左右着小说每个人物的命运。不管是逆来顺受的春宝娘还是专横跋扈的秀才妻，不管是穷困潦倒的皮贩还是有钱有势的地主。而春宝娘身上体现更为彻底的悲剧性。

作者以十分严峻冷静的笔触，采用白描手法，将真挚的情感蕴含在普通、真切的生活描写中，情感自然流露，没有过分的夸张和渲染，冷静观察人生，严峻剖析现实，触目惊心，发人深省。

（陈广军）

山 峡 中

艾 芜

江上横着铁链作成的索桥，巨蟒似的，现出顽强古怪的样子，终于渐渐吞蚀在夜色中了。

桥下凶恶的江水，在黑暗中奔腾着，咆哮着，发怒地冲打岩石，激起吓人的巨响。

两岸蛮野的山峰，好像也在怕着脚下的奔流，无法避开一样，都把头尽量地躲入疏星寥落的空际。

夏天的山中之夜，阴郁、寒冷、怕人。

桥头的神祠，破败有荒凉的。显然已给人类忘记了，遗弃了，孤零零地躺着，只有山风、江流送着它的余年。

我们这几个被世界忘却的人，到晚上的时候，趁着月色星光，就从远山那边的市集里，悄悄地爬了下来，进去和残废的神们，一块儿住着，作为暂时的自由之家。

黄黑斑驳的神龛面前，烧着一堆煮饭的野火，跳起熊熊的红光，就把伸手取暖的阴影鲜明地经在火堆的周遭。上面金衣剥落的江神，虽也在暗淡的红色光影中，显出一足踏着龙头的悲壮样子，但人一看见那只扬起的握剑的手，是那么地残破，危危欲坠了，谁也要怜惜他这位末路英雄的。锅盖的四围，呼呼地冒出白色的蒸气，咸肉的香味和着松柴的芬芳，一时到处弥漫起来。这是宜于哼小曲、吹口哨的悠闲时候，但大家都是静默地坐着，只在暖暖手。

另一边角落里，燃着一节残缺的蜡烛，摇曳地吐出微黄的光辉，展示出另一个暗淡的世界。没头的土地菩萨侧边，躺着小黑牛，污腻的上身完全裸露出来。正无力地呻唤着，衣和裤上的血迹，有的干了，有的还是湿渍渍的。夜白飞就坐在旁边，给他揉着腰杆，擦着背，一发现重伤的地方，便惊讶地喊：

接着咒骂起来：

"他妈的！这地方的人，真毒！老子走遍天下，也没碰见过这些吃人的东西！……这里的江水也可恶，像今晚要把我们冲走一样！"

夜愈静寂，江水也愈吼得厉害，地和屋宇和神龛都在震颤起来。

"小伙子，我告诉你，这算什么呢？对待我们更要残酷的人，天底下还多哩，……苍蝇一样的多哩！"

这是老头子不高兴的声音，由那薄暗的地方送来，仿佛在责备着，"你为什么要大惊小怪哪！"他躺在一张破烂虎皮的毯子上面，样子却望不清楚，只是铁烟管上的旱烟，现出一明一暗的红焰。复又吐出教训的话语：

"我么？人老了，拳头棍棒样可就挨得不少。……想想看，吃我们这行饭，不怕挨打就是本钱哪！……没本钱怎么做生意呢？"

在这边烤火的鬼冬哥把手一张，脑袋一仰，就大声插嘴过去，一半是讨老人的好，一半是夸自己的狠。

"是呀，要活下去。我们这批人打断腿倒是常有的事情，……你们看，像那回在鸡街，鼻血打出了，牙齿打脱了，腰杆也差不多伸不起来，我回来的时候，不是还在笑么？……"

"对哪！"老头子高兴地坐了起来，"还有，小黑牛就是太笨了，嘴巴又不会扯谎，有些事情一说就说脱了的。像今天，你说，也掉东西，谁还拉着你哩？……只晓得说'不是我，不是我'，就是这一句，人家怎不搜你身上呢？……不怕挨打，也好嘛？……呻唤，呻唤，尽是呻唤！"

我虽是没有就着火光看书了，但却仍旧把书拿在手里。鬼冬哥得了老头子的赞许，就动手动足起来，一把抓着我的书喊道：

"看什么？书上的废话，有什么用呢？一个钱也不值，……烧起来还当不得这一根干柴……听，老人家在讲我们的学问哪！"

一面就把一根干柴，送进火里。

老头子在砖上叩去了铁烟管上的余烬，很矜持地说道：

"我们的学问，没有写在纸上，……写来给傻子读么？……第一……一句话，就是不怕和扯谎！……第二……我们的学问，哈哈哈。"

似乎一下子觉出了，我才同他合伙没久的，便用笑声掩饰着更深一层的话了。

"烧了吧，烧了吧，你这本傻子才肯读的书！"

鬼冬哥作势要把书抛进火里去，我忙抢着喊：

"不行！不行！"

侧边的人就叫了起来：

"锅碰倒了！锅碰倒了！"

"同你的书一块去跳江吧！"

鬼冬哥笑着把书丢给了我。

老头子轻徐地向我说道：

"你高兴同我们一道走，还带那些书做什么呢。……那是没用的，小时候我也读过一两本。"

"用处是不大的，不过闲着的时候，看看罢了，像你老人家无事的时候吸烟一样。……"

我不愿同老头子引起争论，因为就有再好的理由也说不服他这顽强的人的，所以便这样客气地答复他。他得意地笑了，笑声在黑暗中散播着。至于说到要同他们一道走，我却没有如何决定，只是一路上给生活压来说气忿话的时候，老头子就误以为我真的要入伙了。今天去干的那一件事，无非由于他们的逼迫，凑凑角角罢了，并不是另一个新生活的开始。我打算趁此向老头子说明也许不多几天，就要独自走我的，但却给小黑牛突然一阵猛烈的呻唤打断了。

大家皱着眉头沉默着。

在这些时候，不息地打着桥头的江涛。仿佛要冲进庙来，扫荡一切似的。江风也比往天晚上大些，挟着尘沙，一阵阵地滚入，简直要连人连锅连火吹走一样。

残烛熄灭，火堆也闷着烟，全世界的光明，统给风带走了，一切重返于天涯的黑暗。只有小黑牛痛苦的呻吟，还表示出了我们悲惨生活的存在。

野老鸦拨着火堆，尖起嘴巴吹，闪闪的红光，依旧喜悦地跳起，周遭不好看的脸子，重又画出来了。大家吐了一口舒适的气。野老鸦却是流着眼泪了，因为刚才吹的时候，湿烟熏着了他的眼睛，他伸手揉揉之后，独自悠悠然地说：

"今晚的大江，吼得这么大……又凶，……像要吃人的光景哩，该不会出事吧……"

大家仍旧沉默着。外面的山风、江涛，不停地咆哮，不停地怒吼，好像诅咒我们的存在似的。

小黑牛突然大声地呻唤，发出痛苦的呓语：

"哎呀，……哎……害了我了……害了我了，……哎呀……哎呀……我不干了！我不……"

替他擦着伤处的夜白飞，点燃了残烛，用一只手挡着风，照映出小黑牛打坏了的身子——正痉挛地做出要翻身不能翻的痛苦光景，就赶快替他往腰部揉一揉，恨恨地抱怨他：

"你在说什么？你……鬼附着你哪！"

同时掉头回去，恐怖地望望黑暗中的老头子。

小黑牛突地翻过身，嘎声嘶叫：

"你们不得好死的！你们！……菩萨！菩萨呀！"

已经躺下的老头子突然坐了起来，轻声说道。

"这样么？……哦……"

忽又生气了，把铁烟管用力地往砖上叩了一下，说：

"菩萨，菩萨，菩萨也同你一样的倒楣！"

交闪在火光上面的眼光，都你望我我望你地，现出不安的神色。

野老鸦向着黑暗的门外看了一下，仍旧静静地说：

"今晚的江水实在吼得太大了！……我说嘛……"

"你说，……你一开口，就不是吉利的！"

鬼冬哥粗暴地盯了野老鸦一眼，恨恨地诅咒着。

一阵风又从破门框上刮了进来，激起点点红艳的火星，直朝鬼冬哥的身上进射。他赶快退后几步，向门外黑暗中的风声，扬着拳头骂：

"你进来！你进来……"

神祠后面的小门一开，白色鲜明的玻璃灯光和着一位油黑蛋脸的年轻姑娘，连同笑声，挤进我们这个暗淡的世界里来了。黑暗、沉闷和忧郁，都悄悄地躲去。

"喂，懒人们！饭煮得怎样了……孩子都要饿哭了哩！"

一手提灯，一手抱着一块木头人儿，亲昵地偎在怀里，作出母亲那样高兴的神情。

蹲着暖手的鬼冬哥把头一仰，手一张，高声哗笑起来：

"哈呀，野猫子，……一大半天，我说你在后面做什么？……你原来是在生孩子哪！……"

"呸，我在生你！"

接着啵的响了一声。野猫子生气了，鼓起原来就是很大的乌黑眼睛，把木人儿打在鬼冬哥的身旁；一下子冲到火堆边上，放下了灯，揭开锅盖，用筷子查看锅里翻腾滚沸的咸肉。白蒙蒙的蒸气，便在雪亮的灯光中，袅袅地上升着。

鬼冬哥拾起木人儿，装模作样地喊道：

"呵呀，……尿都跌出来了！……好狠毒的妈妈！"

野猫子不说话，只把嘴巴一尖，头颈一伸，向他作个顽皮的鬼脸，就撕着一大块油腻腻的肉，有味地嚼她的。

小骡子用手肘碰碰我，斜起眼睛打趣说：

"今天不是还在替孩子买衣料么？"

接着大笑起来。

"嘿嘿，……酒鬼……嘿嘿，酒鬼。"

鬼冬哥也突地记起了，哗笑着，向我喊：

"该你抱！该你抱！"

就把木人儿递在我的面前。

野猫子将锅盖骤然一盖，抓着木人儿，抓着灯，像风一样蓦地卷开了。

小骡子的眼珠跟着她的身子溜，点点头说：

"活象哪，活象哪，一条野猫子！"

她把灯、木人儿和她自己，一同蹲在老头子的面前。撒娇地说：

"爷爷，你抱抱！娃儿哭哩！"

老头子正生气地坐着，虎着脸，耳根下的刀痕，绽出红涨的痕迹。不答理他的女儿。女儿却不怕爸爸的，就把木人儿的蓝色小光头，伸向短短的络腮胡上，顽皮地乱闯着，一面努起小嘴巴，娇声娇气地说：

"抱，嗯，抱，一定要抱！"

"不！"

老头子的牙齿缝里挤出这么一声。

"抱，一定要抱，一定要，一定！"

老头子在各方面，都很顽强的，但对女儿却每一次总是无可如何地屈伏了。接着木人儿，对在鼻子尖上，睁大眼睛，粗声粗气地打趣道：

"你是哪个的孩子？……喊声外公吧！喊，蠢东西！"

"不给你玩！拿来，拿来！"

野猫子一把抓去了，气得翘起了嘴巴。

老头子却粗暴地哗笑起来。大家都感到了异常的轻松，因为残留在这个小世界里的怒气，这一下子也已完全冰消了。

我只把眼光放在书上，心里却另外浮起了今天那一件新鲜而有趣的事情。

早上，他们叫我装作农家小子，拿着一根长烟袋，野猫子扮成农家小媳妇，提着一只小竹篮，同到远山那边的市集里，假作去买东西。他们呢，两个三个地远远尾在我们的后面，也装作忙忙赶街的样子。往日我只是留着守东西，从不曾伙他们去干的，今天机会一到，便逼着扮演一位不重要的角色，可笑而好玩地登台了。

山中的市集，也很热闹的，拥挤着许多远地来的庄稼人。野猫子同我走到一家布摊子的面前，她就把竹篮子套在手腕上，乱翻起摊子上的布来，选着条纹花的说不好，选着棋盘格的也说不好，惹得老板也感到烦厌了。最后她扯出一匹蓝底白花的印花布，喜孜孜地叫道：

"呵呀，这才好看哪！"

随即掉转身来，仰起乌溜溜的眼睛，对我说：

"爸爸，……买一件给阿狗穿！"

我简直想笑起来——天呀，她怎么装得这样像！幸好始终板起了面孔，立刻记起了他们教我的话。

"不行，太贵了！……我没那样多的钱花！"

"酒鬼，我晓得！你的钱，是要喝马尿水的！"

同时在我的鼻子尖上，竖起一根示威的指头，点了两点。说完就一下子转过身去，气狠狠地把布丢在摊子上。

于是，两个人就小小地吵起嘴来了。

满以为狡猾的老板总要看我们这幕滑稽剧的，哪知道他才是见惯不惊了，眼睛始终照顾着他的摊子。

野猫子最后赌气说：

"不买了，什么也不买了！"

一面却向对面街边上的货摊子望去。突然作出吃惊的样子，低声地向我也是向着老板喊：

"呀！看，小偷在摸东西哪！"

我一望去，简直吓灰了脸，怎么野猫子会来这一着？在那边干的人不正是夜白飞、小黑牛他们么！

　　然而，正因为这一着，事情却得手了。后来，小骡子在路上告诉我，就是在这个时候，狡猾的老板始把时时刻刻都在提防的眼光引向远去，他才趁势偷去一匹上好的细布的。当时我却不知道，只听得老板幸灾乐祸地袖着手说：

　　"好呀！好呀！王老三，你也倒楣了！"

　　我还呆着看，野猫子便揪了我一把，喊着：

　　"酒鬼，死了么？"

　　我便跟着她赶快走开，却听着老板在后面冷冷地笑着，说风凉话哩。

　　"年纪轻轻，就这样的泼辣！咳！"

　　野猫子掉回头去啐了一口。

　　……

　　"看进去了！看进去了！"

　　鬼冬哥一面端开敦肉的锅，一面打趣着我。

　　于是，我的回味，便同山风刮着的火烟，一道儿溜走了。

　　中夜，纷乱的足声和嘈杂的低语，惊醒了我；我没有翻爬起来，只是静静地睡着。像是野猫子吧？走到我所睡的地方，站了一会，小声说道：

　　"睡熟了，睡熟了。"

　　我知道一定有什么瞒我的事在发生着了，心里禁不住惊跳起来，但却不敢翻动，只是尖起耳朵凝神地听着，忽然听见夜白飞哀求的声音，在暗黑中颤抖地说着：

　　"这太残酷了，太，太残酷了……魏大爷，可怜他是……"

　　尾声低小下去，听着的只是夜深打岸的江涛。

　　接着老头子发出钢铁一样的高声，叱责着：

　　"天底下的人，谁可怜过我们？……小伙子，个个都对我们捏着拳头哪！要是心肠软一点，还活得到今天么？你……哼，你！小伙子，在这里，懦弱的人是不配活的。……他，又知道我们的……咳，那么多！怎好白白放走呢？"

　　那边角落里躺着的小黑牛，似乎被人抬了起来，一路带着痛苦的呻唤和着杂色的足步，流向神祠的外面去。一时屋里静悄悄的了，简直空洞得十分怕人。

　　我轻轻地抬起头，朝破壁缝中望去，外面一片清朗的月色，已把山峰的姿影、岩石的面部和林木的参差，或浓或淡地画了出来，更显着峡壁的阴森和凄郁，比黄昏时候看起来还要怕人些。山脚底，汹涌着一片蓝色的奔流，碰着江中的石礁，不断地在月光中溅跃起、喷射起银白的水花。白天，尤其黄昏时候，看起来像是顽强古怪的铁索桥呢，这时却在皎洁的月下，露出妩媚的修影了。

老头子和野猫子站在桥头。影子投在地上。江风掠飞着他们的衣裳。

另外抬着东西的几个阴影，走到索桥的中部，便停了下来。蓦地一个人那么样的形体，很快地丢下江去。原先就是怒吼着的江涛，却并没有因此激起一点另外的声息，只是一霎时在落下处，跳起了丈多高亮晶晶的水珠，然而也就马上消灭了。

我明白了，小黑牛已经在这世界上凭借着一只残酷的巨手，完结了他的悲惨的命运了。但他往天那样老实而苦恼的农民样子，却还遗留在我的心里，搅得我一时无法安睡。

他们回来了。大家都是默无一语地悄然躺下，显见得这件事的结局是不得已的，谁也不高兴做的。

在黑暗中，野老鸦翻了一个身，自言自语地低声说道：

"江水实在吼得太大了！"

没有谁答一句话，只有庙外的江涛和山风，鼓噪地应和着。

我回忆起小黑牛坐在坡上歇气时，常常爱说的那一句话了，"那多好呀！……那样的山地！……还有那小牛！"

随着他那忧郁的眼睛瞭望去，一定会在晴明的远山上面，看出点点灰色的茅屋和正在缕缕升起的蓝色轻烟的。同伙们也知道，他是被那远处人家的景色，勾引起深沉的怀乡病了，但却没有谁来安慰他，只是一阵地瞎打趣。

小骡子每次都爱接着他的话说：

"还有那白白胖胖的女人罗！"

另一人插说道：

"正在张太爷家里享福哪，吃好穿好的。"

小黑牛呆住了，默默地低下了头。

"鬼东西，总爱提这些！……我们打几盘再走吧，牌嗬？牌嗬？……谁抢着？"

夜白飞始终袒护着小黑牛：众人知道小黑牛的悲惨故事，也是由他的嘴巴传达出来的。

"又是在想，又是在想！你要回去死在张太爷的拳头下才好的！……同你的山地牛儿一块去死吧！"

鬼冬哥在小黑牛的鼻子尖上示威似地摇一摇拳头，就抽身到树荫下打纸牌去了。

小黑牛在那个世界里躲开了张太爷的拳击，掉过身来在这个世界里，却仍然又免不了江流的吞食。我不禁就由这想起，难道穷苦人的生活本身，便原是悲痛而残酷的么？也许地球上还有另外的光明留给我们的吧？明天我终于要走了。

次晨醒来，只有野猫子和我留着。

破败凋残的神祠，尘灰满积的神龛，吊挂蛛网的屋角，俱如我枯燥的心地一样，是灰色的、暗淡的。

除却时时刻刻都在震人心房的江涛声而外，在这里简直可以说没有一样东西使人感到兴奋了。

野猫子先我起来，穿着青花布的短衣，大脚统的黑绸裤，独自生着火，敦着开水，悠悠闲闲地坐在火旁边唱着：

"……

江水呵，

慢慢流，

流呀流，

流到东边大海头，……"

我一面爬起来扣着衣钮，听着这样的歌声，越发感到岑寂了。便没精打采地问（其实自己也是知道的）：

"野猫子，他们哪里去了？"

"发财去了！"

接着又唱她的：

那儿呀，没有忧！

那儿呀，没有愁！

她见我不时朝昨夜小黑牛睡的地方瞭望，便打探似地说道；

"小黑牛昨夜可真叫得凶，大家都吵来睡不着。"

一面闪着她乌黑的狡猾的眼睛。

"我没听见。"

打算听她再捏造些什么话，便故意这样地回答。

"一早就抬他去医伤去了！……他真是个该死的家伙，不是爸爸估着他，说着好话，他还不去呢！"

她比着手势，很出色地形容着，好像真有那么一回事一样。

刚在火堆边坐着的我，简直感到忿怒了，便低下头去，用干树枝拨着火，冷冷地说：

"你的爸爸，太好了，太好了！……可惜我却不能多跟他老人家几天了。"

"你要走了么？"她吃了一惊，随即生气地骂道："你也想学小黑牛了！"

"也许……不过……"

我一面用干枝画着灰，一面犹豫地说。"不过什么？不过！……爸爸说的好，懦弱的人，一辈子只有给人踏着过日子的。……伸起腰杆吧！抬起头吧！……羞不羞哪，像小黑牛那样子！"

"你的爸爸，说的话，是对的，做的事，却错了！"

"为什么？"

"你说为什么？……并且昨夜的事情，我通通看见了！"

我说着，冷冷的眼光浮了起来。看见她突然变了脸色，但又一下子恢复了原状，而且狡猾地说着："嘿嘿，就是为了这才要走么？你这不中用的！"

马上揭开开水罐子看，气冲冲地骂：

"还不开！还不开！"一面拨大火，一面柔和地说：

"害怕么？要活下去，怕是不行的。昨夜的事，多着哩，久了就会见惯了的。……是么？规规矩矩地跟我们吧，……你这阿狗的爹，哈哈哈。"

她狂笑起来，随即抓着昨夜丢下了的木人儿，顽皮地命令我道：

"木头，抱，抱，他哭哩！"

我笑了起来，但却仍然去整理我的衣衫和书。

"真的要走么？来来来，到后面去！"

她的两条眉峰一竖，眼睛露出恶毒的光芒，看起来，却是又美丽又可怕的。

她比我矮一个头，身子虽是结实，但却总是小小的，一种好奇的冲动捉弄着我，于是无意识地笑了一下，便尾着她到后面去了。

她从柴草中抓出一把雪亮的刀来，半张不理地递给我，斜瞬着狡猾的眼睛，命令道：

"试试看，你砍这棵树！"

我由她摆布，接着刀，照着面前的黄桷树，用力砍去，结果只砍了半寸多深。因为使刀的本事，我原是不行的。

"让我来！"

她突地活跃了起来，夺去了刀，作出一个侧面骑马的姿势，很结实地一挥，喳的一刀，便没入树身三四寸的光景，又毫不费力地拔了出来，依旧放在柴草里面，然后气昂昂地走来我的面前，两手叉在腰上，微微地噘起嘴巴，笑嘻嘻地嘲弄我：

"你怎么走得脱呢？……你怎么走得脱呢？"

于是，在这无人的山中，我给这位比我小块的野女子窘住了。正还打算这样地回答她：

"你的爸爸会让我走的！"

但她却忽然抽身跑开了，一面高声唱着，仿佛奏着凯旋一样。

这儿呀，也没有忧，

这儿呀，也没有愁，……

我漫步走到江边去，无可奈何地徘徊着。

峰尖浸着粉红的朝阳。山半腰，抹着一两条淡淡的白雾。崖头苍翠的树丛，如同洗后一样的鲜绿。峡里面，到处都流溢着清新的晨光。江水仍旧发着吼声，但却没有夜来那样的怕人。清亮的波涛，碰在嶙峋的石上，溅起万朵灿然的银花，宛若江在笑着一样。谁能猜到这样美好的地方，曾经发生过夜来那样可怕的事情呢？

午后，在江流的澎湃中，迸裂出马铃子连击的声响，渐渐强大起来。野猫子和我都感到非常的诧异，赶快跑出去看。久无人行的索桥那面，从崖上转下来一小队人，正由桥上走了过来。为首的一个胖家伙，骑着马，十多个灰衣的小兵，尾在后面。还有两三个行李挑子，和一架坐着女人的滑竿。

"糟了！我们的对头呀！"

野猫子恐慌起来，我却故意喜欢地说道：

"那么，是我的救星了！"

野猫子恨恨地看了我一眼，把嘴唇紧紧地闭着，两只嘴角朝下一弯，傲然地说：

"我还怕么？……爸爸说的，我们原是作刀上过日子哪！迟早总有那么一天的。"

他们一行人来到庙前，便歇了下来。老爷和太太坐在石阶上，互相温存地问询着。勤务兵似的孩子，赶忙在挑子里面，找寻着温水瓶和毛巾，抬滑竿的夫子，满头都是汗，走下江边去喝江水。兵士们把枪横在地上，从耳上取下香烟缓缓地点燃，吸着。另一个班长似的灰衣汉子，军帽挂在脑后，毛巾缠在颈上，走到我们的面前。枪兜子抵在我的足边，眼睛盯着野猫子，盘问我们是做什么的，从什么地方来，到什么地方去。

野猫子咬着嘴唇，不作声。

我就从容地回答他，说我们是山那边的人，今天从丈母家回来，在此歇歇气的。同时催促野猫子说：

"我们走吧！——阿狗怕在家里哭哩！"

"是呀，我很担心的。……唉，我的足怪疼哩！"

野猫子作出焦眉愁眼的样子，一面就摸着她的足，叹气。

"那就再歇一会吧。"

我们便开始讲起山那边家中的牛马和鸡鸭，竭力作出一对庄稼人应有的风度。

他们歇了一会，就忙着赶路走了。

野猫子欢喜得直是跳，抓着我喊：

"你怎么不叫他们抓我呢？怎么不呢？怎么不呢？"

她静下来叹一口气，说：

"我倒打算杀你哩；唉，我以为你是恨我们的。……我还想杀了，好在他们面前显显本事。……先前，我还不曾单独杀过一个人哩。"

我静静地笑着说：

"那么，现在还可以杀哩。"

"不，我现在为什么要杀你呢？……"

"那么，规规矩矩地让我走吧！"

"不！你得让爸爸好好地教导一下子！……往后再吃几个人血馒头就好了！"

她坚决地吐出这话之后，就重又唱着她那常常在哼的歌曲，我的话，我的祈求，全不理睬了。

于是，我只好抑郁地等着黄昏的到来。

晚上，他们回来了，带着那么多的"财喜"，看情形，显然是完全胜利，而且不像昨天那样小干的了。老头子喝得沉醉，由鬼冬哥的背上放下，便呼呼地睡着。原来大家因为今天事事得手，就都在半路上的山家酒店里，喝过庆贺的酒了。

夜深都睡得很熟，神殿上交响着鼻息的鼾声。我却不能安睡下去，便在江流激湍中，思索着明天怎样对付老头子的话语，同时也打算趁此夜深人静，悄悄地离开此地。但一想到山中不熟悉的路径，和夜间出游的野物，便又只好等待天明了。

大约将近天明的时候，我才昏昏地沉入梦中。醒来时，已快近午，发现出同伴们都已不见了，空空洞洞的破残神祠里，只我一人独自留着。江涛仍旧热心地打着岩石，不过比往天却显得单调些、寂寞些了。

我想着，这大概是我昨晚独自儿在这里过夜，作了一场荒诞不经的梦，今朝从梦中醒来，才有点感觉异样吧。

但看见躺在砖地上的灰堆，灰堆旁边的木人儿，与留在我书里的三块银元时，烟霭也似的遐思和怅惘，便在我岑寂的心上缕缕地升起来了。

1933 年冬，上海

［提示］

艾芜（1904—1992），原名汤道耕，四川省新都县人。主要作品有短篇小说《南行记》，长篇小说《山野》、《百炼金刚》等。

《山峡中》发表于 1934 年《青年界》，后收入短篇小说集《南行记》中，是艾芜早期的代表作品。小说描写了一群为生活所迫而走私行窃、抢劫杀人的流浪者在山峡内的生活，富有神秘的传奇色彩。在作者笔下，这些"强盗式"的流浪者都是可爱可敬的社会叛逆者，他们表面残酷无情，实质却善良、爱憎分明。无情的现实剥夺了他们正常谋生的权利，他们勇敢地站了出来反抗现实，他们无畏的反抗精神闪耀着人性真、人情美的火花。他们为了生存杀了自己的同伴，但他们并未丧失善良的人性美，他们的内心深处仍保持着正常人的善良和道义，有着对美好生活的向往和憧憬，作者对这伙山贼采取了既批判又同情的态度。野猫子是作品中刻画得相当成功的人物。作为山贼的女儿，她在强盗行为哲学的熏陶下富于野蛮、残酷邪恶、野性未驯，但她又总是"抱着一块木头人儿，亲昵地偎在怀里"，展现温情柔弱的一面，她爱美，爱生活，向往美好的未来。野猫子形象集中体现了作家早期的审美理想——一切反抗现实腐朽秩序的反叛行为都是值得歌颂的。

　　小说注重主观情感的抒发，主观情意和客观景物交融契合，氛围浓烈，基调沉郁，感人至深。小说努力挖掘人物的内心世界，表现人物性格的层次性和复杂性。语言生活化，情节传奇化，是反映我国西南边境风土人情的优秀作品。

（陈广军）

华 威 先 生

张天翼

转弯抹角算起来——他算是我的一个亲戚。我叫他"华威先生"。他觉得这种称呼不大好。

"嗳，你真是!"他说。"为什么一定要个'先生'呢。你应当叫我'威弟'。再不然叫'阿威'。"

把这件事交涉过了之后，他立刻戴上了帽子："我们改日再谈好不好?我总想畅畅快快跟你谈一次——唉，可总是没有时间。今天刘主任起草了一个县长公余工作方案，硬叫我参加意见，叫我替他修改。三点钟又还有一个集会。"

这里他摇摇头，没奈何地苦笑了一下。他声明他并不怕吃苦：在抗战时期大家都应当苦一点。不过——时间总要够支配呀。

"王委员又打了三个电报来，硬要请我到汉口去一趟。这里全省文化界抗敌总会又成立了，一切抗战工作都要领导起来才行。我怎么跑得开呢，我的天!"

于是匆匆忙忙跟我握了握手，跨上他的包车。

他永远挟着他的公文皮包。并且永远带着他那根老粗老粗的黑油油的手杖。左手无名指上戴着他的结婚戒指。拿着雪茄的时候就叫这根无名指微微地弯着，而小指翘得高高的，构成一朵兰花的图样。

这个城市里的黄包车谁都不作兴跑，一脚一脚挺踏实地踱着，好像饭后千步似的。可是包车例外：叮，叮，叮，——一下子就抢到了前面。

黄包车立刻就得往左边躲开，小推车马上打斜。担子很快地就让到路边。行人赶紧就避到两旁的店铺里去。

包车踏铃不断地响着。钢丝在闪着亮。还来不及看清楚——它就跑得老远老远的了，像闪电一样快。

而——据这里有几位抗战工作者的上层分子的统计——跑得顶快的是那位华威先生的包车。

他的时间很要紧。他说过——"我恨不得取消晚上睡觉的制度。我还希望一天不止二十四小时。抗战工作实在太多了。"

接着掏出表来看一看，他那一脸丰满的肌肉立刻紧张了起来。眉毛皱着，嘴唇使劲撮着，好像他在把全身的精力都要收敛到脸上似的。他立刻就走：他要到难民救济会去开会。

照例——会场里的人全到齐了坐在那里等着他。他在门口下车的时候总得顺便把踏铃踏它一下：叮！

同志们彼此看着：唔，华威先生到会了。有几位透了一口气。有几位可就拉长了脸瞧着会场门口。有一位甚至于要准备决斗似的——抓着拳头瞪着眼。

华威先生的态度很庄严，用种从容的步子走进去，他先前那副忙劲儿好像被他自己的庄严态度消解掉了。他在门口稍为停了一会儿，让大家好把他看个清楚，仿佛要唤起同志们的一种信任心，仿佛要给同志们一种担保——什么困难的大事也都可以放下心来。他并且还点点头。他眼睛并不对着谁，只看着天花板。他是在对整个集体打招呼。

会场里很静。会议就要开始。有谁在那里翻着什么纸张，窸窸窣窣的。

华威先生很客气地坐到一个冷角落里，离主席位子顶远的一角。他不大肯当主席。

"我不能当主席，"他拿着一支雪茄烟打手势。"工人抗战工作协会的指导部今天开常会。通俗文艺研究会的会议也是今天。伤兵工作团也要去的，等一下。你们知道我的时间不够支配：只容许我在这里讨论十分钟。我不能当主席。我想推举刘同志当主席。"

说了就在嘴角上闪起一丝微笑，轻轻地拍几下手板。

主席报告的时候，华威先生不断地在那里刮洋火点他的烟。把表放在面前，时不时像计算什么似地看看它。

"我提议！"他大声说。"我们的时间是很宝贵的：我希望主席尽可能报告得简单一点。我希望主席能够在两分钟之内报告完。"

他刮了两分钟洋火之后，猛地站了起来。对那正在哇啦哇啦的主席摆摆手："好了，好了。虽然主席没有报告完，我已经明白了。我现在还要赴别的会，让我先发表一点意见。"

停了一停。抽两口雪茄，扫了大家一眼。

"我的意见很简单，只有两点，"他舔舔嘴唇。"第一点，就是——每个工作人员不能够怠工。而是相反，要加紧工作。这一点不必多说，你们都是很努力的青年，你们都能热心工作。我很感谢你们。但是还有一点——你们时时刻刻不能忘记，那就是我要说的第二点。"

他又抽了两口烟，嘴里吐出来的可只有热气。这就又刮了一根洋火。

"这第二点呢就是：青年工作人员要认定一个领导中心。你们只有在这一个领导中心的领导之下，抗战工作才能够展开。青年是努力的，是热心的，但是因为理解不够，工作经验不够，常常容易犯错误。要是上面没有一个领导中心，往往要弄得不可收拾。"

瞧瞧所有的脸色，他脸上的肌肉耸动了一下——表示一种微笑。他往下说："你们都是青年同志，所以我说得很坦白，很不客气。大家都要做抗战工作，没有什么客气可讲。我想你们诸位青年同志一定会接受我的意见。我很感激你们。好了，抱歉得很，我要先走一步。"

把帽子一戴，把皮包一挟，瞧着天花板点点头，挺着肚子走了出去。

到门口可又想起了一件什么事。他把当主席的同志拽开，小声儿谈了几句。

"你们工作——有什么困难没有？"他问。

"我刚才的报告提到了这一点，我们……"

华威先生伸出个食指顶着主席的胸脯："唔，唔，唔。我知道我知道。我没有多余的时间来谈这件事。以后——你们凡是想到的工作计划，你们可以到我家里去找我商量。"

坐在主席旁边那个长头发青年注意地看着他们，现在可忍不住插嘴了："星期三我们到华先生家里去过三次，华先生不在家……"

那位华先生冷冷地瞅他一眼，带着鼻音哼了一句——"唔，我有别的事，"

又对主席低声说下去："要是我不在家，你们跟密司黄接头也可以。密司黄知道我的意见，她可以告诉你们。"

密司黄就是他的太太。他对第三者说起她来，总是这么称呼她的。

他交代过了这才真的走开。这就到了通俗文艺研究会的会场。他发现别人已经在那里开会，正有一个人在那里发表意见。他坐了下来，点着了雪茄，不高兴地拍了三下手板。

"主席！"他叫。"我因为今天另外还有一个集会，我不能等到终席。我现在有点意见，想要先提出来。"

　　于是他发表了两点意见：第一，他告诉大家——在座的人都是当地的文化人，文化人的工作是很重要的，应当加紧地做去。第二，文化人应当认清一个领导中心，文化人在文抗会的领导中心的领导之下团结起来，统一起来。

　　五点三刻他到了文化界抗敌总会的会议室。

　　这回他脸上堆上了笑容，并且对每一个人点头。

　　"对不住得很，对不住得很：迟到了三刻钟。"

　　主席对他微笑一下，他还笑着伸了伸舌头，好像闯了祸怕挨骂似的。他四面瞧瞧形势，就拣在一个小胡子的旁边坐下来。

　　他带着很机密很严重的脸色——小声儿问那个小胡子："昨晚你喝醉了没有？"

　　"还好，不过头有点子晕。你呢？"

　　"我啊——我不该喝了那三杯猛酒，"他严肃地说。"尤其是汾酒，我不能猛喝。刘主任硬要我干掉——嗨，一回家就睡倒了。密司黄说要跟刘主任去算账呢：要质问他为什么要把我灌醉。你看！"

　　一谈了这些，他赶紧打开皮包，拿出一张纸条——写几个字递给了主席。

　　"请你稍为等一等，"主席打断了一个正在发言的人的话。"华威先生还有别的事情要走。现在他有点意见：要求先让他发表。"

　　华威先生点点头站了起来。

　　"主席！"腰板微微地一弯。"各位先生！"腰板微微地一弯。"兄弟首先要请求各位原谅：我到会迟了点，而又要提前退席。……"

　　随后他说出了他的意见。他声明——这文化界抗敌总会的常务理事会，是一切救亡工作的领导机关，应该时时刻刻起领导中心作用。

　　"群众是复杂的。工作又很多。我们要是不能起领导作用，那就很危险，很危险。事实上，此地各方面的工作也非有个领导中心不可。我们的担子真是太重了，但是我们不怕怎样的艰苦，也要把这担子担起来。"

　　他反复说明了领导中心作用的重要，这就戴起帽子去赴一个宴会。他每天都这么忙着。要到刘主任那里去联络。要到各学校去演讲。要到各团体去开会。而且每天——不是别人请他吃饭，就是他请人吃饭。

　　华威太太每次遇到我，总是代替华威先生诉苦。

　　"唉，他真苦死了！工作这么多，连吃饭的工夫都没有。"

"他不可以少管一点，专门去做某一种工作么？"我问。

"怎么行呢？许多工作都要他去领导呀。"

可是有一次，华威先生简直吃了一大惊。妇女界有些人组织了一个战时保婴会，竟没有去找他！

他开始打听，调查。他设法把一个负责人找来。

"我知道你们委员会已经选出来了。我想还可以多添加几个。由我们文化界抗敌总会派人来参加。"

他看见对方在那里踌躇，他把下巴挂了下来："问题是在这一点：你们委员是不是能够真正领导这工作？你能不能够对我担保——你们会内没有汉奸，没有不良分子？你能不能担保——你们以后工作不至于错误，不至于怠工？你能不能担保，你能不能？你能够担保的话，那我要请你写个书面的东西，给我们文抗会常务理事会。以后万一——如果你们的工作出了毛病，那你就要负责。"

接着他又声明：这并不是他自己的意思。他不过是一个执行者。这里他食指点点对方胸脯："如果我刚才说的那些你们办不到，那不是就成了非法团体了么？"

这么谈判了两次，华威先生当了战时保婴会的委员。于是在委员会开会的时候，华威先生挟着皮包去坐这么五分钟，发表了一两点意见就跨上了包车。

有一天他请我吃晚饭。他说因为家乡带来了一块腊肉。

我到他家里的时候，他正在那里对两个学生样的人发脾气。他们都挂着文化界抗敌总会的徽章。

"你昨天为什么不去，为什么不去？"他吼着。"我叫你拖几个人去的。

但是我在台上一开始演讲，一看——连你都没有去听！我真不懂你们干了些什么？"

"昨天——我去出席日本问题座谈会的。"

华威先生猛地跳起来了："什么！什么！日本问题座谈会？怎么我不知道，怎么不告诉我？"

"我们那天部务会议决议了的。我来找过华先生，华先生又是不在家——"

"好啊，你们秘密行动！"他瞪着眼。"你老实告诉我——这个座谈会到底是什么背景，你老实告诉我！"

　　对方似乎也动了火："什么背景呢，都是中华民族！部务会议议决的，怎么是秘密行动呢。……华先生又不到会，开会也不终席，来找又找不到……我们总不能把部里的工作停顿起来。"

　　"混蛋！"他咬着牙，嘴唇在颤抖着。"你们小心！你们，哼，你们！你们！……"他倒到了沙发上，嘴巴痛苦地抽得歪着。"妈的！这个这个——你们青年！……"

　　五分钟之后他抬起头来，害怕地四面看一看。那两个客人已经走了。他叹一口长气，对我说："唉，你看你看！现在的青年怎么办，现在的青年！"

　　这晚他没命地喝了许多酒，嘴里嘶嘶地骂着那些小伙子。他打碎了一只茶杯。密司黄扶着他上了床，他忽然打个寒噤说："明天十点钟有个集会……"

1938 年 2 月

［提示］

　　张天翼（1906—1985），学名张元定，字汉弟，号一之，祖籍湖南省湘乡县，出生于南京。代表作有《华威先生》、《大林和小林》、《宝葫芦的秘密》等。

　　《华威先生》完成于 1938 年 2 月，最初发表在《文艺阵营》创刊号上，主要刻画了一个混迹于抗日文化阵营的市侩官僚形象，通过对国民党新派官僚华威先生的讽刺，来揭露政府官僚的腐败无能。华威先生好像很和气与亲切，但是一不如意就翻脸不认人。主动声明不当主席却蛮横地不让别人开口发言。他每天的忙碌就是到处讲废话，喝酒吃饭，他讲话的内容只有两点，一是强调工作的重要性，二是强调认定一个领导中心，企图垄断群众组织和活动。作品通过对这样一个不断忙碌、"包而不办"的官僚形象的塑造，揭露了国民党官僚假借抗日之名破坏抗日组织和活动的行径。华威先生的一切言语、一切行为都突出了一个忙字，但"忙"的价值和意义却没有显现出来。小说通过对华威先生的语言和动作的描写，辛辣地讽刺了国民政府中顽固官僚的腐败和狡猾奸诈。

　　小说淡化故事情节，没有重大情节，没有中心事件，没有尖锐的矛盾冲突，只用平淡而简单的口吻叙述故事，用蒙太奇的手法展现戏剧式的场景。小说具有强烈的讽刺效果，通过夸张、对比的手法，幽默、辛辣、漫画式的笔法，揭开了人物可笑又可憎的面目，具有不朽的艺术价值。

（陈广军）

在其香居茶馆里

沙 汀

坐在其香居茶馆里的联保主任方治国,当他看见正从东头走来,嘴里照例扰攘不休的那幺吵吵的时候,简直立刻冷了半截,觉得身子快要坐不稳了。

使他发生这种异状的原因是:为了种种糊涂措施,目前他正处在全镇市民的围攻当中,这是一;其次,幺吵吵的第二个儿子,因为缓役了四次,又从不出半文钱壮丁费,好多人讲闲话了;加之,新县长又宣布了要认真整顿"役政",于是他就赶紧上了封密告,而在三天前被兵役科捉进城了。

而最为重要的还在这里:正如全市市民批评的那样,幺吵吵是个不忌生冷的人,甚么话他都嘴一张就说了,不管你受得住受不住。就是联保主任的令尊在世的时候,也经常对他那张嘴感到头痛。因为尽管幺吵吵本人并不可怕,他的大哥可是全县极有威望的耆宿,他的舅子是财务委员,县政上的活跃分子,都是很不好沾惹的。

幺吵吵终于一路吵过来了。这是那种精力充足,对这世界上任何物事都采取一种毫不在意的态度的典型男性。他时常打起哈哈在茶馆里自白道:"老子这张嘴么,就这样:说是要说的,吃也是要吃的;说够了回去两杯甜酒一喝,倒下去就睡!……"

现在,幺吵吵一面跨上其香居的阶沿,拖了把圈椅坐下,一面直着嗓子,干笑着嚷叫道:

"嗨,对!看阳沟里还把船翻了么!……"

他所参加的那张茶桌已经有三个茶客,全是熟人:十年前当过视学的俞视学;前征收局的管账,现在靠着利金生活的黄光锐;会文纸店的老板汪世模汪二。

他们大家,以及旁的茶客,都向他打着招呼:

"坐上来好吧,"俞视学客气道,"这里要舒服些。"

"我要那么舒服做甚么哇?"出乎意外,幺吵吵横着眼睛嚷道,"你知道么，我坐上席会头昏的，——没有那个资格！……"

本份人的视学禁不住红起脸来。但他随即猜出来么吵吵是针对着联保主任说的，因为当他嚷叫的时候，视学看见他充满恶意地瞥了一眼坐在后面首席上的方治国。

除却联保主任，那张桌子还坐得有张三监爷。人们都说他是方治国的军师，实际上，他可只能跟主任坐坐酒馆，在紧要关头进点不着边际的忠告。但这并不特别，他原是对甚么事都关心的，而往往忽略了自己。他的老婆孩子经常在家里挨饿，他却很少管顾。

同监爷对面坐着的是黄毛牛肉，正在吞服一种秘制的戒烟丸药。他是主任的重要助手；虽然并无多少才干，惟一的本领就是毫无顾忌。"现在的事你管那么多做甚么哇？"他常常这么说，"拿得到手的就拿！"

毛牛肉应付这世界上一切经常使人大惊小怪的事变，只有一种态度：装做不懂。

"你不要管他的，发神经！"他小声向主任建议。

"这回子把蜂窝戳破了。"主任方治国苦笑说。

"我看要赶紧'缝'啊！"捧着暗淡无光的黄铜烟袋，监爷皱着脸沉吟道，"另外找一个人去'抵'怎样？"

"已经来不及了呀。"主任叹口气说。

"管他做甚么呵！"毛牛肉眨眼而且努嘴，"是他妈个火炮性子。"

这时候，么吵吵已经拍着桌子，放开嗓子在叫嚷了。但是他的战术依然停留在第一阶段，即并不指出被攻击的人的姓名，只是隐射着对方，正像一通没头没脑的谩骂那样。

"搞到我名下来了！"他显得做作地打了一串哈哈，"好得很！老子今天就要看他是甚么东西做出来的：人吗？狗吗？你们见过狗起草么，嗨，那才有趣！……"

于是他又比又说地形容起来了。虽然已经蓄了十年上下的胡子，么吵吵的粗鲁话可是越来越多。许多闲着无事的人，有时候甚至故意挑弄他说下流话。他的所谓"狗"，是指他的仇人方治国说的，因为主任药外祖父曾经当过衙役，而这又正是方府上下人等最大的忌讳。

因为他形容得太恶俗了，俞视学插嘴道：

"少造点口孽呵！有道理讲得清的。"

"我有啥道理哇！"么吵吵忽然板起脸嚷道，"有道理，我也早当了什么主任了。两眼墨黑，见钱就拿！"

"吓，邢表叔！……"

气得脸青面黑的身材瘦小的主任，一下子忍不住站起来了。

"吓，邢表叔！"他重复说："你说话要负责啊！"

"甚么叫做负责哇？我就不懂！表叔！"幺吵吵模拟着主任的声调，这惹得大家忍不住笑起来，"你认错人了！认真是你表叔，你也不吃我了！"

"对，对，对，我吃你！"主任解嘲地说，一面坐了下去。

"不是吗？"幺吵吵拍了一巴掌桌子，嗓子更加高了，"兵役科的人亲自对我老大说的！你的报告真做得好呢。我今天倒要看你长的几个卵子！……"

幺吵吵一个劲说下去。而他愈来愈加觉得这不是开玩笑，也不是平日的瞎吵瞎闹，完全为了个痛快；他认真感觉到忿激了。

他十分相信，要是一年半以前，他是用不着这么样着急的，事情好办得很。只需给他大哥一个通知，他的老二就会自自由由走回来的。因为以往抽丁，像他这种家庭一直就没人中过签。但是现在情形已经两样，一切要照规矩办了。而最为严重的，是他的老二已经抓进城了。

他已经派了他的老大进城，而带回来的口信，更加证明他的忧虑不是没有根据。因为那捎信人说，新县长是认真要整顿兵役的，她几个有钱有势的青年人都偷跑了；有的成天躲在家里。幺吵吵的大哥已经试探过两次，但他认为情形险恶。额外那捎信人又说，壮丁就快要送进省了。

凡是邢大老爷都感觉棘手的事，人还能有什么办法呢？他的老二只有当炮灰了。

"你怕我是聋子吧，"幺吵吵简直在咆哮了，"去年蒋家寡母子的儿子五百，你放了；陈二靴子两百，你也放了！你比土匪头儿肖大个子还要厉害。钱也拿了，脑袋也保住了，——老子也有钱的，你要张一张嘴呀？"

"说话要负责啊！邢幺老爷！……"

主任又出马了，而且现出假装的笑容。

主任是一个糊涂而胆怯的人。胆怯，因为他太有钱了；而在这个边野地区，他又从来没有摸过枪炮。这地区是几乎每个人都能来两手的，还有人靠着它维持生计。好些年前。因为预征太多，许多人怕当公事，于是联保主任这个头衔忽然落在他头上了，弄得一批老实人莫名其妙。

　　联保主任很清楚这是实力派的阴谋，然而，一向忍气吞声的日子驱使他接受了这个挑战。他起初老是垫钱，但后来他尝到甜头了：回扣、黑粮，等等。并且，当他走进茶馆的时候，招呼茶钱的声音也来得响亮。而在三年以前，他的大门上已经有了一道县长颁赠的匾额：

　　尽瘁桑梓

　　但是，不管怎样，正像他自己感觉到的一般，在这回龙镇，还是有人压住他的。他现在多少有点失悔自己做了糊涂事情；但他佯笑着，满不在意似地接着说道：

　　"你发气做啥啊，都不是外人！……"

　　"你也知道不是外人么？"幺吵吵反问，但又并不等候回答，一直嚷叫下去道，"你既知道不是外人，就不该搞我了，告我的密了！"

　　"我只问你一句！……"

　　联保主任又一下站起来了，而他的笑容更加充满一种讨好的意味。

　　"你说一句就是了！"他接着说，"兵役科甚么人告诉你的？"

　　"总有那个人呀，"幺吵吵冷笑说。"像还是谣言呢！"

　　"不是！你要告诉我甚么人说的啦。"联保主任说，态度装得异常诚恳。

　　因为看见幺吵吵松了劲，他察觉出可以说理的机会到了。于是就势坐向俞视学侧面去，赌咒发誓地分辩起来，说他一辈子都不会做出这样胆大糊涂的事情来的！

　　他坐下，故意不注意幺吵吵，仿佛视学他们倒是他的对手。

　　"你们想吧。"他说。摊开手臂，蹙着瘦瘦的铁青的脸蛋，"我姓方的是吃饭长大的呀！并且，我一定要抓他的人做啥呢？难道'委员长'会赏我个状元么？没讲的话，这街上的事，一向糊得圆我总是糊的！"

　　"你才会糊！"幺吵吵叹着气抵了一句。

　　"那总是我吹牛啊！"联保主任无可奈何地辩解说，瞥了一眼他的对手，"别的不讲，就拿救国公债说吧，别人写的多少，你又写的多少？"

　　他随又把嘴凑近视学的耳朵边呻唤道：

　　"连丁八字都是五百元呀！"

　　联保主任表演得如此精采，这不是没原因的，他想充分显示出事情的重要性，和他对待幺吵吵的一件苦心。同时，他发觉看热闹的人已经越来越多，几乎街都快扎断了，漏出风声太不光彩，而且容易引起纠纷。

大约视学相信了他的话，或者被他的态度感动了，兼之又是出名的好好先生，因此他斯斯文文地扫了扫喉咙，开始劝解起幺吵吵来。

"幺哥！我看这样啊：人不抓，已经抓了，横竖是为国家，……"

"这你才会说！"幺吵吵一下撑起来了，目虚起眼睛问学道，"这样会说，你那么一大堆，怎么不挑一个送起去呢？"

视学满脸通红，故意勾下脑袋喝茶去了。

"好！我两个讲通了！"幺吵吵重又坐了下去，接着满脸怒气嚷道，"没有生过娃娃当然会说生娃娃很舒服！今天怎么把你个好好先生遇到了啊：冬瓜做不做得甑子？做得。蒸垮了呢？那是要垮呀，——你个老哥子真是！"

他的形容引来一片笑声，他自己却并不笑，他把他那结结实实的身子移动了一下，抹抹胡子，又把袖头两挽，理直气壮地宣告道：

"闲话少讲！方大主任，说不清楚你今天走不掉的！"

"好呀！"主任应声道，一面懒懒退还原地方去，"回龙镇只有这样大一个地方哩，我会往哪里跑？就要跑也跑不脱的。"

联保主任的声调和表情照例带着一种嘲笑的意味，至于是嘲笑自己，或者嘲笑对方，那就要凭你猜了。他是经常凭借了这点武器来掩护自己的；而且经常弄得顽强的敌手哭笑不得。人们一般都叫他做软硬人；碰见老虎他是绵羊，如果对方是绵羊呢，他又变成了老虎了。

当他回到原位的时候，毛牛肉一面吞服着戒烟丸，生气道：

"我白还懒得答呢，你就让他吵去！"

"不行不行，"监爷意味深长地说，"事情不同了。"

监爷一直这样坚持自己的意见，是颇有理由的。因为他确信这镇上正在对准联保主任进行一种大规模的控告，而邢大老爷，那位全县知名的绅耆，可以使这控告成为事实，也可以打消它。这也就是说，现在联络邢家是个必要措施。何况谁知道新县长是怎样一副脾气的人呢！

这时候，茶堂里的来客已增多了。连平时懒于出门的陈新老爷也走来了。新老爷是前清科举时代最末一科的秀才，当过十年团总，十年哥老会的头目，八年前才退休的。他已经很少过问镇上的事情了，但是他的意见还同团总时代一样有效。

新老爷一露面，茶客们都立刻直觉到：幺吵吵已经布置好一台讲茶了。茶堂里响起一片零乱的呼唤声。有照旧坐在坐位上向堂倌叫喊的，有站起来叫喊的，有的一面挥着钞票一面叫喊，但是都把声音提得很高很高，深恐新老爷听不见。

其间一个茶客，甚至于怒气冲冲地吼道：

"不准乱收钱啦！嗨！这个龟儿子听到没有？……"

于是立刻跑去塞一张钞票在堂倌手里。

在这种种热情的骚动中间，争执的双方，已经很平静了。联保主任知道自己会亏理的，他正在积极地制造舆论，希望能于自己有利。而幺吵吵则一直闷着张脸，这是因为当着这许多漂亮人物面前，他忽然深切地感觉到，既然他的老二被抓，这就等于说他已经失掉了面子！

这镇上是流行着这样一种风气的，凡是照规矩行事的，那就是平常人，重要人物都是站在一切规矩之外的。比如陈新老爷，他并不是个惜疼金钱的脚色，但是就连打醮这类事情，他也没有份的；否则便会惹起人们大惊小怪，以为新老爷失了面子，和一个平常人没多少区别了。

面子在这镇上的作用就有如此厉害，所以幺吵吵闷着张脸，只是懒懒地打着招呼。直到新老爷问起他是否欠安的时候，这才稍稍振作起来。

"人倒是好的，"他苦笑着说，"就是眉毛快给人剪光了！"

接着他又一连打了一串干燥无味的哈哈。

"你瞎说！"新老爷严正地切断他，"简直瞎说！"

"当真哩！不然。也不敢劳驾你哥子动步了。"

为了表示关切，新老爷深深叹了口气。

"大哥有信来没有呢？"新老爷接着又问。

"他也无办法呀！……"

幺吵吵呻唤了。

"你想吧，"为了避免人们误会，以为他的大哥也成了没面子的脚色了，他随又解释道，"新县长的脾气又没有摸到，叫他怎么办呢？常言说，新官上任三把火，又是闹起要整顿役政的，谁知道他会发些什么猫儿丢病？前天我又托蒋门神打听去了。"

"新县长怕难说话，"一个新近从城里回来的小商人插入道，"看样子就晓得了：随常一个人在街上串，戴他妈副黑眼镜子……"

严肃沉默的空气没有让小商人说下去。

接着，也没有人敢再插嘴，因为大家都不知道应该如何表示自己的感情。表示高兴吧，这是会得罪人的，因为情形的确有些严重；但说是严重吧，也不对，这又会显得邢府上太无能了。所以彼此只好暧昧不明地摇头叹气，喝起茶来。

看见联保主任似乎正在考虑一种行动。毛牛肉包着丸药，小声道：

"不要管他！这么快县长就叫他们喂家了么？"

"去找找新老爷是对的！"监爷意味深长地说。

这个脸面浮肿、常以足智多谋自负的没落士绅，正投了联保主任的机，方治国早就考虑到这个必要的措施了。使得他迟疑的，是他觉得，比较起来，新老爷同邢家的关系一向深厚得多，他不一定捡得到便宜。虽然在派款和收粮上面，他并没有对不住新老爷的地方；逢年过节，他也从未忘记送礼，但在几件小事情上，他是开罪过新老爷的。

比如，有一回曾布客想抵制他，抬出新老爷来，说道：

"好的，我们到新老爷那里去说！"

"你把时候记错了！"主任发火道，"新老爷吓不倒我！"

后来，事情虽然照旧是在新老爷的意志下和平解决了的，但是他的失言一定已经散播开去，新老爷给他记下一笔账了。但他终于站了起来，向着新老爷走过去了。

这个行动，立刻使得人们很振作了，大家全都期待着一个新的开端。有几个人在大声喊叫堂馆拿开水来，希望缓和一下他们的紧张心情。幺吵吵自然也是注意到联保主任的攻势的，但他不当作攻势看，以为他的对手是要求新老爷调解的；但他猜不准这个调解将会采取一种什么方式。

而且，从幺吵吵看来，在目前这样一种严重问题上，一个能够叫他满意的调解办法，是不容易想出来的。一这不能道歉了事，也不能用金钱的赔偿弥补，那么剩下来的只有立法庭起诉了！但一想到这个，他就立刻不安起来，因为一个决心整饬役政的县长，难道会让他占上风？！

幺吵吵觉得苦恼，而且感觉一切都不对劲。这个一向坚实乐观的汉子，第一次遭到烦扰的袭击了，简直就同一个处在这种境况的平常人不差上下；一点抓拿没有！

他忽然在桌子上拍了一掌，苦笑着自言自语道：

"哼！乱整吧，老子大家乱整！"

"你又来了！"俞视学说，"他总会拿话出来说嘛。"

"这还有甚么说的呢？"幺吵吵苦着脸反驳道，"你个老哥子怎么不想想啊：难道甚么天王老子会有这么大的面子，能够把人给我取回来么？！"

"不是那么讲。取不出来，也有取不出来的办法。"

"那我就请教你！"幺吵吵认真快发火了，但他尽力克制着自己，"甚么办法呢?! ——说一句对不住了事? ——打死了让他赔命? ……"

"也不是那样讲。……"

"那又是怎样讲呢?"幺吵吵毕竟大发其火，直着嗓子叫了，"老实说吧，他就没有办法！我们只有到场外前大河里去喝水了！"

这立刻引起一阵新的骚动。全部预感到精彩节目就要来了。

一个站在阶沿下人堆里的看客，大声回绝着朋友的催促道：

"你走你的嘛，我还要玩一会!"

提着茶壶穿堂走过的堂倌，也在兴高采烈叫道：

"让开一点，看把脑袋烫肿!"

在当街的最末一张条桌上，那里离幺吵吵隔着四张桌子，一种平心静气的谈判已经就要结束。但是效果显然很少，因为长条了的陈新老爷，忽然气冲冲站起来了。

陈新老爷仰起瘦脸，颈子一扭，大叫道：

"你倒说你娃条鸟啊! ……"

但他随又坐了下去，手指很响地击着桌面。

"老弟!"他一直望着联保主任，几乎一字一顿地说，"我不会害你的！一个人眼光要放远大一点，目前的事是谁也料不到的! ——懂么?"

"我懂呵! 难道你会害我?"

"那你就该听大家的劝呀!"

"查出来要这个啦，——我的老先人!"

联保主任苦涩地叫着，同时用手拿在后颈上一比；他怕杀头。

这的确也很可虑，因为严惩兵役舞弊的明令，已经来过三四次了。这就算不作数，我们这里隔上峰还远，但是县长对于我们就全然不相同了：他简直就在你的鼻子前面。并且，既然已经把人抓起去了，就要额外买人替换，一定也比平日困难得多。

加之，前一任县长正是为了壮丁问题被撤职的，而新县长一上任便宣称他要扫除役政上的种种积弊。谁知道他是不是也如一般新县长那样，上任时候的官腔总特别打得响，结果说过算事，或者他硬要认真地干一下? 他的脾气又是怎样的呢? ……

此外，联保主任还有一个不能冒这危险的重大理由。他已经四十岁了，但他还没有取得父亲的资格。他的两个太太都不中用，虽然一般人把责任归在这作丈夫的先天不足上面；好像就是再活下去，他也永远无济于事，作不成父亲。

然而，不管如何，看光景他是决不会冒险了。所以停停，他又解嘲地继续道：

"我的老先人！这个险我不敢冒。认真是我告了他的密都说得过去！……"

他佯笑着，而且装做得很安静。同幺吵吵一样，他也看出了事情的诸般困难的，而他首先应该矢口否认那个密告的责任。但他没有料到，他把新老爷激恼了。

新老爷没有让他说完，便很生气地反驳道。

"你这才会装呢！可惜是大老爷亲自听兵役科说的！"

"方大主任！"幺吵吵忽然直接地插进来了，"是人做出来的就撑住哇！我告诉你：赖，你今天无论如何赖不脱的！"

"嘴巴不要伤人啊！"联保主任忍不住发起火来。

他态度严正，口气充满了警告气味；但是幺吵吵可更加蛮横了。

"是的，老子说了：是人做出来的你就撑住！"

"好嘛，你多凶啊。"

"老子就是这样！"

"对对对，你是老子！哈哈！……"

联保主任响着干笑，一面退回自己原先的坐位上去。他觉得他在全镇的市民面前受了侮辱，他决心要同他的敌人斗到底了。仿佛就是拼掉老命他都决不低头。

联保主任的幕僚们依旧各有各的主见。毛牛肉说：

"你愈让他愈来了，是吧！"

"不行不行，事情不同了。"监爷叹着气说。

许多人都感到事情已经闹成僵局，接着来的一定会是谩骂，是散场了。因为情形明显得很，争吵的双方都是不会动拳头的。那些站在大街上看热闹的，已经在准备回家吃午饭了。

但是，茶客们却谁也不能轻易动身，担心有失体统。并且新老爷已经请了幺吵吵过去，正在进行一种新的商量，希望能有一个顾全体面的办法。虽然按照常识，一个二十岁的青年人的生命，绝不能和体面相提并论，而关于体面的解释也很不一致。

然而，不管怎样，由于一种不得已的苦衷，幺吵吵终于是让步了。

"好好，"他带着决然忍受一切的神情说，"就照你哥子说的做吧！"

"那么方主任，"新老爷紧接着站起来宣布说，"这一下就看你怎样，一切用费幺老爷出，人由你找。事情也由你进城去办；办不通还有他们大老爷，——"

"就请大老爷办不更方便些么？"主任嘴快地插入说。

"是呀！也请他们大老爷，不过你负责就是了。"

"我负不了这个责。"

"甚么呀?!"

"你想，我怎么能负这个责呢？"

"好！"

新老爷简捷地说，闷着脸坐下去了。他显然是被对方弄得不快意了；但是，沉默了会，他又耐着性子重新劝说起来。

"你是怕用的钱会推在你身上吧？"新老爷笑笑说。

"笑话！"联保主任毫不在意地答道，"我怕什么？又不是我的事。"

"那又是甚么人的事呢？"

"我晓得的呀！"

联保主任回答这句话的时候，带着一种做作的安闲态度，而且嘲弄似地笑着，好像他是甚么都不懂得，因此甚么也未觉得可怕；但他没有料到幺吵吵冲过来了。而且，那个气得胡子发抖的汉子，一把扭牢他的领口就朝街面上拖。

"我晓得你是个软硬人！——老子今天跟你拼了！……"

"大家都是面子上的人，有话好好说啊！"茶客们劝解着。

然而，一面劝解，一面偷偷溜走的也就不少。堂倌已经在忙着收茶碗了。监爷在四处向人求援；后头昏油地胡乱打着漩子；而这也正证明着联保主任并没有白费自己的酒肉。

"这太不成话了！"他摇头叹气说，"大家把他们分开吧！"

"我管不了！"视学边往街上溜去边说，"着血喷在我身上。"

毛牛肉在收捡着戒烟丸药，一面咕咕咕咕嚷道：

"这样就好！哪个没有生得手么？好得很！"

但当丸药收捡停当的时候，他的上司已经吃了亏了。联保主任不断淌着鼻血，左眼睛已经青肿起来。他是新老爷解救出来的，而他现在已经被安顿在茶堂门口一张白木圈椅上面。

"你姓邢的是对的！"他摸摸自己的肿眼睛说，"你打得好！"

"你嘴硬吧！"幺吵吵气喘吁吁地唾着牙血，"你嘴硬吧！"

毛牛肉悄悄向联保主任建议，说他应该马上找医生诊治一下，取个伤单；但是他的上司拒绝了他，反而要他赶快去雇滑杆。因为联保主任已经决定立刻进城控告去了。

联保主任的眷属，特别是他的母亲，那个以悭吝出名的小老太婆，早已经赶来了。

"咦，兴这样打么？"她连连叫道，"这样眼睛不认人么？！"

邢幺太太则在丈夫耳朵边报告着联保主任的伤势。

"眼睛都肿来像毛桃子了！……"

"老子还没有打够！"吐着牙血，幺吵吵吸口气说。

别的来看热闹的妇女也很不少，整个市镇几乎全给翻了转来。吵架打架本来就值得看，一对有面子的人物弄来动手动脚，自然也就更可观了！因而大家的情绪比看把戏还要热烈。

但正当这人心沸腾的时候，一个左腿微跛，满脸胡须的矮汉子忽然从人丛中挤了进来。这是蒋米贩子，因为神情呆板，大家又叫他蒋门神。前天进城赶场，幺吵吵就托过他捎信的，因此他立刻把大家的注意一下子集中了。那首先抓住他的是邢幺太太。

这是个顶着假发的肥胖妇人，爱做作，爱饶舌，诨名九娘子。她颤声颤气问那个米贩子道：

"托你打听的事情呢？……坐下来说吧！"

"打听的事情？"米贩子显得见怪似地答道，"人已经出来啦。"

"当真的呀！"许多人吃惊了，一齐叫了出来。

"那还是假的么？我走的时候，还在十字口茶馆里打牌呢。昨天夜里点名，他报数报错了，队长说他没资格打国仗，就开革了；打了一百军棍。"

"一百军棍？！"又是许多声音。

"不是大老爷面子大，你就再挨几个一百也出来不了呢。起初都讲新县长厉害，其实很好说话。前天大老爷请客，一个人老早就跑去了：戴他妈副黑眼镜子……"

米贩子叙说着，而他忽然一眼注意到了幺吵吵和联保主任。

"你们是怎么搞的？你牙齿痛吗？你的眼睛怎么肿啦？……"

1940 年

［提示］

沙汀（1904—1992），原名杨朝熙，四川安县人，主要著作有长篇小说《淘金记》、《困兽记》、《还乡记》、短篇小说《在其香居茶馆里》、中篇小说《木鱼山》等。

《在其香居茶馆里》写于 1940 年，小说围绕兵役问题，描写了川北回龙镇当权派和地方实力派之间的矛盾斗争，深刻揭露了国民党统治的黑暗腐朽。小说以回龙镇一个茶馆为人物活动的舞台，揭示了国民党抓壮丁给人民造成的深重灾难，鞭挞了地方劣绅的横行无忌以及他们之间钩心斗角互相倾轧的行径，反映了国统区人民的生活现实。国民党基层政权镇联保主任方治国敲诈勒索，有地位、有势力的青年如幺吵吵的儿子可以不服兵役。小说通过人物语言描写和动作描写，清晰地刻画了地方豪绅们的嘴脸，方治国个性明显，既贪财又阴险，这样的人竟然得到县长"尽瘁桑梓"的嘉奖匾额，讽刺意味尽露无遗，幺吵吵借势欺人，自私野蛮，他们之间的争吵本身就变成了狗咬狗的闹剧。

小说截取了一个其香居茶馆的场面，事件的前因后果从人物对话中逐渐展开，越发显得集中而紧凑。小说讽刺意味浓厚，它的讽刺真切、冷峻、辛辣，隐藏在奇特而精彩的细节描写中。于从日常生活提取素材，严格按照生活本身的逻辑，对事物做出客观平实的描绘，不轻易流露主观情感，将厌恶深藏在人物描写和情节叙述中，形成阴郁悲凉的基调。作家对四川民间语言的纯熟运用，作者对四川方言土语拿捏自如，游刃有余。语言含蓄洗练，简洁质朴，引人深思。

（陈广军）

呼兰河传（存目）

萧　红

[提示]

萧红（1911—1942），原名张廼莹，黑龙江呼兰人，著名女作家，被誉为"30年代文学洛神"，代表作有《生死场》、《呼兰河传》。

《呼兰河传》写于1940年，作品通过对自己故乡的回忆，以朴素真实、凄婉细腻的笔调，真情而感人地再现了她童年时代东北农村黑暗落后又质朴自然的日常生活，揭示了旧的传统文化和伦理道德对淳朴人民的戕害和束缚，流露出了对家乡人民不断遭受苦难的深切同情。作家以画家的笔墨描绘出呼兰河的风土人情，创造出一种散文诗的意境，带有自然清新的气息。大地冻裂了口子，后花园荒凉了，看台下的人声鼎沸，有二伯、冯歪嘴子、小团圆媳妇…人们不知道其他地方的情况，他们始终认为呼兰河这里的所有的东西都是理所当然的：人病了，请巫婆跳大神来消灾；女人想生孩子，去娘娘庙拜拜；鬼节，要家家户户放河灯。他们的行为、语言、性格都深受传统习俗文化的影响。自古长存的封建伦理道德已经支配了小镇上人们的思想和行为，麻木愚昧却不自知。作者用一种同情和悲悯来述说人们的苦难，她对自己的故乡充满了怀念和留恋，用她与生俱来的温柔，细细地体会着这一切。整部小说如同一条岁月的河流，缓缓流过读者的心间，留下一种淡淡的悲凉。萧红在《呼兰河传》中写得最多的是她的祖父和后花园。祖父对她的爱使她对童年多了一份美好的回忆。小说中胡家的媳妇，刚到婆家时，辫子又黑又长，脸黑乎乎的，笑呵呵的，最后被婆婆好意的规矩，折磨成面色蜡黄，眼睛老是充满了眼泪，大腿被拧得像一个梅花鹿似的青一块、紫一块，晚上瞪着眼睛，张着嘴，像杀猪似的连哭带叫，直到最后当众活活被烫死。可以看出在那种年代下女性对自己命运的无法做主。小说弥漫着一种淡淡的荒凉，生活环境是荒凉的，生存状态是荒凉的，人与人之间关系也是荒凉的。小说以呼兰河整体文化氛围的沉滞及个体生存状态的悲剧来表现城与人的存在所蕴含的悲剧意蕴，表达了萧红对温暖与爱的憧憬与追求。

　　小说没有贯穿全书的线索，没有完整的故事情节与核心人物，通篇以抒情笔调写自我感受，重视文化风俗和自然景物的描写，结构散文化，人物鲜明活泼，风格凄婉忧伤，弥漫着忧郁的气息，因此它更像一副多彩的图画，一首优美的歌曲。

（陈广军）

九十九度中

林徽因

三个人肩上各挑着黄色，有"美丰楼"字号大圆篓的，用着六个满是泥泞凝结的布鞋，走完一条被太阳晒得滚烫的马路之后，转弯进了一个胡同里去。

"劳驾，借光——三十四号甲在哪一头？"在酸梅汤的摊子前面，让过一辆正在飞奔的家车——钢丝轮子亮得晃眼的——又向蹲在墙角影子底下的老头儿，问清了张宅方向后，这三个流汗的挑夫便又努力的往前走。那六只泥泞布履的脚，无条件的，继续着他们机械式的展动。

在那轻快的一瞥中，坐在洋车上的卢二爷看到黄篓上饭庄的字号，完全明白里面装的是丰盛的筵席，自然的，他估计到他自己午饭的问题。家里饭乏味，菜蔬缺乏个性，太太的脸难看，你简直就不能对她提到那厨子问题。这几天天天太热，太热，并且今天已经二十二，什么事她都能够牵扯到薪水问题上，孩子们再一吵，谁能够在家里吃中饭！

"美丰楼饭庄"黄篓上黑字写得很笨大，方才第三个挑夫挑得特别吃劲，摇摇摆摆的使那黄篓左右的晃……

美丰楼的菜不能算坏，义永居的汤面实在也不错……于是义永居的汤面？还是市场万花斋的点心？东城或西城？找谁同去聊天？逸九新从南边来的住在哪里？或许老孟知道，何不到和记理发馆借个电话？卢二爷估计着，犹豫着，随着洋车的起落。他又好像已经决定了在和记借电话，听到伙计们的招呼："……二爷您好早？……用电话，这边您哪！……"

伸出手臂，他睨一眼金表上所指示的时间，细小的两针分停在两个钟点上，但是分明的都在挣扎着到达十二点上边。在这时间中，车夫感觉到主人在车上翻动不安，便更抓稳了车把，弯下一点背，勇猛的狂跑。二爷心里仍然疑问着面或点心；东城或西城；车已赶过前面的几辆。一个女人骑着自行车，由他左侧冲过去，快镜似的一瞥鲜艳的颜色，脚与腿，腰与背，侧脸、眼和头发，全映进老卢的眼里，那又是谁说过的……老卢就是爱看女人！女人谁又不爱？难道你在街上真闭上眼不瞧那过路的漂亮的！

"到市场，快点。"老卢吩咐他车夫奔驰的终点，于是主人和车夫戴着两顶价格极不相同的草帽，便同在一个太阳底下，向东安市场奔去。

很多好看的碟子和鲜果点心，全都在大厨房院里，从黄色层篓中捡点出来。立着监视的有饭庄的"二掌柜"和张宅的"大师傅"；两人都因为胖的缘故，手里都有把大蒲扇。大师傅举着扇，扑一下进来凑热闹的大黄狗。

"这东西最讨嫌不过！"这句话大师傅一半拿来骂狗，一半也是来权作和掌柜的寒暄。

"可不是？他×的，这东西真可恶。"二掌柜好脾气的用粗话也骂起狗。

狗无聊的转过头到垃圾堆边闻嗅隔夜的肉骨。

奶妈抱着孙少爷进来，七少奶每月用六元现洋雇她，抱孙少爷到厨房，门房，大门口，街上一些地方喂奶连游玩的。今天的厨房又是这样的不同；饭庄的"头把刀"带着几个伙计在灶边手忙脚乱的炒菜切肉丝，奶妈觉得孙少爷是更不能不来看：果然看到了生人，看到狗，看到厨房桌上全是好看的干果，鲜果，糕饼，点心，孙少爷格外高兴，在奶妈怀里跳，手指着要吃。奶妈随手赶开了几只苍蝇，拣一块山楂糕放到孩子口里，一面和伙计们打招呼。

忽然看到陈升走到院子里找赵奶奶，奶妈对他挤了挤眼，含笑的问："什么事值得这么忙？"同时她打开衣襟露出前胸喂孩子奶吃。

"外边挑担子的要酒钱。"陈升没有平时的温和，或许是太忙了的缘故。老太太这次做寿，比上个月四少奶小孙少爷的满月酒的确忙多了。

此刻那三个粗蠢的挑夫蹲在外院槐树荫下，用黯黑的毛巾擦他们的脑袋，等候着他们这满身淋汗的代价。一个探首到里院偷偷看院内华丽的景象。

里院和厨房所呈的纷乱固然完全不同，但是它们纷乱的主要原因则是同样的，为着六十九年前的今天。六十九年前的今天，江南一个富家里又添了一个绸缎金银裹托着的小生命。经过六十九个像今年这样流汗天气的夏天，又产生过另十一个同样需要绸缎金银的生命以后，那个生命乃被称为长寿而又有福气的妇人。这个妇人，今早由两个老妈扶着，坐在床前，拢一下斑白稀疏的鬓发，对着半碗火腿稀饭摇头：

"赵妈，我哪里吃得下这许多？你把锅里的拿去给七少奶的云乖乖吃罢……"

七十年的穿插，已经卷在历史的章页里，在今天的院里能呈露出多少，谁也不敢说。事实是今天，将有很多打扮得极体面的男女来庆祝，庆祝能够维持这样长久寿命的女人，并且为这一庆祝，饭庄里已将许多生物的寿命裁削了，拿它们的肌肉来补充这庆祝者的肠胃。

前两天这院子就为了这事改变了模样，簇新的喜棚支出瓦檐丈余尺高。两旁红喜字玻璃方窗，由胡同的东头，和顺车厂的院里是可以看得很清楚的。前晚上六点左右，小三和环子，两个洋车夫的儿子，倒土筐的时候看到了，就告诉他们嬷，"张家喜棚都搭好了，是哪一个孙少爷娶新娘子？"他们嬷为这事，还拿了鞋样到陈大嫂家说个话儿，正看到她在包饺子，笑嘻嘻的得意得很，说老太太做整寿，——多好福气——她当家的跟了张老太爷多少年。昨天张家三少奶还叫她进去，说到日子要她去帮个忙儿。

喜棚底下圆桌面就有七八张，方凳更是成叠地堆在一边；几个夫役持着鸡毛帚，忙了半早上才排好五桌。小孩子又多，什么孙少爷，侄孙少爷，姑太太们带来的那几位都够淘气的。李贵这边排好几张，那边小爷们又扯走了排火车玩。天热得厉害，苍蝇是免不了多，点心干果都不敢先往桌子上摆。冰化得也快，篓子底下冰水化了满地！汽水瓶子挤满了厢房的廊上，五少奶看见了只嚷不行，全要冰起来。

全要冰起来！真是的，今天的食品全摆起来够像个菜市，四个冰箱也腾不出一点空隙。这新买来的冰又放在哪里好？李贵手里捧着两个绿瓦盆，私下里咕噜着为这筵席所发生的难题。

赵妈走到外院传话，听到陈升很不高兴的在问三个挑夫要多少酒钱。

"瞅着给罢。"一个说。

"怪热天多赏点吧。"又一个抿了抿干燥的口唇，想到方才胡同口的酸梅汤摊子，嘴里觉着渴。

就是这嘴里渴得难受，杨三把卢二爷拉到东安市场西门口，心想方才在那个"喜什么堂"门首，明明看到王康坐在洋车脚蹬上睡午觉。王康上月底欠了杨三十四吊钱，到现在仍不肯还；只顾着躲他。今天债主遇到赊债的赌鬼，心头起了各种的计算——杨三到饿的时候，脾气常常要比平时坏一点。天本来就太热，太阳简直是冒火，谁又受得了！方才二爷坐在车上，尽管用劲踩铃，金鱼胡同走道的学生们又多，你撞我闯的，挤得真可以的。杨三擦了汗一手抓住车把，拉了空车转回头去找王康要账。

"要不着八吊要六吊；再要不着，要他×的几个混蛋嘴巴！"杨三脖干儿上太阳烫得像火烧。"四吊多钱我买点羊肉，吃一顿好的。葱花烙饼也不坏——谁又说大热天不能喝酒？喝点又怕什么——睡得更香。卢二爷到市场吃饭，进去少不了好几个钟头……"

喜燕堂门口挂着彩，几个乐队里人穿着红色制服，坐在门口喝茶——他们把大铜鼓撂在一旁，铜喇叭夹在两膝中间。杨三知道这又是哪一家办喜事。反正一礼拜短不了有两天好日子，就在这喜燕堂，哪一个礼拜没有一辆花马车，里面搀出花溜溜的新娘？今天的花车还停在一旁……

"王康，可不是他！"杨三看到王康在小挑子的担里买香瓜吃。

"有钱的娶媳妇，和咱们没有钱的娶媳妇，还不是一样？花多少钱娶了她，她也短不了要这个那个的——这年头！好媳妇，好！你瞧怎么着？更惹不起！管你要钱，气你喝酒！再有了孩子，又得顾他们吃，顾他们穿。"

王康说话就是要"逗个乐儿"，人家不敢说的话他敢说。一群车夫听到他的话，各各高兴的凑点尾声。李荣手里捧着大饼，用着他最现成的粗话引着那几个年轻的笑。李荣从前是拉过家车的——可惜东家回南，把事情就搁下来了——他认得字，会看报，他会用新名词来发议论："文明结婚可不同了，这年头是最讲'自由''平等'的了。"底下再引用了小报上捡来离婚的新闻打哈哈。

杨三没有娶过媳妇，他想娶，可是"老家儿"早过去了没有给他定下亲，外面瞎妍的他没敢要。前两天，棚铺的掌柜娘要同他做媒；提起一个姑娘说是什么都不错，这几天不知道怎么又没有讯儿了。今天洋车夫们说笑的话，杨三听了感着不痛快。看看王康的脸在太阳里笑得皱成一团，更使他气起来。

王康仍然笑着说话，没有看到杨三，手里咬剩的半个香瓜里面，黄黄的一把瓜子像不整齐的牙齿向着上面。

"老康！这些日子都到哪里去了？我这儿还等着钱吃饭呢！"杨三乘着一股劲发作。

听到声，王康怔了向后看，"呵，这打哪儿说得呢？"他开始赖帐了，"你要吃饭，你打你×的自己腰包里掏！要不然，你出个份子，进去那里边，"他手指着喜燕堂，"吃个现成的席去。"王康的嘴说得滑了，禁不住这样嘲笑着杨三。

周围的人也都跟着笑起来。

本来准备着对付赖帐的巴掌，立刻打到王康的老脸上了。必须的扭打，由蓝布幕的小摊边开始，一直扩张到停洋车的地方。来往汽车的喇叭，像被打的狗，呜呜叫号。好几辆正在街心奔驰的洋车都停住了，流汗车夫连喊着"靠里！"，"瞧车！"脾气暴的人顺口就是："他×的，这大热天，单挑这么个地方！！"

巡警离开了岗位；小孩子们围上来；喝茶的军乐队人员全站起来看；女人们吓得只喊，"了不得，前面出事了罢！"

杨三提高嗓子只嚷着问王康："十四吊钱，是你——是你拿走了不是了？——"

呼喊的声浪由扭打的两人出发，膨胀，膨胀到周围各种人的口里，"你听我说……""把他们拉开……""这样挡着路……瞧腿要紧"。嘈杂声中还有人叉着手远远的喊，"打得好呀，好拳头！"

喜燕堂正厅里挂着金喜字红幛，几对喜联，新娘正在服从号令，连连的深深的鞠躬。外边的喧吵使周围客人的头同时向外面转，似乎打听外面喧吵的原故。新娘本来就是一阵阵的心跳，此刻更加失掉了均衡；一下子撞上，一下子沉下，手里抱着的鲜花随着只是打颤。雷响深入她耳朵里，心房里……

"新郎新妇——三鞠躬"——"……三鞠躬"。阿淑在迷惘里弯腰伸直，伸直弯腰。昨晚上她哭，她妈也哭，将一串经验上得来的教训，拿出来赠给她——什么对老人要忍耐点，对小的要和气，什么事都要让着点——好像生活就是靠容忍和让步支持着！

她焦心的不是在公婆妯娌间的委曲求全。这几年对婚姻问题谁都讨论得热闹，她就不懂那些讨论的道理遇到实际时怎么就不发生关系。她这结婚的实际，并没有因为她多留心报纸上，新文学上，所讨论的婚姻问题，家庭问题，恋爱问题，而减少了问题。

"二十五岁了……"有人问到阿淑的岁数时，她妈总是发愁似的轻轻的回答那问她的人，底下说不清是叹息是罗嗦。

在这旧式家庭里，阿淑算是已经超出应该结婚的年龄很多了，她知道。父母那急着要她出嫁的神情使她太难堪！他们天天在替她选择合适的人家——其实哪里是选择！反对她尽管反对，那只是消极的无奈何的抵抗，她自己明知道是绝对没有机会选择，乃至于接触比较合适，理想的人物！

她挣扎了三年，三年的时间不算短，在她父亲看去那更是不可信的长久。

"余家又托人来提了，你和阿淑商量商量吧，我这身体眼见得更糟，这潮湿天……"父亲的话常常说得很响，故意要她听得见。有时在饭桌上脾气或许更坏一点，"这六十块钱，养活这一大家子！养儿养女都不够，还要捐什么钱？干脆饿死！"有时更直接更难堪，"这又是谁的新褂子？阿淑，你别学时髦穿了到处走，那是找不着婆婆家的——外面瞎认识什么朋友我可不答应，我们不是那种人家！"……懦弱的母亲低着头装作缝衣，"妈劝你将就点……爹身体近来不好，……女儿不能在娘家一辈子的……这家子不算坏；差事不错，前妻没有孩子不能算填房。……"

理论和实际似乎永不发生关系；理论说婚姻得怎样又怎样，今天阿淑都记不得那许多了。实际呢，只要她点一次头，让一个陌生的，异姓的，异性的人坐在她家里，乃至于她旁边，吃一顿饭的手续，父亲和母亲这两三年——竟许已是五六年——来的难题便突然地，在他们是觉得极文明的解决了。

对于阿淑这订婚的疑惧，常使她父亲像小孩子似的自己安慰自己：阿淑这门亲事真是运气呀，说时总希望阿淑听见这话。不知怎样，阿淑听到这话总很可怜父亲，想装出高兴样子来安慰他。母亲更可怜；自从阿淑定婚以来总似乎对她抱歉，常常哑着嗓子说，"看我做母亲的这份心上面。"

看做母亲的那份心上面！那天她初次见到那陌生的，异姓的，异性的人，那个庸俗的典型触碎她那一点脆弱的爱美的希望，她怔住了。能去寻死，为婚姻失望而自杀么？可以大胆告诉父亲，这婚约是不可能的么？能逃脱这家庭的苛刑（在爱的招牌下的）去冒险，去漂落么？

她没有勇气说什么，她哭了一会，妈也流了眼泪，后来妈说：阿淑你这几天瘦了，别哭了，做娘的也只是一份心。……现在一鞠躬，一鞠躬的和幸福作别，事情已经太晚得没有办法了。

吵闹的声浪愈加明显了一阵，伴娘为新娘戴上手指，又由赞礼的喊了一些命令。

迷离中阿淑开始幻想那外面吵闹的原因：洋车夫打电车吧，汽车轧伤了人吧，学生又请愿，当局派军警弹压吧……但是阿淑想怎么我还如是焦急，现在我该像死人一样了，生活的波澜该沾不上我了，像已经临刑的人。但临刑也好，被迫结婚也好，在电影里到了这种无可奈何的时候总有一个意料不到快慰人心的解脱，不合法，特赦，恋人骑着马星夜奔波地赶到……但谁是她的恋人？除却九哥！学政治法律，讲究新思想的九哥，得着他表妹阿淑结婚的消息不知怎样？他恨由父母把持的婚姻……但谁知道他关心么？他们多少年不来往了，虽然在山东住的时候，他们曾经邻居，两小无猜的整天在一起玩。幻想是不中用的，九哥先就不在北平，两年前他回来过一次，她记得自己遇到九哥扶着一位漂亮的女同学在书店前边，她躲过了九哥的视线，惭愧自己一身不入时的装束，她不愿和九哥的女友做个太难堪的比较。

感到手酸，心酸，浑身打颤，阿淑由一堆人拥簇着退到里面房间休息。女客们在新娘前后彼此寒暄招呼，彼此注意大家的装扮。有几个很不客气在批评新娘子，显然认为不满意，"新娘太单薄点。"一个摺着十几层下颏的胖女人，摇着扇和旁边的六姨说话。阿淑觉到她自己真可以立刻碰得粉碎；这位胖太太像一座石臼，六姨则像一根铁杵横在前面，阿淑两手发抖拉紧了一块丝巾，听老妈在她头上不住的搬弄那几朵绒花。

随着花露水香味进屋子来的，是锡娇和丽丽，六姨的两个女儿，她们的装扮已经招了许多羡慕的眼光。有电影明星细眉的锡娇抓把瓜子嗑着，猩红的嘴唇里露出雪白的牙齿。她暗中扯了她妹妹的衣襟，嘴向一个客人的侧面努了一下。丽丽立刻笑红了脸，拿出一条丝绸手绢蒙住嘴挤出人堆到廊上走，望着已经在席上的男客们。有几个已经提起筷子高高兴兴的在选择肥美的鸡肉，一面讲着笑话，顿时都为着丽丽的笑声，转过脸来，镇住眼看她。丽丽扭一下腰，又摆了一下，软的长衫轻轻展开，露出裹着肉色丝袜的长腿走过另一边去。

年轻的茶房穿着蓝布大褂，肩搭一块桌布，由厨房里出来，两只手拿四碟冷荤，几乎撞住丽丽。闻到花露香味，茶房忘却顾忌的斜过眼看。昨晚他上菜的时候，那唱戏的云娟坐在首席曾对着他笑，两只水钻耳坠，打秋千似的左右晃。他最忘不了云娟旁座的张四爷，抓住她如玉的手臂劝干杯的情形。笑眯眯的带醉的眼，云娟明明是向着正端着大碗三鲜汤的他笑。他记得放平了大碗，心还怦怦的跳。直到晚上他睡不着，躺在院里板凳上乘凉，随口唱几声"孤王……酒醉……"才算松动了些。今天又是这么一个笑嘻嘻的小姐，穿着这一身软，茶房垂下头去拿酒壶，心底似乎恨谁似的一股气。

"逸九你喝一杯什么？"老卢做东这样问。

"我来一杯香桃冰其凌吧。"

"你去拣几块好点心，老孟。"主人又招呼那一个客。午饭问题算是如此解决了。为着天热，又为着起得太晚，老卢看到点心铺前面挂的"卫生冰其凌，咖啡，牛乳，各样点心"这种动人的招牌，便决意里面去消磨时光。约到逸九和老孟来聊天，老卢显然很满意了。

三个人之中，逸九最年少，最摩登。在中学时代就是一口英文，屋子里挂着不是"梨娜"就是"琴妮"的相片，从电影杂志里细心剪下来的，圆一张，方一张，满壁动人的娇憨。——他到上海去了两年，跳舞更是出色了，老卢端详着自己的脚，打算找逸九带他到舞场拜老师去。

"哪个电影好，今天下午？"老孟抓一张报纸看。

邻座上两个情人模样男女，对面坐着呆看。男人有很温和的脸，抽着烟没有说话；女人的侧相则颇有动人的轮廓，睫毛长长的活动着，脸上时时浮微笑。她的青纱长衫罩着丰润的肩臂，带着神秘性的淡雅。两人无声地吃着冰其凌，似乎对于一切完全的满足。老卢、老孟谈着时局，老卢既是机关人员，时常免不了说"我又有个特别的消息，这样看来里面还有原因"，于是一层一层的做更详细原因的检讨，深深的浸入政治波澜里面。

逸九看着女人的睫毛，和浮起的笑涡，想到好几年前同在假山后捉迷藏的琼两条发辫，一个垂前，一个垂后的跳跃。琼已经死了这六七年，谁也没有再提起过她。今天这青长衫的女人，单单叫他心底涌起琼的影子。不可思议的，淡淡的，记忆描着活泼的琼。在极旧式的家庭里淘气，二舅舅提根旱烟管，厉声的出来停止她各种的嬉戏。但是琼只是敛住声音低低的笑。雨下大了，院中满是水，又是琼胆子大，把裤腿卷过膝盖，赤着脚，到水里装摸鱼。不小心她滑倒了，还是逸九去把她抱回来。和琼差不多大小的还有阿淑，住在对门，他们时常在一起玩，逸九忽然记起瘦小，不爱说话的阿淑来。

"听说阿淑快要结婚了，嬷嘱咐到表姨家问候，不知道阿淑要嫁给谁！"他似乎怕到表姨家。这几年的生疏叫他为难，前年他们遇见一次，装束不入时的阿淑倒有种特有的美，一种灵性……奇怪今天这青长衫女人为什么叫他想起这许多……

"逸九，你有相当的聪明，手腕，你又能巴结女人，你也应该来试试，我介绍你见老王。"

倦了的逸九忽然感到苦闷。

老卢手弹着桌边表示不高兴，"老孟你少说话，逸九这位大少爷说不定他倒愿意去演电影呢！"种种都有一点落伍的老卢嘲笑着翩翩年少的朋友出气。

青纱长衫的女人和她朋友吃完了，站了起来。男的手托着女人的臂腕，无声的绕过他们三人的茶桌前面，走出门去。老卢逸九注意到女人有秀美的腿，稳健的步履。两人的融洽，在不言不语中流露出来。

"他们是甜心！"

"愿有情人都成眷属。"

"这女人算好看不？"

三个人同时说出口来，各各有所感触。

午后的热，由窗口外嘘进来，三个朋友吃下许多清凉的东西，更不知做什么好。

"电影院去，咱们去研究一回什么'人生问题'、'社会问题'吧？"逸九望着桌上的空杯，催促着卢孟两个走。心里仍然浮着琼的影子。活泼、美丽、健硕，全幻灭在死的幕后，时间一样的向前，计量着死的实在。像今天这样，偶尔的回忆就算是证实琼有过活泼生命的唯一的证据。

东安市场门口洋车像放大的蚂蚁一串，头尾衔接着放在街沿。杨三已不在他寻常停车的地方。

"区里去，好，区里去！咱们到区里说个理去！"就是这样，王康和杨三到底结束了殴打，被两个巡警弹压下来。

刘太太打着油纸伞，端正的坐在洋车上，想金裁缝太不小心了，今天这件绸衫下摆仍然不合式，领也太小，紧得透不了气，想不到今天这样热，早知道还不如穿纱的去。裁缝赶做的活总要出点毛病。实甫现在脾气更坏一点，老嫌女人们麻烦。每次有个应酬你总要听他说一顿的。今天张老太太做整寿，又不比得寻常的场面可以随便……

对面来了浅蓝色衣服的年轻小姐，极时髦的装束使刘太太睁大了眼注意了。

"刘太太哪里去?"蓝衣小姐笑了笑,远远招呼她一声过去了。

"人家的衣服怎么如此合适!"刘太太不耐烦的举着花纸伞。

"呜呜——呜呜"汽车的喇叭响得震耳。

"打住。"洋车夫紧抓车把,缩住车身前冲的趋势。汽车过去后,由刘太太车旁走出一个巡警,带着两个粗人:一根白绳由一个的臂膀系到另一个的臂上。巡警执着绳端,板着脸走着。一个粗人显然是车夫;手里仍然拉着空车,嘴里咕噜着。很讲究的车身,各件白铜都擦得放亮,后面铜牌上还镌着"卢"字。这又是谁家的车夫,闹出事让巡警拉走。刘太太恨恨地一想车夫们爱肇事的可恶,反正他们到区里去少不了东家设法把他们保出来的

"靠里!……靠里!"威风的刘家车夫是不耐烦挤在别人车后的——老爷是局长,太太此刻出去阔绰的应酬,洋车又是新打的,两盏灯发出银光……哗啦一下,靠手板在另一个车边擦一下,车已猛冲到前头走了。刘太太的花油纸伞在日光中摇摇荡荡的迎着风,顺着街心溜向北去。

胡同口酸梅汤摊边刚走开了三个挑夫。酸凉的一杯水,短时间的给他们愉快,六只泥泞的脚仍然踏着滚烫的马路行去。卖酸梅汤的老头儿手里正数着几十枚铜元,一把小鸡毛帚夹在腋下。他翻上两颗暗淡的眼珠,看看过去的花纸伞,知道这是到张家去的客人。他想今天为着张家做寿,客人多,他们的车夫少不得来摊上喝点凉的解渴。

"两吊……三吊!……"他动着他的手指,把一叠铜元收入摊边美人牌香烟的纸盒中。不知道今天这冰够不够使用的,他翻开几重荷叶,和一块灰黑色的破布,仍然用着他暗淡的眼珠向磁缸里的冰块端详了一回。"天不热,喝的人少,天热了,冰又化的太快!"事情哪一件不有为难的地方,他叹口气再翻眼看看过去的汽车。汽车轧起一阵尘土,笼罩着老人和他的摊子。

寒暑表中的水银从早起上升,一直过了九十五度的黑线上。喜棚底下比较荫凉的一片地面上曾聚过各种各色的人物。丁大夫也是其间一个。

丁大夫是张老太太内侄孙,德国学医刚回来不久,麻利,漂亮,现在社会上已经有了声望,和他同席的都借着他是医生的缘故,拿北平市卫生问题做谈料,什么虎疫,伤寒,预防针,微菌,全在吞咽八宝东瓜,瓦块

鱼，锅贴鸡，炒虾仁中间讨论过。

"贵医院有预防针，是好极了。我们过几天要来麻烦请教了。"说话的以为如果微菌听到他有打预防针的决心也皆气馁了。

"欢迎，欢迎。"

厨房送上一碗凉菜。丁大夫踌躇之后决意放弃吃这碗菜的权利。

小孩们都抢了盘子边上放的小冰块，含到嘴里嚼着玩，其他客喜欢这凉菜的也就不少。天实在热！

张家几位少奶奶装扮得非常得体，头上都戴朵红花，表示对旧礼教习尚仍然相当遵守的。在院子中盘旋着做主人，各人心里都明白自己今天的体面。好几个星期前就顾虑到的今天，她们所理想到的今天各种成功，已然顺序的，在眼前实现。虽然为着这重要的今天，各人都轮流着觉得受过委屈；生过气；用过心思和手腕；将就过许多不如意的细节。

老太太颤巍巍的喘息着，继续维持着她的寿命。杂乱模糊的回忆在脑子里浮沉。兰兰七岁的那年……送阿旭到上海医病的那年真热……生四宝的时候在湖南，于是生育，病痛，兵乱，行旅，婚娶，没秩序，没规则的纷纷在她记忆下掀动。

"我给老太太拜寿，您给回一声吧。"

这又是谁的声音？这样大！老太太睁开打瞌睡的眼，看一个浓装的妇人对她鞠躬问好。刘太太，——谁又是刘太太，真是的！今天客人太多了，好吃劲。老太太扶着赵妈站起来还礼。

"别客气了，外边坐吧。"二少奶伴着客人出去。

谁又是这刘太太……谁？老太太模模糊糊的又做了一些猜想，望着门槛又堕入各种的回忆里去。

坐在门槛上的小丫头寿儿，看着院里石榴花出神。她巴不得酒席可以快点开完，底下人们可以吃中饭，她肚子里实在饿得慌。一早眼睛所接触的，大部分几乎全是可口的食品，但是她仍然是饿着肚子，坐在老太太门槛上等候呼唤。她极想再到前院去看看热闹，但为想到上次被打的情形，只得竭力忍耐。在饥饿中，有一桩事她仍然没有忘掉她的高兴。因为老太太的整寿大少奶给她一副银镯。虽然为着捶背而酸乏的手臂懒得转动，她仍不时得意地举起手来，晃摇着她的新镯子。

午后的太阳斜到东廊上，后院子暂时沉睡在静寂中。幼兰在书房里和羽哭着闹脾气：

"你们都欺侮我，上次赛球我就没有去看。为什么要去？反正人家也不欢迎我，……慧石不肯说，可是我知道你和阿玲在一起玩得上劲。"抽噎的声音微微的由廊上传来。

"等会客人进来了不好看……别哭你听我说……绝对没有这么回事的。咱们是亲表谁不知道我们亲热，你是我的兰，永远，永远的是我的最爱最爱的……你信我。"

"你在哄骗我，我……我永远不会再信你的了……"

"你又来伤我，你心狠……"

声音微下去，也和缓了许多，又过了一些时候。才有轻轻的笑语声。小丫头仍然饿得慌，仍然坐在门槛上没有敢动，她听着小外孙小姐和羽孙少爷老是吵嘴，哭哭啼啼的，她不懂。一会儿他们又笑着一块儿由书房里出来。

"我到婆婆的里间洗个脸去。寿儿你给我打盆洗脸水去。"

寿儿得着打水的命令，高兴的站起来。什么事也比坐着等老太太睡醒都好一点。

"别忘了晚饭等我一桌吃。"羽说完大步的跑出去。

后院顿时又堕入闷热的静寂里；柳条的影子画上粉墙，太阳的红比得胭脂。墙外天蓝蓝的没有一片云，像戏台上的布景。隐隐地送来小贩子叫卖的声音——卖西瓜的——卖凉席的，一阵一阵。

挑夫提起力气喊他孩子找他媳妇。天快要黑下来，媳妇还坐在门口纳鞋底子；赶着那一点天亮再做完一只。一个月她当家的要穿两双鞋子，有时还不够的，方才当家的回家来说不舒服，睡倒在炕上，这半天也没有醒。她放下鞋底又走到旁边一家小铺里买点生姜，说几句话儿。

断续着呻吟，挑夫开始感到苦痛，不该喝那冰凉东西，早知道这大暑天，还不如喝口热茶！迷惘中他看到茶碗，茶缸，施茶的人家，碗，碟，果子杂乱地绕着大圆篓，他又像看到张家的厨房。不到一刻他肚子里像纠麻绳一般痛，发狂地呕吐使他沉入严重的症候里和死搏斗。

挑夫媳妇失了主意，喊孩子出去到药铺求点药。那边时常夏天是施暑药的。……

邻居积渐知道挑夫家里出了事，看过报纸的说许是霍乱，要扎针的。张秃子认得大街东头的西医丁家，他披上小褂子，一边扣钮子，一边跑。

丁大夫的门牌挂高高的，新漆大门两扇紧闭着。张秃子找着电铃死命的按，又在门缝里张望了好一会，才有人出来开门。什么事？什么事？门房望着张秃子生气，张秃子看着丁宅的门房说，"劳驾——劳驾您大爷，我们'街坊'李挑子中了暑，托我来行点药。"

"丁大夫和管药房先生'出份子去了'没有在家，这里也没有旁人，这事谁又懂得?!"门房吞吞吐吐的说，"还是到对门益年堂打听吧。"大门已经差不多关上。

张秃子又跑了，跑到益年堂，听说一个孩子拿了暑药已经走了。张秃子是信教的，他相信外国医院的药，他又跑到那边医院里打听，等了半天，说那里不是施医院，并且也不收传染病的，医生晚上也都回家了，助手没有得上边话不能随便走开的。

"最好快报告区里，找卫生局里人。"管事的告诉他，但是卫生局又在哪里……

到张秃子失望的走回自己院子里的时候，天已经黑了下来，他听见李大嫂的哭声知道事情不行了。院里磁罐子里还放出浓馥的药味。他顿一下脚，"咱们这命苦的……"他已在想如何去捐募点钱，收殓他朋友的尸体。叫孝子挨家去磕头吧！

天黑了下来张宅跨院里更热闹，水月灯底下围着许多孩子，看变戏法的由袍子里捧出一大缸金鱼，一盘子"王母蟠桃"献到老太太面前。孩子们都凑上去验看金鱼的真假。老太太高兴的笑。

大爷熟识捧场过的名伶自动的要送戏，正院前边搭着戏台，当差的忙着拦阻外面杂人往里挤，大爷由上海回来，两年中还是第一次——这次碰着母亲整寿的面，不回来太难为情。这几天行市不稳定，工人们听说很活动，本来就不放心走开，并且厂里的老赵靠不住，大爷最记挂……

看到院里戏台上正开场，又看廊上的灯，听听厢房各处传来的牌声，风扇声开汽水声，大爷知道一切都圆满地进行，明天事完了，他就可以走了。

"伯伯上哪儿去？"游廊对面走出一个清秀的女孩。他怔住了看，慧石——是他兄弟的女儿，已经长的这么大了？大爷伤感着，看他早死兄弟的遗腹女儿，她长得实在像她爸爸……实在像她爸爸……

"慧石，是你。长得这样俊，伯伯快认不得了。"

慧石只是笑，笑。大伯伯还会说笑话，她觉得太料想不到的事，同时她像被电击一样，触到伯伯眼里蕴住的怜爱，一股心酸抓紧了她的嗓子。

她仍只是笑。

"哪一年毕业？"大伯伯问她。

"明年。"

"毕业了到伯伯那里住。"

"好极了。"

"喜欢上海不？"

她摇摇头："没有北平好。可是可以找事做，倒不错。"

伯伯走了，容易伤感的慧石急忙回到卧室里，想哭一哭，但眼睛湿了几回，也就不哭了，又在镜子前抹点粉笑了笑；她喜欢伯伯对她那和蔼态度。嬷常常不满伯伯和伯母的，常说些不高兴他们的话，但她自己却总觉得喜欢这伯伯的。

也许是骨肉关系有种不可思议的亲热，也许是因为感激知己的心，慧石知道她更喜欢她这伯伯了。

厢房里电话铃响。

"丁宅呀，找丁大夫说话？等一等。"

丁大夫的手气不坏，刚和了一牌三翻，他得意地站起来接电话：

"知道了，知道了，回头就去叫他派车到张宅来接。什么？要暑药的？发痧中暑？叫他到平济医院去吧。"

"天实在热，今天，中暑的一定不少。"五少奶坐在牌桌上抽烟，等丁大夫打电话回来。"下午两点的时候刚刚九十九度啦！"她睁大了眼表示严重。

"往年没有这么热，九十九度的天气在北平真可以的了。"一个客人摇了摇檀香扇，急着想做庄。

咯突一声，丁大夫将电话挂上。

报馆到这时候积渐热闹，排字工人流着汗在机器房里忙着。编辑坐到公事桌上面批阅新闻。本市新闻由各区里送到；编辑略略将张宅名伶送戏一节细细看了看，想到方才同太太在市场吃冰淇凌后，遇到街上的打架，又看看那段厮打的新闻，于是很自然地写着"西四牌楼三条胡同卢宅车夫杨三……"新闻里将杨三王康的争斗形容得非常动听，一直到了"扭区成讼"。

再看一些零碎，他不禁注意到挑夫霍乱数小时毙命一节，感到白天去吃冰淇凌是件不聪明的事。

　　杨三在热臭的拘留所里发愁，想着主人应该得到他出事的消息了，怎么还没有设法来保他出去。王康则在又一间房子里喂臭虫，苟且的睡觉。

　　"哪儿呀，我卢宅呀，请王先生说话，"老卢为着洋车被扣已经打了好几个电话了，在晚饭桌他听着太太的埋怨那杨三真是太没有样子，准是又喝醉了，三天两回闹事。

　　"……对啦，找王先生有要紧事，出去饭局了么，回头请他给卢宅来个电话！别忘了！"

　　这大热晚上难道闷在家里听太太埋怨？杨三又没有回来，还得出去雇车，老卢不耐烦的躺在床上看报，一手抓起一把蒲扇赶开蚊子。

［提示］

　　林徽因（1904—1955），原名林徽音，福建闽县（今福建福州）人，出生于浙江杭州。主要作品有诗歌《你是人间四月天》、《谁爱这不息的变幻》等，小说《九十九度中》、《窘》，话剧《梅真同他们》，散文《窗子以外》、《一片阳光》等。

　　《九十九度中》原载1934年5月《学文》1卷1期，被誉为林徽因"最富有现代性"的小说。作品截取了20世纪30年代溽暑的北平一天的生活断面，它们相互交织组成一支百味人生的交响曲。小说跳跃式的叙述了挑夫进城致霍乱毙命、局长生活的百无聊赖、富家太太寿宴的兴师动众、穷车夫讨债厮打入狱及平民百姓阿淑的婚礼这五个故事，它们都是在同一时空共存的或悲或喜的生活片段，突现了以卢二爷和张家老太太为代表的上层社会的浮华奢靡，与以穷挑夫和车夫们为代表的下层社会的困顿不堪。这两种截然不同又彼此联系的生活状态，因社会阶层的各异造成不同的人生结局。作品中人物的喜怒哀乐和生活的世态炎凉，将溽暑的北平一天的流动画面呈现在读者面前，不动声色地展现出一个时代的众生百态。

　　《九十九度中》看似不注重情节的营造和布局谋篇，实则将四十多个形形色色的人物和零碎的情节片段巧妙地梳理整合，使那个时代的城市生活图景真实地还原。作品中对于不同人物形象的跳跃式捕捉和人物意识的流动，如蒙太奇电影般从不同距离和角度，将镜头排列组合，貌似不经意间流露出的世情和人情，在一幅幅活动的画面中流转。小说浓墨重彩的描述了作者所熟悉的上层社会,但笔端饱含的是对底层社会的人文关怀,作者是以"一个女性的细密而蕴藉的情感…在这里轻轻地弹起共鸣,却又和粼粼的水纹一样轻轻地滑开",继而引发无尽的思考。

(周雯雯)

梅 雨 之 夕

施蛰存

梅雨又淙淙地降下了。

对于雨，我倒并不觉得嫌厌，所嫌厌的是在雨中疾驰的摩托车的轮，它会得溅起泥水猛力地洒上我底衣裤，甚至会连嘴里也拜受了美味。我常常在办公室里，当公事空闲的时候，凝望着窗外淡白的空中的雨丝，对同事们谈起我对于这些自私的车轮的怨苦。下雨天是不必省钱的，你可以坐车，舒服些。他们会这样善意地劝告我。但我并不曾屈就了他们的好心，我不是为了省钱，我喜欢在滴沥的雨声中撑着伞回去。我底寓所离公司是很近的，所以我散工出来，便是电车也不必坐，此外还有一个我所以不喜欢在雨天坐车的理由，那是因为我还不曾有一件雨衣，而普通在雨天的电车里，几乎全是裹着雨衣的先生们，夫人们或小姐们，在这样一间狭窄的车厢里，滚来滚去的人身上全是水，我一定会虽然带着一柄上等的伞，也不免满身淋漓地回到家里。况且尤其是在傍晚时分，街灯初上，沿着人行路用一些暂时安逸的心境去看看都市的雨景，虽然拖泥带水，也不失为一种自己底娱乐。在濛雾中来来往往的车辆人物，全都消失了清晰的轮廓，广阔的路上倒映着许多黄色的灯光，间或有几条警灯底红色和绿色在闪烁着行人底眼睛。雨大的时候，很近的人语声，即使声音很高，也好像在半空中了。

人家时常举出这一端来说我太刻苦了，但他们不知道我会得从这里找出很大的乐趣来，即使偶尔有摩托车底轮溅满泥泞在我身上，我也并不会因此而改了我底习惯。说是习惯，有什么不妥呢，这样的已经有三四年了。有时也偶尔想着总得买一件雨衣来，于是可以在雨天坐车，或者即使步行，也可以免得被泥水溅着了上衣，但到如今这仍然留在心里做一种生活上的希望。

在近来的连日的大雨里，我依然早上撑着伞上公司去，下午撑着伞回家，每天都如此。

昨日下午，公事堆积得很多。到了四点钟，看看外面雨还是很大，便独自留下在公事房里，想索性再办了几桩，一来省得明天要更多地积起来，二来也借此避雨，等它小一些再走。这样地竟逗遛到六点钟，雨早已止了。

走出外面，虽然已是满街灯火，但天色却转清朗了。曳着伞，避着檐滴，缓步过去，从江西路走到四川路桥，竟走了差不多有半点钟光景。邮政局的大钟已是六点二十五分了。未走上桥，天色早已重又冥晦下来，但我并没有介意，因为晓得是傍晚的时分了，刚走到桥头，急雨骤然从乌云中漏下来，潇潇地起着繁响。看下面北四川路上和苏州河两岸行人的纷纷乱窜乱避，只觉得连自己心里也有些着急。他们在着急些什么呢？他们也一定知道这降下来的是雨，对于他们没有生命上的危险。但何以要这样急迫地躲避呢？说是为了恐怕衣裳给淋湿了，但我分明看见手中持着伞的和身上披了雨衣的人也有些脚步跄跄了。我觉得至少这是一种无意识的纷乱。但要是我不曾感觉到雨中闲行的滋味，我也是会得和这些人一样地急突地奔下桥去的。

何必这样的奔逃呢，前路也是在下着雨，张开我底伞来的时候，我这样漫想着。不觉已走过了天潼路口。大街上浩浩荡荡地降着雨，真是一个伟观，除了间或有几辆摩托车，连续地冲破了雨仍旧钻进了雨中地疾驰过去之外，电车和人力车全不看见。我奇怪它们都躲到什么地方去了。至于人，行走着的几乎是没有，但有店铺的檐下或蔽荫下是可以一团一团地看得见，有伞的和无伞的，有雨衣的和无雨衣的，全都聚集着，用嫌厌的眼望着这奈何不得的雨，我不懂他们这些雨具是为了怎样的天气而买的。

至于我，已经走近文监师路了。我并没什么不舒服，我有一柄好的伞，脸上绝不曾给雨水淋湿，脚上虽然觉得有些潮扭扭，但这至多是回家后换一双袜子的事。我且行且看着雨中的北四川路，觉得朦胧的颇有些诗意。但这里所说的"觉得"，其实也并不是什么具体的思绪，除了"我该得在这里转弯了"之外，心中一些也不意识着什么。

从人行路上走出去，探头看看街上有没有往来的车辆，刚想穿过去转入文监师路，但一辆先前并没有看见的电车已停在眼前，我止步了，依然退进到人行路上，在一支电杆边等候着这辆车底开出。在车停的时候，其实我是可以安心地对穿过去的，但我并不曾这样做。我在上海住得很久，我懂得走路的规则。我为什么不在这个可以穿过去的时候走到对街去呢，我没知道。

　　我数着从头等车里下来的乘客。为什么不数三等车里下来的呢？这里并没有故意的挑选，头等座的车底前部，下来的乘客刚在我面前。所以我可以看得很清楚。第一个，穿着红皮雨衣的俄罗斯人，第二个是中年的日本妇人，她急急地下了车，撑开了手里提着的东洋粗柄雨伞，缩着头鼠窜似地绕过车前，转进文监师路去了。我认识她，她是一家果子店的女店主。第三，第四，是象宁波人似的我国商人，他们都穿着绿色的橡皮华式雨衣。第五个下来的乘客，也即是末一个了，是一位姑娘。她手里没有伞，身上也没有穿雨衣，好像是在雨停止了之后上电车的，而不幸在到目的地的时候却下着这样的大雨。我猜想她一定是从很远的地方上车的，至少应当在卡德路以上的几站里。

　　她走下车来，缩着瘦削的，但并不露骨的双肩，窘迫地走上人行路的时候，我开始注意着她底美丽了。美丽有许多方面，容颜底姣好固然是一重要素，但风仪的温雅，肢体底停匀，甚至谈吐底不俗，至少是不惹厌，这些也有着份儿，而这个雨中的少女，我事后觉得她是全适合这几端的。

　　她向路底两边看了一看，又走到转角上看着文监师路。我晓得她是急于要招呼一辆人力车。但我看，跟着她底眼光，大路上清寂地没一辆车子徘徊着，而雨还尽量地落下来。她旋即回了转来，躲避在一家木器店底屋檐下，露着烦恼的眼色，并且颦着细淡的修眉。

　　我也便退进在屋檐下，虽则电车已开出，路上空空地，我照理可以穿过去了。但我何以不即穿过去，走上归家的路呢？为了对于这少女有什么依恋么？并不，绝没有这种依恋的意识。但这也决不是为了我家里有着等候我回去在灯下一同吃晚饭的妻，当时是连我已有妻的思想都不曾有，面前有着一个美的对象，而又是在一重困难之中，孤寂地只身呆立着望这永远地，永远地垂下来的梅雨，只为了这些缘故，我不自觉地移动了脚步站在她旁边了。

　　虽然在屋檐下，虽然没有粗重的檐溜摘下来，但每一阵风会得把凉凉的雨丝吹向我们。我有着伞，我可以如中古时期骁勇的武士似地把伞当作盾牌，挡着扑面袭来的雨的话，但这个少女却身上间歇地被淋得很湿了。薄薄的绸衣，黑色也没有效用了，两支手臂已被画出了它们底圆润。她屡次旋转身去，倒立着，避免这轻薄的雨之侵袭她底前胸。肩臂上受些雨水，让衣裳贴着了肉倒不打紧吗？我曾偶尔这样想。

　　天晴的时候，马路上多的是兜搭生意的人力车，但现在需要它们的时候，却反而没有了。我想着人力车夫底不善于做生意，或许是因为需要的人太多了，供不应求，所以即使在这样繁盛的街上，也不见一辆车子底踪迹。或许车夫也都在避雨呢，这样大的雨，车夫不该避一避吗？对于人力车之有无，本来用不到关心的我，也忽然寻思起来，我并且还甚至觉用那些人力车夫是可恨的，为什么你们不拖着车子走过来接应这生意呢，这里有一位美丽的姑娘，正窘立在雨中等候着你们的任何一个。

如是想着，人力车终于没有踪迹。天色真的晚了。远处对街的店铺门前有几个短衣的男子已经等得不耐而冒着雨，他们是拼着淋湿一身衣裤的，跨着大步跑去了。我看这位少女底长眉已颦蹙得更紧，眸子莹然，象是心中很着急了。她底忧闷的眼光正与我底互相交换，在她眼里，我懂得我是正受着诧异，为什么你老是站在这里不走呢。你有着伞，并且穿着皮鞋，等什么人么？雨天在街路上等谁呢？眼睛这样锐利地看着我，不是没怀着好意么？从她将钉住着在我身上打量我的眼光移向着阴黑的天空的这个动作上，我肯定地猜测她是在这样想着。

我有着伞呢，而且大得足够容两个人底蔽荫的，我不懂何以这个意识不早就觉醒了我。但现在它觉醒了我将使我做什么呢？我可以用我底伞给她障住这样的淫雨，我可以陪伴她走一段路去找人力车，如果路不多，我可以送她到她底家。如果路很多，又有什么不成呢？我应当跨过这一箭路，去表白我底好意吗？好意，她不会有什么别方面的疑虑吗？或许她会得像刚才我所猜想着的那样误解了我，她便会得拒绝了我。难道她宁愿在这样不止的雨和风中，在冷静的夕暮的街头，独自个立到很迟吗？不啊！雨是不久就会停的，已经这样连续不断地降下了……多久了，我也完全忘记了时间底在这雨水中间流过。我取出时计来，七点三十四分。一小时多了。不至于老是这样地降下来吧，看，排水沟已经来不及宣泄，多量的水已经积聚在它上面，打着漩涡，挣扎不到流下去的路，不久怕会溢上了人行路么？不会的，快不会有这样持久的雨，再停一会，她一定可以走了。即使雨不就停止，人力车是大约总能够来一辆的。她一定会不管多大的代价坐了去的。然则我是应当走了么？应当走了。为什么不？……

这样地又十分钟过去了。我还没有走。雨没有住，车儿也没有影踪．她也依然焦灼地立着。我有一个残忍的好奇心，如她这样的在一重困难中，我要看她终于如何处理自己。看着她这样窘急，怜悯和旁观的心理在我身中各占了一半。

她又在惊异地看着我。

忽然，我觉得，何以刚才会不觉得呢，我奇怪，她好像在等待我拿我底伞贡献给她，并且送她回去，不，不一定是回去，只是到她所要到的地方去。你有伞，但你不走，你愿意分一半伞荫蔽我，但还在等待什么更适当的时候呢？她底眼光在对我这样说。

我脸红了，但并没有低下头去。

用羞赧来对付一个少女底注目，在结婚以后，我是不常有的。这是自己也随即觉得可怪了。我将用何种理由来譬解我底脸红呢？没有！但随即有一种男子的勇气升上来，我要求报复，这样说或许是较言重了，但至少是要求着克服她的心在我身里急突地催促着。

终归是我移近了这少女，将我底伞分一半荫蔽她。

——小姐，车子恐怕一时不会有，假如不妨碍，让我来送一送罢。我有着伞。

我想说送她回府，但随即想到她未必是在回家的路上，所以结果是这样两用地说了。当说着这些话的时候，我竭力做得神色泰然，而她一定已看出了这勉强的安静的态度后面藏匿着的我底血脉之急流。

她凝视着我半微笑着。这样好久。她是在估量我这种举止底动机，上海是个坏地方，人与人都用了一种不信任的思想交际着！她也许是正在自己委决不下，雨真的在短时期内不会止么？人力车真的不会来一辆么？要不要借着他底伞姑且走起来呢？也许转一个弯就可以有人力车，也许就让他送到了。那不妨事么？……不妨事。遇见了认识人不会猜疑么？……但天太晚了，雨并不觉得小一些。

于是她对我点了点头，极轻微地。

——谢谢你，朱唇一启，她迸出柔软的苏州音。

转进靠西边的文监师路，在响着雨声的伞下，在一个少女底旁边，我开始诧异我底奇遇。事情会得展开到这个现状吗？她是谁，在我身旁同走，并且让我用伞荫蔽着她，除了和我底妻之外，近几年来我并不曾有过这样的经历。我回转头去，向后面斜着，店铺里有许多人歇下了工作对我，或是我们，看着。隔着雨底鞯朦，我看得见他们底可疑的脸色。我心里吃惊了，这里有着我认识的人吗？或是可有着认识她的人吗？……再回看她，她正低下着头，拣着踏脚地走。我底鼻子刚接近了她底鬈发，一阵香。无论认识我们之中任何一个的人，看见了这样的我们的同行，会怎样想？……我将伞沉下了些，让它遮蔽到我们底眉额。人家除非故意低下身子来，不能看见我们底脸面。这样的举动，她似乎很中意。

我起先是走在她右边，右手执着伞柄，为了要让她多得些荫蔽，手臂便凌空了。我开始觉得手臂酸痛，但并不以为是一种苦楚。我侧眼看她，我恨那个伞柄，它遮隔了我底视线。从侧面看，她并没有从正面看那样的美丽。但我却从此得到了一个新的发现：她很象一个人。谁？我搜寻着，我搜寻着，好像很记得，岂但……几乎每日都在意中的，一个我认识的女子，象现在身旁并行着的这个一样的身材，差不多的面容，但何以现在百思不得了呢？……啊，是了，我奇怪为什么我竟会得想不起来，这是不可能的！我底初恋的那个少女，同学，邻居，她不是很象她吗？这样的从侧面看，我与她离别了好几年了，在我们相聚的最后一日，她还只有十四岁，……一年……二年……七年了呢。我结婚了，我没有再看见她，想来长成得更美丽了……但我并不是没有看见她长大起来，当我脑中浮起她底印象来的时候，她并不还保留着十四岁的少女的姿态。我不时在梦里，睡梦或白日梦，看见她在长大起来，我曾自己构成她是个美丽的二十岁年纪的少女。她有好的声音和姿态，当偶然悲哀的时候，她在我底幻觉里会得是一个妇人，或甚至是一个年轻的母亲。但她何以这样的象她呢？这个容态，还保留十四岁时候的余影，难道就是她自己么？她为什么不会到上海来呢？是她！天下有这样容貌完全相同的人么？不知她认出了我没有……我应该问问她了。

——小姐是苏州人么？

——是的。

确然是她，罕有的机会啊！她几时到上海来的呢？她底家搬到上海来了吗？还是，哎，我怕，她嫁到上海来了呢？她一定已经忘记我了，否则她不会允许我送她走。……也许我底容貌有了改变，她不能再认识我，年数确是很久了。……但她知道我已经结婚吗？要是没有知道，而现在她认识了我，怎么办呢？我应当告诉她吗？如果这样是需要的，我将怎么措辞呢？……

我偶然向道旁一望，有一个女子倚在一家店里的柜上。用着忧郁的眼光，看着我，或者也许是看着她。我忽然好像发现这是我底妻，她为什么在这里？我奇怪。

我们走在什么地方了。我留心看。小菜场。她恐怕快要到了。我应当不失了这个机会。我要晓得她更多一些，但要不要使我们继续已断的友谊呢，是的，至少也得是友谊？还是仍旧这样地让我在她底意识里只不过是一个不相识的帮助女子的善意的人呢？我开始踌躇了。我应当怎样做才是最适当的。

我似乎还应该知道她正要到哪里去。她未必是归家去吧。家——要是父母底家倒也不妨事的，我可以进去，如象幼小的时候一样。但如果是她自己底家呢？我为什么不问她结婚了不曾呢……或许，连自己底家也不是，而是她底爱人底家呢，我看见一个文雅的青年绅士。我开始后悔了，为什么今天这样高兴，剩下妻在家里焦灼地等候着我，而来管人家的闲事呢。北四川路上。终于会有人力车往来的？即使我不这样地用我底伞伴送她，她也一定早已能雇到车子了。要不是自己觉得不便说出口，我是已经会得剩了她在雨中反身走了。

还是再考验一次罢。

——小姐贵姓？

——刘。

刘吗？一定是假的。她已经认出了我，她一定都知道了关于我的事，她哄我了。她不愿意再认识我了，便是友谊也不想继续了。女人！……她为什么改了姓呢？……也许这是她丈夫底姓？刘……刘什么？

这些思想底独白，并不占有了我多少时候。它们是很迅速地翻舞过我心里，就在与这个好像有魅力的少女同行过一条马路的几分钟之内。我底眼不常离开她，雨到这时已在小下来也没有觉得。眼前好像来来往往的人在多起来了，人力车也恍惚看见了几辆。她为什么不雇车呢？或许快要到达她底目的地了。她会不会因为心里已认识了我，不敢斯认，所以故意延滞着和我同走么？

一阵微风，将她底衣缘吹起，飘漾在身后。她扭过脸去避对面吹来的风，闭着眼睛，有些娇媚。这是很有诗兴的姿态，我记起日本画伯铃木春信一帧题名叫《夜雨宫诣美人图》的画。提着灯笼，遮着被斜风细雨所撕破的伞，在夜的神社之前走着，衣裳和灯笼都给风吹卷着，侧转脸儿来避着风雨底威势，这是颇有些洒脱的感觉的。现在我留心到这方面了，她也有些这样的丰度。至于我自己，在旁人眼光里，或许成为她底丈夫或情人了，我很有些得意着这种自譬的假饰。是的，当我觉得她确是幼小时候初恋着的女伴的时候，我是好像真有这回事似地享受着这样的假饰。而从她鬓边颊上被潮润的风吹来的粉香，我也闻嗅得出是和我妻所有的香味一样的。……我旋即想到古人有"担簦亲送绮罗人"那么一句诗，是很适合于今日的我底奇遇的。铃木画伯底名画又一度浮现上来了。但铃木底所画的美人并不和她有一些相像，倒是我妻底嘴唇却与画里的少女底嘴唇有些仿佛的。我再试一试对于她底凝视，奇怪啊，现在我觉得她并不是我适才所误会着的初恋的女伴了。她是另外一个不相干的少女。眉额，鼻子，倾骨，即使说是有年岁底改换，也绝对地找不出一些踪迹来。而我尤其嫌厌着她底嘴唇，侧着过去，似乎太厚一些了。

我忽然觉得很舒适，呼吸也更通畅了。我若有意若无意地替她撑着伞，徐徐觉得手臂太酸痛之外，没什么感觉。在身旁由我伴送着的这个不相识的少女的形态，好似已经从我底心的樊笼中被释放了出去。我才觉得天已完全夜了，而伞上已听不到些微的雨声。

——谢谢你，不必送了，雨已经停了。

她在我耳朵边这样地嘤响。

我蓦然惊觉，收拢了手中的伞。一缕街灯的光射上了她底脸，显着橙子的颜色。她快要到了吗？可是她不愿意我伴她到目的地，所以趁此雨已停住的时候要辞别我吗？我能不能设法看一看她究竟到什么地方去呢？……

——不要紧，假使没有妨碍，让我送到了罢。

——不敢当呀，我一个人可以走了，不必送罢。时光已是很晏了，真对不起得很呢。

看来是不愿我送的了。但假如还是下着大雨使怎么了呢？……我怨怼着不情的天气，何以不再继续下半小时雨呢，是的，只要再半小时就够了。一瞬间，我从她的对于我的凝视——那是为了要等候我底答话——中看出一种特殊的端庄，我觉得凛然，象雨中的风吹上我底肩膀。我想回答，但她已不再等候我。

——谢谢你，请回转罢，再会。……

她微微地侧面向我说着，跨前一步走了，没有再回转头来。我站在中路，看她底后形，旋即消失在黄昏里。我呆立着，直到一个人力车夫来向我兜揽生意。

在车上的我，好像飞行在一个醒觉之后就要忘记了的梦里。我似乎有一桩事情没有做完成，我心里有着一种牵挂。但这并不曾清晰地意识着。我几次想把手中的伞张起来，可是随即会自己失笑这是无意识的。并没有雨降下来，完全地暗了，而天空中也稀疏地有了几颗星。

下了车，我叩门。

——谁？

这是我在伞底下伴送着走的少女底声音！奇怪，她何以又会在我家里？门开了。堂中灯火通明，背着灯光立在开着一半的大门边的，倒并不是那个少女。朦胧里，我认出她是那个倚在柜台上用嫉妒的眼光看着我和那个同行的少女的女子。我惝悦地走进门。在灯下，我很奇怪，为什么从我妻底脸色上再也找不出那个女子底幻影来。

妻问我何故归家这样的迟，我说遇到了朋友，在沙利文吃了些小点，因为等雨停止，所以坐得久了。为了要证实我这谎话，夜饭吃得很少。

[提示]

施蛰存（1905—2003），原名施德普，常用笔名青萍、安华等，生于浙江杭州。主要作品有短篇小说集《江干集》、《上元灯》、《李师师》、《将军底头》、《梅雨之夕》等，散文集《灯下集》、《待旦录》、《枕戈录》等，诗集《北山楼诗》，编译作品《匈牙利短篇小说集》、《波兰短篇小说集》、《劫后英雄》、《荣誉》等。

《梅雨之夕》是新感觉派作家施蛰存心理分析小说的代表作。小说讲述了一个普通的梅雨黄昏，一位普通的已婚男子，在归家途中撑伞护送一位美丽少女这样一段幻梦如真的短暂邂逅。男主角"我"在梅雨淅沥的黄昏时分，和平常一样走在回家的路上，然而他心里有一种无意识的期待，在电车停下的时刻却不知道为什么没有穿过马路，之后无意识的追随美丽的女主角一起躲到屋檐下避雨，然而雨并不马上停止，他便又在一种潜意识的驱动下鼓起勇气提出送女子一程。雨中与美丽的少女同行，在男主人公那里犹如初恋般令人沉醉，产生新奇的幻想，最后他内心极不情愿的与女子分手，回家后面对妻子有一种压抑的挣扎，之前的此情此景只待成追忆罢了。

与中国传统小说通过外部形态来表现人物的写作方法不同，作者通过细致入微的心理描写，由"我"一个人下班不想回家的心理状态，到邂逅少女时的回环往复直至豁然开朗的心理过程，使男主人公在现代都市中压抑的情感得到暂时的释放，最终回归到理性的现实。小说不仅受到弗洛伊德西方心理学理论的影响，而且打上了中国传统文化"发乎于情而止于礼"的民族烙印，使作品在传统基础上呈现出一种新的特质。

（周雯雯）

上海的狐步舞

穆时英

上海。造在地狱上面的天堂！

沪西，大月亮爬在天边，照着大原野。浅灰的原野，铺上银灰的月光，再嵌着深灰的树影和村庄的一大堆一大堆的影子。原野上，铁轨画着弧线，沿着天空直伸到那边儿的水平线下去。

林肯路。（在这儿，道德给践在脚下，罪恶给高高地捧在脑袋上面。）

拎着饭篮，独自个儿在那儿走着，一只手放在裤袋里，看着自家儿嘴里出来的热气慢慢儿的飘到蔚蓝的夜色里去。

三个穿黑绸长褂，外面罩着黑大褂的人影一闪。三张在呢帽底下只瞧得见鼻子和下巴的脸遮在他前面。

"慢着走，朋友！"

"有话尽说。朋友！"

"咱们冤有头，债有主，今儿不是咱们有什么跟你过不去，各为各的主子，咱们也要吃口饭，回头您老别怨咱们不够朋友。明年今儿是你的周年，记着！"

"笑话了！咱也不是那么不够朋友的"——一扔饭篮，一手抓住那人的枪，就是一拳过去。

碰！手放了，人倒下去，按着肚子。碰！又是一枪。

"好小子！有种！"

"咱们这辈子再会了，朋友！"

"黑绸长褂"把呢帽一推，叫搁在脑勺上，穿过铁路，不见了。

"救命！"爬了几步。

"救命！"又爬了几步。

嘟的吼了一声儿，一道弧灯的光从水平线底下伸了出来。铁轨隆隆地响着，铁轨上的枕木象蜈蚣似地在光线里向前爬去，电杆木显了出来，马上又隐没在黑暗里边，一列"上海特别快"突着肚子，达达达，用着狐步舞的拍，含着颗夜明珠，龙似地跑了过去，绕着那条弧线。又张着嘴吼了一声儿，一道黑烟直拖到尾巴那儿，弧灯的光线钻到地平线下，一回儿便不见了。

又静了下来。

铁道交通门前，交错着汽车的弧灯的光线，管交通门的倒拿着红绿旗，拉开了那白脸红嘴唇，带了红宝石耳坠子的交通门。马上，汽车就跟着门飞了过去，一长串。

上了白漆的街树的腿，电杆木的腿，一切静物的腿……revue 似地，把擦满了粉的大腿交叉地伸出来的姑娘们……白漆的腿的行列。沿着那条静悄的大路，从住宅的窗里，都会的眼珠子似地，透过了窗纱，偷溜了出来淡红的，紫的，绿的，处处的灯光。

汽车在一座别墅式的小洋房前停了，叭叭的拉着喇叭。刘有德先生的西瓜皮帽上的珊瑚结子从车门里探了出来，黑毛葛背心上两只小口袋里挂着的金表链上面的几个小金镑当当地笑着，把他送出车外，送到这屋子里。他把半段雪茄扔在门外，走到客室里，刚坐下，楼梯的地毡上响着轻捷的鞋跟声，嗒嗒的。

"回来了吗?"活泼的笑声，一位在年龄上是他的媳妇，在法律上是他的妻子的夫人跑了进来，扯着他的鼻子道。"快! 给我签张三千块钱的支票。"

"上礼拜那些钱又用完了吗?"

不说话，把手里的一叠帐交给他，便拉他的蓝缎袍的大袖子往书房里跑，把笔送到他手里。

"我说……"

"你说什么?"堵着小红嘴。

瞧了她一眼便签了。她就低下脑袋把小嘴凑到他大嘴上。"晚饭你独自个儿吃吧，我和小德要出去。"便笑着跑了出去，碰的阖上门。他掏出手帕来往嘴上一擦，麻纱手帕上印着 tangee。倒爱我的女儿呢，成天的缠着要钱。

"爹!"

一抬脑袋，小德不知多咱溜了进来，站在他旁边，见了猫的耗子似的。

"你怎么又回来啦?"

"姨娘打电话叫我回来的。"

"干吗?"

"拿钱。"

刘有德先生心里好笑，这娘儿俩真有他们的。

"她怎么会叫你回来问我要钱? 她不会要不成?"

"是我要钱。姨娘叫我伴她去玩。"

忽然门开了，"你有现钱没有?"刘颜蓉珠又跑了进来。

"只有……"

一只刚用过蔻丹的小手早就伸到他口袋里把皮夹拿了出来! 红润的指甲数着钞票：一五，一十，二十……三百。"五十留给你，多的我拿去了。多给你晚上又得不回来。"做了个媚眼，拉了她法律上的儿子就走。

儿子是衣架子，成天地读着给 gigolo 看的时装杂志，把烫得有粗大明朗的折纹的裤子穿到身上，领带打得在中间留了个涡，拉着母亲的胳膊坐到车上。

上了白漆的街树的腿，电杆木的腿，一切静物的腿……revUe 似地，把擦满了粉的大腿交叉地伸出来的姑娘们……白漆腿的行列。沿着那条静悄的大路，从住宅区的窗里，都会的眼珠子似地，透过了窗纱，偷溜了出来淡红的，紫的，绿的，处女的灯光。

开着一九三二的新别克，却一个心儿想一九八零年的恋爱方式。深秋的晚风吹来，吹动了儿子的领子，母亲的头发，全有点儿觉得凉。法律上的母亲偎在儿子的怀里道：

"可惜你是我的儿子。"嘻嘻地笑着。

儿子在父亲吻过的母亲的小嘴上吻了一下，差点儿把车开到行人道上去啦。

Neon light 伸着颜色的手指在蓝墨水似的夜空里写着大字。一个英国绅士站在前面，穿了红的燕尾服，挟着手杖，那么精神抖擞地在散步。脚下写着："Johnnv Walker: Still Going Strong." 路旁一小块草地上展开了地产公司的乌托邦，上面一个抽吉士牌的美国人看着，像在说："可惜这是小人国的乌托邦；那片大草原里放不下我的一只脚呢?"

汽车前显出个人的影子，喇叭吼了一声儿，那人回过脑袋来一瞧，就从车轮前溜到行人道上去了。

"蓉珠，我们上哪去?"

"随便哪个 cabaret 里去闹个新鲜吧；礼查，大华我全玩腻了。"

跑马厅屋顶上，风针上的金马向着红月亮撒开了四蹄。在那片大草地的四周泛滥着光的海，罪恶的海浪，慕尔堂浸在黑暗里，跪着，在替这些下地狱的男女祈祷，大世界的塔尖拒绝了忏悔，骄傲地瞧着这位迂牧师，放射着一圈圈的灯光。

蔚蓝的黄昏笼罩着全场，一只 saxophone 正伸长了脖子，张着大嘴，呜呜地冲着他们嚷。当中那片光滑的地板上，飘动的裙子，飘动的袍角，精致的鞋跟，鞋跟，鞋跟，鞋跟，鞋跟。蓬松的头发和男子的脸。男子的衬衫的白领和女子的笑脸。伸着的胳膊，翡翠坠子拖到肩上。整齐的圆桌子的队伍，椅子却是零乱的。暗角上站着白衣侍者。酒味，香水味，英腿蛋的气味，烟味……独身者坐在角隅里拿黑咖啡刺激着自家儿的神经。

舞着：华尔滋的旋律绕着他们的腿，他们的脚站在华尔滋旋律上飘飘地，飘飘地。

儿子凑在母亲的耳朵旁说："有许多话是一定要跳着华尔滋才能说的，你是顶好的华尔滋的舞侣——可是，蓉珠，我爱你呢！"

觉得在轻轻地吻着鬓脚，母亲躲在儿子的怀里，低低的笑。

一个冒充法国绅士的比利时珠宝掮客，凑在电影明星殷芙蓉的耳朵旁说："你嘴上的笑是会使天下的女子妒忌的——可是，我爱你呢！"

觉得轻轻地在吻着鬓脚，便躲在怀里低低地笑，忽然看见手指上多了一只钻戒。

珠宝掮客看见了刘颜蓉珠，在殷芙蓉的肩上跟她点了点脑袋，笑了一笑。小德回过身来瞧见了殷芙蓉也 gigolo 地把眉毛扬了一下。

舞着，华尔滋的旋律绕着他们的腿，他们的脚践在华尔滋上面，飘飘地，飘飘地。

珠宝掮客凑在刘颜蓉珠的耳朵旁，悄悄的说："你嘴上的笑是会使天下的女子妒忌的——可是，我爱你呢！"

觉得轻轻地在吻着鬓脚，便躲在怀里低低地笑，把唇上的胭脂印到白衬衫上面。

小德凑在殷芙蓉的耳朵旁悄悄地说："有许多话是一定要跳着华尔滋才能说的，你是顶好的华尔滋的舞侣——可是，芙蓉，我爱你呢！"

觉得在轻轻地吻着鬓脚，便躲在怀里，低低地笑。

独身者坐在角隅里拿黑咖啡刺激着自家儿的神经。酒味，香水味，英腿蛋的气味，烟味……暗角上站着白衣侍者。椅子是凌乱的，可是整齐的圆桌子的队伍。翡翠坠子拖到肩上，伸着的胳膊。女子的笑脸和男子的衬衫的白领。男子的脸和蓬松的头发。精致的鞋跟，鞋跟，鞋跟，鞋跟，鞋跟。飘荡的袍角，飘荡的裙子，当中是一片光滑的地板。呜呜地冲着人家嚷，那只 saxophone 伸长了脖子，张着大嘴。蔚蓝的黄昏笼罩着全场。

推开了玻璃门，这纤弱的幻景就打破了。跑了扶梯，两溜黄包车停在街旁，拉车的分班站着，中间留了一道门灯光照着的路，争着"Ricksha?"奥斯汀孩车，爱山克水，福特，别克跑车，别克小九，八汽缸，六汽缸……大月亮红着脸蹒跚地走上跑马厅的大草原上来了。街角卖《大美晚报》的甩卖大饼油条的嗓子嚷：

"Evening Post！"

电车当当地驶进布满了大减价的广告旗和招牌的危险地带去。脚踏车挤在电车的旁边瞧着也可怜。坐在黄包车上的水兵挤箍着醉眼，瞧准了拉车的屁股端了一脚便哈哈地笑了。红的交通灯，绿的交通灯，交通灯的柱子和印度巡捕一同地垂直在地上。交通灯一闪，便涌着人的潮，车的潮。这许多人，全像没了脑袋的苍蝇似的！一个 fashion model 穿了她铺子里的衣服来冒充贵妇人。电梯用十五秒钟一次的速度，把人货物似地抛到屋顶花园去。女秘书站在绸缎铺的橱窗外面瞧着全丝面的法国 crePé，想起了经理的刮得刀痕苍然的嘴上的笑劲儿。主义者和党人挟了一大包传单蹀过去，心里想，如果给抓住了便在这里演说一番。蓝眼珠的姑娘穿了窄裙，黑眼珠的姑娘穿了长旗袍儿，腿股间有相同的媚态。

街旁，一片空地里，竖起了金字塔似的高木架，粗壮的木腿插在泥里，顶上装了盏孤灯，倒照下来，照到底下每一条横木板上的人。这些人吆喝着："嗳嗳呀！"几百丈高的木架顶上的木桩直坠下来，碰！把三抱粗的大木柱撞到泥里去，四角上全装着弧灯，强烈的光探照着这片空地。空地里：横一道，竖一道的沟，钢骨，瓦砾堆。人扛着大木柱在沟里走，拖着悠长的影子。在前面的脚一滑，摔倒了，木柱压到脊梁上。脊梁断了，嘴里哇的一口血……弧灯……碰！木桩顺着木架又溜了上去……光着身子在煤屑路滚铜子的孩子……大木架顶上的弧灯在夜空里象月亮……拉煤渣的媳妇……月亮有两个……月亮叫天狗吞了——月亮没有了。

死尸给搬了开去。空地里：横一道竖一道的沟，钢骨，瓦砾，还有一堆他的血。在血上，铺上了士敏土，造起了钢骨，新的饭店造起来了！新的舞场造起来了！新的旅馆造起来了！把他的力气，把他的血，把他的生命压在底下，正和别的旅馆一样地，和刘有德先生刚在跨进去的华东饭店一样地。

华东饭店里——

二楼：白漆房间，古铜色的鸦片香味，麻雀牌，《四郎探母》，《长三骂淌白小娟妇》，古龙香水和淫欲味，白衣侍者，娼妓掮客，绑票匪，阴谋和诡计，白俄浪人……

三楼：白漆房间，古铜色的鸦片香味，麻雀牌，《四郎探母》，《长三骂淌白小娟妇》，古龙香水和淫欲味，白衣侍者，娼妓掮客，绑票匪，阴谋和诡计，白俄浪人……

四楼：白漆房间，古铜色的鸦片香味，麻雀牌，《四郎探母》，《长三骂淌白小娟妇》，古龙香水和淫欲味，白衣侍者，娼妓掮客，绑票匪，阴谋和诡计，白俄浪人……

电梯把他吐在四楼，刘有德先生哼着《四郎探母》踏进了一间响有骨牌声的房间，点上了茄立克，写了张局票，不一会，他也坐到桌旁，把一张中风，用熟练的手法，怕碰伤了它似地抓了进，一面却："怎么一张好的也抓不进来。"一副老抹牌的脸，一面却细心地听着因为不束胸而被人家叫做沙利文面包的宝月老八的话："对不起，刘大少，还得出条子，等回儿抹完了牌请过来坐。"

"到我们家坐坐去哪！"站在街角，只瞧得见黑眼珠子的石灰脸，躲在建造物的阴影里，向来往的人喊着，拍卖行的伙计似地；老鸨尾巴似的拖在后边儿。

"到我们家坐坐去哪！"那张瘪嘴说着，故意去碰在一个扁脸身上扁脸笑，瞧了一瞧，指着自家儿的鼻子，探着脑袋："好寡老，碰大爷？"

"年纪轻轻，朋友要紧！"瘪嘴也笑。

"想不到我这印度小白脸儿今儿倒也给人家瞧上咧，"手往她脸上一抹，又走了。

旁边一个长头发不刮胡须的作家正在瞧着好笑，心里想到了一个题目：第二回巡礼——都市黑暗面检阅 sonata；忽然瞧见那瘪嘴的眼光扫到自家儿脸上来了，马上就慌慌张张的往前跑。

石灰脸躲在阴影里，老鸨尾巴似地拖在后边儿——躲在阴影里的石灰脸，石灰脸，石灰脸……

（作家心里想：）

第一回巡礼赌场第二回巡礼街头娼妓第三回巡礼舞场第四回巡礼再说《东方杂志》《小说月报》《文艺月刊》——第一句就写大马路北京路野鸡交易所……不行——

有人拉了拉他的袖子："先生！"一看是个老婆儿装着苦脸，抬起脑袋望着他。

"干吗？"

"请您给我看封信。"

"信在哪儿？"

"请您跟我到家里去拿，就在这胡同里边。"

便跟着走。

中国的悲剧这里边一定有小说资料一九三一年是我的年代了《东方小说》、《北斗》每月一篇单行本日译本俄译本各国译本都出版诺贝尔奖金又伟大又发财……

拐进了一条小胡同，暗得什么都看不见。

"你家在哪儿？"

"就在这儿，不远儿，先生。请您看封信。"

胡同的那边儿有一支黄路灯，灯下是个女人低着脑袋站在那儿。老婆儿忽然又装着苦脸，扯着他的袖子道："先生，这是我的媳妇。信在她那儿。"走到女人那地方儿女人还不抬起脑袋来。老婆儿说："先生，这是我的媳妇。我的儿子是机器匠，偷了人家东西，给抓进去了，可怜咱们娘儿们四天没吃东西啦。"

（可不是吗那么好的题材技术不成问题她讲出来的话意识一定正确的不怕人家再说我人道主义咧……）

"先生，可怜儿的，你给几个钱，我叫媳妇陪你一晚上，救救咱们两条命！"

作家愕住了。那女人抬起脑袋来，两条影子拖在瘦腮帮儿上，嘴角浮出笑劲儿来。

嘴角浮出笑劲儿来。冒充法国绅士的比利时珠宝掮客凑在刘颜蓉珠的耳朵旁，悄悄地说： "你嘴上的笑是会使天下的女子妒忌的——喝一杯吧。"

在高脚玻璃杯上，刘颜蓉珠的两只眼珠子笑着。

在别克里，那两只浸透了 cocktail 的眼珠子，从外套的皮领上笑着。

　　在华懋饭店的走廊里，那两只浸透了 cocktail 的眼珠子，从披散的头发边上笑着。

　　在电梯上，那两只眼珠子在紫眼皮下笑着。

　　在华懋饭店七层楼上一间房间里，那两只眼珠子，在焦红的腮帮儿上笑着。

　　珠宝掮客在自家儿的鼻子底下发现了那对笑着的眼珠子。

　　笑着的眼珠子！

　　白的床巾！

　　喘着气……

　　喘着气动也不动的躺在床上。

　　床巾：溶了的雪。

　　"组织个国际俱乐部吧！"猛的得了这么个好主意，一面淌着细汗。

　　淌着汗，在静寂的街上，拉着醉水手往酒排间跑。街上，巡捕也没有了，那么静，象个死了的城市。水手的皮鞋搁到拉车的脊梁盖儿上面，哑嗓子在大建筑物的墙上响着：

　　啦得儿……啦得——

　　啦得儿

　　啦得……

　　拉车的脸上，汗冒着；拉车的心里，金洋钱滚着，飞滚着。醉水手猛的跳了下来，跌到两扇玻璃门后边儿去啦。

　　"Hello，Master！Master！"

　　那么地嚷着追到门边。印度巡捕把手里的棒冲着他一扬，笑声从门缝里挤出来，酒香从门缝里挤出来，jazz 从门缝里挤出来……拉车的拉了车杠，摆在他前面的是十二月的江风，一个冷月，一条大建筑物中间的深巷。给扔在欢乐外面，他也不想到自杀，只"妈妈的"骂了一声儿，又往生活里走去了。

　　空去了这辆黄包车，街上只有月光啦。月光照着半边街，还有半边街浸在黑暗里边，这黑暗里边蹲着那家酒排，酒排的脑门上一盏灯是青的，青光底下站着个化石似的印度巡捕。开着门又关着门，鹦鹉似的说着：

　　"Good-bye，Sir."

　　从玻璃门里走出个年轻人来，胳膊肘上挂着条手杖。他从灯光下走到黑暗里，又从黑暗里走到月光下面，太息了一下，悉悉地向前走去，想到了睡在别人床上的恋人，他走到江边，站在栏杆旁边发怔。

东方的天上，太阳光，金色的眼珠子似地在乌云里睁开了。

在浦东，一声男子的最高音：

"嗳……呀……嗳……"

直飞上半天，和第一线的太阳光碰在一起。接着便来了雄伟的合唱。睡熟了的建筑物站了起来，抬着脑袋，卸了灰色的睡衣，江水又哗啦哗啦的往东流，工厂的汽笛也吼着。

歌唱着新的生命，夜总会里的人们的命运！

醒回来了，上海！

上海，造在地狱上的天堂。

[提示]

穆时英（1912—1940），笔名有伐扬、匿名子等，出生于浙江省慈溪县。主要作品有小说集《南北极》、《公墓》、《白金的女体塑像》、《圣处女的感情》等。

《上海的狐步舞》是新感觉派作家穆时英的名篇，原载 1932 年 11 月《现代》杂志二卷一期。小说描绘了半殖民地时期，大都市上海真实上演的一幕幕天堂与地狱交错，西方与东方文化碰撞的夜生活场景片段，犹如展开了一幅夜上海印象图。开篇呈现的街头凶杀场面令人窒息，围绕着"地狱上的天堂"这一主题，通过速写笔调和蒙太奇的处理手法，将污秽奢靡的畸形家庭和纸醉金迷的舞场狂欢与所有的画面拼接组合，在平静的叙述中把沉重病态的夜上海淋漓尽致地展露无遗。

色彩对比鲜明的语言与五光十色的上海夜景交错其中，"浅灰的原野，铺上银灰的月光"、"白漆房间，古铜色的鸦片香味"、"酒味，香水味，英腿蛋的气味，烟味"，各色人物的性格情感以及心理活动在上海半殖民地的空间中，由作者感受到的主观色彩带来视觉、嗅觉的冲击和震撼。作品中以街头妓女为代表的底层人物与以畸形家庭为代表的上层名流，在跳跃的画面和人物意识的流动中带来巨大反差，但繁华中的悲苦与喧哗中的奢靡躁动，本质上都显现出现代都市人们绝望空虚的生存状态，流露出孤独和悲观的情感，体现出现代派文学的特点。

（周雯雯）

财主底儿女们（存目）

路　翎

[提示]

路翎（1923—1994），原名徐嗣兴，生于江苏苏州。主要作品有长篇小说《财主的儿女们》，中篇小说《饥饿的郭素娥》，短篇小说集《朱桂花的故事》、《初雪》、《求爱》，话剧剧本《英雄母亲》、《祖国在前进》等。

《财主底儿女们》是七月派小说家路翎的代表作。胡风对这部长篇小说"冠以史诗"的评价，自抗日战争爆发以来，"整个现在中国历史能够颤动在这部史诗所创造的世界里面"。小说主要讲述了一部封建大家族的兴衰史和知识分子的心灵成长史，在这里作者所要追求的并不仅仅是忠实地记录这段历史，而是在风云激荡的历史现实下发掘真实的精神世界。作品分为上下两部分，第一部写于一九三二年"一·二八"事变到一九三七年"七·七"事变爆发前夕，第二部分写于"七·七"事变到一九四一年苏德战争爆发前夕。在如此纷繁复杂的社会背景和长达近十年的时间跨度中，蒋氏家族在家庭的硝烟和时代的战火冲击下走向衰亡，而此前"蒋家优秀儿女集团"在分崩离析后各为生计奔波。苏州的大户蒋家不再是权威的象征，在金钱的役使下走向家族"斗争"，在战火的硝烟中走向逃亡，在无常的人生中终被遗忘。

路翎曾说"一切生命和艺术，都是达到未来的桥梁。"而他所说的未来就是民众和民族的解放，正是这贯穿作品始终的精神追求，才使他笔下七十多个人物的命运在残酷的现实斗争中作歇斯底里的挣扎。作者用自传式的写作方法描写了财主蒋捷三的三儿子蒋纯祖在动荡时代的曲折遭遇，他之所以不断地与黑暗抗争是因为他"憎恶他所处的苦闷的现实"，但敏感软弱的性格和变幻无常的人生又使他的理想和爱情破灭，他在逃避中背负着"精神奴役的创伤"走完了遍披悲凉浓雾的人生。作品中对人物心灵深刻细腻的剖析，使文本时刻感受着时代的脉动，"…他们无路可走了…他们不知道要到哪里去"是对生命自身价值的求索和探寻，蒋捷三、将蔚组、金素痕等几十个悲剧人物在善恶美丑的人性搏斗中，呈现出作者对历史现实的真实感受和精神寄予。

（周雯雯）

啼笑因缘（存目）

张恨水

[提示]

张恨水（（1895—1967），原名张心远，笔名恨水，祖籍是安徽省潜山岭头乡黄岭村人，生于江西广信府。《春明外史》、《金粉世家》、《啼笑因缘》、《八十一梦》四部长篇小说是其代表作，另有通俗小说一百多部，其中绝大多数是中、长篇章回小说。

《啼笑因缘》是鸳鸯蝴蝶派作家张恨水的代表作之一，小说主要讲述了 20 世纪二三十年代才子佳人悲欢离合、跌宕起伏的情感故事。综观全篇，男主人公樊家树是英俊潇洒、怜香惜玉的富家公子，正是基于对传统文化的批判继承和民主平等思想的接受与认同，他将家庭出身和性格特点迥然不同的三位女性与他的情爱纠葛演绎的婉转曲折。樊家树与鼓书艺人沈凤喜一见钟情的爱情中夹杂着对贪欲的无可奈何，沈凤喜对金钱的迷恋最终使她决绝地背叛爱情坠入万丈深渊；千金小姐何丽娜不仅有为自由爱情抗争的勇气，而且具有抗敌斗争的爱国情怀，历经曲折与家树结缘；正义侠女关秀姑甘愿为家树与沈凤喜那不切实际的爱情陡然犯险，又巧计安排家树与何丽娜步入婚姻殿堂，而她则选择把自己对家树最深沉的爱永远埋藏心间。作品中的男女主角的命运各不相同，但他们啼笑皆非的爱情悲剧都因着戴上了无法挣脱的时代枷锁，是一种被剥夺了人生偶然性的必然结局。

小说共分二十二回，作者在传统章回体小说的创作基础上，突破全知全能的叙事视角，主要运用第三人称限制叙事，叙述人不受时间和空间的限制可以灵活的变换叙述视角，增强了作品的审美力度和真实性；在叙事方式上以时空为本位，采用倒叙、插叙的叙事方式交错叙述，在叙事时间上采用情节发展的时间顺序，通过细致入微的景物描写和细腻深刻的心理剖析来推动情节发展，渲染气氛，突出人物性格；对于人物形象的塑造，作者注重从细节入手，只需勾勒几笔就将人物刻画的生动传神；作品以传统才子佳人的爱情故事为题材，以张弛有度的曲折情节为中心，语言平易晓畅，典雅清丽；作者关注世情、人情，《啼笑因缘》既是啼笑皆非的爱情悲剧，也是当时社会的真实写照，他将小说中发生的爱情故事置于封建军阀统治的背景下，使言情小说与武侠、与社会融为一体，具有鲜明的时代气息。

（周雯雯）

金 锁 记

张爱玲

　　三十年前的上海，一个有月亮的晚上……我们也许没赶上看见三十年前的月亮。年轻的人想着三十年前的月亮该是铜钱大的一个红黄的湿晕，像朵云轩信笺上落了一滴泪珠，陈旧而迷糊。老年人回忆中的三十年前的月亮是欢愉的，比眼前的月亮大、圆、白；然而隔着三十年的辛苦路往回看，再好的月色也不免带点凄凉。

　　月光照到姜公馆新娶的三奶奶的陪嫁丫鬟凤箫的枕边。凤箫睁眼看了一看，只见自己一只青白色的手搁在半旧高丽棉的被面上，心中便道："是月亮光么？"凤箫打地铺睡在窗户底下。那两年正忙着换朝代，姜公馆避兵到上海来，屋子不够住的，因此这一间下房里横八七竖睡满了底下人。

　　凤箫恍惚听见大床背后有窸窸窣窣的声音，猜着有人起来解手，翻过身去，果见布帘子一掀，一个黑影趿着鞋出来了，约摸是伺候二奶奶的小双，便轻轻叫了一声"小双姐姐。"小双笑嘻嘻走来，踢了踢地下的褥子道："吵醒了你了"。她把两手抄在青莲色旧绸夹袄里。下面系着明油绿裤子。凤箫伸手捻了那裤脚，笑道："现在颜色衣服不大有人穿了，下江人时兴的都是素净的。"小双笑道："你不知道，我们家哪比得旁人家？我们老太太古板，连奶奶小姐们尚且做不得主呢，何况我们丫头？给什么，穿什么——一个个打扮得庄稼人似的！"她一蹲身坐在地铺上，拣起凤箫脚头一件小袄来，问道："这是你们小姐出阁，给你们新添的？"凤箫摇头道："三季衣裳，就只外场上看见的两套是新制的，余下的还不是拿上头人穿剩下的贴补贴补！"小双道："这次办喜事，偏赶着革命党造反，可委屈了你们小姐！"凤箫叹道："别提了！就说省俭罢，总得有个谱子！也不能太看不上眼了。我们那一位，嘴里不言语，心里岂有不气的？"小双道："也难怪三奶奶不乐意。你们那边的嫁妆，也还凑合着，我们这边的排场，可太凄惨了。就连那一年娶咱们二奶奶，也还比这一趟强些！"凤箫楞了一楞道："怎么？你们二奶奶……"

　　小双脱下了鞋，赤脚从凤箫身上跨过去，走到窗户跟前，笑道："你也起来看看月亮。"凤箫一骨碌爬起来，低声问道："我早就想问你了，你们二奶奶……"小双弯腰拾起那件小袄来替她披上了，道："仔细着了凉。"凤箫一面扣钮子，一面笑道："不行，你得告诉我！"小双笑道："是我说话不留神，闯了祸！"凤箫道："咱们这都是自家人了，干嘛这么见外呀！"小双道："告诉你，你可别告诉你们小姐去！咱们二奶奶家里是开麻油店的。"凤箫哟了一声道："开麻油店！打哪儿想起的？像你们大奶奶，也是公侯人家小姐，我们那一位虽比不上大奶奶，也还不是低三下四的人——"小双道："这里头自然有个缘故。咱们二爷你也见过了，是个残废，做官人家的女儿谁肯给他？老太太没奈何，打算替二爷置一房姨奶奶，做媒的给找了这曹家的，是七月里生的，就叫七巧。"凤箫道："哦，是姨奶奶。"小双道："原来是做姨奶奶的，后来老太太想着，既然不打算替二爷另娶了，二房里没个当家的媳妇，也不是事，索性聘了来做正头奶奶，好教她死心塌地服侍二爷。"凤箫把手扶着窗台，沉吟道："怪道呢！我虽是初来，也瞧料了两三分。"小双道："龙生龙，凤生凤，这话是有的。你还没听见她的谈吐呢！当着姑娘们，一点忌讳也没有。亏得我们家一向内言不出，外言不入，姑娘们什么都不懂。饶是不懂，还臊得没处躲！"凤箫扑嗤一笑道："真的？她这些村话，又是从哪儿听来的？就连我们丫头——"小双抱着胳膊道："麻油店的活招牌，站惯了柜台，见多识广的，我们拿什么去比人家？"凤箫道："你是她陪嫁过来的么？"小双冷笑说："她也配！我原是老太太跟前的人，二爷成天的吃药，行动都离不了人，屋里几个丫头不够使，把我拨了过去。怎么着？你冷哪？"凤箫摇摇头。小双道："瞧你缩着脖子这娇模样儿！"一语未完，凤箫打了个喷嚏，小双忙推她道："睡罢！睡罢！快焐一焐。"凤箫跪了下来脱袄子，笑道："又不是冬天，哪儿就至于冻着了？"小双道："你别瞧这窗户关着，窗户眼儿里吱溜溜的钻风。"

　　两人各自睡下，凤箫悄悄的问道："过来了也有四五年了罢？"小双道："谁？"凤箫道："还有谁？"小双道："哦，她，可不是有五年了。"凤箫道："也生男育女的——倒没闹出什么话柄儿？"小双道："还说呢！话柄儿就多了！前年老太太领着合家上下到普陀山进香去，她做月子没去，留着她看家。舅爷脚步儿走得勤些，就丢了一票东西。"凤箫失惊道："也没查出个究竟来？"小双道："问得出什么好的来？大家面子上下不去！那些首饰左不过将来是归大爷二爷三爷的。大爷大奶奶碍着二爷，没好说什么。三爷自己在外头流水似的花钱，欠了公账上不少，也说不响嘴。"

她们俩隔着丈来远交谈。虽是极力的压低了喉咙，依旧有一句半句声音大了些，惊醒了大床上睡着的赵嬷嬷。赵嬷嬷唤道："小双。"小双不敢答应。赵嬷嬷道："小双，你再混说，让人家听见了，明儿仔细揭你的皮！"小双还是不做声。赵嬷嬷又道："你别以为还是从前住的深堂大院哪，由得你疯疯癫癫！这儿可是挤鼻子挤眼睛的，什么事瞒得了人？趁早别讨打！"屋里顿时鸦雀无声。赵嬷嬷害眼，枕头里塞着菊花叶子，据说是使人眼目清凉的。她欠起头来按了一按髻上横绾的银簪，略一转侧，菊叶便沙沙作响。赵嬷嬷翻了个身，吱吱格格牵动了全身的骨节，她唉了一声道："你们懂得什么！"小双与凤箫依旧不敢接嘴。久久没有人开口，也就一个个的朦胧睡去了。

天就快亮了。那扁扁的下弦月，低一点，低一点，大一点，像赤金的脸盆，沉了下去。天是森冷的蟹壳青，天底下黑魆魆的只有些矮楼房，因此一望望得很远。地平线上的晓色，一层绿、一层黄、又一层红，如同切开的西瓜——是太阳要上来了。渐渐马路上有了小车与塌车辘辘推动，马车蹄声得得。卖豆腐花的挑着担子悠悠吆喝着，只听见那漫长的尾声："花……呕！花……呕！"再去远些，就只听见"哦……呕！哦……呕！"

屋子里丫头老妈子也起身了，乱着开房门，打脸水，叠铺盖，挂帐子，梳头。凤箫伺候三奶奶兰仙穿了衣裳，兰仙凑到镜子前面仔细望了一望，从腋下抽出一条水绿洒花湖纺手帕，擦了擦鼻翅上的粉，背对着床上的三爷道："我先去替老太太请安罢。等你，准得误了事。"正说着大奶奶玳珍来了，站在门槛上笑道："三妹妹，咱们一块儿去。"兰仙忙迎了出去道："我正担心着怕晚了，大嫂原来还没上去。二嫂呢？"玳珍笑道："她还有一会儿耽搁呢。"兰仙道："打发二哥吃药？"玳珍四顾无人，便笑道："吃药还在其次——"她把大拇指抵着嘴唇，中间的三个指头握着拳头，小指头翘着，轻轻的"嘘"了两声。兰仙诧异道："两人都抽这个？"玳珍点头道："你二哥是过了明路的，她这可是瞒着老太太的，叫我们夹在中间为难，处处还得替她遮盖遮盖，其实老太太有什么不知道？有意的装不晓得，照常的派她差使，零零碎碎给她罪受，无非是不肯让她抽个痛快罢了。其实也是的，年纪轻轻的妇道人家，有什么了不得的心事，要抽这个解闷儿?"

玳珍兰仙挽手一同上楼，各人后面跟着贴身丫鬟，来到老太太卧室隔壁的一间小小的起坐间里。老太太的丫头榴喜迎了出来，低声道:"还没醒呢。"玳珍抬头望了望挂钟，笑道:"今儿老太太也晚了。"榴喜道:"前两天说是马路上人声太杂，睡不稳。这现在想是惯了，今儿补足了一觉。"

紫榆百龄小圆桌上铺着红毡条，二小姐姜云泽一边坐着，正拿着小钳子磕核桃呢，因丢下了站起来相见。玳珍把手搭在云泽肩上，笑道:"还是云妹妹孝心，老太太昨儿一时高兴，叫做糖核桃，你就记住了。"兰仙玳珍便围着桌子坐下了，帮着剥核桃衣子。云泽手酸了，放下了钳子，兰仙接了过来。玳珍道:"当心你那水葱似的指甲，养得这么长了，断了怪可惜的!"云泽道:"叫人去拿金指甲套子去。"兰仙笑道:"有这些麻烦的，倒不如叫他们拿到厨房里去剥了!"

众人低声说笑着，榴喜打起帘子，报道:"二奶奶来了。"兰仙云泽起身让坐，那曹七巧且不坐下，一只手撑着门，一只手撑住腰，窄窄的袖口里垂下一条雪青洋绉手帕，身上穿着银红衫子，葱白线镶滚，雪青闪蓝如意小脚裤子，瘦骨脸儿，朱口细牙，三角眼，小山眉，四下里一看，笑道:"人都齐了，今儿想必我又晚了!怎怪我不迟到——摸着黑梳的头!谁教我的窗户冲着后院子呢?单单就派了那么间房给我，横竖我们那位眼看是活不长的，我们净等着做孤儿寡妇了——不欺负我们，欺负谁?"玳珍淡淡的并不接口，兰仙笑道:"二嫂住惯了北京的房子，怪不得嫌这儿憋闷得慌。"云泽道:"大哥当初找房子的时候，原该找个宽敞些的，不过上海像这样，只怕也算敞亮的了。"兰仙道:"可不是!家里人实在多，挤是挤了点——"七巧挽起袖口，把手帕子掖在翡翠镯子里，瞟了兰仙一眼，笑道:"三妹妹原来也嫌人太多了。连我们都嫌人太多，像你们没满月的自然更嫌人多了!"兰仙听了这话，还没有怎么，玳珍先红了脸，道:"玩是玩，笑是笑，也得有个分寸。三妹妹新来乍到的，你让她想着咱们是什么样的人家?"七巧扯起手绢子的一角掩住了嘴唇道:"知道你们都是清门净户的小姐，你倒跟我换一换试试，只怕你一晚上也过不惯。"玳珍啐道:"不跟你说了，越说你越上头上脸的。"七巧索性上前拉住玳珍的袖子道:"我可以赌得咒——这三年里头我可以赌得咒!你敢赌么?你敢赌么?"玳珍也撑不住扑嗤一笑，咕哝了一句道:"怎么你孩子也有了两个？"七巧道："真的，连我也不知道这孩子是怎么生出来的！越想越不明白！"玳珍摇手道："够了，够了，少说两句罢。就算你拿三妹妹当自己人，没有什么避讳，现放着云妹妹在这儿呢，待会儿老太太跟前一告诉，管叫你吃不了兜着走！"

云泽早远远的走开了，背着手站在阳台上，撮尖了嘴逗芙蓉鸟。姜家住的虽然是早期的最新式洋房，堆花红砖大柱支着巍峨的拱门，楼上的阳台却是木板铺的地。黄杨木阑干里面，放着一溜大篾篓子，晾着笋干。敝旧的太阳滃漫在空气里像金的灰尘，微微呛人的金灰，揉进眼睛里去，昏昏的。街上小贩遥遥摇着拨浪鼓，那蓬腾的"不楞登……不楞登"里面有着无数老去的孩子们的回忆。包车叮叮的跑过，偶尔也有一辆汽车叭叭叫两声。

七巧自己也知道这屋子里的人都瞧不起她，因此和新来的人分外亲热些，倚在兰仙的椅背上问长问短，携着兰仙的手左看右看，夸赞了一回她的指甲，又道："我去年小拇指上养的比这个足足还长半寸呢，掐花给弄断了。"兰仙早看穿了七巧的为人和她在姜家的地位，微笑尽管微笑着，也不大答理她。七巧自觉无趣，趓到阳台上来，拎起云泽的辫梢来抖了一抖，搭讪着笑道："呦！小姐的头发怎么这样稀朗朗的？去年还是乌油油的一头好头发，该掉了不少罢？"云泽闪过身去护着辫子，笑道："我掉两根头发，也要你管！"七巧只顾端详她，叫道："大嫂你来看看，云妹妹的确瘦多了，小姐莫不是有了心事了？"云泽啪的一声打掉了她的手，恨道："你今儿个真的发了疯了！平日还不够讨人嫌的？"七巧把两手筒在袖子里，笑嘻嘻的道："小姐脾气好大！"

玳珍探出头来道："云妹妹，老太太起来了。"众人连忙扯扯衣襟，摸摸鬓脚，打帘子进隔壁房里去，请了安，伺候老太太吃早饭。婆子们端着托盘从起坐间穿了过去，里面的丫头接过碗碟，婆子们依旧退到外间来守候着。里面静悄悄的，难得有人说句把话，只听见银筷子头上的细银炼条窸窣颤动。老太太信佛，饭后照例要做两个时辰的功课，众人退了出来，云泽背地里向玳珍道："二嫂不忙着过瘾去，还挨在里面做什么？"玳珍道："想是有两句私房话要说。"云泽不由得笑了起来道："她的话，老太太哪里听得进？"玳珍冷笑道："那倒也说不定。老年人心思总是活动的，成天在耳边絮聒着，十句里头相信一两句，也未可知。"

兰仙坐着磕核桃，玳珍和云泽便顺着脚走到阳台上来，虽不是存心偷听正房里的谈话，老太太上了年纪，有点聋，喉咙特别高些，有意无意之间不免有好些话吹到阳台上的人的耳朵里来。云泽把脸气得雪白，先是握紧了拳头，又把两只手使劲一撒，便向走廊的另一头跑去。跑了两步，又站住了，身子向前伛偻着，捧着脸呜呜哭起来。玳珍赶上去扶着劝道："妹妹快别这么着！快别这么着！不犯着跟她这样的人计较！谁拿她的话当桩事！"云泽甩开了她，一径往自己屋里奔去。玳珍回到起坐间里来，一拍手道："这可闯出祸来了！"兰仙忙道："怎么了？"玳珍道："你二嫂去告诉了老太太，说女大不中留，让老太太写信给彭家，叫他们早早把云妹妹娶过去罢。你瞧，这算什么话？"兰仙也怔了一怔道："女家说出这种话来，可不是自己打脸么？"玳珍道："姜家没面子，还是一时的事，云妹妹将来嫁了过去，叫人家怎么瞧得起她？她这一辈子还要做人呢！"兰仙道："老太太是明白人，不见得跟那一位一样的见识。"玳珍道："老太太起先自然是不爱听，说咱们家的孩子，决不会生这样的心。她就说：'哟！您不知道现在的女子跟您从前做女孩子时候的女孩子，哪儿能够打比呀？时世变了，要不怎么天下大乱呢？'你知道，年岁大的人就爱听这一套，说得老太太也有点疑疑惑惑起来。"兰仙叹道："好端端怎么想起来的，造这样的谣言！"玳珍两肘支在桌子上，伸着小指剔眉毛，沉吟了一会，嗤的一笑道："她自己以为她是特别的体贴云妹妹呢！要她这样体贴我，我可受不了！"兰仙拉了她一下道："你听——不能是云妹妹罢？"后房似乎有人在那里大放悲声，蹬得铜床柱子一片响，嘈嘈杂杂还有人在那里解劝，只是劝不住。玳珍站起身来道："我去看看，别瞧这位小姐好性儿，逼急了她，也不是好惹的。"

玳珍出去了，那姜三爷姜季泽却一路打着呵欠进来了。季泽是个结实小伙子，偏于胖的一方面，脑后拖一根三股油松大辫，生得天圆地方，鲜红的腮颊，往下坠着一点，青湿眉毛，水汪汪的黑眼睛里永远透着三分不耐烦，穿一件竹根青窄袖长袍，酱紫芝麻地一字襟珠扣小坎肩，问兰仙道："谁在里头喊喊喳喳跟老太太说话？"兰仙道："二嫂。"季泽抿着嘴摇摇头，兰仙笑道："你也怕她？"季泽一声儿不言语，拖过一把椅子，将椅背抵着桌面，把袍子高高的一撩，骑着椅子坐下来，下巴搁在椅背上，手里只管把核桃仁一个一个拈来吃，兰仙睨了他一眼道："人家剥了这一晌午，是专诚孝敬你的么？"正说着，七巧掀着帘子出来了，一眼看见了季泽，身不由主的就走了过来，绕到兰仙椅子背后，两手兜在兰仙脖子上，把脸凑了下去，笑道："这么一个人才出众的新娘子！三弟你还没谢谢我哪！要不是我催着他们早早替你办了这件事，这一耽搁，等打完了仗，指不定要十年八年呢！可不把你急坏了！"兰仙生平最大的憾事便是出阁的日子正赶着非常时期，潦草成了家，诸事都欠齐全，因此一听见这不入耳的话，她那小长瓜子脸便往下一沉。季泽望了兰仙一眼，微笑道："二嫂，自古好心没有好报，谁都不承你的情！"七巧道："不承情也罢！我也惯了。我进了你们姜家的门，别的不说，单只守着你二哥这些年，衣不解带的服侍他，也就是个有功无过的人——谁见我的情来？谁有半点好处到我头上？"季泽道："你一开口就是满肚子的牢骚！"七巧长长的吁了一口气，只管拨弄兰仙衣襟上扣着的金三事儿和钥匙。半晌，忽道："总算你这一个来月没出去胡闹过。真亏了新娘子留住了你。旁人跪下地来求你也留不住！"季泽笑道："是吗？嫂子并没有留过我，怎见得留不住？"一面笑，一面向兰仙使了个眼色。七巧笑得直不起腰道："三妹妹，你也不管管他！这么个猴儿崽子，我眼看他长大的，他倒占起我的便宜来了！"

她嘴里说笑着，心里发烦，一双手也不肯闲着，把兰仙揣着捏着，捶着打着，恨不得把她挤得走了样才好。兰仙纵然有涵养，也忍不住要恼了；一性急，磕核桃使差了劲，把那二寸多长的指甲齐根折断，七巧哟了一声道："快拿剪刀来修一修。我记得这屋里有一把小剪子的。"便唤："小双！榴喜！来人哪！"兰仙立起身来道："二嫂不用费事，我上我屋里铰去。"便抽身出去。七巧就在兰仙的椅子上坐下了，一手托着腮，抬高了眉毛，斜睨着季泽道："她跟我生了气么？"季泽笑道："她干嘛生你的气？"七巧道："我正要问呀！我难道说错了话不成？留你在家倒不好？她倒愿意你上外头逛去？"季泽笑道："这一家子从大哥大嫂起，齐了心管教我，无非是怕我花了公账上的钱罢了。"七巧道："阿弥陀佛，我保不定别人不安着这个心，我可不那么想。你就是闹了亏空，押了房子卖了田，我若皱一皱眉头，我也不是你二嫂了。谁叫咱们是骨肉至亲呢？我不过是要你当心你的身子。"季泽嗤的一笑道："我当心我的身子，要你操心？"七巧颤声道："一个人，身子第一要紧。你瞧你二哥弄得那样儿，还成个人吗？还能拿他当个人看？"季泽正色道："二哥比不得我，他一下地就是那样儿，并不是自己作践的。他是个可怜的人，一切全仗二嫂照护他了。"七巧直挺挺的站了起来，两手扶着桌子，垂着眼皮，脸庞的下半部抖得像嘴里含着滚烫的蜡烛油似的，用尖细的声音逼出两句话道：
"你去挨着你二哥坐坐！你去挨着你二哥坐坐！"她试着在季泽身边坐下，
只搭着他的椅子的一角，她将手贴在他腿上，道："你碰过他的肉没有？
是软的、重的，就像人的脚有时发麻了，摸上去那感觉……"季泽脸上
也变了色，然而他仍旧轻佻地笑了一声，俯下腰，伸手去捏她的脚道：
"倒要瞧瞧你的脚现在麻不麻？"七巧道："天哪，你没挨着他的肉，你不
知道没病的身子是多好的……多好的……"她顺着椅子溜下去，蹲在地
上，脸枕着袖子，听不见她哭，只看见发髻上插的风凉针，针头上的一粒
钻石的光，闪闪掣动着。发髻的心子里扎着一小截粉红丝线，反映在金刚
钻微红的光焰里。她的背影一挫一挫，俯伏了下去。她不像在哭，简直像
在翻肠搅胃地呕吐。

　　季泽先是愣住了，随后就立起来道："我走就是了。你不怕人，我还
怕人呢。也得给二哥留点面子！"七巧扶着椅子站了起来，呜咽道："我
走。"她扯着衫袖里的手帕子揾了揾脸，忽然微微一笑道："你这样护卫
二哥！"季泽冷笑道："我不护卫他，还有谁护卫他？"七巧向门走去，哼
了一声道："你又是什么好人？趁早不用在我跟前假撇清！且不提你在外
头怎样荒唐，只单在这屋里……老娘眼睛里揉不下沙子去！别说我是你嫂
子了，就是我是你奶妈，只怕你也不在乎。"季泽笑道："我原是个随随
便便的人，哪禁得起你挑眼儿？"七巧待要出去，又把背心贴在门下，低
声道："我就不懂，我什么地方不如人？我有什么地方不好……"季泽笑
道："好嫂子，你有什么不好？"七巧笑了一声道："难不成我跟了个残废
的人，就过上了残废的气，沾都沾不得？"她睁着眼直勾勾朝前望着，耳
朵上的实心小金坠子像两只铜钉把她钉在门上——玻璃匣子里蝴蝶的标
本，鲜艳而凄怆。

　　季泽看着她，心里也动了一动。可是那不行，玩尽管玩，他早抱定了
宗旨不惹自己家里人，一时的兴致过去了，躲也躲不掉，踢也踢不开，成
天在面前，是个累赘。何况七巧的嘴这样敞，脾气这样躁，如何瞒得了
人？何况她的人缘这样坏，上上下下谁肯代她包涵一点，她也许是豁出去
了，闹穿了也满不在乎。他可是年纪轻轻的，凭什么要冒那个险，他侃侃
说道："二嫂，我虽年纪小，并不是一味胡来的人。"

　　仿佛有脚步声，季泽一撩袍子，钻到老太太屋子里去了，临走还抓了
一大把核桃仁。七巧神志还不很清楚，直到有人推门，她方才醒了过来，

只得将计就计，藏在门背后，见玳珍走了进来，她便夹脚跟出来，在玳珍背上打了一下。玳珍勉强一笑道："你的兴致越发好了！"又望了望桌上道："咦？那么些个核桃，吃得差不多了。再也没有别人，准是三弟。"七巧倚着桌子，面向阳台立着，只是不言语。玳珍坐了下来，嘟哝道："害人家剥了一早上，便宜他享现成的！"七巧捏着一片锋利的胡桃壳，在红毡条上狠命刮着，左一刮，右一刮，看看那毡子起了毛，就要破了。她咬着牙道："钱上头何尝不是一样？一味的叫咱们省，省下来让人家拿出去大把的花！我就不服这口气！"玳珍看了她一眼，冷冷的道："那可没办法了。人多了，明里不去，暗里也不见得不去。管得了这个，管不了那个。"七巧觉得她话中有刺，正待反唇相讥，小双进来了，鬼鬼祟祟走到七巧跟前，嗫嚅道："奶奶，舅爷来了。"七巧骂道："舅爷来了，又不是背人的事，你嗓子眼里长了疔是怎么着？蚊子哼哼似的！"小双倒退了一步，不敢言语。玳珍道："你们舅爷原来也到上海来了，咱们这儿亲戚倒都全了。"七巧移步出房道："不许他到上海来？内地兵荒马乱的，穷人也一样的要命呀！"她在门槛子上站住了，问小双道："回过老太太没有？"小双道："还没呢。"七巧想了一想，毕竟不敢去告诉一声，只得悄悄下楼去了。

玳珍问小双道："舅爷一个人来的？"小双道："还有舅奶奶，携着四只提篮盒。"玳珍格的一笑道："倒破费了他们。"小双道："大奶奶不用替他们心疼。装得满满的进来，一样装得满满的出去。别说金的银的圆的扁的，就连零头鞋面儿裤腰都是好的！"玳珍笑道："别那么缺德！你下去罢。她娘家人难得上门，伺候不周到，又该大闹了。"

小双赶了出去，七巧正在楼梯口盘问榴喜老太太可知道这件事。榴喜道："老太太念佛呢，三爷爬在窗口看野景，说大门口来了客。老太太问是谁，三爷仔细看了看，说不知是不是曹家舅爷，老太太就没追问下去。"七巧听了，心头火起，跺了跺脚，喃喃呐呐骂道："敢情你装不知道就算了！皇帝还有草鞋亲呢！这会子有这么势利的，当初何必三媒六聘的把我抬过来？快刀斩不断的亲戚，别说你今儿是装死，就是你真死了，他也不能不到你的灵前磕三个头，你也不能不受着他的！"一面说，一面下去了。

她那间房，一进门便有一堆金漆箱笼迎面拦住，只隔开几步见方的空地。她一掀帘子，只见她嫂子蹲下身去将提篮盒上面的一屉盒子卸了下来，检视下面一屉里的菜可曾溲出来。她哥哥曹大年背着手弯着腰看着。七巧止不住一阵心酸，倚着箱笼，把脸偎在那沙蓝棉套子上，纷纷落下泪来。她嫂子慌忙站直了身子，抢步上前，两只手捧住她一只手，连连叫着姑娘。曹大年也不免抬起袖子来擦眼睛。七巧把那只空着的手去解箱套子上的纽扣，解了又扣上，只是开不得口。

　　她嫂子回过头去睃了她哥哥一眼道："你也说句话呀！成日家念叨着，见了妹妹的面，又像锯了嘴的葫芦似的！"七巧颤声道："也不怪他没有话——他哪儿有脸来见我！"又向她哥哥道："我只道你这一辈子不打算上门了！你害得我好！你扔崩一走，我可走不了。你也不顾我的死活。"曹大年道："这是什么话？旁人这么说还罢了，你也这么说！你不替我遮盖遮盖，你自己脸上也不见得光鲜。"七巧道："我不说，我可禁不住人家不说。就为你，我气出了一身病在这里。今日之下，亏你还拿这话来堵我！"她嫂子忙道："是他的不是！是他的不是！姑娘受了委屈了。姑娘受委屈也不止这一件，好歹忍着罢，总有个出头之日。"她嫂子那句"姑娘受的委屈也不止这一件"的话却深深打进她心坎儿里去。七巧哀哀哭了起来，急得她嫂子直摇手道："看吵醒了姑爷。"房那边暗昏昏的紫楠大床上，寂寂吊着珠罗纱帐子。七巧的嫂子又道："姑爷睡着了罢？惊动了他，该生气了。"七巧高声叫道："他要有点人气，倒又好了。"她嫂子吓得掩住她的嘴道："姑奶奶别！病人听见了，心里不好受！"七巧道："他心里不好受，我心里好受吗？"她嫂子道："姑爷还是那软骨症？"七巧道："就这一件还不够受了，还禁得起添什么？这儿一家子都忌讳痨病这两个字，其实还不就是骨痨！"她嫂子道："整天躺着，有时候也坐起来一会儿么？"七巧吓吓的笑了起来道："坐起来，脊梁骨直溜下去，看上去还没有我那三岁的孩子高哪！"她嫂子一时想不出劝慰的话，三个人都愣住了。七巧猛的蹬脚道："走罢，走罢，你们！你们来一趟，就害得我把前因后果重新在心里过一过。我禁不起这么掀腾！你快给我走！"

　　曹大年道："妹妹你听我一句话。别说你现在心里不舒坦，有个娘家走动着，多少好些，就是你有了出头之日了，姜家是个大族，长辈动不动就拿大帽子压人，平辈小辈一个个如狼似虎的，哪一个是好惹的？替你打算，也得要个帮手。将来你用得着你哥哥你侄儿的时候多着呢。"七巧啐了一声道："我靠你帮忙，我也倒了楣了！我早把你看得透里透——斗得过他们，你到我跟前来邀功要钱，斗不过他们，你往那边一倒。本来见了做官的就魂都没有了，头一缩，死活随我去。"大年涨红了脸冷笑道："等钱到了你手里，你再防着你哥哥分你的，也还不迟。"七巧道："你既然知道钱还没到我手里，你来缠我做什么？"大年道："路远迢迢赶来看你，倒是我们的不是了！走！我们这就走！凭良心说，我就用你两个钱，也是该的，当初我若贪图财礼，问姜家多要几百两银子，把你卖给他们做姨太太，也就卖了。"七巧道："奶奶不胜似姨奶奶吗？长线放远鹞，指望大着呢！"大年待要回嘴，他媳妇拦住他道："你就少说一句罢！以后还有见面的日子呢。将来姑奶奶想到你的时候，才知道她就只这一个亲哥哥了！"大年督促他媳妇整理了提篮盒，拎起就待走。七巧道："我稀罕你？等我有了钱了，我不愁你不来，只愁打发你不开。"嘴里虽然硬着，熬不住那呜咽的声音，一声响似一声，憋了一上午的满腔幽恨，借着这因由尽情发泄了出来。

她嫂子见她分明有些留恋之意，便做好做歹劝住了她哥哥：一面半搀半拥把她引到花梨炕上坐下了，百般譬解，七巧渐渐收了泪。兄妹姑嫂叙了些家常。北方情形还算平靖，曹家的麻油铺还照常营业着。大年夫妇此番到上海来，却是因为他家没过门的女婿在人家当账房，光复的时候恰巧在湖北，后来辗转跟主人到上海来了，因此大年亲自送了女儿来完婚，顺便探望妹子。大年问候了姜家阖宅上下，又要参见老太太，七巧道："不见也罢了，我正跟她怄气呢。"大年夫妇都吃了一惊，七巧道："怎么不淘气呢？一家子都往我头上踩，我若是好欺负的，早给作践死了，饶是这么着，还气得我七病八痛的！"她嫂子道："姑娘近来还抽不抽，倒是鸦片，平肝导气，比什么药都强。姑娘自己千万保重，我们又不在跟前，谁是个知疼着热的人？"

七巧翻箱子取出几件新款尺头送与她嫂子，又是一副四两重的金镯子，一对披霞莲蓬簪，一床丝棉被胎，侄女们每人一只金挖耳，侄儿们或是一只金锞子，或是一顶貂皮暖帽，另送了她哥哥一只珐琅金蝉打簧表，她哥嫂道谢不迭。七巧道："你们来得不巧，若是在北京，我们正要上路的时候，带不了的东西，分了几箱给丫头老妈子，白便宜了他们。"说得她哥嫂讪讪的。临行的时候，她嫂子道："忙完了闺女，再来瞧姑奶奶。"七巧笑道："不来也罢，我应酬不起！"

大年夫妇出了姜家的门，她嫂子便道："我们这位姑奶奶怎么换了个人？没出嫁的时候不过要强些，嘴头上琐碎些，就连后来我们去瞧她，虽是比前暴躁些，也还有个分寸，不似如今疯疯傻傻，说话有一句没一句，就没一点儿得人心的地方。"

七巧立在房里，抱着胳膊看小双祥云两个丫头把箱子抬回原处，一只一只叠了上去。从前的事又回来了：临着碎石子街的馨香的麻油店，黑腻的柜台，芝麻酱桶里竖着木匙子，油缸上吊着大大小小的铁匙子。漏斗插在打油的人的瓶里，一大匙再加上两小匙正好装满一瓶，——一斤半。熟人呢，算一斤四两。有时她也上街买菜，蓝夏布衫裤，镜面乌绫镶滚。隔着密密层层的一排吊着猪肉的铜钩，她看见肉铺里的朝禄。朝禄赶着她叫曹大姑娘。难得叫声巧姐儿，她就一巴掌打在钩子背上，无数的空钩子荡过去锥他的眼睛，朝禄从钩子上摘下尺来宽的一片生猪油，重重的向肉案一抛，一阵温风扑到她脸上，腻滞的死去的肉体的气味……她皱紧了眉毛。床上睡着的她的丈夫，那没有生命的肉体……

风从窗子里进来，对面挂着的回文雕漆长镜被吹得摇摇晃晃，磕托磕托敲着墙。七巧双手按住了镜子。镜子里反映着的翠竹帘子和一副金绿山水屏条依旧在风中来回荡漾着，望久了，便有一种晕船的感觉。再定睛看时，翠竹帘子已经褪了色，金绿山水换为一张她丈夫的遗像，镜子里的人也老了十年。

去年她戴了丈夫的孝，今年婆婆又过世了。现在正式挽了叔公九老太爷出来为他们分家。今天是她嫁到姜家来之后一切幻想的集中点。这些年了，她戴着黄金的枷锁，可是连金子的边都啃不到，这以后就不同了。七巧穿着白香云纱衫，黑裙子，然而她脸上像抹了胭脂似的，从那揉红了的眼圈儿到烧热的颧骨。她抬起手来揾了一揾脸，脸上烫，身子却冷得打颤。她叫祥云倒了杯茶来，（小双早已嫁了，祥云也配了个小厮。）茶给喝了下去，沉重地往腔子里流，一颗心便在热茶里扑通扑通跳。她背向着镜子坐下了，问祥云道："九老太爷来了这一下午，就在堂屋里跟马师爷查账？"祥云应了一声是。七巧又道："大爷大奶奶三爷三奶奶都不在跟前？"祥云又应了声是。七巧道："还到谁的屋里去过？"祥云道："就到哥儿们的书房里兜了一兜。"七巧道："好在咱们白哥儿的书倒不怕他查考……今年这孩子就吃亏在他爸爸他奶奶接连着出了事，他若还有心念书，他也不是人养的！"她把茶吃完了，吩咐祥云下去看看堂屋里大房三房的人可都齐了，免得自己去早了，显得性急，被人耻笑。恰巧大房里也差了一个丫头出来探看，和祥云打了个照面。

七巧终于款款下楼来了。堂屋里临时布置了一张镜面乌木大餐台，九老太爷独当一面坐了，面前乱堆着青布面，梅红签的账簿，又搁着一只瓜楞茶碗。四周除了马师爷之外，又有特地邀请的"公亲"，近于陪审员的性质。各房只派了一个男子做代表，大房是大爷，二房二爷没了，是二奶奶，三房是三爷。季泽很知道这总清算的日子于他没有什么好处，因此他到得最迟。然而来既来了，他决不愿意露出焦灼懊丧的神气。腮帮子上依旧是他那点丰肥的，红色的笑。眼睛里依旧是他那点潇洒的不耐烦。

九老太爷咳嗽了一声，把姜家的经济状况约略报告了一遍，又翻着账簿子读出重要的田地房产的所在与按年的收入。七巧两手紧紧扣在肚子上，身子向前倾着，努力向她自己解释他的每一句话，与她往日调查所得一一印证。青岛的房子，天津的房子，北京城外的地，上海的房子……三爷在公账上拖欠过巨，他的一部分遗产被抵销了之后，还净欠六万，然而大房二房也只得就此算了，因为他是一无所有的人。他仅有的那一幢花园洋房，他为一个姨太太买了，也已经抵押了出去。其余只有老太太陪嫁过来的首饰，由兄弟三人均分，季泽的那一份也不便充公，因为是母亲留下的一点纪念。七巧突然叫了起来道："九老太爷，那我们太吃亏了！"

堂屋里本就肃静无声，现在这肃静却是沙沙有声，直锯进耳朵里去，像电影配音机器损坏之后的锈轧。九老太爷睁了眼望着她道："怎么？你连他娘丢下的几件首饰也舍不得给他？"七巧道："亲兄弟，明算账，大哥大嫂不言语，我可不能不老着脸开口说句话。我须比不得大哥大嫂——我们死掉的那个若是有能耐出去做两任官，手头活便些，我也乐得放大方些，哪怕把从前的旧账一笔勾销呢？可怜我们那一个病病哼哼一辈子，何尝有过一文半文进账，丢下我们孤儿寡妇，就指着这两个死钱过活。我是个没脚蟹，长白还不满十四岁，往后苦日子有得过呢！"说着，流下泪来。九老太爷道："依你便怎样？"七巧呜咽道："哪儿由得我出主意呢？只求九老太爷替我们做主！"季泽冷着脸只不作声，满屋子的人都觉不便开口。九老太爷按捺不住一肚子的火，哼了一声道："我倒想替你出主意呢，只怕你不爱听！二房里有田地没人照管，三房里有人没有地，我待要叫三爷替你照管，你多少贴他些，又怕你不要他！"七巧冷笑道："我倒想依你呢，只怕死掉的那个不依！来人哪！祥云你把白哥儿给我找来！长白，你爹好苦呀！一下地就是一身的病，为人一场，一天舒坦日子也没过着，临了丢下你这点骨血，人家还看不得你，千方百计图谋你的东西！长白谁叫你爹拖着一身病，活着人家欺负他，死了人家欺负他的孤儿寡妇！我还不打紧，我还能活个几十年么？至多我到老太太灵前把话说明白了，把这条命跟人拼了。长白你可是年纪小着呢，就是喝西北风你也得活下去呀！"九老太爷气得把桌子一拍道："我不管了！是你们求爹爹拜奶奶邀了我来的，你道我喜欢自找麻烦么？"站起来一脚踢翻了椅子，也不等人搀扶，一阵风走得无影无踪，众人面面相觑，一个个悄没声儿溜走了。惟有那马师爷忙着拾掇账簿子，落后了一步，看看屋里人全走光了，单剩下二奶奶一个人在那里捶着胸脯号啕大哭，自己若无其事的走了，似乎不好意思，只得走上前去，打躬作揖叫道："二太太！二太太！……二太太！"七巧只顾把袖子遮住脸，马师爷又不便把她的手拿开，急得把瓜皮帽摘下来煽着汗。

维持了几天的僵局，到底还是无声无息照原定计划分了家。孤儿寡妇还是被欺负了。

七巧带着儿子长白，女儿长安另租了一幢屋子住下了，和姜家各房很少来往。隔了几个月，姜季泽忽然上门来了。老妈子通报上来，七巧怀着鬼胎，想着分家的那一天得罪了他，不知他有什么手段对付。可是兵来将挡，她凭什么要怕他？她家常穿着佛青实地纱袄子，特地系上一条玄色铁线纱裙，走下楼来。季泽却是满面春风的站起来问二嫂好，又问白哥儿可是在书房里，安姐儿的湿气可大好了。七巧心里便疑惑他是来借钱的，加意防备着，坐下笑道："三弟你近来又发福了。"季泽笑道："看我像一点心事都没有的人。"七巧笑道："有福之人不在忙吗！你一向就是无牵无挂的。"季泽笑道："等我把房子卖了，我还要无牵无挂呢！"七巧道："就是你做了押款的那房子，你要卖？"季泽道："当初造它的时候，很费了点心思，有许多装置都是自己心爱的，当然不愿意脱手。后来你是知道的，那块地皮值钱了，前年把它翻造了弄堂房子，一家一家收租，跟那些住小家的打交道，我实在嫌麻烦，索性打算卖了它，图个清净。"七巧暗地里说道："口气好大！我是知道你的底细的，你在我跟前充什么阔大爷！"

虽然他不向她哭穷，但凡谈到银钱交易，她总觉得有点危险，便岔了开去道："三妹妹好么？腰子病近来发过没有？"季泽笑道："我也有许久没见过她的面了。"七巧道："这是什么话？你们吵了嘴么？"季泽笑道："这些时我们倒也没吵过嘴。不得已在一起说两句话，也是难得的，也没那闲情逸致吵嘴。"七巧道："何至于这样？我就不相信！"季泽两肘撑在藤椅的扶手上，交叉十指，手搭凉棚，影子落在眼睛上，深深的唉了一声。七巧笑道："没有别的，要不就是你在外头玩得太厉害了。自己做错了事，还唉声叹气的仿佛谁害了你似的。你们姜家就没有一个好人！"说着，举起白团扇，作势要打。季泽把那交叉着的十指往下移了一移，两只大拇指按在嘴唇上，两只食指缓缓抚摸着鼻梁，露出一双水汪汪的眼睛来。那眼珠却是水仙花缸底的黑石子，上面汪着水，下面冷冷的没有表情。看不出他在想什么。七巧道："我非打你不可！"季泽的眼睛里突然冒出一点笑泡儿，道："你打，你打！"七巧待要打，又掣回手去，重新一鼓作气道："我真打！"抬高了手，一扇子劈下来，又在半空中停住了，吃吃笑起来，季泽带笑将肩膀耸了一耸，凑了上去道："你倒是打我一下罢！害得我浑身骨头痒着，不得劲儿！"七巧把扇子向背后一藏，越发笑得格格的。

季泽把椅子换了个方向，面朝墙坐着，人向椅背上一靠，双手蒙住了眼睛，又是长长的叹了口气。七巧啃着扇子柄，斜瞟着他道："你今儿是怎么了？受了暑吗？"季泽道："你哪里知道？"半晌，他低低的一个字一个字说道："你知道我为什么跟家里的那个不好，为什么我拼命的在外头玩，把产业都败光了？你知道这都是为了谁？"七巧不知不觉有点胆寒，走得远远的，倚在炉台上，脸色慢慢的变了。季泽跟了过来。七巧垂着头，肘弯撑在炉台上，手里擎着团扇，扇子上的杏黄穗子顺着她的额角拖下来。季泽在她对面站住了，小声道："二嫂！……七巧！"

七巧背过脸去淡淡笑道："我要相信你才怪呢！"季泽便也走开了，道："不错。你怎么能够相信我？自从你到我家来，我在家一刻也待不住，只想出去。你没来的时候我并没有那么荒唐过，后来那都是为了躲你。娶了兰仙来，我更玩得凶了，为了躲你之外又要躲她。见了你，说不了两句话我就要发脾气——你哪儿知道我心里的苦楚？你对我好，我心里更难受——我得管着我自己——我不能平白的坑坏了你，家里人多眼杂，让人知道了，我是个男子汉，还不打紧。你可了不得！"七巧的手直打颤，扇柄上的杏黄须子在她额上苏苏摩擦着。季泽道："你信也罢！不信也罢！信了又怎样？横竖我们半辈子已经过去了，说也是白说。我只求你原谅我这一片心。我为你吃了这些苦，也就不算冤枉了。"

七巧低着头，沐浴在光辉里，细细的音乐，细细的喜悦……这些年了，她跟他捉迷藏似的，只是近不得身，原来还有今天！可不是，这半辈子已经完了——花一般的年纪已经过去了。人生就是这样的错综复杂，不讲理。当初她为什么嫁到姜家来？为了钱么？不是的，为了要遇见季泽，为了命中注定她要和季泽相爱。她微微抬起脸来，季泽立在她跟前，两手合在她扇子上，面颊贴在她扇子上。他也老了十年了，然而人究竟还是那个人呵！他难道是哄她么？他想她的钱——她卖掉她的一生换来的几个钱？仅仅这一转念便使她暴怒起来。就算她错怪了他，他为她吃的苦抵得过她为他吃的苦么？好容易她死了心了，他又来撩拨她，她恨他。他还在看着她。他的眼睛——虽然隔了十年，人还是那个人呵！就算他是骗她的，迟一点儿发现不好么？即使明知是骗人的，他太会演戏了，也跟真的差不多罢？

　　不行！她不能有把柄落在这厮手里。姜家的人是厉害的，她的钱只怕保不住。她得先证明他是真心不是。七巧定了一定神，向门外瞧了一瞧，轻轻惊叫道："有人！"便三脚两步赶出门去，到下房里吩咐潘妈替三爷弄点心去，快些端了来，顺便带芭蕉扇进来替三爷打扇。七巧回到屋里来，故意皱着眉道："真可恶，老妈子在门口探头探脑的，见了我抹过头去就跑，被我赶上去喝住了。若是关上了门说两句话，指不定造出什么谣言来呢！饶是独门独户住了，还没个清净。"潘妈送了点心与酸梅汤进来，七巧亲自拿筷子替季泽拣掉了蜜层糕上的玫瑰与青梅，道："我记得你是不爱吃红绿丝的。"有人在跟前，季泽不便说什么，只是微笑。七巧似乎没话找话说似的，问道："你卖房子，接洽得怎样了？"季泽一面吃，一面答道："有人出八万五，我还没打定主意呢。"七巧沉吟道："地段倒是好的。"季泽道："谁都不赞成我脱手，说还要涨呢。"七巧又问了些详细情形，便道："可惜我手头没有这一笔现款，不然我倒想买。"季泽道："其实呢，我这房子倒不急，倒是咱们乡下你那些田，早早脱手的好。自从改了民国，接二连三的打仗，何尝有一年闲过，把地面上糟蹋得不成样子，中间还被收租的、师爷、地头蛇一层一层勒啃着，莫说这两年不是水就是旱，就遇着了丰年，也没有多少进账轮到我们头上。"七巧寻思着，道："我也盘算过来，一直挨着没有办。先晓得把它卖了，这会子想买房子，也不至于钱不射手了。"季泽道："你那田要卖趁现在就得卖，听说直鲁又要开仗了。"七巧道："急切间你叫我卖给谁去？"季泽顿了一顿道："我去替你打听打听，也成。"七巧耸了耸眉毛笑道："得了，你那些狐群狗党里头，又有谁是靠得住的？"季泽把咬开的饺子在小碟里蘸了点醋，闲闲说出两个靠得住的人名，七巧便认真仔细盘问他起来，他果然回答得有条不紊，显然他是筹之已熟的。

七巧虽是笑吟吟的，嘴里发干，上嘴唇粘在牙仁上，放不下来。她端起盖碗来吸了一口茶，舐了舐嘴唇，突然把脸一沉，跳起身来，将手里的扇子向季泽头上滴溜溜掷过去，季泽向左偏了一偏，那团扇敲在他肩膀上，打翻了玻璃杯，酸梅汤淋淋漓漓溅了他一身。七巧骂道："你要我卖了田去买你的房子？你要我卖田？钱一经你的手，还有得说么？你哄我——你拿那样的话来哄我——你拿我当傻子——"她隔着一张桌子探身过去打他，然而她被潘妈下死劲抱住了。潘妈叫唤起来，祥云等人都奔了来，七手八脚按住了她，七嘴八舌求告着。七巧一头挣扎，一头叱喝着，然而她的一颗心直往下坠——她很明白她这举动太蠢——太蠢——她在这儿丢人出丑。

季泽脱下了他那湿濡的白云纱长衫，潘妈绞了毛巾来代他揩擦，他理也不理，把衣服夹在手臂上，竟自扬长出门去了，临行的时候向祥云道："等白哥儿下了学，叫他替他母亲请个医生来看看。"祥云吓糊涂了，连声答应着，被七巧兜脸给她一个耳刮子。

季泽走了。丫头老妈子也给七巧骂跑了。酸梅汤沿着桌子一滴一滴朝下滴，像迟迟的夜漏——一滴，一滴……一更，二更……一年，一百年。真长，这寂寂的一刹那。七巧扶着头站着倏地掉转身来上楼去，提着裙子，性急慌忙，跌跌蹡蹡，不住的撞到那阴暗的绿粉墙上，佛青袄子上沾了大块的淡色的灰。她要在楼上的窗户里再看他一眼。无论如何，她从前爱过他。她的爱给了她无穷的痛苦。单只是这一点，就使她值得留恋。多少回了，为了要按捺她自己，她迸得全身的筋骨与牙根都酸楚了。今天完全是她的错。他不是个好人，她又不是不知道。她要他，就得装糊涂，就得容忍他的坏。她为什么要戳穿他？人生在世，还不就是那么一回事？归根究底，什么是真的？什么是假的？

她到了窗前，揭开了那边上缀有小绒球的墨绿洋式窗帘，季泽正在弄堂里往外走，长衫搭在臂上，晴天的风像一群白鸽子钻进他的纺绸□褂里去，哪儿都钻到了，飘飘拍着翅子。

七巧眼前仿佛挂了冰冷的珍珠帘，一阵热风来了，把那帘子紧紧贴在她脸上，风去了，又把帘子吸了回去，气还没透过来，风又来了，没头没脸包住她———一阵凉一阵热，她只是流着眼泪。

玻璃窗的上角隐隐约约反映出弄堂里一个巡警的缩小的影子，晃着膀子踱过去。一辆黄包车静静在巡警身上辗过。小孩把袍子掖在裤腰里，一路踢着球，奔出玻璃的边缘。绿色的邮差骑着自行车，复印在巡警身上，一溜烟掠过。都是些鬼，多年前的鬼，多年后的没投胎的鬼……什么是真的？什么是假的？

过了秋天又是冬天，七巧与现实失去了接触。虽然一样的使性子，打丫头，换厨子，总有些失魂落魄的。她哥哥嫂子到上海来探望了她两次，住不上十来天，末了永远是给她絮叨得站不住脚，然而临走的时候她也没有少给他们东西。她侄子曹春熹上城来找事，耽搁在她家里。那春熹虽是个浑头浑脑的年轻人，却也本本分分的。七巧的儿子长白，女儿长安，年纪到了十三四岁，只因身材瘦小，看上去才只七八岁的光景。在年下，一个穿着品蓝摹本缎棉袍，一个穿着葱绿遍地锦棉袍，衣服太厚了，直挺挺撑开了两臂，一般都是薄薄的两张白脸，并排站着，纸糊的人儿似的。这一天午饭后，七巧还没起身，那曹春熹陪着他兄妹俩掷骰子，长安把压岁钱输光了，还不肯歇手。长白把桌上的铜板一搂，笑道："不跟你来了。"长安道："我们用糖莲子来赌。"春熹道："糖莲子揣在口袋里，看脏了衣服。"长安道："用瓜子也好，柜顶上就有一罐。"便搬过一张茶几来，踩了椅子爬上去拿。慌得春熹叫道："安姐儿你可别摔交，回头我担不了这干系！"正说着，只见长安猛可里向后一仰，若不是春熹扶住了，早是个倒栽葱。长白在旁拍手大笑，春熹嘟嘟囔囔骂着，也撑不住要笑，三人笑成一片。春熹将她抱下地来，忽然从那红木大橱的穿衣镜里瞥见七巧蓬着头叉着腰站在门口，不觉一怔，连忙放下了长安，回身道："姑妈起来了。"七巧汹汹奔了过来，将长安向自己身后一推，长安立脚不稳，跌了一交。七巧只顾将身子挡住了她，向春熹厉声道："我把你这狼心狗肺的东西！我三茶六饭款待你这狼心狗肺的东西，什么地方亏待了你，你欺负我女儿？你那狼心狗肺，你道我揣摩不出么？你别以为你教坏了我女儿，我就不能不捏着鼻子把她许配给你，你好霸占我们的家产！我看你这浑蛋，也还想不出这等主意来，敢情是你爹娘把着手儿教的！那两个狼心狗肺忘恩负义的老浑蛋！齐了心想我的钱，一计不成，又生一计！"春熹气得白瞪眼，欲待分辩，七巧道："你还有脸顶撞我！你还不给我快滚，别等我乱棒打出去！"说着，把儿女们推推撞撞送了出去，自己也喘吁吁扶着个丫头走了。春熹究竟年纪轻火性大，赌气卷了铺盖，顿时离了姜家的门。

七巧回到起坐间里，在烟榻上躺下了。屋里暗昏昏的，拉上了丝绒窗帘。时而窗户缝里漏了风进来，帘子动了，方在那墨绿小绒球底下毛茸茸地看见一点天色，除此只有烟灯和烧红的火炉的微光。长安吃了吓，呆呆坐在火炉边一张小凳上。七巧道："你过来。"长安只道是要打，只是延挨着，搭讪把火炉边的洋铁围屏上晾着的小红格子法布衬衫翻了一翻，道："快烤糊了。"衬衫发出热烘烘的毛气。

七巧却不像要责打她的光景，只数落了一番，道："你今年过了年也有十三岁了，也该放明白些。表哥虽不是外人，天下的男子都是一样混帐。你自己要晓得当心，谁不想你的钱？"一阵风过，窗帘上的绒球与绒球之间露出白色的寒天，屋子里暖热的黑暗给打上了一排小洞。烟灯的火焰往下一挫，七巧脸上的影子仿佛更深了一层。她突然坐起身来，低声道："男人……碰都碰不得！谁不想你的钱？你娘这几个钱不是容易得来的，也不是容易守得住。轮到你们手里，我可不能眼睁睁看着你们上人的当——叫你以后提防着些，你听见了没有？"长安垂着头道："听见了。"

七巧的一只脚有点麻，她探身去捏一捏她的脚。仅仅是一刹那，她眼睛里蠢动着一点温柔的回忆。她记起了想她的钱的一个男人。

她的脚是缠过的，尖尖的缎鞋里塞了棉花，装成半大的文明脚。她瞧着那双脚，心里一动，冷笑一声道："你嘴里尽管答应着，我怎么知道你心里是明白还是糊涂？你人也有这么大了，又是一双大脚，哪里去不得？我就是管得住你，也没那个精神成天看着你。按说你今年十三了，裹脚已经嫌晚了，原怪我耽误了你。马上这就替你裹起来，也还来得及。"长安一时答不出话来，倒是旁边的老妈子们笑道："如今小脚不时兴了，只怕将来给姐儿定亲的时候麻烦。"七巧道："没的扯淡！我不愁我的女儿没人要，不劳你们替我担心！真没人要，养活她一辈子，我也还养得起！"当真替长安裹起脚来，痛得长安鬼哭神号的。这时连姜家这样守旧的人家，缠过脚的也都已经放了脚了，别说是没缠过的，因此都拿长安的脚传作笑话奇谈。裹了一年多，七巧一时的兴致过去了，以经亲戚们劝着，也就渐渐放松了，然而长安的脚可不能完全恢复原状了。

姜家大房三房里的儿女都进了洋学堂读书，七巧处处存心跟他们比赛着，便也要送长白去投考。长白除了打小牌之外，只喜欢跑跑票房，正在那里朝夕用功吊嗓子，只怕进学校要耽搁了他的功课，便不肯去。七巧无奈，只得把长安送到沪范女中，托人说了情，插班进去。长安换上了蓝爱国布的校服，不上半年，脸色也红润了，胳膊腿腕也粗了一圈。住读的学生洗换衣服，照例是送学校里包着的洗衣房里去的。长安记不清自己的号码，往往失落了枕套手帕种种零件。七巧便闹着说要去找校长说话。这一天放假回家，检点了一下，又发现有一条褥单是丢了。七巧暴跳如雷，准备明天亲自上学校去大兴问罪之师。长安着了急，拦阻了一声，七巧便骂道：“天生的败家精，拿你娘的钱不当钱。你娘的钱是容易得来的？——将来你出嫁，你看我有什么陪送给你！——给也是白给！”长安不敢做声，却哭了一晚上。她不能在她的同学跟前丢这个脸。对于十四岁的人，那似乎有天大的重要。她母亲去闹这一场，她以后拿什么脸去见人？她宁死也不到学校里去了。她的朋友们，她所喜欢的音乐教员，不久就会忘记了有这么一个女孩子，来了半年，又无缘无故悄悄地走了。走得干净，她觉得她这牺牲是一个美丽的，苍凉的手势。

半夜里她爬下床来，伸手到窗外去试试，漆黑的，是下了雨么？没有雨点。她从枕头过摸出一只口琴，半蹲半坐在地上，偷偷吹了起来。犹疑地，“Long，Long，Ago”的细小的调子在庞大的夜里袅袅漾开。不能让人听见了。为了竭力按捺着，那呜呜的口琴忽断忽续，如同婴儿的哭泣。她接不上气来，歇了半晌，窗格子里，月亮从云里出来了。墨灰的天，几点疏星，模糊的缺月，像石印的图画，下面白云蒸腾，树顶上透出街灯淡淡的圆光。长安又吹起口琴来。“告诉我那故事，往日我最心爱的那故事，许久以前，许久以前……”

第二天她大着胆子告诉她母亲：“娘，我不想念下去了。”七巧睁着眼道：“为什么？”长安道：“功课跟不上，吃的也太苦了，我过不惯。”七巧脱下一只鞋来，顺手将鞋底抽了她一下，恨道：“你爹不如人，你也不如人？养下你来又不是个十不全，就不肯替我争口气！”长安反剪着一双手，垂着眼睛，只是不言语。旁边老妈子们便劝道：“姐儿也大了，学堂里人杂，的确有些不方便。其实不去也罢了。”七巧沉吟道：“学费总得想法子拿回来。白便宜了他们不成？”便要领了长安一同去索讨，长安抵死不肯去，七巧带着两个老妈子去了一趟回来了，据她自己铺叙，钱虽然没收回来，却也着实羞辱了那校长一场。长安以后在街上遇着了同学，脸上红一阵白一阵，无地自容，只得装做不看见，急急走了过去。朋友寄了信来，她拆也不敢拆，原封退了回去。她的学校生活就此告一结束。

有时她也觉得牺牲得有点不值得，暗自懊悔着，然而也来不及挽回了。她渐渐放弃了一切上进的思想，安分守己起来。她学会了挑是非，使小坏，干涉家里的行政。她不时地跟母亲怄气，可是她的言谈举止越来越像她母亲了。每逢她单叉着裤子，撑开了两腿坐着，两只手按在胯间露出的凳子上，歪着头，下巴搁在心口上凄凄惨惨瞅住了对面的人说道："一家有一家的苦处呀，表嫂———一家有一家的苦处!"———谁都说她是活脱的一个七巧。她打了一根辫子，眉眼的紧俏有似当年的七巧，可是她的小小的嘴过于瘪进去，仿佛显老一点。她再年轻些也不过是一棵较嫩的雪里红———盐腌过的。

也有人来替她做媒。若是家境推板一点的，七巧总疑心人家是贪她们的钱。若是那有财有势的，对方却又不十分热心，长安不过是中等姿色，她母亲出身既低，又有个不贤惠的名声，想必没有什么家教。因此高不成，低不就，一年一年耽搁了下去。那长白的婚事却不容耽搁。长白在外面赌钱，捧女戏子，七巧还没甚话说，后来渐渐跟着他三叔姜季泽逛起窑子来，七巧方才着了慌，手忙脚乱替他定亲，娶了一个袁家的小姐，小名芝寿。

行的是半新式的婚礼，红色盖头是蠲免了，新娘戴着蓝眼镜，粉红喜纱，穿着粉红彩绣裙袄。进了洞房，除去了眼镜，低着头坐在湖色帐幔里。闹新房的人围着打趣，七巧只看了一看便出来了。长安在门口赶上了她，悄悄笑道："皮色倒白净，就是嘴唇太厚了些。"七巧把手撑着门，拔下一只金挖耳来搔搔头，冷笑道："还说呢！你新嫂子这两片嘴唇，切切倒有一大碟子!"旁边一个太太便道："说是嘴唇厚的人天性厚哇!"七巧哼了一声，将金挖耳指住了那太太，倒剔起一只眉毛，歪着嘴微微一笑道："天性厚，并不是什么好话。当着姑娘们，我也不便多说———但愿咱们白哥儿这条命别送在她手里!"七巧天生着一副高爽的喉咙，现在因为苍老了些，不那么尖了，可是扁扁的依旧四面刮得人疼痛，像剃刀片。这两句话，说响不响，说轻也不轻。人丛里的新娘子的平板的脸与胸震了一震———多半是龙凤烛的火光的跳动。

三朝过后，七巧嫌新娘子笨，诸事不如意，每每向亲戚们诉说着。便有人劝道："少奶奶年纪轻，二嫂少不得要费点心教导教导她。谁叫这孩子没心眼儿呢!"七巧啐道："你别瞧咱们新少奶奶老实呀———一见了白哥儿，她就得去上马桶！真的！你信不信？"这话传到芝寿耳朵里，急得芝寿只待寻死。然而这还是没满月的时候，七巧还顾些脸面，后来索性这一类的话当着芝寿的面也说了起来，芝寿哭也不是，笑也不是，若是木着脸装不听见，七巧便一拍桌子嗟叹起来道："在儿子媳妇手里吃口饭，可真不容易！动不动就给人脸子看！"

这天晚上，七巧躺着抽烟，长白盘踞在烟铺跟前的一张沙发椅上嗑瓜子，无线电里正唱着一出冷戏，他捧着戏考，一个字一个字跟着哼，哼上了劲，甩过一条腿去骑在椅背上，来回摇着打拍子。七巧伸过脚去踢了他一下道："白哥儿你来替我装两筒。"长白道："现放着烧烟的，偏要支使我！我手上有蜜是怎么着？"说着，伸了个懒腰，慢腾腾移身坐到烟灯前的小凳上，卷起了袖子。七巧笑道："我把你这不孝的奴才！支使你，是抬举你！"眯缝着眼望着他，这些年来她的生命里只有这一个男人，只有他，她不怕他想她的钱——横竖钱都是他的。可是，因为他是她的儿子，他这一个人还抵不了半个……现在，就连这半个人她也保留不住——他娶了亲。他是个瘦小白皙的年轻人，背有点驼，戴着金丝眼镜，有着工细的五官，时常茫然地微笑着，张着嘴，嘴里闪闪发着光的不知道是太多的唾沫水还是他的金牙。他敞着衣领，露出里面的珠羔里子和白小褂。七巧把一只脚搁在他肩膀上，不住的轻轻踢着他的脖子，低声道："我把你这不孝的奴才！打几时起变得这么不孝了？"长安在旁笑道："娶了媳妇忘了娘吗！"七巧道："少胡说！我们白哥儿倒不是那门样的人！我也养不出那门样的儿子！"长白只是笑。七巧斜着眼看定了他，笑道："你若还是我从前的白哥儿，你今儿替我烧一夜的烟！"长白笑道："那可难不倒我！"七巧道："吨着了，看我捶你！"

起坐间的帘子撤下送去洗濯了。隔着玻璃窗望出去，影影绰绰乌云里有个月亮，一搭黑，一搭白，像个戏剧化的狰狞的脸谱。一点，一点，月亮缓缓的从云里出来了，黑云底下透出一线炯炯的光，是面具底下的眼睛。天是无底洞的深青色。久已过了午夜了。长安早去睡了，长白打着烟泡，也前仰后合起来。七巧斟了杯浓茶给他，两人吃着蜜饯糖果，讨论着东邻西舍的隐私。七巧忽然含笑问道："白哥儿你说，你媳妇儿好不好？"长白笑道："这有什么可说的？"七巧道："没有可批评的，想必是好的了？"长白笑着不做声。七巧道："好，也有个怎么个好呀！"长白道"谁说她好来着？"七巧道："她不好？哪一点不好？说给娘听。"长白起初只是含糊对答，禁不起七巧再三盘问，只得吐露一二。旁边递茶递水的老妈子们都背过脸去笑得格格的，丫头们都掩着嘴忍着笑回避出去了。七巧又是咬牙，又是笑，又是喃喃咒骂，卸下烟斗来狠命磕里面的灰，敲得托托一片响。长白说溜了嘴，止不住要说下去，足足说了一夜。

次日清晨，七巧吩咐老妈子取过两床毯子来打发哥儿在烟榻上睡觉。这时芝寿也已经起了身，过来请安。七巧一夜没合眼，却是精神百倍，邀了几家女眷来打牌，亲家母也在内。在麻将桌上一五一十将她儿子亲口招供的她媳妇的秘密宣布了出来，略加渲染，越发有声有色。众人竭力地打岔，然而说不上两句闲话，七巧笑嘻嘻地转了个弯，又回到她媳妇身上来了。逼得芝寿的母亲脸皮紫涨，也无颜再见女儿，放下牌，乘了包车回去了。七巧接连着教长白为她烧了两晚上的烟。芝寿直挺挺躺在床上，搁在肋骨上的两只手蜷曲着像死去的鸡的脚爪。她知道她婆婆又在那里盘问她丈夫，她知道她丈夫又在那里叙说一些什么事，可是天知道他还有什么新鲜的可说！明天他又该涎着脸到她跟前来了。也许他早料到她会把满腔的怨毒都结在他身上，就算她没本领跟他拼命，至不济也得质问他几句，闹上一场。多半他准备先声夺人，借酒盖住了脸，找点碴子，摔上两件东西。她知道他的脾气。末后他会坐到床沿上来，耸起肩膀，伸手到白绸小褂里面去抓痒，出人意料之外地一笑。他的金丝眼镜上抖动着一点光，他嘴里抖动着一点光，不知道是唾沫还是金牙。他摘去了他的眼镜。……芝寿猛然坐起身来，哗啦揭开了帐子，这是个疯狂的世界。丈夫不像个丈夫，婆婆也不像个婆婆。不是他们疯了，就是她疯了。今天晚上的月亮比哪一天都好，高高的一轮满月，万里无云，像是漆黑的天上一个白太阳。遍地的蓝影子，帐顶上也是蓝影子，她的一双脚也在那死寂的蓝影子里。

芝寿待要挂起帐子来，伸手去摸索帐钩，一只手臂吊在那铜钩上，脸偎住了肩膀，不由得就抽噎起来。帐子自动地放了下来。昏暗的帐子里除了她之外没有别人，然而她还是吃了一惊，仓皇地再度挂起了帐子。窗外还是那使人汗毛凛凛的反常的明月——漆黑的天上一个灼灼的小而白的太阳。屋里看得分明那玫瑰紫绣花椅披桌布，大红平金五凤齐飞的围屏，水红软缎对联，绣着盘花篆字。梳妆台上红绿丝网络着银粉缸，银漱盂，银花瓶，里面满满盛着喜果。帐檐上垂下五彩攒金绕绒花球，花盆，如意粽子，下面滴溜溜坠着指头大的琉璃珠和尺来长的桃红穗子。偌大一间房里充塞着箱笼，被褥，铺陈，不见得她就找不出一条汗巾子来上吊。她又倒到床上去。月光里，她的脚没有一点血色——青，绿，紫，冷去的尸身的颜色。她想死，她想死。她怕这月亮光，又不敢开灯。明天她婆婆说："白哥儿给我多烧了两口烟，害得我们少奶奶一宿没睡觉，半夜三更点着灯等他回来——少不了他吗！"芝寿的眼泪顺着枕头不停地流，她不用手帕去擦眼睛，擦肿了，她婆婆又该说了："白哥儿一晚上没回房去睡，少奶奶就把眼睛哭得桃儿似的！"

七巧虽然把儿子媳妇描摹成这样热情的一对，长白对于芝寿却不甚中意，芝寿也把长白恨得牙痒痒的。夫妻不和，长白渐渐又往花街柳巷里走动。七巧把一个丫头绢儿给了他做小，还是牢笼不住他。七巧又变着方儿哄他吃烟。长白一向就喜欢玩两口，只是没上瘾，现在吸得多了，也就收了心不大往外跑了，只在家守着母亲与新姨太太。

他妹子长安二十四岁那年生了痢疾，七巧不替她延医服药，只劝她抽两筒鸦片，果然减轻了不少痛苦，病愈之后，也就上了瘾。那长安更与长白不同，未出阁的小姐，没有其它的消遣，一心一意的抽烟，抽的倒比长白还要多。也有人劝阻，七巧道："怕什么！莫说我们姜家还吃得起，就是我今天卖了两顷地给他们姐儿俩抽烟，又有谁敢放半个屁？姑娘赶明儿聘了人家，少不得有她这一份嫁妆。她吃自己的，喝自己的，姑爷就是舍不得，也只好干望着她罢了！"

话虽如此说，长安的婚事毕竟受了点影响。来做媒的本就不十分踊跃，如今竟绝迹了。长安到了近三十的时候，七巧见女儿注定了是要做老姑娘的了，便又换了一种论调，道："自己长得不好，嫁不掉，还怨我做娘的耽搁了她！成天挂搭着个脸，倒像我该她二百钱似的。我留她在家里吃一碗闲茶闲饭，可没打算留她在家里给我气受！"

姜季泽的女儿长馨过二十岁生日，长安去给她堂房妹子拜寿。那姜季泽虽然穷了，幸喜他交游广阔，手里还算兜得转。长馨背地里向她母亲道："妈想法子给安姐姐介绍个朋友罢，瞧她怪可怜的。还没提起家里的情形，眼圈儿就红了。"兰仙慌忙摇手道："罢！罢！这个媒我不敢做！你二妈那脾气是好惹的？"长馨年少好事，哪里理会得？歇了些时，偶然与同学们说起这件事，恰巧那同学有个表叔新从德国留学回来，也是北方人，仔细攀认起来，与姜家还沾着点老亲。那人名唤童世舫，叙起来比长安略大几岁。长馨竟自作主张，安排了一切，由那同学的母亲出面请客。长安这边瞒得家里铁桶相似。

　　七巧身子一向硬朗，只因她媳妇芝寿得了肺痨，七巧嫌她乔张做致，吃这个，吃那个，累又累不得，比寻常似乎多享了一些福，自己一赌气便也病了。起初不过是气虚血亏，却也将合家支使得团团转，哪儿还能够兼顾到芝寿？后来七巧认真得了病，卧床不起，越发鸡犬不宁。长安乘乱里便走开了，把裁缝唤到她三叔家里，由长馨出主意替她制了新装。赴宴的那天晚上，长馨先陪她到理发店去用钳子烫了头发，从天庭到鬓角一路密密贴着细小的发圈。耳朵上戴了二寸来长的玻璃翠宝塔坠子，又换上了苹果绿乔琪纱旗袍，高领圈，荷叶边袖子，腰以下是半西式的百褶裙。一个小大姐蹲在地上为她扣揿钮，长安在穿衣镜里端详着自己，忍不住将两臂虚虚地一伸，裙子一踢，摆了个葡萄仙子的姿势，一扭头笑了起来道："把我打扮得天女散花似的！"长馨在镜子里向那小大姐做了个媚眼，两人不约而同也都笑了起来。长安妆罢，便向高椅上端端正正坐下了。长馨道："我去打电话叫车。"长安道："还早呢！"长馨看了看表道："约的是八点，已经八点过五分了。"长安道："晚个半个钟头，想必也不碍事。"长馨猜她是存心要搭点架子，心中又好气又好笑，打开银丝手提包来检点了一下，借口说忘了带粉镜子，径自走到她母亲屋里来，如此这般告诉了一遍，又道："今儿又不是姓童的请客，她这架子是冲着谁搭的？我也懒得去劝她，由她挨到明儿早上去，也不干我事。"兰仙道："瞧你这糊涂！人是你约的，媒是你做的，你怎么卸得了这干系？我埋怨过你多少回了——你早该知道了，安姐儿就跟她娘一样的小家子气，不上台盘。待会儿出乖露丑的，说起来是你姐姐，你丢人也是活该，谁叫你把这些是是非非，揽上身来，敢是闲疯了？"长馨咕嘟着嘴在她母亲屋里坐了半晌，兰仙笑道："看这情形，你姐姐是等着人催请呢。"长馨道："我才不去催她呢！"兰仙道："傻丫头，要你催，中什么用？她等着那边来电话哪！"长馨失声笑道："又不是新娘子，要三请四催的，逼着上轿！"兰仙道："好歹你打个电话到饭店里去，叫他们打个电话来，不就结了？快九点了，再挨下去，事情可真要崩了！"长馨只得依言做去，这边方才动了身。

　　长安在汽车里还是兴兴头头，谈笑风生的，到菜馆子里，突然矜持起来，跟在长馨后面，悄悄掩进了房间，怯怯地褪去了苹果绿鸵鸟毛斗篷，低头端坐，拈了一只杏仁，每隔两分钟轻轻啃去了十分之一，缓缓咀嚼着。她是为了被看而来的。她觉得她浑身的装束，无懈可击，任凭人家多看两眼也不妨事，可是她的身体完全是多余的，缩也没处缩。她始终缄默着，吃完了一顿饭。等着上甜菜的时候，长馨把她拉到窗子跟前去观看街景，又托故走开了，那童世舫便踱到窗前，问道："姜小姐这儿来过么？"长安细声道："没有。"童世舫道："我也是第一次。菜倒是不坏，可是我还是吃不大惯。"长安道："吃不惯？"世舫道："可不是！外国菜比较清淡些，中国菜要油腻得多。刚回来，连着几天亲戚朋友们接风，很容易的就吃坏了肚子。"长安反复地看她的手指，仿佛一心一意要数数一共有几个指纹是螺形的，几个是畚箕……

　　玻璃窗上面，没来由开了小小的一朵霓虹灯的花——对过一家店面里反映过来的，绿心红瓣，是尼罗河祀神的莲花，又是法国王室的百合徽章……世舫多年没见过故国的姑娘，觉得长安很有点楚楚可怜的韵致，倒有几分喜欢。他留学以前早就定了亲，只因他爱上了一个女同学，抵死反对家里的亲事，路远迢迢，打了无数的笔墨官司，几乎闹翻了脸，他父母曾经一度断绝了他的接济，使他吃了不少的苦，方才依了他，解了约。不幸他的女同学别有所恋，抛下了他，他失意之余，倒埋头读了七八年的书。他深信妻子还是旧式的好，也是由于反应作用。和长安见了这一面之后，两下里都有了意。长馨想着送佛送到西天，自己再热心些，也没有资格出来向长安的母亲说话，只得央及兰仙。兰仙执意不肯道："你又不是不知道，你爹跟你二妈仇人似的，向来是不见面的。我虽然没跟她红过脸，再好些也有限。何苦去自讨没趣？"长安见了兰仙，只是垂泪，兰仙却不过情面，只得答应去走一遭。妯娌相见，问候了一番，兰仙便说明了来意。七巧初听见了，倒也欣然，因道："那就拜托了三妹妹罢！我病病哼哼的，也管不得了，偏劳了三妹妹。这丫头就是我的一块心病。我做娘的也不能说是对不起她了，行的是老法规矩，我替她裹脚，行的是新派规矩，我送她上学堂——还要怎么着？照我这样扒心扒肝调理出来的人，只要她不疤不麻不瞎，还会没人要吗？怎奈这丫头天生的是扶不起的阿斗，恨得我只嚷嚷：多咱我一闭眼去了，男婚女嫁，听天由命罢！"

　　当下议妥了，由兰仙请客，两方面相亲。长安与童世舫只做没见过面模样，又会晤了一次。七巧病在床上，没有出场，因此长安便风平浪静的订了婚。在筵席上，兰仙与长馨强行拉着长安的手，递到童世舫手里，世舫当众替她套上了戒指。女家也回了礼，文房四宝虽然免了，却用新式的丝绒文具盒来代替，又添上了一只手表。

　　订婚之后，长安遮遮掩掩竟和世舫单独出去了几次。晒着秋天的太阳，两人并排在公园里走着，很少说话，眼角里带着一点对方的衣服与移动着的脚，女子的粉香，男子的淡巴菰气，这单纯而可爱的印象便是他们身边的栏杆，栏杆把他们与众人隔开了。空旷的绿草地上，许多人跑着，笑着，谈着，可是他们走的是寂寂的绮丽的回廊——走不完的寂寂的回廊。不说话，长安并不感到任何缺陷。她以为新式的男女间的交际也就"尽于此矣"。童世舫呢，因为过去的痛苦的经验，对于思想的交换根本抱着怀疑的态度。有个人在身边，他也就满足了。从前，他顶讨厌小说上的男人，向女人要求同居的时候，只说："请给我一点安慰。"安慰是纯粹精神上的，这里却做了肉欲的代名词。但是他现在知道精神与物质的界限不能分得这么清。言语究竟没有用。久久的握着手，就是较妥贴的安慰，因为会说话的人很少，真正有话说的人还要少。有时在公园里遇着了雨，长安撑起了伞，世舫为她擎着。隔着半透明的蓝绸伞，千万粒雨珠闪着光，像一天的星。一天的星到处跟着他们，在水珠银烂的车窗上，汽车驰过了红灯，绿灯，窗子外营营飞着一窠红的星，又是一窠绿的星。

　　长安带了点星光下的乱梦回家来，人变得异常沉默了，时时微笑着。七巧见了，不由得有气，便冷言冷语道："这些年来，多多怠慢了姑娘，不怪姑娘难得开个笑脸。这下子跳出了姜家的门，趁了心愿了，再快活些，可也别这么摆在脸上呀——叫人寒心！"依着长安素日的性子，就要回嘴，无如长安近来像换了个人似的，听了也不计较，自顾自努力去戒烟。七巧也奈何她不得。长安订婚那天，大奶奶玳珍没去，隔了些天来补道喜。七巧悄悄唤了声大嫂，道："我看咱们还得在外头打听打听哩，这事可冒失不得！前天我耳朵里仿佛刮着一点，说是乡下有太太，外洋还有一个。"玳珍道："乡下的那个没过门就退了亲。外洋那个也是这样，说是做了几年的朋友了，不知怎么又没成功。"七巧道："哪还有个为什么？男人的心，说声变，就变了。他连三媒六聘的还不认帐，何况那不三不四的歪辣货？知道他在外洋还有旁人没有？我就只这一个女儿，可不能糊里糊涂断送了她的终身，我自己是吃过媒人的苦的！"

　　长安坐在一旁用指甲去掐手掌心，手掌心掐红了，指甲却挣得雪白。七巧一抬眼望见了她，便骂道："死不要脸的丫头，竖着耳朵听呢！这话是你听得的么？我们做姑娘的时候，一声提起婆婆家，来不迭地躲开了。你姜家柱为世代书香，只怕你还要到你开麻油店的外婆家去学点规矩哩！"长安一头哭一头奔了出去。七巧拍着枕头嗳了一声道："姑娘急着要嫁，叫我也没法子。腥的臭的往家里拉。名为是她三婶给找的人，其实不过是拿她三婶做个幌子。多半是生米煮成了熟饭，这才挽了三婶出来做媒。大家齐打伙儿糊弄我一个人……糊弄着也好！说穿了，叫做娘的做哥哥的脸往哪儿去放？"

又一天，长安托辞溜了出去，回来的时候，不等七巧查问，待要报告自己的行踪，七巧叱道："得了，得了，少说两句罢！在我面前糊什么鬼？有朝一日你让我抓着了真凭实据——哼！别以为你大了，订了亲了，我打不得你了！"长安急了道："我给馨妹妹送鞋样子去，犯了什么法了，娘不信，娘问三婶去！'七巧道："你三婶替你寻了汉子来，就是你的重生父母，再养爹娘！也没见你这样的轻骨头！……一转眼就不见你的人了。你家里供养了你这些年，就只差买个小厮来伺候你，哪一处对你不住了，你在家里一刻也坐不稳？"长安红了脸，眼泪直掉下来。七巧缓过一口气来，又道："当初多少好的都不要，这会子去嫁个不成器的，人家拣剩下来的，岂不是自己打嘴？他若是个人，怎么活到三十来岁，飘洋过海的，跑上十万里地，一房老婆还没弄到手？"

然而长安一味的执迷不悟。因为双方的年纪都不小了，订了婚不上几个月，男方便托了兰仙来议定婚期。七巧指着长安道："早不嫁，迟不嫁，偏赶着这两年钱不凑手！明年若是田上收成好些，嫁妆也还整齐些。"兰仙道："如今新式结婚，倒也不讲究这些了。就照新派办法，省着点也好。"七巧道："什么新派旧派？旧派无非排场大些，新派实惠些，一样还是娘家的晦气！"兰仙道："二嫂看着办就是了，难道安姐儿还会争多论少不成？"一屋子的人全笑了，长安也不觉微微一笑。七巧破口骂道："不害臊！你是肚子里有了搁不住的东西是怎么着？火烧眉毛，等不及的要过门！嫁妆也不要了——你情愿，人家倒许不情愿呢？你就拿准了他是图你的人？你好不自量，你有哪一点叫人看得上眼？趁早别自骗自了！姓童的还不是看上了姜家的门第！别瞧你们家轰轰烈烈，公侯将相的，其实全不是那么回事！早就是外强中干，这两年连空架子也撑不起了。人呢，一代坏似一代，眼里哪儿还有天地君亲？少爷们是什么都不懂，小姐们就知道霸钱要男人——猪狗都不如！我娘家当初千不该万不该跟姜家结了亲，坑了我一世，我待要告诉那姓童的趁早别像我似的上了当！"

自从吵闹过这一番，兰仙对于这头亲事便洗手不管了。七巧的病渐渐痊愈，略略下床走动，便逐日骑着门坐着，遥遥的向长安屋里叫喊道：
"你要野男人你尽管去战，只别把他带上门来认我做丈母娘，活活的气死
了我！我只图个眼不见，心不烦。能够容我多活两年，便是姑娘的恩典
了！"颠来倒去几句话，嚷得一条街上都听得见。亲戚丛中自然更将这事
沸沸扬扬传了开去。七巧又把长安唤到跟前，忽然滴下泪来道："我的
儿，你知道外头人把你怎么长怎么短糟踏得一个钱也不值！你娘自从嫁到
姜家来，上上下下谁不是势利的，狗眼看人低，明里暗里我不知受了他们
多少气。就连你爹，他有什么好处到我身上，我要替他守寡？我千辛万苦
守了这二十年，无非是指望你姐儿俩长大成人，替我争回一点面子来，不
承望今日之下，只落得这等的收场！"说着，呜咽起来。

长安听了这话，如同轰雷掣顶一般。她娘尽管把她说得不成人，外头
人尽管把她说得不成人。她管不了这许多。唯有童世舫——他——他该怎
么想？他还要她么？上次见面的时候，他的态度有点改变么？很难说……
她太快乐了，小小的不同的地方她不会注意到……被戒烟期间身体上的痛
苦与这种种刺激两面夹攻着，长安早就有点受不了，可是硬撑着也就撑了
过去，现在她突然觉得浑身的骨骼都脱了节。向他解释么？他不比她的哥
哥，他不是她母亲的儿女，他决不能彻底明白她母亲的为人。他果真一辈
子见不到她母亲，倒也罢了，可是他迟早要认识七巧。这是天长地久的
事，只有千年做贼的，没有千年防贼的——她知道她母亲会放出什么手段
来？迟早要出乱子，迟早要决裂。这是她的生命里顶完美的一段，与其让
别人给它加上一个不堪的尾巴，不如她自己早早结束了它。一个美丽而苍
凉的手势……她知道她会懊悔的，她知道她会懊悔的，然而她抬了抬眉
毛，做出不介意的样子，说道："既然娘不愿意结这头亲，我去回掉他们
就是了。"七巧正哭着，忽然住了声，停了一停，又抽搭抽搭哭了起来。

长安定了一定神，就去打了个电话给童世舫，世舫当天没有空，约了
明天下午。长安所最怕的就是中间隔的这一晚，一分钟，一刻，一刻，啃
进她心里去。次日，在公园里的老地方，世舫微笑着迎上前来，没跟她打
招呼——这在他是一种亲昵的表示。他今天仿佛是特别的注意她，并肩走
着的时候，屡屡地望着她的脸。太阳煌煌的照着，长安越发觉得眼皮肿得
抬不起来了，趁他不在看她的时候把话说了罢。她用哭哑的喉咙轻轻唤了
一声"童先生"。世舫没听见。那么，趁他看她的时候把话说了罢。她诧
异她脸上还带着点笑，小声道："童先生，我想——我们的事也许还

是——还是再说罢。对不起得很。"她褪下戒指来塞在他手里，冷涩的戒指，冷湿的手。她放快了步子走去，他愣了一会，便追上来，回道："为什么呢？对于我有不满意的地方么？"长安笔直向前望着，摇了摇头。世舫道："那么，为什么呢？"长安道："我母亲……"世舫道："你母亲并没有看见过我。"长安道："我告诉过你了，不是因为你。与你完全没有关系。我母亲……"世舫站定了脚。这在中国是很充分的理由了罢？他这么略一踌躇，她已经走远了。园子在深秋的日头里晒了一上午又一下午，像烂熟的水果一般，往下坠着，坠着，发出香味来。长安悠悠忽忽听见了口琴的声音，迟钝地吹出了"Long, Long, Ago"——"告诉我那故事，往日我最心爱的那故事。许久以前，许久以前……"这是现在，一转眼也就变了许久以前了，什么都完了。长安着了魔似的，去找那吹口琴的人——去找她自己。迎着阳光走着，走到树底下，一个穿着黄短裤的男孩骑在树桠枝上颠颠着，吹着口琴，可是他吹的是另一个调子，她从来没听见过的。不大的一棵树，稀稀朗朗的梧桐叶在太阳里摇着像金的铃铛。长安仰面看着，眼前一阵黑，像骤雨似的，泪珠一串串的披了一脸。世舫找到了她，在她身边悄悄站了半晌，方道："我尊重你的意见。"长安举起了她的皮包来遮住了脸上的阳光。

他们继续来往了一些时。世舫要表示新人物交女朋友的目的不仅限于择偶，因此虽然与长安解除了婚约，依旧常常的邀她出去。至于长安呢，她是抱着什么样的矛盾的希望跟着他出去，她自己也不知道——知道了也不肯承认。订着婚的时候，光明正大的一同出去，尚且要瞒了家里，如今更成了幽期密约了。世舫的态度始终是坦然的。固然，她略略伤害了他的自尊心，同时他对于她多少也有点惋惜，然而"大丈夫何患无妻？"男子对于女子最隆重的赞美是求婚。他割舍了他的自由，送了她这一份厚礼，虽然她是"心领璧还"了，他可是尽了他的心。这是惠而不费的事。

无论两人之间的关系是怎样的微妙而尴尬，他们认真的做起朋友来了。他们甚至谈起话来。长安的没见过世面的话每每使世舫笑起来，说："你这人真有意思！"长安渐渐的也发现了她自己原来是个"很有意思"的人。这样下去，事情会发展到什么地步，连世舫自己也会惊奇。

然而风声吹到了七巧耳朵里。七巧背着长安吩咐长白下帖子请童世舫吃便饭。世舫猜着姜家是要警告他一声，不准他和他们小姐藕断丝连，可是他同长白在那阴森高敞的餐室里吃了两盅酒，说了一回话，天气，时局，风土人情，并没有一个字沾到长安身上，冷盘撤了下去，长白突然手按着桌子站了起来。世舫回过头去，只见门口背着光立着一个小身材的老太太，脸看不清楚，穿一件青灰团龙宫织缎袍，双手捧着大红热水袋，身旁夹峙着两个高大的女仆。门外日色昏黄，楼梯上铺着湖绿花格子漆布地衣，一级一级上去，通入没有光的所在。世舫直觉地感到那是个疯人——无缘无故的，他只是毛骨悚然。长白介绍道："这就是家母。"

世舫挪开椅子站起来，鞠了一躬。七巧将手搭在一个佣妇的胳膊上，款款走了进来，客套了几句，坐下来便敬酒让菜。长白道："妹妹呢？来了客，也不帮着张罗张罗。"七巧道："她再抽两筒就下来了。"世舫吃了一惊，睁眼望着她。七巧忙解释道："这孩子就苦在先天不足，下地就得给她喷烟。后来也是为了病，抽上了这东西。小姐家，够多不方便哪！也不是没戒过，身子又娇，又是由着性儿惯了的，说丢，哪儿就丢得掉呀？戒戒抽抽，这也有十年了。"世舫不由得变了色。七巧有一个疯子的审慎与机智。她知道，一不留心，人们就会用嘲笑的，不信任的眼光截断了她的话锋，她已经习惯了那种痛苦。她怕话说多了要被人看穿了。因此及早止住了自己，忙着添酒布菜。隔了些时，再提起长安的时候，她还是轻描淡写的把那几句话重复了一遍。她那平扁而尖利的喉咙四面割着人像剃刀片。长安悄悄地走下楼来，玄色花绣鞋与白丝袜停留在日色昏黄的楼梯上。停了一会，又上去了。一级一级，走进没有光的所在。七巧道："长白你陪童先生多喝两杯，我先上去了。"佣人端上一品锅来，又换上了新烫的竹叶青。一个丫头慌里慌张站在门口将席上伺候的小厮唤了出去，嘀咕了一会，那小厮又进来向长白附耳说了几句，长白仓皇起身，向世舫连连道歉，说："暂且失陪，我去去就来。"三脚两步也上楼去了，只剩下世舫一人独酌。那小厮也觉过意不去，低低地告诉了他："我们绢姑娘要生了。"世舫道："绢姑娘是谁？"小厮道："是少爷的姨奶奶。"世舫拿上饭来胡乱吃了两口，不便放下碗来就走，只得坐在花梨炕上等着，酒酣耳热。忽然觉得异常的委顿，便躺了下来。卷着云头的花梨炕，冰凉的黄藤心子，柚子的寒香……姨奶奶添了孩子了。这就是他所怀念着的古中国……他的幽娴贞静的中国闺秀是抽鸦片的！他坐了起来，双手托着头，感到了难堪的落寞。他取了帽子出门，向那小厮道："待会儿请你对上头说一声，改天我再面谢罢！"他穿过砖砌的天井，院子正中生着树，一树的枯枝高高印在淡青的天上，像瓷上的冰纹。长安静静的跟在他后面送了出来。她的藏青长袖旗袍上有着浅黄的雏菊。她两手交握着，脸上现出稀有的柔和。世舫回过身来道："姜小姐……'她隔得远远的站定了，只是垂着头。世舫微微鞠了一躬，转身就走了。长安觉得她是隔了相当的距离看这太阳里的庭院，从高楼上望下来，明晰，亲切，然而没有能力干涉，天井，树，曳着萧条的影子的两个人，没有话——不多的一点回忆，将来是要装在水晶瓶里双手捧着看的——她的最初也是最后的爱。芝寿直挺挺躺在床上，搁在肋骨上的两只手蜷曲着像宰了的鸡的脚爪。帐子吊起了一半。不分昼夜她不让他们给她放下帐子来。她怕。外面传进来说绢姑娘生了个小少爷。丫头丢下了热气腾腾的药罐子跑出去凑热闹了，敞着房门，一阵风吹了进来，帐钩豁朗朗乱摇，帐子自动地放了下来，然而芝寿不再抗议了。她的头向右一歪，滚到枕头外面去。她并没有死——又挨了半个月光景才死的。绢姑娘扶了正，做了芝寿的替身。扶了正不上一年就吞了生鸦片自杀了。长白不敢再娶了，只在妓院里走走。长安更是早就断了结婚的念头。

七巧似睡非睡横在烟铺上。三十年来她戴着黄金的枷。她用那沉重的枷角劈杀了几个人，没死的也送了半条命。她知道她儿子女儿恨毒了她，她婆家的人恨她，她娘家的人恨她。她摸索着腕上的翠玉镯子，徐徐将那镯子顺着骨瘦如柴的手臂往上推，一直推到腋下。她自己也不能相信她年轻的时候有过滚圆的胳膊。就连出了嫁之后几年，镯子里也只塞得进一条洋绉手帕。十八九岁做姑娘的时候，高高挽起了大镶大滚的蓝夏布衫袖，露出一双雪白的手腕，上街买菜去。喜欢她的有肉店里的朝禄，她哥哥的结拜弟兄丁玉根，张少泉，还有沈裁缝的儿子。喜欢她，也许只是喜欢跟她开开玩笑，然而如果她挑中了他们之中的一个，往后日子久了，生了孩子，男人多少对她有点真心。七巧挪了挪头底下的荷叶边小洋枕，凑上脸去揉擦了一下，那一面的一滴眼泪她就懒怠去揩拭，由它挂在腮上，渐渐自己干了。七巧过世以后，长安和长白分了家搬出来住。七巧的女儿是不难解决她自己的问题的。谣言说她和一个男子在街上一同走，停在摊子跟前，他为她买了一双吊袜带。也许她用的是她自己的钱，可是无论如何是由男子的袋里掏出来的。……当然这不过是谣言。

三十年前的月亮早已沉了下去，三十年前的人也死了，然而三十年前的故事还没完——完不了。

[提示]

张爱玲（1920—1995），原名张煐，生于上海。主要作品有短篇小说《封锁》、《心经》、《色·戒》，中篇小说《金锁记》、《沉香屑·第一炉香》、《倾城之恋》、《红玫瑰与白玫瑰》等，长篇小说《半生缘》、《怨女》等。

《金锁记》是张爱玲在 20 世纪 40 年代所著的中篇小说，原载《杂志》1943 年 12 卷 2 号至 12 卷 3 号，被文艺评论家傅雷誉为"文坛最美的收获"。作者用有限的篇幅，在三十年的光阴延展中描述了女主人公在封建社会由受害者一步步沦为变态的害人者，一段风雨无常的人生历程。主人公曹七巧因出身低微，在无爱无性的婚姻中倍受冷落甚至蔑视，在向往美好爱情的愿望落空后越发疯癫痴狂，用扭曲的人性看待病态的生活，她用自己沉重地枷锁将至亲至爱的幸福葬送，上演了一幕幕被扭曲的人性悲剧。

《金锁记》中主人公的悲剧就是时代的悲剧。在女性作为附庸的封建男权社会，她被戴上黄金的枷锁变为婚姻的奴隶，在无奈和无助中被无爱的家庭及社会所吞噬。作品以线性时间为序，首尾呼应如一部完美的电影，引人入胜。小说在选材上贴近现实生活，注重意象的营造，重视把握人物之间的复杂关系，从而揭示人物情感缺失的内心世界，将艺术融入生活，在市井气息中感受生命的虚无，在色彩斑斓的语言中渗透着孤独悲凉的格调，雅俗共赏，浑然天成。

（周雯雯）

围城（存目）

钱钟书

[提示]

钱钟书（1910—1998），原名仰先，字哲良，后改名钟书，字默存，号槐聚，曾用笔名中书君，生于江苏无锡。主要作品有散文集《写在人生边上》，小说《猫》，中短篇小说集《人·兽·鬼》，长篇小说《围城》，诗集《槐聚诗存》，另有多种学术著作。

《围城》是中国现代文学史上独具特色的讽刺小说，也是钱钟书唯一一部长篇小说。作品以1937年日本帝国主义侵略中国时期为大时代背景，主要讲述了留学归来的男主人公方鸿渐情场和职场的人生变迁。从乡绅家庭走出的青年方鸿渐是包办婚姻的"受益"者，由于未婚妻早逝得到岳父资助而留学欧洲，却带着一纸买来的博士学位证书"学成"归国。在情场上，他被鲍小姐勾引戏弄后却得到他并不欣赏的苏文纨的青睐和追求，"心里下了情种"的他后来却钟情于苏小姐的表妹唐晓芙，真正坠入爱河。可事与愿违，苏文纨出于嫉妒和报复的心理，终结了方唐二人爱的萌芽，原本有可能挽回的爱情在方鸿渐的懦弱和优柔寡断间断送。在事业上，学无所成的他也是毫无人生规划的寄生虫。先是被"准岳父"扫地出门，之后由朋友引荐，奔赴国立大学任教，而早已对爱情无所奢求的方鸿渐竟鬼使神差般与小说另一位女主角孙柔嘉走进了婚姻的"围城"。在此期间，他历经坎坷的婚姻生活，尝尽人情冷暖，纠缠于复杂的人际关系中间。"人的性格就是他的命运"，方鸿渐终因无法正视和战胜自身的弱点，最后选择回到上海，在内外交困中无法自拔。

"综览五四以来的小说作品，若论文字的精彩、生动，《围城》恐怕要数第一。"作者将辛辣幽默的讽刺运用到整部作品的写作中来，涉及社会生活的方方面面，从中国的古典诗词到古希腊的《伊索寓言》，中西方的文化意蕴兼容并蓄，与作品内容融为一体，而讽刺语言更是妙趣横生，寓意深广。小说故事情节的展开，主要围绕以男主人公方鸿渐为代表的部分知识分子，他们在学业和事业、爱情和婚姻上的种种遭遇，反映了当时处于"被围困的城堡"中某些知识分子，奋不顾身地冲进牢笼又迫不及待想要挣脱的真实处境，是一部富含深意的现实主义小说。

（周雯雯）

小二黑结婚

赵树理

一 神仙的忌讳

刘家峧有两个神仙，邻近各村无人不晓：一个是前庄上的二诸葛，一个是后庄上的三仙姑。二诸葛原来叫刘修德，当年做过生意，抬脚动手都要论一论阴阳八卦，看一看黄道黑道。三仙姑是后庄于福的老婆，每月初一十五都要顶着红布摇摇摆摆装扮天神。二诸葛忌讳"不宜栽种"，三仙姑忌讳"米烂了"。这里边有两个小故事：有一年春天大旱，直到阴历五月初三才下了四指雨。初四那天大家都抢着种地，二诸葛看了看历书，又掐指算了一下说："今日不宜栽种。"初五日是端午，他历年就不在端午这天做什么，又不曾种；初六倒是个黄道吉日，可惜地干了，虽然勉强把他的四亩谷子种上了，却没有出够一半。后来直到十五才又下雨，别人家都在地里锄苗，二诸葛却领着两个孩子在地里补空子。邻家有个后生，吃饭时候在街上碰上二诸葛便问道："老汉！今天宜栽种不宜?"二诸葛翻了他一眼，扭转头返回去了，大家就嘻嘻哈哈传为笑谈。三仙姑有个女孩叫小芹。一天，金旺他爹到三仙姑那里问病，三仙姑坐在香案后唱，金旺他爹跪在香案前听。小芹那年才九岁，晌午做捞饭，把米下进锅里了，听见她娘哼哼得很中听，站在桌前听了一会，把做饭也忘了。一会，金旺他爹出去小便，三仙姑趁空子向小芹说："快去捞饭！米烂了!"却不料就叫金旺他爹听见，回去就传开了。后来有些好玩笑的人，见了三仙姑就故意问别人"米烂了没有?"

二 三仙姑的来历

三仙姑下神，足足有三十年了。那时三仙姑才十五岁，刚刚嫁给于福，是前后庄上第一个俊俏媳妇。于福是个老实后生，不多说一句话，只会在地里死受。于福的娘早死了，只有个爹，父子两个一上了地，家里只留下新媳妇一个人。村里的年轻人们感觉着新媳妇太孤单，就慢慢自动的来跟新媳妇做伴，不几天就集合了一大群，每天嘻嘻哈哈，十分哄伙。于福他爹看见不像个样子，有一天发了脾气，大骂一顿，虽然把外人挡住了，新媳妇却跟他闹起来。新媳妇哭了一天一夜，头也不梳，脸也不洗，饭也不吃，躺在炕上，谁也叫不起来，父子两个没了办法。邻家有个老婆替她请了一个神婆子，在她家下了一回神，说是三仙姑跟上她了，她也哼哼唧唧自称吾神长吾神短，从此以后每月初一十五就下起神来，别人也给她烧起香来求财问病，三仙姑的香案便从此设起来了。青年们到三仙姑那里去，要说是去问神，还不如说是去看圣像。三仙姑也暗暗猜透大家的心事，衣服穿得更新鲜，头发梳得更光滑，首饰擦得更明，宫粉搽得更匀，不由青年们不跟着她转来转去。这是三十来年前的事。当时的青年，如今都已留下了胡子，家里都是子媳成群，所以除了几个老光棍，差不多都没有那些闲情到三仙姑那里去了。三仙姑却和大家不同，虽然已经四十五岁，却偏爱当个老来俏，小鞋上仍要绣花，裤腿上仍要镶边，顶门上的头发脱光了，用黑手帕盖起来，只可惜宫粉涂不平脸上的皱纹，看起来好像驴粪蛋上下上了霜。老相好都不来了，几个老光棍不能叫三仙姑满意，三仙姑又团结了一伙孩子们，比当年的老相好更多，更俏皮。三仙姑有什么本领能团结这伙青年呢？这秘密在她女儿小芹身上。

三　小芹

　　三仙姑前后共生过六个孩子，就有五个没有成人，只落了一个女儿，名叫小芹。小芹当两三岁时候，就非常伶俐乖巧，三仙姑的老相好们，这个抱过来说是"我的"，那个抱起来说是"我的"，后来小芹长到五六岁，知道这不是好话，三仙姑教她说："谁再这么说，你就说'是你的姑姑'。"说了几回，果然没有人再提了。

　　小芹今年十八了，村里的轻薄人说，比她娘年轻时候好得多。青年小伙子们，有事没事，总想跟小芹说句话。小芹去洗衣服，马上青年们也都去洗；小芹上树采野菜，马上青年们也都去采。

　　吃饭时候，邻居们端上碗爱到三仙姑那里坐一会，前庄上的人来回一里路，也并不觉得远。这已经是三十年来的老规矩，不过小青年们也这样热心，却是近二三年来才有的事。三仙姑起先还以为自己仍有勾引青年的本领，日子长了，青年们并不真正跟她接近，她才慢慢看出门道来，才知道人家来了为的是小芹。

不过小芹却不跟三仙姑一样，表面上虽然也跟大家说说笑笑，实际上却不跟人乱来，近二三年，只是跟小二黑好一点。前年夏天，有一天前晌，于福去地，三仙姑去溜门，家里只留下小芹一个人，金旺来了，嘻皮笑脸向小芹说："这会可算是个空子吧？"小芹板起脸来说："金旺哥！咱们以后说话规矩些！你也是娶媳妇大汉了！"金旺撇撇嘴说："咦！装什么假正经？小二黑一来管保你就软了！有便宜大家讨开点，没事；要正经除非自己锅底没有黑。"说着就拉住小芹的胳膊悄悄说："不用装模作样了！"不料小芹大声喊道："金旺！"金旺赶紧跑出来。一边还咄念道："等得住你！"说着就悄悄溜走了。

四　金旺弟兄

提起金旺来，刘家峧没有人不恨他，只有他一个本家兄弟名叫兴旺跟他对劲。

金旺他爹虽是个庄稼人，却是刘家峧一只虎，当过几十年老社首，捆人打人是他的拿手好戏。金旺长到十七八岁，就成了他爹的好帮手，兴旺也学会了帮虎吃食，从此金旺他爹想要捆谁，就不用亲自动手，只要下个命令，自有金旺兴旺代办。

抗战初年，汉奸敌探溃兵土匪到处横行，那时金旺他爹已经死了，金旺兴旺弟兄两个，给一支溃兵作了内线工作，引路绑票，讲价赎人，又做巫婆又做鬼，两头出面装好人。后来八路军来，打垮溃兵土匪，他两人才又回到刘家峧。

山里人本来就胆子小，经过几个月大混乱，死了许多人，弄得大家更不敢出头了。别的大村子都成立了村公所、各救会、武委会，刘家峧却除了县府派来一个村长以外，谁也不愿意当干部。不久，县里派人来刘家峧工作，要选举村干部，金旺跟兴旺两个，看出这又是掌权的机会，大家也巴不得有人愿干，就把兴旺选为武委会主任，把金旺选为村政委员，连金旺老婆也被选为妇救会主席。其他各干部，硬捏了几个老头子出来充数。只有青抗先队长，老头子充不得。兴旺看见小二黑这个小孩子漂亮好玩，随便提了一下名就通过了，他爹二诸葛虽然不愿，可是惹不起金旺，也没有敢说什么。

村长是外来的，对村里情形不十分了解，从此金旺兴旺比前更厉害了，只要瞒住村长一个人，村里人不论哪个都得由他两个调遣。这几年来，村里别的干部虽然调换了几个，而他两个却好像铁桶江山。大家对他两个虽是恨之入骨，可是谁也不敢说半句话，都恐怕扳不倒他们，自己吃亏。

五　小二黑

小二黑，是二诸葛的二小子，有一次反扫荡打死过两个敌人，曾得到特等射手的奖励。说到他的漂亮，那不只在刘家峧有名，每年正月扮故事，不论去到哪一村，妇女们的眼睛都跟着他转。

小二黑没有上过学，只是跟着他爹识了几个字。当他六岁时候，他爹就教他识字。识字课本既不是《五经》《四书》，也不是常识国语，而是从天干、地支、五行、八卦、六十四封名等学起，进一步便学些《百中经》、《玉匣记》、《增删卜易》、《麻衣神相》、《奇门遁甲》、《阴阳宅》等书。小二黑从小就聪明，像那些算属相、卜六壬课、念大小流年或"甲子乙丑海中金"等口诀，不几天就都弄熟了，二诸葛也常把他引在人前卖弄。因为他长得伶俐可爱，大人们也都爱跟他玩；这个说："二黑，算一算十岁属什么？"那个说："二黑，给我卜一课！"后来二诸葛因为说"不宜栽种"误了种地，老婆也埋怨，大黑也埋怨，庄上人也都传为笑谈，小二黑也跟着这事受了许多奚落。那时候小二黑十三岁，已经懂得好歹了，可是大人们仍把他当成小孩来玩弄，好跟二诸葛开玩笑的，一到了家，常好对着二诸葛问小二黑道："二黑！算算今天宜不宜栽种？"和小二黑年纪相仿的孩子们，一跟小二黑生了气，就连声喊道："不宜栽种不宜栽种……"小二黑因为这事，好几个月见了人躲着走，从此就和他娘商量成一气，再不信他爹的鬼八卦。

小二黑跟小芹相好已经二三年了。那时候他才十六七，原不过在冬天夜长时候，跟着些闲人到三仙姑那里凑热闹，后来跟小芹混熟了，好像是一天不见面也不能行。后庄上也有人愿意给小二黑跟小芹做媒人，二诸葛不愿意，不愿意的理由有三：第一小二黑是金命，小芹是火命，恐怕火克金；第二小芹生在十月，是个犯月；第三是三仙姑的名声不好。恰巧在这时候彰德府来了一伙难民，其中有个老李带来个八九岁的小姑娘，因为没有吃的，愿意把姑娘送给人家逃个活命。二诸葛说是个便宜，先问了一下生辰八字，掐算了半天说："千里姻缘一线牵。"就替小二黑收作童养媳。

虽然二诸葛说是千合适万合适，小二黑却不认账。父子俩吵了几天，二诸葛非养不行，小二黑说："你愿意养你就养着，反正我不要！"结果虽然把小姑娘留下了，却到底没有说清楚算什么关系。

六　斗争会

金旺自从碰了小芹的钉子以后，每日怀恨，总想设法报一报仇。有一次武委会训练村干部，恰巧小二黑发疟疾没有去。训练完毕之后，金旺就向兴旺说："小二黑是装病，其实是被小芹勾引住了，可以斗争他一顿。"兴旺就是武委会主任，从前也碰过小芹一回钉子，自然十分赞成金旺的意见，并且又叫金旺回去和自己的老婆说一下，发动妇救会也斗争小芹一番。金旺老婆现任妇救会主席，因为金旺好到小芹那里去，早就恨得小芹了不得。现在金旺回去跟她说要斗争小芹，这才是巴不得的机会，丢下活计，马上就去布置。第二天，村里开了两个斗争会，一个是武委会斗争小二黑，一个是妇救会斗争小芹。

小二黑自己没有错，当然不承认，嘴硬到底，兴旺就下命令把他捆起来送交政权机关处理。幸而村长脑筋清楚，劝兴旺说："小二黑发疟是真的，不是装病，至于跟别人恋爱，不是犯法的事，不能捆人家。"兴旺说："他已是有了女人的。"村长说："村里谁不知道小二黑不承认他的童养媳。人家不承认是对的，男不过十六，女不过十五，不到订婚年龄。十来岁小姑娘，长大也不会来认这笔账。小二黑满有资格跟别人恋爱，谁也不能干涉。"兴旺没话说了，小二黑反要问他："无故捆人犯法不犯？"经村长双方劝解，才算放了完事。

兴旺还没有离村公所，小芹拉着妇救会主席也来找村长。她一进门就说："村长！捉贼要赃，捉奸要双，当了妇救会主席就不说理了？"兴旺见拉着金旺的老婆，生怕说出这事与自己有关，赶紧溜走。后来村长问了问情由，费了好大一会唇舌，才给他们调解开。

七　三仙姑许亲

两个斗争会开过以后，事情包也包不住了，小二黑也知道这事是合理合法的了，索性就跟小芹公开商量起来。

三仙姑却着了急。她跟小芹虽是母女，近几年来却不对劲。三仙姑爱的是青年们，青年们爱的是小芹。小二黑这个孩子，在三仙姑看来好像鲜果，可惜多一个小芹，就没了自己的份儿。她本想早给小芹找个婆家推出门去，可是因为自己名声不正，差不多都不愿意跟她结亲。开罢斗争会以后，风言风语都说小二黑要跟小芹自由结婚，她想要真是那样的话，以后想跟小二黑说几句笑话都不能了，那是多么可惜的事，因此托东家求西家要给小芹找婆家。

"插起招军旗，就有吃粮人。"有个吴先生是在阎锡山部下当过旅长的退职军官，家里很富，才死了老婆。他在奶奶庙大会上见过小芹一面，愿意续她，媒人向三仙姑一说，三仙姑当然愿意。不几天过了礼帖，就算定了，三仙姑以为了却一宗心事。

小芹已经和小二黑商量得差不多了，如何肯听她娘的话。过礼那一天，小芹跟她娘闹起来，把吴先生送来的首饰绸缎扔下一地。媒人走后，小芹跟她娘说："我不管！谁收了人家的东西谁跟人家去！"

三仙姑愁住了，睡了半天，晚饭以后，说是神上了身，打了两个呵欠就唱起来。她起先责备于福管不了家，后来说小芹跟吴先生是前世姻缘，还唱些什么"前世姻缘由天定，不顺天意活不成，……"于福跪在地下哀求，神非教他马上打小芹一顿不可。小芹听了这话，知道跟这个装神弄鬼的娘说不出什么道理来，干脆躲了出去，让她娘一个人胡说。

小芹一个人悄悄跑到前庄上去找小二黑，恰在路上碰上小二黑去找她，两个就悄悄拉着手到一个大窑里去商量对付三仙姑的法子。

八　拿双

小芹把她娘怎样主婚怎样装神，唱些什么，从头至尾细细向小二黑说了一遍，小二黑说："不用理她！我打听过区上的同志，人家说只要男女本人愿意，就能到区上登记，别人谁也作不了主。……"说到这里，听见外边有脚步声，小二黑伸出头来一看，黑影里站着四五个人，有一个说："拿双拿双！"他两人都听出是金旺的声音，小二黑起了火，大叫道："拿？没有犯了法！"兴旺也来了，下命令道："捉住捉住！我就看你犯法不犯法？给你操了好几天心了！"小二黑说："你说去哪里咱就去哪里，到边区政府你也不能把谁怎么样！走！"兴旺说："走？便宜了你！把他捆起来！"小二黑挣扎了一会，无奈没有他们人多，终于被他们七手八脚打了一顿捆起来了。兴旺说："里边还有个女的，也捆起来！捉奸要双，这是她自己说的！"说着就把小芹也捆起来了。

前庄上的人都还没有睡，听见有人吵架，有些人就跑出来看，麻秆火把下看见捆着的两个人，大家不问就都知道了八九分。二诸葛也出来了，见小二黑被人家捆起来，就跪在兴旺面前哀求道："兴旺！咱两家没有什么仇！看在我老汉面上，请你们诸位高高手……"兴旺说："这事情，我们管不了，送给上级再说吧！"小二黑说："爹！你不用管！送到哪里也不犯法！我不怕他！"兴旺说："好小子！要硬你就硬到底！"又逼住三个民兵说："带他们走！"一个民兵问："带到村公所？"兴旺说："还到村公所干什么？上一回不是村长放了的？送给区武委会主任按军法处理！"说着就把他两个人拥上走了。

九　二诸葛的神课

邻居们见是兴旺弟兄们捆人，也没有人敢给小二黑讲情，直等到他们走才把二诸葛招呼回家。

二诸葛连连摇头说："唉！我知道这几天要出事啦：前天早上我上地去，才上到岭上，碰上个骑驴媳妇，穿了一身孝，我就知道坏了。我今年是罗睺星照运，要谨防带孝的冲了运气，因此哪里也不敢去，谁知躲也躲不过？昨天晚上二黑她娘梦见庙里唱戏。今天早上一个老鸦落在东房上叫了十几声，……唉！反正是时运，躲也躲不过。"他罗里罗嗦念了一大堆，邻居们听了有些厌烦，又给他说了一会宽心话，就都散了。

有事人哪里睡得着？人散了之后，二诸葛家里除了童养媳之外，三个人谁也没有睡。二诸葛摸了摸脸，取出三个制钱占了一卦，占出之后吓得他面色如土。他说："了不得呀了不得！丑土的父母动出午火的官鬼，火旺于夏，恐怕有些危险了。唉！人家把他选成青年队长，我就说过不叫他当，小杂种硬要充人物头！人家说要按军法处理，要不当队长哪里犯得了军法？"老婆也拍手跺脚道："小爹呀！谁知道你要闯这么大的事啦？"大黑劝道："不怕！事已经出下了，由他去吧！我想这又不是人命事，也犯不了什么大罪！既然他们送到区上了，我先到区上打听打听！你们都睡吧！"说着点了个灯笼就走了。

二诸葛打发大黑去后，仍然低头细细研究方才占的那一卦。停了一会，远远听着有个女人哭，越哭越近，不大一会就来到窗下，一推门就进来了。二诸葛还没有看清是谁，这女人就一把把他拉住，带哭带闹说："刘修德！还我闺女！你的孩子把我的闺女勾引到哪里了？还我……"二诸葛老婆正气得死去活来，一看见来的是三仙姑，正赶上出气，从炕上跳下来拉住她道："你来了好！省得我去找你！你母女两个好生生把我孩子勾引坏，你倒有脸来找我！咱两人就也到区上说说理！"这两个女人滚成一团，二诸葛一个人拉也拉不开，也再顾不上研究他的卦。三仙姑见二诸葛老婆已经不顾了命，自己先胆怯了几分，不敢恋战，少闹了一会挣脱出来就走了。二诸葛老婆追出门来，被二诸葛拦回去，还骂个不休。

十　恩典恩典

二诸葛一夜没有睡，一遍一遍念："大黑怎么还不回来，大黑怎么还不回来。"第二天天不明就起程往区上走，走到半路，远远看见大黑、三个民兵已都回来了，还来了区上一个助理员，一个交通员。他远远就喊叫道："大黑！怎么样？要紧不要紧？"大黑说："没有事！不怕！"说着就走到跟前，助理员跟三个民兵先走了。大黑告交通员说："这就是我爹！"又向二诸葛说："区上添传你跟于福老婆。你去吧，没有事！二黑跟小芹两个人，一到区上就放开了。区上早就听说兴旺和金旺两个人不是东西，已经把他两个人押起来了，还派助理员到咱村开大会调查他们横行霸道的证据。我赶到那里人家就问罢了，听说区上还许咱二黑跟小芹结婚。"二诸葛说："不犯罪就好，结婚可不行，命相不对！你没有听说添传我做什么？"大黑说："不知道，大约也没有什么大事。你去吧，我先回去告我娘说。"交通员说："老汉！这就算见了你了！你去吧，我再传那一个去！"说了就跟大黑相跟着走了。

二诸葛到了区上，看见小二黑跟小芹坐在一条板凳上，他就指着小二黑骂道:"闯祸东西!放了你你还不快回去?你把老子吓死了!不要脸!"区长道:"干什么?区公所是骂人的地方?"二诸葛不说话了。区长问:"你就是刘修德?"二诸葛答:"是!"问:"你给刘二黑收了个童养媳?"答:"是!"问:"今年几岁了?"答:"属猴的,十二岁了。"区长说:"女不过十五不能订婚,把人家退回娘家去,刘二黑已经跟于小芹订婚了!"二诸葛说:"她只有个爹,也不知逃难逃到哪里去了,退也没处退。女不过十五不能订婚,那不过是官家规定,其实乡间七八岁订婚的多着哩。请区长恩典恩典就过去了。……"区长说:"凡是不合法的订婚,只要有一方面不愿意都得退!"二诸葛说:"我这是两家情愿!"区长问小二黑道:"刘二黑!你愿意不愿意?"小二黑说:"不愿意!"二诸葛的脾气又上来了,瞪了小二黑一眼道:"由你啦?"区长道:"给他订婚不由他,难道由你啦?老汉!如今是婚姻自主,由不得你了!你家养的那个小姑娘,要真是没有娘家,就算成你的闺女好了。"二诸葛道:"那也可以,不过还得请区长恩典恩典,不能叫他跟于福这闺女订婚!"区长说:"这你就管不着了!"二诸葛发急道:"千万请区长恩典恩典,命相不对,这是一辈子的事!"又向小二黑道:"二黑!你不要糊涂了!这是你一辈子的事!"区长道:"老汉!你不要糊涂了;强逼着你十九岁的孩子娶上个十二岁的小姑娘,恐怕要生一辈子气!我不过是劝一劝你,其实只要人家两个人愿意,你愿意不愿意都不相干。回去吧!童养媳没处退就算成你的闺女!"二诸葛还要请区长"恩典恩典",一个交通员把他推出来了。

十一　看看仙姑

三仙姑去寻二诸葛,一来为的是逞逞斗气的本领,二来为的是遮遮外人的耳目。其实让小芹吃一吃亏她很高兴,所以跟二诸葛老婆闹了一阵之后,回去就睡了。第二天早上,她起得很迟,于福虽比她着急,可是自己既没有主意,又不敢叫醒她,只好自己先去做饭,饭快成的时候,三仙姑慢慢起来梳妆,于福问她道:"不去打听打听小芹?"她说:"打听她做甚啦?她的本领多大啦?"于福也再没有敢说什么,把饭菜做成了放在炉边等,直等到她梳妆罢了才开饭。

饭还没有吃罢,区上的交通员来传她。她好像很得意,嗓子拉得长长的说:"闺女大了咱管不了,就去请区长替咱管教管教!"她吃完了饭,换上新衣服、新手帕、绣花鞋、镶边裤，又擦了一次粉，加了几件首饰，然后叫于福给她备上驴，她骑上，于福给她赶上，往区上去。

到了区上。交通员把她引到区长房子里，她爬下就磕头，连声叫道："区长老爷，你可要给我作主！"区长正伏在桌上写字，见她低着头跪在地下，头上戴了满头银首饰，还以为是前两天跟婆婆生了气的那个年轻媳妇，便说道："你婆婆不是有保人吗？为什么不找保人？"三仙姑莫名其妙，抬头看了看区长的脸。区长见是个擦着粉的老太婆，才知道是认错了人。交通员道："认错人了！这就是于小芹的娘！"区长打量了她一眼道："你就是小芹的娘呀？起来！不要装神做鬼！我什么都清楚！起来！"三仙姑站起来了。区长问："你今年多大岁数？"三仙姑说："四十五。"区长说："你自己看看你打扮得像个人不像？"门边站着老乡一个十来岁的小闺女嘻嘻嘻笑了。交通员说："到外边耍！"小闺女跑了。区长问："你会下神是不是？"三仙姑不敢答话。区长问："你给你闺女找了个婆家？"三仙姑答："找下了！"问："使了多少钱？"答："三千五！"问："还有些什么？"答："有些首饰布匹！"问："跟你闺女商量过没有？"答："没有！"问："你闺女愿意不愿意？"答："不知道！"区长道："我给你叫来你亲自问问她！"又向交通员道："去叫于小芹！"

刚才跑出去那个小闺女，跑到外边一宣传，说有个打官司的老婆，四十五了，擦着粉，穿着花鞋。邻近的女人们都跑来看，挤了半院，唧唧哝哝说："看看！四十五了！""看那裤腿！""看那花鞋！"三仙姑半辈没有脸红过，偏这会撑不住气了，一道道热汗在脸上流。交通员领着小芹来了，故意说："看什么？人家也是个人吧，没有见过？闪开路！"一伙女人们哈哈大笑。

把小芹叫来，区长说："你问问你闺女愿意不愿意！"三仙姑只听见院里人说"四十五""穿花鞋"，羞得只顾擦汗，再也开不得口。院里的人们忽然又转了话头，都说"那是人家的闺女"，"闺女不如娘会打扮"，也有人说"听说还会下神"，偏又有个知道底细的断断续续讲"米烂了"的故事，这时三仙姑恨不得一头碰死。

区长说："你不问我替你问！于小芹，你娘给你找的婆家你愿意跟人家结婚不愿意？"小芹说："不愿意！我知道人家是谁？"区长向三仙姑道："你听见了吧？"又给她讲了一会婚姻自主的法令，说小芹跟小二黑订婚完全合法，还吩咐她把吴家送来的钱和东西原封退了，让小芹跟小二黑结婚。她羞愧之下，一一答应了下来。

十二　怎么到底

三个民兵回到刘家峻，一说区上把兴旺金旺两人押起来，又派助理员来调查他们的罪恶，真是人人拍手称快。午饭后，庙里开一个群众大会，村长报告了开会宗旨就请大家举他两个人的作恶事实。起先大家还怕扳不倒人家，人家再返回来报仇，老大一会没有人说话，有几个胆子太小的人，还悄悄劝大家说："忍事者安然。"有个被他两人作践垮了的年轻人说："我从前没有忍过？越忍越不得安然！你们不说我说！"他先从金旺领着土匪到他家绑票说起，一连说了四五款，才说道："我歇歇再说，先让别人也说几款！"他一说开了头，许多受过害的人也都抢着说起来：有给他们花过钱的，有被他们逼着上过吊的，也有产业被他们霸了的，老婆被他们奸淫过的。他两人还派上民兵给他们自己割柴，拨上民夫给他们自己锄地；浮收粮，私派款，强迫民兵捆人，……你一宗他一宗，从晌午说到太阳落，一共说了五六十款。

区上根据这些罪状把他两人送到县里，县里把罪状一一证实之后，除叫他们赔偿大家损失外，又判了十五年徒刑。

经过这次大会之后，村里人也都敢出头了。不久，村干部又都经过大改选，村里人再也不敢乱投坏人的票了。这其间，金旺老婆自然也落了选。偏她还变了口吻，说："以后我也要进步了。"

两个神仙也有了变化：

三仙姑那天在区上被一伙妇女围住看了半天，实在觉着不好意思，回去对着镜子研究了一下，真有点打扮得不像话；又想到自己的女儿快要跟人结婚，自己还卖什么老俏？这才下了个决心，把自己的打扮从顶到底换了一遍，弄得像个当长辈人的样子，把三十年来装神弄鬼的那张香案也悄悄拆去。

二诸葛那天从区上回去，又向老婆提起二黑跟小芹的命相不对，他老婆道："把你的鬼八卦收起吧！你不是说二黑这回了不得吗？你一辈子放个屁也要卜一课，究竟抵了些什么事？我看小芹满不错，能跟咱二黑过就很好！什么命相对不对？你就不记得'不宜栽种'？"二诸葛见老婆都不信自己的阴阳，也就不好意思再到别人跟前卖弄他那一套了。

　　小芹和小二黑各回各家，见老人们的脾气都有些改变，托邻居们趁势和说和说，两位神仙也就顺水推舟同意他们结婚。后来两家都准备了一下，就过门。过门之后，小两口都十分得意，邻居们都说是村里第一对好夫妻。

　　夫妻们在自己卧房里有时候免不了说玩话：小二黑好学三仙姑下神时候唱"前世姻缘由天定"，小芹好学二诸葛说"区长恩典，命相不对"。淘气的孩子们去听窗，学会了这两句话，就给两位神仙加了新外号：三仙姑叫"前世姻缘"，二诸葛叫"命相不对"。

1943 年 5 月写于太行

［提示］

　　赵树理（1906—1970），原名赵树礼，生于山西省沁水县尉迟村。主要作品有短篇小说《小二黑结婚》、《地板》、《福贵》、《锻炼锻炼》等，中篇小说《李有才板话》、《邪不压正》和长篇小说《李家庄的变迁》、《三里湾》等，另写有评书、鼓词、剧本、评论等作品。

　　《小二黑结婚》是"山药蛋派"创始人赵树理的成名作，作品是由太行山区抗日根据地真实的悲剧事件改编而成，小说共分十二小节，讲述了主人公小二黑和小芹一对农村青年坚持与封建迷信和农村恶霸作斗争，胜利争取婚姻自由的大团圆故事。小说的时代背景是在抗日民主政权建立之初，农村封建残余势力垂死挣扎之际，男主人公小二黑坚决反对父亲为其安排的童养媳，女主人公小芹为了追求自由婚姻，面对恶霸兄弟也毫不屈服，他们二人是反对封建迷信并与之抗争的农民典型，而小二黑的父亲二诸葛和小芹的母亲三仙姑是深受封建思想毒害至深的落后农民代表，作品中男女主人公为争取婚姻自由与农村落后势力和封建迷信作斗争所取得的胜利，不单单揭示出农民争取婚姻自由的胜利，更代表着新中国的社会制度和人民的胜利。

　　作品中淳朴浓厚的生活气息体现了作者植根农村，关注农民的现实立场，作者运用极具地方色彩的大众化语言，将冷酷自私的三仙姑、迷信蛮横的二诸葛等众多人物，在通俗易懂的语言中得到生动的概括，突出表现了人物的思想活动和性格特征，具有民族化和大众化的独特艺术价值。

（周雯雯）

嘱　咐

孙　犁

　　水生斜背着一件日本皮大衣，偷过了平汉路，天刚大亮。家乡的平原景色，八年不见，并不生疏。这正是腊月天气，从平地望过去，一直望到放射红光的太阳那里，他深深的吸了一口气。把身子一挺，十几天行军的疲累完全跑净，脚下轻飘飘的，眼有些晕，身子要飘起来。这八年，他走的多半是山路，他走过各式各样的山路，五台附近的高山，黄河两岸的陡山，延安和塞北的大土圪塔山，哪里有敌人就到哪里去，枪背在肩上、拿在手里八年了。

　　水生是一个好战士，现在已经是一个副教导员。可是不瞒人说，八年里他也常常想到家，特别是在休息时间，这种想念，很使一个战士苦恼。这样的时候，他就拿起书来或是到操场去，或是到菜园子里去，借游戏、劳动和学习，好把这些事情忘掉。

　　他也曾有过一种热望，能有一个机会再打到平原上去，到家看看就好了。

　　现在机会来了，他请了假，绕道家里看一下。因为地理熟，一过铁路他就不再把敌人放在心上。他悠闲地走着，四面八方观看着，为得是饱看一下八年不见的平原风景。铁路旁边并排的炮楼，有的已经拆毁，破墙上洒落了一片鸟粪。铁路两旁的柳树黄了叶子，随着铁轨伸展到远远的北方。一列火车正从那里慢慢地滚过来，惨叫，吐着白雾。

　　一时，强烈的战斗要求和八年的战斗景象涌到心里来。他笑了一笑想，现在应该把这些事情暂时的忘记，集中精神看一看家乡的风土人情吧。他信步走着，想享受享受一个人在特别兴奋时候的愉快心情。他看看麦地，又看看天，看看周围那像深蓝淡墨涂成的村庄图画。这里离他的家不过九十里路，一天的路程。今天晚上，就可以到家了。

　　不久，他觉得这种感情有些做作。心里面并不那么激动。幼小的时候，离开家半月十天，当黄昏的时候走近了自己的村庄，望见自己家里烟囱上冒起的袅袅的轻烟，心里就醉了。现在虽然对自己的家乡还是这样爱好，崇拜，但是那样的一种感情没有了。

经过的村庄街道都很熟悉。这些村庄经过八年战争，满身创伤，许多被敌人烧毁的房子，还没有重新盖起来。村边的炮楼全拆了，砖瓦还堆在那里，有的就近利用起来，垒了个厕所。在形式上，村庄没有发展，没有添新的庄院和房屋。许多高房，大的祠堂，全拆毁修了炮楼，幼时记忆里的几块大坟地，高大的杨树和柏树，也砍伐光了，坟墓暴露出来，显得特别荒凉。但是村庄的血液，人民的心却壮大发展了。一种平原上特有的勃勃生气，更是强烈扑人。

水生的家在白洋淀边上。太阳平西的时候，他走上了通到他家去的那条大堤，这里离他的村庄十五里路。

堤坡已经破坏，两岸成荫的柳树砍伐了，堤里面现在还满是水。水生从一条小道上穿过，地势一变化，使他不能正确地估计村庄的方向。

太阳落到西边远远的树林里去了，远处的村庄迅速地变化着颜色。水生望着树林的疏密，辨别自己的村庄，家近了，就进家了，家对他不是吸引，却是一阵心烦意乱。他想起许多事，父亲的确实年岁忘记了，是不是还活着？父亲很早就是有痰喘的病。还有自己女人，正在青春，一别八年，分离时她肚子里正有一个小孩子。房子烧了吗？

不是什么悲喜交加的情绪，这是一种沉重的压迫，对战士的心是很大的消耗。他的心里驱逐这种思想感情，他走的很慢，他决定坐在这里，抽袋烟休息休息。

他坐下来打火抽烟，田野里没有一个人，风有些冷了，他打开大衣披在身上。他从积满泥水和腐草的水洼望过去，微微地可以看见白洋淀的边缘。

晚色昏迷的时候，他走到了自己的村边，他家就住在村边上。他看见房屋并没烧，街里很安静，这正是人们吃完晚饭，准备上门的时候了。

他在门口遇见了自己的女人。她正在那里悄悄地关闭那外面的梢门。水生热情地叫了一声：

"你！"

女人一怔，睁开大眼睛，咧开嘴笑了笑，就转过身子去抽抽打打地哭了。水生看见她脚上那白布封鞋，就知道父亲准是不在了。两个人在那里站了一会。还是水生把门掩好说："不要哭了，家去吧！"他在前面走，女人在后面跟，走到院里，女人紧走两步赶在前面，到屋里去点灯。水生在院里停了停。他听着女人忙乱的打火，灯光闪在窗户上了，女人喊："进来吧！还做客吗？"

女人正在叫唤着一个孩子，他走进屋里，女人从炕上拖起一个孩子来，含着两眼泪水笑着说：

"来，这就是你爹，一天价看见人家有爹，自己没爹，这不现在回来了。"说着已经不成声音。水生说：

"来！我抱抱。"

老婆把孩子送到他怀里，他接过来，八九岁的女孩子竟有这么重。那孩子从睡梦里醒来，好奇地看着这个生人，这个"八路"。女人转身拾掇着炕上的纺车线子等等东西。

水生抱了孩子一会，说：

"还睡去吧。"

女人安排着孩子睡下，盖上被子。孩子却圆睁着两眼，再也睡不着。水生在屋里转着，在那扑满灰尘的迎门橱上的大镜子里照看自己。

女人要端着灯到外间屋去烧水做饭，望着水生说：

"从哪里回来？"

"远了，你不知道的地方。"

"今天走了多少里？"

"九十。"

"不累吗？还在地下溜达？"

水生靠在炕头上。外面起了风，风吹着院里那棵小槐树，月光射到窗纸上来。

水生觉得这屋里是很暖和的，在黑影里问那孩子：

"你叫什么？"

"小平。"

"几岁了？"

女人在外边拉着风箱说：

"别告诉他，他不记的吗？"

孩子回答说：

"八岁。"

"想我吗？"

"想你。想你，你不来。"孩子笑着说。

女人在外边也笑了。说：

"真的！你也想过家吗？"

水生说：

"想过。"

"在什么时候？"

"闲着的时候。"

"什么时候闲着？……"

"打过仗以后，行军歇下来，开荒休息的时候。"

"你这几年不容易呀？"

"嗯，自然你们也不容易。"水生说。

"嗯？我容易，"她有些气愤地说着，把饭端上来，放在炕上。"爹是顶不容易的一个人，他不能看见你回来……"她坐在一边看着水生吃饭，看不见他吃饭的样子八年了。水生想起父亲，胡乱吃了一点，就放下了。

"怎么？"她笑着问，"不如你们那小米饭好吃？"

水生没答话。她拾掇了出去。

回来，插好了隔山门。院子里那挤在窝里的鸡们，有时转动扑腾。孩子睡着了，睡的是那么安静，那呼吸就像泉水在春天的阳光里冒起的小水泡，愉快的升起，又幸福的降落。女人爬到孩子身边去，她一直呆望着孩子的脸。她好像从来没有见过这个孩子，孩子好像是从别人家借来，好像不是她生出，不是她在那潮湿闷热的高粱地，在那残酷的"扫荡"里奔跑喘息，丢鞋甩袜抱养大的，她好像不曾在这孩子身上寄托了一切，并且在孩子的身上祝福了孩子的爹，那走的远远的人："早一天胜利回来吧！一家团聚。"好像她并没有常常在深深的夜晚醒来，向着那不懂事的孩子，诉说着翻来覆去的题目：

"你爹哩，他到哪里去了？打鬼子去了……他拿着大枪骑着大马……就要回来了，把宝贝放在马上……多好啊！"

现在，丈夫像从天上掉下来一样。她好像是想起了过去的一切，还编排那准备了好几年的话，要向现在已经坐到她身边的丈夫诉说了。

水生看着她。离别了八年，她好像并没有老多少。她今年二十九岁了，头发虽然乱些，可还是那么黑。脸孔苍白了一些，可是那两只眼睛里的光，还是那么强烈。

他望着她身上那自纺自织的棉衣和屋里的陈设。不论是人的身上，人的心里，都表现出是叫一种深藏的志气支撑，闯过了无数艰难的关口。

"还不睡吗?"过了一会，水生问。

"你困你睡吧，我睡不着。"女人慢慢地说。

"我也不困。"水生把大衣盖在身上，"我是有点冷。"

女人看着他那日本皮大衣笑着问:

"说真的，这八九年，你想起过我吗?"

"不是说过了吗? 想过。"

"怎么想法?"她逼着问。

"临过平汉路的那天夜里，我宿在一家小店，小店里有个鱼贩子是咱们乡亲。我买了一包小鱼下饭，吃着那鱼，就想起了你。"

"胡说，还有吗?"

"没有了。你知道我是出门打仗去了，不是专门想你去了。"

"我们可常常想你，黑夜白日。"她支着身子坐起来，"你能猜一猜我们想你的那段苦情吗?"

"猜不出来。"水生笑了笑。

"我们想你，我们可没有想叫你回来。那时候，日本人就在咱村边。可是在黑夜，一觉醒了，我就想:你如果能像天上的星星，在我眼前晃一晃就好了。可是能够吗?"

从窗户上那块小小的玻璃上结起来冰花，夜深了，大街的高房上有人高声广播:

"民兵自卫队注意! 明天，鸡叫三遍集合。带好武器，和一天的干粮!"

那声音转动着，向四面八方有力的传送。在这样降落霜雪严寒的夜里，一只粗大的喇叭在热情的呼喊。

"他们要到哪里去?"水生照战争习惯，机警的直起身子来问。

"准是到胜芳。这两天，那里很紧!"女人一边细心听着，一边小声的说。

"他们知道我们来了。"

"你们来了? 你要上哪里去?"

"我们是调来保卫冀中平原，打退进攻的敌人的!"

"你能在家住几天?"

"就是这一晚上。我是请假绕道来看望你。"

"为什么不早些说？"

"还没顾着啊！"

女人呆了。她低下头去，又无力的仄在炕上。过了半天，她说：

"那么就赶快休息休息吧，明天我撑着冰床子去送你。"

鸡叫三遍，女人就先起来给水生做了饭吃。这是一个大雾天，地上堆满了霜雪。女人把孩子叫醒，穿的暖暖的，背上冰床，锁了梢门，送丈夫上路。出了村，她要丈夫到爹的坟上去看看。水生说等以后回来再说，女人不肯。她说：

"你去看看，爹一辈子为了我们。八年，你只在家里呆了一个晚上。爹叫你出去打仗了，是他一个老年人照顾了咱们全家。这是什么太平日子呀？整天价东逃西窜。因为你不在家，爹对我们娘俩，照顾的惟恐不到。只怕一差二错，对不起在外抗日的儿子。每逢夜里一有风声，他老人家就先在院里把我叫醒，说：水生家起来吧，给孩子穿上衣裳。不管是风里雨里，多么冷，多么热，他老人家背着孩子逃跑，累的痰喘咳嗽。是这个苦日子，遭难的日子，担惊受怕的日子，把他老人家累死。还有那年大饥荒……"

在河边，他们上了冰床。水生坐上去，抱着孩子，用大衣给她包好脚。女人站在床子后尾，撑起了竿。女人是撑冰床的好手，她逗着孩子说：

"看你爹没出息，当了八年八路军，还得叫我撑冰床子送他！"她轻轻的跳上冰床子后尾，像一只雨后的蜻蜓爬上草叶。轻轻用竿子向后一点，冰床子前进了。大雾笼罩着水淀，只有眼前几丈远的冰道可以望见。河两岸残留的芦苇上的霜花飒飒飘落，人的衣服上立时变成银白色。她用一块长的黑布紧紧把头发包住，冰床像飞一样前进，好像离开了冰面行走。她的围巾的两头飘到后面去，风正从她的前面吹来。她连撑几竿，然后直起身子来向水生一笑。她的脸冻得通红，嘴里却冒着热气。小小的冰床像离开了强弩的箭，摧起的冰屑，在它前面打起团团的旋花。前面有一条窄窄的水沟，水在冰缝里汩汩的流，她只说了一声"小心"，两脚轻轻地一用劲，冰床就像受了惊的小蛇一样，抬起头来，窜过去了。

水生警告她说：

"你慢一些，疯了？"

女人擦一擦脸上的冰雪和汗，笑着说：

"同志，我们送你到战场上去呀，你倒说说慢一些！"

"擦破了鼻子就不闹了。"

"不会。这是从小玩熟了的东西，今天更不会。在这八年里面，你知道我用这床子，送过多少次八路军？"

冰床在霜雾里，在冰上飞行。

"你把我送到丁家坞，"水生说，"到那里，我就可以找到队伍了。"

女人没有言语。她呆望着丈夫。停了一会，才说：

"你给孩子再盖一盖，你看她的手露着。"她轻轻的喘了两口气。又说："你知道，我现在心里很乱。八年才见到你，你只在家里呆了不到多半夜的工夫。我为什么撑的这么快？为什么着急把你送到战场上去？我是想，你快快去，快快打走了进攻我们的敌人，你才能快快的回来，和我见面。

"你知道，我们，我们这些留在家里当媳妇的，最盼望胜利。我们在地洞里，在高粱地里等着这一天。这一天来了，我们那高兴，是不能和别人说的。

"进攻胜芳的敌人，是坐飞机来的；他们躺在后方，妻子团聚了八九年。他们来了，可把我们的幸福打破了，他们打破了我们的心。他们造的罪孽是多么重！一定要把他们完全消灭！"

冰床跑进水淀中央，这里是没有边际的冰场。太阳从冰面上升起来，冲开了雾，形成了一条红色的胡同，扑到这里来，照在冰床上。女人说：

"爹活着的时候常说，水生出去是打开一条活路，打开了这条活路，我们就得活，不然我们就活不了。八年，他老人家焦愁死了。国民党反动派又要和日本一样，想来把我们活着的人完全逼死！

"你应该记着爹的话，向上长进，不要为别的事情分心，好好打仗。八年过去了，时间不算不长。只要你还在前方，我等你到死！"

在被大雾笼罩、杨柳树环绕的丁家坞村边，水生下了冰床。他望着呆呆站在冰上的女人说：

"你们也到村里去暖和暖和吧。"

女人忍住眼泪，笑着说：

"快去你的吧！我们不冷。记着，好好打仗，快回来，我们等着你的胜利消息。"

1946 年河间

［提示］

孙犁（1913—2002），原名孙树勋，笔名芸夫，生于河北省安平县孙遥城村。主要作品有短篇小说《荷花淀》、《芦花荡》、《嘱咐》等，中篇小说《村歌》、《铁木前传》，长篇小说《风云初记》等，散文集《津门小集》、《晚花集》、《疆定集》等。

《嘱咐》是"荷花淀派"抗战文学创始人孙犁的代表作之一。这篇小说写于1946年解放战争时期的白洋淀，小说的男主人公水生八年前在《荷花淀》中参加了抗日战争，在《嘱咐》这里已经是八年后，解放战争途中的某天他绕道回到阔别许久的家乡探亲，回家后倍感歉疚的同时被他妻子的乐观和坚强所感动，女主人公水生的妻子经过战争的洗礼，无私无畏地支持丈夫奔赴前线，从一名普通的农村劳动妇女成长为具有自觉斗争意识的进步女性。

作品善于在细节之处凸显"美的极致"，尤其在人物心理的描写上，将水生和妻子心灵深处的情感交汇展现得淋漓尽致；在写作过程中作者倾注了极大的情感，他曾说："我经历了美好的极致，那就是抗日战争。我看到农民，他们的爱国热情，参战的英勇，深深地感动了我。我的文学创作，就是从这个时候开始的。我的作品，表现了这种善良的东西和美好的东西"。全篇没有血雨腥风的战争场面，没有跌宕起伏的故事情节，作者用富有浓郁地方色彩的朴素语言和象征性的细节，忠实记录了战争后方的日常生活。

（周雯雯）

太阳照在桑干河上（存目）

丁 玲

[提示]

丁玲（1904—1986），原名蒋伟，字冰之，曾用笔名彬芷、从喧、晓菡等，出生于湖南临澧县。主要作品有中短篇小说《莎菲女士的日记》、《水》、《韦护》、《在医院中》、《我在霞村的时候》等，长篇小说《太阳照在桑干河上》。

《太阳照在桑干河上》是作家丁玲的代表作之一，也是"记录我国农村大变动、农民大翻身的最初出现的带史诗性作品"。小说讲述了一九四六年华北农村暖水屯的土改斗争，真实反映了各阶级在土改过程中的巨大变革和斗争的波澜壮阔。作品共分五十八节，集合了近四十个个性特征各不相同的地主、农民和农民干部形象。开篇以阶级成分不明的顾涌进城带来的农村土改的展开，之后，作者记录了饱受压迫剥削的农民阶级终于迎来了土地改革工作组，他们发动干部群众，引导农民挣脱反动落后的封建枷锁进行土地革命，并没收分配地主土地，在土改过程中，农民阶级和反动的地主阶级进行了尖锐复杂的斗争，掀起农村土地革命的风暴潮。

在波涛汹涌的农村土地改革的浪潮中，广大农民落后麻木，缺乏反抗意识，封建私有制在他们身上根深蒂固的存在，在一定程度上阻碍了改革的进程，作者描写的矛盾斗争主要在农民和地主这两个对立的阶级中充分体现出来，侯忠全就是深受其害的典型农民代表，他思想意识的觉悟和转变不仅代表着个人的觉醒，而是以他为代表的落后农民的觉醒，说明人民群众是历史前进的真正动力。与农民对立的地主阶级以恶霸地主钱文贵为代表，试图通过女儿黑妮与农会干部程仁建立恋爱关系从而变本加厉地盘剥农民。与此同时，正反人物之间，地主和地主之间，农民和农民之间的矛盾和斗争也无处不在。作者将土地改革和阶级斗争的场面描写的层次分明，将人物形象与外部环境有机结合，情景交融，与此同时，作者从党的政策出发，运用生动鲜活的大众化和通俗化语言，揭示了特定历史时期土地改革的艰巨性和复杂性。

（周雯雯）

暴风骤雨（存目）

周立波

[提示]

周立波（1908—1979），原名周绍仪，字凤翔，又名奉悟，笔名张一柯、张尚斌等，出生于湖南益阳。主要作品有短篇小说《牛》、《第一夜》、《麻雀》、《湘江之夜》等，报告文学集《南下记》，长篇小说《暴风骤雨》、《铁水奔流》、《山乡巨变》等。

《暴风骤雨》这部长篇小说是周立波文学创作的里程碑，小说共分上下两卷，主要讲述解放战争时期黑龙江地区如暴风骤雨般的土地改革浪潮，通过对元茂屯在土地改革前期和后期革命斗争的全程描写，作者用饱含对农民的深情厚谊和奋发昂扬的革命斗志，热情讴歌了中国共产党带领农民进行土改运动的伟大革命。

《暴风骤雨》有着宏大清晰的叙事结构，完整连贯的故事情节，环境的描写和人物的刻画紧紧围绕着纷繁复杂的土地改革为中心事件展开，在叙事时间上，小说按照传统的线性叙述模式，从一九四六年党中央下达《五四指示》的土改初级阶段写到一九四七年《中国土地法大纲》颁布后土地改革的决定性阶段，真实再现了特殊时代轰轰烈烈的革命斗争。作者用全知全能的叙述视角和独具东北地方色彩的方言土语，展现了贫苦农民彻底翻身得解放的精神面貌。作品中久经磨炼的工作队长肖祥是作者重点强调的人物形象，他是土地改革的领导者和农民群众的领路人，经历了艰苦卓绝的斗争考验，最终取得了胜利，也预示了党在特殊历史时期来之不易的改革成果。小说上卷以顽强上进的农会主席赵玉林为中心，重点描写了他"赵光腚"绰号的来源，再现了元茂屯农民与地主韩老六的激烈斗争；下卷以青年农民郭全海为中心，小说选取了他的父亲被害和他受地主欺骗这两个突出事件，记录了以他为代表的有革命意识的农民，在复杂的斗争中曲折的成长过程，突出了以他为代表的农民群众奋勇争先、积极向上的优秀品质。《暴风骤雨》具有鲜明的时代特色，作者紧密联系解放战

争时期的社会现实，使人们感受到土地改革为农村社会带来的新风貌，极
大调动了农民的生产积极性，更为解放战争取得胜利奠定了坚实的基础，
是一部具有进步意义的优秀作品。

（周雯雯）

诗　　歌

老　鸦

胡　适

一

我大清早起，

站在人家屋角上哑哑的啼。

人家讨嫌我，说我不吉利：——

我不能呢呢喃喃讨人家的欢喜！

二

天寒风紧，无枝可栖。

我整日里飞去飞回，整日里又寒又饥。——

我不能带着鞘儿，翁翁央央的替人家飞；

也不能叫人家系在竹竿头，赚一把黄小米！

（录自《尝试集》，上海亚东图书馆 1922 年 4 版）

［提示］

胡适（1891—1962），原名嗣穈，学名洪骍，字希疆，安徽绩溪人。现代著名诗人、历史家、文学家、哲学家，因提倡文学革命而成为新文化运动的领袖之一。主要代表诗集《尝试集》，是中国现代文学史上第一部白话诗集。

提倡"文学革命"而"暴得大名"的胡适，为了实践自己的理论，于 1916 年 7 月开始创作《尝试集》。这部诗集里的诗作，有人也许要惊异于它文学性的匮乏，然而胡适对于诗歌理论的实践，则全见诸此诗集，《老鸦》就是其中较能体现其新诗主张的一篇。诗中展现了一只老鸦的自述，它"无枝可栖"、"又寒又饥"，却不得不在"天寒风紧"和被人讨嫌的残酷环境中，依旧坚持"哑哑的啼"。这只老鸦的自述正是诗人彼时的内心独白，而"天寒风紧"和被人讨嫌的残酷环境也正是诗人所处的生存环境的真实写照。诗人以老鸦自比，表达了追求个性，不向世俗屈服，不威权贵，不向黑暗低头的精神特征。

　　这首诗构思巧妙，为了展现新文化运动的倡导者的形象，诗人创造了老鸦这一意象。从表层看，诗中描述的是老鸦的处境，展现的是老鸦的形象；从深处想，诗人却是在运用象征手法，以物喻人，以老鸦的口吻感慨时事，借老鸦的内心独白道出了对反对新文化运动者的坚决反抗。这是诗人一直践行的主张，即白话诗创作要坚持"具体的做法"。诗人在诗中用具体的意象（老鸦）来表现抽象的道理，通过形象去说理，寓道理于形象之中，这是符合形象思维的规律和艺术的本质的。除此之外，这首白话诗上下两节层次分明，节奏随语气自然和谐，与诗人所要表达的意思自成一体，也很好地践行了诗人关于白话诗音节的主张。

（孙　洁）

鸽　子

胡　适

云淡天高，好一片晚秋天气！
有一群鸽子，在空中游戏。
看他们三三两两，
　　回环来往，
　　夷犹如意，——
忽地里，翻身映日，白羽衬晴天，十分艳丽！

（选自《尝试集》，上海亚东图书馆，1922 年 4 版）

［提示］

　　胡适是白话新诗创作的尝试者，被看作是"白话新诗第一人"，其新诗理论也被朱自清称作"诗的创造和批评的金科玉律"。《鸽子》是胡适白话诗创作的清新之作，虽留有尝试的痕迹和矫枉过正的倾向，但仍不失为早期白话诗的佳作一首。诗中描写了一群在晚秋的美丽天空中翩翩翱翔的鸽子。它们三五成群，在天高云淡的晚秋时节中，在祥云中嬉戏游玩，动作"回环来往"，神态"夷犹如意"，这是一幅和谐祥和的生活图景，尽显诗人的诗情画意。

　　胡适主张诗歌创作要有"明显逼人的影像"，而这影像又包括鲜明的视觉"影像"、听觉"影像"以及其他的感觉"影像"。鸽子是诗人营造的主要影像，贯穿全诗；第一句则从"云"入手，勾画了鸽子飞翔的和谐背景，是一片晚秋时节的湛蓝天空；接下来几句则具体描绘了鸽子的动作——三三两两，回环来往，翻身映日；最后一句则很好地传达了视觉影像，一个"翻"字，一个"衬"字，鸽子姿态之优雅，色彩之艳丽，淋漓尽致地表现出来。

　　除此之外，全诗句句押韵，读来琅琅上口；全篇句句白话，意思明白晓畅，诗人想要传达的情意很好地蕴于和谐的图景中。

（孙　洁）

月 夜

沈尹默

霜风呼呼的吹着，
月光明明的照着。
我和一株顶高的树并排立着，
却没有靠着。

（录自《新青年》，1918 年第 4 卷第 1 号）

［提示］

　　沈尹默（1883—1971），原名君默，字中、秋明，别号鬼谷子，浙江湖州人。主要作品有诗集《秋明集》、《归来集》等。

　　沈尹默先生以书法享誉文化界，却也是五四时期新诗的开拓者，与陈独秀、李大钊、鲁迅等同为《新青年》的编辑，是新文化运动的主力干将。《月夜》作为沈尹默先生的代表作，历来备受人们的喜爱和推崇，不仅仅因为诗中所营造的优美意境，更是因为诗人透过诗句所要传达的精神内涵。诗中用极其质朴的语言描写出了诗人当时所处的境地，一个寒冷孤独的冬天的月夜。诗中开头两句用白描的手法渲染环境，一边是"呼呼的霜风"，使劲地吹着，由此可见诗人处于极度严寒的冬季；一边是"明明的月光"，高高地照着，这却是一处静谧幽静的所在。两处意境看似矛盾，实则极有韵味，很好地传递了诗人彼时所处的社会大环境。三四行诗人创造了两个对立的意象："我"与"树"，且"树"是顶高的。然而尽管这样，"我"并未"大树底下好乘凉"，紧紧依靠着"树"，而是"并排立着"，诗人想要传达的精神正在这最末一句，独立的人格和平等的意志将是"我"永恒的追求！

　　这首诗的艺术构思也匠心独运。诗人为了营造气氛，形成对比，创造了两组意象：霜风和月光，我与树。不论环境恶劣与否，权贵是否存在，诗人都很巧妙地赞扬了人格平等、意志自由的精神追求。诗中韵律优美，每句以"着"字结尾押韵，形成复韵，节奏朗朗上口，是一首不可多得的耐人寻味之作。

（孙　洁）

相隔一层纸

刘半农

屋子里拢着炉火，
老爷吩咐开窗买水果，
说："天气不冷火太热，
别任它烤坏了我。"
屋子外躺着一个叫花子，
咬紧了牙齿对着北风喊"要死"！
可怜屋里与屋外，
相隔只有一层薄纸！

[提示]

刘半农（1891—1934），原名刘寿彭，字半农，号曲庵，江苏江阴人。主要作品有诗集《扬鞭集》《瓦釜集》。

刘半农是五四时期"新文化运动"的先驱之一，也是我国语言及摄影理论的奠基人。刘半农积极参与《新青年》的编辑工作，并投身到文学革命中，提倡白话文，反对文言文。《相隔一层纸》是早期白话诗的著名代表作之一，不论是在思想内容还是艺术手法上，都很好地实践了五四时期的白话诗理论，反映了五四时期社会生活的现实面貌，在中国新诗发展史上有着继往开来的重要地位。

这是一首用白描手法真实摹写现实的白话新诗。诗中营造了两个对比极为鲜明的场景：老爷所在的温暖的屋里和叫花子所处的寒冷天地里。通过诗人所营造的场景，我们可以真切感受到二十世纪初中国社会里存在的阶级差别和阶级矛盾。老爷在暖房里的奢侈享受和漫不经心，比照着咬紧牙关、挨冻受饿的叫花子，不禁让我们想起了杜甫的"朱门酒肉臭，路有冻死骨"。这是诗人在思想内容上对传统诗歌的积极继承，从而鲜明地抒写了阶级社会的不平等和贫富的悬殊对立，体现了诗人鲜明的人道主义思想。

　　《相隔一层纸》作为早期白话诗的名作，在形式上明显具备了早期白话诗的自由体形式，打破了古典诗歌历来严格讲究的格律。全诗共用两韵，上节为合口呼，下节为齐齿呼，也体现了诗人在新诗韵律上的创新意识。值得注意的是，诗人还将口语运用于新诗创作，从而使诗歌显得更加自然且真实。这不失为一首新诗创作初期的佳作。

　　　　　　　　　　　　　　　　　　　　　　　　（孙　洁）

卖布谣

刘大白

一

嫂嫂织布，
哥哥卖布。
卖布买米，
有饭落肚。

嫂嫂织布，
哥哥卖布。
弟弟裤破，
没布补裤。

嫂嫂织布，
哥哥卖布。
是谁买布，
前村财主与地主。

土布粗，
洋布细。
洋布便宜，
财主欢喜。
土布没人要，
饿倒哥哥嫂嫂！

二

布机轧轧，
雄鸡哑哑。
布长夜短，
心乱如麻。

四更落机，
五更赶路。
空肚出门，
上城卖布。

上城卖布，
城门难过。
放过洋货，
捺住土货。

没钱完损，
夺布充公。
夺布犹可，
押人太凶！
"饶我饶我！"
"扣留所里坐坐！"

［提示］

刘大白（1880—1932），原名金庆棪，后改姓刘，名靖裔，字大白，别号白屋，浙江绍兴人。主要作品有诗集《旧梦》和《邮吻》。

刘大白与鲁迅是同乡好友，志同道合。在五四新文化运动时期，刘大白致力于白话诗创作，是五四时期新诗的倡导者之一，他的诗作被文学史学家评价为"比较鲜明地体现了'五四'时代思潮"。《卖布谣》是诗人的名作之一，最早发表于1920年6月的《星期评论》上，作品一经发表就受到了广大读者的喜爱，并被著名语言学家、作曲家赵元任先生谱成古曲传唱，普及度颇高。

这首诗所要表现的内容是诗人一贯所关注的民众之疾苦。整首诗中，诗人用极其质朴平实的语言叙述了在半殖民地半封建社会中被各个阶级所压迫的劳动人民的贫苦无告的生活。全诗用"织布"和"卖布"两个动作，勾画出 20 世纪初洋货充斥市场，军阀横行霸道，造成农村手工业劳动者经济破产的悲苦图景，字里行间流露出诗人对劳动人民的无限同情和对统治阶级和帝国主义的强烈愤恨。

诗人古文功底深厚，又留学国外，接受了先进的文学观念，所以诗人作诗平易清新，融深刻的思想于平淡易懂的文字之中，缓缓流出。正如这首《卖布谣》一样，结构整齐，节奏平实，将农村织布工的生活酸楚淋漓尽致地表现出来的同时，也蕴含了诗人的无限同情。

（孙　洁）

凤凰涅槃

郭沫若

序　曲

除夕将近的空中，
飞来飞去的一对凤凰，
唱着哀哀的歌声飞去，
衔着枝枝的香木飞来，
飞来在丹穴山上。

山右有枯槁了的梧桐，
山左有消歇了的醴泉，
山前有浩茫茫的大海，
山后有阴莽莽的平原，
山上是寒风凛冽的冰天。

天色昏黄了，
香木集高了，
凤已飞倦了，
凰已飞倦了，
他们的死期将近了。

凤啄香木，
一星星的火点迸飞。
凰扇火星，
一缕缕的香烟上腾。

凤又啄，

凰又扇，

山上的香烟弥散，

山上的火光弥满。

夜色已深了，

香木已燃了，

凤已啄倦了，

凰已扇倦了，

他们的死期已近了！

啊啊！

哀哀的凤凰！

凤起舞，低昂！

凰唱歌，悲壮！

凤又舞，

凰又唱，

一群的凡鸟，

自天外飞来观葬。

凤　歌

即即！即即！即即！

即即！即即！即即！

茫茫的宇宙，冷酷如铁！

茫茫的宇宙，黑暗如漆！

茫茫的宇宙，腥秽如血！

宇宙呀，宇宙，

你为什么存在？

你自从哪儿来？

你坐在哪儿在？

你是个有限大的空球？
你是个无限大的整块？
你若是有限大的空球，
那拥抱着你的空间
他从哪儿来？
你的外边还有些什么存在？
你若是无限大的整块，
这被你拥抱着的空间
他从哪儿来？
你的当中为什么又有生命存在？
你到底还是个有生命的交流？
你到底还是个无生命的机械？

昂头我问天，
天徒矜高，莫有点儿知识。
低头我问地，
地已死了，莫有点儿呼吸。
伸头我问海，
海正扬声而鸣。

啊啊！
生在这样个阴秽的世界当中，
便是把金刚石的宝刀也会生锈！
宇宙呀，宇宙，
我要努力地把你诅咒：
你脓血污秽着的屠场呀！
你悲哀充塞着的囚牢呀！
你群鬼叫号着的坟墓呀！
你群魔跳梁着的地狱呀！
你到底为什么存在？

我们飞向西方，

西方同是一座屠场。
我们飞向东方，
东方同是一座囚牢。
我们飞向南方，
南方同是一座坟墓。
我们飞向北方，
北方同是一座地狱。
我们生在这样个世界当中，
只好学着海洋哀哭。

凰　歌

足足！足足！足足！
足足！足足！足足！
五百年来的眼泪倾泻如瀑。
五百年来的眼泪淋漓如烛。
流不尽的眼泪，
洗不净的污浊，
浇不熄的情炎，
荡不去的羞辱，
我们这缥缈的浮生
到底要向哪儿安宿？

啊啊！
我们这缥缈的浮生，
好像那大海里的孤舟。
左也是漶漫，
右也是漶漫，
前不见灯台，
后不见海岸，
帆已破，
樯已断，

楫已飘流，
柁已腐烂，
倦了的舟子只是在舟中呻唤，
怒了的海涛还是在海中泛滥。

啊啊！
我们这缥缈的浮生，
好像这黑夜里的酣梦。
前也是睡眠，
后也是睡眠，
来得如飘风，
去得如轻烟，
来如风，
去如烟，
眠在后，
睡在前，
我们只是这睡眠当中的
一刹那的风烟。

啊啊！
有什么意思？
有什么意思？
痴！痴！痴！
只剩些悲哀，烦恼，寂寥，衰败，
环绕着我们活动着的死尸，
贯串着我们活动着的死尸。

啊啊！
我们年轻时候的新鲜哪儿去了？
我们年轻时候的甘美哪儿去了？
我们年轻时候的光华哪儿去了？
我们年轻时候的欢爱哪儿去了？

去了！去了！去了！
一切都已去了，
一切都要去了。
我们也要去了，
你们也要去了，
悲哀呀！烦恼呀！寂寥呀！衰败呀！

凤凰同歌

啊啊！
火光熊熊了。
香气蓬蓬了。
时期已到了。
死期已到了。
身外的一切，
身内的一切，
一切的一切！
请了！请了！

群鸟歌

岩　鹰
哈哈，凤凰！凤凰！
你们枉为这禽中的灵长！
你们死了吗？你们死了吗？
从今后该我为空界的霸王！

孔　雀
哈哈，凤凰！凤凰！
你们枉为这禽中的灵长！
你们死了吗？你们死了吗？

从今后请看我花翎上的威光！

鸥　枭

哈哈，凤凰！凤凰！

你们枉为这禽中的灵长！

你们死了吗？你们死了吗？

哦！是哪儿来的鼠肉的馨香？

家　鸽

哈哈，凤凰！凤凰！

你们枉为这禽中的灵长！

你们死了吗？你们死了吗？

从今后请看我们驯良百姓的安康！

鹦　鹉

哈哈，凤凰！凤凰！

你们枉为这禽中的灵长！

你们死了吗？你们死了吗？

从今后请听我们雄辩家的主张！

白　鹤

哈哈，凤凰！凤凰！

你们枉为这禽中的灵长！

你们死了吗？你们死了吗？

从今后请看我们高蹈派的徜徉！

凤凰更生歌

鸡　鸣

听潮涨了，

听潮涨了，

死了的光明更生了。

春潮涨了，

春潮涨了，

死了的宇宙更生了。

生潮涨了，

生潮涨了，

死了的凤凰更生了。

凤凰和鸣

我们更生了。

我们更生了。

一切的一，更生了。

一的一切，更生了。

我们便是他，他们便是我。

我中也有你，你中也有我。

我便是你。

你便是我。

火便是凰。

凤便是火。

翱翔！翱翔！

欢唱！欢唱！

我们新鲜，我们净朗，

我们华美，我们芬芳，

一切的一，芬芳。

一的一切，芬芳。

芬芳便是你，芬芳便是我！

芬芳便是他，芬芳便是火！

火便是你！

火便是我！

火便是他！

火便是火！

翱翔！翱翔！

欢唱！欢唱！

我们热诚，我们挚爱。

我们欢乐，我们和谐。

一切的一，和谐。

一的一切，和谐。

和谐便是你，和谐便是我！

和谐便是他，和谐便是火！

火便是你！

火便是我！

火便是他！

火便是火！

翱翔！翱翔！

欢唱！欢唱！

我们生动，我们自由。

我们雄浑，我们悠久。

一切的一，悠久。

一的一切，悠久。

悠久便是你，悠久便是我！

悠久便是他，悠久便是火！

火便是你！

火便是我！

火便是他！

火便是火！

翱翔！翱翔！

欢唱！欢唱！

我们欢唱，我们翱翔。

我们翱翔，我们欢唱。

一切的一，常在欢唱。

一的一切，常在欢唱。

是你在欢唱？是我在欢唱？

是他在欢唱？是火在欢唱？

欢唱在欢唱！

欢唱在欢唱！

只有欢唱！

只有欢唱！

欢唱！

欢唱！

欢唱！

［提示］

郭沫若（1892—1978），原名郭开贞，字鼎堂，笔名沫若、麦克昂，等。四川省乐山人，著名文学家、剧作家、诗人、历史学家。郭沫若著述颇丰，是中国新诗的奠基人，主要作品有诗集《女神》、《星空》等。

郭沫若是一位天才式的浪漫诗人，富有创造精神，对中国新诗创作做出了巨大贡献。他的诗风豪放，富有想象力，《凤凰涅槃》就是其最具代表性的作品。全诗分为序曲、主曲、变奏曲和高潮曲四个部分，其中凤歌、凰歌和凤凰同歌是主曲。诗中用大量的笔墨描绘了一个毁坏旧传统，创造新生活的青春时代。诗中描写了追求新生，浴火重生的凤凰，序曲中用第三人称向我们展示了凤凰"集香木以自焚"的背景，体现了诗人否定自我，不畏强权的反抗精神，同时也表达了诗人追求理想社会和全新生活的创造精神；主曲和高潮曲更是摧枯拉朽，用"明朗"、"华美"、"芬芳"等昭示新时代的美好和对祖国新生的强烈渴望；诗人在诗中借用凤凰涅槃的故事，表现出与万物结合的自然力量，歌颂具有叛逆自由精神的自我形象，体现了属于五四时代特有的时代精神。《凤凰涅槃》之所以具有如此光彩夺目的色彩，正是因为包含了这样的时代精神，这与郭沫若的"新诗是'写'出来的，是自然倾泻出来的，不加人工的雕饰"的理论是一脉相承的。

《凤凰涅槃》艺术风格雄浑壮丽，正是基于不拘一格的诗歌形式。郭沫若响应五四时期的个性解放的大潮，主张立足于变和创造，打破固有的形式，倡导不受拘束的自由体。在此诗中，诗的形式随着故事的发展活泼且多变，节奏也随着思想感情的流泻明快且悠扬，充满了浓郁的浪漫主义色彩和强烈的英雄主义基调。

（孙　洁）

炉 中 煤

郭沫若

啊，我年轻的女郎！
我不要辜负你的殷勤，
你也不要辜负了我的思量。
我为我心爱的人儿
燃到了这般模样！

啊，我年轻的女郎！
你该知道了我的前身？
你该不嫌我黑奴卤莽？
要我这黑奴的胸中，
才有火一样的心肠。

啊，我年轻的女郎！
我想我的前身
原本是有用的栋梁，
我活埋在地底多年，
到今朝才得重见天光。

啊，我年轻的女郎！
我自从重见天光，
我常常思念我的故乡，
我为我心爱的人儿
燃到了这般模样！

[提示]

郭沫若是五四时期新诗的奠基者，更是一位有志有识的爱国诗人。

《炉中煤》作为诗人爱国主义诗篇的代表作，突出地体现了诗人诗作的浪漫主义的艺术风格，并淋漓尽致地抒发了诗人对祖国的热爱之情。

在这首诗中，诗人向我们表达了一种强烈的爱国激情。他运用拟物手法将自己比作"炉中煤"，运用拟人手法将自己热爱的祖国比作自己钟爱的"年轻的女郎"，充分注重两者内在的个性气质，借此来抒发自己热烈奔放的情绪，两对意象很好地结合，尽显诗人的浪漫气质。

田汉曾认为郭沫若的诗是他的自叙传，这与郭沫若认为诗的本质是表现，是由内而外的扩张，是一致的。这首诗很好地践行了诗人自己的新诗理论。诗人创作此诗时正处于日本留学期间，祖国此时正处于五四新文化运动期间，诗人对祖国的一腔热情只能隔着海峡吟诗传达，正如一对追求热烈爱情的恋人互诉衷肠一样。值得注意的是，诗人并未将自己眷恋的祖国比作母亲，而是比作"年轻的女郎"、"心爱的人儿"，抒发的感情也更加极致，这也是诗人主张表现论的积极意义，即提倡新诗创作的个性和创造性。

此外，此诗的形式是诗人提倡的自由体，有利于诗人突破束缚，流畅传达对祖国的眷恋之情；结构安排精致，第一节抒发爱恋之情，第二、三节在抒发爱恋之情的同时，表达爱国之志，理想与热恋充分结合，最末一节再次抒发热烈之情，与第一节相呼应，从而形成回环往复的节奏。情绪得到很好体现的同时，结构也显得大气得体。

（孙　洁）

地球，我的母亲

郭沫若

地球，我的母亲！
天已黎明了，
你把你怀中的儿来摇醒，
我现在正在你背上匐行。

地球，我的母亲！
我背负着我在这乐园中逍遥。
你还在那海洋里面，
奏出些音乐来，安慰我的灵魂。

地球，我的母亲！
我过去，现在，未来，
食的是你，衣的是你，住的是你，
我要怎么样才能够报答你的深恩？

地球，我的母亲！
从今后我不愿常在家中居处，
我要常在这开旷的空气里面，
对于你，表示我的孝心。

地球，我的母亲！
我羡慕的是你的孝子，田地里的农人，
他们是全人类的褓母，
你是时常地爱顾他们。

地球，我的母亲！

我羡慕的是你的宠子，炭坑里的工人，
他们是全人类的 Prometheus，
你是时常地怀抱着他们。

地球，我的母亲！
我羡慕那一切的草木，我的同胞，你的儿孙，
他们自由地，自主地，随分地，健康地，
享受着他们的赋生。

地球，我的母亲！
我羡慕那一切的动物，尤其是蚯蚓——
我只不羡慕那空中的飞鸟：
他们离了你要在空中飞行。

地球，我的母亲！
我不愿在空中飞行，
我也不愿坐车，乘马，著袜，穿鞋，
我只愿赤裸着我的双脚，永远和你相亲。

地球，我的母亲！
你是我实有性的证人，
我不相信你只是个梦幻泡影，
我不相信我只是个妄执无明。

地球，我的母亲！
我们都是空桑中生出的伊尹，
我不相信那缥缈的天上，
还有位什么父亲。

地球，我的母亲！
我想宇宙中的一切都是你的化身：
雷霆是你呼吸的声威，

雪雨是你血液的飞腾。

地球，我的母亲！
我想那缥缈的天球，是你化妆的明镜，
那昼间的太阳，夜间的太阴，
只不过是那明镜中的你自己的虚影。

地球，我的母亲！
我想那天空中一切的星球，
只不过是我们生物的眼球的虚影；
我只相信你是实有性的证明。

地球，我的母亲！
已往的我，只是个知识未开的婴孩，
我只知道贪受着你的深恩，
我不知道你的深恩，不知道报答你的深恩。

地球，我的母亲！
从今后我知道你的深恩，
我饮一杯水，纵是天降的甘霖。
我知道那是你的乳，我的生命羹。

地球，我的母亲！
我听着一切的声音言笑，
我知道那是你的歌，
特为安慰我的灵魂。

地球，我的母亲！
我眼前一切的浮游生动，
我知道那是你的舞，
特为安慰我的灵魂。

地球，我的母亲！
我感觉着一切的芬芳彩色，
我知道那是你给我的玩品，
特为安慰我的灵魂。

地球，我的母亲！
我的灵魂便是你的灵魂，
我要强健我的灵魂来，
报答你的深恩。

地球，我的母亲！
从今后我要报答你的深恩，
我知道你爱我你还要劳我，
我要学着你劳动，永久不停！

［提示］

　　郭沫若认为诗是抒情的。他曾在《诗歌的创作》中这样说："抒情并不是要限于抒写个人的小感情，不是的，绝不是的。一个伟大的诗人或一首伟大的诗，无宁是抒写时代的大感情的。"《地球，我的母亲》无疑是一首非常具有抒情特征的诗作。诗中表达了一种对于新的时代和新的社会理想的永恒追求：诗人将地球比作母亲，人类成了地球母亲的儿女子孙；诗人怀着无比崇敬的信仰赞美着地球母亲的孝子和宠子，赞赏着在大地上流血流汗的劳工；诗人擅长自我否定，认为过去的自我曾是不肖子孙，而将来的自己必将抛弃过去的一切束缚，勇敢追求全新的自己，报答母亲的恩泽。正是通过这样的自然情绪的流露，诗人在字里行间将地球人格化，纷繁的自然现象构成了有机的因果链条，在诗人的想象中完成了对时代和理想的歌颂。

　　这首诗读起来铿锵有力，极具震撼美和节奏感，是因为诗人运用了多种艺术表现手法，例如比喻、拟人和反复。诗人也非常注重节奏感的营造，用丰富的意象和强烈的情绪流露来表现节奏的震撼力。这正是诗人节奏论的精华，即注重诗的情调和诗的内在节奏。

（孙　洁）

死 水

闻一多

这是一沟绝望的死水，
清风吹不起半点漪沦。
不如多扔些破铜烂铁，
爽性泼你的剩菜残羹。

也许铜的要绿成翡翠，
铁罐上锈出几瓣桃花；
再让油腻织一层罗绮，
霉菌给他蒸出些云霞。

让死水酵成一沟绿酒，
飘满了珍珠似的白沫；
小珠们笑声变成大珠，
又被偷酒的花蚊咬破。

那么一沟绝望的死水，
也就夸得上几分鲜明。
如果青蛙耐不住寂寞，
又算死水叫出了歌声。

这是一沟绝望的死水，
这里断不是美的所在，
不如让给丑恶来开垦，
看他造出个什么世界。

一九二五年四月

［提示］

闻一多（1899—1946），原名闻家骅，又名一多，字友山、友三，湖北省蕲水县人。中国现代著名爱国主义诗人。主要作品有诗集《红烛》、《死水》，出版有《闻一多全集》。

闻一多是新诗创作的实践者，更是新诗格律化的理论大家，他提倡作诗讲求"三美"，即"音乐的美"，"绘画的美"和"建筑的美"。《死水》作为闻一多的爱国主义经典诗作，在充分实践这一新格律诗理论的基础之上，在颓废的美学氛围中表现出深沉的爱国热情。

朱自清曾经说过，闻一多差不多是现代唯一的爱国诗人。古往今来，称得起爱国诗人的称号的诗人并不多，《死水》就是闻一多爱国热情的最好见证。诗人在国外留学多年，见惯了浓烟滚滚的现代工业城市，心中始终长存着祖国那一份青山绿水，宁静旷达的画面，因而也就对祖国愈加思念。然而，现实中的祖国已不复往日的容颜，成了一沟绝望的死水。诗人并未直接描述客观的死水，而是将死水这一意象象征化，并充分调动想象，"扔些破铜烂铁，泼你的剩菜残羹，让油腻织一层罗绮，霉菌给他蒸出些云霞"，这一系列诅咒般的想象彻底激起了诗人的强烈的情绪波澜，正所谓"爱之愈深，恨之愈切"，诗人用自己强烈的情绪诅咒自己所深深热爱的祖国，正是希望通过这一系列的行动唤醒沉睡中的祖国，让死水变成活水，不再继续腐烂下去。

这首诗是新格律诗的佳作，是闻一多实践"三美"的典范之作。"翡翠"、"桃花"、"罗绮"、"云霞"，还有"绿酒"和"白沫"，这些看似鲜明实则丑恶的意象为读者带来了强烈的视觉冲击；结构方面，诗人将全诗设为五节，节节四句，句句九字，整饬大方，是自由体诗散漫的形式所不能比拟的；节奏更是清晰明了，读来极富音乐的美感。

（孙　洁）

太 阳 吟

闻一多

太阳啊，刺得我心痛的太阳！
又逼走了游子的一出还乡梦，
又加他十二个时辰的九曲回肠！

太阳啊，火一样烧着的太阳！
烘干了小草尖头的露水，
可烘得干游子的冷泪盈眶？

太阳啊，六龙骖驾的太阳！
省得我受这一天天的缓刑，
就把五年当一天跑完那又何妨？

太阳啊——神速的金乌——太阳！
让我骑着你每日绕行地球一周，
也便能天天望见一次家乡！

太阳啊，楼角新升的太阳！
不是刚从我们东方来的吗？
我的家乡此刻可都依然无恙？

太阳啊，我家乡来的太阳！
北京城里的官柳裹上一身秋了吧？
唉！我也憔悴的同深秋一样！

太阳啊，奔波不息的太阳！
你也好像无家可归似的呢。

啊！你我的身世一样地不堪设想！

太阳啊，自强不息的太阳！
大宇宙许就是你的家乡吧。
可能指示我的家乡的方向？

太阳啊，这不像我的山川，太阳！
这里的风云另带一般颜色，
这里鸟儿唱的调子格外凄凉。

太阳啊，生命之火的太阳！
但是谁不知你是球东半的情热，
同时又是球西半的智光？

太阳啊，也是我家乡的太阳！
此刻我回不了我往日的家乡，
便认你为家乡也还得失相偿。

太阳啊，慈光普照的太阳！
往后我看见你时，就当回家一次，
我的家乡不在地下乃在天上！

［提示］

　　《太阳吟》创作于闻一多在美国留学期间，发表于诗人的母校清华大学的《清华周报》上。初读此诗，我们便为诗人激情澎湃、热情奔放的思乡爱国之情所感染打动。的确，莘莘学子为求学而远赴异国他乡，在见到了太阳后突感自己漂泊无依，顿生思乡念国之情也是人所共知的情感体验。然而，诗人并未借物抒情，直抒胸臆，一路抒发自己对祖国和家乡的思念之情。太阳的东升西落、奔波不息触动了诗人的情感闸门，同时也带动了诗人的想象之翼。太阳在诗人的眼里成了神话故事中"神速的金乌"，带着诗人驰骋在广袤的地球上，一睹日思夜想的家乡的风采。正是在此时，诗人的思想感情由沉郁的思乡之情升华为积极的向上情调，太阳自强不息的精神带给了诗人无限的奋斗激情，使得诗人将对家乡的爱念转化为智慧的火光，支撑着诗人在异国他乡生活和学习，从而报效祖国。

　　闻一多是新格律诗的发起者和提倡者。这首诗在构思上异常巧妙，充分运用比、兴的手法，借助太阳表达对于家乡的思念之情，符合古典诗歌的韵味和意境；形式上节节整饬，句句均齐，是一种整齐的"建筑美"；而全诗押"ang"韵，韵律齐整，读来铿锵有力，与诗的内在情感步调一致。

　　　　　　　　　　　　　　　　　　　　　　　　　　　（孙　洁）

忘 掉 她

闻一多

忘掉她，象一朵忘掉的花！——
那朝霞在花瓣上，
那花心的一缕香，
忘掉她，象一朵忘掉的花！

忘掉她，象一朵忘掉的花！
象春风里一出梦，
象梦里的一声钟，
忘掉她，象一朵忘掉的花！

忘掉她，象一朵忘掉的花！
听蟋蟀唱得多好，
看墓草长得多高；
忘掉她，象一朵忘掉的花！

忘掉她，象一朵忘掉的花！
她已经忘记了你，
她什么都记不起，
忘掉她，象一朵忘掉的花！

忘掉她，象一朵忘掉的花！
年华那朋友真好，
她明天就教你老；
忘掉她，象一朵忘掉的花！

忘掉她，象一朵忘掉的花！

如果是有人要问，
就说没有那个人，
忘掉她，象一朵忘掉的花！

忘掉她，象一朵忘掉的花！
象春风里一出梦，
象梦里的一声钟！
忘掉她，象一朵忘掉的花！

［提示］

闻一多不仅是著名的爱国诗人，更是一位饱含感情的慈爱父亲。这首诗就是诗人为自己挚爱的女儿写下的动人诗篇，语言优美，字里行间流露出对爱女的真挚感情。初读此诗，诗中美丽的意象和流露的感情，让人误以为这是一首凄美的爱情诗，"花心的香"、"春风里的梦"、"梦里的钟"，还有那因为曾经爱她至深、如今决意忘记的情意，都契合了关于爱情的全部想象。然而，正如诗论家们所评说的那样，爱情本身就是一个宽泛的所指，如果仅仅将男女之间的恋爱认定为爱情，不免禁锢了爱情的涵义，世俗化了爱情的圣洁。相反，诗人将一位父亲对女儿的悼念用美丽的意象和真挚的感情幻化成为诗句，更是体现了诗人别出心裁的创意和对爱女深切的怀念之情。"墓草"和"蟋蟀"都昭示着爱女的远走，活着的人只好将这份感情深埋心底，让"时间"和"年华"将一切风干。诗人在一连串的"忘掉她，象一朵忘掉的花"的重叠诗句中，完成了对爱女感情的升华。

不得不指出的是，诗人的这首诗作和以往有所不同，在整体的意蕴和结构上，诗人借鉴了美国现代女诗人蒂丝黛儿（San Teasadale，1884—1933）同名诗歌 Let It Be Forgotten（忘掉它）。诗人将不幸病逝的爱女比喻为短暂开放、转瞬即逝的花，表达了对爱女幼小生命夭亡的深切惋惜，而整体结构上，诗人意象的编排和诗句的安排更为复杂，这也充分体现了诗人对逝去的爱女感情更为细腻缠绵，更加难以忘怀。

（孙　洁）

再 别 康 桥

徐志摩

轻轻的我走了，
　　正如我轻轻的来；
我轻轻的招手，
　　作别西天的云彩。

那河畔的金柳，
　　是夕阳中的新娘；
波光里的艳影，
　　在我的心头荡漾。

软泥上的青荇，
　　油油的在水底招摇；
在康河的柔波里，
　　我甘心做一条水草！

那榆阴下的一潭，
　　不是清泉，是天上虹；
揉碎在浮藻间，
　　沉淀着彩虹似的梦。

寻梦？撑一支长篙，
　　向青草更青处漫溯；
满载一船星辉，
　　在星辉斑斓里放歌。

但我不能放歌，

悄悄是别离的笙箫；
　夏虫也为我沉默，
　　沉默是今晚的康桥！

悄悄的我走了，
　正如我悄悄的来；
　我挥一挥衣袖，
　　不带走一片云彩。

［提示］

徐志摩（1897—1931年），名章垿，小字槱森，后改名志摩，浙江海宁县硖石镇人。现代诗人、散文家。主要作品有诗集《志摩的诗》、《翡冷翠的一夜》、《猛虎集》、《云游》。

徐志摩是新月派的著名诗人，他一生追求爱、自由与美。他写过散文、小说、戏剧，还做过翻译，但最终以抒情诗而享誉中外诗歌史。《再别康桥》无疑是徐志摩最为外界所熟识的一首代表作，也是成就了他在诗歌史上独特的地位的一首诗。仔细读来，这的确是一首无论从思想内容还是艺术手法上说，都显得美不胜收的抒情诗。久违的学子即将作别曾经的母校，这是我们所能读到的诗的最表层的情意。诗人极力营造一种轻盈之感："轻轻的我走了，正如我轻轻的来；我轻轻的招手，作别西天的云彩"。无论是这三个"轻轻的"，还是这"西天的云彩"，都展现了诗人洒脱、飘逸的翩翩风度；接下来，诗人再度选取斑斓的意象——金柳、青荇和潭水，而这三个意象，在诗人笔下并不仅仅是自然界中的美丽景色，而是幻化成一层全新的意境，这是诗人自己创造的情感世界，也就是诗人的第二层情意。诗人将"金柳"暗喻为"夕阳中的新娘"，把"潭水"想象成"天上虹"，揉碎后变作了"彩虹似的梦"。如此美景之中，诗人甘心变作"康河柔波里的一条水草"，对往日情意的缱绻怀念溢上心头；诗人不甘失去曾经的美好生活，他渴望寻找逝去的梦，然而，美景尽管依旧在目，人事却已全不似往日，诗人此时的怅惘之情可见一斑，不能放歌，只好沉默。

徐志摩作为新月派的主要人物，自然是闻一多"音乐美、绘画美、建筑美"的忠实追随者，尤其认可"音乐美"，这从他的诗歌实践中便可看出。在这首诗中，除了诗人那渴望旧日"诗化生活"的寻梦情意之外，最为感染人们的便是诗句自身所具有的美丽动听的音节，每行三顿、每节四行的节奏，读来柔美且顿挫；错落有致的诗行排列，也充分表达了诗人洒脱飘逸的姿态下，实则忧郁难以忘怀的难言之情。

（孙　洁）

雪花的快乐

徐志摩

假如我是一朵雪花，
翩翩的在半空里潇洒，
　　我一定认清我的方向——
　　飞扬，飞扬，飞扬，——
这地面上有我的方向。

不去那冷漠的幽谷，
不去那凄清的山麓，
　　也不上荒街去惆怅——
　　飞扬，飞扬，飞扬，——
你看，我有我的方向！

在半空里娟娟的飞舞，
认明了那清幽的住处，
　　等着她来花园里探望——
　　飞扬，飞扬，飞扬，——
啊，她身上有朱砂梅的清香！

那是我凭借我的身轻，
盈盈的，沾住了她的衣襟，
　　贴近她柔波似的心胸——
　　消溶，消溶，消溶——
溶进了她柔波似的心胸！

[提示]

众所周知，徐志摩是一个热爱生活、充满热情的诗人，他的一生追求的是一种被他理想中的"诗化生活"。《雪花的快乐》正是他对这种生活以及这种感情的追求过程的呈现。全诗设定在一个"假如"的基础之上，诗人将"雪花"设定为自己的代言人，这个雪花曾经漂泊无依，如今失却了爱的家园，然而他不灰心丧气，依旧"翩翩的在半空里潇洒"，并能够认清自己的方向，舍弃"冷漠的幽谷"、"凄清的山麓"和"荒街"，去地面上寻找自己的方向，这无疑表明了诗人的生活态度，那是一种积极向上、热爱生活的潇洒姿态。

除了诗人自比的"雪花"，这首诗中还存在另一个意象——梅，还是一株朱砂梅。这个散发朱砂梅清香的"她"，已然是诗人心中理想爱人的化身。"她"是梅，"她"高洁可爱，住在清幽的住处，出入美丽的花园，"她"有柔波似的心胸，能够容纳执着追求爱与自由的"雪花"，这是灵魂的恋歌！

卞之琳曾认为，从音节美方面说，这首诗是徐志摩最好的诗。的确，这是一首充满和谐韵律的欢快之歌，每节都押一个韵，轻快活泼之感顿生；重复出现三次的"飞扬，飞扬，飞扬"也在无意间将节奏引向轻快酣畅。这种轻松洒脱的调子与日后诗人诗句中出现的苦涩和忧郁形成了鲜明对比。

（孙　洁）

沙扬娜拉

——赠日本女郎

徐志摩

最是那一低头的温柔，
  像一朵水莲花不胜凉风的娇羞，
道一声珍重，道一声珍重，
  那一声珍重里有蜜甜的忧愁——
  沙扬娜拉！

［提示］

《沙扬娜拉》本是组诗，共十八首。徐志摩在《志摩的诗》再版时，删除了前面的十七首，只留最后一首，由此可见这首诗在诗人心中有着举足轻重的地位。

的确，这首写于陪同泰戈尔游历日本期间的诗短小却隽永，大概是受到了泰戈尔的影响，短短几句诗句，却凭借富于魅力的语言和触及灵魂深处的情意，而受到了人们的广泛喜爱，经久不衰。全诗充满了富于独到意味的意象和对比。诗人在游历扶桑期间遇到了温柔娇羞的日本女郎，她的礼貌多情的气质令诗人过目不忘，甚至将其比作中国古典诗词中"出淤泥而不染"的水莲花。传统意义上的水莲花是亭亭玉立、落落大方的，诗人看到的却是一朵"不胜凉风的娇羞"的水莲花，这看似矛盾实则韵味无穷的对比，恰到好处地体现了日本女郎融高雅和娇羞于一处的迷人姿态；天下无不散之筵席，离别既已注定，日本女郎和诗人之间的那一声"珍重"，便包含了千言万语，化成了一份"蜜甜的忧愁"。这一份情意便是那不得不道别的淡淡离情，还有一份缠绵其中的甜蜜，相遇了，经历了，便是世上最美的事情。

这首诗短小隽永，构思巧妙，诗开头的比喻惟妙惟肖，刻画人物姿态入木三分；节奏悠扬，音节整饬；最令人称道的则是诗人的语言功力，短短数字，却能道出人内心深处意识的流动。而最后一句悠扬的"沙扬娜拉"恐怕是对日语"再见"最美丽的翻译了，轻轻唤着，惜别画面跃然纸上。

（孙　洁）

半夜深巷琵琶

徐志摩

又被它从睡梦中惊醒，深夜里的琵琶！
　　是谁的悲思，
　　是谁的手指，
象一阵凄风，象一阵惨雨，象一阵落花，
　　在这夜深深时，
　　在这睡昏昏时，
挑动着紧促的弦索，乱弹着宫商角徵，
　　和着这深夜，荒街，
　　柳梢头有残月挂，
啊，半轮的残月，象是破碎的希望他，他
　　头戴一顶开花帽，
　　身上带着铁链条，
在光阴的道上疯了似的跳，疯了似的笑，
　　完了，他说，吹糊你的灯，
　　她在坟墓的那一边等，
等你去亲吻，等你去亲吻，等你去亲吻！

[提示]

　　"夜深深"、"睡昏昏"时，又袭来琵琶的"悲思"，携着"凄风"、"惨雨"、"落花"，穿梭在"荒街"，听碎了残月。琵琶声在构思上既是比，又是兴，缓缓铺陈出诗人悲切的内心，全诗一至九行皆铺垫，从第十行由对琵琶声的描写转入内心悲思的强烈抒发，是全诗的重心所在，也是琵琶声抒情意蕴的直接升华。这里，由"半轮残月"引出"他"的形象，"他"既可指抒情主人公心中"破碎的希望"，是无形无影情感的形象化表现，是一种比喻；又可指怀着这"破碎的希望"的抒情主人公自身，是一个人。可笑残破落魄的外貌和疯癫挣扎的举止背后一个悲剧的形象正在从诗里挣脱出来，好似在读者耳边说："吹糊你的灯……"，瞬间诗境陷入黑暗。全诗基调精致而哀婉，在"她"出现时此感情达到了高潮，"她"既指与诗人深深相恋而又不可望及的女子，又指与爱人相关的幸福、理想等人生希望，既是实指又是象征。隔着坟墓的亲吻透出凄艳和诡秘，最后三句"等你去亲吻"的重复，更像是在心底悲痛的嘶吼，最冰冷和最温暖的交织写出人对爱的热切渴望，更写尽了诗人受尽磨难之后的凄苦、绝望。

全诗长短诗行有规律地间隔着，长句每行六个节拍，短句每行三个或四个节拍，整齐且富有变化。短句诗行押韵，并多次换韵。诗由琵琶引出，又好似一首琵琶曲，悲情而不刺耳，凄婉中又带着和谐的音调，让人回味。

（孙　洁）

采 莲 曲

朱 湘

小船啊轻飘，
杨柳呀风里颠摇；
荷叶呀翠盖，
荷花呀人样娇娆。
日落，
微波，
金线闪动过小河，
左行，
右撑，
莲舟上扬起歌声。

菡萏呀半开，
蜂蝶呀不许轻来，
绿水呀相伴，
清净呀不染尘埃。
溪间，
采莲，
水珠滑走过荷钱。
拍紧，
拍轻，
桨声应答着歌声。

藕心呀丝长，
羞涩呀水底深藏；
不见呀蚕茧，
丝多呀蛹裹中央？

溪头，

采藕，

女郎要采又夷犹。

波沉，

波升，

波上抑扬着歌声。

莲蓬呀子多，

两岸呀榴树婆娑，

喜鹊呀喧噪；

榴花呀落上新罗。

溪中，

采莲，

耳鬓边晕着微红。

风定，

风生，

风飔荡漾着歌声。

升了呀月钩，

明了呀织女牵牛；

薄雾呀拂水，

凉风呀飘去莲舟。

花芳，

衣香，

消溶入一片苍茫；

时静，

时闻，

虚空里袅着歌音。

［提示］

朱湘（1904—1933），字子沅，原籍安徽太湖，生于湖南沅陵，1927
年 9 月至 1929 年 9 月，到美国留学，回国后曾任教于安徽大学，1933 年

12 月 5 日，他从上海到南京的轮船上，投江自杀。著有《夏天》、《石门集》、《中书集》、《永言集》等。

《采莲曲》是《草莽集》中的名篇，是朱湘创作于 21 岁完婚之时，但其与妻子的结合之情多是源于父母早丧，寄人篱下的同病相怜，所以诗中营造的欢快恬然的意境并不是朱湘当时的真实心境，而可以理解为他对人生的理想归宿所在。

朱湘是新月派一位重要诗人，虽然朱湘很早就与徐志摩反目，因此有人否定其为新月派诗人，但朱湘却是最认真地实践了新月派"理性节制情感"的美学与原则的。这首《采莲曲》便是明证。全诗分五节。首节写采莲女摇船随风入荷池，身姿和心情都如"杨柳"般轻盈婀娜，在"日落"、"微波"、"荷花"的美景中，采莲女不禁放声歌唱。第二节写采莲女像莲花一样"不染尘埃"，穿梭于溪间，绿水相伴，纤纤玉手，滑过荷花上的水珠。第三、四节中细腻地描绘了莲藕和莲蓬，水波随着歌声起伏，水下深藏的藕心，羞涩如夷犹的采莲女，许是因为见到多子的莲蓬吧，她高兴得耳鬓微红，第四节中诗人大胆地把榴树、榴花、喜鹊这些外形与莲蓬子相距甚远的东西与其对照，莲蓬子多，像两岸婆娑的榴树，像喧噪的喜鹊，又像落上新的榴花。第五节，夜幕降临，小月如钩，薄雾轻抚水面，凉风吹着花香和歌声随采莲女离去，消失在一片苍茫。

全诗意境典雅清纯，平和静谧，体现了朱湘诗作中绘画美、音乐美的特点，字句的排列格式独到，体现诗人向往超凡脱俗的人生追求，诗作如少女的眸子一样纯净无邪，不为世俗所污，这境界就是朱湘的心声——他向往着采莲女的"不谙世事"和"与世无争"。

（史　歌）

小 诗 四 首

冰　心

繁星 二八

故乡的海波呵！
你那飞溅的浪花，
从前怎样一滴一滴的敲我的盘石，
　现在也怎样一滴一滴的敲我的心弦。

七一

这些事——
　是永不漫灭的回忆；
月明的园中，
　藤萝的叶下，
　　母亲的膝上。

春水 一零五

造物者——
　倘若在永久的生命中，
　　只容有一极乐的应许。
　我要至诚地求着：
　　"我在母亲的怀里，
　　　母亲在小舟里，
　　　　小舟在月明的大海里。"

一五四

柳条儿削成小桨，
　莲瓣儿做了扁舟——

容宇宙中小小的灵魂，
轻柔地泛在春海里。

［提示］

冰心（1900—1999），原名谢婉莹，笔名冰心，取"一片冰心在玉壶"之意。福建省福州人，著名诗人、作家、翻译家，是我国第一代儿童文学家。代表作品《繁星》、《春水》、《寄小读者》等。她一生的创作历程，显示了从"五四"文学革命到新时期文学的中国现、当代文学发展的伟大轨迹，其行文清丽雅致，开创了多种"冰心体"的文学样式，"冰心体"又被茅盾称为"繁星格"、"春水体"。她善于提炼口语，使之成为文学语言，并把古典文学中的辞章、语汇吸收融化，注入到现代语言中，经过精心提炼、加工，使之相互融合，浑然一体，形成凝练明快，清新婉丽的语言艺术风格，或色彩鲜明，或素缟淡雅，其浓重的抒情性，给人以如诗似画的美感。其错落有致、长短相间的句式以及排比、对句等的适当穿插，更增强了语言的音乐性。

《繁星》是冰心的第一部诗集，由 164 首小诗组成。冰心一生信奉"爱的哲学"，她认为"有了爱，便有了一切"。在《繁星》里，诗人用自己真挚流淌的情感反复吟唱着母爱、童真之爱和自然之爱，以爱的赞歌和深邃的思想表现出一位女性作家独特的创作风格。诗人在感悟自然万物蕴含的感情的同时，表达出对童年生活的美好回忆的爱，以及因多年留学在外而对亲人、对朋友、对家乡的无比思念。

这里选取的第二八首中故乡的大海，在出洋留学的诗人心里饱含着童年的甜蜜，写出了冰心对童年的回忆和眷恋这一基本格调，同时"故乡"这样反复的萦绕在脑海、敲打着心弦，也写出每个游子的心声，读之不免触动，若不是因着远在他乡的孤单落寞，又怎能对故乡有如此刻骨铭心的眷念。

一切景语皆情语，选诗第七一首中运用倒叙和补充的手法，通过对自然景物的描写，不仅抒发了对自然的热爱与歌颂、阐发深刻哲理与人生感悟，更是诗人将自己甜蜜的回忆、绵长的眷念和深深的乡愁融入到景物中，融情入景，情景交融，情藏景中，景中生情，伟大慈祥的母爱，让诗人永存甜腻的回忆。明月、庭院、青藤萝、母亲等几个意象组合成了一幅柔和和惬意闲淡的月夜乘凉图。

　　《春水》是《繁星》的兄弟篇，由 182 首小诗组成。《春水》中，冰心虽然仍旧在歌颂母爱、亲情、童心和大自然，但是她却用了更多的篇幅，来含蓄地表述她本人和同时代青年知识分子的烦恼和苦闷。她用略带着忧愁的温柔笔调，讲述着心中的感受，同时在探索宇宙中生命的意义，表达着要认知世界本相的愿望。

　　选诗一零五、一五四，作为一个拥有温和女性色彩的诗人，造物者与宇宙这样宏伟的事物在其笔下也仍是为其静穆轻柔的感情服务的，这两首诗与选取的《繁星》第七一首诗有相似主题，宇宙和大海好似母亲的怀抱，而"我"如一叶扁舟，荡在这宽广的大海，不管"我"漂泊在何处，"明月"都千里寄托着我的相思。柳条儿、莲瓣儿和明月更是与上一幅月夜乘凉图有异曲同工之妙，观之，让人不禁感叹：这是怎样一个内心细腻而丰富的诗人，她的脑海里又装载了多少甜蜜悠闲的童年时光和浓烈温柔的相思呢？

（史　歌）

伊 底 眼

汪静之

伊底眼是温暖的太阳；
不然，何以伊一望着我，
我受了冻的心就热了呢？

伊底眼是解结的剪刀；
不然，何以伊一瞧着我，
我被镣铐的灵魂就自由了呢？

伊底眼是快乐的钥匙；
不然，何以伊一瞅着我，
我就住在乐园里了呢？

伊底眼变成忧愁的引火线了；
不然，何以伊一盯着我，
我就沉溺在愁海里了呢？

［提示］

汪静之（1902—1996），安徽绩溪人、湖畔诗社诗人。主要作品有《蕙的风》、《寂寞的国》、《耶苏的吩咐》等。曾发起成立"晨光文学社"，后组织了我国现代文学史上最早的新诗团——湖畔诗社。

汪静之一生纯真、思想纯洁、率性大胆，对于情感自由的向往在他的爱情诗中尤为体现。二十岁时诗集《蕙的风》初版，在全国掀起巨大反响。鲁迅对其诗作很是赏识，并给予较高的评价，曾亲自为他修改作品，多次给他教诲和鼓励。"《蕙的风》的内容对于当时封建礼教具有更大的冲击力，它的出版，无疑是向旧社会道德投下了一颗猛烈无比的炸弹，在我国文艺界引起了一场'文艺与道德'的论战。"而这首《伊底眼》正是出自这本席卷诗坛的《蕙的风》。

　　全诗四节十二句，形式工整，在句式运用上，四节诗每节都运用了反诘句，细腻地抒发了爱情带来的欢乐和忧愁，达到了含蓄委婉又不失热烈的艺术效果。每节诗句式相同，强化了诗情的力度，形成了诗歌形式的整饬美，节奏美。语言朴实自然又巧斟细酌，一个"看"的动作变换成四个不同的动词"望""瞧""瞅""盯"，"伊底眼"的每一个动作都牵动着"我"的心，以至于"我"能分辨出你不同状态的目光。此诗立意新颖巧妙，诗名"伊底眼"，字里行间并没有眼睛具体形态的描写，而是运用四个贴切别致的比喻，从被看者的角度写出被"伊底眼"看的感受。"伊底眼"并不是孤立存在着，它们的喻体都在与被看者发生强烈的互动和碰撞，这正是爱情的所在。从"温暖的太阳"、"解结的剪刀"、"快乐的钥匙"，到"忧愁的引火线"，意象变具象，观感变触感，爱情中的甜蜜与忧愁跃然纸上，读者如置身其中。

　　汪静之在他最后一本诗集《六美缘》的自序中说："爱情诗最能培养夫妻爱情，爱情诗最能增进夫妻幸福，因而最能安定家庭，进而也最能创造一个安定祥和的社会环境。正是因为如此，孔圣人把'国风'爱情诗编在最重要的经典'五经'之首中之首。圣人最重视诗教，诗教首先教的是爱情诗。爱情诗是经国之大业。"汪静之这样说，也是这样创作的。众多诗人对眼睛的刻画偏爱有加，眼睛更是情诗中常见的描写对象，而汪静之笔下的"伊底眼"不落俗套，看似直白发露，无藏无掖，实则大胆热烈，犹如直视着这样一双爱情的双眸，让人抗拒不得。

（史　　歌）

弃　妇

李金发

长发披遍我两眼之前，
遂隔断了一切羞恶之疾视，
与鲜血之急流，枯骨之沉睡。
黑夜与蚊虫联步徐来，
越此短墙之角，
狂呼在我清白之耳后，
如荒野狂风怒号：
战栗了无数游牧。

靠一根草儿，与上帝之灵往返在空谷里。
我的哀戚唯游蜂之脑能深印着；
或与山泉长泻在悬崖，
然后随红叶而俱去。

弃妇之隐忧堆积在动作上，
夕阳之火不能把时间之烦闷
化成灰烬，从烟突里飞去，
长染在游鸦之羽，
将同栖止于海啸之石上，
静听舟子之歌。

衰老的裙裾发出哀吟，
徜徉在丘墓之侧，
永无热泪，
点滴在草地
为世界之装饰。

［提示］

李金发（1900—1976），原名李淑良，字遇安，笔名金发，广东梅县人。中国早期象征主义诗人，主要作品有诗集《微雨》、《为幸福而歌》、《食客与凶年》等。

李金发被誉为中国象征主义"第一诗人"和"中国雕塑界之泰斗"，说其诗人一面，因其20年代那批怪模怪样的诗作而称之为"诗怪"；说其雕塑家一面，则因其学成回国后在中国白纸一张的雕塑界拓荒创业而称之为"泰斗"。这里要讲的是其"诗怪"一面，曾著有《微雨》、《为幸福而歌》、《食客与凶年》等诗集，本诗《弃妇》就选自他的第一本诗集《微雨》。

《弃妇》初读晦涩难懂，但细品，其诗意便慢慢浮现。诗有着双重含义。一是本来意义上的被生活蹂躏抛弃的妇女；二是其深层意义，以弃妇象征人的悲慨命运、生存的基本现实。诗人在诗的前两节用第一人称，以弃妇的口吻低诉自己孤寂的凄苦的情怀。弃妇的形象是："长发披遍我两眼之前"，长发落魄遮面，也做她仅有的保护，替她隔断世人对她的蔑视和世界的惨苦。在面对残忍生命衰败的颓废之后，弃妇终于想"靠一根草儿"，隐居在空谷享受上帝之灵的温润。然而此处飘零无所依的"草儿"更像是叙述者本身。接着诗中转变了叙述的主体，弃妇的独白变成了诗人直接的叙述。这一抒情角度的转换有利于从外形来雕塑弃妇的外在形态与内心痛楚。

本诗从修辞上讲运用象征，从表现方式上讲是象征主义，而象征分整体象征和局部象征。前者指"弃妇"象征人的生存、命运；后者指诗中每个主要意象的内涵。李金发深受波德莱尔的法国象征主义影响，本诗包含诗人厌世情感的宣泄，诗中充满跳跃的联想和隐晦的暗喻，现实与幻想相交错，带有鲜明的象征主义色彩。冷丑意象"枯骨"、"蚊虫"、"游蜂"、"游鸦"的运用，以丑入诗，以恶为美，更显见现代主义诗歌深层次的现实色彩。为了追求诗歌的暗示性和意象的奇诡性，他运用"通感"的手法，将感觉、视觉、嗅觉故意交错搭配，造成强烈的艺术效果。如"弃妇之隐忧堆积在动作上，夕阳之火不能把时间之烦闷化为灰烬"，"隐忧"在"堆积"，"烦闷"不能化为"灰烬"，"裙裾"发出"衰老"的"哀吟"，诗人以造型的意象烘托弃妇的隐忧和烦闷。

　　全诗整体虽是痛苦的，但可发现这痛苦中隐隐有一种静谧的安慰感，逐渐出现的意象草、蜂、山泉、红叶也较首节中黑夜、枯骨等显得美好，足以见诗人在唱一曲哀伤、忧郁、绝望的人生悲歌的同时，仍在抒发着生命的和平静穆。就像李金发在另外一首诗《有感》中所写的那样："生命便是／死神唇边／的笑。"

（史　歌）

我是一条小河

冯　至

我是一条小河，
我无心由你的身边绕过，
你无心把你彩霞般的影儿
投入了我软软的柔波。

我流过一座森林，
柔波便荡荡地
把那些碧翠的叶影儿
裁剪成你的裙裳。

我流过一座花丛，
柔波便粼粼地
把那些凄艳的花影儿
编织成你的花冠。

最后我终于
流入无情的大海，
海上的风又厉，浪又狂，
吹折了花冠，击碎了裙裳！

我也随着海潮漂漾，
漂漾到无边的地方；
你那彩霞般的影儿
也和幻散了的彩霞一样！

［提示］

冯至（1905—1993），原名冯承植，字君培，河北涿县人。浅草一沉钟社成员，主要作品有诗集《昨日之歌》、《北游及其他》、《十四行集》等。《我是一条小河》是冯至早期抒情诗的优秀篇章，是一个关于爱情的寓言。冯至是沉钟社的诗人，早期诗作以格调幽婉、韵味浓烈著称。

写于 1925 年的《我是一条小河》便是这样一首抒写爱情的诗，它深入地表达了青年男性对自己所爱的人的爱情渴望，是一首色彩明艳而情调又显得凄美的爱情诗。诗中采用以人拟物的手法，把"我"比作柔波荡漾的"小河"，以"我"流过森林、流过花丛和流入大海的过程为抒情线索，运用"空间"的变更，将对恋人一往情深的忆念和不可改易的情谊娓娓道来，委婉而凄美，又于哀愁中见执念。

格调幽婉、韵味浓烈、构思巧妙、写法新颖是此诗的艺术特点。"无心"、"荡荡地"、"粼粼地"等词的运用可以看出全诗注意运用语言的感情色彩来烘托一种特定浓郁的氛围。诗中"小河"这一流动不止的形象，象征着诗人自己和其内心的动荡感，前行的方向不能自己操控，流过"森林"、"花丛"，最终必然归于大海，这里借自然景物"大海"的厉风狂浪，暗示社会的险恶，暗喻了一种丰富复杂而险恶的现实人生。而"我"的深情则是改变的空间时间中的"不变"，这样的对比既写出了在现实生活面前诗人无力的抗争，也写出了诗人在无望的爱情体验中热烈而又虚幻的感情表达。

在诗的形式上，它自由而又有所敛束。在整体上，它间用对偶与复沓，格式表达自然、优雅，调子舒缓柔曼而又热烈明丽，音律极活泼，调子舒卷自如，别具一种浓烈的韵味。

　　　　　　　　　　　　　　　　　　　　　　　　（史　歌）

十四行诗——我们站立在高高的山巅

冯 至

我们站立在高高的山巅，
化身为一望无际的远景，
化成面前的广漠的平原，
化成平原上交错的蹊径。

哪条路、哪道水，没有关联，
哪阵风、哪片云，没有呼应；
我们走过的城市山川，
都化成了我们的生命。

我们的生长、我们的忧愁
是某某山坡的一棵松树，
是某某城上的一片浓雾；
我们随着风吹，随着水流，
化成平原上交错的蹊径，
化成蹊径上行人的生命。

[提示]

本诗是冯至《十四行集》中的第十六首，创作于 1936 年。《十四行集》收录了冯至写于抗战中期的二十七首十四行诗。"十四行诗"是发源并流行于欧洲的一种格律严谨的抒情诗歌形式，音译为"商籁体"。最初流行于意大利，意大利诗人彼特拉克的创作使其臻于完美，于是又称"彼特拉克体"，后传到欧洲各国。十四行诗的中国代表性诗人是冯至、白马。

本诗意境高远，选择"高点"这一特定视角——"我们站立在高高的山巅"，"我们"、"山巅"、"一望无际的远景"、"广漠的平原"、"交错的蹊径”在天地间激荡出自然之气，路、水、风、云交织成“我们的生命”，囊括了“走过的城市山川”。“我们随着风吹，随着流水，化成平原上交错的蹊径，化成蹊径上行人的生命”，我们与万物互相渗透、互相作用，我们由万物而来，我们又化成了万物，诗人道出了人的生命与世界万物共生共长的真谛。诗中描绘出流动和静止的事物，同时借自然万物的生命写出其蕴含着的对人生哲理性的思考——人存在于万物中，并能与其相互转化生命的能量。这是诗人彼时常居于深山，踽踽独行于山间小道，而产生的对生命与自然交流、呼应的独特感受，是参透了生命与自然真谛后，对自然与人共生共长的道破，广袤中透出细微。

诗中开头与结尾内容遥相呼应，运用排比、类叠（同一个字词或词句，接二连三的反复使用）的修辞手法，强调了我们的人生经验散布在大自然的每一处。全诗语言素朴润实，风格内敛，又含张扬之大气，意蕴深沉，境界高远。

（史　歌）

雨　　巷

戴望舒

撑着油纸伞，独自
彷徨在悠长、悠长
又寂寥的雨巷，
我希望逢着
一个丁香一样地
结着愁怨的姑娘。

她是有
丁香一样的颜色，
丁香一样的芬芳，
丁香一样的忧愁，
在雨中哀怨，
哀怨又彷徨。

她彷徨在这寂寥的雨巷，
撑着油纸伞
像我一样，
像我一样地
默默彳亍着，
冷漠、凄清，又惆怅。

她默默地走近
走近，又投出
太息一般的眼光，
她飘过
像梦一般地，

像梦一般地凄婉迷茫。

像梦中飘过
一枝丁香地，
我身旁飘过这女郎；
她静默地远了，远了，
到了颓圮的篱墙，
走尽这雨巷。

在雨的哀曲里，
消了她的颜色，
散了她的芬芳，
消散了，甚至她的
太息般的眼光，
丁香般的惆怅。

撑着油纸伞，独自
彷徨在悠长、悠长
又寂寥的雨巷，
我希望飘过
一个丁香一样地
结着愁怨的姑娘。

［提示］

戴望舒（1905—1950），现代诗人，祖籍江苏，生于浙江杭州，笔名江恩、艾昂甫等。主要作品有诗集《我的记忆》、《望舒草》等。

《雨巷》写于 1927 年夏天，1928 年在《小说月报》上刊出，诗作在谈者引起强烈反响，他由此获得"雨巷诗人"称号。

1927 年，当时全国处于白色恐怖之中，戴望舒因曾参加进步活动受挫而避居于松江的友人家中，在孤寂中咀嚼着大革命失败后的幻灭与痛苦，内心充满了迷惘的情绪和朦胧的希望。本诗就是他的这种心情的表现。诗中交织着失望和希望，幻灭和追求的双重情调。这种情怀在当时知识分子中是有一定的普遍性的。这种心态，正是大革命失败后一部分有所追求的青年知识分子在政治低压下因找不到出路而陷于惶惑迷惘心境的真实反映。

《雨巷》运用了象征手法。诗人通过那悠长狭窄而寂寥的"雨巷"、在雨巷中徘徊的"独行者"以及那个像丁香一样结着愁怨的"姑娘"等意象，构成了一种象征性的意境，含蓄地暗示出作者既迷惘感伤又有期待的情怀，并给人一种朦胧而又幽深的美感。

诗人把当时黑暗阴沉的社会现实比喻为悠长狭窄而寂寥的"雨巷"，那里没有阳光，也没有生机和活气。而主人公"我"（那个"独行者"）就是在这样的雨巷中孤独地彳亍（chì chù，慢步走，走走停停）着、彷徨着。"我"在孤寂中仍怀着对美好理想和希望的憧憬与追求。诗中"丁香一样的姑娘"就是这种美好理想的象征，"丁香姑娘"这个我们可以认为是实指，是诗人心中期望已久的、高洁又忧郁的姑娘，也可把其当作是诗人心中的理想和追求，表达了诗人对人生的苦闷，对未来的渺茫憧憬。但是，这种美好的理想又是渺茫的、难以实现的。

在《雨巷》描写的意象里，是既明白又朦胧，既确定又飘忽地展示在读者眼前。想象创造了象征，象征扩大了想象。这样以象征方法抒情的结果，使诗人的感情心境表现得更加含蓄蕴藉，也给读者留下了驰骋想象的广阔天地，目睹了诗歌描绘的一幅梅雨时节江南小巷的阴沉图景，感受诗的余香和韵味，借此构成了一个富有浓重象征色彩的抒情意境。

（史　歌）

预　言

何其芳

这一个心跳的日子终于来临，
你夜的叹息似的渐近的足音。
我听得清不是林叶和夜风私语，
麋鹿驰过苔径的细碎的蹄声。
告诉我，用你银铃的歌声告诉我，
你是不是预言中的年轻的神？

你一定来自温郁的南方，
告诉我那儿的月色，那儿的日光。
告诉我春风是怎样吹开百花，
燕子是怎样痴恋着绿杨？
我将合眼睡在你如梦的歌声里，
那温馨我似乎记得，又似乎遗忘。

请停下，停下你长途的奔波，
进来，这儿有虎皮的褥你坐！
让我烧起每一个秋天拾来的落叶，
听我低低唱起我自己的歌。
那歌声像火光一样沉郁又高扬，
火光一样将我的一生诉说。

不要前行，前面是无边的森林，
古老的树现着野兽身上的斑纹。
半生半死的藤蟒一样交缠着，
密叶里漏不下一颗星星。
你将怯怯地不敢放下第二步，

当你听到第一步空寥的回声。

一定要走吗？请等我和你同行！
我的足知道每条平安的路径，
我可以不停地唱着忘倦的歌，
再给你，再给你手的温存。
当夜的浓黑遮断了我们，
你可以不转眼地望着我的眼睛。

我激动的歌声你竟不听，
你的足竟不为我的颤抖暂停。
像静穆的微风飘过这黄昏里，
消失了，消失了你骄傲的足音……
呵，你终于如预言所说的无语而来
无语而去了吗，年轻的神？

［提示］

何其芳（1912 年—1977 年），中国现代著名诗人、散文家、文学评论家。四川万县（现重庆万州）人。主要著作有：散文集《画梦录》，诗集《预言》《夜歌和白天的歌》，文艺论文集《关于现实主义》、《论红楼梦》等。

《预言》写于 1931 年秋。1931 年夏，何其芳爱上了自己的表姐杨应瑞，这段短暂的恋情由于父亲的强烈反对而夭折，这不幸的初恋为他提供了素材和创作的动力。

全诗共分 6 节，第一节是写爱情女神的到来。"渐近的足音"，爱情女神由远而近，诗人早就在企盼爱神的到来，听到了声音——那银铃般的声音，却未见其人，渴望已久的日子终于来临的心情，心仪已久的女神来到身边，这对于青春期少男来说，该是怎样的一种心情？惊喜、激动。年轻的神是这样美丽、温柔、飘逸，轻盈的脚步如同夜的叹息，银铃般美妙的歌声又似乎熟悉。这里，幻想世界中的女神同现实生活中的心上人融为一体，迷离、恍惚，仿佛置身梦幻世界。

第二节诗人描绘了"爱情女神"生活的地方。那里是诗人梦中的天堂，诗人想象着爱情女神的仪态、绰约风姿，肯定她来自美丽温郁的南方：那里有美丽的月色与日光，煦暖的春风吹开百花，多情的燕子痴恋着绿杨。这个梦中的天堂在现实生活中并不存在，只能使诗人留下美妙而又朦胧的记忆："我将合眼睡在你如梦的歌声里，/那温暖我似乎记得，又似乎遗忘。"

　　第三、四、五节写他对"爱情女神"隆重地接待，热烈地倾诉，恳切地挽留，谆谆地告诫，缠绵地依恋，并把她引为知己。当她要执意前往时，诗人又表示愿与她结伴同行，用忘倦的歌，温存的手，明亮的眼睛给年轻的神以温暖，以安慰，以勇气和亮光。至此，诗人已将预言中的神人格化了。诗人愿意陪伴她一路同行，"我可以不停地唱着忘倦的歌，/再给你，再给你手的温存！"

　　第六节写爱情女神的离去。虽然诗人表面上做出了十分大度的妥协，然而当爱情真的远去的时候，诗人毕竟还是抑制不住心中的激动、悲哀与失望。第一节相照应，爱情女神像微风一样轻轻地来、又轻轻地去，没有留下一句话，只留下无尽的寂寥与伤痛。这样写，有"此时无声胜有声"的妙境，韵味无穷。

　　何其芳喜欢在回忆和梦幻中寻找美。他的诗总是在淡淡的哀怨中透出一些欢快的色彩。诗中没有着意刻画"爱情女神"的形象，作者捕捉的是"一些在刹那间闪出金光的"心灵的语言，给读者留下了丰富的想象的空间，使诗有一种宁静、柔婉的朦胧美。

（史　歌）

我为少男少女们歌唱

何其芳

我为少男少女们歌唱。
我歌唱早晨，
我歌唱希望，
我歌唱那些属于未来的事物，
我歌唱正在生长的力量。

我的歌啊，
你飞吧，
飞到年轻人的心中
去找你停留的地方。

所有使我像草一样颤抖过的
快乐或者好的思想，
都变成声音飞到四面八方去吧，
不管它像一阵微风
或者一片阳光。

轻轻地从我琴弦上
失掉了成年的忧伤，
我重新变得年轻了，
我的血流得很快，
对于生活我又充满了梦想，充满了希望。

[提示]

何其芳早在 20 世纪 30 年代初，就以绮丽、精致又略带感伤的诗风闻名于世，在诗歌创作上造诣很深。1938 年他从四川去延安。这首诗写于

1941 年，那正是旧中国艰难的年代，但在延安，诗人生活在另一个新天地之中，他情不自禁地要歌唱，要为少男少女们祝福，了解了这首诗的背景，有利于我们理解诗人和他的这一首诗。

在延安，诗人把满腔热情奉献给活跃在抗战前沿的青年人。在他的眼里，青年是"早晨"，早晨是生机益然，"一日之计在于晨"，青年就是"希望"，理想寄托在他们的身上，青年是"未来的事物"，那里有理想中的光辉现实，青年是"正在生长的力量"，展示出灿烂的前途。诗人讴歌青春和理想、未来和前途，渴望引起"少男少女们"的积极呼应和共鸣。"我的歌啊，/你飞吧，/飞到年轻人的心中/去找你停留的地方。"诗人和年轻人是心心相印、息息相通的，这是琴弦的轻弹，心弦的共鸣。那种"快乐"和"积极的思想"又化为琴声和心曲，像一阵微风、一片阳光，向四面八方传播飞翔。于是，"我重新变得年轻了，/我的血流得很快，/对于生活我又充满了梦想，充满了渴望。"

诗的主题是通过对少男少女的歌唱，热情歌颂了少男少女代表的新生事物，表达了诗人热爱青少年，热爱新生活的感情。诗通过比喻，使抽象变形象，排比层层深入，感情激昂，充满丰富的想象。押 ang 韵，一韵到底，韵脚：唱、望、量、方、想、光、上、伤、望。这首抒情诗自发表以后，一直广为流传，至今还给人很大的鼓舞和美感。它以明快的思想鼓舞人，以炽烈的感情感动人，以优美的语言吸引人。这首诗保持了诗人前期诗作中的丰富想象和生动描写的特色，同时又有新的创造和发展。

　　　　　　　　　　　　　　　　　　　　　（史　歌）

断　章

卞之琳

你站在桥上看风景，
看风景人在楼上看你。

明月装饰了你的窗子，
你装饰了别人的梦。

卞之琳（1910—2000），现代诗人、文学评论家、翻译家。1933年毕业于北京大学英文系，主要作品有：《汉园集》、《雕虫纪历》、《十年诗草》、《人与诗：忆旧说新》等。

《断章》写于1935年10月，是卞之琳的代表作。这是中国新诗史上文字简短、意蕴丰富复杂，蕴含着深刻人生哲理的著名短诗。

诗的内容，大致是说桥上的人正在注视眼前的"风景"，但没料到，自己竟然成了楼上人眼中的"风景"，而楼上人更没料到：自己连同身边那被明月照耀的窗户一同成了"别人"眼中的风景。事实上，两者构成了"看"与"被看"的关系。说不定在"别人"后边还有"别人"，你看着我，我看着他，他看着别的什么人……所谓断章，除了是说从一首长诗中的节选，也可以理解成从生活中截取的一个片断，一个反映生活关系的片断：人可以看风景，也可以成为风景，人生可以互相装饰；明月可以装饰你的窗户，也可以连同你一起去装饰别人的梦。诗人用具体的意象创造了美的画面。诗中的事物都是常见的：人物、小桥、风景、楼房、窗子、明月、梦……作者把这些看来零乱的人和物，巧妙地组合成一幅有人的水墨风景画。在这幅清丽的风景画里，诗人表达了自己对社会和生活理性思考后所获得的人生哲理：在人生历程乃至整个宇宙中，一切都是相对的，又都是互相关联的。所以，《断章》是诗人体验人生、参悟人生的升华，是诗人睿智的结晶。

　　总之，这首短短的四行小诗，至今还受到广大读者的喜爱，主要是因为它清新的画面感和其中包含的哲理。

（史　歌）

血　字

殷　夫

血液写成的大字，
斜斜地躺在南京路，
这个难忘的日子——
润饰着一年一度……

血液写成的大字，
刻划着千万声的高呼，
这个难忘的日子——
几万个心灵暴怒……

血液写成的大字，
记录着冲突的经过，
这个难忘的日子——
狞笑着几多叛徒……

"五卅"哟！
立起来，在南京路走！
把你血的光芒射到天的尽头，
把你刚强的姿态投映到黄浦江口，
把你的洪钟般的预言震动宇宙！

今日他们的天堂，
他日他们的地狱，
今日我们的血液写成字，
异日他们的泪水可入浴。

我是一个叛乱的开始，

我也是历史的长子，

我是海燕，

我是时代的尖刺。

"五"要成为报复的梆子，

"卅"要成为囚禁仇敌的铁栅，

"五"要分成镰刀和铁锤，

"卅"要成为断铐和炮弹！……

四年的血液润饰够了，

两个血字不该再放光辉，

千万的心音够坚决了，

这个日子应该即刻消毁！

[提示]

殷夫（1909—1931），原名徐祖华。浙江象山县人，著名的左翼作家，"左联五烈士"之一，主要作品《孩儿塔》、《伏尔加的黑浪》、《殷夫诗文集》等。

1925年5月30日，在上海爆发了震惊中外的"五卅"惨案。帝国主义的屠杀，点燃了中国人民郁积已久的对帝国主义侵略的仇恨怒火。殷夫于"五卅"惨案发生四周年之际写下此诗，全诗以高亢的激情和愤怒的笔触，痛斥敌人的罪行，呼唤工人阶级和革命者以不屈的意志和必胜的信念继续斗争，直至胜利。

全诗共节，分三个部分。前三节为第一部分，连用三个"血液写成的大字"和三个"这个难忘的日子"构成排比段，向我们简单展示了"五卅"惨案的概况。诗人以回旋的韵律，沉重的脚韵，表达了对"五卅"惨案深沉的追念。第4—6节为第二部分，是诗人对"五卅"精神的讴歌和"五卅"意义的阐析。第4节用拟人手法和第二人称，热情讴歌"五卅"运动的重大意义："五卅"运动展示了工人阶级和革命者的伟大力量，促成了人民的觉醒和团结，增强了必胜的信心，经过"五卅"洗礼将汇成更加巨大的洪流。第5节用对比手法，指出敌人的嚣张只是暂时的，不久的将来必将逃脱不了灭亡的命运。第 6 节把"五卅"勇士比作"长子"、"海燕"、"尖刺"，热情歌颂引领历史潮流的"五卅"精神。第 7 节为第三部分，号召人们发扬"五卅"精神，记住血的教训，以更加坚定的决心投入新的战斗。号召我们继承"五卅"运动的光荣革命传统，化仇恨为力量，团结起来与敌人战斗到底。

《血字》这首诗从大处着眼，小处落笔，很好地处理了虚实之间的关系，将"五卅"运动的内在本质与这两个字的字形融为一体，将历史事件人格化，抽象意义形象化，从而创造出"五卅"这一真实可感的形象。并通过这一形象，号召全国人民牢记历史，团结起来，争取胜利。它不愧是一首气壮山河的"五卅"反帝运动的颂歌，也是一曲为帝国主义及反动统治者所唱的哀歌，更是一篇对工人阶级伟大力量的赞歌！

（史　歌）

别了，哥哥

殷 夫

别了，我最亲爱的哥哥，
你的来函促成了我的决心，
恨的是不能握一握最后的手，
再独立地向前途踏进。

二十年来手足的爱和怜，
二十年来的保护和抚养，
请在这最后的一滴泪水里，
收回吧，作为恶梦一场。

你诚意的教导使我感激，
你牺牲的培植使我钦佩，
但这不能留住我不向你告别，
我不能不向别方转变。

在你的一方，哟，哥哥，
有的是，安逸，功业和名号，
是治者们荣赏的爵禄，
或是薄纸糊成的高帽。

只要我，答应一声说，
"我进去听指示的圈套，"
我很容易能够获得一切，
从名号直至纸帽。

但你的弟弟现在饥渴，

饥渴着的是永久的真理，
不要荣誉，不要功建，
只望向真理的王国进礼。

因此机械的悲鸣扰了他的美梦，
因此劳苦群众的呼号震动心灵，
因此他尽日尽夜地忧愁，
想做个普罗米修士偷给人间以光明。

真理和忿怒使他强硬，
他再不怕天帝的咆哮，
他要牺牲去他的生命，
更不要那纸糊的高帽。

这，就是你弟弟的前途，
这前途满站着危崖荆棘，
又有的是黑的死，和白的骨，
又有的是砭人肌筋的冰雹风雪。
但他决心要踏上前去，
真理的伟光在地平线下闪照，
死的恐怖都辟易远退，
热的心火会把冰雪溶消。

别了，哥哥，别了，
此后各走前途，
再见的机会是在，
当我们和你隶属着的阶级交了战火。

[提示]

作为"左联五烈士"之一，不足 22 岁的殷夫把他的全部生命献给了无产阶级事业。《别了，哥哥》写于 1929 年，这是一篇与反动阶级决裂、决心将自己整个生命献给革命事业的宣言书。殷夫的哥哥徐培根是国民党的高级军官，他试图想把殷夫培养成为统治阶级的人，但是殷夫追求真理，向往革命，决心走无产阶级的路，与广大劳动人民共进退。在诗作中，殷夫清醒地表示不要统治阶级的"荣赏的爵禄"，不要"安逸，功业和名号"，而"只望向真理的王国进礼"。虽然明知"前途满站着危崖荆棘"，到处是"砭人肌筋的冰雹风雪"，他也毅然决然地踏上去。充分地表现了一个革命青年誓死不向黑暗势力低头，坚决与广大劳动人民站在一起的革命决心。

　　全诗以情动人，字里行间灌注了诗人的真情实感，充满了悲壮、激烈、坚定的战斗豪情。诗的前半部分，诗人以肺腑之言感激哥哥的"保护和抚养"，但是诗人"饥渴"着"真理"，"机械的悲鸣"，"劳苦群众的呼号"使诗人决然地宣布自己的"方向"，走无产阶级的路，与劳动人民同生共死。全诗运用第一人称"我"，以"我"的情感、意志为中心，直抒胸臆地倾诉自己的豪情壮志、清醒地宣布自己的立场、观点。诗中没有朦胧、难解的意象；只有明白晓畅的语言，将诗人的内心情感淋漓尽致地展现出来，以无法抗拒的情感力量打动读者。

（李　影）

大堰河——我的保姆

艾　青

大堰河，是我的保姆。
她的名字就是生她的村庄的名字，
她是童养媳，
大堰河，是我的保姆。

我是地主的儿子；
也是吃了大堰河的奶而长大了的
大堰河的儿子。
大堰河以养育我而养育她的家，
而我，是吃了你的奶而被养育了，
大堰河啊，我的保姆。

大堰河，今天我看到雪使我想起了你：
你的被雪压着的草盖的坟墓，
你的关闭的故居檐头的枯死的瓦菲，
你的被典押了的一丈平方的园地，
你的门前的长了青苔的石椅，
大堰河，今天我看到雪使我想起了你。

你用你厚大的手掌把我抱在怀里，抚摸我；
在你搭好了灶火之后，
在你拍去了围裙上的炭灰之后，
在你尝到饭已煮熟了之后，
在你把乌黑的酱碗放到乌黑的桌子上之后，
你补好了儿子们的为山腰的荆棘扯破的衣服之后，
在你把小儿被柴刀砍伤了的手包好之后，

在你把夫儿们的衬衣上的虱子一颗颗的掐死之后，
在你拿起了今天的第一颗鸡蛋之后，
你用你厚大的手掌把我抱在怀里，抚摸我。

我是地主的儿子，
在我吃光了你大堰河的奶之后，
我被生我的父母领回到自己的家里。
啊，大堰河，你为什么要哭？

我做了生我的父母家里的新客了！
我摸着红漆雕花的家具，
我摸着父母的睡床上金色的花纹，
我呆呆地看着檐头的我不认得的"天伦叙乐"的匾，
我摸着新换上的衣服的丝和贝壳的钮扣，
我看着母亲怀里的不熟识的妹妹，
我坐着油漆过的安了火钵的炕凳，
我吃着碾了三番的白米的饭，
但，我是这般忸怩不安！因为我
我做了生我的父母家里的新客了。

大堰河，为了生活，
在她流尽了她的乳液之后，
她就开始用抱过我的两臂劳动了；
她含着笑，洗着我们的衣服，
她含着笑，提着菜篮到村边的结冰的池塘去，
她含着笑，切着冰屑悉索的萝卜，
她含着笑，用手掏着猪吃的麦糟，
她含着笑，扇着炖肉的炉子的火，
她含着笑，背了团箕到广场上去
晒好那些大豆和小麦，
大堰河，为了生活，
在她流尽了她的乳液之后，

她就用抱过我的两臂，劳动了。

大堰河，深爱着她的乳儿；
在年节里，为了他，忙着切那冬米的糖，
为了他，常悄悄地走到村边的她的家里去，
为了他，走到她的身边叫一声"妈"，
大堰河，把他画的大红大绿的关云长
贴在灶边的墙上，
大堰河，会对她的邻居夸口赞美她的乳儿；
大堰河曾做了一个不能对人说的梦：
在梦里，她吃着她的乳儿的婚酒，
坐在辉煌的结彩的堂上，
而她的娇美的媳妇亲切的叫她"婆婆"
……

大堰河，深爱她的乳儿！
大堰河，在她的梦没有做醒的时候已死了。
她死时，乳儿不在她的旁侧，
她死时，平时打骂她的丈夫也为她流泪，
五个儿子，个个哭得很悲，
她死时，轻轻地呼着她的乳儿的名字，
大堰河，已死了，
她死时，乳儿不在她的旁侧。

大堰河，含泪的去了！
同着四十几年的人世生活的凌侮，
同着数不尽的奴隶的凄苦，
同着四块钱的棺材和几束稻草，
同着几尺长方的埋棺材的土地，
同着一手把的纸钱的灰，
大堰河，她含泪的去了。

这是大堰河所不知道的：
她的醉酒的丈夫已死去，
大儿做了土匪，
第二个死在炮火的烟里，
第三，第四，第五
在师傅和地主的叱骂声里过着日子。

而我，我是在写着给予这不公道的世界的咒语。
当我经了长长的飘泊回到故土时，
在山腰里，田野上，
兄弟们碰见时，是比六七年前更要亲密！
这，这是为你，静静的睡着的大堰河
所不知道的啊！

大堰河，今天你的乳儿是在狱里，
写着一首呈给你的赞美诗，
呈给你黄土下紫色的灵魂，
呈给你拥抱过我的直伸着的手，
呈给你吻过我的唇，
呈给你泥黑的温柔的脸颜，
呈给你养育了我的乳房，
呈给你的儿子们，我的兄弟们，
呈给大地上一切的，
我的大堰河般的保姆和她们的儿子，
呈给爱我如爱她自己的儿子般的大堰河。

大堰河，我是吃了你的奶而长大了的
你的儿子，
我敬你
爱你！

［提示］

艾青，原名蒋正涵，号海澄，曾用笔名莪加、克阿、林壁等，浙江省金华人。主要作品有《大堰河——我的保姆》、《艾青诗选》等。

《大堰河——我的保姆》，是一首自传性的抒情诗，写于 1933 年 1 月，艾青因为参加进步活动而被国民党反动派关进监狱。于一日的雪天，想起了自己的乳母，"大堰河，今天我看到雪使我想起了你"，触景生情，便写下了这首《大堰河——我的保姆》。这是艾青代表性作品，诗人第一次使用"艾青"这个笔名，他的人及他的诗也因此诗享誉文坛。诗作饱含感情地追述着一位伟大母亲：大堰河——我的保姆。"她的名字就是生她的村庄的名字，她是童养媳……"，我是"吃了大堰河的奶而长大的"，诗中的"大堰河"确有其人，但她并没有名字，大堰河是生她养他的地方的名字，因此，诗人是用真实的故事抒发自己最真切的情感：她出生卑微，贫穷而任劳任怨，悉心地照顾她的乳儿，乳儿长大后被亲生父母带走，她很伤心却无可奈何，继续劳动，重复着艰辛的生活。她是多么盼望着能吃到乳儿的婚酒，可是没能看到就离开人世。最后留下了"枯死的瓦菲"，"被雪压着的草盖的坟墓"。诗人不仅是在写大堰河，他借大堰河这个伟大的母亲形象，赞美千千万万旧中国的劳动妇女，同时也在控诉着造成大堰河悲惨遭遇的旧社会。诗中并没有一个完整的故事，但诗人利用生活片段、生活细节营造出了一幅幅伟大母爱的画面，倾吐了自己对大堰河的一片深情。

这首诗构思巧妙，一方面表达对儿时保姆的爱；另一方面赞美着像"我的保姆"这样伟大母亲形象的辛勤劳动者，这时的"大堰河"，"她"成了一个象征，大地的象征，一个中国土地上辛勤劳动者的象征，一个伟大母亲的象征："洗着我们的衣服"，"切着冰屑悉索的萝卜"，"掏着猪吃的麦糟"，"扇着炖肉的炉子的火"……这样一幕幕苦难生活的剪影，正是中国大地上伟大母亲的形象。正如诗作的结篇，诗人饱含深情地宣布：把自己的诗"呈给大地上一切的，/我的大堰河般的保姆和她们的儿子，/呈给爱我如爱她自己的儿子般的大堰河"。全诗虽不押韵，各段的句数也不尽相同，但各段之间有着紧密的内在联系，加之排比的恰当运用，使诸多意象繁而不乱，统一和谐。诗歌以一种奔放的气势，流畅的节奏，完美体现了艾青的自由诗体的风格。

（李　影）

我爱这土地

艾 青

假如我是一只鸟，
我也应该用嘶哑的喉咙歌唱：
这被暴风雨所打击着的土地，
这永远汹涌着我们的悲愤的河流，
这无止息地吹刮着的激怒的风，
和那来自林间的无比温柔的黎明……
——然后我死了，
连羽毛也腐烂在土地里面。

为什么我的眼里常含泪水？
因为我对这土地爱得深沉……

[提示]

"土地"是诗人艾青的众多意象中使用频率最高的意象（另一个是"太阳"），它象征着生养他的祖国。对"土地"的热爱是艾青诗歌中唱不完的主旋律。

《我爱这土地》是一首现代诗歌史上广泛流传的抒情诗，集中展现了艾青对"土地"（祖国）的热爱。这首诗写于1938年，在炮火连天，国运危难的时刻，艾青用一只鸟生死眷恋着土地作比，歌唱了对祖国的深沉、炽热的爱以及对侵略者的愤怒与憎恨。

这首诗的显著特点是篇幅短小，构思精巧，全诗以一假设开篇，"假如我是一只鸟，/我也应该用嘶哑的喉咙歌唱"。诗人对土地的热爱，已经达到了不知如何表达的地步，只能舍弃人类的语言而借助鸟的语言来歌唱，但是这种"歌唱"是"嘶哑"的，用了它全部的生命力，看似微不足道却是义无反顾的，使读者联想到"国家兴亡，匹夫有责"的信念。紧接着类似电影蒙太奇式的特写镜头，向我们依次推出了"鸟儿"要歌唱的对象：土地、河流、风、黎明。这样普通的自然意象加上带有强烈感情色彩的修饰语，转化成了一幅幅富有象征意味的画面。随后，诗的第二节"连羽毛也腐烂在土地里面"，塑造了一个忠诚的土地歌者的形象，鸟儿前后生死的对比诠释着生命的意义：我来自土地归于土地。最后，笔锋一转，一问一答，以设问结篇，"为什么我的眼里常含泪水？因为我对这土地爱得深沉……"刻骨铭心的表白，直抒胸臆，把全诗推向高潮。

在写作手法上，全诗虚实结合，以虚拟的视角着笔，"假如我是一只鸟"来表达对土地的挚爱，形象含蓄；以写实的视角落笔，"常含泪水"的眼睛倾诉对土地"深沉"的爱。一虚一实，前后呼应，构筑了完美的内在逻辑结构。诗歌感情真诚而强烈，基调深沉而忧郁，时代的召唤与诗人真情实感完美的结合，极具感染力，紧扣读者的心弦。

（李　影）

老　马

臧克家

总得叫大车装个够，
它横竖不说一句话，
背上的压力往肉里扣，
它把头沉重地垂下！

这刻不知道下刻的命，
它有泪只往心里咽，
眼前飘来一道鞭影，
它抬起头望望前面。

[提示]

臧克家（1905—2004），山东诸城人。现代诗人、作家、编辑家，是诗人闻一多先生的高徒。被誉为"农民诗人"。

在中国现当代诗人中，臧克家是一位精神上与农民息息相关的诗人，他始终注视着苦难的中国大地上挣扎的底层人民。他的第一部诗集《烙印》，取材于农村生活，对农民的悲惨命运寄予了无限的同情，艺术上具有朴实、凝练的特色，受到茅盾、闻一多等人的好评。《老马》即选自此诗集。

诗人曾说过："我曾写下《烙印》，其中《生活》、《希望》和《老马》表现了我的人生观和生活态度。"对此，诗人提出了"个人的坚忍主义"，即不灰心，不颓丧，咬紧牙关，忍受困苦的磨难。《老马》正是对这样的一种生活态度的诠释：一匹衰瘦的老马，承受着无法承受的重荷，默默地忍受着，在主人不堪的驱使中，没有发出任何怨言和抗议，即使"背上的压力往肉里扣"，也只是"把头沉重的垂下"。描写中，诗人通过老马的境遇来塑造着那种背负超重的生活重压，低头忍耐的农民形象。这样的形象所展现出来的普遍意义，正是这个民族所具有的生活态度。

　　《老马》一诗，朴实而又严谨，追求艺术的锤炼，具有一种含蓄、凝重的诗风，被誉为新诗中的"苦吟派"。诗人也曾说："我力求谨严，苦心地推敲追求，希望把每个字放在最恰当的地方，螺丝钉似的把它扭得紧紧的。"像诗中的"总得"、"横竖"、"扣"、"咽"等字词，经过诗人的推敲、凝练，简直就是用农民式的口吻诉说着他们的真实生活。假若换成别的字就无这般自然、精妙了。由于师承关系的影响，臧克家的诗也追求形式的雕琢，但是是在自然的基础上讲究节奏感，反映了格律诗走向自然的趋向。在诗歌《老马》中，每行的字数虽不相同，读起来却朗朗上口，一、三句押韵，二、四句也押韵，极其工整，富于节奏感。

　　　　　　　　　　　　　　　　　　　　　　　　（李　影）

春　鸟

臧克家

当我带着梦里的心跳，
睁大发狂的眼睛，
把黎明叫到了我的窗纸上——
你真理一样的歌声。
我吐一口长气，
拊一下心胸
从床上的恶梦

走进了地上的恶梦。
歌声，
像煞黑天上的星星，
越听越灿烂，
像若干只女神的手
一齐按着生命的键。
美妙的音流，
从绿树的云间，
从蓝天的海上，
汇成了活泼自由的一潭。
是应该放开嗓子
歌唱自己的季节，
歌声的警钟
把宇宙
从冬眠的床上叫醒，
寒冷被踏死了，
到处是东风的脚踪。
你的口
歌向青山，

青山添了媚眼；

你的口

歌向流水，

流水野孩子一般；

你的口

歌向草木，

草木开出了青春的花朵；

你的口

歌向大地，

大地的身子应声酥软；

蛰虫听到你的歌声，

揭开土被

到太阳底下去爬行；

人类听到你的歌声

活力冲涌得仿佛新生；

而我，有着同样早醒的一颗诗心，

也是同样的不惯寒冷，

我也有一串生命的歌，

我想唱，像你一样，

但是，我的喉头上锁着链子，

我的嗓子在痛苦的发痒。

［提示］

《春鸟》写于1942年。当时抗日战争已进入第五个年头，国内政治形势日趋复杂。政治气氛是十分沉闷，人们感到压抑和窒息。此时的作者和几个朋友创办了《文艺丛刊》，宣传抗日救国的思想，不料受到国民党政府的查封，作者的处境十分危险，于一日清晨，在春鸟声中写下了这首诗。诗中通过比喻和象征，含蓄地写出了当时的人们"喉头上锁着链子"的社会现实，表达了对当时的黑暗统治的抗议。

诗作巧妙地以梦开篇：诗人被"把黎明叫到了我的窗纸上"的春鸟的"真理一样的歌声"叫醒了，是从一场恶梦中醒来的，因而是"带着梦里的心跳"，"睁大发狂的眼睛"。但是，噩梦过去了，现实环境却依然那样险恶。从而使"床上的恶梦"立即又"走进了地上的恶梦"。紧接着诗人转笔写春鸟自由的歌唱，叫来了黎明、唤醒了大地，给人们带来了生机盎然的春天。在诗人笔下，春鸟已成为美好事物的象征，成为了能用真理和自由歌唱的人。与春鸟相比，诗人虽然"也有一串生命的歌"，但是"喉头上锁着链子"，"嗓子在痛苦的发痒"。充分揭示了反动派摧残民主，阻挠言论自由的狭隘行为，抒发了进步青年，向往自由、追求真理的愿望。作者曾说："即使从我所写的二十几本诗集中挑出五首，我也会挑它的。"可见这篇力作也是诗人自己最喜爱的作品之一。

　　全诗运用了大量的比喻、拟人等修辞手法，使诗作中一些抽象的意象、感觉形象化、具体化，引发读者的联想和想象，给人以鲜明深刻的印象，如形容歌声的动听，就"像若干只女神的手／一齐按着生命的键。"春鸟"把宇宙从冬眠的床上叫醒"，"寒冷被踏死了"，"青山添了媚眼"，"大地的身子应声酥软"，形象地描绘出春鸟的歌声使大地回春、万物复苏。具有很强的艺术感染力。

（李　影）

给战斗者（存目）

田　间

［提示］

田间（1916—1985），原名童天鉴，安徽省无为人，著名诗人。作品有诗集《给战斗者》、《马头琴歌集》等。

政治抒情长诗《给战斗者》，写于1937年，是一首代表田间诗歌风格的优秀诗篇。全诗共七节，充满了强烈的战斗激情以及对侵略者的无比仇恨。诗人以深沉的感情描述了中国人民曾经有过的朴实而安宁的生活，但是"悲剧的日子来了，暴风雨来了，敌人来了……"，"它要走过我们四万万五千万被害死了的/无声息的尸具上"，"播着武士道底/胜利的放荡的呼喊……"，"我们/必需/战争了"。诗人以凝聚几千年深厚的民族精神，鼓舞着人们为祖国、为民族、为自由而战的激情。这是一首鼓动人民奋起抗争的战歌。

全诗以一种爆发式的情感火花直破读者的心灵，试图把人们的战斗情绪点燃到爆发的程度，与此相应，全诗采用一种独特的"短行"诗体形式，节奏明快、跳跃，如同鼓点儿一般，因此，诗人田间曾被闻一多誉为"时代的鼓手"，"擂鼓的诗人"，他的诗句就像"一声声鼓点，单调，但是响亮而沉重。"在诗作中，为了表达这种闪电式的情感，诗人大量增加句子的停顿，一个完整意义的句子，拆开为几个短的小句子，常常是两三个词，甚至是一个词或者是一个字，使每个词组或词的意义更加突出，从而发挥了他们最大的表现力量。如："他们身上/裸露着/伤疤"，"我们/必须/拔出敌人的刀刃/从自己的/血管。"显然，拆开的词分量增加了。另外，诗人利用反复渲染的感情气势，加之反复、排比的修辞句式，形成一种急迫紧张的节奏，就像阵阵急促的战鼓，很有鼓动性和感染力。田间的这种独特的"短行"的诗歌形式与抗战时期的激烈的情感相当合拍，受到很多人的喜爱，同时也充分发挥了诗歌鼓舞人心的作用。

（李　影）

假使我们不去打仗

田　间

假使我们不去打仗，
敌人用刺刀
杀死了我们，
还要用手指着我们的骨头说：
"看，
这是奴隶！"

［提示］

全诗短短 6 行 30 余字，寥寥数笔，却构思巧妙，以一个假设着笔，"假使我们不去打仗"，面对敌人的侵略和杀戮，是投降还是反抗？诗人简明地回答了这个问题，指出不反抗，不战斗的严重后果：敌人不会放弃杀戮，会"用刺刀杀死了我们"并且"还要用手指着我们的骨头说/看/这是奴隶！"一问一答，简明清晰地表明了不去与侵略者战斗，不仅承受肉体上的毁灭，还有那精神上的侮辱，从而激发了人们的抗战激情，这比正面表达更显坚定和沉着，大大增强了诗的力度，丰富了诗的内涵。使我们今天的读者读来也不会因这特定的政治内容而感到苍白，相反，却是久久的心灵涤荡！

整首诗毫不讲究遣词造句，而是利用这种假设效果，把对生活的现实感受转化为新颖的意象，粗线条的描绘与强烈的情感和谐地结合起来，使人产生多方向的联想和想象。诗作中没有任何铺叙和过渡，而是以一个简单的事实直言相陈，这种利落的气势直破人心。语气急促，字字如鼓，用闻一多先生的评价来说，这首诗是"一字字打入你耳中，打在你的心上。"

田间的这首诗体现了他街头诗的一贯风格，首先是富于现实性、战斗性，充满了对伟大祖国深切的爱。其次是短句排列的诗行形式。利用短句的分行，以短小精悍的内容，激越的情绪，朴素有力的语言，刚健雄浑的诗风，把富有战斗激情的街头诗与抗战时期的时代精神结合得十分默契，达到了鼓舞人心的作用。

（李　影）

泥　土

鲁　藜

老是把自己当作珍珠
就时时怕被埋没的痛苦

把自己当作泥土吧
让众人把你踩成一条道路

［提示］

　　鲁藜，原名许图地，福建同安人。"七月"派诗人。著有诗集《醒来的时候》、《时间的歌》、《天青集》、《鲁藜诗选》等。

　　《泥土》是一首富于人生哲理的抒情短诗，写于抗日战争后期，宣扬一种富于社会责任感的人生态度与处事哲理，表达一种甘于牺牲个人利益的精神信念。这既是诗人的自勉，甘于成为为人民事业铺路的泥土，又是对他人的劝诫，告诉人们要克服高傲的情绪，不要孤芳自赏、自命不凡，要懂得给予而不是索取。因此，这首诗曾影响很多人，成为了他们的座右铭。

　　全诗共四句，篇幅虽短，内涵丰富，富于哲理思辨，加之比喻、对比等手法的运用，使诗意充分地表达出来："珍珠"、"泥土""路"三个意象本身没有特别之处，但经过作者赋予的象征性思想，使诗变得意味深长。"珍珠"，光泽璀璨；"泥土"，朴实无华。在现实生活中，总有一些人把自己当"珍珠"，觉得自己了不起，一旦理想与现实存在差距时，就怨天尤人。于是在痛苦中挣扎，时时产生被埋没的痛苦。那么怎样摆脱这种痛苦呢？"把自己当作泥土吧／让众人把你踩成一条道路"。这无疑告诉我们，作为生命的个体，社会的一员，要甘于平凡，做人民大众事业道路上的泥土，人生价值才会得以实现，在平凡的事业上才会像珍珠一样闪闪发光。在写法上，全诗凝练而不松散，含蓄而不浅露，四句诗中有三句押韵，具有诗的韵律之美。

（李　影）

孤　岛

阿　垅

在掀腾的海波之中，我是小小的孤岛，如同其他的孤岛

在晴丽的天气，我能够清楚地望见大陆边岸的远景

似乎隐隐约约传来了人声，虽然远，但是传来了，人声传来

有的时候，也有一叶小舟渡海而来，在我的岸边小泊

而在雾和冬的季节，在深夜无星之时，我不能看到你了，我只在我的恋慕和向往的心情中看见你为我留下的影子

我，是小小的孤岛，然而和大陆一样

我有乔木和灌木，你的乔木和灌木

我有小小的麦田和疏疏的村落，你的麦田和村落

我有飞来的候鸟和鸣鸟，从你那儿带着消息飞来

我有如珠的繁星的夜，和你共同在里面睡眠的繁星的夜

我有如桥的七色的虹霓，横跨你我之间的虹霓

我，似乎是一个弃儿然而不是

似乎是一个浪子然而不是

海面的波涛嚣然地隔断了我们，为了隔断我们

迷惘的海雾黯澹地隔断了我们，想使你以为丧失了我而我以为丧失了你

然而在海流最深之处，我和你永远联结而属一体，连断层地震也无力使你我分离

如同其他的孤岛，我是小小的孤岛，你的儿子，你的兄弟

［提示］

阿垅（1907—1967），文艺理论家、诗人。原名陈守梅，浙江杭州人。著有长篇小说《南京》，诗集《无弦琴》，文艺论集《人和诗》、《诗与现实》等。

作为"七月"诗派的主要诗人，阿垅对"七月"诗派的形成和发展

有着重要的贡献，无论是旧体诗，还是新体诗，诗篇都是极有个性的，富有战斗性、情感性和哲理性，语言明朗而不晦涩，风格严肃而凝重。正如诗人自誓的那样"孤心作战，以血为书"（《沁园春》）。

1946 年，阿垅在成都编辑文学刊物《呼吸》，《孤岛》这首诗即作于此时。这是一首具有多重意义的象征诗，诗人以"孤岛"自比，予"孤岛"以人格化，成为了诗中的抒情主人公，抒写了"孤岛"像"弃儿"，孤悬在海中，远离大陆，但是"我"对"大陆""恋慕"和"向往"，它的"影子"已留在我的心中，展现了诗人对革命事业的内在情感。最后告诉读者，"孤岛"貌似无所归依，实则是大陆伸出的一部分，在看不见的深海深处，与大陆"永远联结而属一体"。诗篇采用了暗喻的手法，不正面写出题旨，而是选取自然界的"孤岛"，借着这似断实连的自然景观，表达着诗人对革命事业及正义力量不可分割的血肉联系的情感告白。同时，这种暗喻、象征的表现手法，把诗作的深刻的思想和丰富的情感表现得十分的曲折和含蓄，使我们今天的读者读来也是回味无穷。

（李　影）

铸　炼

陈敬荣

将最初的叹息，
最后的悲伤，
一齐投入生命的熔炉，
铸炼成金色的希望。

给黑夜开一个窗子，
让那儿流进来星辉、月光，
在绝静的深山，一片风
就能激起松涛的巨响。

不眠的夜，梦幻与烛火
一同摇落，一同
向暗角缭绕又低翔。

当一声钟敲落永夜，
哭泣吧，亲爱的心啊，
窗上已颤动着银白的曙光。

［提示］

陈敬容（1917—1989），"九叶诗派"女诗人，曾用笔名蓝冰、成辉、文谷等。四川乐山人。作品有《陈敬容选集》、《盈盈集》等。

"九叶"诗派（中国新诗派）是抗战后期和解放战争时期的一个具有现代主义倾向的诗歌流派，紧紧围绕着"光明与黑暗交替"的时代特征，传达着渴望光明的时代情绪。《铸炼》写于1945年，正是抗日战争即将取得最后胜利的关键时期，真实地传达了告别黑暗，迎接光明的乐观之情。在诗中，诗人以乐观的心情来迎接"敲落永夜"、"银白的曙光"的那"一声钟"——民族解放的日子，并从这时代的转折中感受着生命的旋律与希望。诗人还诚挚地鼓励生活在黑暗里的人们要停止叹息，放弃悲伤，把希望投入到"生命的熔炉"，"铸炼成生命的希望"，告诉人们：只有于现实投入积极的战斗，才能看到金色的希望；只有给黑夜打开窗户，才能流进"星辉"与"月光"；只有在深山中呐喊，才能听到那明亮的回响。充分地显示出了诗人渴望光明和对革命前途的坚定信念。

　　诗作中，诗人通过精心营造生动的意象来表达自己主题思想，如黎明前的暗夜，星辉、月光，风吹山林的回响，预报黎明的钟声，银白的曙光等等，充分地显示了对革命胜利的信心。这种意象化表现手法，加之跳跃性的情感与灵动的语言组合，使诗具有一种幽渺的美，同时也使诗人内心的感受和体验感染读者，引起共鸣，激励着人们对革命道路的坚定信念。

（李　影）

诗八首

穆　旦

一

你底眼睛看见这一场火灾，
你看不见我，虽然我为你点燃，
哎，那烧着的不过是成熟的年代，
你底，我底。我们相隔如重山！
从这自然底蜕变程序里，
我却爱了一个暂时的你。
即使我哭泣，变灰，变灰又新生，
姑娘，那只是上帝玩弄他自己。

二

水流山石间沉淀下你我，
而我们成长，在死底子宫里。
在无数的可能里一个变形的生命
永远不能完成他自己。
我和你谈话，相信你，爱你，
这时候就听见我的主暗笑，
不断地他添来另外的你我
使我们丰富而且危险。

三

你底年龄里的小小野兽，

它和青草一样地呼吸，

它带来你底颜色，芳香丰满，

它要你疯狂在温暖的黑暗里。

我越过你大理石的智慧底殿堂，

而为它埋藏的生命珍惜；

你我的手底接触是一片草场。

那里有它底固执，我底惊喜。

四

静静地，我们拥抱在

用言语所能照明的世界里，

而那未形成的黑暗是可怕的，

那可能的和不可能的使我们沉迷。

那窒息我们的

是甜蜜的未生即死的言语，

它底幽灵笼罩，使我们游离，

游进混乱的爱底自由和美丽。

五

夕阳西下，一阵微风吹拂着田野，

是多么久的原因在这里积累。

那移动了景物的移动我底心，

从最古老的开端流向你，安睡。

那形成了树木和屹立的岩石的，

将使我此时的渴望永存，

一切在它底过程中流露的美，

教我爱你的方法，教我变更。

六

相同和相同溶为疲倦，

在差别间又凝固着陌生；
是一条多么危险的窄路里，
我驱使自己在那上面旅行。
他存在，听我底使唤，
他保护，而把我留在孤独里，
他底痛苦是不断的寻求
你底秩序，求得了又必须背离。

七

风暴，远路，寂寞的夜晚，
丢失，记忆，永续的时间，
所有科学不能祛除的恐惧
让我在你底怀里得到安憩——
呵，在你底不能自主的心上，
你底随有随无的美丽形象，
那里，我看见你孤独的爱情
笔立着，和我底平行着生长！

八

再没有更近的接近，
所有的偶然在我们间定型；
只有阳光透过缤纷的枝叶
分在两片情愿的心上，相同。
等季候一到就要各自飘落，
而赐生我们的巨树永青，
它对我们不仁的嘲弄
（和哭泣）在合一的老根里化为平静。

[提示]

穆旦（1918—1977），原名查良铮。"九叶诗派"（中国新诗派）的代表诗人，翻译家。祖籍浙江，出生于天津。曾被许多现代文学专家视为"现代诗歌第一人"。

《诗八首》，写于1942年，是诗人穆旦经典性作品，类属于中国传统式的"无题"一类的爱情诗，但是诗篇中看不到一般爱情诗中的情感的热烈和缠绵，也没有太多的热恋和相思，而是充满了理性的分析和客观化的叙述。全诗共八首，有序地连接在一起，组成不可分割的整体，抒唱着爱情的复杂而又丰富的历程。用初恋、热恋、宁静、赞歌这四部分乐章（每个乐章两首诗），书写了一篇爱情的启示录：首先，初恋阶段："我"为你点燃了爱情，但在你眼里却是一场"火灾"，一方热烈的爱与另一方冷静的爱碰撞在一起，"相隔如重山"。"水流山石间"，造物主"添来另外的你我"，变得"丰富而且危险"，实际上是说随着时间的发展，感情自身发生了变化，向着热烈的方向发展。三、四首，热恋阶段："越过你大理石的智慧底殿堂"，指"你""我"超越了理性的自我控制，感情变得热烈，甚至是狂热和惊喜。但是造物主给人以爱的本能，又给人以爱的理智，笼罩的幽灵"使我们游离"，这里的"游离"并不是"大理石殿堂"之前的状态，而是"游进混乱的爱底自由和美丽"。生动地展现出理智下的热恋才会更深沉，更热烈。五、六首是热恋之后的冷静，以理智的态度感受爱："一切在它底过程中流露的美""教我变更"，实际上是说，爱使人在投入中也改变了自己，教"我"成熟，教"我"更懂得忠实于"你""我"的爱。但是过分的相互认同，最终又会"倦怠"，"凝固着陌生"，这里的"陌生"是新的"陌生"并不是原来意义上的"相隔如重山"的"陌生"，是对爱的一种重新再认识：一种矛盾解决了，另一种矛盾随之产生。这也是整首诗所贯穿的爱情的一种辩证法。这种爱情的哲学思考，为全诗关于爱情的复杂过程带来了特有的深度。最后七、八首，爱情交响诗的尾声，谱写着"你""我"爱情的"巨树永青"的赞歌。人的爱是大自然的赐予，又回归于大自然中，在"老根里化为平静"，寻找归宿。

诗篇中，诗人运用了大量的暗喻，加之意象联想上的跳跃，使诗的风格显得深沉、冷峻和涩重，带来了读者接受上的极大陌生感。同时穆旦充分发挥了汉语的弹性，利用多义的词语，繁复的句式来表达深刻的诗情，又自觉运用现代汉语的关键词，以揭示跳跃的句子之间的逻辑关系。这种语言上的运用，正如郑敏所评价的那样，"它扭曲、多节，内涵几乎要突破文字，满载到几乎超载。"可以说诗人穆旦对"中国诗歌现代化"有着突出的贡献。

（李　影）

《马凡陀山歌》（二首）

袁水拍

万　税

这也税，那也税，
东也税，西也税，
样样东西都有税，
民国万税，万万税！

最近新税则，
又添赠予税，
既有赠予税，
当然还有受赠税。

贿赂舞弊已公开，
不妨再来贿赂税和舞弊税。
强盗和小偷，
恐怕也要缴盗窃税。

实在没办法，
还加好几种，
抽了所得税，
再抽所失税。

印花税，太简单，
印叶印枝也要税。
交易税不够再抽不交易税，
营业税不够再抽不营业税。

此外，抽不到达官贵人的遗产税和财产税，
索性再抽我们小百姓的破产税和无产税！

一只猫

军阀时代水龙刀，
还政于民枪连炮，
镇压学生毒辣狠，
看见洋人一只猫：
妙呜妙呜，要要要！

［提示］

袁水拍（1916—1982），诗人，原名袁光楣，笔名马凡陀。江苏吴县人。著有诗集《马凡陀的山歌》、《沸腾的岁月》，诗文集《华沙·北京·维也纳》等。

以政治讽刺诗闻名，受到广大读者欢迎的袁水拍，一生用两幅笔墨写诗：当他写抒情诗时，他取笔名"袁水拍"；当他写政治讽刺诗时，他取笔名"马凡陀"，借用了苏州话"麻烦多"的谐音。马凡陀既是位高产而又高质的诗人，也是位"奇伟而又不幸的诗人"。40年代中后期的"山歌"，给他带来了巨大的声名，新中国成立后及"文化大革命"时身不由己的违心事，又使他成为历史的悲剧。

《万税》、《一只猫》皆选自诗集《马凡陀山歌》。皆以其嬉笑怒骂的讽刺方式揭露国民党政府的黑暗。当时的国民党政府巧立名目，用苛捐杂税剥削人民，诗人以"万岁"的谐音谱写了这首政治讽刺诗："这也税，那也税/东也税，西也税/样样东西都有税/民国万税，万万税！……抽不到达官贵人的遗产税和财产税/索性再抽我们小百姓的破产税和无产税。"生动地勾画出了国民党统治下"万税"的景象。语言浅白，朗朗上口，成了国共对峙时期学生运动中经常使用的口号。袁水拍的诗歌，不是象牙塔里的呼喊，而是来自于十字街头，并且大都发表在报刊上，及时迅捷，读来痛快淋漓。如《一只猫》："军阀时代水龙刀/还政于民枪连炮/镇压学生毒辣狠/看见洋人一只猫/妙呜妙呜，要要要"。从"水龙刀"到"枪连炮"，这些形象十分逼真地揭露了国民党所谓"还政于民"的真相，加上"一只猫"，更把国民党对人民血腥镇压、对帝国主义献媚乞讨的虚伪的嘴脸描绘得惟妙惟肖。

（李　影）

王贵与李香香（存目）

李　季

[提示]

李季（1922—1980），原名李振鹏，河南唐河人，现代诗人。作品有长诗《王贵与李香香》、《杨高传》，诗集《玉门诗抄》等。

长篇叙事诗《王贵与李香香》是李季的代表性作品，写于 1946 年，充分展现了土地革命在"三边"地区取得的成功。诗篇以农民革命运动为背景，以王贵与李香香的爱情故事为线索，把他们的爱情悲欢与革命联系在一起，以显示劳动人民的个人命运与整个阶级的革命大业是血肉相连的。

全诗分为两大部分，旧农民阶级受压迫的悲惨状况和主人公闹革命以反抗压迫的过程。王贵与李香香自小相知，却受到恶霸地主崔二爷的压迫和威胁，是王贵参加的游击队使他们结合在一起："不是闹革命穷人翻不了身，不是闹革命咱俩也结不了婚"，明确地表达了长诗的主题。同时，诗篇成功地塑造了王贵与李香香这两个觉醒的农民青年形象。王贵是一个被压迫的农民阶级，在很小的时候就亲眼看见崔二爷逼租，自己的父亲被活活打死的场景，然后自己也成了地主家的放牛娃，过着非人的生活。但是他不畏强暴，对革命持有坚定的信念："我一个死了不要紧，等千万个穷汉后面跟。"有着高度的革命觉悟"革命救了你和我，革命救了咱庄户人""一杆红旗大家扛，红旗倒了大家都遭殃。"以致最后成功地反抗了压迫阶级，赢得了幸福。李香香则是一个爱憎分明的农家女，敢爱敢恨，当王贵遭到崔二爷的毒打时，她敢于冒着风险，黑夜里给游击队送信；当自身遭到崔二爷的迫害时，痛斥他"有朝一日遂了我心愿，小刀子扎你没深浅"，不畏强暴，勇敢忠贞的女性形象。

这是一首民歌体长篇叙事诗，最大的特色是采用了陕北民歌"信天游"的格式和手法。在当时的新诗创作中对诗歌的民族化和大众化方面有着不可忽视的影响。诗人采用"信天游"的格式，用多节表达一个完整的意思，使诗歌的叙事与抒情完美地结合在一起，加之民歌中的重复和比兴手法运用，又使得全诗生动活泼，主题鲜明。诗篇语言朴素生动，两句一韵，富于节奏感，协调动听，给人以美的享受。

（李　影）

散　文

寄小读者——通讯七

冰　心

亲爱的小朋友：

八月十七的下午，约克逊号邮船无数的窗眼里，飞出五色飘扬的纸带，远远的抛到岸上，任凭送别的人牵住的时候，我的心是如何的飞扬而凄恻！

痴绝的无数的送别者，在最远的江岸，仅仅牵着这终于断绝的纸条儿，放这庞然大物，载着最重的离愁，飘然西去！

船上生活，是如何的清新而活泼。除了三餐外，只是随意游戏散步。海上的头三日，我竟完全回到小孩子的境地中去了，套圈子，抛沙袋，乐此不疲，过后又绝然不玩了。后来自己回想很奇怪，无他，海唤起了我童年的回忆，海波声中，童心和游伴都跳跃到我脑中来。我十分的恨这次舟中没有几个小孩子，使我童心来复的三天中，有无猜畅好的游戏！

我自少住在海滨，却没有看见过海平如镜。这次出了吴淞口，一天的航程，一望无际尽是粼粼的微波。凉风习习，舟如在冰上行。到过了高丽界，海水竟似湖光。蓝极绿极，凝成一片。斜阳的金光，长蛇般自天边直接到阑旁人立处。上自穹苍，下至船前的水，自浅红至于深翠，幻成几十色，一层层，一片片的漾开了来。……小朋友，恨我不能画，文字竟是世界上最无用的东西，写不出这空灵的妙景！

八月十八夜，正是双星渡河之夕。晚餐后独倚阑旁，凉风吹衣。银河一片星光，照到深黑的海上。远远听得楼阑下人声笑语，忽然感到家乡渐远。繁星闪烁着，海波吟啸着，凝立悄然，只有惆怅。

十九日黄昏，已近神户，两岸青山，不时的有渔舟往来。日本的小山多半是圆扁的，大家说笑，便道是"馒头山"。这馒头山沿途点缀，直到夜里，远望灯光灿然，已抵神户。船徐徐停住，便有许多人上岸去。我因太晚，只自己又到最高层上，初次看见这般璀璨的世界，天上微月的光，和星光，岸上的灯光，无声相映。不时的还有一串光明从山上横飞过，想是火车周行。……舟中寂然，今夜没有海潮音，静极心绪忽起："倘若此时母亲也在这里……"我极清晰的忆起北京来，小朋友，恕我，不能往下再写了。

冰心

一九二三年八月二十日，神户

朝阳下转过一碧无际的草坡，穿过深林，已觉得湖上风来，湖波不是昨夜欲睡如醉的样子了。——悄然的坐在湖岸上，伸开纸，拿起笔，抬起头来，四围红叶中，四面水声里，我要开始写信给我久违的小朋友。小朋友猜我的心情是怎样的呢？

水面闪烁着点点的银光，对岸意大利花园里亭亭层列的松树，都证明我已在万里外。小朋友，到此已逾一月了，便是在日本也未曾寄过一字，说是对不起呢，我又不愿！

我平时写作，喜在人静的时候。船上却处处是公共的地方，舱面阑边，人人可以来到。海景极好，心胸却难得清平。我只能在晨间绝早，船面无人时，随意写几个字，堆积至今，总不能整理，也不愿草草整理，便迟延到了今日。我是尊重小朋友的，想小朋友也能尊重原谅我！

许多话不知从哪里说起，而一声声打击湖岸的微波，一层层的没上杂立的潮石，直到我蔽膝的毡边来，似乎要求我将她介绍给我的小朋友。小朋友，我真不知如何的形容介绍她！她现在横在我的眼前。湖上的月明和落日，湖上的浓阴和微雨，我都见过了，真是仪态万千。小朋友，我的亲爱的人都不在这里，便只有她——海的女儿，能慰安我了。Lake Waban，谐音会意，我便唤她做"慰冰"。每日黄昏的游泛，舟轻如羽，水柔如不胜桨。岸上四围的树叶，绿的，红的，黄的，白的，一丛一丛的倒影到水中来，覆盖了半湖秋水。夕阳下极其艳冶，极其柔媚。将落的金光，到了树梢，散在湖面。我在湖上光雾中，低低的嘱咐它，带我的爱和慰安，一同和它到远东去。

小朋友！海上半月，湖上也过半月了，若问我爱哪一个更甚，这却难说。——海好像我的母亲，湖是我的朋友。我和海亲近在童年，和湖亲近是现在。海是深阔无际，不着一字，她的爱是神秘而伟大的，我对她的爱是归心低首的。湖是红叶绿枝，有许多衬托，她的爱是温和妩媚的，我对她的爱是清淡相照的。这也许太抽象，然而我没有别的话来形容了！

小朋友，两月之别，你们自己写了多少，母亲怀中的乐趣，可以说来让我听听么？——这便算是沿途书信的小序，此后仍将那写好的信，按序寄上，日月和地方，都因其旧，"弱游"的我，如何自太平洋东岸的上海绕到大西洋东岸的波士顿来，这些信中说得很清楚，请在那里看罢！

不知这几百个字，何时方达到你们那里，世界真是太大了！

　　　　冰心，十，十四，一九二三，慰冰湖畔，威尔斯利

　　　　　　（录自《寄小读者》，开明书店 1945 年 7 月东南一版）

［提示］

1923 年夏，冰心从燕京大学毕业后赴美深造，《寄小读者》是其赴美期间以通讯形式所写的一组散文，本篇是通讯七，主要叙写旅途中的观感和初到美国时的生活片段，抒发了远离故土，眷念祖国的情怀。

全文分两部分，前一封信着重记述海上生活，从追叙浦江离别，到头三天"清新而活泼"的船上生活及海上瑰丽的景色，继而介绍了夜泊神户所见的"璀璨世界"。第二封信，首先写到达美国后于校园湖畔悄然独坐写信的情景，并介绍了"慰冰湖"，将湖景与海景作对比，海是母亲，而湖是朋友，抒发了作者独特的感受。

作者描写细腻温婉，富于新意，有情有景，给读者真实与美的享受。其写海则五光十色，写湖也曲折有致，形象鲜明，两相对比之下，更显寓意深刻。

　　　　　　　　　　　　　　　　　　　　　　（韩　松）

山中杂记（七）

——说几句爱海的孩气的话

冰　心

白发的老医生对我说："可喜你已大好了，城市与你不宜，今夏海滨之行，也是取消了为妙。"

这句话如同平地起了一个焦雷！

学问未必都在书本上。纽约、康桥、芝加哥这些人烟稠密的地方，终身不去也没有什么，只是说不许我到海边去，这却太使我伤心了。

我抬头张日地说："不，你没有阻止我到海边去的意思！"

他笑道："是的，我不愿意你到海边去，太潮湿了，于你新愈的身体没有好处。"

我们争执了半点钟，至终他说："那么你去一个礼拜罢！"他又笑说："其实秋后的湖上，也够你玩的了！"

我爱慰冰，无非也是海的关系，若完全的叫湖光代替了海色，我似乎不大甘心。

可怜，沙穰的六个多月，除了小小的流泉外，连慰冰都看不见！山也是可爱的，但和海比，的确比不起，我有我的理由！

人常常说："海阔天空。"只有在海上的时候，才觉得天空阔远到了尽量处。在山上的时候，走到岩壁中间，有时只见一线天光。即或是到了山顶，而因着天末是山，天与地的界限便起伏不平，不如水平线的齐整。

海是蓝色灰色的。山是黄色绿色的。拿颜色来比，山也比海不过，蓝色灰色含着庄严淡远的意味，黄色绿色却未免浅显小方一些。固然我们常以黄色为至尊，皇帝的龙袍是黄色的，但皇帝称为"天子"，天比皇帝还尊贵，而天却是蓝色的。

海是动的，山是静的；海是活泼的，山是呆板的。昼长人静的时候，天气又热，凝神望着青山，一片黑郁郁的连绵不动，如同病牛一般。而海呢，你看她没有一刻静止！从天边微波粼粼的直卷到岸边，触着崖石，更欣然的溅跃了起来，开了灿然万朵的银花！

　　四围是大海，与四围是乱山，两者相较，是如何滋味，看古诗便可知道。比如说海上山上看月出，古诗说："南山塞天地，日月石上生。"细细咀嚼，这两句形容乱山，形容得极好，而光景何等臃肿，崎岖，僵冷，读了不使人生快感。而"海上生明月，天涯共此时"，也是月出，光景却何等妩媚，遥远，璀璨！

　　原也是的，海上没有红白紫黄的野花，没有蓝雀红襟等等美丽的小鸟。然而野花到秋冬之间，便都萎谢，反予人以凋落的凄凉。海上的朝霞晚霞，天上水里反映到不止红白紫黄这几个颜色。这一片花，却是四时不断的。说到飞鸟，蓝雀红襟自然也可爱，而海上的沙鸥，白胸翠羽，轻盈的飘浮在浪花之上，"凌波微步，罗袜生尘"。看见蓝雀红襟，只使我联忆到"山禽自唤名"，而见海鸥，却使我联忆到千古颂赞美人，颂赞到绝顶的句子，是"婉若游龙，翩若惊鸿"！

　　在海上又使人有透视的能力，这句话天然是真的！你倚栏俯视，你不由自主的要想起这万顷碧琉璃之下，有什么明珠，什么珊瑚，什么龙女，什么鲛纱。在山上呢，很少使人想到山石黄泉以下，有什么金银铜铁。因为海水透明，天然的有引人们思想往深里去的趋向。

　　简直越说越没有完了，总而言之，统而言之，我以为海比山强得多。说句极端的话，假如我犯了天条，赐我自杀，我也愿投海，不愿坠崖！

　　争论真有意思！我对于山和海的品评，小朋友们愈和我辩驳愈好。"人心之不同，各如其面"，这样世界上才有个不同和变换。假如世界上的人都是一样的脸，我必不愿见人，假如天下人都是一样的嗜好，穿衣服的颜色式样都是一般的，则世界成了一个大学校，男女老幼都穿一样的制服，想至此不但好笑，而且无味！再一说，如大家都爱海呢，大家都搬到海上去，我又不得清静了！

　　　　　　　　　（录自《寄小读者》，开明书店 1945 年 7 月东南一版）

［提示］

　　《山中杂记》初载《晨报副镌》1924 年 8 月 8 日—10 日，后收入《寄小读者》，分为十则，此为第七则，作于 1924 年 6 月。其时作者正在美国威尔斯利女子大学攻读硕士学位，并因肺病进了青山的沙穰疗养院。

　　冰心爱海，赞美海，颂扬海，她极力鼓吹海比山好，比湖美。虽是个人偏好，但她本也不求别人赞许其识见，甚至坦言如果"大家都搬到海上去，我又不得清静了！"她以灵动而富于创造性、个性的自然文笔，道出了心灵里特别的感情与趣味，用充满着未经人道的"笑语和泪珠"的"能表现自己"的"真"文字，充分展示了自我的内心情怀。

　　文章从医生与"我"的对话起笔，接下连缀的六段描述，均围绕海优于山的比较铺开：比视野，比色彩，比性格，比意境，比生态，直至比人们透视能力之下的遐思冥想，得出"海比山好"的明显带有主观意志倾向的结论。

　　虽如此，这篇散文依然语言精巧细腻，文笔清新隽丽，内容生动活泼，想象丰富，并有夸张的表达。作者写得越是有个性，就越富于感染力。且不去论究山海优劣的科学性，仅观此文，已充分表露了其纯真丰满的内心世界。

（韩　松）

秋　夜

鲁　迅

在我的后园，可以看见墙外有两株树，一株是枣树，还有一株也是枣树。

这上面的夜的天空，奇怪而高，我生平没有见过这样奇怪而高的天空。他仿佛要离开人间而去，使人们仰面不再看见。然而现在却非常之蓝，闪闪地映着几十个星星的眼，冷眼。他的口角上现出微笑，似乎自以为大有深意，而将繁霜洒在我的园里的野花草上。

我不知道那些花草真叫什么名字，人们叫他们什么名字。我记得有一种开过极细小的粉红花，现在还开着，但是更极细小了，她在冷的夜气中，瑟缩地做梦，梦见春的到来，梦见秋的到来，梦见瘦的诗人将眼泪擦在她最末的花瓣上，告诉她秋虽然来，冬虽然来，而此后接着还是春，蝴蝶乱飞，蜜蜂都唱起春词来了。她于是一笑，虽然颜色冻得红惨惨地，仍然瑟缩着。

枣树，他们简直落尽了叶子。先前，还有一两个孩子来打他们别人打剩的枣子，现在是一个也不剩了，连叶子也落尽了。他知道小粉红花的梦，秋后要有春；他也知道落叶的梦，春后还是秋。他简直落尽叶子，单剩干子，然而脱了当初满树是果实和叶子时候的弧形，欠伸得很舒服。但是，有几枝还低亚着，护定他从打枣的竿梢所得的皮伤，而最直最长的几枝，却已默默地铁似的直刺着奇怪而高的天空，使天空闪闪地鬼睒眼；直刺着天空中圆满的月亮，使月亮窘得发白。

鬼睒眼的天空越加非常之蓝，不安了，仿佛想离去人间，避开枣树，只将月亮剩下。然而月亮也暗暗地躲到东边去了。而一无所有的干子，却仍然默默地铁似的直刺着奇怪而高的天空，一意要致他的死命，不管他各式各样地睒着许多蛊惑的眼睛。

哇的一声，夜游的恶鸟飞过了。

我忽而听到夜半的笑声，吃吃地，似乎不愿意惊动睡着的人，然而四围的空气都应和着笑。夜半，没有别的人，我即刻听出这声音就在我嘴里，我也即刻被这笑声所驱逐，回进自己的房。灯火的带子也即刻被我旋高了。

后窗的玻璃上叮叮地响，还有许多小飞虫乱撞。不多久，几个进来了，许是从窗纸的破孔进来的。他们一进来，又在玻璃的灯罩上撞得丁丁地响。一个从上面撞进去了，他于是遇到火，而且我以为这火是真的。两三个却休息在灯的纸罩上喘气。那罩是昨晚新换的罩，雪白的纸，折出波浪纹的叠痕，一角还画出一枝猩红色的栀子。

猩红的栀子开花时，枣树又要做小粉红花的梦，青葱地弯成弧形了……。我又听到夜半的笑声；我赶紧砍断我的心绪，看那老在白纸罩上的小青虫，头大尾小，向日葵子似的，只有半粒小麦那么大，遍身的颜色苍翠得可爱，可怜。

我打一个呵欠，点起一支纸烟，喷出烟来，对着灯默默地敬奠这些苍翠精致的英雄们。

一九二四年九月十五日

（录自 1924 年 12 月 1 日《语丝》周刊第 3 期。）

［提示］

《秋夜》是鲁迅散文诗集《野草》中的第一篇，创作此文时作者正处在北洋军阀统治的北京。

作品以象征手法抒情，借直刺天空与月亮的枣树，展现了饱经沧桑、挺拔坚韧的战斗者形象；枣树"知道落叶的梦，春后还是秋"，又表达了面对曲折复杂的前路时的苦闷与孤独，这与作者当时的心境颇有关联。天空的"奇怪而高"和"大有深意的微笑"，正是黑暗力量狡黠的写照。小粉红花在夜霜下瑟缩发抖，又做着春天的梦，意指处境不堪的弱小者，想反抗现实但又软弱，却对未来怀有希望，作者对其抱以深切的同情。而小青虫不惧火焰顽强地追逐光明，苍翠而可爱，却又天真而鲁莽，乃是热忱而不惧牺牲的青年人的象征，作者对其充满了感佩之情。

冷隽峭拔的文笔和拟人手法，寄自然意象以作者的爱憎情思，加之运用动静结合的语言，形成了掩卷可见的画面感；隐晦的象征主义表现手法，更营造出境界幽深的浓郁诗意。

（韩　松）

夏 三 虫

鲁 迅

夏天近了，将有三虫：蚤，蚊，蝇。

假如有谁提出一个问题，问我三者之中，最爱什么，而且非爱一个不可，又不准像"青年必读书"那样的缴白卷的。我便只得回答道：跳蚤。

跳蚤的来吮血，虽然可恶，而一声不响地就是一口，何等直截爽快。蚊子便不然了，一针叮进皮肤，自然还可以算得有点彻底的，但当未叮之前，要哼哼地发一篇大议论，却使人觉得讨厌。如果所哼的是在说明人血应该给它充饥的理由，那可更其讨厌了，幸而我不懂。

野雀野鹿，一落在人手中，总时时刻刻想要逃走。其实，在山林间，上有鹰，下有虎狼，何尝比在人手里安全。为什么当初不逃到人类中来，现在却要逃到鹰鹯虎狼间去？或者，鹰鹯虎狼之于它们，正如跳蚤之于我们罢。肚子饿了，抓着就是一口，决不谈道理，弄玄虚。被吃者也无须在被吃之前，先承认自己之理应被吃，心悦诚服，誓死不二。人类，可是也颇擅长于哼哼的了，害中取小，它们的避之惟恐不速，正是绝顶聪明。

苍蝇嗡嗡地闹了大半天，停下来也不过舐一点油汗，倘有伤痕或疮疖，自然更占一些便宜；无论怎么好的，美的，干净的东西，又总喜欢一律拉上一点蝇矢。但因为只舐一点油汗，只添一点腌臜，在麻木的人们还没有切肤之痛，所以也就将它放过了。中国人还不很知道它能够传播病菌，捕蝇运动大概不见得兴盛。它们的运命是长久的；还要更繁殖。

但它在好的，美的，干净的东西上拉了蝇矢之后，似乎还不至于欣欣然反过来嘲笑这东西的不洁：总要算还有一点道德的。

古今君子，每以禽兽斥人，殊不知便是昆虫，值得师法的地方也多着哪。

四月四日

（录自 1925 年 4 月 7 日《京报》附刊《民众文艺周刊》第 16 号。）

［提示］

这篇杂文作于 1925 年 4 月 4 日，以普通的一句"夏天近了，将有三虫：蚤，蚊，蝇。"开篇，继而设疑作答，再则说明原委，结尾点明题旨，虽然架构清晰而简洁，但其中的情感意趣却耐人寻味。

在鲁迅看来，若必须择一，那跳蚤有个突出特点即不虚伪，"一声不响地就是一口"，直截而爽快，不谈道理，不弄玄虚。蚊子叮人前需哼哼地大发议论，为本不该的吸血一事作声张，引得作者否定。而苍蝇是介于蚤、蚊之间的，吃则吃了，尽管嗡嗡，却不会发什么议论，留下腌臜也还算诚实。作品表面在谈"夏三虫"，实际喻指三种不同人格之人。"跳蚤"类的人真诚居多，像野雀野鹿宁愿逃到鹰鹯虎狼之中；"苍蝇"类的人次之，可恶之处却更多：占"便宜"，玷污"美"；而"蚊子"类虚伪的恶人，以其扰人之哼叫与恶毒的利嘴使人憎恶，正似"正人君子"般无耻之人。

此文短峭明快，讽谑互渗，借以形象的叙说和层次分明的喻证，带引读者入得机锋暗藏的情理之境，话虽不多，言意深明。

（韩　松）

二 丑 艺 术

鲁 迅

浙东的有一处的戏班中，有一种脚色叫作"二花脸"，译得雅一点，那么，"二丑"就是。他和小丑的不同，是不扮横行无忌的花花公子，也不扮一味仗势的宰相家丁，他所扮演的是保护公子的拳师，或是趋奉公子的清客。总之：身分比小丑高，而性格却比小丑坏。

义仆是老生扮的，先以谏诤，终以殉主；恶仆是小丑扮的，只会作恶，到底灭亡。而二丑的本领却不同，他有点上等人模样，也懂些琴棋书画，也来得行令猜谜，但倚靠的是权门，凌蔑的是百姓，有谁被压迫了，他就来冷笑几声，畅快一下，有谁被陷害了，他又去吓唬一下，吆喝几声。不过他的态度又并不常常如此的，大抵一面又回过脸来，向台下的看客指出他公子的缺点，摇着头装起鬼脸道：你看这家伙，这回可要倒楣哩！

这最末的一手，是二丑的特色。因为他没有义仆的愚笨，也没有恶仆的简单，他是智识阶级。他明知道自己所靠的是冰山，一定不能长久，他将来还要到别家帮闲，所以当受着豢养，分着余炎的时候，也得装着和这贵公子并非一伙。

二丑们编出来的戏本上，当然没有这一种脚色的，他那里肯；小丑，即花花公子们编出来的戏本，也不会有，因为他们只看见一面，想不到的。这二花脸，乃是小百姓看透了这一种人，提出精华来，制定了的脚色。

世间只要有权门，一定有恶势力，有恶势力，就一定有二花脸，而且有二花脸艺术。我们只要取一种刊物，看他一个星期，就会发见他忽而怨恨春天，忽而颂扬战争，忽而译萧伯纳演说，忽而讲婚姻问题；但其间一定有时要慷慨激昂的表示对于国事的不满：这就是用出末一手来了。

这最末的一手，一面也在遮掩他并不是帮闲，然而小百姓是明白的，早已使他的类型在戏台上出现了。

六月十五日

（录自 1933 年 6 月 18 日《申报·自由谈》，署名丰之余。）

［提示］

鲁迅杂文善于借助生活中人们习见的日常事物，从其不为人所关注之处切入，写人之未见，洞幽发微，别具深意，于看似无关的想象和敷衍中，达到"引而不发"的犀利效果。将一个事物与另一个事物相联系，进入题旨的论述，就需对不同事物的相似本质进行精心提炼，同时需要论述这布局谋篇的精湛架构。《二丑艺术》便是如此之文章。

在中国 20 世纪 30 年代初期的思想文化界，不同派别与利益所属的文人论客曾喧嚣一时。他们以名目各色的旗号，为各自利益集团服务。鲁迅借由长期的观察、分析，以戏曲舞台的角色来类比，揭示了他们的丑恶之处。

"世间只要有权门，一定有恶势力，有恶势力，就一定有二花脸，而且有二花脸艺术"，且这"最末的一手"，只是在掩盖他们的并非"帮闲"，然而百姓是明白这一类型人的心理、性格特征的，于是才有"二丑"一角。

作品构思精巧，结构上运用"起承转合"的方法，第一段是"起"，讲民间戏班中"二丑"角色的由来；第二段是"承"，讲"二丑"角色的特殊之处；第三段是"转"，由"二丑"转而论帮闲的知识阶层；最后三段是"合"，揭示了"二丑"嘴脸和"帮闲"本质，归结出"二丑"的现实类型。全篇文字凝练，不着匠气，可谓天衣无缝。

（韩　松）

战士和苍蝇

鲁 迅

Schopenhauer 说过这样的话：要估定人的伟大，则精神上的大和体格上的大，那法则完全相反。后者距离愈远即愈小，前者却见得愈大。

正因为近则愈小，而且愈看见缺点和创伤，所以他就和我们一样，不是神道，不是妖怪，不是异兽。他仍然是人，不过如此。但也惟其如此，所以他是伟大的人。

战士战死了的时候，苍蝇们所首先发见的是他的缺点和伤痕，嘬着，营营地叫着，以为得意，以为比死了的战士更英雄。但是战士已经战死了，不再来挥去他们。于是乎苍蝇们即更其营营地叫，自以为倒是不朽的声音，因为它们的完全，远在战士之上。

的确的，谁也没有发见过苍蝇们的缺点和创伤。

然而，有缺点的战士终竟是战士，完美的苍蝇也终竟不过是苍蝇。

去罢，苍蝇们！虽然生着翅子，还能营营，总不会超过战士的。你们这些虫豸们！

三月二十一日

（录自 1925 年 3 月 24 日《京报》附刊《民众文艺周刊》第 14 号。）

［提示］

1925 年 3 月 12 日，孙中山先生因肝癌不治，逝世于北京。3 月 13 日，北京《晨报》刊发当时鼓吹保皇立宪的梁启超与记者的谈话《孙文之价值》一文，诬蔑孙中山"为目的而不择手段"，"目的没有实现的机会，他便死了"，因而"无从判断他的真价值"。同一天，上海《时事新报》刊发署名"圣心"的社论《孙文真死矣》，称孙中山的"精神""则死已久矣"，攻击其"勾结军阀""媚俄媚日""烧杀市民""专以大言欺世盗名"。鲁迅出于革命的义愤，于孙中山逝世九日后撰写此文，以战士与苍蝇作喻，形象深刻而饱含哲理地批驳了不公言论，抒写了对时事政治的感想。

　　面对"憎恶中华民国""说些风凉话""责备贤者"的论客，鲁迅曾在《中山先生逝世后一周年》的悼文中说道，孙中山是"创造民国的战士，而且是第一人"，"他是一个全体，永远的革命者。无论所做的那一件，全都是革命，无论后人如何吹求他，冷落他，他终于全都是革命。"

　　《战士和苍蝇》中的战士"是指孙中山先生和民国元年前后殉国而反受奴才们讥笑糟蹋的先烈"，苍蝇则是指"奴才们"。文章引用叔本华名言，既提出了估定伟大人物的客观法则，又是具备针对性的立论依据。伟大的人因其"仍然是人"，故而难免有缺点和创伤，又因其"不是神道，不是妖怪，不是异兽"，故在普通民众心目中，他与被当作偶像顶礼膜拜的神不同。那些善于吸噆血污、得意忘形的"在好的，美的，干净的东西上拉了蝇矢"的苍蝇，不过是由于战士已死，无法挥赶，便自以为其不朽远在战士之上。人们不屑于发现苍蝇的"缺点和创伤"，它的完美无缺反倒透露了卑劣与渺小。

　　战士终究是战士，再完美的苍蝇也不过是苍蝇，事物的本质被作者凝练概括。全文爱憎分明，以精到的语言熔铸着丰富的社会、政治和人生哲理，如匕首，如投枪，不仅塑造了杂文类型形象，且运用比拟、反讽等艺术手法，字字见血，锋利异常。

（韩　松）

现　代　史

鲁　迅

从我有记忆的时候起，直到现在，凡我所曾经到过的地方，在空地上，常常看见有"变把戏"的，也叫作"变戏法"的。

这变戏法的，大概只有两种——

一种，是教一个猴子戴起假面，穿上衣服，耍一通刀枪；骑了羊跑几圈。还有一匹用稀粥养活，已经瘦得皮包骨头的狗熊玩一些把戏。末后是向大家要钱。

一种，是将一块石头放在空盒子里，用手巾左盖右盖，变出一只白鸽来；还有将纸塞在嘴巴里，点上火，从嘴角鼻孔里冒出烟焰。其次是向大家要钱。要了钱之后，一个人嫌少，装腔作势的不肯变了，一个人来劝他，对大家说再五个。果然有人抛钱了，于是再四个，三个……

抛足之后，戏法就又开了场。这回是将一个孩子装进小口的坛子里面去，只见一条小辫子，要他再出来，又要钱。收足之后，不知怎么一来，大人用尖刀将孩子刺死了，盖上被单，直挺挺躺着，要他活过来，又要钱。

"在家靠父母，出家靠朋友……Huazaa！Huazaa！[①]"变戏法的装出撒钱的手势，严肃而悲哀的说。

别的孩子，如果走近去想仔细的看，他是要骂的；再不听，他就会打。

果然有许多人 Huazaa 了。待到数目和预料的差不多，他们就检起钱来，收拾家伙，死孩子也自己爬起来，一同走掉了。

看客们也就呆头呆脑的走散。

这空地上，暂时是沉寂了。过了些时，就又来这一套。俗语说，"戏法人人会变，各有巧妙不同。"其实是许多年间，总是这一套，也总有人看，总有人 Huazaa，不过其间必须经过沉寂的几日。

---

①　Huazaa，用拉丁字母拼写的象声词，译音似"哗嚓"，形容撒钱的声音。

我的话说完了，意思也浅得很，不过说大家 HuazaaHuazaa 一通之后，又要静几天了，然后再来这一套。

到这里我才记得写错了题目，这真是成了“不死不活”的东西。

四月一日

（录自 1933 年 4 月 8 日《申报·自由谈》，署名何家干。）

［提示］

此文的创作时间距离辛亥革命已经 22 年。若把“现代史”的发生时间从辛亥革命再前移若干年会发现，不论是晚清末年、北洋军阀统治时期，还是国民党政府统治时期，政局鲜有安定，军阀混战不断，政客们忽而下野忽而上台，“你方唱罢我登场”，好似演了一场大戏。

作者巧妙地运用隐喻，以变戏法的人来影射统治者，以看客影射多年来受到剥削压迫的百姓——军阀政客们玩弄权术，正如一个个变戏法之人，或以鞭子驱赶猴子骑羊，或是嘴里喷出了火焰，都是为了使观众掏腰包撒钱——借此揭露并讽刺了现代史上仓促登台又仓皇倒台的统治者欺骗民众的本质。

然而，看客们或是不能看穿，或是不愿识破，一味地愚昧与健忘，使得变戏法之人一次次达到骗钱的目的——精神麻木与不觉悟的国民劣根性也是此文的另一层意思。

从某种程度上说，中国的现代史既是新旧军阀和政客们掠夺民众的历史，也是民众受压迫遭欺瞒的历史。作者运用形象化、典型化的概括，在文禁森严之时，以幽默风趣的文字理性反思历史进程，启迪读者思索现实、直面历史的循环性。在这“不死不活”的状态里，或许还有破解之道？

（韩　松）

给 亡 妇

朱自清

　　谦，日子真快，一眨眼你已经死了三个年头了。这三年里世事不知变化了多少回，但你未必注意这些个，我知道。你第一惦记的是你几个孩子，第二便轮着我。孩子和我平分你的世界，你在日如此；你死后若还有知，想来还如此的。告诉你，我夏天回家来着：迈儿长得结实极了，比我高一个头。闰儿父亲说是最乖，可是没有先前胖了。采芷和转子都好。五儿全家夸她长得好看；却在腿上生了湿疮，整天坐在竹床上不能下来，看了怪可怜的。六儿，我怎么说好，你明白，你临终时也和母亲谈过，这孩子是只可以养着玩儿的，他左挨右挨去年春天，到底没有挨过去。这孩子生了几个月，你的肺病就重起来了。我劝你少亲近他，只监督着老妈子照管就行。你总是忍不住，一会儿提，一会儿抱的。可是你病中为他操的那一份儿心也够瞧的。那一个夏天他病的时候多，你成天儿忙着，汤呀，药呀，冷呀，暖呀，连觉也没有好好儿睡过。哪里有一分一毫想着你自己。瞧着他硬朗点儿你就乐，干枯的笑容在黄蜡般的脸上，我只有暗中叹气而已。

　　从来想不到做母亲的要像你这样。从迈儿起，你总是自己喂乳，一连四个都这样。你起初不知道按钟点儿喂，后来知道了，却又弄不惯；孩子们每夜里几次将你哭醒了，特别是闷热的夏季。我瞧你的觉老没睡足。白天里还得做菜，照料孩子，很少得空儿。你的身子本来坏，四个孩子就累你七八年。到了第五个，你自己实在不成了，又没乳，只好自己喂奶粉，另雇老妈子专管她。但孩子跟老妈子睡，你就没有放过心；夜里一听见哭，就竖起耳朵听，工夫一大就得过去看。十六年初，和你到北京来，将迈儿，转子留在家里；三年多还不能去接他们，可真把你惦记苦了。你并不常提，我却明白。你后来说你的病就是惦记出来的；那个自然也有份儿，不过大半还是养育孩子累的。你的短短的十二年结婚生活，有十一年耗费在孩子们身上；而你一点不厌倦，有多少力量用多少，一直到自己毁灭为止。你对孩子一般儿爱，不问男的女的，大的小的。也不想到什么

"养儿防老，积谷防饥"，只拼命的爱去。你对于教育老实说有些外行，孩子们只要吃得好玩得好就成了。这也难怪你，你自己便是这样长大的。况且孩子们原都还小，吃和玩本来也要紧的。你病重的时候最放不下的还是孩子。病的只剩皮包着骨头了，总不信自己不会好；老说："我死了，这一大群孩子可苦了。"后来说送你回家，你想着可以看见迈儿和转子，也愿意；你万不想到会一走不返的。我送车的时候，你忍不住哭了，说："还不知能不能再见?"可怜，你的心我知道，你满想着好好儿带着六个孩子回来见我的。谦，你那时一定这样想，一定的。

除了孩子，你心里只有我。不错，那时你父亲还在；可是你母亲死了，他另有个女人，你老早就觉得隔了一层似的。出嫁后第一年你虽还一心一意依恋着他老人家，到第二年上我和孩子可就将你的心占住，你再没有多少工夫惦记他了。你还记得第一年我在北京，你在家里。家里来信说你待不住，常回娘家去。我动气了，马上写信责备你。你教人写了一封覆信，说家里有事，不能不回去。这是你第一次也可以说第末次的抗议，我从此就没给你写信。暑假时带了一肚子主意回去，但见了面，看你一脸笑，也就拉倒了。打这时候起，你渐渐从你父亲的怀里跑到我这儿。你换了金镯子帮助我的学费，叫我以后还你；但直到你死，我没有还你。你在我家受了许多气，又因为我家的缘故受你家里的气，你都忍着。这全为的是我，我知道。那回我从家乡一个中学半途辞职出走。家里人讽你也走。哪里走! 只得硬着头皮往你家去。那时你家像个冰窖子，你们在窖里足足住了三个月。好容易我才将你们领出来了，一同上外省去。小家庭这样组织起来了。你虽不是什么阔小姐，可也是自小娇生惯养的，做起主妇来，什么都得干一两手；你居然做下去了，而且高高兴兴地做下去了。菜照例满是你做，可是吃的都是我们；你至多夹上两三筷子就算了。你的菜做得不坏，有一位老在行大大地夸奖过你。你洗衣服也不错，夏天我的绸大褂大概总是你亲自动手。你在家老不乐意闲着；坐前几个"月子"，老是四五天就起床，说是躺着家里事没条没理的。其实你起来也还不是没条理；咱们家那么多孩子，哪儿来条理? 在浙江住的时候，逃过两回兵难，我都在北平。真亏你领着母亲和一群孩子东藏西躲的；末一回还要走多少里路，翻一道大岭。这两回差不多只靠你一个人。你不但带了母亲和孩子们，还带了我一箱箱的书；你知道我是最爱书的。在短短的十二年里，你操的心比人家一辈子还多；谦，你那样身子怎么经得住! 你将我的责任一股脑儿担负了去，压死了你；我如何对得起你！

你为我的捞什子书也费了不少神；第一回让你父亲的男佣人从家乡捎到上海去。他说了几句闲话，你气得在你父亲面前哭了。第二回是带着逃难，别人都说你傻子。你有你的想头："没有书怎么教书？况且他又爱这个玩意儿。"其实你没有晓得，那些书丢了也并不可惜；不过教你怎么晓得，我平常从来没和你谈过这些个！总而言之，你的心是可感谢的。这十二年里你为我吃的苦真不少，可是没有过几天好日子。我们在一起住，算来也还不到五个年头。无论日子怎么坏，无论是离是合，你从来没对我发过脾气，连一句怨言也没有。——别说怨我，就是怨命也没有过。老实说，我的脾气可不大好，迁怒的事儿有的是。那些时候你往往抽噎着流眼泪，从不回嘴，也不号啕。不过我也只信得过你一个人，有些话我只和你一个人说，因为世界上只你一个人真关心我，真同情我。你不但为我吃苦，更为我分苦；我之有我现在的精神，大半是你给我培养着的。这些年来我很少生病。但我最不耐烦生病，生了病就呻吟不绝，闹那伺候病的人。你是领教过一回的，那回只一两点钟，可是也够麻烦了。你常生病，却总不开口，挣扎着起来；一来怕搅我，二来怕没人做你那份儿事。我有一个坏脾气，怕听人生病，也是真的。后来你天天发烧，自己还以为南方带来的疟疾，一直瞒着我。明明躺着，听见我的脚步，一骨碌就坐起来。我渐渐有些奇怪，让大夫一瞧，这可糟了，你的一个肺已烂了一个大窟窿了！大夫劝你到西山去静养，你丢不下孩子，又舍不得钱；劝你在家里躺着，你也丢不下那份儿家务。越看越不行了，这才送你回去。明知凶多吉少，想不到只一个月工夫你就完了！本来盼望还见得着你，这一来可拉倒了。你也何尝想到这个？父亲告诉我，你回家独住着一所小住宅，还嫌没有客厅，怕我回去不便哪。

前年夏天回家，上你坟上去了。你睡在祖父母的下首，想来还不孤单的。只是当年祖父母的坟太小了，你正睡在圹底下。这叫做"抗圹"，在生人看来是不安心的；等着想办法哪。那时圹上圹下密密地长着青草，朝露浸湿了我的布鞋。你刚埋了半年多，只有圹下多出一块土，别的全然看不出新坟的样子。我和隐今夏回去，本想到你的坟上来；因为她病了没来成。我们想告诉你，五个孩子都好，我们一定尽心教养他们，让他们对得起死了的母亲——你！谦，好好儿放心安睡吧，你。

1932 年 10 月

（录自 1933 年 1 月 1 日《东方杂志》第三十卷第一号。）

[提示]

　　一九二九年十一月，与朱自清共同生活了十二载的爱妻武钟谦不幸病逝于扬州家中。《给亡妇》是作者追怀亡妻生前种种，情到深处不能自已，为抒悼念之情而作。其时，武钟谦离世已整整三年。文章因其至情之言、至诚之情动人心扉，回味无穷。

　　《给亡妇》全文采用的是长线穿珠式的结构，以深切悼念的感情为线索串起历历往事之珠，以作者亲眼所观、亲身所感，细致地再现了妻子生前对几个孩子无私的母爱，以及对自己的无限深情，一气呵成，散而不乱。文章一开始就点出亡妻最惦记的是孩子和"我"，随之便顺着这一感情线索逐一展开叙述。首先一一交代六个孩子的情况，以慰亡灵。集中表现她为孩子的种种操劳和无私的爱，直到自己的毁灭。接着又追忆亡妻对"我"的爱，从物质上的资助到精神上的培养，直到诀别。最后一段凭吊亡灵，与开篇首尾呼应，自然缜密。

　　《给亡妇》以白话道家常的形式将欲说之言娓娓道来，不拘于辞藻，自然贴切，生动凝练，达到了醇美的境界。文章名"给亡妇"，实际上是以亡妻生前对"我"和孩子的无私奉献来表达作者对已逝的妻子的愧疚之情及深沉的爱意。思念的对象在亡妻和"我"之间形成倒错，有悖常规。然而，正是这种反弹琵琶、对面落笔的写法，使文中的"我"与亡妻互为思念的对象，情感在生死两界传递，显得更为深切，在艺术上富有与众不同的无穷韵味。

（刘苗苗）

桨声灯影里的秦淮河

朱自清

　　一九二三年八月的一晚，我和平伯同游秦淮河；平伯是初泛，我是重来了。我们雇了一只"七板子"，在夕阳已去，皎月方来的时候，便下了船。于是桨声汩——汩，我们开始领略那晃荡着蔷薇色的历史的秦淮河的滋味了。

　　秦淮河里的船，比北京万生园，颐和园的船好，比西湖的船好，比扬州瘦西湖的船也好。这几处的船不是觉着笨，就是觉着简陋，局促；都不能引起乘客们的情韵，如秦淮河的船一样。秦淮河的船约略可分为两种：一是大船；一是小船，就是所谓"七板子"。大船舱口阔大，可容二三十人。里面陈设着字画和光洁的红木家具，桌上一律嵌着冰凉的大理石面。窗格雕镂颇细，使人起柔腻之感。窗格里映着红色蓝色的玻璃；玻璃上有精致的花纹，也颇悦人目。"七板子"规模虽不及大船，但那淡蓝色的栏杆，空敞的舱，也足系人情思。而最出色处却在它的舱前。舱前是甲板上的一部，上面有弧形的顶，两边用疏疏的栏杆支着。里面通常放着两张藤的躺椅。躺下，可以谈天，可以望远，可以顾盼两岸的河房。大船上也有这个，但在小船上更觉清隽罢了。舱前的顶下，一律悬着灯彩；灯的多少，明暗，彩苏的精粗，艳晦，是不一的，但好歹总还你一个灯彩。这灯彩实在是最能勾人的东西。夜幕垂垂地下来时，大小船上都点起灯火。从两重玻璃里映出那辐射着的黄黄的散光，反晕出一片朦胧的烟霭；透过这烟霭，在黯黯的水波里，又逗起缕缕的明漪。在这薄霭和微漪里，听着那悠然的间歇的桨声，谁能不被引入他的美梦去呢？只愁梦太多了，这些大小船儿如何载得起呀？我们这时模模糊糊的谈着明末的秦淮河的艳迹，如《桃花扇》及《板桥杂记》里所载的。我们真神往了。我们仿佛亲见那时华灯映水，画舫凌波的光景了。于是我们的船便成了历史的重载了。我们终于恍然秦淮河的船所以雅丽过于他处，而又有奇异的吸引力的，实在是许多历史的影象使然了。

　　秦淮河的水是碧阴阴的；看起来厚而不腻，或者是六朝金粉所凝么？

我们初上船的时候，天色还未断黑，那漾漾的柔波是这样恬静，委婉，使我们一面有水阔天空之想，一面又憧憬着纸醉金迷之境了。等到灯火明时，阴阴的变为沈沈了；暗淡的水光，像梦一般；那偶然闪烁着的光芒，就是梦的眼睛了。我们坐在舱前，因了那隆起的顶棚，仿佛总是昂着首向前走着似的；于是飘飘然如御风而行的我们，看在那些自在的湾泊着的船，船里走马灯般的人物，便像是下界一般，迢迢的远了，又像在雾里看花，尽朦朦胧胧的。这时我们已过了利涉桥，望见东关头了。沿路听见断续的歌声：有从沿河的妓楼飘来的，有从河上船里渡来的。我们明知那些歌声，只是些因袭的言词，从生涩的歌喉里机械地发出来的；但它们经了夏夜的微风的吹漾的水波的摇拂，袅娜着到我们耳边的时候，已经不单是她们的歌声，而混着微风和河水的密语了。于是我们不得不被牵惹着，震撼着，相与浮沉于这歌声里了。从东关头转弯，不久就到大中桥。大中桥共有三个桥拱，都很阔大，俨然是三座门儿；使我们觉得我们的船和船里的我们，在桥下过去时，真是太无颜色了。桥砖是深褐色，表明它的历史的长久；但都完好无缺，令人太息于古昔工程的坚美。桥上两旁都是木壁的房子，中间应该有街路？这些房子都破旧了，多年烟熏的迹，遮没了当年的美丽。我想象秦淮河的极盛时，在这样宏阔的桥上，特地盖了房子，必然是髹漆得富富丽丽的；晚间必然是灯火通明的，现在却只剩下一片黑沈沈！但是桥上造着房子，毕竟使我们多少可以想见往日的繁华；这也慰情聊胜于无了。过了大中桥，便到了灯月交辉，笙歌彻夜的秦淮河，这才是秦淮河的真面目哩。

大中桥外，顿然空阔，和桥内两岸排着密密的人家的景象大异了。一眼望去，疏疏的林，淡淡的月，衬着蔚蓝的天，颇像荒江野渡光景；那边呢，郁丛丛的，阴森森的，又似乎藏着无边的黑暗：令人几乎不信那是繁华的秦淮河了。但是河中眩晕着的灯光，纵横着的画舫，悠扬着的笛韵，夹着那吱吱的胡琴声，终于使我们认识绿如茵陈酒的秦淮水了。此地天裸露着的多些，故觉夜来的独迟些；从清清的水影里，我们感到的只是薄薄的夜——这正是秦淮河的夜。大中桥外，本来还有一座复成桥，是船夫口中的我们的游迹尽处，或也是秦淮河繁华的尽处了。我的脚曾踏过复成桥的脊，在十三四岁的时候。但是两次游秦淮河，却都不曾见着复成桥的面；明知总在前途的，却常觉得有些虚无缥缈似的。我想，不见倒也好。这时正是盛夏。我们下船后，藉着新生的晚凉和河上的微风，暑气已渐渐消散；到了此地，豁然开朗，身子顿然轻了——习习的清风荏苒在面上，手上，衣上，这便又感到了一缕新凉了。南京的日光，大概没有杭州猛烈；西湖的夏夜老是热蓬蓬的，水像沸着一般，秦淮河的水却尽是这样冷冷的绿着。任你人影的憧憧，歌声的扰扰，总像隔着一层薄薄的绿纱面幕似的；它尽是这样静静的，冷冷的绿着。我们出了大中桥，走不上半里路，船夫便将船划到一旁，停了桨由它宕着。他以为那里正是繁华的极点，再过去就是荒凉了；所以让我们多多赏鉴一会儿。他自己却静静的蹲着。他是看惯这光景的了，大约只是一个无可无不可。这无可无不可，无论是升的沈的，总之，都比我们高了。

那时河里闹热极了；船大半泊着，小半在水上穿梭似的来往。停泊着的都在近市的那一边，我们的船自然也夹在其中。因为这边略略的挤，便觉得那边十分的疏了。在每一只船从那边过去时，我们能画出它的轻轻的影和曲曲的波，在我们的心上；这显着是空，且显着是静了。那时处处都是歌声和凄厉的胡琴声，圆润的喉咙，确乎是很少的。但那生涩的，尖脆的调子能使人有少年的，粗率不拘的感觉，也正可快我们的意。况且多少隔开些儿听着，因为想象与渴慕的做美，总觉更有滋味；而竞发的喧嚣，抑扬的不齐，远近的杂沓，和乐器的嘈嘈切切，合成另一意味的谐音，也使我们无所适从，如随着大风而走，这实在因为我们的心枯涩久了，变为脆弱；故偶然润泽一下，便疯狂似的不能自主了。但秦淮河确也腻人。即如船里的人面，无论是和我们一堆儿泊着的，无论是从我们眼前过去的，总是模模糊糊的，甚至渺渺茫茫的；任你张圆了眼睛，揩净了眦垢，也是枉然。这真够人想呢。在我们停泊的地方，灯光原是纷然的；不过这些灯光都是黄而有晕的。黄已经不能明了，再加上了晕，便更不成了。灯愈多，晕就愈甚；在繁星般的黄的交错里，秦淮河仿佛笼上了一团光雾。光芒与雾气腾腾的晕着，什么都只剩了轮廓；所以人面的详细的曲线，便消失于我们的眼底了。但灯光究竟夺不了那边的月色；灯光是浑的，月色是清的。在浑沌的灯光里，渗入一派清辉，却真是奇迹！那晚月儿已瘦削了两三分。她晚妆才罢，盈盈的上了柳梢头。天是蓝得可爱，仿佛一汪水似的；月儿便更出落得精神了。岸上原有三株两株的垂杨树，淡淡的影子，在水里摇曳着。它们那柔细的枝条浴着月光，就像一支支美人的臂膊，交互的缠着，挽着；又像是月儿披着的发。而月儿偶尔也从它们的交叉处偷偷窥看我们，大有小姑娘怕羞的样子。岸上另有几株不知名的老树，光光的立着；在月光里照起来，却又俨然是精神矍铄的老人。远处——快到天际线了，才有一两片白云，亮得现出异彩，像是美丽的贝壳一般。白云下便是黑黑的一带轮廓；是一条随意画的不规则的曲线。这一段光景，和河中的风味大异了。但灯与月竟能并存着，交融着，使月成了缠绵的月，灯射着渺渺的灵辉，这正是天之所以厚秦淮河，也正是天之所以厚我们了。

这时却遇着了难解的纠纷。秦淮河上原有一种歌妓，是以歌为业的。从前都在茶舫上，唱些大曲之类。每日午后一时起，什么时候止，却忘记了。晚上照样也有一回，也在黄晕的灯光里。我从前过南京时，曾随着朋友去听过两次。因为茶舫里的人脸太多了，觉得不大适意，终于听不出所以然。前年听说歌妓被取缔了，不知怎的，颇涉想了几次——却想不出什么。这次到南京，先到茶舫上去看看，觉得颇是寂寥，令我无端的怅怅了。不料她们却仍在秦淮河里挣扎着，不料她们竟会纠缠到我们，我于是很张皇了，她们也乘着"七板子"，她们总是坐在舱前的。舱前点着石油汽灯，光亮眩人眼目：坐在下面的，自然是纤毫毕见了——引诱客人们的力量，也便在此了。舱里躲着乐工等人，映着汽灯的余辉蠕动着；他们是永远不被注意的。每船的歌妓大约都是二人；天色一黑，她们的船就在大中桥外往来不息的兜生意。无论行着的船，泊着的船，都是要来兜揽的。这都是我后来推想出来的。那晚不知怎样，忽然轮着我们的船了。我们的船好好的停着，一只歌舫划向我们来了；渐渐和我们的船并着了。烁烁的灯光逼得我们皱起了眉头；我们的风尘色全给它托出来了，这使我踟蹰不安了。那时一个伙计跨过船来，拿着摊开的歌折，就近塞向我的手里，"点几出吧！"他跨过来的时候，我们船上似乎有许多眼光跟着。同时相近的别的船上也似乎有许多眼睛炯炯的向我们船上看着。我真窘了！我也装出大方的样子，向歌妓们瞥了一眼，但究竟是不成的！我勉强将那歌折翻了一翻，却不曾看清了几个字；便赶紧递还那伙计，一面不好意思地说："不要，我们……不要。"他便塞给平伯，平伯掉转头去，摇手说："不要。"那人还腻着不走。平伯又回过脸来，摇着头道，"不要！"于是那人重到我处。我窘着再拒绝了他。他这才有所不屑似的走了。我的心立刻放下，如释了重负一般。我们就开始自白了。

我说我受了道德律的压迫，拒绝了她们；心里似乎很抱歉的。这所谓抱歉，一面对于她们。一面对于我自己。她们于我们虽然没有很奢的希望；但总有些希望的。我们拒绝了她们，无论理由如何充足，却使她们的希望受了伤；这总有几分不做美了。这是我觉得很怅怅的。至于我自己，更有一种不足之感。我这时被四面的歌声诱惑了，降伏了；但是远远的，远远的歌声总仿佛隔着重衣搔痒似的，越搔越搔不着痒处。我于是憧憬着贴耳的妙音了。在歌舫划来时，我的憧憬，变为盼望；我固执的盼望着，有如饥渴。虽然从浅薄的经验里，也能够推知，那贴耳的歌声，将剥去了一切的美妙；但一个平常的人像我的，谁愿凭了理性之力去丑化未来呢？我宁愿自己骗着了。不过我的社会感性是很敏锐的；我的思力能拆穿道德律的西洋镜，而我的感情却终于被它压服着。我于是有所顾忌了，尤其是在众目昭彰的时候。道德律的力，本来是民众赋予的；在民众的面前，自然更显出它的威严了。我这时一面盼望，一面却感到了两重的禁制：一，在通俗的意义上，接近妓者总算一种不正当的行为；二，妓是一种不健全的职业，我们对于她们，应有哀矜勿喜之心，不应赏玩的去听她们的歌。在众目睽睽之下，这两种思想在我心里最为旺盛。她们暂时压倒了我的听歌的盼望，这便成就了我的灰色的拒绝。那时的心是在异常状态中，觉得颇是昏乱。歌舫去了，暂时宁静之后，我的思绪又如潮涌了。两个相反的意思在我心头往复：卖歌和卖淫不同，听歌和狎妓不同，又干道德甚事？——但是，但是，她们既被逼的以歌为业，她们的歌必无艺术味的；况她们的身世，我们究竟该同情的。所以拒绝倒也是正办。但这些意思终于不曾撇开我的听歌的盼望。它力量异常坚强；它总想将别的思绪踏在脚下。从这重重的争斗里，我感到了浓厚的不足之感。这不足之感使我的心盘旋不安，起坐都不安宁了。唉！我承认我是一个自私的人！平伯呢，却与我不同。他引周启明先生的诗，"因为我有妻子，所以我爱一切的女人；因为我有子女，所以我爱一切的孩子。"他的意思可以见了。他因为推及的同情，爱着那些歌妓，并且尊重着她们，所以拒绝了她们。在这种情形下，他自然以为听歌是对于她们的一种侮辱。但他也是想听歌的，虽然不和我一样。所以在他的心中，当然也有一番小小的争斗；争斗的结果，是同情胜了。至于道德律，在他是没有什么的；因为他很有蔑视一切的倾向，民众的力量在他是不大觉着的。这时他的心意的活动比较简单，又比较松弱，故事后还怡然自若；我却不能了。这里平伯又比我高了。

　　在我们谈话中间，又来了两只歌舫。伙计照前一样的请我们点戏，我们照前一样的拒绝了。我受了三次窘，心里的不安更甚了。清艳的夜景也为之减色。船夫大约因为要赶第二趟生意，催着我们回去；我们无可无不可的答应了。我们渐渐和那些晕黄的灯光远了，只有些月色冷清清的随着我们的归舟。我们的船竟没个伴儿，秦淮河的夜正长哩！到大中桥近处，才遇着一只来船。这是一只载妓的板船，黑漆漆的没有一点光。船头上坐着一个妓女；暗里看出，白地小花的衫子，黑的下衣。她手里拉着胡琴，口里唱着青衫的调子。她唱得响亮而圆转；当她的船箭一般驶过去时，余音还袅袅的在我们耳际，使我们倾听而向往。想不到在弩末的游踪里，还能领略到这样的清歌！这时船过大中桥了，森森的水影，如黑暗张着巨口，要将我们的船吞了下去。我们回顾那渺渺的黄光，不胜依恋之情；我们感到了寂寞了！这一段地方夜色甚浓，又有两头的灯火招邀着；桥外的灯火不用说了，过了桥另有东关头疏疏的灯火。我们忽然仰头看见依人的素月，不觉深悔归来之早了！走过东关头，有一两只大船湾泊着，又有几只船向我们来着。嚣嚣的一阵歌声人语，仿佛笑我们无伴的孤舟哩。东关头转湾，河上的夜色更浓了；临水的妓楼上，时时从帘缝里射出一线一线的灯光；仿佛黑暗从酣睡里眨了一眨眼。我们默然的对着，静听那汩——汩的桨声，几乎要入睡了；朦胧里却温寻着适才的繁华的余味。我那不安的心在静里愈显活跃了！这时我们都有了不足之感，而我的更其浓厚。我们却又不愿回去，于是只能由懊悔而怅惘了。船里便满载着怅惘了。直到利涉桥下，微微嘈杂的人声，才使我豁然一惊；那光景却又不同。右岸的河房里，都大开了窗户，里面亮着晃晃的电灯，电灯的光射到水上，蜿蜒曲折，闪闪不息，正如跳舞着的仙女的臂膊。我们的船已在她的臂膊里了；如睡在摇篮里一样，倦了的我们便又入梦了。那电灯下的人物，只觉得像蚂蚁一般，更不去萦念。这是最后的梦；可惜的是最短的梦！黑暗重复落在我们面前，我们看见傍岸的空船上一星两星的，枯燥无力又摇摇不定的灯光。我们的梦醒了，我们知道就要上岸了；我们心里充满了幻灭的情思。

一九二三年十月十一日作完，于温州。

（原载 1924 年 1 月 25 日《东方杂志》第二十卷第二号二十周年纪念号。）

［提示］

俞平伯与朱自清同游秦淮河，以《桨声灯影里的秦淮河》为题，各作散文一篇，以风格不同、各有千秋而传世，成为中国现代文学史上的一段佳话。文章作于 1923 年，"五四"革命风潮刚刚退去，新的革命高潮还未来到，知识分子苦闷彷徨。

《桨声灯影里的秦淮河》记叙了夏夜泛舟秦淮河的见闻感受，文章从作者与友人一起雇"七板子"游秦淮河写起，巧妙地以"桨声灯影"为行文线索，由利涉桥到大中桥外，自夕阳西下到素月依人，形成明显的时空顺序。同时，其中又贯穿着作者的情感线索。在开始的游程中，作者的心境是平静的，从容品味，陶醉于秦淮河入夜的景色，并灌注了自己深沉的感情。而后秦淮河中的妓船，使朱自清遭遇难解的纠纷，作者的心绪由对美景的沉醉转为落入现实的怅惘。作者紧扣秦淮河夏夜的特点，细致地描写了情境下的灯光、河水、月亮三者的变化，营造出华灯映水、灯月交辉的独特意境。

《桨声灯影里的秦淮河》在艺术上成就高超。富有诗情画意是文章的最大特色，辞藻华美明艳，倾尽文采去展现秦淮河光亮的美丽与绚丽多彩，绘出了犹如印象派大师所作的五光十色的油画。平淡中见神奇，意味隽永。有诗的意境，画的境界，正是文中有画，画中有文。其次，构思缜密，感情真挚。朱自清在描绘秦淮河的景色时，将自然景色、历史影像、真实情感融会起来，洋溢着一股真挚深沉而又细腻的感情，给人以眷恋思慕、追怀的感受。华美的文采与精密的构思紧密结合在一起，于平凡中见奇拔，于散淡中见真知。在文章构思中显出惊警的思想，取得了很高的艺术成就，被认为是"五四"散文创作的成功标本。

（刘苗苗）

桨声灯影里的秦淮河

俞平伯

我们消受得秦淮河上的灯影，当圆月犹皎的仲夏之夜。

在茶店里吃了一盘豆腐干丝，两个烧饼之后，以歪歪的脚步踅上夫子庙前停泊着的画舫，就懒洋洋躺到藤椅上去了。好郁蒸的江南，傍晚也还是热的。"快开船罢！"桨声响了。

小的灯舫初次在河中荡漾；于我，情景是颇朦胧，滋味是怪羞涩的。我要错认它作七里的山塘；可是，河房里明窗洞启，映着玲珑入画的曲栏干，顿然省得身在何处了。佩弦呢，他已是重来，很应当消释一些迷惘的。但看他太频繁地摇着我的黑纸扇。胖子是这个样怯热的吗？

又早是夕阳西下，河上妆成一抹胭脂的薄媚。是被青溪的姊妹们所薰染的吗？还是匀得她们脸上的残脂呢？寂寂的河水，随双桨打它，终是没言语。密匝匝的绮恨逐老去的年华，已都如蜜饧似的融在流波的心窝里，连呜咽也将嫌它多事，更哪里论到哀嘶。心头，宛转的凄怀；口内，徘徊的低唱；留在夜夜的秦淮河上。

在利涉桥边买了一匣烟，荡过东关头，渐荡出大中桥了。船儿悄悄地穿出连环着的三个壮阔的涵洞，青溪夏夜的韶华已如巨幅的画豁然而抖落。哦！凄厉而繁的弦索，颤岔而涩的歌喉，杂着吓哈的笑语声，劈拍的竹牌响，更能把诸楼船上的华灯彩绘，显出火样的鲜明，火样的温煦了。小船儿载着我们，在大船缝里挤着，挨着，抹着走。它忘了自己也是今宵河上的一星灯火。

既踏进所谓"六朝金粉气"的销金锅，谁不笑笑呢！今天的一晚，且默了滔滔的言说，且舒了恻恻的情怀，暂且学着，姑且学着我们平时认为在醉里梦里的他们的憨痴笑语。看！初上的灯儿们一点点掠剪柔腻的波心，梭织地往来，把河水都皱得微明了。纸薄的心旌，我的，尽无休息地跟着它们飘荡，以至于怦怦而内热。这还好说什么的！如此说，诱惑是诚然有的，且于我已留下不易磨灭的印记。至于对榻的那一位先生，自认曾经一度摆脱了纠缠的他，其辩解又在何处？这实在非我所知。

我们，醉不以涩味的酒，以微漾着，轻晕着的夜的风华。不是什么欣悦，不是什么慰藉，只感到一种怪陌生，怪异样的朦胧。朦胧之中似乎胎孕着一个如花的笑——这么淡，那么淡的倩笑。淡到已不可说，已不可拟，且已不可想；但我们终久是眩晕在它离合的神光之下的。我们没法使人信它是有，我们不信它是没有。勉强哲学地说，这或近于佛家的所谓"空"，既不当鲁莽说它是"无"，也不能径直说它是"有"。或者说"有"是有的，只因无可比拟形容那"有"的光景；故从表面看，与"没有"似不生分别。若定要我再说得具体些：譬如东风初劲时，直上高翔的纸鸢，牵线的那人儿自然远得很了，知她是哪一家呢？但凭那鸢尾一缕飘绵的彩线，便容易揣知下面的人寰中，必有微红的一双素手，卷起轻绡的广袖，牢担荷小纸鸢儿的命根的。飘翔岂不是东风的力，又岂不是纸鸢的含德；但其根株却将另有所寄。请问，这和纸鸢的省悟与否有何关系？故我们不能认笑是非有，也不能认朦胧即是笑。我们定应当如此说，朦胧里胎孕着一个如花的幻笑，和朦胧又互相混融着的；因它本来是淡极了，淡极了这么一个。

漫题那些纷烦的话，船儿已将泊在灯火的丛中去了。对岸有盏跳动的汽油灯，佩弦便硬说它远不如微黄的灯火。我简直没法和他分证那是非。

时有小小的艇子急忙忙打桨，向灯影的密流里横冲直撞。冷静孤独的油灯映见暗淡久的画舫头上，秦淮河姑娘们的靓妆。茉莉的香，白兰花的香，脂粉的香，纱衣裳的香……微波泛滥出甜的暗香，随着她们那些船儿荡，随着我们这船儿荡，随着大大小小一切的船儿荡。有的互相笑语，有的默然不响，有的衬着胡琴亮着嗓子唱。一个，三两个，五六七个，比肩坐在船头的两旁，也无非多添些淡薄的影儿葬在我们的心上——太过火了，不至于罢，早消失在我们的眼皮上。谁都是这样急忙忙的打着桨，谁都是这样向灯影的密流里冲着撞；又何况久沉沦的她们，又何况飘泊惯的我们俩。当时浅浅的醉，今朝空空的惆怅；老实说，咱们萍泛的绮思不过如此而已，至多也不过如此而已。你且别讲，你且别想！这无非是梦中的电光，这无非是无明的幻相，这无非是以零星的火种微炎在大欲的根苗上。扮戏的咱们，散了场一个样，然而，上场锣，下场锣，天天忙，人人忙。看！吓！载送女郎的艇子才过去，货郎担的小船不是又来了？一盏小煤油灯，一舱的什物，他也忙得来象手里的摇铃，这样丁冬而郎当。

杨枝绿影下有条华灯璀璨的彩舫在那边停泊。我们那船不禁也依傍短柳的腰肢，欹侧地歇了。游客们的大船，歌女们的艇子，靠着。唱的拉着嗓子；听的歪着头，斜着眼，有的甚至于跳过她们的船头。如那时有严重些的声音，必然说："这哪里是什么旖旎风光！"咱们真是不知道，只模糊地觉着在秦淮河船上板起方正的脸是怪不好意思的。咱们本是在旅馆里，为什么不早早入睡，掂着牙儿，领略那"卧后清宵细细长"；而偏这样急急忙忙跑到河上来无聊浪荡？

还说那时的话，从杨柳枝的乱鬓里所得的境界，照规矩，外带三分风华的。况且今宵此地，动荡着有灯火的明姿。况且今宵此地，又是圆月欲缺未缺，欲上未上的黄昏时候。叮当的小锣，伊轧的胡琴，沉填的大鼓……弦吹声腾沸遍了三里的秦淮河。喳喳嚷嚷的一片，分不出谁是谁，分不出那儿是那儿，只有整个的繁喧来把我们包填。仿佛都抢着说笑，这儿夜夜尽是如此的，不过初上城的乡下老是第一次呢。真是乡下人，真是第一次。

穿花蝴蝶样的小艇子多倒不和我们相干。货郎担式的船，曾以一瓶汽水之故而拢近来，这是真的。至于她们呢，即使偶然灯影相偎而切掠过去，也无非瞧见我们微红的脸罢了，不见得有什么别的。可是，夸口早哩！——来了，竟向我们来了！不但是近，且拢着了。船头傍着，船尾也傍着；这不但是拢着，且并着了。厮并着倒还不很要紧，且有人扑冬地跨上我们的船头了。这岂不大吃一惊！幸而来的不是姑娘们，还好。（她们正冷冰冰地在那船头上。）来人年纪并不大，神气倒怪狡猾，把一扣破烂的手折，摊在我们眼前，让细瞧那些戏目，好好儿点个唱。他说："先生，这是小意思。"诸君，读者，怎么办？

好，自命为超然派的来看榜样！两船挨着，灯光愈皎，见佩弦的脸又红起来了。那时的我是否也这样？这当转问他。（我希望我的镜子不要过于给我下不去。）老是红着脸终久不能打发人家走路的，所以想个法子在当时是很必要。说来也好笑，我的老调是一味的默，或干脆说个"不"，或者摇摇头，摆摆手表示"决不"。如今都已使尽了。佩弦便进了一步，他嫌我的方术太冷漠了，又未必中用，摆脱纠缠的正当道路惟有辩解。好吗！听他说："你不知道？这事我们是不能做的。"这是诸辩解中最简洁，最漂亮的一个。可惜他所说的"不知道？"来人倒真有些"不知道！"辜负了这二十分聪明的反语。他想得有理由，你们为什么不能做这事呢？因这"为什么？"佩弦又有进一层的曲解。那知道更坏事，竟只博得那些船上人的一哂而去。他们平常虽不以聪明名家，但今晚却又怪聪明，如洞彻我们的肺肝一样的。这故事即我情愿讲给诸君听，怕有人未必愿意哩。"算了罢，就是这样算了罢。"恕我不再写下了，以外的让他自己说。

叙述只是如此，其实那时连翩而来的，我记得至少也有三五次。我们把它们一个一个的打发走路。但走的是走了，来的还正来。我们可以使它们走，我们不能禁止它们来。我们虽不轻被摇撼，但已有一点杌陧了。况且小艇上总载去一半的失望和一半的轻蔑，在桨声里仿佛狠狠地说，"都是呆子，都是吝啬鬼！"还有我们的船家（姑娘们卖个唱，他可以赚几个子的佣金）。眼看她们一个一个的去远了，呆呆的蹲踞着，怪无聊赖似的。碰着了这种外缘，无怒亦无哀，惟有一种情意的紧张，使我们从颓弛中体会出挣扎来。这味道倒许很真切的，只恐怕不易为倦鸦似的人们所喜。

曾游过秦淮河的到底乖些。佩弦告船家："我们多给你酒钱，把船摇开，别让他们来罗嗦。"自此以后，桨声复响，还我以平静了，我们俩又渐渐无拘无束舒服起来，又滔滔不断地来谈谈方才的经过。今儿是算怎么一回事？我们齐声说，欲的胎动无可疑的。正如水见波痕轻婉已极，与未波时究不相类。微醉的我们，洪醉的他们，深浅虽不同，却同为一醉。接着来了第二问，既自认有欲的微炎，为什么艇子来时又羞涩地躲了呢？在这儿，答语参差着。佩弦说他的是一种暗昧的道德意味，我说是一种似较深沉的眷爱。我只背诵岂明君的几句诗给佩弦听，望他曲喻我的心胸。可恨他今天似乎有些发钝，反而追着问我。

前面已是复成桥。青溪之东，暗碧的树梢上面微耀着一桁的清光。我们的船就缚在枯柳桩边待月。其时河心里晃荡着的，河岸头歇泊着的各式灯船，望去，少说点也有十廿来只。惟不觉繁喧，只添我们以幽甜。虽同是灯船，虽同是秦淮，虽同是我们；却是灯影淡了，河水静了，我们倦了，——况且月儿将上了。灯影里的昏黄，和月下灯影里的昏黄原是不相似的，又何况入倦的眼中所见的昏黄呢。灯光所以映她的秾姿，月华所以洗她的秀骨，以蓬腾的心焰跳舞她的盛年，以伤涩的眼波供养她的迟暮。必如此，才会有圆足的醉，圆足的恋，圆足的颓弛，成熟了我们的心田。

犹未下弦，一丸鹅蛋似的月，被纤柔的云丝们簇拥上了一碧的遥天。冉冉地行来，冷冷地照着秦淮。我们已打桨而徐归了。归途的感念，这一个黄昏里，心和境的交紫互染，其繁密殊超我们的言说。主心主物的哲思，依我外行人看，实在把事情说得太嫌简单，太嫌容易，太嫌分明了。实有的只是浑然之感。就论这一次秦淮夜泛罢，从来处来，从去处去，分析其间的成因自然亦是可能；不过求得圆满足尽的解析，使片段的因子们合拢来代替刹那间所体验的实有，这个我觉得有点不可能，至少于现在的我们是如此的。凡上所叙，请读者们只看作我归来后，回忆中所偶然留下的千百分之一二，微薄的残影。若所谓"当时之感"，我决不敢望诸君能在此中窥得。即我自己虽正在这儿执笔构思，实在也无从重新体验出那时的情景。说老实话，我所有的只是忆。我告诸君的只是忆中的秦淮夜泛。至于说到那"当时之感"，这应当去请教当时的我。而他久飞升了，无所存在。

……

凉月凉风之下，我们背着秦淮河走去，悄默是当然的事了。如回头，河中的繁灯想定是依然。我们却早已走得远，"灯火未阑人散"；佩弦，诸君，我记得这就是在南京四日的酣嬉，将分手时的前夜。

一九二三，八，二二，北京

（选自《杂拌儿》）

[提示]

俞平伯在与朱自清同游秦淮河之后所作同名散文《桨声灯影里的秦淮河》，两人旧题新作，同题异作，表现出过人的胆识与超凡的才气。同样的灯影，同样的歌吹泛舟，在两人的笔下却大放异彩，各有千秋。

较之朱自清精雕细琢的秦淮夜游图，俞平伯追求的则是"朦胧"和"浑然一体"的境界；比之朱自清的热切依恋之情来，俞平伯表现得冷静、理智，他在柔婉细腻的笔墨中极力营造出一种空灵、朦胧的意境，就像水中月、镜中花似的，使人捉摸不定。因而文中有些段落，不仅有一种淡淡的苦涩之感，而且使读者感到有些玄妙。其次，俞平伯写散文追求一种"独特的风致"，遣词造句方面，他吸收了明人小品的某些长处，比较古朴、凝练。在整个格局方面，他又喜欢在细腻柔婉的描写中，阐发所谓"主心主物的哲思"，置身在秦淮河这所谓"六朝金粉"的销金窟里，他虽被这"轻晕着的夜的风华"所陶醉，但是所感到的"不是什么欣悦，不是什么慰藉；只感到一种怪陌生，与怪异样的朦胧。""我们无法使人信它是有，我们不信它是没有，勉强哲学地说，在或近于佛家的所谓

'空'"。因此他的散文，就有着一种情与思、热与冷的结合。虽有些地方显得比较繁缛，但也不乏机智的富有情味的描写。另外，俞平伯在古典小说词曲方面的功力深厚，他把这些文艺样式的用词融汇在一起，并不显得突兀或错杂，反而增添了文章的生气和丰采，使文章呈现出一种诗词的韵律美。

（刘苗苗）

乌 篷 船

周作人

子荣君：

　　接到手书，知道你要到我的故乡去，叫我给你一点什么指导。老实说，我的故乡，真正觉得可怀恋的地方，并不是那里；但是因为在那里生长，住过十多年，究竟知道一点情形，所以写这一封信告诉你。

　　我所要告诉你的，并不是那里的风土人情，那是写不尽的，但是你到那里一看也就会明白的，不必罗唆地多讲。我要说的是一种很有趣的东西，这便是船。你在家乡平常总坐人力车，电车，或是汽车，但在我的故乡那里这些都没有，除了在城内或山上是用轿子以外，普通代步都是用船。船有两种，普通坐的都是"乌篷船"，白篷的大抵作航船用，坐夜航船到西陵去也有特别的风趣，但是你总不便坐，所以我就可以不说了。乌篷船大的为"四明瓦"（Symenngoa），小的为脚划船（"划"读如 uoa），亦称小船。但是最适用的还是在这中间的"三道"，亦即三明瓦。篷是半圆形的，用竹片编成，中夹竹箬，上涂黑油，在两扇"定篷"之间放着一扇遮阳，也是半圆的，木作格子，嵌着一片片的小鱼鳞，径约一寸，颇有点透明，略似玻璃而坚韧耐用，这就称为明瓦。三明瓦者，谓其中舱有两道，后舱有一道明瓦也。船尾用橹，大抵两支，船首有竹篙，用以定船。船头着眉目，状如老虎，但似在微笑，颇滑稽而不可怕，唯白篷船则无之。三道船篷之高大约可以使你直立，舱宽可以放下一顶方桌，四个人坐着打麻将，——这个恐怕你也已学会了罢？小船则真是一叶扁舟，你坐在船底席上，篷顶离你的头有两三寸，你的两手可以搁在左右的舷上，还把手都露出在外边。在这种船里仿佛是在水面上坐，靠近田岸去时泥土便和你的眼鼻接近，而且遇着风浪，或是坐得少不小心，就会船底朝天，发生危险，但是也颇有趣味，是水乡的一种特色。不过你总可以不必去坐，最好还是坐那三道船罢。

　　你如坐船出去，可是不能像坐电车的那样性急，立刻盼望走到。倘若出城，走三四十里路（我们那里的里程是很短，一里才及英里三分之一），来回总要预备一天。你坐在船上，应该是游山的态度，看看四周物色，随处可见的山，岸旁的乌柏，河边的红蓼和白萍，渔舍，各式各样的桥，困倦的时候睡在舱中拿出随笔来看，或者冲一碗清茶喝喝。偏门外的鉴湖一带，贺家池，壶觞左近，我都是喜欢的，或者往娄公埠骑驴去游兰亭（但我劝你还是步行，骑驴或者于你不很相宜），到得暮色苍然的时候进城上都挂着薜荔的东门来，倒是颇有趣味的事。倘若路上不平静，你往杭州去时可于下午开船，黄昏时候的景色正最好看，只可惜这一带地方的名字我都忘记了。夜间睡在舱中，听水声橹声，来往船只的招呼声，以及乡间的犬吠鸡鸣，也都很有意思。雇一只船到乡下去看庙戏，可以了解中国旧戏的真趣味，而且在船上行动自如，要看就看，要睡就睡，要喝酒就喝酒，我觉得也可以算是理想的行乐法。只可惜讲维新以来这些演剧与迎会都已禁止，中产阶级的低能人别在"布业会馆"等处建起"海式"的戏场来，请大家买票看上海的猫儿戏。这些地方你千万不要去。——你到我那故乡，恐怕没有一个人认得，我又因为在教书不能陪你去玩，坐夜船，谈闲天，实在抱歉而且惆怅。川岛君夫妇现在偁山下，本来可以给你介绍，但是你到那里的时候他们恐怕已经离开故乡了。初寒，善自珍重，不尽。

十五年十一月十八日夜，于北京

（选自《泽泻集》。）

[提示]

《乌篷船》是周作人一组题为"苦雨斋尺牍"文章中的第九篇，生活在大革命前夕的动荡年代，作者渴望有知心友人能与之共饮一杯清茶，闲谈赏雨，怎奈只身一人，孤独难耐之际便著文。

文章紧紧抓住乌篷船这一典型事物，细致入微地介绍了"三明瓦"的形状、材料、结构和用途，然后着重描写乘船游故乡的景色，表达了对故乡的眷恋之情，透露出闲适隐逸的情思。从表面上看，作者是在写游山玩水，然而细细体味，其中却透露出作者心平气和、淡泊恬适的人生态度。

《乌篷船》是一篇采用书信形式的小品文。作者把自我的两个侧面外化为收信人"子荣"与写信人"岂明"，"子荣"正是现实生活中已经被现代文明改造了的"自我"，而"岂明"则是在内心深处顽强抵抗着的

"自我"，两个"自我"相互撞击、交流。他试图通过召回已经失去的传统文化的魅力，使被现代文明"异化"了的那个"自我"重新复归，从而使"自我"由分离达到统一。周作人把与传统有着深刻联系的知识分子因传统文化美的丧失所感到的忧虑、惆怅，表达得如此真切，从侧面显示了历史前进的复杂性。

作品笔调委婉含蓄，语言风格平和娴雅。无论是写船，写乘船游景，或是借此表达悠悠的思乡之情以及闲适的人生态度，笔墨都极其朴素自然，信笔所至，舒卷自如，使读者在感受作者对故乡的绵绵情愫的同时又能领略到作者所追求的闲适隐逸的处世态度。淡淡的喜悦中掺杂着忧郁、惆怅的苦味，从容、冲淡中蕴含着悲凉，这些构成了周作人散文的美感特征。

（刘苗苗）

麻 醉 礼 赞

周作人

麻醉，这是人类所独有的文明。书上虽然说，斑鸠食桑葚则醉，或云，猫食薄荷则醉，但这都是偶然的事，好像是人错吃了笑菌，笑得个一塌胡涂，并不是成心去吃了好玩的。成心去找麻醉，是我们万物之灵的一种特色，假如没有这个，人之所以异于禽兽者几希了。

麻醉有种种的方法。在中国最普通的一种是抽大烟，西洋听说也有文人爱好这件东西，一位散文家的杰作便是烟盘旁边的回忆，另一诗人的一篇《忽不烈汗》的诗也是从芙蓉城的醉梦中得来的。中国人的抽大烟则是平民化的，并不为某一阶级所专享，大家一样地吱吱的抽吸，共享麻醉的洪福，是一件值得称扬的事。鸦片的趣味何在，我因为没有入过黑籍，不能知道，但总是麻苏苏地很有趣罢。我曾见一位烟户，穷得可以，真不愧为鹑衣百结，但头戴一顶瓜皮帽，前面顶边烧成一个大窟窿，乃是沉醉时把头屈下去在灯上烧去的，于此即可想见其陶然之状态了。近代传闻孙馨帅有一队烟兵，在烟瘾抽足的时候冲锋最为得力，则已失了麻醉的意义，至少在我以为总是不足为训的了。

中国古已有之的国粹的麻醉法，大约可以说是饮酒。刘伶的"死便埋我"，可以算是最彻底了，陶渊明的诗也总是三句不离酒，如云"拨置且莫念，一觞聊可挥，"又云，"天运苟如此，且进杯中物，"又云"中觞纵遥情，忘彼千载忧，且极今朝乐，明日非所求，"都是很好的例。酒，我是颇喜欢的，不过曾经声明过，殊不甚了解陶然之趣，只是乱喝一番罢了。但是在别人确有麻醉的力量，它能引人著胜地，就是所谓童话之国土。我有两个族叔，尤其是这样幸福的国土里的住民。有一回冬夜，他们沉醉回来，走过一乘吾乡所很多的石桥，哥哥刚一抬脚，棉鞋掉了，兄弟给他在地上乱摸，说道，"哥哥棉鞋有了。"用脚一踹，却又没有，哥哥道，"兄弟，棉鞋汪的一声又不见了！"原来这乃是一只黑小狗，被兄弟当作棉鞋捧了来了。我们听了或者要笑，但他们那时神圣的乐趣我辈外人哪里能知道呢？的确，黑狗当棉鞋的世界于我们真是太远了，我们将棉鞋当棉鞋，自己说是清醒，其实却是极大的不幸，何为可惜十二文钱，不买一提黄汤，灌得倒醉以入此乐土乎。

信仰与梦，恋爱与死，也都是上好的麻醉。能够相信宗教或主义，能够作梦，乃是不可多得的幸福的性质，不是人人所能获得。恋爱要算是最好了，无论何人都有此可能，而且犹如采补求道，一举两得，尤为可喜，不过此事至难，第一须有对手，不比别的只要一灯一盏即可过瘾，所以即使不说是奢侈，至少也总是一种费事的麻醉罢。至于失恋以至反目，事属寻常，正如酒徒呕吐，烟客脾泄，不足为病，所当从头承认者也。末后说到死。死这东西，有些人以为还好，有些人以为很坏，但如当作麻醉品去看时，这似乎倒也不坏。依壁鸠鲁说过，死不足怕，因为死与我辈没有关系，我们在时尚未有死，死来时我们已没有了。快乐派是相信原子说的，这种唯物的说法可以消除死的恐怖，但由我们看来，死又何尝不是一种快乐，麻醉得使我们没有，这样乐趣恐非醇酒妇人所可比拟的罢？所难者是怎样才能如此麻醉，快乐？这个我想是另一问题，不是我们现在所要谈论的了。

醉生梦死，这大约是人生最上的生活法罢？然而也有人不愿意这样。普通外科手术总用全身或局部的麻醉，唯偶有英雄独破此例，如关云长刮骨疗毒，为世人所佩服，固其宜也。盖世间所有唯辱与苦，茹苦忍辱，斯乃得度。画廊派哲人（Stoics）之勇于自杀，自成宗派，若彼得洛纽思（Petroneus）听歌饮酒，切脉以死，虽稍贵族的，故自可喜。达拉思布尔巴（Taras Bulba）长子为敌所获，毒刑致死，临死曰，父亲，你都看见么？达拉思匿观众中大呼曰，"儿子，我都看见！"此则哥萨克之勇士，北方之强也。此等人对于人生细细尝味，如啜苦酒，一点都不含胡，其坚苦卓绝盖不可及，但是我们凡人也就无从追踪了。话又说了回来，我们的生活恐怕还是醉生梦死最好罢。——所苦者我只会喝几口酒，而又不能麻醉，还是清醒地都看见听见，又无力高声大喊，此乃是凡人之悲哀，实为无可如何者耳。

十八年十一月三十日

（选自 1932 年 10 月开明书店《看云集》初版本）

[提示]

《麻醉礼赞》出自周作人《三礼赞》之三，另外还有之一《娼女礼赞》、之二《哑巴礼赞》，写于 1929 年，此时中国正处于军阀混战时期，国内笼罩在一片萎靡不振的氛围中，周作人厌倦了斗争，意欲退隐，却又不甘沉沦，于是苦闷之下作文聊以自慰。

文章表面上是在介绍鸦片、酒精、信仰与梦、恋爱与死等麻醉之术，探讨人生最上的活法，实质上突出表达的是作者欲醉不能、无可奈何的悲哀和苦闷之情。生活在污浊混沌的现实，既不能像英雄伟人那般艰苦卓绝地反抗，又无法醉生梦死地快活，只好沉溺在这牢笼中苟延残喘地生活。作者内心的空虚、彷徨、无奈汇成一股苦味，渗透于字里行间。

作品在艺术上显示出周作人独特的散文风格。第一，熔幽默、讽刺于一炉的反语运用，因文章意在揭露和抨击反动势力的暴行，为避免感情的直白表露，周作人的讽刺含蓄，将幽默与讽刺巧妙地结合在反语里，文章表面幽默，细细品读却能感受到作者辛辣深沉的讽刺。他在选题立意上下功夫，运用反语和暗示等手法，对其暴行进行揭露，读起来深沉有力。第二，平和冲淡的笔调。凌厉的批判文章经过一番艺术的淡化处理，收到一种淡泊自然，从容舒缓的效果。这其实是周作人饱经沧桑后，对世事洞明，处变不惊的心态。然而对淡泊中庸的性格的追求，又反映出周作人思想消极软弱的一面。第三，上下古今，旁征博引。他将古今中外的知识都运用到散文的创作中，使得文章具有深厚的文化底蕴，表现出一种大家风度，令人折服的平正通达的说理，渊博知识储备和贴切的引用。第四，口语、闻言、欧化语杂糅调和，产生一种涩味与简单味，耐人寻味。

（刘苗苗）

祝 土 匪

林语堂

莽原社诸朋友来要稿，论理莽原社诸先生既非正人君子又不是当代名流，当然有与我合作之可能，所以也就慨然允了他们，写几字凑数，补白。

然而又实在没有工夫，文士们（假如我们也可冒充文士）欠稿债，就同穷教员欠房租一样，期一到就焦急。所以没工夫也得挤，所要者挤出来的是我们自己的东西，不是挪用，借光，贩卖的货物，便不至于成文妖。

于短短的时间，要做长长的文章，在文思迟滞的我是不行的。无己，姑就我要说的话有条理的或无条理的说出来。

近来我对于言论界的职任及性质渐渐清楚。也许我一时所见是错误的，然而我实在还未老，不必装起老成的架子，将来升官或入研究系时再来更正我的主张不迟。

言论界，依中国今日此刻此地情形，非有些土匪傻子来说话不可。这也是祝《莽原》恭维《莽原》的话，因为《莽原》即非太平世界，《莽原》之主稿诸位先生当然很愿意揭竿作乱，以土匪自居。至少总不愿意以"绅士""学者"自居，因为学者所记得的是他的脸孔，而我们似乎没有时间顾到这一层。

现在的学者最要紧的就是他们的脸孔，倘是他们自三层楼滚到楼底下，翻起来时，头一样想到的还是拿起手镜照一照看他的假胡须还在乎？金牙齿没掉么？雪花膏未涂污乎？至于骨头折断与否，似在其次。

学者只知道尊严，因为要尊严，所以有时骨头不能不折断，而不自知，且自告人曰，我固完肤也，呜呼学者！呜呼所谓学者！

因为真理有时要与学者的脸孔冲突，不敢为真理而忘记其脸孔者则终必为脸孔而忘记真理，于是乎学者之骨头折断矣。骨头既断，无以自立，于是"架子"、木脚、木腿来了。就是一副银腿银脚也要觉得讨厌，何况还是木头做的呢？

托尔斯泰曾经说过极好的话，论真理与上帝孰重。他说以上帝为重于真理者，继必以教会为重于上帝，其结果必以其特别教门为重于教会，而终必以自身为重于其特别教门。

就是学者斤斤于其所谓学者态度，所以失其所谓学者，而去真理一万八千里之遥。说不定将来学者反得让我们土匪做。

学者虽讲道德，士风，而每每说到自己脸孔上去；所以道德，士风将来也非由土匪来讲不可。

一人不敢说我们要说的话，不敢维持我们良心上要维持的主张，这边告诉人家我是学者，那边告诉人家我是学者，自己无贯彻强毅主张，倚门卖笑，双方讨好，不必说真理招呼不来，真理有知，亦早已因一见学者脸孔而退避三舍矣。

惟有土匪，既没有脸孔可讲，所以比较可以少作揖让，少对大人物叩头。他们既没有金牙齿，又没有假胡须，所以自三层楼上滚下来，比较少顾虑，完肤或者未必完肤，但是骨头可以不折，而且手足嘴脸，就使受伤，好起来时，还是真皮真肉。

真理是妒忌的女神，归奉她的人就不能不守独身主义，学者却家里还有许多老婆，姨太太，上炕老妈，通房丫头。然而真理并非靠学者供养的，虽然是妒忌，却不肯说话，所以学者所真怕的还是家里老婆，不是真理。

惟其有许多要说的话学者不敢说，惟其有许多良心上应维持的主张学者不敢维持，所以今日的言论界还得有土匪傻子来说话。土匪傻子是顾不到脸孔的，并且也不想将真理贩卖给大人物。

土匪傻子可以自慰的地方就是有史以来大思想家都被当代学者称为"土匪""傻子"过。并且他们的仇敌也都是当代的学者，绅士，君子，士大夫……自有史以来，学者，绅士，君子，士大夫都是中和稳健；他们的家里老婆不一，但是他们的一副面团团的尊容，则无古今中外东西南北皆同。

然而土匪有时也想做学者，等到当代学者夭灭殇亡之时，到那时候，却要请真理出来登极。但是我们没有这种狂想，这个时候还远着呢，我们生于草莽，死于草莽，遥遥在野外莽原，为真理喝彩，祝真理万岁，于愿足矣。

只不要投降！

十四，十二，二十八。

（发表于 1926 年 1 月 10 日出版的《莽原》半月刊第一期，后收入《剪拂集》。）

［提示］

20 世纪三十年代中期，以鲁迅为主将的语丝派与以胡适为首的现代评论派展开针锋相对的斗争，形成了两军对垒的局面，由鲁迅领导的文学青年的社团——莽原社属于语丝派的阵地。反动派诬蔑反对章士钊的人为"土匪"，以"撕去旧社会的假面"为己任的莽原社及其成员自然也被划入其中。此文即林语堂应莽原社之约，对其"愿意揭竿作乱，以土匪自居"的祝颂。

《祝土匪》题目新颖奇特，醒人耳目，极具讽刺意味和战斗性。作者对土匪和绅士、学者进行深刻的对比剖析：一面是不顾脸孔，不装门面，坚信真理，态度坚决，一面是为了面子甘愿屈膝权势，俯首作揖，阿谀谄媚，投机圆滑，折中调和，热情地赞颂了土匪坚持真理，敢讲真话的硬骨头精神，而对学者的"忘记真理"、"骨头折断"、"倚门卖笑"等丑态进行了无情地揭露和辛辣地嘲讽。

与其他论战色彩浓烈的杂文相比，《祝土匪》在艺术手法上摒弃慷慨激昂的批驳言词，代之以幽默的笔调将土匪与学者绅士进行对比论述，步步为营，笑中藏刀，句句刺向伪君子的痛处。其次，文章依旧秉承林语堂一贯闲适的娓语式笔调，行文轻松自然，如与老友促膝而谈，语言平实，寓奇于平，以平常的话，说出深刻的理。平实朴素的语言与诙谐的幽默和娓语式的笔调相和谐，以形成一种独特的艺术风貌。

（刘苗苗）

方巾气研究

林语堂

　　在我创办《论语》之时，我就认定方巾气道学气是幽默之魔敌。倒不是因为道学文章能抵制幽默文学，乃因道学环境及对幽默之不了解，必影响于幽默家之写作，使执笔时，似有人在背后怒目偷觑，这样是不宜于幽默写作的。惟有保持得住一点天真，有点傲慢，不愿此种阴森冷猪肉气者，才写得出一点幽默。这种方巾气的影响，在《论语》之投稿及批评者，都看得出来。在批评方面，近来新旧卫道派颇一致，方巾气越来越重。凡非哼哼唧唧文学，或杭哟杭哟文学，皆在鄙视之列。今天有人虽写白话，实则在潜意识上中道学之毒甚深，动辄任何小事，必以"救国"、"亡国"挂在头上，于是用国货牙刷也是救国，卖香水也是救国，弄得人家一举一动打一个嚏也不得安闲。有人留学，学习化学工程，明明是学制香烟、水牛皮，却非说是实业救国不可。其实都是自幼作文说惯了"今夫天下"，"世道人心"这些名词还在潜意识中作祟吧。所以这班人，名词虽新，态度却旧，实非西方文化产儿，与政客官僚一样。他们是不配批评要人"今夫天下"的通电的。西洋人讨论女子服装，亦只认为审美上问题，到中国便成了伦理世道什么夷夏问题。西人看见日蚀，也只当做历象研究，一到中国，也变成有关天下治乱的灾异了。西方也有人像李格，身为大学教授，却因天性所近，好写一些幽默小品，挖苦照相家替人排头扭颈，作家读者也没想到"文学正宗""国家兴亡"上面去。然而幽默文学，却因此发达。假如中国人如作一篇"吃莲花的"，便有人责问，你写这些有何关于世道人心，有何益于中国文化？这不是桐城妖孽还在作祟是什么？因此一着，写作的人，也无意中受此辈之压迫，拿起笔来，必以讽世自命，于是纯粹的幽默乃为热烈甚至酸腐的讽刺所笼罩下去。

　　办幽默刊物是怎么一回事？不过办一幽默刊物而已，何必大惊小怪？原来在国外各种正经大刊物之内，仍容得下几种幽默刊物。但一到中国，便不然了。一家幽默，家家幽默，必须"风行一时"，人人效颦。由于誉幽默者以世道誉之，毁幽默者，亦以世道毁之。这正如一个乳臭未干专攻文学三年的洋博士回到中国被人捧为文学专家一样的有苦难言，哭笑不得。其实我林语堂并无野心，只因生性所近，素恶《东方杂志》长篇阔论，又好杂沓乱谈，此种文章既无处发表，只好自办一个。幸而有人出版，有人购读，就一直胡闹下去。充其量，也不过在国中已有各种严肃大杂志之外，加一种不甚严肃之小刊物，调剂调剂空气而已。原未尝存心打倒严肃杂志，亦未尝强普天下人皆写幽默文。现在批评起来，又是什么我在救中国或亡中国了。

《人间世》出版与《论语》出版一样。因为没人做，所以我来做。我不好落入窠臼，如已有人做了，我便万不肯做。以前研究汉字索引，编英文教科书，近来研究打字机，也都是看别人不做，或做不好，故自出机杼兴趣勃然去做而已。此外还有什么理由？现在明明提倡小品文，又无端被人加以夺取"文学正宗"罪名。夫文学之中，品类多矣。吾提倡小品，他人尽可提倡大品；我办刊物来登如在《自由谈》天天刊登而不便收存之随感，他人尽管办一刊物专登短篇小说，我能禁止他吗？倘使明日我看见国中没有专登侦探小说刊物，来办一个，又必有人以为我有以奉侦探小说为文学"正宗"之野心了。这才是真正国货的笼统思想。此种批评，谓之方巾气的批评。以前名流学者，没人敢办幽默刊物，就是方巾气作祟，脱不下名流学者架子，所以逼得我来办了。

今日"大野"君在《自由谈》（《申报》副刊）劝我"欲行大道，勿由小径，勿以大海内于牛迹，勿以日光等于萤火"。应先提倡西洋文化后提倡小品。提倡西洋文化，我是赞成的。但是西洋文化极复杂，方面极多，"五四"的新文化运动，有点笼统，我们应该随性所近分工合作去介绍提倡吧。幽默是西方文化之一部，西洋近代散文之技巧，亦系西方文学之一部。文学之外，尚有哲学、经济、社会，我没有办法，你们去提倡吧。现代文化生活是极丰富的，倘使我提倡幽默，提倡小品，而竟出意外，提倡有效，又竟出意外，在中国哼哼唧唧派及杭哟杭哟派之文学外，又加一幽默派、小品派，而间接增加中国文学内容体裁或格调上之丰富，甚至增加中国人心灵生活上之丰富，使接近西方文化，虽然自身不免诧异，如洋博士被人认为西洋文学专家一样，也可听天由命去吧。近有感想，因见上海弄堂屋宇比接，隔帘花影，每每动人，想起美国有自动油布窗幔，一拉即下，一拉即上，至此无人"提倡""介绍"，也颇思"提倡"一下。倘得方巾气的批评家不加我以"提倡油布窗幔救国"罪名，则幸甚矣。

在反对方巾气文中，我偏要说一句方巾气的话。倘是我能减少一点国中的方巾气，而叫国人取一种比较自然活泼的人生观，也就在介绍西洋文化工作中，尽一点点国民义务。这句话也是我自幼念惯"今夫天下"之遗迹。我生活之严肃人家才会诧异哩。

因为西方现代文化是有自然活泼的人生观，是经过十九世纪浪漫潮流解放过，所以现代西洋文化是比较容忍比较近情的。我倒认为这是西方民族精神健全之征象。在中国新文化虽经提倡，却未经过几十年浪漫潮流之陶炼，人之心灵仍是苦闷，人之思想仍是干燥。一有危艰，大家轰轰然一阵花炮，五分钟后就如昙花一现而消灭。因为人之心灵根本不健全，乐与苦之间失了调剂。叫苦固然看来比嬉笑或闲适认真爱国，无奈叫苦了喉干舌燥。这一股气既然接不上去，叫苦之后就是沈寂，宛如小孩哭后想睡眠。虽然偶然在沈寂中哼唧一两声，也是病榻呻吟，酸腐颓丧，疲靡之音。现在文学中好像就没听见声音洪亮的喊声，只有躲在黑地放几根冷箭罢了。但人之心理，总是自以为是，所以有吮痈之癖，自己萎弱，恶人健全；自己恶动，忌人活泼；自己饮水，嫉人喝茶；自己呻吟，恨人笑声，总是心地欠宽大所致。两千年来方巾气仍旧把二十世纪的白话文人压得不能喘气，结果文学上也只听见嗡嗡而已。

所谓西洋自然活泼的人生观，可举新例说明。譬如游玩是自然的，以前儒塾就禁止小孩游玩，近来教育观念解放了，近乎自然了，于是不但不禁止游玩，并且在幼稚园、小学、中学利用游玩养儿童的德性。西洋夫妇卿卿我我，携手同游，也不过承认男女之乐为人类所应有，不必矫饰，于是慨然携手同行于街上，恬不为怪，由中国人看来，也只能暗羡洋鬼子会享艳福。一旦中国人也男女解放起来，却认为不可，说是伤风败俗。看见西人男女裸身海浴水戏，虽然也会羡慕，但是看见中国男女裸身海浴，必登时骂其为世风不古。西洋女子服装尽管妖艳，西洋现代的批评，却没见有人说她们是有伤风化，因为他们已有浪漫派容忍观点。然在中国看见西洋女子之妖装艳服，虽然佩服，看见中国女子一样服装，便要骂其为摩登。西洋舞台跳舞，如草裙舞，妖邪比中国何止百倍，但是未闻西方思想家抨击，而实际上西人也并未因看草裙舞而遂忘了爱国。中国人却不能容忍草裙舞，板起道学面孔，詈为人心大变天下大乱之症。然而中国人并不因生活之严肃而道德高尚，国家富强起来。全国布满了一种阴森发霉虚伪迂腐之气而已。所以这种方巾气的批评家虽自己受压迫而哼几声，唾骂"文化统一"，哀怨"新闻检查"，自己一旦做起新闻检查员来，才会压迫人家得利害。我看见女儿见两只臭虫在床板上争辩，甲骂乙"你是臭虫"！乙也回骂甲"你是臭虫"！我却躲在旁边胡卢大笑。

因为心灵根本不健全，生活上少了向上的勇气，所以方巾气的批评，也只善摧残，对提倡西方自然活泼的人生观，也只能诋毁，不能建树。对《论语》批评曰"中国无幽默"。中国若早有幽默，何必办《论语》来提倡？在旁边喊"中国无幽默"并不会使幽默的根芽逐渐发扬光大。况且《论语》即使没有幽默的成功作品，却至少改过国人对于幽默的态度，除非初出茅庐小子，还在注意宇宙及救国"大道"都对于幽默加一层的认识，只有一些一知半解似通非通的人，还未能接受西方文化对幽默的态度。这种消极摧残的批评，名为提倡西方文化实是障碍西方文化，而且自身就不会有结实的成绩。《人间世》出版，动起杭哟杭哟派的方巾气，七手八脚，乱吹乱擂，却丝毫没有打动了《人间世》。连一篇像样的对《人间世》的内容及编法的批评，足供我虚心采择的也没有。例如我自己认为第一期谈花树春光游记文字太多不满之处，就没有人指出。总而言之，没有一篇我认为够得上批评《人间世》的文字。只有胡鲁一篇攻击周作人诗，是批评内容，但也就浅薄得可笑，只攻击私人而已。《人间世》之错何在，吾知之矣。用仿宋字太古雅。这在方巾气的批评家，是一种不可原谅的罪案。

（最早发表于《申报·自由谈》1934 年 4 月 28 日、30 日，5 月 3 日。）

［提示］

《论语》杂志于 1932 年 9 月 16 日在上海创刊，林语堂主编。提倡幽默，闲适，独抒性灵，"以自我为中心，以闲适为格调"。不谈政治，批判社会上的泛政治化倾向，腐朽、迷信之气。小品文运动，以文学救亡为己任的左翼作家视其为精神鸦片，鲁迅在《申报·自由谈》上连续发表《从讽刺到幽默》、《从幽默到正经》两篇文章，表达对幽默问题的意见，虽未点明，却直指林语堂。面对左翼文坛的强势批评，林语堂表现极度的不满，撰文反驳左翼，《方巾气研究》就是其中一篇。

林语堂犀利地指出当时政治社会混乱、专制、黑暗，文化思想和文学艺术越来越充满迂腐、封建、专制、虚伪的道学气的现状，以及世道人心变得更加焦虑、悲郁、苦闷和干燥的精神状态。在这种政治险恶，社会不公和生活艰难的情况下，他提出以幽默来健全国民的心灵，拯救他们的灵魂。文章的立意旨在批评暗讽左翼作家的论断，20世纪30年代中国文学论争时期，事实上都明显表现为各派政治势力之间争夺文学表达政治意愿的话语权斗争，因此，林语堂在与左翼作家展开的小品文论争中，抱怨之中多少带有政治情绪，其言论未必公允。但是论语派提出的"幽默"小品文不反对革命，主张文学独立性，为现代小品文的繁荣做出的贡献是毋庸置疑的。

就文章表现手法来看，林语堂运用漫画式笔调，对卫道派、方巾气进行白描、夸张的描写，突出他们的滑稽可笑之处，从而达到批判的效果。其次，庄语谐用，将气愤之情寓于笑谑之中，巧妙地把幽默与讽刺结合转化，使得批判之言深沉有力。

（刘苗苗）

藕 与 莼 菜

叶圣陶

　　同朋友喝酒，嚼着薄片的雪藕，忽然怀念起故乡来了。若在故乡，每当新秋的早晨，门前经过许多的乡人：男的紫赤的臂膊和小腿肌肉突起，躯干高大且挺直，使人起健康的感觉；女的往往裹着白地青花的头布，虽然赤脚，却穿短短的夏布裙，躯干固然不及男的这样高，但是别有一种健康的美的风致；他们各挑着一副担子，盛着鲜嫩玉色的长节的藕。在产藕的池塘里，在城外曲曲弯弯的小河边，他们把这些藕一再洗濯，所以这样洁白。仿佛他们以为这是供人品味的珍品，这是清晨的画境里的重要题材，假若涂满污泥，就把人家欣赏的浑凝之感打破了；这是一件罪过的事，他们不愿意担在身上，故而先把它们洗濯得这样洁白，才挑进城里来。他们要稍稍休息的时候，就把竹扁担横在地上，自己坐在上面，随便拣择担里过嫩的"藕枪"或是较老的"藕朴"，大口地嚼着解渴。过路的人便站住了，红衣衫的小姑娘拣一节，白头发的老公公买两支。清淡的甘美的滋味于是普遍于家家户户了。这种情形差不多是平常的日课，直要到叶落秋深的时候。

　　在这里上海，藕这东西几乎是珍品了。大概也是从我们故乡运来的。但是数量不多，自有那些伺候豪华公子硕腹巨贾的帮闲茶房们把大部分抢去了；其余的就要供在较大的水果铺里，位置在金山苹果吕宋香芒之间，专待善价而沽。至于挑着担子在街上叫卖的，也并不是没有，但不是瘦得象乞丐的臂和腿，就是涩得像未熟的柿子，实在无从欣羡。因此，除了仅有的一回，我们今年竟不曾吃过藕。

　　这仅有的一回不是买来吃的，是邻舍送给我们吃的。他们也不是自己买的，是从故乡来的亲戚带来的。这藕离开它的家乡大约有好些时候了，所以不复呈玉样的颜色，却满被着许多锈斑。削去皮的时候，刀锋过处，很不顺爽。切成片送进嘴里嚼着，有些儿甘味，但是没有那种鲜嫩的感觉，而且似乎含了满口的渣，第二片就不想吃了。只有孩子很高兴，他把这许多片嚼完，居然有半点钟工夫不再作别的要求。

想起藕就联想到莼菜。在故乡的春天，几乎天天吃莼菜。莼菜本身没有味道，味道全在于好的汤。但是嫩绿的颜色与丰富的诗意，无味之味真足令人心醉。在每条街旁的小河里，石埠头总歇着一两条没篷的船，满舱盛着莼菜，是从太湖里捞来的。取得这样方便，当然能日餐一碗了。

而在这里上海又不然；非上馆子就难以吃到这东西。我们当然不上馆子，偶然有一两回去叨扰朋友的酒席，恰又不是莼菜上市的时候，所以今年竟不曾吃过。直到最近，伯祥的杭州亲戚来了，送他瓶装的西湖莼菜，他送给我一瓶，我才算也尝了新。

向来不恋故乡的我，想到这里，觉得故乡可爱极了。我自己也不明白，为什么会起这么深浓的情绪？再一思索，实在很浅显：因为在故乡有所恋，而所恋又只在故乡有，就萦系着不能割舍了。譬如亲密的家人在那里，知心的朋友在哪里，怎得不恋恋？怎得不怀念？但是仅仅为了爱故乡么？不是的，不过在故乡的几个人把我们牵系着罢了。若无所牵系，更何所恋念？像我现在，偶然被藕与莼菜所牵系，所以就怀念起故乡来了。

所恋在哪里，哪里就是我们的故乡了。

一九二三年四月七日

（原载于 1923 年 9 月 10 日《文学》第 87 期，

收入《叶圣陶散文甲集》时有修改。）

［提示］

叶圣陶出生于古城苏州，1912 年开始在小学任教并从事文学创作，此后十余年间数度往返于苏州和上海。直到 1923 年春，作者结束十多年的教师生涯，进入商务印书馆做编辑，从此定居上海。《藕与莼菜》正作于此时。

"同朋友喝酒，嚼着薄片的雪藕，忽然怀念起故乡来了。"《藕与莼菜》开篇扣题，以藕及乡，引出思乡之情。继而由乡及藕，又由故乡的藕写到城里的藕，突出了故乡的藕鲜嫩洁白、清淡甘美。再由藕联想到莼菜，赞美故乡的莼菜颜色嫩绿、诗意丰富。更由故乡的食物联想到故乡的人，将怀乡之情层层渲染。最后，作者终于将隐藏在心底深处的强烈感情直抒出来，"觉得故乡可爱极了"。末了一句"所恋在哪里，哪里就是我们的故乡了"尽含怅然无奈，让全文在一声不曾发出的叹息中作罢，情深意切，诗意盎然。

　　叶圣陶的散文以风格朴实、语言流畅著称，《藕与莼菜》就是这样一篇优秀的抒情散文。作者将自己对故乡的热爱之情寄托在家乡特产藕与莼菜上，通过家乡与此地、往昔与今日的对比，突出了故乡的藕与莼菜的令人心醉的味道，似淡还浓的乡愁也在这无味之味中引起了读者的共鸣。文章严谨规范、平淡从容，凝重又不乏娟秀，具有一种"天然去雕饰"的清新之美。

（赵晓妮）

钓台的春昼

郁达夫

因为近在咫尺，以为什么时候要去就可以去，我们对于本乡本土的名区胜景，反而往往没有机会去玩，或不容易下一个决心去玩的。正唯其是如此，我对于富春江上的严陵，二十年来，心里虽每在记着，但脚却没有向这一方面走过。一九三一，岁在辛未，暮春三月，春服未成，而中央党帝，似乎又想玩一个秦始皇所玩过的把戏了，我接到了警告，就仓皇离去了寓居。先在江浙附近的穷乡里，游息了几天，偶而看见了一家扫墓的行舟，乡愁一动，就定下了归计。绕了一个大弯，赶到故乡，却正好还在清明寒食的节前。和家人等去上了几处坟，与许久不曾见过面的亲戚朋友，来往热闹了几天，一种乡居的倦怠，忽而袭上心来了，于是乎我就决心上钓台访一访严子陵的幽居。

钓台去桐庐县城二十余里，桐庐去富阳县治九十里不足，自富阳溯江而上，坐小火轮三小时可达桐庐，再上则须坐帆船了。

我去的那一天，记得是阴晴欲雨的养花天，并且系坐晚班轮去的，船到桐庐，已经是灯火微明的黄昏时候了，不得已就只得在码头近边的一家旅馆的楼上借了一宵宿。

桐庐县城，大约有三里路长，三千多烟灶，一二万居民，地在富春江西北岸，从前是皖浙交通的要道，现在杭江铁路一开，似乎没有一二十年前的繁华热闹了。尤其要使旅客感到萧条的，却是桐君山脚下的那一队花船的失去了踪影。说起桐君山，却是桐庐县的一个接近城市的灵山胜地，山虽不高，但因有仙，自然是灵了。以形势来论，这桐君山，也的确是可以产生出许多口音生硬，别具风韵的桐严嫂来的生龙活脉。地处在桐溪东岸，正当桐溪和富春江合流之所，依依一水，西岸便瞰视着桐庐县市的人家烟村。南面对江，便是十里长洲；唐诗人方干的故居，就在这十里桐洲九里花的花田深处。向西越过桐庐县城，更遥遥对着一排高低不定的青峦，这就是富春山的山子山孙了。东北面山下，是一片桑麻沃地，有一条长蛇似的官道，隐而复现，出没盘曲在桃花杨柳洋槐榆树的中间，绕过一支小岭，便是富阳县的境界，大约去程明道的墓地程坟，总也不过一二十里地的间隔。我的去拜谒桐君，瞻仰道观，就在那一天到桐庐的晚上，是淡云微月，正在作雨的时候。

鱼梁渡头，因为夜渡无人，渡船停在东岸的桐君山下。我从旅馆踱了出来，先在离轮埠不远的渡口停立了几分钟。后来向一位来渡口洗夜饭米的年轻少妇，弓身请问了一回，才得到了渡江的秘诀。她说："你只须高喊两三声，船自会来的。"先谢了她教我的好意，然后以两手围成了播音的喇叭，"喂，喂，渡船请摇过来！"地纵声一喊，果然在半江的黑影当中，船身摇动了。渐摇渐近，五分钟后，我在渡口，却终于听出了咿呀柔橹的声音。时间似乎已经入了酉时的下刻，小市里的群动，这时候都已经静息，自从渡口的那位少妇，在微茫的夜色里，藏去了她那张白团团的面影之后，我独立在江边，不知不觉心里头却兀自感到了一种他乡日暮的悲哀。渡船到岸，船头上起了几声微微的水浪清音，又铜东的一响，我早已跳上了船，渡船也已经掉过头来了。坐在黑影沉沉的舱里，我起先只在静听着柔橹划水的声音，然后却在黑影里看出了一星船家在吸着的长烟管头上的烟火，最后因为被沉默压迫不过，我只好开口说话了："船家！你这样的渡我过去，该给你几个船钱？"我问。"随你先生把几个就是。"船家的说话冗慢幽长，似乎已经带着些睡意了，我就向袋里摸出了两角钱来。"这两角钱，就算是我的渡船钱，请你候我一会，上山去烧一次夜香，我是依旧要渡过江来的。"船家的回答，只是恩恩乌乌，幽幽同牛叫似的一种鼻音，然而从继这鼻音而起的两三声轻快的咳声听来，他却似已经在感到满足了，因为我也知道，乡间的义渡，船钱最多也不过是两三枚铜子而已。

到了桐君山下，在山影和树影交掩着的崎岖道上，我上岸走不上几步，就被一块乱石绊倒，滑跌了一次。船家似乎也动了恻隐之心了，一句话也不发，跑将上来，他却突然交给了我一盒火柴。我于感谢了一番他的盛意之后，重整步武，再摸上山去，先是必须点一枝火柴走三五步路的，但到得半山，路既就了规律，而微云堆里的半规月色，也朦胧地现出一痕银线来了，所以手里还存着的半盒火柴，就被我藏入了袋里。路是从山的西北，盘曲而上，渐走渐高，半山一到，天也开朗了一点，桐庐县市上的灯火，也星星可数了。更纵目向江心望去，富春江两岸的船上和桐溪合流口停泊着的船尾船头，也看得出一点一点的火来。走过半山，桐君观里的晚祷钟鼓，似乎还没有息尽，耳朵里仿佛听见了几丝木鱼钲钹的残声。走上山顶，先在半途遇着了一道道观外围的女墙，这女墙的栅门，却已经掩上了。在栅门外徘徊了一刻，觉得已经到了此门而不进去，终于是不能满足我这一次暗夜冒险的好奇怪癖的。所以细想了几次，还是决心进去，非进去不可，轻轻用手往里面一推，栅门却呀的一声，早已退向了后方开开了，这门原来是虚掩在那里的。进了栅门，踏着为淡月所映照的石砌平路，向东向南的前走了五六十步，居然走到了道观的大门之外，这两扇朱红漆的大门，不消说是紧闭在那里的。到了此地，我却不想再破门进去了，因为这大门是朝南向着大江开的，门外头是一条一丈来宽的石砌步道，步道的一旁是道观的墙，一旁便是山坡，靠山坡的一面，并且还有一道二尺来高的石墙筑在那里，大约是代替栏杆，防人倾跌下山去的用意，石墙之上，铺的是二三尺宽的青石，在这似石栏又似石凳的墙上，尽可以坐卧游息，饱看桐江和对岸的风景，就是在这里坐它一晚，也很可以，我又何必去打开门来，惊起那些老道的恶梦呢！

　　空旷的天空里，流涨着的只是些灰白的云，云层缺处，原也看得出半角的天，和一点两点的星，但看起来最饶风趣的，却仍是欲藏还露，将见仍无的那半规月影。这时候江面上似乎起了风，云脚的迁移，更来得迅速了，而低头向江心一看，几多散乱着的船里的灯光，也忽明忽灭地变换了一变换位置。

　　这道观大门外的景色，真神奇极了。我当十几年前，在放浪的游程里，曾向瓜州京口一带，消磨过不少的时日。那时觉得果然名不虚传的，确是甘露寺外的江山，而现在到了桐庐，昏夜上这桐君山来一看，又觉得这江山之秀而且静，风景的整而不散，却非那天下第一江山的北固山所可与比拟的了。真也难怪得严子陵，难怪得戴征士，倘使我若能在这样的地方结屋读书，颐养天年，那还要什么的高官厚禄，还要什么的浮名虚誉哩？一个人在这桐君观前的石凳上，看看山，看看水，看看城中的灯火和天上的星云，更做做浩无边际的无聊的幻梦，我竟忘记了时刻，忘记了自身，直等到隔江的击柝声传来，向西一看，忽而觉得城中的灯影微茫地减了，才跑也似地走下了山来，渡江奔回了客舍。

　　第二日侵晨，觉得昨天在桐君观前做过的残梦正还没有续完的时候，窗外面忽而传来了一阵吹角的声音。好梦虽被打破，但因这同吹篥篥似的商音哀咽，却很含着些荒凉的古意，并且晓风残月，杨柳岸边，也正好候船待发，上严陵去；所以心里虽怀着了些儿怨恨，但脸上却只现出了一痕微笑，起来梳洗更衣，叫茶房去雇船去。雇好了一只双桨的渔舟，买就了些酒菜鱼米，就在旅馆前面的码头上上了船，轻轻向江心摇出去的时候，东方的云幕中间，已现出了几丝红晕，有八点多钟了。舟师急得厉害，只在埋怨旅馆的茶房，为什么昨晚上不预先告诉，好早一点出发。因为此去就是七里滩头，无风七里，有风七十里，上钓台去玩一趟回来，路程虽则有限，但这几日风雨无常，说不定要走夜路，才回来得了的。

　　过了桐庐，江心狭窄，浅滩果然多起来了。路上遇着的来往的行舟，数目也是很少，因为早晨吹的角，就是往建德去的快班船的信号，快班船一开，来往于两岸之间的船就不十分多了。两岸全是青青的山，中间是一条清浅的水，有时候过一个沙洲。洲上的桃花菜花，还有许多不晓得名字的白色的花，正在喧闹着春暮，吸引着蜂蝶。我在船头上一口一口的喝着严东关的药酒，指东话西地问着船家，这是什么山，那是什么港，惊叹了半天，称颂了半天，人也觉得倦了，不晓得什么时候，身子却走上了一家水边的酒楼，在和数年不见的几位已经做了党官的朋友高谈阔论。谈论之余，还背诵了一首两三年前曾在同一的情形之下做成的歪诗：

> 不是尊前爱惜身，
> 佯狂难免假成真，
> 曾因酒醉鞭名马，
> 生怕情多累美人。
> 劫数东南天作孽，
> 鸡鸣风雨海扬尘，
> 悲歌痛哭终何补，
> 义士纷纷说帝秦。

　　直到盛筵将散，我酒也不想再喝了，和几位朋友闹得心里各自难堪，连对旁边坐着的两位陪酒的名花都不愿意开口。正在这上下不得的苦闷关头，船家却大声的叫了起来说：

　　"先生，罗芷过了，钓台就在前面，你醒醒罢，好上山去烧饭吃去。"

　　擦擦眼睛，整了一整衣服，抬起头来一看，四面的水光山色又忽而变了样子了。清清的一条浅水，比前又窄了几分，四围的山包得格外的紧了，仿佛是前无去路的样子。并且山容峻削，看去觉得格外的瘦格外的高。向天上地下四围看看，只寂寂的看不见一个人类。双桨的摇响，到此似乎也不敢放肆了，钩的一声过后，要好半天才来一个幽幽的回响，静，静，静，身边水上，山下岩头，只沉浸着太古的静，死灭的静，山峡里连飞鸟的影子也看不见半只。前面的所谓钓台山上只看得见两大个石垒，一间歪斜的亭子，许多纵横芜杂的草木。山腰里的那座椅堂，也只露着些废垣残瓦，屋上面连炊烟都没有一丝半缕，象是好久好久没有人住了的样子。并且天气又来得阴森，早晨曾经露一露脸过的太阳，这时候早已深藏在云堆里了，余下来的只是时有时无从侧面吹来的阴飕飕的半箭儿山风。船靠了山脚，跟着前面背着酒菜鱼米的船夫走上严先生祠堂的时候，我心里真有点害怕，怕在这荒山里要遇见一个干枯苍老得同丝瓜筋似的严先生的鬼魂。

　　在祠堂西院的客厅里坐定，和严先生的不知第几代的孙裔谈了几句关于年岁水旱的话后，我的心跳也渐渐儿的镇静下去了，嘱托了他以煮饭烧菜的杂务，我和船家就从断碑乱石中间爬上了钓台。

　　东西两石垒，高各有二三百尺，离江面约两里来远，东西台相去只有一二百步，但其间却夹着一条深谷。立在东台，可以看得出罗芷的人家，回头展望来路，风景似乎散漫一点，而一上谢氏的西台，向西望去，则幽谷里的清景，却绝对的不像是在人间了。我虽则没有到过瑞士，但到了西台，朝西一看，立时就想起了曾在照片上看见过的威廉退儿的祠堂。这四山的幽静，这江水的青蓝，简直同在画片上的珂罗版色彩，一色也没有两样，所不同的就是在这儿的变化更多一点，周围的环境更芜杂不整齐一点而已，但这却是好处，这正是足以代表东方民族性的颓废荒凉的美。

　　从钓台下来，回到严先生的祠堂——记得这是洪杨以后严州知府戴槃重建的祠堂——西院里饱啖了一顿酒肉，我觉得有点酩酊微醉了。手拿着以火柴柄制成的牙签，走到东面供着严先生神像的龛前，向四面的破壁上一看，翠墨淋漓，题在那里的，竟多是些俗而不雅的过路高官的手笔。最后到了南面的一块白墙头上，在离屋檐不远的一角高处，却看到了我们的一位新近去世的同乡夏灵峰先生的四句似邵尧夫而又略带感慨的诗句。夏灵峰先生虽则只知崇古，不善处今，但是五十年来，像他那样的顽固自尊的亡清遗老，也的确是没有第二个人。比较起现在的那些官迷的南满尚书和东洋宦婢来，他的经术言行，姑且不必去论它，就是以骨头来称称，我想也要比什么罗三郎郑太郎辈，重到好几百倍。慕贤的心一动，熏人臭技自然是难熬了，堆起了几张桌椅，借得了一支破笔，我也向高墙上在夏灵峰先生的脚后放上了一个陈屁，就是在船舱的梦里，也曾微吟过的那一首歪诗。

从墙头上跳将下来，又向龛前天井去走了一圈，觉得酒后的干喉，有点渴痒了，所以就又走回到了西院，静坐着喝了两碗清茶。在这四大无声，只听见我自己的嗽嗽喝水的舌音冲击到那座破院的败壁上去的寂静中间，同惊雷似地一响，院后的竹园里却忽而飞出了一声闲长而又有节奏似的鸡啼的声来。同时在门外面歇着的船家，也走进了院门，高声的对我说：

“先生，我们回去罢，已经是吃点心的时候了，你不听见那只鸡在后山啼么？我们回去罢！”

一九三二年八月在上海

（原载于 1932 年 9 月 16 日《论语》第 1 期。）

［提示］

1931 年初，国民党对左翼文艺运动的压迫加剧，柔石、殷夫等五位青年作家被秘密杀害。受到通缉的郁达夫被迫离开上海，辗转回到家乡富阳避难。为了排解乡居的索寞，作者于清明前后游访了严子陵钓鱼台。这篇散文是作者 1932 年在上海感怀时政、回忆旧游而作。

《钓台的春昼》记述了作者自富阳出发，经桐庐游览严陵钓台的经过。文章运用写意笔法，写富春江沿途的山光水色、沙洲繁花，写桐君山微茫的月色灯光，写严子陵钓台的孤静荒颓。在行途中，以梦幻的手法，穿插和朋友饮酒作诗的往事，并引出当时所作的旧体诗，这首诗是对文章主题和作者性灵的表白，抒发了作者对于黑暗现实的愤慨之音。

主观成分和抒情色彩浓厚是这篇散文的一个重要特色。书写自然景物无意铺陈，而是记叙、抒情、议论相间，并以动写静，紧紧围绕作者的情感线索，以情驭景，以景写情，着重渲染僻冷清幽的氛围，间或由景生情，直抒胸臆，又假托梦境，引文入诗，巧妙讽刺时政，抒发愤懑苍茫之感。郁达夫为我们创造了一种雄浑潇洒、韵味幽深、如诗一般的意境，显示了一代名家独具慧眼领略自然的散文风范。

（赵晓妮）

一 种 云

瞿秋白

天总是皱着眉头，太阳光如果还射得到地面上，那也总是稀微的淡薄的。至于月亮，那更不必说，他只是偶然露出半面，用他那惨淡的眼光看一看这罪孽的人间，这是寡妇孤儿的眼光，眼睛里含着总算还没有流干的眼泪。受过不只一次封禅大典的山岳，至少有大半截是上了天，只留下一点山脚给人看。黄河，长江……据说是中国文明的母亲，也不知道怎么变了心，对于他们的亲生骨肉，都摆出一副冷酷的面孔。从春天到夏天，从秋天到冬天，这样一年年的过去，淫虐的雨，凄厉的风和肃杀的霜雪更番的来去，一点儿光明也没有。这样的漫漫长夜，已经二十年了。这都是一种云在作祟。那云是从什么地方来的？这是太平洋上的大风暴吹过来的，这是大西洋上的狂飙吹过来的。还有那些模糊的血肉——榨床底下淌着的模糊的血肉蒸发出来的。那些会画符的人——会写借据，会写当票的人，就用这些符箓在呼召。那些吃泥土的土蜘蛛，——虽然死了也不过只要六尺土地藏他的贵体，可是活着总要吃这么一二百亩三四百亩的土地，——这些土蜘蛛就用屁股在吐着。那些肚里装着铁心肝钢肚肠的怪物，又竖起了一根根的烟囱在那里喷着。狂飙风暴吹过来的，血肉蒸发的，呼召来的，吐出来的，喷出来的，都是这种云。这是战云。

难怪总是漫漫的长夜了！

什么时候才黎明呢？

看那刚刚发现的虹。祈祷是没有用的了。只有自己去做雷公公电闪娘娘。那虹发现的地方，已经有了小小的雷电，打开了层层的乌云，让太阳重新照到紫铜色的脸。如果是惊天动地的霹雳——这只有你自己做了雷公公电闪娘娘才办得到，如果那小小的雷电变成了惊天动地的霹雳，那才拨得开这些愁云惨雾。

一九三一年九月三日

（选自 1931 年 10 月 20 日《北斗》第 1 卷第 2 期《笑峰乱弹》。）

［提示］

《一种云》写于 1931 年，当时正处于国民党反动派进行疯狂反革命围剿的白色恐怖时期。

文章首先通过日月惨淡、山岳潜形、江河冷酷、雨雪风霜更相肆虐等自然景象，描绘出一个"一点儿光明也没有"的"漫漫长夜"；继而将矛头指向战云，一种来自太平洋和大西洋，来自模糊的血肉、画符的人、吃泥土的土蜘蛛和铁心肝钢肚肠的怪物的战云；再写天际刚刚出现的虹，开始响起来的雷电，预示必将有惊天动地的霹雳，来冲破层层乌云，拨开愁云惨雾，迎来灿烂阳光。它以瞿秋白特有的昂扬的战斗风格，揭露了旧中国无比黑暗的社会现实，揭示出惟有人民的革命暴力才能改造中国的真理，热情呼唤着革命胜利的前途。

《一种云》仅六百字多，但色彩浓烈，内涵丰富，充满激情，很有时代气息。作者大量运用象征手法，以自然景象暗喻社会力量，通过一系列意象的组合，构成了一幅黑暗的旧中国图象；同时，作者将写景、抒情、议论紧密结合，使作品形成了一个和谐完满的整体，艺术再现了光明与黑暗殊死搏斗的时代。这篇杂文主题宏大、气势磅礴、感情炽烈、形象鲜明，具有强大的说服、启发和鼓舞力量，将瞿秋白的锐利与才气表现得淋漓尽致。

（赵晓妮）

爱尔克的灯光

巴　金

　　傍晚，我靠着逐渐暗淡的最后的阳光的指引，走过十八年前的故居。这条街、这个建筑物开始在我的眼前隐藏起来，像在躲避一个久别的旧友。但是它们的改变了的面貌于我还是十分亲切。我认识它们，就像认识我自己。还是那样宽的街，宽的房屋。巍峨的门墙代替了太平缸和石狮子，那一对常常做我们坐骑的背脊光滑的雄狮也不知逃进了哪座荒山。然而大门开着，照壁上"长宜子孙"四个字却是原样地嵌在那里，似乎连颜色也不曾被风雨剥蚀。我望着那同样的照壁，我被一种奇异的感情抓住了，我仿佛要在这里看出过去的十九个年头，不，我仿佛要在这里寻找十八年以前的遥远的旧梦。

　　守门的卫兵用怀疑的眼光看我。他不了解我的心情。他不会认识十八年前的年轻人。他却用眼光驱逐一个人的许多亲密的回忆。

　　黑暗来了。我的眼睛失掉了一切。于是大门内亮起了灯光。灯光并不曾照亮什么，反而增加了我心上的黑暗。我只得失望地走了。我向着来时的路回去。已经走了四五步，我忽然掉转头，再看那个建筑物。依旧是阴暗中一线微光。我好像看见一个盛满希望的水碗一下子就落在地上打碎了一般，我痛苦地在心里叫起来。在这条被夜幕覆盖着的近代城市的静寂的街中，我仿佛看见了哈立希岛上的灯光。那应该是姐姐爱尔克点的灯吧。她用这灯光来给她的航海的兄弟照路，每夜每夜灯光亮在她的窗前，她一直到死都在等待那个出远门的兄弟回来。最后她带着失望进入坟墓。

　　街道仍然是清静的。忽然一个熟习的声音在我耳边轻轻地唱起了这个欧洲的古传说。在这里不会有人歌咏这样的故事。应该是书本在我心上留下的影响。但是这个时候我想起了自己的事情。

　　十八年前在一个春天的早晨，我离开这个城市、这条街的时候，我也曾有一个姐姐，也曾答应过有一天回来看她，跟她谈一些外面的事情。我相信自己的诺言。那时我的姐姐还是一个出阁才只一个多月的新嫁娘，都说她有一个性情温良的丈夫，因此也会有长久的幸福的岁月。

　　然而人的安排终于被"偶然"破坏了。这应该是一个"意外"。但是这"意外"却毫无怜悯地打击了年轻的心。我离家不过一年半光景，就接到了姐姐的死讯。我的哥哥用了颤抖的哭诉的笔叙说一个善良女性的悲惨的结局，还说起她死后受到的冷落的待遇。从此那个作过她丈夫的所谓温良的人改变了，他往一条丧失人性的路走去。他想往上爬，结果却不停地向下面落，终于到了用鸦片烟延续生命的地步。对于姐姐，她生前我没有好好地爱过她，死后也不曾做过一样纪念她的事。她寂寞地活着，寂寞地死去。死带走了她的一切，这就是在我们那个地方的旧式女子的命运。

　　我在外面一直跑了十八年。我从没有向人谈过我的姐姐。只有偶尔在梦里我看见了爱尔克的灯光。一年前在上海我常常睁起眼睛做梦。我望着远远的在窗前发亮的灯，我面前横着一片大海，灯光在呼唤我，我恨不得腋下生出翅膀，即刻飞到那边去。沉重的梦压住我的心灵，我好像在跟许多无形的魔手挣扎。我望着那灯光，路是那么远，我又没有翅膀。我只有一个渴望：飞！飞！那些熬煎着心的日子！那些可怕的梦魇！

　　但是我终于出来了。我越过那堆积着像山一样的十八年的长岁月，回到了生我养我而且让我刻印了无数儿时回忆的地方。我走了很多的路。

　　十九年，似乎一切全变了，又似乎都没有改变。死了许多人，毁了许多家。许多可爱的生命葬入黄土。接着又有许多新的人继续扮演不必要的悲剧。浪费，浪费，还是那许多不必要的浪费——生命，精力，感情，财富，甚至欢笑和眼泪。我去的时候是这样，回来时看见的还是一样的情形。关在这个小圈子里，我禁不住几次问我自己：难道这十八年全是白费？难道在这许多年中间所改变的就只是装束和名词？我痛苦地搓自己的手，不敢给一个回答。

　　在这个我永不能忘记的城市里，我度过了五十个傍晚。我花费了自己不少的眼泪和欢笑，也消耗了别人不少的眼泪和欢笑。我匆匆地来，也将匆匆地去。用留恋的眼光看我出生的房屋，这应该是最后的一次了。我的心似乎想在那里寻觅什么。但是我所要的东西绝不会在那里找到。我不会像我的一个姑母或者嫂嫂，设法进到那所已经易了几个主人的公馆，对着园中的花树垂泪，慨叹着一个家族的盛衰。摘吃自己栽种的树上的苦果，这是一个人的本分。我没有跟着那些人走一条路，我当然在这里找不到自己的脚迹。几次走过这个地方，我所看见的还只是那四个字："长宜子孙"。

"长宜子孙"这四个字的年龄比我的不知大了多少。这也该是我祖父留下的东西吧。最近在家里我还读到他的遗嘱。他用空空两手造就了一份家业。到临死还周到地为儿孙安排了舒适的生活。他叮嘱后人保留着他修建的房屋和他辛苦地搜集起来的书画。但是儿孙们回答他的还是同样的字：分和卖。我很奇怪，为什么这样聪明的老人还不明白一个浅显的道理：财富并不"长宜子孙"，倘使不给他们一个生活技能，不向他们指示一条生活道路！"家"这个小圈子只能摧毁年轻心灵的发育成长，倘使不同时让他们睁起眼睛去看广大世界；财富只能毁灭崇高的理想和善良的气质，要是它只消耗在个人的利益上面。

"长宜子孙"，我恨不能削去这四个字！许多可爱的年轻生命被摧残了，许多有为的年轻心灵被囚禁了。许多人在这个小圈子里面憔悴地捱着日子。这就是"家"！"甜蜜的家"！这不是我应该来的地方。爱尔克的灯光不会把我引到这里来的。

于是在一个春天的早晨，依旧是十八年前的那些人把我送到门口，这里面少了几个，也多了几个。还是和那次一样，看不见我姐姐的影子，那次是我没有等待她，这次是我找不到她的坟墓。一个叔父和一个堂兄弟到车站送我，十八年前他们也送过我一段路程。

我高兴地来，痛苦地去。汽车离站时我心里的确充满了留恋。但是清晨的微风，路上的尘土，马达的叫吼，车轮的滚动，和广大田野里一片盛开的菜子花，这一切驱散了我的离愁。我不顾同行者的劝告，把头伸到车窗外面，去呼吸广大天幕下的新鲜空气。我很高兴，自己又一次离开了狭小的家，走向广大的世界中去！

忽然在前面田野里一片绿的蚕豆和黄的菜花中间，我仿佛又看见了一线光，一个亮，这还是我常常看见的灯光。这不会是爱尔克的灯里照出来的，我那个可怜的姐姐已经死去了。这一定是我的心灵的灯，它永远给我指示我应该走的路。

1941 年 3 月在重庆

（原载于 1941 年 4 月 19 日重庆《新蜀道》，后收入散文集《龙·虎·狗》。）

［提示］

1923 年 5 月，巴金为了追求自己的理想，离开家乡到上海、南京、法国等地求学。1941 年 1 月，作者第一次回到阔别十八年的故土。这篇散文是作者再次离家在重庆所写。故居已数易其主，照壁上"长宜子孙"四个字却丝毫未变，引发了作者对人生道路的思索。

这是一篇寓意深刻又极富哲理的回忆性散文。作者通过姐姐"寂寞地活着，寂寞地死去"的悲剧，以及关在"家"这个小圈子里发生的其它悲剧，揭示出正是财富毁灭崇高的理想和善良的气质，正是封建家庭囚禁年轻的心灵、摧残年轻的生命，从而彻底否定了这一条"长宜子孙"的道路。冲出家庭的束缚而走向广大的世界，这才是真正的光明之路。

作者以"长宜子孙"和"灯光"两条线索来架构文章，巧妙运用象征手法，在写探访故居的见闻感想的同时，深化了探求人生哲理的主题。"长宜子孙"是封建家庭的象征，"灯光"则具有更丰富的象征意蕴——旧居的灯光象征着旧家庭的命运；爱尔克的灯光饱含对姐姐的深切怀念，是希望之光，也是生活悲剧和希望破灭的象征；心灵的灯光则象征作者对生活的信念和对理想的追求。作品融叙事、抒情、议论于一炉，感情浓烈，充满诗意，体现了巴金散文的一贯特色。

（赵晓妮）

想 北 平

老 舍

设若让我写一本小说，以北平作背景，我不至于害怕，因为我可以捡着我知道的写，而躲开我所不知道的。让我单摆浮搁的讲一套北平，我没办法。北平的地方那么大，事情那么多，我知道的真觉太少了，虽然我生在那里，一直到廿七岁才离开。以名胜说，我没到过陶然亭，这多可笑！以此类推，我所知道的那点只是"我的北平"，而我的北平大概等于牛的一毛。

可是，我真爱北平。这个爱几乎是要说而说不出的。我爱我的母亲。怎样爱？我说不出。在我想作一件讨她老人家喜欢的事的时候，我独自微微的笑着；在我想到她的健康而不放心的时候，我欲落泪。语言是不够表现我的心情的，只有独自微笑或落泪才足以把内心揭露在外面一些来。我之爱北平也近乎这个。夸奖这个古城的某一点是容易的，可是那就把北平看得太小了。我所爱的北平不是枝枝节节的一些什么，而是整个儿与我的心灵相黏合的一段历史，一大块地方，多少风景名胜，从雨后什刹海的蜻蜓一直到我梦里的玉泉山的塔影，都积凑到一块，每一小的事件中有个我，我的每一思念中有个北平，这只有说不出而已。

真愿成为诗人，把一切好听好看的字都浸在自己的心血里，像杜鹃似的啼出北平的俊伟。啊！我不是诗人！我将永远道不出我的爱，一种像由音乐与图画所引起的爱。这不但是辜负了北平，也对不住我自己，因为我的最初的知识与印象都得自北平，它是在我的血里，我的性格与脾气里有许多地方是这古城所赐给的。我不能爱上海与天津，因为我心中有个北平。可是我说不出来！

伦敦，巴黎，罗马与堪司坦丁堡，曾被称为欧洲的四大"历史的都城"。我知道一些伦敦的情形；巴黎与罗马只是到过而已；堪司坦丁堡根本没有去过。就伦敦、巴黎、罗马来说，巴黎更近似北平——虽然"近似"两字要拉扯得很远——不过，假使让我"家住巴黎"，我一定会和没有家一样的感到寂苦。巴黎，据我看，还太热闹。自然，那里也有空旷静寂的地方，可是又未免太旷；不像北平那样既复杂而又有个边际，使我能摸着——那长着红酸枣的老城墙！面向着积水滩，背后是城墙，坐在石上看水中的小蝌蚪或苇叶上的嫩蜻蜓，我可以快乐的坐一天，心中完全安适，无所求也无可怕，像小儿安睡在摇篮里。是的，北平也有热闹的地方，但是它和太极拳相似，动中有静。巴黎有许多地方使人疲乏，所以咖啡与酒是必要的，以便刺激；在北平，有温和的香片茶就够了。

论说巴黎的布置已比伦敦罗马匀调的多了，可是比上北平还差点事儿。北平在人为之中显出自然，几乎是什么地方既不挤得慌，又不太僻静：最小的胡同里的房子也有院子与树；最空旷的地方也离买卖街与住宅区不远。这种分配法可以算——在我的经验中——天下第一了。北平的好处不在处处设备得完全，而在它处处有空儿，可以使人自由的喘气；不在有好些美丽的建筑，而在建筑的四围都有空闲的地方，使它们成为美景。每一个城楼，每一个牌楼，都可以从老远就看见。况且在街上还可以看见北山与西山呢！

好学的，爱古物的，人们自然喜欢北平，因为这里书多古物多。我不好学，也没钱买古物。对于物质上，我却喜爱北平的花多菜多果子多。花草是种费钱的玩艺，可是此地的"草花儿"很便宜，而且家家有院子，可以花不多的钱而种一院子花，即使算不了什么，可是到底可爱呀。墙上的牵牛，墙根的靠山竹与草茉莉，是多么省钱省事而也足以招来蝴蝶呀！至于青菜，白菜，扁豆，毛豆角，黄瓜，菠菜等等，大多数是直接由城外担来而送到家门口的。雨后，韭菜叶上还往往带着雨时溅起的泥点。青菜摊子上的红红绿绿几乎有诗似的美丽。果子有不少是由西山与北山来的，西山的沙果，海棠，北山的黑枣，柿子，进了城还带着一层白霜儿呀！哼，美国的橘子包着纸；遇到北平的带霜儿的玉李，还不愧杀！

是的，北平是个都城，而能有好多自己产生的花，菜，水果，这就使人更接近了自然。从它里面说，它没有像伦敦的那些成天冒烟的工厂；从外面说，它紧连着园林，菜圃与农村。采菊东篱下，在这里，确是可以悠然见南山的；大概把"南"字变个"西"或"北"，也没有多少了不得的吧。像我这样的一个贫寒的人，或者只有在北平能享受一点清福了。

好，不再说了吧；要落泪了，真想念北平呀！

（原载于 1936 年 6 月 16 日《宇宙风》第 19 期。）

[提示]

1936 年，日本帝国主义加紧了对中国的侵略，华北形势严峻，北平告急。面对家国之难，身在异乡的老舍忧心如焚，思乡情切，于是写下了这篇散文。

文章一开始，作者就情不自禁地说"我真爱北平"，然而这爱却是说不出来的。作者先将自己对北平的爱比作对母亲的爱，让读者感受其爱得深沉与真切；又拿伦敦、巴黎、罗马与北平作比较，袒露了自己对故乡的偏爱；并且着眼于普通百姓的日常生活，把这份爱寄予城墙、庭院与花花草草。作者没有铺陈夸饰北平的风物美景，而是将早已融入自己血液中的"我的北平"娓娓道来，用一位游子在战乱之中对故乡的深深眷恋感染着读者。文章的最后——"我真想念北平呀!"，一句深情的呼唤着实震人心弦，催人泪下。

"感人心者，莫先乎情。"作者综合运用比喻、对比、以小见大等手法，以最通俗质朴的语言，写出了自己对故乡如同儿女对母亲般的诚挚之爱。以平民视角书写北平，使这座古老的帝王之城充满了生活气息，给人平易近人的感觉。写意笔法的运用使全文简洁纯净、亲切自然、色彩鲜艳而不浓重，就像一幅山水画，勾勒点染得恰到好处。《想北平》在艺术上体现了一种和谐，达到了高度的完美。

（赵晓妮）

我 的 母 亲

老 舍

母亲的娘家是北平德胜门外，土城儿外边，通大钟寺的大路上的一个小村里。村里一共有四五家人家，都姓马。大家都种点不十分肥美的地，但是与我同辈的兄弟们，也有当兵的，作木匠的，作泥水匠的，和当巡警的。他们虽然是农家，却养不起牛马，人手不够的时候，妇女便也须下地作活。

对于姥姥家，我只知道上述的一点。外公外婆是什么样子，我就不知道了，因为他们早已去世。至于更远的族系与家史，就更不晓得了；穷人只能顾眼前的衣食，没有功夫谈论什么过去的光荣；"家谱"这字眼，我在幼年就根本没有听说过。

母亲生在农家，所以勤俭诚实，身体也好。这一点事实却极重要，因为假若我没有这样的一位母亲，我以为我恐怕也就要大大的打个折扣了。

母亲出嫁大概是很早，因为我的大姐现在已是六十多岁的老太婆，而我的大外甥女还长我一岁啊。我有三个哥哥，四个姐姐，但能长大成人的，只有大姐，二姐，三姐，三哥与我。我是"老"儿子。生我的时候，母亲已有四十一岁，大姐二姐已都出了阁。

由大姐与二姐所嫁入的家庭来推断，在我生下之前，我的家里，大概还马马虎虎的过得去。那时候定婚讲究门当户对，而大姐丈是作小官的，二姐丈也开过一间酒馆，他们都是相当体面的人。

可是，我，我给家庭带来了不幸：我生下来，母亲晕过去半夜，才睁眼看见她的老儿子——感谢大姐，把我揣在怀中，致未冻死。

一岁半，我把父亲"克"死了。

兄不到十岁，三姐十二、三岁，我才一岁半，全仗母亲独立抚养了。父亲的寡姐跟我们一块儿住，她吸鸦片，她喜摸纸牌，她的脾气极坏。为我们的衣食，母亲要给人家洗衣服，缝补或裁缝衣裳。在我的记忆中，她的手终年是鲜红微肿的。白天，她洗衣服，洗一两大绿瓦盆。她作事永远丝毫也不敷衍，就是屠户们送来的黑如铁的布袜，她也给洗得雪白。晚间，她与三姐抱着一盏油灯，还要缝补衣服，一直到半夜。她终年没有休息，可是在忙碌中她还把院子屋中收拾得清清爽爽。桌椅都是旧的，柜门的铜活久已残缺不全，可是她的手老使破桌面上没有尘土，残破的铜活发着光。院中，父亲遗留下的几盆石榴与夹竹桃，永远会得到应有的浇灌与爱护，年年夏天开许多花。

哥哥似乎没有同我玩耍过。有时候，他去读书；有时候，他去学徒；有时候，他也去卖花生或樱桃之类的小东西。母亲含着泪把他送走，不到两天，又含着泪接他回来。我不明白这都是什么事，而只觉得与他很生疏。与母亲相依如命的是我与三姐。因此，他们作事，我老在后面跟着。她们浇花，我也张罗着取水；她们扫地，我就撮土……从这里，我学得了爱花，爱清洁，守秩序。这些习惯至今还被我保存着。

有客人来，无论手中怎么窘，母亲也要设法弄一点东西去款待。舅父与表哥们往往是自己掏钱买酒肉食，这使她脸上羞得飞红，可是殷勤的给他们温酒作面，又给她一些喜悦。遇上亲友家中有喜丧事，母亲必把大褂洗得干干净净，亲自去贺吊——份礼也许只是两吊小钱。到如今如我的好客的习性，还未全改，尽管生活是这么清苦，因为自幼儿看惯了的事情是不易改掉的。

姑母常闹脾气。她单在鸡蛋里找骨头。她是我家中的阎王。直到我入了中学，她才死去，我可是没有看见母亲反抗过。"没受过婆婆的气，还不受大姑子的吗？命当如此！"母亲在非解释一下不足以平服别人的时候，才这样说。是的，命当如此。母亲活到老，穷到老，辛苦到老，全是命当如此。她最会吃亏。给亲友邻居帮忙，她总跑在前面：她会给婴儿洗三——穷朋友们可以因此少花一笔"请姥姥"钱——她会刮痧，她会给孩子们剃头，她会给少妇们绞脸……凡是她能做的，都有求必应。但是吵嘴打架，永远没有她。她宁吃亏，不逗气。当姑母死去的时候，母亲似乎把一世的委屈都哭了出来，一直哭到坟地。不知道哪里来的一位侄子，声称有承继权，母亲便一声不响，教他搬走那些破桌子烂板凳，而且把姑母养的一只肥母鸡也送给他。

可是，母亲并不软弱。父亲死在庚子闹"拳"的那一年。联军入城，挨家搜索财物鸡鸭，我们被搜两次。母亲拉着哥哥与三姐坐在墙根，等着"鬼子"进门，街门是开着的。"鬼子"进门，一刺刀先把老黄狗刺死，而后入室搜索。他们走后，母亲把破衣箱搬起，才发现了我。假若箱子不空，我早就被压死了。皇上跑了，丈夫死了，鬼子来了，满城是血光火焰，可是母亲不怕，她要在刺刀下，饥荒中，保护着儿女。北平有多少变乱啊，有时候兵变了，街市整条的烧起，火团落在我们的院中。有时候内战了，城门紧闭，铺店关门，昼夜响着枪炮。这惊恐，这紧张，再加上一家饮食的筹划，儿女安全的顾虑，岂是一个软弱的老寡妇所能受得起的？可是，在这种时候，母亲的心横起来，她不慌不哭，要从无办法中想出办法来。她的泪会往心中落！这点软而硬的个性，也传给了我。我对一切人与事，都取和平的态度，把吃亏看作当然的。但是，在做人上，我有一定的宗旨与基本的法则，什么事都可将就，而不能超过自己划好的界限。我怕见生人，怕办杂事，怕出头露面；但是到了非我去不可的时候，我便不得不去，正像我的母亲。从私塾到小学，到中学，我经历过起码有廿位教师吧，其中有给我很大影响的，也有毫无影响的，但是我的真正的教师，把性格传给我的，是我的母亲。母亲并不识字，她给我的是生命的教育。

当我在小学毕了业的时候，亲友一致的愿意我去学手艺，好帮助母亲。我晓得我应当去找饭吃，以减轻母亲的勤劳困苦。可是，我也愿意升学。我偷偷的考入了师范学校——制服，饭食，书籍，宿处，都由学校供给。只有这样，我才敢对母亲提升学的话。入学，要交十元的保证金。这是一笔巨款！母亲作了半个月的难，把这巨款筹到，而后含泪把我送出门去。她不辞劳苦，只要儿子有出息。当我由师范毕业，而被派为小学校长，母亲与我都一夜不曾合眼。我只说了句："以后，您可以歇一歇了！"她的回答只有一串串的眼泪。我入学之后，三姐结了婚。母亲对儿女是都一样疼爱的，但是假若她也有点偏爱的话，她应当偏爱三姐，因为自父亲死后，家中一切的事情都是母亲和三姐共同撑持的。三姐是母亲的右手。但是母亲知道这右手必须割去，她不能为自己的便利而耽误了女儿的青春。当花轿来到我们的破门外的时候，母亲的手就和冰一样的凉，脸上没有血色——那是阴历四月，天气很暖。大家都怕她晕过去。可是，她挣扎着，咬着嘴唇，手扶着门框，看花轿徐徐的走去。不久，姑母死了。三姐已出嫁，哥哥不在家，我又住学校，家中只剩母亲自己。她还须自晓至晚的操作，可是终日没人和她说一句话。新年到了，正赶上政府倡用阳历，不许过旧年。除夕，我请了两小时的假。由拥挤不堪的街市回到清炉冷灶的家中。母亲笑了。及至听说我还须回校，她愣住了。半天，她才叹出一口气来。到我该走的时候，她递给我一些花生，"去吧，小子！"街上是那么热闹，我却什么也没看见，泪遮迷了我的眼。今天，泪又遮住了我的眼，又想起当日孤独的过那凄惨的除夕的慈母。可是慈母不会再候盼着我了，她已入了土！

儿女的生命是不依顺着父母所设下的轨道一直向前的，所以老人总免不了伤心。我廿三岁，母亲要我结婚，我不要。我请来三姐给我说情，老母含泪点了头。我爱母亲，但是我给了她最大的打击。时代使我成为逆子。廿七岁，我上了英国。为了自己，我给六十多岁的老母以第二次打击。在她七十大寿的那一天，我还远在异域。那天，据姐姐们后来告诉我，老太太只喝了两口酒，很早的便睡下。她想念她的幼子，而不便说出来。

七七抗战后，我由济南逃出来。北平又像庚子那年似的被鬼子占据了。可是母亲日夜惦念的幼子却跑西南来。母亲怎样想念我，我可以想象得到，可是我不能回去。每逢接到家信，我总不敢马上拆看，我怕，怕，怕，怕有那不祥的消息。人，即使活到八九十岁，有母亲便可以多少还有点孩子气。失了慈母便像花插在瓶子里，虽然还有色有香，却失去了根。有母亲的人，心里是安定的。我怕，怕，怕家信中带来不好的消息，告诉我已是失了根的花草。

去年一年，我在家信中找不到关于老母的起居情况。我疑虑，害怕。我想象得到，如有不幸，家中念我流亡孤苦，或不忍相告。母亲的生日是在九月，我在八月半写去祝寿的信，算计着会在寿日之前到达。信中嘱咐千万把寿日的详情写来，使我不再疑虑。十二月二十六日，由文化劳军的大会上回来，我接到家信。我不敢拆读。就寝前，我拆开信，母亲已去世一年了！

生命是母亲给我的。我之能长大成人，是母亲的血汗灌养的。我之能成为一个不十分坏的人，是母亲感化的。我的性格，习惯，是母亲传给的。她一世未曾享过一天福，临死还吃的是粗粮。唉！还说什么呢？心痛！心痛！

（原载于 1943 年 4 月《半月文萃》第 1 卷第 9、10 期合刊。）

［提示］

老舍自幼丧父，由母亲独自带大，和母亲有着无比深厚的感情。1942年，老舍的母亲在北平病逝，当时老舍孤身一人在大后方从事抗战文艺创作和组织工作，差不多一年后才得知这个不幸的消息。

本文以时间为序，从母亲的身世谈起，讲述了母亲"活到老，穷到老，辛苦到老"的一生，塑造了一位有着典型东方女性性格特征的平凡而伟大的母亲形象。她勤俭诚实，做事认真；她乐于助人，不怕吃亏；她处事有度，软中有硬；她善良坚强，无私奉献。她以自己的血汗灌育"我"成人，又以自己的一生感化"我"成才，给"我"生命的教育，是"我"真正的教师。然而"我"常年在外奔波，未能陪在母亲身边尽孝养之责，终于成了"无根的花草"。对母亲真挚的敬爱和深切的怀念，以及无法报答母亲的愧疚之情在此刻交织迸发。

《我的母亲》是一篇质朴感人的回忆散文。作者运用白描手法塑造人物，以语言、行动表现内心世界，语言通俗清浅，行文自然流畅，平实之中饱含拳拳之心、眷眷之情，最朴实无华却也最打动人心。叙述中时而穿插抒情和议论，既对深化全文主旨、抒发浓郁感情有点睛之用，又使散文含蓄隽永，意味无穷。大音希声，大象无形。《我的母亲》不愧是老舍散文中的名篇佳作。

（赵晓妮）

历史的奥秘

聂绀弩

托洛斯基先生薨逝了。多年流离转徙中的托洛斯基先生被"暴徒"所刺而薨逝了。据报纸新闻栏介绍，托洛斯基是十月革命的"重要领袖之一"。这十月革命的重要领袖之一的托洛斯基，到了由十月革命艰难缔造出来的苏联稳固，壮大而且正发展下去的今天，自己却在流离转徙中被刺而薨逝了。

在薨逝之前，托洛斯基是活着的，这大概无须说明；不过这活着，在托洛斯基应该是一种悲哀：他，这十月革命的重要领袖之一的活着，不是因为由十月革命艰难缔造出来的苏联的存在，竟刚刚相反，是因为反苏势力的存在。同时，他的薨逝，在他也应该是一种悲哀：因为反苏势力的存在而活着的他，不被刺于苏联，却被刺于苏联以外的国土——反苏势力也终于不能保障他的安全。

托洛斯基的活着和薨逝，也真可以说是英雄末路了！

中国也有象托洛斯基的人物，比如汪精卫就十分类似：托洛斯基英姿飒爽，常为女性所追逐；汪精卫也一表非俗，年近六十，望之还如三十许人。托洛斯基是个演说家，理论家，政治家，军事家；汪精卫也口若悬河，笔参造化，书画琴棋，诗词歌赋，无所不知，无所不晓。托洛斯基是十月革命的"重要领袖之一"；汪精卫则曾"慷慨歌燕市，从容作楚囚"，据说：对于中国革命的功劳也不小。托洛斯基在十月革命的当时，就与另一重要领袖的意见有多少出入的吧，但不肯屈居人下，"羞与绛灌为伍"，却是那一重要领袖死后的事；汪精卫在孙中山先生生前固然常受批评，而发挥了最大的政治力量的，也还是在孙中山先生死后。前面说过，托洛斯基是"理论家"，他真也完成了他的独特的理论系统，以他的理论为根据，他可以借重任何反苏势力打击苏联；关于这一点，汪精卫也不弱，他的电报、宣言、论文、演词，在许多地方，曾由"皇军"的飞机替他散播，而他的电台播音，更是常有的。他们的理论，也真有一个共同点；读来读去，就令人想起一句老话："舍曰欲之，又从而为之词"！不过也有不同的：托洛斯基虽然也借反苏势力而存在，造成了累累的"党案"，却始终未在任何一个地方，建立起反苏政权；汪精卫比较幸运，托"皇军"的威光，在南京建立了反中华民族的所谓"国民政府"。但这虽然正是托洛斯基深引为憾，死不瞑目的事．却也并非托洛斯基和汪精卫之间有什么差别，症结在于苏联比中国强大。惟一不同之处，恐怕只在托洛斯基已经薨逝，而汪精卫却还健在。诗云："时日曷丧，予及汝偕亡"，这就是中国人民对于汪精卫应有的感想。

从托洛斯基和汪精卫，我想起一个历史的奥秘。

"白铁无辜铸佞臣"，这是谁在岳王坟上题的诗句，简直为白铁呼冤，对佞臣深恶痛绝极矣。佞臣是指秦桧，虽然秦桧的盛德，不是"佞臣"二字所可包举。

我不知道秦桧是否也和托洛斯基或汪精卫一样，以不甘居人下，"羞与绛灌为伍"始，以"放僻邪侈，无所不为"终。但借敌国的力量打击祖国，翦除异己，削弱祖国对敌国的抵抗，却正是同样的。

抗战以前，似乎曹聚仁先生说过：讲和也是一种政治主张，秦桧不过主张讲和而已。这位秦桧先生既然也是汉人，又确实不是大金国派来的选手，一定要把剩下来的半壁河山送给大金国的意思，恐怕未必有；纵然有，也未必多的。只是事情到了要贯彻一种政治主张，就不能不排斥别种政治主张和有别种政治主张的人，不能不使有别种政治主张的人流血的时候，到了不能不借敌国的力量来打击和自己的政见不同的人，以至断送整个民族的生命的时候，到了因为不愿看敌国与祖国人民的共同的血光，却不能不让祖国人民的血单独流洒的时候，却往往又作别论。古人说，卖箭的难道比卖盾牌的心眼儿坏些么？一个惟恐不伤人，一个惟恐伤人。这就不是是不是一种政治主张的问题，而是那政治主张对不对，以及能不能觉悟自己的政治主张或斗争方式不对，就马上悬崖勒马，痛改前非的问题。

谈到秦桧很容易就想起岳武穆。曹聚仁先生（又是他！）曾从一些书本子上找到很多材料，证明岳武穆不过是一个跋扈的军人。其实这些是无需证明的。人只要有脑筋，只要脑筋能够思考，就会想象到书本子上没有写下来的许多事情，何况已经写下了的呢？岳武穆既然是一个军人，不能完全摆脱当时军人的风习。他又有自己的政治主张，也和别人一样，要贯彻自己的政治主张；所谓"跋扈"也者，安知不就是一种意志坚决的表现呢？

　　我们把岳武穆当作神圣，把秦桧当作反派代表，很少是关于他们个人人性的问题；虽然人性的美恶，往往是一个重要枢纽；倒是在他们在历史舞台上所演的角色，就是说他们所尽的任务，所能发生的作用。一个人演了神圣的角色，他的一切缺点，一切过失，甚至一切罪行，都被他所尽的任务遮住，洗清了。不但这样，还有许多实际上与他毫不相干，而在当时是可能的神圣的传说，都全被加到他头上，使他更为神圣。还不但这样，好事的人们还一定要把他的父母妻子亲戚朋友无一不神圣化起来，以显得他的神圣并非偶然。如果演的相反的角色，不言而喻，他的一切美德，会被一齐抹煞，一切丑恶都和他脱不了关系，而父母妻子亲戚朋友也就没有一个好人。那末岳武穆纵有不名誉的什么，首先就不会被写史书的人写上去，纵然写上去，也不会被读者所重视。至于秦桧呢，也许跟托洛斯基或汪精卫一样是个才子，能够吟诗作赋，有等身的著作，是个演说家，能够在讲台上使听众感动得流泪，以及其它说不尽的丰功伟烈；可是那些都不留存于我们的脑筋里，也不留存于历史家的笔下；留存的那一副尊容，实在太不漂亮，虽说真实的肉体的脸嘴，也许赛过梅兰芳。

　　这是历史的奥秘，也是历史的可怕处。就今天说，祖国的抗战正和苏联的建设一样，都是神圣不可侵犯的。谁能献身抗战，坚持抗战，谁就是民族英雄，谁就是岳武穆；已有悠久的光荣历史自然更好；虽然没有，纵然有的不够光荣，也毫无关系。谁要是背叛抗战，打击抗战，谁就是民族罪人，谁就是秦桧，不管过去怎样了不得。而且，背叛，打击抗战，事实上也绝不可能，徒然使自己走向汪精卫，也就是托洛斯基的路而已。

　　托洛斯基和汪精卫都是多才多艺的"天才"，他们的部分的著作，也都曾脍炙人口，但是历史的大力将毫不顾忌地把它们完全摧毁，将来的人将简直不知道或不注意托洛斯基和汪精卫其人究竟有什么能耐，正象现在的我们不知道或不注意秦桧有什么能耐一样。只有他们的名字不会被忘记，它们将永远作为人类史上的污点而存在。

一九四零年九月九日，桂林

（选自《聂绀弩杂文集》，三联书店，1995 年 11 月版。）

［提示］

　　聂绀弩参过军，任过教，从过政，办过报，黄埔毕业后到过苏联学习，后因积极抗日被迫流亡他乡，青年时代的传奇经历将其塑造成一位思维敏捷、才华横溢的杂文大家。

作品从苏联的托洛斯基写到国内的汪精卫，继而推至历史上的岳飞和秦桧，经过重重对比，层层剖析，反复说明了这样一个历史的"奥秘"：谁在历史的关键时刻扮演了"神圣的角色"，捍卫了民族的利益，谁就会像圣人一样受到后人的爱戴，即使他并非十全十美；相反，如果扮演的是背叛民族利益的角色，人民就会忘掉他曾经的荣耀，永远憎恶与唾弃他。作品在历史与现实之间随意漫谈，看似"兴之所至"的闲论，实际是将斗争矛头直接指向了沾满人民鲜血的国民党反动派，是对汪精卫之流的尖锐讽刺和严厉警告，无处不洋溢着一种恢宏的史魂，一片昂扬的诗情，一种深沉的哲思。

作者将时空错置，把不同时代的人和事用同一个概念或意象集中在一起，使之发生对比、互视，产生一种深层的对话关系，在侃侃而谈中反复揶揄，从而巧妙地隐喻现实，犀利地道出真相。将对历史的思考与时代的心声糅合在一起，渗透于深剖细镂，化作文章的血肉，行文恣肆，用笔酣畅，雄辩之中显出俏皮。

（赵晓妮）

雨　前

何其芳

　　最后的鸽群带着低弱的笛声在微风里划一个圈子后，也消失了。也许是误认这灰暗的凄冷的天空为夜色的来袭，或是也预感到风雨的将至，遂过早地飞回它们温暖的木舍。

　　几天的阳光在柳条上撒下的一抹嫩绿，被尘土埋掩得有憔悴色了，是需要一次洗涤。还有干裂的大地和树根也早已期待着雨。雨却迟疑着。

　　我怀想着故乡的雷声和雨声。那隆隆的有力的搏击，从山谷返响到山谷，仿佛春之芽就从冻土里震动，惊醒，而怒苗出来。细草样柔的雨声又以温存之手抚摩它，使它簇生油绿的枝叶而开出红色的花。这些怀想如乡愁一样萦绕得使我忧郁了。我心里的气候也和这北方大陆一样缺少雨量，一滴温柔的泪在我枯涩的眼里，如迟疑在这阴沉的天空里的雨点，久不落下。

　　白色的鸭也似有一点烦躁了，有不洁的颜色的都市的河沟里传出它们焦急的叫声。有的还未厌倦那船一样的徐徐的划行。有的却倒插它们的长颈在水里，红色的蹼趾伸在尾后，不停地扑击着水以支持身体的平衡。不知是在寻找沟底的细微的食物，还是贪那深深的水里的寒冷。

　　有几个已上岸了。在柳树下来回地作绅士的散步，舒息划行的疲劳。然后参差地站着，用嘴细细地抚理它们遍体白色的羽毛，间或又摇动身子或扑展着阔翅，使那缀在羽毛间的水珠坠落。一个已修饰完毕的，弯曲它的颈到背上，长长的红嘴藏没在翅膀里，静静合上它白色的茸毛间的小黑睛，仿佛准备睡眠。可怜的小动物，你就是这样做你的梦吗？

　　我想起故乡放雏鸭的人了。一大群鹅黄色的雏鸭游牧在溪流间。清浅的水，两岸青青的草，一根长长的竿在牧人的手里。他的小队伍是多么欢欣地发出啾啁声，又多么驯服地随着他的竿头越过一个田野又一个山坡！夜来了，帐幕似的竹篷撑在地上，就是他的家。但这是怎样辽远的想象啊！在这多尘土的国土里，我仅只希望听一点树叶上的雨声。一点雨声的幽凉滴到我憔悴的梦，也许会长成一树圆圆的绿阴来覆荫我自己。

我仰起头。天空低垂如灰色的雾幕，落下一些寒冷的碎屑到我脸上。一只远来的鹰隼仿佛带着怒愤，对这沉重的天色的怒愤，平张的双翅不动地从天空斜插下，几乎触到河沟对岸的土阜，而又鼓扑着双翅，作出猛烈的声响腾上了。那样巨大的翅使我惊异。我看见了它两肋间斑白的羽毛。

接着听见了它有力的鸣声，如一个巨大的心的呼号，或是在黑暗里寻找伴侣的叫唤。

然而雨还是没有来。

一九三三年春，北京
（选自《何其芳选集》，四川人民出版社 1979 年版。）

［提示］

1933 年，日本已侵占我国东北三省，又加紧蚕食华北地区，而国民党政府却采取不抵抗主义，对外妥协投降，对内镇压抗日救亡运动。当时民族危机深重，政治气候低沉，爱国知识分子普遍陷入了苦闷彷徨的境地。

本文通过描写鸽群、嫩柳、大地、白鸭、鹰隼等在雨前的不同情态，怀想故乡雨中的蓬勃景象及雏鸭游牧的欢欣场面，渲染出一种久旱切盼甘霖的强烈氛围。作者寓情于景，委婉曲折地抒写了小资产阶级知识分子既不满于现实，又找不到出路的忧郁、感伤、焦躁的复杂情绪，真切传达了作者渴求风雨、渴望变革、追求新生活的美好愿望。

作者凭借敏锐的感受力和细致的观察力，选用富于色彩的辞藻，借助比喻、拟人、通感等表现手法，写景状物无一不是精细传神、充满灵性、物我无间。在描写眼前景物的同时两次插入对故乡的回忆，既形成了湿润秀美的南方与干燥憔悴的北方的对比，也象征了美好的理想与灰暗的现实之间的矛盾。用词准确洗练，行文自然流畅，柔美精粹的形式中包含着丰厚深刻的意蕴，显示出一种清新隽永的韵味。

（赵晓妮）

观　火

梁遇春

　　独自坐在火炉旁边，静静地凝视面前瞬息万变的火焰，细听炉里呼呼的声音，心中是不专注在任何事物上面的，只是痴痴地望着炉火，说是怀一种惆怅的情绪，固然可以，说是感到了所有的希望全已幻灭，因而反现出恬然自安的心境，亦无不可。但是既未曾达到身如槁木，心如死灰的地步，免不了有许多零碎的思想来往心中，那些又都是和"火"有关的，所以把它们集在"观火"这个题目底下。

　　火的确是最可爱的东西。它是单身汉的最好伴侣。寂寞的小房里面，什么东西都是这么寂静的，无生气的，现出呆板板的神气，惟一有活气的东西就是这个无聊赖地走来走去的自己。虽然是个甘于寂寞的人，可是也总觉得有点儿怪难过。这时若使有一炉活火，壁炉也好，站着有如庙里菩萨的铁炉也好，红泥小火炉也好，你就会感到宇宙并不是那么荒凉了。火焰的万千形态正好和你心中古怪的想象携手同舞，倘然你心中是枯干到生不出什么黄金幻梦，那么体态轻盈的火焰可以给你许多暗示，使你自然而然地想入非非。她好像但丁《神曲》里的引路神，拉着你的手，带你去进荒诞的国土。人们只怕不会做梦，光剩下一颗枯焦的心儿，一片片逐渐剥落。倘然还具有梦想的能力，不管做的是狰狞凶狠的噩梦，还是融融春光的甜梦，那么这些梦好比会化雨的云儿，迟早总能滋润你的心田。看书会使你做起梦来，听你的密友细诉衷曲也会使你做梦，晨曦，雨声，月光，舞影，鸟鸣，波纹，桨声，山色，暮霭……都能勾起你的轻梦，但是我觉得火是最易点着轻梦的东西。我只要一走到火旁，立刻感到现实世界的重压一一消失，自己浸在梦的空气之中了。有许多回我拿着一本心爱的书到火旁慢读，不一会儿，把书搁在一边，却不转睛地尽望着火。那时我觉得心爱的书还不如火这么可喜。它是一部活书。对着它真好像看着一位大作家一字字地写下他的杰作，我们站在一旁跟着读去。火是一部无始无终，百读不厌的书，你哪回看到两个形状相同的火焰呢！拜伦说："看到海而不发出赞美词的人必定是个傻子。"我是个沧海曾经的人，对于海却总是漠然地，这或者是因为我会晕船的缘故罢！我总不愿自认为傻子。但是我每回看到火，心中常想唱出赞美歌来。若使我们真有个来生，那么我只愿下世能够做一个波斯人，他们是真真的智者，他们晓得拜火。

记得希腊有一位哲学家——大概是 Zeno 罢——跳到火山的口里去，这种死法真是痛快。在希腊神话里，火神（Hephaestus or Vulcan）是个跛子，他又是一个大艺术家。天上的宫殿同盔甲都是他一手包办的。当我靠在炉旁时候，我常常期望有一个黑脸的跛子从烟里冲出，而且我相信这位艺术家是没有留了长头发同打一个大领结的。

在《现代丛书》（Modern Library）的广告里，我常碰到一个很奇妙的书名，那是唐南遮（D'Annunzio）的长篇小说《生命的火焰》（The Flame of Life）。唐南遮的著作我一字都未曾读过，这本书也是从来没有看过的，可是我极喜欢这个书名，《生命的火焰》这个名字是多么含有诗意，真是简洁地说出人生的真相。生命的确是像一朵火焰，来去无踪，无时不是动着，忽然扬焰高飞，忽然销沉将熄，最后烟消火灭，留下一点残灰，这一朵火焰就再也燃不起来了。我们的生活也该像火焰这样无拘无束，顺着自己的意志狂奔，才会有生气，有趣味。我们的精神真该如火焰一般地飘忽莫定，只受里面的热力的指挥，冲倒习俗，成见，道德种种的藩篱，一直恣意干去，任情飞舞，才会迸出火花，幻出五色的美焰。否则阴沉沉地，若存若亡地草草一世，也辜负了创世主叫我们投生的一番好意了。我们生活内一切值得宝贵的东西又都可以用火来打比。热情如沸的恋爱，创造艺术的灵悟，虔诚的信仰，求知的欲望，都可以拿火来做象征。Heracleitus 真是绝等聪明的哲学家，他主张火是宇宙万物之源。难怪得二千多年后的柏格森诸人对着他仍然是推崇备至。火是这么可以做人生的象征的，所以许多民间的传说都把人的灵魂当做一团火。爱尔兰人相信一个妇人若使梦见一点火花落在她口里或者怀中，那么她一定会怀孕，因为这是小孩的灵魂。希腊神话里，Prometheus 做好了人后，亲身到天上去偷些火下来，也是这种的意思。有些诗人心中有满腔的热情，灵魂之火太大了，倒把他自己燃烧成灰烬，短命的济慈就是一个好例子。可惜我们心里的火都太小了，有时甚至于使我们心灵感到寒战，怎么好呢？

我家乡有一句土谚："火烧屋好看，难为东家。"火烧屋的确是天下一个奇观。无数的火舌越梁穿瓦，沿窗冲天地飞翔，弄得满天通红了，仿佛地球被掷到熔炉里去了，所以没有人看了心中不会起种奇特的感觉，据说尼罗王因为要看大火，故意把一个大城全烧了，他可说是知道享福的人，比我们那班做酒池肉林的暴君高明得多。我每次听到美国那里的大森林着火了，燃烧得一两个月，我就怨自己命坏，没有在哥伦比亚大学当学生。不然一定要告个病假，去观光一下。

许多人没有烟瘾，抽了烟也不觉得什么特别的舒服，却很喜欢抽烟，违了父母兄弟的劝告，常常抽烟，就是身上只剩一角小洋了，还要拿去买一盒烟抽，他们大概也是因为爱同火接近的缘故吧！最少，我自己是这样的。所以我爱抽烟斗，因为一斗的火是比纸烟头一点儿的火有味得多。有时没有钱买烟，那么拿一匣的洋火，一根根擦燃，也很可以解这火瘾。

离开北方已经快两年了，在南边虽然冬天里也生起火来，但是不像北方那样一冬没有熄过地烧着，所以我现在同火也没有像在北方时那么亲热了。回想到从前在北平时一块儿烤火的几位朋友，不免引起惆怅的心情，这篇文字就算做寄给他们的一封信吧！

（录自 1929 年 12 月 23 日《语丝》第 5 卷第 41 期）

［提示］

梁遇春是我国现代著名的散文家，师从叶公超等名师。其散文风格另辟蹊径，兼有中西方文化特色，被誉为"中国的伊利亚"。散文《观火》是梁遇春散文集《泪与笑》中的一篇。在他的散文中，"火"是一个非常重要的象征物，他在散文中曾多次提到"火"，如《观火》、《救火夫》、《吻火》等。

火具有一种矛盾的性质，一方面，它是绚丽的、迷人的；另一方面，它是短暂的、危险的。喜欢火的人，性格里也注定有这样一种美丽而又危险的双重因素。火所蕴含的悲剧性就在于它注定要熄灭。因而它的燃烧就具有一种向死而生的悲壮色彩。梁遇春的散文深处都有一种幻灭的忧虑，他留给后世的是一个率性而为的蹈火者形象。他对火有着一种特殊的情结，因为他本人的生命也正如一团跳动的火焰，尽管最终剩下的也不过是一点残灰，却仍然奋不顾身的投入到这场烈焰中去，从容起舞。

梁遇春为现代散文开辟了一条快谈、纵谈、放谈的路子，它如行云流水，无所羁绊，潇洒自如。他的作品娓娓而谈，以情入理，把自己的心灵袒露在读者面前。梁遇春擅长将抽象的哲理思辨通过生动多姿的比喻形象化，在文章中表现出来。他将一切生活中值得珍爱的东西都用"火"打比，他称火是最好的伴侣，是一部活书，生活应该如火，这都表现了他对生活的热爱。与率真、不受拘束的性格相通，梁遇春的散文语调真诚舒缓，似是闲谈，毫无矫饰之态。

（丛晓梅）

给我的孩子们

丰子恺

　　我的孩子们！我憧憬于你们的生活，每天不止一次！我想委曲地说出来，使你们自己晓得。可惜到你们懂得我的话的意思的时候，你们将不复是可以使我憧憬的人了。这是何等可悲哀的事啊！

　　瞻瞻！你尤其可佩服。你是身心全部公开的真人。你什么事体都像拼命地用全副精力去对付。小小的失意，像花生米翻落地了，自己嚼了舌头了，小猫不肯吃糕了，你都要哭得嘴唇翻白，昏去一两分钟。外婆普陀去烧香买回来给你的泥人，你何等鞠躬尽瘁地抱他，喂他；有一天你自己失手把他打破了，你的号哭的悲哀，比大人们的破产，失恋，broken-heart，丧考妣，全军覆没的悲哀都要真切。两把芭蕉扇做的脚踏车，麻雀牌堆成的火车、汽车，你何等认真地看待，挺直了嗓子叫"汪——"，"咕咕咕……"，来代替汽笛。宝姊姊讲故事给你听，说到"月亮姊姊挂下一只篮来，宝姊姊坐在篮里吊了上去，瞻瞻在下面看"的时候，你何等激昂地同她争，说"瞻瞻要上去，宝姊姊在下面看！"甚至哭到漫姑面前去求审判。我每次剃了头，你真心地疑我变了和尚，好几时不要我抱。最是今年夏天，你坐在我膝上发见了我腋下的长毛，当作黄鼠狼的时候，你何等伤心，你立刻从我身上爬下去，起初眼瞪瞪地对我端相，继而大失所望地号哭，看看，哭哭，如同对被判定了死罪的亲友一样。你要我抱你到车站里去，多多益善地要买香蕉，满满地擒了两手回来，回到门口时你已经熟睡在我的肩上，手里的香蕉不知落在哪里去了。这是何等可佩服的真率，自然，与热情！大人间的所谓"沉默"，"含蓄"，"深刻"的美德，比起你来，全是不自然的，病的，伪的！

　　你们每天做火车，做汽车，办酒，请菩萨，堆六面画，唱歌，全是自动的，创造创作的生活。大人们的呼号："归自然！""生活的艺术化！""劳动的艺术化！"在你们面前真是出丑得很了！依样画几笔画，写几篇文的人称为艺术家，创作家，对你们更要愧死！

　　你们的创作力，比大人真是强盛得多哩：瞻瞻！你的身体不及椅子的一半，却常常要搬动它，与它一同翻倒在地上；你又要把一杯茶横转来藏在抽斗里，要皮球停在壁上，要拉住火车的尾巴，要月亮出来，要天停止下雨。在这等小小的事件中，明明表示着你们的小弱的体力与智力不足以应付强盛的创作欲，表现欲的驱使，因而遭逢失败。然而你们是不受大自然的支配，不受人类社会的束缚的创造者，所以你的遭逢失败，例如火车尾巴拉不住，月亮呼不出来的时候，你们决不承认是事实的不可能，总以为是爹爹妈妈不肯帮你们办到，同不许你们弄自鸣钟同例，所以愤愤地哭了，你们的世界何等广大！

你们一定想：终天无聊地伏在案上弄笔的爸爸，终天闷闷地坐在窗下弄引线的妈妈，是何等无气性的奇怪的动物！你们所视为奇怪动物的我与你们的母亲，有时确实难为了你们，摧残了你们，回想起来，真是不安心得很。

阿宝！有一晚你拿软软的新鞋子，和自己脚上脱下来的鞋子，给凳子的脚穿了，划袜立在地上，得意地叫"阿宝两只脚，凳子四只脚"的时候，你母亲喊着"龌龊了袜子！"立刻擒你到藤榻上，动手毁坏你的创作。当你蹲在榻上注视你母亲动手毁坏的时候，你的小心里一定感到"母亲这种人，何等杀风景而野蛮"罢！

瞻瞻！有一天开明书店送了几册新出版的毛边的《音乐入门》来。我用小刀把书页一张一张地裁开来，你侧着头，站在桌边默默地看。后来我从学校回来，你已经在我的书架上拿了一本连史纸印的中国装的《楚辞》，把它裁破了十几页，得意地对我说："爸爸！瞻瞻也会裁了！"瞻瞻！这在你原是何等成功的欢喜，何等得意的作品！却被我一个惊骇的"哼"字喊得你哭了。那时候你也一定抱怨"爸爸何等不明"罢！

软软！你常常要弄我的长锋羊毫，我看见了总是无情地夺脱你。现在你一定轻视我，想道："你终于要我画你的画集的封面！"

最不安心的，是有时我还要拉一个你们所最怕的陆露沙医生来，教他用他的大手来摸你们的肚子，甚至用刀来在你们臂上割几下，还要教妈妈和漫姑擒住了你们的手脚，捏住了你们的鼻子，把很苦的水灌倒你们的嘴里去。这在你们一定认为太无人道的野蛮举动罢！

孩子们！你们果真抱怨我，我倒欢喜；到你们的抱怨变为感激的时候，我的悲哀来了！

我在世间，永没有逢到象你们样出肺肝相示的人。世间的人群结合，永没有象你们样的彻底地真实而纯洁。最是我到上海去干了无聊的所谓"事"回来，或者去同不相干的人们做了叫做"上课"的一种把戏回来，你们在门口或车站旁等我的时候，我心中何等惭愧又欢喜！惭愧我为甚么去做这等无聊的事，欢喜我又得暂时放怀一切地加入你们的真生活的团体。

但是，你们的黄金时代有限，现实终于要暴露的。这是我经验过来的情形，也是大人们谁也经验过的情形。我眼看见儿时的伴侣中的英雄，好汉，一个个退缩，顺从，妥协，屈服起来，到像绵羊的地步。我自己也是如此。"后之视今，亦犹今之视昔"，你们不久也要走这条路呢！

我的孩子们！憧憬于你们的生活的我，痴心要为你们永远挽留这黄金时代在这册子里。然这真不过象"蜘蛛网落花"，略微保留一点春的痕迹而已。且到你们懂得我这片心情的时候，你们早已不是这样的人，我的画在世间已无可印证了！这是何等可悲哀的事啊！

（录自《子恺画集》代序，一九二六年耶诞节作。）

［提示］

《给我的孩子们》是丰子恺先生为《子恺画集》写的序，作于1926年圣诞节，寄托了对儿童的爱，对儿童率真天性给予高度的肯定，表现出对成人世界"不由自主"的悲哀。这是一篇内涵丰富的名作，所包含的主题意义重大。

由文章的题目《给我的孩子们》本身就显示出作者人格的独特之处，即爱孩子。文章在描摹孩子们生活细节上可以说是不厌其烦、津津乐道，如"瞻瞻的脚踏车"、"阿宝两只脚，凳子四条腿"等，其目的只有一个，即表达自己内心真挚的爱意。作者盛赞孩子们天真纯洁的本性和他们活泼的创造力，他把儿童时代称为"真人""真生活"，是人们的"黄金时代"，并以之与病态社会中人们的病态生活和病态关系对照，表现了对虚伪丑恶的现实的不满。但是"黄金时代有限"，天真纯洁的本性在现实中将会慢慢失掉，这又使作者感到无可奈何的深沉的悲哀。

本文以朴素自然的形式和明白如话的文字，历叙孩子的天真活泼，文笔细腻生动，夹以自责和议论，既表现了对孩子的体贴入微的爱，以至情感人，又富有哲理性。本文在写作上的最大特点就是亲切、真挚。由于体裁类似书信，而"受者"还都是年幼无知的孩子，所以任何意义上的装腔作势都是不适宜的。当然这篇文字毕竟不是写给孩子的，实际上还是写给"我们"的，因此必要的结构和装饰还是要的，这就是这篇文章首尾呼应得如此浑成、文字如此富有色彩的缘由。

（丛晓梅）

鹰 之 歌

丽 尼

黄昏是美丽的。我忆念着那南方的黄昏。

晚霞如同一片赤红的落叶坠到铺着黄尘的地上，斜阳之下的山冈变成了暗紫，好像是云海之中的礁石。

南方是远远的；南方的黄昏是美丽的。

有一轮红日沐浴着在大海之彼岸；有欢笑着的海水送着夕归的渔船。

南方，遥远而美丽的！

南方是有着榕树的地方，榕树永远是垂着长须，如同一个老人安静地站立，在夕暮之中作着冗长的低语，而将千百年的过去都埋在幻想里了。

晚天是赤红的。公园如同一个废墟。鹰在赤红的天空之中盘旋，作出短促而悠远的歌唱，嘹唳地，清脆地。

鹰是我所爱的。它有着两个强健的翅膀。

鹰的歌声是嘹唳而清脆的，如同一个巨人底口在远天吹出了口哨。而当这口哨一响着的时候，我就忘却我底忧愁而感觉兴奋了。

我有过一个忧愁的故事。每一个年轻的人都会有一个忧愁的故事。

南方是有着太阳和热和火焰的地方。而且，那时，我比现在年轻。

那些年头！啊，那是热情的年头！我们之中，像我们这样大的年纪的人，在那样的年代，谁不曾有过热情的如同火焰一般的生活？谁不曾愿意把生命当作一把柴薪，来加强这正在燃烧的火焰？有一团火焰给人们点燃了，那么美丽地发着光辉，吸引着我们，使我们抛弃了一切其他的希望与幻想，而专一地投身到这火焰中来。

然而，希望，它有时比火星还容易熄灭。对于一个年轻人，只须一个刹那，一整个世界就会从光明变成了黑暗。

我们曾经说过："在火焰之中锻炼着自己"；我们曾经感觉过一切旧的渣滓都会被铲除，而由废墟之中会生长出新的生命，而且相信这一切都是不久就会成就的。

然而，当火焰苦闷地窒息于潮湿的柴草，只有浓烟可以见到的时候，一刹那间，一整个世界就变成黑暗了。

我坐在已经成了废墟的公园看着赤红的晚霞，听着嘹唳而清脆的鹰歌，然而我却如同一个没有路走的孩子，凄然地流下眼泪来了。

"一整个世界变成了黑暗；新的希望是一个艰难的生产。"

鹰在天空之中飞翔着了，伸展着两个翅膀，倾侧着，回旋着，作出了短促而悠远的歌声，如同一个信号。我凝望着鹰，想从它的歌声里听出一个珍贵的消息。

"你凝望着鹰吗？"她问。

"是的，我望着鹰，"我回答。

她是我底同伴，是我三年来的一个伴侣。

"鹰真好，"她沉思地说了，"你可爱鹰？"

"我爱鹰的。"

"鹰是可爱的。鹰有两个强健的翅膀，会飞，飞得高，飞得远，能在黎明里飞，也能在黑夜里飞。你知道鹰是怎样在黑夜里飞的吗？是像这样飞的，你瞧，"说着，她展开了两只修长的手臂，旋舞一般地飞着了，是飞得那么天真，飞得那么热情，使她底脸面也现出了夕阳一般的霞彩。

我欢乐底笑了，而感觉了兴奋。

然而，有一次夜晚，这年轻的鹰飞了出去，就没有再看见她飞了回来。一个月以后，在一个黎明，我在那已经成了废墟的公园之中发现了她底被六个枪弹贯穿了的身体，如同一只被猎人从赤红的天空击落了下来的鹰雏，披散了毛发在那里躺着了。那正是她为我展开了手臂而热情地飞过的一块地方。

我忘却了忧愁，而变得在黑暗里感觉兴奋了。

南方是遥远的，但我忆念着那南方的黄昏。

南方是有着鹰歌唱的地方，那嘹唳而清脆的歌声是会使我忘却忧愁而感觉兴奋的。

（录自 1935 年 3 月 16 日《文学季刊》第 2 卷第 1 期）

[提示]

丽尼的《鹰之歌》写于 1934 年，是一篇忆南方黄昏的抒情散文，一首颂扬革命女友的诗。作者采用隐喻、象征的手法，充满诗意的笔触，将自己在南方的一段生活，将在暗夜里追求光明，惨遭反动派杀害的女友形象化了，诗化了。文章的字里行间充满着对梦幻般的南方黄昏的依恋，对革命女友的深切怀念和无限敬仰。

《鹰之歌》由四个自然段组成。第一个自然段是怀念南方的黄昏。在绚丽多彩的黄昏，一只鹰在赤红的天空中盘旋，它唱着清脆而嘹唳的歌，宛如巨人底口在远天吹着口哨，为下文做好了铺垫。第二、三自然段讲述了"一个忧愁的故事"。当现实生活的"浓烟"窒息了腾腾烈焰，整个世界变得黑暗的时候，鹰依然在天空中翱翔，唱出短促而悠远的歌声，带来了一个令我兴奋的珍贵消息，同时点明了"鹰"——作者"三年来的一个伴侣"的壮烈牺牲，使全文的主旋律达到了高潮。第四自然段既是对第二、三自然段在情绪上的承接，也是对第一自然段的回应，表达了作者追求美好未来的愿望。

《鹰之歌》既是散文，也是诗。它既有诗歌跳跃的特点，又有散文随意抒发的自由。在三个自然段中有两次跳跃，每次跳跃都出现一段空白，产生一种时空感，并且形成诗的节奏。这三个自然段的内容看似毫无关联，实则有着内在联系，是在一条主线的贯穿下，随意抒发自己的情思。作者采用隐喻、象征的手法揭示文章主题，使文章显得蕴藉含蓄。作者虽然没有真面描写女友，但是透过鹰的描写，一位刚毅、坚强、英姿飒爽的女性形象已跃然纸上。

（丛晓梅）

囚 绿 记

陆 蠡

这是去年夏间的事情。

我住在北平的一家公寓里，我占据着高广不过一丈的小房间，砖铺的潮湿的地面，纸糊的墙壁和天花板，两扇木格子嵌玻璃的窗，窗上有很灵巧的纸卷帘，这在南方是少见的。

窗是朝东的。北方的夏季天亮得快，早晨五点钟左右太阳便照进我的小屋，把可畏的光线射个满室，直到十一点半才退出，令人感到炎热。这公寓里还有几间空房子，我原有选择的自由的，但我终于选定了这朝东房间，我怀着喜悦而满足的心情占有它，那是有一个小小理由。

这房间靠南的墙壁上，有一个小圆窗，直径一尺左右。窗是圆的，却嵌着一块六角形的玻璃，并且左下角是打碎了，留下一个大孔隙，手可以随意伸进伸出。圆窗外面长着常春藤。当太阳照过它繁密的枝叶，透到我房里来的时候，便有一片绿影。我便是欢喜这片绿影才选定这房间的。当公寓里的伙计替我提了随身小提箱，领我到这房间来的时候，我瞥见这绿影，感觉到一种喜悦，便毫不犹疑地决定了下来，这样的了截爽直使公寓里伙计都惊奇了。

绿色是多宝贵的啊！它是生命，它是希望，它是慰安，它是快乐。我怀念着绿色把我的心等焦了。我欢喜看水白，我欢喜看草绿。我疲累于灰暗的都市的天空，和黄漠的平原，我怀念着绿色，如同涸辙的鱼盼等着雨水！我急不暇择的心情即使一枝之绿也视同至宝。当我在这小房中安顿下来，我移徙小台子到圆窗下，让我的面朝墙壁和小窗。门虽是常开着，可没人来打扰我，因为在这古城中我是孤独而陌生。但我并不感到孤独。我忘记了困倦的旅程和以往的许多不快的记忆。我望着这小圆洞，绿叶和我对语。我了解自然无声的语言，正如它了解我的语言一样。

我快活地坐在我的窗前。度过了一个月，两个月，我留恋于这片绿色。我开始了解渡越沙漠者望见绿洲的欢喜，我开始了解航海的冒险家望见海面飘来花草的茎叶的欢喜。人是在自然中生长的，绿是自然的颜色。

　　我天天望着窗口常春藤的生长。看它怎样伸开柔软的卷须，攀住一根缘引它的绳索，或一茎枯枝；看它怎样舒开摺叠着的嫩叶，渐渐变青，渐渐变老，我细细观赏它纤细的脉络，嫩芽，我以揠苗助长的心情，巴不得它长得快，长得茂绿。下雨的时候，我爱它淅沥的声音，婆娑的摆舞。

　　忽然有一种自私的念头触动了我。我从破碎的窗口伸出手去，把两枝浆液丰富的柔条牵进我的屋子里来，教它伸长到我的书案上，让绿色和我更接近，更亲密。我拿绿色来装饰我这简陋的房间，装饰我过于抑郁的心情。我要借绿色来比喻葱茏的爱和幸福，我要借绿色来比喻猗郁的年华。我囚住这绿色如同幽囚一只小鸟，要它为我作无声的歌唱。

　　绿的枝条悬垂在我的案前了。它依旧伸长，依旧攀缘，依旧舒放，并且比在外边长得更快。我好像发现了一种"生的欢喜"，超过了任何种的喜悦。从前有个时候，住在乡间的一所草屋里，地面是新铺的泥土，未除净的草根在我的床下茁出嫩绿的芽苗，蕈菌在地角上生长，我不忍加以剪除。后来一个友人一边说一边笑，替我拨去这些野草，我心里还引为可惜，倒怪他多事似的。

　　可是每天早晨，我起来观看这被幽囚的"绿友"时，它的尖端总朝着窗外的方向。甚至于一枚细叶，一茎卷须，都朝原来的方向。植物是多固执啊！它不了解我对它的爱抚，我对它的善意。我为了这永远向着阳光生长的植物不快，因为它损害了我的自尊心。可是我囚系住它，仍旧让柔弱的枝叶垂在我的案前。

　　它渐渐失去了青苍的颜色，变得柔绿，变成嫩黄，枝条变成细瘦，变成娇弱，好像病了的孩子。我渐渐不能原谅我自己的过失，把天空底下的植物移锁到暗黑的室内；我渐渐为这病损的枝叶可怜，虽则我恼怒它的固执，无亲热，我仍旧不放走它。魔念在我心中生长了。

　　我原是打算七月尾就回南去的。我计算着我的归期，计算这"绿囚"出牢的日子。在我离开的时候，便是它恢复自由的时候。

　　芦沟桥事件发生了。担心我的朋友电催我赶速南归。我不得不变更我的计划；在七月中旬，不能再留连于烽烟四逼中的旧都，火车已经断了数天，我每日须得留心开车的消息。终于在一天早晨候到了。临行时我珍重地开释了这永不屈服于黑暗的囚人。我把瘦黄的枝叶放在原来的位置上，向它致诚意的祝福，愿它繁茂苍绿。

　　离开北平一年了。我怀念着我的圆窗和绿友。有一天，得重和它们见面的时候，会和我面生么？

（录自1940年8月文化生活出版社初版）

［提示］

《囚绿记》写于1940年，当时正是"祖国蒙受极大耻辱的时候"，也是中国人民追求光明、奋起抗战的时候。在这篇抒情散文里，作者假借对"绿"的爱恋、怀念，抒发了对生活、生命的热爱，对光明、自由的追求。

文章以对"绿"的情感为线索，按恋绿、囚绿、释绿、念绿来建构文章。"恋绿"部分用大量笔墨极言对绿之爱，为"囚绿"做铺垫。接着，用繁笔写"囚绿"之执着，着力表现"绿""永不屈服于黑暗"的精神，把对于生命的热爱和对于光明的自由追求之情发挥到极致。文章通过由"囚绿"到"释绿"这一过程的描写，从正反两个方面，从人与绿两个角度表达思想感情。文章结尾，写了一年后对绿的怀念，将人与绿融为一体。

文章采用象征手法，物我互观，尽显灵性。作者只身独处，与绿对话，排遣寂寞，这样便赋予"绿"以灵性，"绿"便成为我的朋友。作者与绿枝条的命运有某些相似之处，同处一室，同被囚禁，体验到生的欢欣、生的艰辛；时值日寇入侵，国难当头，作者不能不愤怒，不能不生出坚贞不屈的浩然正气，但这种心绪表现得非常隐蔽。

文章语言含蓄优美，富有哲理，"临行前我珍重地开释了这永不屈服于黑暗的囚人"，由"绿色"到"绿友"到"囚友"，称呼的变化含蓄地体现了作者感情的变化。"珍重"一词更是隐含了对顽强抗争精神的敬重和对光明与自由的珍惜与向往。文章结构精巧，跌宕多姿。

（丛晓梅）

山 之 子

李广田

　　住在"中天门"的"泰山旅馆"里，我们每天得有方便，在"快活三里"目送来往的香客。

　　自"岱宗坊"至"中天门"，恰好是登绝顶的山路之一半。"斗母宫"以下尚近于平坦，久于登山的人说那一段就是平川大道。自"斗母宫"以上至"中天门"，则步步向上，逐渐陡险，尤其是"峰回路转"以上，初次登山的人就以为已经陡险到无以复加了。尤其妙处，则在于"南天门"和"绝顶"均为"中天门"的山头所遮蔽，在"中天门"下边的人往往误认"中天门"为"南天门"，于是心里想道这可好了，已经登峰造极了，及至费了很大的力气攀到"中天门"时，猛然抬头，才知道从此上去却仍有一半更陡险的盘路待登，登山人不能不仰面兴叹了。然而紧接着就是"快活三里"，于是登山人就说这是神的意思，不能不坐下来休息，且向神明致最诚的敬意。

　　由"中天门"北折而下行，曰"倒三盘"，以下就是二三里的平路。那条山路不但很平，而且完全不见什么石块在脚下坷坷绊绊，使上山人有难言的轻快之感。且随处是小桥流水，破屋丛花，鸡鸣犬吠，人语相闻。山家妇女多做着针织在松柏树下打坐，孩子们常赤着结实的身子在草丛里睡眠，这哪里是登山呢，简直是回到自己的村落中了。虽然这里也有几家卖酒食的，然而那只是做另一些有钱人的买卖，至于乡下香客，他们的办法却更饶有佳趣。他们三个一帮，五个一团，他们用一只大柳条篮子携着他们的盛宴：有白酒，有茶叶，有煎饼，有咸菜，有已经劈得很细的干木柴，一把红铜的烧心壶，而"快活三里"又为他们备一个"快活泉"。这泉子就在"快活三里"的中间，在几树松柏荫下，由一处石崖下流出，注入一个小小的石潭，水极清冽，味亦颇甘，周有磐石，恰好作了他们的几筵。黎明出发，到此正是早饭时辰，于是他们就在这儿用过早饭，休息掉一身辛苦，收拾柳筐，呼喝着重望"南天门"攀登而上了。我们则乐得看这些乡下人朴实的面孔，听他们以土音说乡下事情，讲山中故事，更羡慕从他们柳篮内送出来的好酒香。自然，我们还得看山，看山岭把我们绕了一周，好像把我们放在盆底，而头上又有青翠的天空作盖。看东面山崖上的流泉，听活活泉声，看北面绝顶上的人影，又有白云从山后飞过，叫我们疑心山雨欲来。更看西面的一道深谷，看银雾从谷中升起，又把诸山缠绕。我们是为看山而来的，我们看山然而我们却忘记了是在看山。

等到下午两三点钟左右，是香客们下山的时候了。他们已把他们的心事告诉给神明，他们已把一年来的罪过在神前取得了宽恕，于是他们像修完了一桩胜业，他们的脸上带着微笑，他们的心里更非常轻松。而他们的身上也是轻松的，柳篮里空了，酒瓶里也空了，他们把应用的东西都打发在山顶上，把余下的煎饼屑，和临出发时带在身上的小洋针、棉花线、小铜元和青色的制钱，也都施舍给了残废的讨乞人。他们从山上带下平安与快乐在他们心里，他们又带来许多好看的百合花在空着的篮里，在头巾里，在用山草结成的包裹里。我们不明白这些百合花是从哪里得来的，而且那末多，叫我们觉得非常稀奇。

我们前后在这里住过十余日，一共接纳了两个小朋友，一名刘兴，一名高立山。我几时遇到高立山总是同他开一次玩笑："高立山，你本来就姓高，你立在山上就更高了。"这样喊着，我们大家一齐笑。

忽然听到两声尖锐的招呼，闻声不见人，使我觉得更好玩。原来那呼声是来自雾中，不过十分钟就看见我那两个小朋友从雾中走来了：刘兴和高立山。高立山这名字使我喜欢。我爱设想，玩游人孑然一身，笔立泰山绝顶被天风吹着，图画好看，而画中人却另有一番怆恨。刘兴那孩子使我想起我的弟弟，不但像貌相似，精神也相似，是一个朴实敦厚的孩子。我不见我的弟弟已经很久了。我简直想抱吻面前的刘兴，然而那孩子看见我总是有些畏缩，使我无可如何。

"呀！独个儿在这里不害怕吗？"

我正想同他们打招呼，他们已同声这样喊了。

我很懂得他们这点惊讶。他们总以为我是城市人，而且来自远方，不懂得山里的事情，在这样大雾天里孑然独立，他们就替我担心了。说是担心倒也很亲切，而其中却也有些玩弄我的意味吧，这个就更使我觉得好玩。我在他们面前时常显得很傻，老是问东问西，我向他们打听山花的名字，向他们访问四叶参或何首乌是什么样子，生在什么地方，问石头，问泉水，问风候云雨，问故事传说。他们都能给我一些有趣的回答。于是他们非常骄傲，他们又笑话我少见多怪。

"害怕？有什么可怕呢？"我接着问。

"怕山鬼，怕毒蛇。——怕雾染了你的眼睛，怕雾湿了你的头发。"

他们都哈哈大笑了。笑一阵，又告诉我山鬼和毒蛇的事情。他们说山上深草中藏伏毒蛇，此山毒蛇也并不怎么长大，颜色也并不怎么凶恶，只仿佛是石头颜色，然而它们却极其可怕，因为它们最喜欢追逐行人，而它们又爬得非常迅速，简直如同在草上飞驰，人可以听到沙沙的声音。有人不幸被毒蛇缠住，它至死也不会放松，除非你立刻用镰刀把它割裂，而为毒蛇所啮破的伤痕是永难痊好的，那伤痕将继续糜烂，以至把人烂死为止。这类事情时常为割草人或牧羊人所遭遇。

"毒蛇既到处皆是，为什么我还不曾见过？"

"你不曾见过，不错，你当然不会见到，因为山里的毒蛇白天是不出来的，你早晨起来不看见草叶上的白沫吗？"说这话的是刘兴。

这件证明颇使我信服，因为我曾见过绿草上许多白沫，我还以为那是牛羊反刍所流的口涎呢。而且尤以一种叶似竹叶的小草上最常见到白沫，我又曾经误认那就是薇一类植物，于是很自然地想起饿死首阳山的两个古人。

高立山却以为刘兴的说明尚不足奇，他更以惊讶的声色告诉道：

"晴天白日固然不出来，像这样大雾天却很容易碰见毒蛇。"

刘兴又仿佛害怕的样子加说道："不光毒蛇呀，就连山鬼也常常在大雾天出现呢。"

他们说山鬼的样子总看不清，大概就像团团的一个人影儿。山鬼的居处是巉岩之下的深洞里。那些地方当然很少有人敢去，尤其当夜晚或者雾天。原来山鬼也同毒蛇一样，有时候误认大雾为黑夜。打柴的，采药的，有时碰见山鬼，十个有八个就不能逃生，因为山鬼也像水鬼一样，喜欢换替死鬼，遇见生人便推下巉岩或拉入石窟。他们又说常听见山鬼的哭声和呼号声，那声音就好像雾里刮大风。

"你不信吗？"高立山很严肃地想说服我，"我告诉你，哑巴的爹爹和哥哥都是碰到了山鬼，摔死在后山的山洞里。"

他们的声音变得很低，脸色也有些沉郁，他们又向远方的浓雾中送一个眼色，仿佛那看不见的地方就有山鬼。

　　这话颇引起我的好奇，我向他们打听那个哑巴是什么人物。他们说那哑巴就住在上边"升仙坊"一旁的小庙里，他遇见任何人总爱比手划脚地说他的哑巴话。于是我急忙说道："我知道，我知道，我见过他，我见过他。"这回忆使我喜悦，也使我怅惘。一日清晨，我们欲攀登山之绝顶，爬到"升仙坊"时正看到许多人停下来休息，而那也正是应当休息的地方，因为从此以上，便是最难走的"紧十八盘"了。我们坐下来以后，才知道那些登山人并非只为了休息，同时，他们是正在听一个哑巴讲话。一个高大结实的汉子，山之子，正站在"升仙坊"前面峭壁的顶上，以洪朗的声音，以只有他自己能了解的语言，说着一个别人所不能懂的故事，虽然他用了种种动作来作为说明，然而却依然没有人能够懂他。我当然也不懂他，然而我却懂得了另一个故事：泰山的精灵在宣说泰山的伟大，正如石头不能说话，我们却自以为懂得石头的灵心。只要一想起"升仙坊"那个地方，便是一幅绝好的图画了：向上去是"南天门"，"南天门"之上自然是青天一碧，两旁壁立千仞，松柏森森，中间夹一线登天的玉梯，再向下看呢，"浮云连海岱，平野入青徐"，俯视一气，天下就在眼底了，而我们的山之子就笔立在这儿，今天我才知道他是永远住在这里的。我急忙止住两个孩子："你且慢讲，你且慢讲，我告诉你，我告诉你。"但是我将告诉他们什么呢？我将说那个哑巴在山上说一大篇话却没有人懂他，他好不寂寞呀，他站在峭岩上好不壮观啊，风之晨，雨之夕，"升仙坊"的小庙将是怎样的飘摇呢？至若星月在天，举手可摘，谷风不动，露凝天阶，山之子该有怎样的一山沉默呀！然而我却不能不怀一个闷葫芦，到底那哑巴是说了些什么呢？"高立山，告诉我，他到底是说了些什么呢？"我不能不这样问了。

　　"说些什么，反正是那一套啦，说他爸爸是因为到山涧采山花摔死的，他的哥哥也一样地摔死在山涧里了。"高立山翻着白眼说。

　　"就是啦，他们就是被山鬼讨了替代啊，为了采山花。"刘兴又提醒我。

　　山花？什么山花？两个孩子告诉我：百合花。

　　两个小孩子就继续告诉我哑巴的故事。泰山后面有一个古涧洞，两面是峭壁，中间是深谷，而在那峭壁上就生满了百合花。自然，那个地方是很少有人攀登的，然而那些自生的红百合实在好看。百合花生得那么繁盛，花开得那么鲜艳，那就是一个百合涧。哑巴的爸爸是一个顶结实勇敢的山汉，他最先发现这个百合洞，他攀到百合洞来采取百合，卖给从乡下来的香客。这是一件非常艰险的工作，攀着乱石，拉着荆棘，悬在陡崖上掘一株百合必须费很大工夫，因此一株百合也卖得一个好价钱。这事情渐渐成为风尚，凡进香人都乐意带百合花下山，于是哑巴的哥哥也随着爸爸作这件事业。然而父子两个都遭了同样的命运：爸爸四个岁时在一个浓雾天里坠入百合洞，作哥哥的到三十岁上又为一阵山风吹下了悬崖。从此这采百合的事业更不敢为别人所尝试，然而我们的山之子，这个哑巴，却已到了可以承继父业的成年，两条人命取得一种特权，如今又轮到了哑巴来占领这百合洞。他也是勇敢而大胆，他也不曾忘记爸爸和哥哥的殉难，然而就正为了爸爸和哥哥的命运，他不得不拾起这以生命为孤注的生涯。他住在"升仙坊"的小庙里，趁香客最多时他去采取百合，他用这方法来奉养他的老母和他的寡嫂。

我很感激两个小孩子告诉我这些故事。刘兴那孩子说完后还显得有些忧郁，那种木讷的样子就更像我的弟弟。雾渐渐收起。却又吹来了山风，我们都觉得有些冷意，我说了"再见"向他们告辞。

天气渐渐冷起来了。山下人还可以穿单衣，住在山上就非有棉衣不行了。又加上多雨多雾，使精神上感到极不舒服。因为我们不曾携带御寒的衣服，就连"快活三里"也不常去了。选一个比较晴朗的日子，我们决定下山。早晨起来就打好了行李，早饭之后就来了轿子。两个抬轿子的并非别人，乃是刘兴的爸爸和高立山的爸爸，这使我们觉得格外放心。跟在轿子后面的是刘兴和高立山，他们是特来给我们送行的。此刻的我简直是在惜别了，我不愿离开这个地方，我不愿离开两个小朋友，尤其是刘兴——我的弟弟。他们的沉默我很懂得，他们也知道，此刻一别就很难有机会相遇了。而且，真巧，为什么一切事情安排得这样巧呢，我们的行李已经搬到轿子上了，我们就要走了，忽然两个孩子招呼道："哑巴，哑巴，哑巴来了！"

不错，正是那个哑巴，我们在"升仙坊"见过他。他已经穿上了小棉袄，他手上携一个大柳筐。我特为看看他的筐里是什么东西，很简单：一把挖土的大铲子，一把刀，一把大剪子。我们都沉默着，哑巴却同别人打开了招呼。两个孩子哑哑地学他说话，旅馆中人大声问他是否下山，他不但哑，而且也聋，同他说话就非大声不行。于是他也就大声哑哑地回答着，并指点着，指点着山下，指点着他的棉袄，又指点着他的筐子，又指点着"南天门"。我们明白他昨天曾下山去，今天早晨刚上来。我同昭都想从这个人身上有所发现，但也不知道要发现些什么。在一阵喧嚷声中，我们的轿子已经抬起来了。两个小朋友送了我们颇长的一段路，等听不见他俩的话声时，我还同他们招手，摇帽子，而我的耳朵里却还仿佛听见那个哑巴的咿咿呀呀。

（录于 1936 年《文丛》创刊号）

［提示］

　　1935 年，李广田大学毕业后在济南一所中学当国文教员，妻子在离济南不远的泰安教书。每个周末李广田从济南来到位于泰山脚下的泰安，所以夫妻二人得以尽情地领略泰山雄伟壮丽的风光。《山之子》就是在这样的背景下完成的。

　　《山之子》写泰山上一个普通的山民，一个哑巴。他的父亲和哥哥都是以采摘泰山悬崖上的百合花为生，但都坠涧身亡。他为了奉养老母、寡嫂，继承了父亲和哥哥以生命为孤注的生涯。这是一个悲惨的故事，反映了旧社会劳动人民的深重灾难，也表现了"山之子"的纯朴善良、勇敢大胆、强毅不屈、富有冒险精神的性格。作者描写他站在泰山峭壁顶上，以洪朗的声音和别人说话，说着他父亲和哥哥的故事，他是骄傲于他悲壮惊险的身世和职业的。

　　作者以"我"的见闻为线索，由远及近，由主及次地展开描写。先写"快活三里"的秀丽，写香客，引出百合花。再写刘兴和高立山两个孩子，他们讲述的关于泰山的种种故事传说，由此引出"山之子"。表面看来，关于"山之子"的描写在作品的篇幅上占较小比例，但作者大量采用烘托、渲染、对照的方法，写泰山、香客、"我"和两个孩子，无不对"山之子"起烘托补充和对照的作用。因而作品在结构上曲折跌宕，枝叶扶疏，而又浑然一体。作品颇具情致韵味，气氛浓郁，耐人寻味。

（丛晓梅）

雅　舍

梁实秋

　　到四川来，觉得此地人建造房屋最是经济。火烧过的砖，常常用来做柱子，孤零零的砌起四根砖柱，上面盖上一个木头架子，看上去瘦骨嶙嶙，单薄得可怜；但是顶上铺了瓦，四面编了竹篾墙，墙上敷了泥灰，远远的看过去，没有人能说不像是座房子。我现在住的"雅舍"正是这样一座典型的房子。不消说，这房子有砖柱，有竹篾墙，一切特点都应有尽有。讲到住房，我的经验不算少，什么"上支下摘"，"前廊后厦"，"一楼一底"，"三上三下"，"亭子间"，"茅草棚"，"琼楼玉宇"和"摩天大厦"，各式各样，我都尝试过。我不论住在哪里，只要住得稍久，对那房子便发生感情，非不得已我还舍不得搬。这"雅舍"，我初来时仅求其能蔽风雨，并不敢存奢望，现在住了两个多月，我的好感油然而生。虽然我已渐渐感觉它并不能蔽风雨，因为有窗而无玻璃，风来则洞若凉亭，有瓦而空隙不少，雨来则渗如滴漏。纵然不能蔽风雨，"雅舍"还是自有它的个性。有个性就可爱。

　　"雅舍"的位置在半山腰，下距马路约有七八十层的土阶。前面是阡陌螺旋的稻田。再远望过去是几抹葱翠的远山，旁边有高粱地，有竹林，有水池，有粪坑，后面是荒僻的榛莽未除的土山坡。若说地点荒凉，则月明之夕，或风雨之日，亦常有客到，大抵好友不嫌路远，路远乃见情谊。客来则先爬几十级的土阶，进得屋来仍须上坡，因为屋内地板乃依山势而铺，一面高，一面低，坡度甚大，客来无不惊叹，我则久而安之，每日由书房走到饭厅是上坡，饭后鼓腹而出是下坡，亦不觉有大不便处。

　　"雅舍"共是六间，我居其二。篾墙不固，门窗不严，故我与邻人彼此均可互通声息。邻人轰饮作乐，咿唔诗章，喁喁细语，以及鼾声，喷嚏声，吮汤声，撕纸声，脱皮鞋声，均随时由门窗户壁的隙处荡漾而来，破我岑寂。入夜则鼠子瞰灯，才一合眼，鼠子便自由行动，或搬核桃在地板上顺坡而下，或吸灯油而推翻烛台，或攀援而上帐顶，或在门框桌脚上磨牙，使得人不得安枕。但是对于鼠子，我很惭愧的承认，我"没有法子"。"没有法子"一语是被外国人常常引用着的，以为这话最足代表中国人的懒惰隐忍的态度。其实我的对付鼠子并不懒惰。窗上糊纸，纸一戳就破；门户关紧，而相鼠有牙，一阵咬便是一个洞洞。试问还有什么法子？洋鬼子住到"雅舍"里，不也是没有法子？比鼠子更骚扰的是蚊子。"雅舍"的蚊风之盛，是我前所未见的。"聚蚊成雷"真有其事！每当黄昏时候，满屋里磕头碰脑的全是蚊子，又黑又大，骨骼都像是硬的。在别处蚊子早已肃清的时候，在"雅舍"则格外猖獗，来客偶不留心，则两腿伤处累累隆起如玉蜀黍，但是我仍安之。冬天一到，蚊子自然绝迹，明年夏天——谁知道我还是否住在"雅舍"！

　　"雅舍"最宜月夜——地势较高，得月较先。看山头吐月，红盘乍涌，一霎间，清光四射，天空皎洁，四野无声，微闻犬吠，坐客无不悄然！舍前有两株梨树，等到月升中天，清光从树间筛洒而下，地上阴影斑斓，此时尤为幽绝。直到兴阑人散，归房就寝，月光仍然逼进窗来，助我凄凉。细雨蒙蒙之际，"雅舍"亦复有趣。推窗展望，俨然米氏章法，若云若雾，一片弥漫。但若大雨滂沱，我就又惶悚不安了，屋顶湿印到处都有，起初如碗大，俄而扩大如盆，继则滴水乃不绝，终乃屋顶灰泥突然崩裂，如奇葩初绽，砉然一声而泥水下注，此刻满室狼藉，抢救无及。此种经验，已数见不鲜。

　　"雅舍"之陈设，只当得简朴二字，但洒扫拂拭，不使有纤尘。我非显要，故名公巨卿之照片不得入我室；我非牙医，故无博士文凭张挂壁间；我不业理发，故丝织西湖十景以及电影明星之照片亦均不能张我四壁。我有一几一椅一榻，酣睡写读，均已有着，我亦不复他求。但是陈设虽简，我却喜欢翻新布置。西人常常讥笑妇人喜欢变更桌椅位置，以为这是妇人天性喜变之一征。诬否且不论，我是喜欢改变的。中国旧式家庭，陈设千篇一律，正厅上是一条案，前面一张八仙桌，一边一把靠椅，两傍是两把靠椅夹一只茶几。我以为陈设宜求疏落参差之致，最忌排偶。"雅舍"所有，毫无新奇，但一物一事之安排布置俱不从俗。人入我室，即知此是我室。笠翁《闲情偶寄》之所论，正合我意。

　　"雅舍"非我所有，我仅是房客之一。但思"天地者万物之逆旅"，人生本来如寄，我住"雅舍"一日，"雅舍"即一日为我所有。即使此一日亦不能算是我有，至少此一日"雅舍"所能给予之苦辣酸甜，我实躬受亲尝。刘克庄词："客里似家家似寄。"我此时此刻卜居"雅舍"，"雅舍"即似我家。其实似家似寄，我亦分辨不清。

长日无俚，写作自遣，随想随写，不拘篇章，冠以"雅舍小品"四字，以示写作所在，且志因缘。

（录自 1940 年 11 月 22 日《星期评论》第 2 期）

［提示］

梁实秋先生的《雅舍小品》是享誉海峡两岸的名篇，《雅舍》是这本小品集的代序言，这篇散文写于 1940 年的重庆。1935 年 5 月梁实秋随教育部中小学教科书编委会迁至重庆北碚，秋天他与吴景超夫妇在北碚主湾购置平房一栋，遂命名为"雅舍"。梁实秋在雅舍居住 7 年（1939—1946年），其间翻译、创作了大量作品，《雅舍小品》就是在这里写下的。

梁实秋的"雅舍"虽以"雅"为名，却完全可以称作"陋室"，缺点多多：结构简陋，风雨难避，地点荒凉，行走不便，门窗不严，鼠子瞰灯，蚊子猖獗。虽然缺点多多，但是它也有自己的优点：一是地势较高，得月较先，便于欣赏自然美景；二是陈设简朴，易于安排，最能彰显主人个性。

《雅舍》的艺术和语言特色非常值得鉴赏，文章处处都显现出作者对生活自然随缘的人生态度。选材以小见大，通过对雅舍内外简陋陈设的描写和雨天晴天不同时间雅舍状况的描写，暗示了生活条件的艰苦。同时采用了状物抒情和托物言志的表现手法，虽然条件艰苦，但是作者仍旧以积极乐观的态度来生活，表达了作者豁达开朗的个性特征和不以物喜不以己悲的情操。在语言方面，作者采用了雅俗合一的语言，既有精致、文雅的书面语，又有贴近生活的口语。同时作者还运用幽默诙谐的语言增加文章的趣味，对于"雅舍"中老鼠骚扰与蚊子的猖獗，作者却轻描淡写，嘲讽中带有亲近感，自然流露出梁实秋先生真实的情感和淡泊的人生观。

（丛晓梅）

包身工

夏　衍

　　已经是旧历四月中旬了，上午四点一刻，晓星才从慢慢地推移着的淡云里消去，蜂房般的格子铺里的人们已经在蠕动了。

　　"拆铺啦！起来！"

　　穿着一身和时节不相称的拷绸衫裤的男子，像生气似的呼喊。

　　"芦柴棒，去烧火！妈的，还躺着，猪猡！"

　　七尺阔，十二尺深的工房楼下，横七竖八地躺满了十六七个"猪猡"。跟着这种有威势的喊声，在充满了汗臭、粪臭和湿气的空气里面，她们很快地就像被搅动了的蜂窝一般骚动起来。打伸欠，叹气，寻衣服，穿错了别人的鞋子，胡乱地踏在别人身上，在离开别人头部不到一尺的马桶上很响地小便。成人期女孩所共有的害羞的感觉，在这些被叫做"猪猡"的生物中间似乎已经很迟钝了。半裸体的起来开门，拎着裤子争夺马桶，将身体稍稍背转一下就会公然地在男人面前换衣服。

　　那男人虎虎地在起得慢一点的女人们身上踢了几脚，回转身来站在不满二尺阔的楼梯上，向着楼上的另一群生物呼喊。

　　"揍你的！再不起来？懒虫！等太阳上山吗？"

　　蓬头，赤脚，一边扣着纽扣，几个睡眼惺忪的"懒虫"从楼上冲下来了，自来水龙头边挤满了人，用手捧些水来浇在脸上；"芦柴棒"着急地要将大锅子里的稀饭烧滚，但是倒冒出来的青烟引起了她一阵猛烈的咳嗽。十五六岁，除了老板之外，大概很少有人知道她的姓名。手脚瘦得像芦棒梗一样，于是大家就拿"芦柴棒"当做了她的名字。

　　这是杨树浦福临路东洋纱厂的工房。长方形的，用红砖墙严密地封锁着的工房区域，被一条水门汀的弄堂马路划成狭长的两块。像鸽子笼一般地分得均匀。每边八排，每排五户，一共八十户一楼一底的房屋，每间工房的楼上楼下，平均住宿着三十三个被老板们所指骂的"懒虫"和"猪猡"，所以，除了"带工"老板、老板娘、他们的家族亲戚，和穿拷绸衣服的同一职务的打杂、请愿警……之外，这工房区域的墙圈里面还住着二千左右衣服褴褛而专替别人制造衣料的"猪猡"。

但是，她们正式的名称却是"包身工"。她们的身体，已经以一种奇妙的方式包给了叫做"带工"的老板。每年——特别是水灾旱灾的时候，这些在东洋厂里有"脚路"的带工，就亲自或者派人到他们家乡或者灾荒区域，用他们多年熟练了的、可以将一根稻草讲成金条的嘴巴，去游说那些无力"饲养"可又不忍让他们儿女饿死的同乡。

"还用说，住的是洋式的公司房子，吃的是鱼肉荤腥，一个月休息两天，咱们带着到马路上去玩玩，嘿，几十层楼的高房子，两层楼的汽车，各种各样，好看好用的外国东西，老乡！人生一世，你也得去见识一下啊！

"做满三年，以后赚的钱就归你啦，块把钱一天的工钱，嘿，别人给我叩了头也不替她写进去！咱们是同乡，有交情。

"交给我带去，有什么三差二错，我还能回家乡吗?"

这样说着，咬着草根树皮的女孩子可不必说，就是她们的父母也会怨恨自己没有跟去享福的福份了。于是，在预备好了的"包身契"上画一个十字，包身费大洋二十元，期限三年，三年之内，由带工的供给住食，介绍工作，赚钱归带工者收用，生死疾病，一听天命，先付包洋十元，人银两交，"恐后无凭，立此包身契据是实！"

福临路工房的二千左右的包身工人，隶属在五十个以上的"带工"头手下，她们是顺从地替"带工"赚钱的"机器"。所以，每个"带工"所带包身工的人数，也就表示了他们的手面和财产。少一点的三十五十，多一点的带着一百五十个以上。手面宽一点的"带工"不仅可以放债，买田，起屋，还能兼营茶楼、浴室、理发铺一类的买卖。

东洋厂家将这些红砖围墙围着的工房以每月五元的代价租给"带工"，"带工"就在这鸽子笼一般的"洋式"楼房里装进三十几部没有固定车脚的活动机器。这种工房没有普通弄堂房子一般的"前门"，它们的前门恰和普通房子的后门一样。每扇前门槛上，一律钉着一块三寸长的木牌，上面用东洋笔法的汉字写着："陈永田泰州"、"许富达维扬"等等带工头的籍贯和名字。门上，大大小小地贴着褪了色的红纸春联，中间，大都是红纸剪的元宝、如意、八卦，或者木版印的"姜太公在此，百无禁忌"的图像。春联的文字，大都是"积德前成远"、"存仁后步宽"之类。这些春联贴在这种地方，好像是在对别人骄傲，又象是在对自己讽刺。

　　四点半之后，没有线条和影子的晨光胆怯地显出来的时候，水门汀路上和弄堂里面，已被这些赤脚的乡下姑娘挤满了。凉爽而带有一点湿气的朝风，大约就是这些生活在死水一般的空气里面的人们仅有的天惠。她们嘈杂起来，有的在公共自来水龙头边舀水，有的用断了齿的木梳梳掉执拗地粘在头发里的棉絮。陆续地、两个一组两个一组地用扁担抬着平满的马桶，吆喝着从人们身边擦过。带工"老板"或者打杂的拿着一叠叠的"打印子簿子"，懒散地站在正门出口——好像火车站轧票处一般的木栅子的前面。楼下的那些席子、破被之类收拾掉之后，晚上倒挂在墙壁上的两张饭桌放下来了。几十只碗，一把竹筷，胡乱地放在桌上，轮值烧稀饭的就将一洋铅桶浆糊一般的薄粥放在板桌中央。她们的定食是两粥一饭，早晚吃粥，中午干饭。中午的饭和晚上的粥，由老板差人给她们送进工厂里去。粥，它的成分并不和一般通用的意义一样。里面是较少的籼米、锅焦、碎米，和较多的乡下人用来喂猪的豆腐渣！粥菜，这是不可能的事了，有几个"慈祥"的老板到小菜场去收集一些莴苣菜的叶瓣，用盐卤渍一浸，这就是她们难得的佳肴。

　　只有两条板凳，——其实，即使有更多的板凳，这屋子里面也没有同时容纳三十个人吃粥的地位，她们一窝蜂地抢一般地各人盛了一碗，歪着头用舌舔着淋漓在碗边外的粥汁，就四散地蹲伏或者站立在路上和门口。添粥的机会除了特殊的日子，——譬如老板、老板娘的生日，或者发工钱的日子之外，通常是很难有的。轮着揩地板、倒马桶的日子，也有连一碗也轮不到的时候。洋铅桶空了，轮不到盛第一碗的人们还捧着一只空碗，于是老板娘拿起铅桶到锅子里去刮一下锅焦、残粥，再到自来水龙头边去冲一些冷水，用她那双才在梳头的油手搅拌一下，气烘烘地放在这些廉价的、不需要更多"维持费"的"机器"们面前。

　　"死懒！躺着死不起来，活该！"

　　十一年前内外棉的顾正红事件，尤其是五年前的"一二八"战争之后，东洋厂对于这种特殊的廉价"机器"的需要突然地增加起来。据说，这是一种极合经济原理和经营原则的方法。有括弧的机器，终究还是血肉之躯。所以当他们忍耐到超过了最大限度的时候，他们往往会很自然地想起一种久已遗忘了的人类所该有的力量。有时候，愚蠢的"奴隶"会体会到一束箭折不断的道理。再消极一点他们也还可以拼着饿死不干。此外，产业工人的"流动性"，这是近代工业经营最嫌恶的条件，但是，他们是决不肯追寻造成"流动性"的根源的。一个有殖民地人事经验的自称"温情主义者"的日本人在一本著作的序文上说："在这次争议（五卅）中，警察力没有任何的威权。在民众的结合力前面，什么权力都不中用了！"可是，结论呢？用温情主义吗？不，不！他们所采用的方法，只是用廉价而没有"结合力"的"包身工"来替代"外头工人"（普通的自由劳动者）而已。

第一，包身工的身体是属于带工老板的，所以她们根本就没有"做"或者"不做"的自由，她们每天的工资就是老板的利润，所以即使在生病的时候，老板也会很可靠地替厂家服务，用拳头、棍棒或者冷水来强制她们去做工作。就拿上面讲到过的芦柴棒来做个例吧，（其实，这样的事倒是每个包身工都会遭遇到的机会），有一次，在一个很冷的清晨，芦柴棒害了急性的重伤风而躺在床上了。她们躺的地方，到了一定的时间是非让出来做吃粥的地方不可的，可是在那一天，芦柴棒可真的挣扎不起来了，她很见机地将身体慢慢地移到屋子的角上，缩做一团，尽可能地不占地方。可是在这种工房里生病躺着休养的例子，是不能任你开的。很快的一个打杂的走过来了。干这种职务的人，大半是带工头的亲戚，或者在"地方上"有一点势力的"白相人"，所以在这种地方他们差不多有生杀自由的权利。芦柴棒的喉咙早已哑了，用手做着手势，表示身体没力，请求他的怜悯。

"假病，老子给你医！"

一手抓住了头发，狠命地往上一摔，芦柴棒手脚着地，打杂的跟上去就是一脚，踢在她的腿上，照例，第二第三脚是不会少的，可是打杂的很快就停止了。后来据说，因为芦柴棒露骨地突出的腿骨，碰痛了他的足趾！打杂的恼了，顺手夺过一盆另一个包身工正在揩桌子的冷水，迎头泼在芦柴棒的头上。这是冬天，外面在刮寒风。芦柴棒遭了这意外的一泼，反射地跳起身来，于是在门口擦牙的老板娘笑了：

"瞧！还不是假病！好好地会爬起来，一盆冷水就医好了。"

这只是常有的例子的一个。

第二，包身工都是新从乡下出来，而且她们大半都是老板的乡邻，这一点，在"管理"上是极有利的条件。厂家除了在工房周围造一条围墙，门房里置一个请愿警和门外钉一块"工房重地，闲人莫入"的木牌，使这些"乡下小姑娘"和别的世界隔绝之外，完全将管理权交给了带工的老板。这样，早晨五点钟由打杂的或者老板自己送进工厂，晚上六点钟接领回来，她们就永没有和"外头人"接触的机会。所以，包身工是一种"罐装了的劳动力"，可以"安全地"保藏，自由地使用，绝没有因为和空气接触而起变化的危险。

第三，那当然是工价的低廉。包身工由"带工"带进厂里，于是她们的集合名词又变了，在厂方，她们叫做"试验工"或者"养成工"两种。试验工就表示准备将一个"生手"养成为一个"熟手"。最初的工钱是每天十二小时，大洋一角至一角五分，最初的工作范围是不需要任何技术的扫地、开花衣、扛原棉、松花衣之类，几个礼拜之后就调到钢丝车间、条子间、粗纱间去工作。在这种工厂所有者的本国，拆包间、弹花间、钢丝车间的工作，通例是男工做的，可是在上海，他们就不必顾虑到"社会的纠缠"和"官厅的监督"，就将这种不是女性所能担任的工作加到工资不及男工三分之一的包身工们的身上去了。

五点钟，第一回声很有劲地叫了。红砖罐头的盖子——那一扇铁门一推开，就好像鸡鸭一般地无秩序地冲出一大群没有锁链的奴隶。每人手里都拿着一本打印子的簿子，不很讲话，即使讲话也没有什么生气。一出门，这人的河流就分开了，第一厂的朝东，二三五六厂的朝西。走不到一百步，她们就和另一种河流——同在东洋厂工作的"外头工人"们汇在一起。但是，住在这地域附近的人，这河流里面的不同的成分，是很容易看得出的。外头工人的衣服多少地整洁一点，很多穿着旗袍，黄色或者淡蓝的橡皮鞋子，十七八岁的小姑娘们有时爱搽一点粉，甚至也有人烫过头发。包身工就没有这种福气了。她们没有例外地穿着短衣，上面是褪色和油脏了的湖绿乃至青莲的短衫，下面是玄色或者柳条的裤子。长头发，很多还梳着辫子。破脏的粗布鞋，缠过未放大的脚，走路也就有点蹒跚的样子。在路上走，这两种人很少有谈话的机会。脏，乡下气，土头土脑，言语不通，这也许都是她们不亲近的原因，过分地看高自己和不必要地看轻别人，这在"外头工人"的心里也是下意识地存在着的。她们想：我们比你们多一种自由，多一种权利，——这就是宁愿饿肚子的自由，随时可以调厂和不做的权利。

红砖头的怪物已经张着嘴巴在等待着它的滋养物了。印度门警把守着的铁门，在门房间交出准许她们贡献劳动力的凭证，包身工只交一本打印子的簿子，外头工人在这簿子之外还有一张贴着照片的入厂凭证。这凭证已经有十一年的历史了。顾正红事件以后，内外棉摇班（罢工）了，可其他的东洋厂还有一部分在工作，于是，在沪西的丰田厂，有许多内外棉的工人冒险混进去，做了一次里应外合的英勇的工作。从这时候起，由丰田提议，工人入厂之前就需要这种有照片的凭证了——这种制度，是东洋厂所特有的，中国厂当然没有，英国厂，譬如怡和，工人进厂的时候还可以随便地带个把亲戚或者自己的儿女去学习（当然不给工资），怡和厂里随处可以看见七八岁甚至五六岁的童工，这当然是不取工钱的"赠品"。

织成衣服的一缕缕的纱，编成袜子的一根根线的，穿在身上都是光滑舒适而愉快的。可现在，从原棉制成这种纱线的过程，就不象穿衣服那样的愉快了。纱厂工人的三大威胁——就是音响、尘埃和湿气。

到杨树浦去的电车经过齐齐哈尔路的时候，你就可以听到一种"沙沙"的急雨和"隆隆"的雷响混合在一起的声音。一进厂，猛烈的骚音，就会消灭——不，麻痹了你的听觉，马达的吼叫，皮带的拍击，锭子的转动，齿轮的轧轹……一切使人难受的声音，好像被压缩了的空气一般的紧装在这红砖墙的厂房里面，分辨不出这是什么声音，也决没有使你听觉有分别这些音响的余裕。纺纱间里的"落纱"（专管落纱的熟练工）和"荡管"（巡回管理的上级女工，日本人叫做"见回"），命令工人的时候，不用言语，不用手势，而用经常衔在嘴里的口哨，因为只有口哨的锐利的高音才能突破这种紧张了的空气。

尘埃，那种使人难受的程度，更在意料之外了。精纺粗纺间的空间，肉眼也可看出飞扬着无数的"棉絮"，扫地的女工经常地将扫帚的一端按在地上象揩地板一样地推着，一个人在一条"弄堂"（两部纺机的中间）中间反复地走着，细雪一般的棉絮依旧可以看出积在地上。弹花间、拆包间和钢丝车间更可不必讲了。拆包间的工作，是将打成包捆的原棉拆开，用手扯松，拣去里面的夹杂成分；这种工作，现在的东洋厂差不多已经完全派给包身工去做了，因为她们"听话"，肯做别的工人不愿做的工作。在那种车间里，不论你穿什么衣服，一刻儿就会一律变成灰白。爱作弄人的小恶魔一般的在室中飞舞着的花絮，"无孔不入"地向着她们的五官钻进，头发、鼻孔、睫毛和每一个毛孔，都是这些纱花寄托的场所；要知道这些花絮粘在身上的感觉，那你可以假想一下——正象当你工作到出汗的时候，有人在你面前拆散和翻松一个木棉絮的枕芯，而使这枕芯的灰絮遍粘在你的身上！纱厂女工没有一个有健康的颜色，做十二小时的工，据调查每人平均要吸入零·一五克的花絮！

湿气的压迫，也是纱厂工人——尤其是织布间工人最大的威胁。她们每天过着黄霉，每天接触着一种饱和着水蒸气的热气。按照棉纱的特性，张力和湿度是成正比例的。说得平直一点，棉纱在潮湿状态比较不容易扯断，所以车间里必需有喷雾器的装置。在织布间，每部织机的头上就有一个不断地放射蒸气的喷口，伸手不见五指，对面不见他人！身上有一点被蚊虱咬开或者机器碰伤而破皮的时候，很快地就会引起溃烂。盛夏一百十五六度的温度下面工作的情景，那决不是"外面人"所能想象的了。

这大概是自然现象吧，一种生物在这三种威胁下面工作，加速度地容易疲劳尤其是在做夜班的时候，打瞌睡是不会有的，因为野兽一般的铁的暴君监视着你，只要断了线不接，锭壳轧坏，皮辊摆错方向，乃至车板上有什么堆积，就会有遭到"拿莫温"（工头）和"小荡管"毒骂和殴打的危险。这几年来，一般地讲，殴打的事情已经渐渐地少了，可是这种"幸福"只局限在"外头工人"身上。拿莫温和小荡管打人，很容易引起同车间工人的反对，即使当场不致发作，散工之后往往会有"喊朋友"、"品理"和"打相打"的危险，但是，包身工是没有"朋友"和帮手的。什么人都可以欺侮，什么人都看不起她们，她们是最下层的"起码人"，她们是拿莫温和小荡管们发脾气和使威风的对象。在纱厂，做了"烂污生活"的罚规，大约是殴打、罚工钱和"停生意"三种。那么，在包身工所有者——带工老板的立场来看，后面的两种当然是很不利了。罚工钱就是减少他们的利润，停生意不仅不能赚钱，还要贴她二粥一饭，于是带工头不假思索地就欢喜他们采取殴打这一种办法了。每逢端午重阳年头年尾，带工头总要给拿莫温们送礼，那时候他们总得卑屈地讲：

"总得你帮忙，照应照应。咱的小姑娘有什么事情，尽管打！打死不干事，只是不要罚工钱，停生意！"

打死不干事，在这种情形之下，"包身工"当然是"人人得而欺之"了。有一次，一个叫做小福子的包身工整好了的烂纱没有装起，就遭了拿莫温的殴打，恰恰运气坏，一个"东洋婆"走过来了，拿莫温为着要在洋东家面前显出他的威风，和对"东洋婆"表示他管督的严厉，打得比平常格外着力。东洋婆望了一会儿，也许是她不喜欢这种"不文明"的殴打，也许是她要介绍一种更合理的惩戒方法，走近身来，揪住小福子的耳朵，将她扯到太平龙头前面，叫她向着墙壁立着，拿莫温跟着过来，很懂得东洋婆的意思似的拿起一个丢在地上的皮带盘心子，不怀好意地叫她顶在头上。东洋婆会心地笑了：

"迭个（这个）小姑娘坏来些，懒惰！"

拿莫温学着同样生硬的调子说：

"皮带盘心子顶在头上，就不会打瞌睡！"

这种"文明的惩罚"，有时候会叫你继续到两小时以上。两小时不做工作，赶不出一天该做的"生活"，那么工资减少又会招致带工老板的殴打，也就是分内的事了。殴打之外还有饿饭、吊、关黑房间等等方法。

实际上，拿莫温对待外头工人也并不怎样客气，因为除了打骂之外还有更巧妙的方法，譬如派给你难做的"生活"，或者调你去做不愿意的工作。所以，外头有些工人就被迫用送节礼巴结拿莫温，来保障自己的安全。拿出血汗换的钱来孝敬工头，在她们当然是一种难堪的负担，但是在包身工，那是连这种送礼的权利也没有的！外头工人在抱怨这种额外的负担，而包身工却在羡慕这种可以自主地拿出钱来贿赂工头的权利！

在一种特殊优惠的保护之下，吸收着廉价劳动力的滋养，在中国的东洋厂飞跃地膨大了。单就这福临路的东洋厂讲，光绪二十八年三井系的资本收买大纯纱厂而创立第一厂的时候，锭子还不到两万，可是三十年之后，他们已经有了六个纱厂，五个布厂，二十五万个锭子，三千张布机，八千工人，和一千二百万元的资本。美国哲人爱玛生的朋友，达维特·索洛曾在一本书上说过，美国铁路的每一根枕木下面，都横卧着一个爱尔兰工人的尸首，那么我也这样联想，东洋厂的每一个锭子上面都附托着一个中国奴隶的冤魂！

"一二八"战争之后，他们的政策又改变了，这特征就是劳动强化。统计的数字表示着这四年来锭子和布机数的增加，和工人人数的减少。可是在这渐减的工人里面，包身工的成分却在激剧地增加。举一个例，杨树浦某厂的条子车间，三十二个女工里面就有二十四个包身工，全般的比例，大致相仿。即使用最少的约数百分之五十计算，全上海三十家东洋厂的四万八千工人里面，替厂家和带工头二重服务的包身工总在二万四千人以上！

科学管理和改良机器，粗纱间过去每人管一部车的，现在改管一"弄堂"了；细纱间从前每人管三十木管的（每木管八个锭子），现在改管一百木管了；布机间从前每人管五部布机，现在改管二十乃至三十部了。表面上看，好像论货计工，产量增多就表示了工资的增大，但是事实并不这样简单。工钱的单价，几年来差不多减了一倍。譬如做粗纱，以前每"亨司"（八百四十码）单价八分，现在已经不到四分了，所以每人管一部车子，工作十二小时，从前做八"亨司"可以得到六角四分，现在管两部车做十六"亨司"工作还不过四角八分左右。

在包身工，工钱的多少，和她"本身"无涉，那么当然这剥削就上在带工头的账上了。

两粥一饭，十二小时工作，劳动强化，工房和老板家庭的义务服役，猪猡一般的生活，泥土一般的作践——血肉造成的"机器"终究和钢铁造成的不一样，包身契上写明的三年期限，能够做满的不到三分之二。工作，工作，衰弱到不能走路还是工作，手脚像芦柴棒一般的瘦，身体像弓一样的弯，面色像死人一样的惨！咳着，喘着，淌着冷汗，还是被逼着在做工。譬如讲芦柴棒吧，她的身体实在瘦得太可怕了，放工的时候，厂门口的"抄身婆"（检查女工身体的女人）也不愿意去用手接触她的身体。

"让她扎一两根油线绳吧！骷髅一样，摸着她的骨头会做怕梦！"

但是，带工老板是不怕做怕梦的！有人觉得太难看了，对她的老板说：

"譬如做好事吧，放了她！"

"放她？行！还我二十块钱，两年间的伙食、房钱。"他随便地说，回转头来瞪了她一眼。

"不还钱，可别做梦！宁愿赔棺材，要她做到死！"

芦柴棒现在的工钱是每天三角八，拿去年的工钱三角二做平均，两年来在她身上已经收入了二百三十块了！

还有一个，什么名字记不起了，她熬不住这种生活，用了许多工夫，在上午的十五分钟休息时间里面，偷偷地托一个在补习学校念书的外头工人写了一封给她父母的家信，邮票，大概是那位同情她的女工捐助的了。一个月没有回信，她在焦灼，她在希望，也许，她的父亲会到上海来接她回去，可是，回信是捏在老板的手里的。散工回来的时候，老板和两个打杂的站在门口。满脸横肉的老板赶上一步，一把扭住她的头发，踢，打，掷，和爆发一般的听不清的嚷骂：

"死娼妓，你倒有本领，打断我的家乡路！"

"猪猡，一天三餐将你喂昏了！"

"搂死你，给大家做个样子！"

"信谁给你写的？讲，讲！"

鲜血和惨叫使整个工房都怔住了，大家都在发抖，这好像真是一个榜样。打倦了之后，再在老板娘的亭子楼里吊了一晚。这一晚，整屋子除了快要断气的呻吟一般的呼喊之外，绝没有别的声音，摒着气，睁着眼，百千个奴隶在黑夜中叹息她们的命运。

人的身体构造，有时候觉得确实有一点神奇。长得结实肥胖的往往会像折断一根麻梗一般的很快的死亡，而像芦柴棒一般的偏能一天一天地磨难下去。每一分钟都有死的可能，可是她还有韧性地在那儿支撑。两粥一饭、十二小时骚音、尘埃和湿气中的工作，默默地，可是规则地反复着，直到榨完了残留在她皮骨里的最后的一滴血汗为止。

看着这种饲养小姑娘谋利的制度，我禁不住想起孩子时候看到过的船户养墨鸭捕鱼的事了。和乌鸦很相像的那种怪样子的墨鸭，整排地停在舷上，它们的脚是用绳子吊住了的，下水捕鱼，起水的时候船户就在它的颈子上轻轻地一挤。吐了再捕，捕了再吐，墨鸭整天地捕鱼，卖鱼得钱的却是养墨鸭的船户。但是，从我们孩子的眼里看来，船户对墨鸭并没有怎样虐待，因为船户总还得养活他们，喂饱他们，而现在，将这种关系转移到人和人的中间，便连这一点施与也已经不存在了！

在这千万被饲养者中间，没有光，没有热，没有温情，没有希望……没有法律，没有人道。这儿有的是二十世纪的烂熟了的技术、机械、制度，和对这种体制忠实地服务着的十五六世纪封建制度下的奴隶！

黑夜，静寂得死一般的长夜。表面上，这儿似乎还没有自觉，还没有团结，还没有反抗——她们住在一个伟大的锻冶厂里面，闪烁的火花常常在她们身边擦过，可是，在这些被强压强榨着的生物，好像连那可以引火，可以燃烧的火种也已经消散掉了。

不过，黎明的到来还是没法可推拒的；索洛警告美国人当心枕木下的尸骸，我也想警告这些殖民主义者当心呻吟着的那些锭子上的冤魂！

（录自 1936 年 6 月《光明》创刊号）

［提示］

本文是作者于 1935 年经过实际考察之后写出来的。它反映的是"一·二八"以后到抗日战争前这一时期国民党统治区的社会黑暗状况。当时中国农村在帝国主义特别是日本帝国主义的经济侵略下日益破产，农民生活极为痛苦，在这种情况下，每年都有大批无法生活的农村妇女被诱骗到上海做包身工。随着日本帝国主义侵略的步步深入，我国人民的抗日情绪不断高涨。日本资本家为避免罢工的发生，就更大量地雇佣包身工来代替普通的自由劳动者。文章以铁一般的事实，暴露了这一特定历史条件下所产生的包身工制度的罪恶。

本文以包身工一天的活动作为组织材料的主线，交代了包身工起床，吃早饭，上工和下工的情况，采用了点面结合的手法，既有对包身工的居住情况、饮食情况和劳动条件的介绍，又有对"芦柴棒"等典型人物的描写，有广度又有深度，生动地展示了包身工的悲惨生活。揭露了帝国主义对中国工人的压榨掠夺，表达了作者对包身工悲惨命运的深切同情，对帝国主义资本家和带工老板的无比愤恨，主题思想十分鲜明。

《包身工》采用纵横交织的组织结构，作品按从早到晚的时间顺序安排层次，同时穿插了许多横向材料和议论分析，扩大作品容量，从而更深广地反映包身工的苦难生活，揭露造成包身工苦难的社会历史原因。文章叙述描写具体形象，真实再现了包身工的生存状态，熔叙述、描写、抒情、议论于一炉。作者在叙述和描写中常常糅进浓烈的抒情和精辟的议论，加强了作品的深度和力度。

（丛晓梅）

一九三六年春在太原

宋之的

一

春被关在城外了。

只有时候，从野外吹来的风，使你嗅到一点春的气息，很细嫩，很新鲜，很温暖，并且很有生气。在这种感觉里，你可以想到，河许已解冻了，草已经发芽了，桃花也在吐蕊了吧！

但我却出不了城。

一整天，我所看见的，是灰色的墙，灰色的土，和穿着灰色衣裳在街头守望的兵。

我气闷而且窒息。连行动也被强度的限制着了。出城，要通行证；到街上去，要好人证。并且七点钟已经开始戒严了。为了免掉那些灰色同志对你取攻击式，端起枪来，并且对准你的脑袋，我只好一个人关在屋子里。

而我的屋子，又恰巧临着街。一整夜，我全听见扳枪栓和喊"口令"的声音，这在深夜里，特别加重了恐怖的氛围。

二

同事间已经有人配着"好人证"来上课了。

他们，多半用别针把那证别在前胸上，很像一块招牌。因之，休息的时候，大家就开着玩笑：

"禁止招贴！"老吴指着老孙的前胸说。

"零整批发！"老孙回答一句。

"大减价三十天！"

"此处禁止小便！"

大家全哄笑起来。

"好人证"分五类，象花生鸭梨瓜子那样的把人也鉴别了货色。譬如我，因为没铺保，虽说有职业，有乡友保，也只得一个三等货，椭圆形的，勉强允许居留。

至于我的厨子，却是地道的一等货，把正方形的牌子悬在胸前，对我也骄傲起来了。

我和我的厨子，竟差了两等。比起他来，我是次一等又次一等的好人——我气闷……

他在厨房里又唱起来了。

"桃花江里是美人窝，美人窝里没有我！"

象说话似的，——这一等好人！

我听见他唱这歌，已经不止一次了。但这次，却异样的刺耳。在那声音里，我辨别出一种对我示威的意味。我应该更正他这坏习惯，一定要。

三

"新闻剪辑。"

（"本报特讯"：昨日下午，有一小贩，行经南门大街，形色张皇，经巡行之警士检查，于帽沿内得铜元一小枚，察系匪探标记，方送军法会审处严惩云。）

这几天，检查行人似乎特别严了。那检查方法不免使我们时刻耽着心。帽子里夹着纸，或是口袋里放一个铜元的，全是匪的标记。这结果，是使人无论什么也要留点神。

太原的事，是素有"不彻底"的称谓的。譬如禁烟吧，不准吸鸦片，却准卖药饼。禁与不禁，只在一个名称。鸦片一名之曰药饼，就可以公开发售。被视为灵丹妙药了。

但这次的禁书，却似乎是非常彻底的。在公安局公布的禁书目录中，不仅仅是张××章××那些三角形的五等货遭了殃，就连李阿毛博士也凑了数。凡白纸上写黑字的，大概是全有些危险的嫌疑吧！

我的厨子在他那好人证上，又有了新的花样了。

把四方形的好人证镶了边，且蒙了一层绿色玻璃纸悬在胸前，就更显得与众不同。因之，在把饭端给我的时候，就特别在我面前停留了一小会，那意思，我很知道的。

四

"新闻剪集。"

（"本报特讯"：我军第×十×团，约一千五百人，于十九日夜，在灵石山侧驻扎。深夜中突闻集会号声，呜咽响起，军士不察，乃往吹号地点作紧急集合，不意竟被匪军包围，全部缴械。我团长×××，见事不妙，遂自决身死。匪约一二百人，吹我军之集合号，预设狡计。其狡诈恶毒，有如此者。）

我特别怀念着春。到了想去领通行证了。我需要疏散，整天关在屋子里，望着院内扬着沙尘，所有的思想和情感全麻木了。

今天下课，我便把好人证仔细的别在左衣角上，用上衣的口袋作掩护，朝柳巷出发了。我预备去拍一个二寸照片，缴到区里转公安局去领通行证。

但是结果却不大好。才走到路口，一个灰衣的同志便截住了我，并且端着枪，象就要射击似的。

"站住！"

"怎么？"

"好人证呢？"

我默默的把那椭圆形的牌子从口袋里请出来，他便沉下了脸：

"以后不准放在衣袋里！"

染着一种浓烈的受了侮辱的感情，我却默默的走开了。

"天光""科达"，所有照相馆的门前，全拖了一长串的人，拥挤着，像等候着买火车票似的，一个换一个。以致我却不能挤进照相馆的门。

原来这些人也全是领"通行证"的。因为是公费照相，所以就特别拥挤。甚至有的人情愿在门前停留一整天，并且受到照相师的叱骂，也很高兴。

但我却被摒弃了。

路口的纸烟店虽然也竖着一块"领通行证登记处"的红纸招牌，象本店代理发行那样的，我却没有去登记。我是——只在街上徘徊。

非常的疲倦，非常非常的疲倦……

五

"新闻剪集"。

（"本报特讯"：汾阳来客谈，汾阳西郊××村，有娶亲者，当花轿进门时，迎亲亲友，均拥集呼唱，并大放爆竹，恰有一飞往前方之飞机由此经过，居高临下，窥望不真，以为有匪来扰，乃掷炸弹数枚，结果伤亡数十口，状甚凄凉云。）

好几天没开展览会了。

我的厨子突然跑来告诉我——他知道很多事。很多很多的事。——今天又要杀人了。一共九个，其中四个是女学生。

不一会，他就跑得无影无踪了。那时间，正是下午一点钟，我想他大概是凭了他那一等好人的资格，到街道上去探望去了吧！

我奇怪着这风俗，同时想起了旧小说里一些劫杀场的描写。

正是那样的描写，现在又复活在太原市上。

一说杀人，很多老太婆，小孩子，年轻的媳妇，以及有闲的男人，便从早晨起，守在街头了。人很多，有的且特别穿了新衣服，打扮得花团锦簇，像参与盛会那样的，等待着囚车。除了这些特定的守候人以外，囚车后面，随了军号的嘀嗒声，还拥挤着很多人。

英雄们劫夺杀场能够改装为变戏法的，卖艺的等等，停留在人丛中，据此看来，倒有些逼真了。

这杀人展览的风气，是颇使人感到一种狰狞的恐怖味道的。

和这"杀人展览"相对照的，还有一种奖励告发的条例，也是很容易激动存心厚道的人的悲愤的。

凡告发者，立赏法币一百元。一百元且是法币，自可诱导许多人来上钩。但约来约去却发现了如下的一则新闻：

（"本报特讯"：山大被传学生×××等七人，已于昨日讯明释放。缘山大有校役刘×者，感于赏洋之厚，遂诬栽该生等有××嫌疑，因以被传，经军法会审处严厉审讯之下，知刘×告发之情形，全属子虚，该生等已于昨日出狱云。）

接着这新闻，是要临时公布的死刑十二条之外，又添了一条"告发人倘有诬栽等情事者，立即枪毙。"

但我想这已经迟了。在许多杀人的展览会下，就难免没有个把冤枉吧！至少，那七个学生的被毒打，是很使我们毛骨悚然了！

但今天，我的厨子却空跑了一趟，那几个女学生要被杀头等等，原来全是谣言。他仿佛是十分气愤的又在厨房里自言自语了。

六

"新闻剪集。"

（"本报特讯"：昨日距城三十里之西山土窑内，发生一大惨剧。缘近日流言所播，草木皆兵，西山居民，恐遭匪扰，均避于一土窑内，该窑年久失修，忽然坍毁，当场压死百姓七八，伤十一人，厥状极惨。）

"流言所播，草木皆兵"，这实在是太原市上最真实的写照，报纸上既天天在吹散着触人心魄的新闻，人嘴里又传说着一些怪奇，但多半是恐怖的消息。在这样的时候，也难怪正太车站上有人满之患，有钱的人纷纷离省了。

不过倘把这般消息，和娶亲被炸那一段对照起来，就难免要使人发生一种猜想。土窑既可避难，想来也就有些坚实，断不会刹那间就突然坍毁；其所以突然坍毁的原因，也说不定又是"窥望不真"之所赐了。

可是城里这几天的恐怖空气，却也真使人嗅到死味了。谣言象火一样燃烧着，人们全彼此警戒着躲起来了。

昨夜六点钟就戒了严。不仅是路上断绝了行人，并且有大批警车出动，据说是飞机场那儿出了事，有十几个带手枪的探子被擒获了。

这消息使得全城都颤栗着，连太阳似乎也变了颜色了。

幸亏这样，我的厨子算是一天没出门，只寂寞的在厨房里唱他那"美人窑里没有我"，不然，他也许又顺脚去海子边，炫耀他那一等好人证去了。

七

今天到学校里去，才听说那在飞机场被擒获的十几个人，原来却是到陕西去的教育考察团团员。这才大家全放了心。

但我的厨子，却又不知在什么时候，出走了。吃早饭，没回来，晚上下了课，还没有回来。

我带着极大的诅咒和憎嫌，下了最后的决心，心里想："还是让他滚蛋吧，带着他的一等好人证！"

八

非常的意外，意外得使我惊愕了。

那厨子，到今天早晨我才知道，被抓到公安局去了。并且还——罚了五块钱。

为了说明这事，我特别剪下一段报，贴在下面：

"……绥署昨日公布：配带好人证，一、不准污毁，二、不准罩以任何布面或纸面，三、不得遗失，四、不得私授匪类。倘犯一二两款，处百元以下罚金。犯三四两款，处五百元以上罚金或死刑。……"

我的厨子就是在这条例下被捉进去，回来的时候，好人证已没有玻璃纸，并且背又佝偻起来了。

——我是多么的怀念春啊！

（录自 1936 年 9 月 5 日《中流》创刊号）

［提示］

1935 年初，宋之的应邀到太原出任西北影业公司和西北剧社的编剧。1936 年初，山西军阀阎锡山公开右转，肆意迫害进步人士。宋之的对此感到非常愤慨。回到上海后，宋之的时时想起在太原的经历，奋笔疾书，写成《一九三六年春在太原》。作品以喜剧性口吻讲述了阎锡山在太原进行的恐怖政治，表达了作者高度的蔑视。

　　《一九三六年春在太原》从开端到结束都围绕着"春"展开叙写。虽然春天已经来临，可是春意却被无情地关在城外，在太原城里仍然是寒冬凛凛，草木皆兵。作者以辛辣的讽刺笔调，表现了山西太原反动统治者残酷、愚昧的统治，以及老百姓们在恐怖气氛笼罩下朝不保夕的凄惨生活；同时以厨子为描写对象，暴露了一部分群众的麻木和奴性。

　　在艺术上，首先，宋之的以反语、归谬等多种手法对阎氏恐怖政治进行辛辣讽刺，巧妙地将禁烟与禁书两件事放在一起，稍加议论，就十分准确地揭示出山西地方统治者假禁烟、真敛财，假治安、真致乱的本质。同时，作者还在作品中插入"新闻剪集"，使讽刺的效果更加强烈。其次，作品的写实内容以抒情的笔调托出，使写实性与文学性有机地结合在一起。作品开头以"春被关在城外了"引出下文，最后以"我是多么的怀念春啊"作结，抒情的气氛贯彻始终。在这种抒情氛围里，作者组织起一个个生动、具体的细节，深刻地揭露了山西的地方恐怖政治。

（丛晓梅）

戏 剧

终 身 大 事

胡　适

序

前几天有几位美国留学的朋友来说，北京的美国大学同学会不久要开一个宴会。中国的会员想在那天晚上演一出短戏。他们限我于一天之内编成一个英文短戏，预备给他们排演。我勉强答应了，明天写成这出独折戏，交于他们。后来他们因为寻不到女角色，不能排演此戏。不料我的朋友卜思先生见了此戏，就拿去给《北京导报》主笔刁德仁先生看，刁先生一定要把这戏登出来，我只得由他。后来因为有一个女学堂要排演这戏，所以我又把它翻成中文。这一类的戏，西文叫做 Farce，译出来就是游戏的喜剧。

这是我第一次弄这一类的玩意儿，列位朋友莫要见笑。

戏中人物

田太太

田先生

田亚梅女士

算命先生（瞎子）

田宅的女仆李妈

布景

田宅的会客室。右边有门，通大门。左边有门，通饭厅。背面有一张沙发榻。两旁有两张靠椅。中央一张小圆桌子，桌上有花瓶。桌边有两张座椅。左边靠壁有一张小写字台。

墙上挂的是中国字画，夹着两块西洋荷兰派的风景画。这种中西合璧的陈设，很可表示这家人半新半旧的风气。

开幕时，幕慢慢地上去，台下的人还可听见台上算命先生弹的弦子将完的声音。田太太坐在一张靠椅上。算命先生坐在桌边椅子上。

　　田太太：你说的话我不大听得懂。你看这门亲事可对得吗？

　　算命先生：田太太，我是据命直言的。我们算命的都是据命直言的。你知道——

　　田太太：据命直言是怎样呢？

　　算命先生：这门亲事是做不得的。要是你家这位姑娘嫁了这男人，将来一定没有好结果。

　　田太太：为什么呢？

　　算命先生：你知道，我不过是据命直言。这男命是寅年亥日生的，女命是巳年申时生的。正合着命书上说的"蛇配虎，男克女。猪配猴，不到头。"这是合婚最忌的八字。属蛇的和属虎的已是相克的了。再加上亥日申时，猪猴相克，这是两重大忌的命。这两口儿要是成了夫妇，一定不能团圆到老。仔细看起来，男命强得多，是一个夫克妻之命，应该女人早年短命。田太太，我不过是据命直言，你不要见怪。

　　田太太：不怪，不怪。我是最喜欢人直说的。你这话一定不会错。昨天观音娘娘也是这样说。

　　算命先生：哦！观音菩萨也这样说吗？

　　田太太：是的，观音娘娘签诗上说——让我寻出来念给你听。（走到写字台边，翻开抽屉，拿出一张黄纸，念道）这是七十八签，下下。签诗说："夫妻前生定，因缘莫强求。逆天终有祸，婚姻不到头。"

　　算命先生："婚姻不到头！"这句诗和我刚才说的一个字都不错。

　　田太太：观音娘娘的话自然不会错的。不过这件事是我家姑娘的终身大事，我们做爷娘的总得二十四小心的办去。所以我昨日求了签诗，总还有点不放心。今天请你先生来看看这两个八字里可有什么合得拢的地方。

　　算命先生：没有。没有。

　　田太太：娘娘的签诗只有几句话，不容易懂得。如今你算起命来，又合签诗一样。这个自然不用再说了。（取钱付算命先生）难为你。这是你对八字的钱。

　　算命先生：（伸手接钱）不用得，不用得。多谢，多谢。想不到观音娘娘的签诗居然和我的话一样！（立起身来）

　　田太太：（喊道）李妈！（李妈从左边门进来）你领他出去。（李妈领

算命先生从左边门出去)

田太太：（把桌上的红纸庚帖收起，折好了，放在写字台的抽屉里。又把黄纸签诗也放进去，口里说道）可惜！可惜这两口儿竟配不成！

田女：（从右边门进来。她是一个二十三四岁的女子，穿着出门的大衣，脸上现出有心事的神气。进门后，一面脱下大衣，一面说道）妈，你怎么又算起命来了？我在门口碰着一个算命的走出去。你忘了爸爸不准算命的进门吗？

田太太：我的孩子，就只这一次，我下次再不干了。

田女：但是你答应了爸爸以后不再算命了。

田太太：我知道，我知道，但是这一回我不能不请教算命的。我叫他来把你和那陈先生的八字排排看。

田女：哦！哦！

田太太：你要知道，这是你的终身大事，我又只生了你一个女儿，我不能胡里胡涂的让你嫁一个合不来的人。

田女：谁说我们合不来？我们是多年的朋友，一定很合得来。

田太太：一定合不来。算命的说你们合不来。

田女：他懂得什么？

田太太：不单是算命的这样说，观音菩萨也这样说。

田女：什么？你还去问过观音菩萨吗？爸爸知道了更要说话了。

田太太：我知道你爸爸一定同我反对，无论我做什么事，他总同我反对。但是你想，我们老年人怎么敢决断你们的婚姻大事。我们无论怎样小心，保不住没有错。但是菩萨总不会骗人。况且菩萨说的话，和算命的说的，竟是一样，这就更可相信了。（立起来，走到写字台边，翻开抽屉）你自己看菩萨的签诗。

田女：我不要看，我不要看！

田太太：（不得已把抽屉盖了）我的孩子，你不要这样固执。那位陈先生我是很喜欢他的。我看他是一个很可靠的人。你在东洋认得他好几年了，你说你很知道他的为人。但是，你年纪还轻，又没有阅历，你的眼力也许会错。就是我们活了五六十岁的人，也还不敢相信自己的眼力。因为我不敢相信自己，所以我去问菩萨又去问算命的。菩萨说对不得，算命的也说对不得，这还会错吗？算命的说，你们的八字正是命书最忌的八字，叫做什么"猪配猴，不到头"，正因为你是巳年申时生的，他是——

田女：你不要说了，妈，我不要听这些话。（双手遮着脸，带着哭声）我不爱听这些话！我知道爸爸不会同你一样主意。他一定不会。

田太太：我不管他打什么主意。我的女儿嫁人，总得我肯。（走到她女儿身边，用手巾替她揩眼泪）不要掉眼泪。我走开去，让你仔细想想。我们总是替你打算，总想你好。我去看午饭好了没有。你爸爸就要回来了。不要哭了，好孩子。

（田太太从饭厅的门进去了。）

田女：（揩着眼泪，抬起头来，看见李妈从外边进来，她用手招呼她走近些，低声说）李妈，我要你帮我的忙。我妈不准我嫁陈先生——

李妈：可惜，可惜！陈先生是一个很懂礼的君子人。今儿早晨，我在路上碰着他，他还点头招呼我咧。

田女：是的，他看见你带了算命先生来家，他怕我们的事有什么变卦，所以他立刻打电话到学堂去告诉我。我回来时，他在他的汽车里远远的跟在后面。这时候恐怕他还在这条街的口子上等候我的信息。你去告诉他，说我妈不许我们结婚。但是爸爸就回来了，他自然会帮我们。你叫他把汽车停到后面街上去等我的回信。你就去罢。（李妈转身将出去）回来！（李妈回转身来）你告诉他——你叫他——你叫他不要着急！（李妈微笑出去）

田女：（走到写字台边，翻开抽屉，偷看抽屉里的东西。伸出手表看道）爸爸应该回来了，快十二点了。

（田先生约摸五十岁的样子，从外面进来）

田女：（忙把抽屉盖了。站起来接她父亲）爸爸，你回来了！妈说，妈有要紧话同你商量，——有很要紧的话。

田先生：什么要紧话？你先告诉我。

田女：妈会告诉你的。（走到饭厅边，喊道）妈，妈，爸爸回来了。

田先生：不知道你们又弄什么鬼了。（坐在一张靠椅上。田太太从饭厅那边过来）亚梅说你有要紧话，——很要紧的话要同我商量。

田太太：是的，很要紧的话。（坐在左边椅子上）我说的是陈家的这门亲事。

田先生：不错，我这几天心里也在盘算这件事。

田太太：很好，我们都该盘算这件事了。这是亚梅的终身大事，我一想起这事如何重大，我就发愁，连饭都吃不下了，觉也睡不着了。那位陈先生我们虽然见过好几次，我心里总有点不放心。从前人家看女婿总不过偷看一面就完了。现在我们见面越多了，我们的责任更不容易担了。他家是很有钱的，但是有钱人家的子弟总是坏的多，好的少。他是一个外国留学生，但是许多留学生回来不久就把他们的原配的妻子休了。

田先生：你讲了这一大篇，究竟是什么主意？

田太太：我的主意是，我们替女儿办这件大事，不能相信自己的主意。我就不敢相信我自己。所以我昨儿到观音庵去问菩萨。

田先生：什么？你不是答应我不再去烧香拜佛了吗？

田太太：我是为了女儿的事去的。

田先生：哼！哼！算了罢。你说罢。

田太太：我去庵里求了一签。签诗上说，这门亲事是做不得的。我把签诗给你看。

（要去开抽屉）

田先生：吓！吓！我不要看。我不相信这些东西！你说这是女儿的终身大事，你不敢相信自己，难道那泥塑木雕的菩萨就可相信吗？

田女：（高兴起来）我说爸爸是不信这些事的。（走近她父亲身边）谢谢你。我们应该相信自己的主意，可不是吗？

田太太：不单是菩萨这样说。

田先生：哦！还有谁呢？

田太太：我求了签诗，心里还不很放心，总还有点疑惑。所以我叫人去请城里顶有名的算命先生张瞎子来排八字。

田先生：哼！哼！你又忘记你答应我的话了。

田太太：我也知道。但是我为了女儿的大事，心里疑惑不定，没有主张，不得不去找他来决断决断。

田先生：谁叫你先去找菩萨惹起这点疑惑呢？你先就不该去问菩萨，——你该先来问我。

田太太：罪过，罪过，阿弥陀佛——那算命的说的话同菩萨说的一个样儿。这不是一桩奇事吗？

田先生：算了罢！算了罢！不要再胡说乱道了。你有眼睛，自己不肯用，反去请教那没有眼睛的瞎子，这不是笑话吗？

田女：爸爸，你这话一点也不错。我早就知道你是帮助我们的。

田太太：（怒向她女儿）亏你说得出，"帮助我们的"，谁是"你们"？"你们"是谁？你也不害羞！（用手巾蒙面哭了）你们一齐通同起来反对我；我女儿的终身大事，我做娘的管不得吗？

田先生：正因为这是女儿的终身大事，所以我们做父母的该格外小心，格外慎重。什么泥菩萨哪，什么算命合婚哪，都是骗人的，都不可相信。亚梅你说是不是？

田女：正是，正是。我早知道你决不会相信这些东西。

田先生：现在不许再讲那些迷信的话了。泥菩萨，瞎算命，一齐丢去！我们要正正经经的讨论这件事，（对田太太）不要哭了。（对田女）你也坐下。（田女在沙发榻上坐下）

田先生：亚梅，我不愿意你同那姓陈的结婚。

田女：（惊慌）爸爸你是同我开玩笑，还是当真？

田先生：当真。这门亲事一定做不得的。我说这话，心里很难过，但是我不能不说。

田女：你莫非看出他有什么不好的地方？

田先生：没有。我很喜欢他。拣女婿拣中了他，再好也没有了，因此我心里更不好过。

田女：（摸不着头脑）你又不相信菩萨和算命？

田先生：决不，决不。

田太太与田女：（同时问）那么究竟为了什么呢？

田先生：好孩子，你出洋长久了，竟把中国的风俗规矩全都忘了。你连祖宗定下的祠规都不记得了。

田女：我同陈家结婚，犯了哪一条祠规？

田先生：我拿给你看。（站起来从饭厅边进去）

田太太：我意想不出什么。阿弥陀佛，这样也好，只要他不肯许就是了。

田女：（低头细想，忽然抬起头显出决心的神气）我知道怎么办了。

田先生：（捧着一大部族谱进来）你瞧，这是我们的族谱。（翻开书页，乱堆在桌上）你瞧，我们田家两千五百年的祖宗，可有一个姓田的和姓陈的结亲？

田女：为什么姓田的不能和姓陈的结婚呢？

田先生：因为中国的风俗不准同姓的结婚。

田女：我们并不同姓。他家姓陈我家姓田。

田先生：我们是同姓的。中国古时的人把陈字和田字读成一样的音。我们的姓有时写作田字，有时写作陈字，其实是一样的。你小时候读过《论语》吗？

田女：读过的，不大记得了。

田先生：《论语》上有个陈成子，旁的书上都写作田成子，便是这个道理。两千五百年前，姓陈的和姓田只是一家。后来年代久了，那写作田字的便认定姓田，写作陈字的便认定姓陈。外面看起来好像是两姓，其实是一家。所以两姓祠堂里都不准通婚。

田女：难道两千五百年前同姓的男女也不能通婚吗？

田先生：不能。

田女：爸爸，你是明白道理的人，一定不认这种没有道理的祠规。

田先生：我不认它也无用。社会承认它。那班老先生们承认它。你叫我怎么样呢？还不单是姓田的和姓陈的呢，我们衙门里有一位高先生告诉我说，他们那边姓高的祖上本是元朝末年明朝初年陈友谅的子孙，后来改姓高。他们因为六百年前姓陈所以不同姓陈的结亲；又因为两千五百年前姓陈的本又姓田，所以又不同姓田的结亲。

田女：这更没有道理了！

田先生：管他有理无理，这是祠堂里的规矩，我们犯了祠规就要革出祠堂。前几十年有一家姓田的在南边做生意，就把女儿嫁给姓陈的。后来那女的死了，陈家祠堂里的族长不准她进祠堂。她家花了多少钱，捐到祠堂里做罚款，还把"田"字当中那一直拉长了，上下都出了头，改成了"申"字，才许她进祠堂。

田女：那是很容易的事。我情愿把我的姓当中一直也拉长了改作"申"字。

田先生：说得好容易！你情愿，我不情愿咧！我不肯为了你的事连累我受那班老先生们的笑骂。

田女：（气得哭了）但是我们并不同姓！

田先生：我们族谱上说是同姓，那班老先生们也都说是同姓。我已经问过许多老先生了，他们都是这样说，你要知道，我们做爹娘的，办儿女的终身大事，虽然不该听泥菩萨瞎算命的话，但是那班老先生的话是不能不听的。

田女：（作哀告的样子）爸爸！——

田先生：你听我说完了。还有一层难处。要是你这位姓陈的朋友是没有钱的，倒也罢了，不幸他又是很有钱的人家。我要把你嫁了他，那班老先生们必定说我贪图他家有钱，所以连祖宗都不顾，就把女儿卖给他了。

田女：（绝望了）爸爸！你一生要打破迷信的风俗，到底还打不破迷信的祠规！这是我做梦也想不到的！

田先生：你恼我吗？这也难怪。你心里自然总有点不快活。你这种气头上的话，我决不怪你，——决不怪你。

李妈：（从左边门出来）午饭摆好了。

田先生：来，来，来。我们吃了饭再谈罢。我肚里饿得很了。（先走进饭厅去）

田太太：（走近她女儿）不要哭了。你要自己明白，我们都是想你好。忍住。我们吃饭去。

田女：我不要吃饭。

田太太：不要这样固执。我先去，你定一定心就来。我们等你咧。（也进饭厅去了。李妈把门随手关上，自己站着不动）

田女：（抬起头来，看见李妈）陈先生还在汽车里等着吗？

李妈：是的。这是他给你的信，用铅笔写的。（摸出一张纸，递与田女）

田女：（读信）"此事只关系我们两人，与别人无关，你该自己决断。"（重念末句）"你该自己决断！"是的，我该自己决断！（对李妈说）你进去告诉我爸爸和妈妈，叫他们先吃饭不用等我。我要停一会再吃。（李妈点头自进去）

田女站起来，穿上大衣，在写字台上匆匆写了一张字条，压在桌上花瓶底下。她回头一望，匆匆从右边门出去了。略停了一会）

田太太：（戏台里的声音）亚梅你快来吃饭，菜要冰冷了，（门里出来）你哪里去了？亚梅！

田先生：（戏台里）随她罢？她生了气了，让她平平气就会好了。（门里出来）她出去了？

田太太：她穿了大衣出去了。怕是回学堂里去了。

田先生：（见花瓶底下的字条）这是什么。（取字条念道）"这是孩儿的终身大事，孩儿该自己决断，孩儿现在坐了陈先生的汽车去了，暂时告辞了。"（田太太听了，身子往后一仰，坐倒在靠椅上。田先生冲向右边

的门，到了门边，又回头一望，眼睁睁的显出迟疑不决的神气。幕下来）

（完）

跋

这出戏本是因为几个女学生要排演，我才把它译成中文的。后来因为这戏里的田女士跟人跑了，这几位女学生竟没有人敢扮演田女士，况且女学堂似乎不便演这种不道德的戏！所以这稿子又回来了。我想这一层很是我这出戏的大缺点。我们常说要提倡写实主义。如今我这出戏竟没有人敢演，可见得一定不是写实的了。这种不合写实主义的戏，本来没有什么价值，只好送给我的朋友高一涵去填《新青年》的空白罢。（适）

［提示］

胡适（1891—1962），原名嗣穈，安徽绩溪人，作家，学者，中国新文化的代表性人物。主要著作有《中国哲学史大纲》（上）、新诗《尝试集》、独幕话剧《终身大事》等。

《终身大事》是中国现代戏剧史上第一个话剧剧本，于1919年刊登在《新青年》（第六卷第三号）。胡适创作的《终身大事》这一独幕剧，是对易卜生《玩偶之家》的直接仿效。1923年在上海演出，反响强烈。这部独幕话剧是以"五四运动"为时代背景，剧情简单，主题鲜明（反封建主题）。剧本的主要情节是：女主人公田亚梅为了自己的终身大事与其父母之间展开的较量。田亚梅留学日本，并爱上了陈先生。回国后，打算和陈先生结婚，在征求父母意见时，却遭到了反对。田太太迷信算命先生和观音菩萨，反对女儿田亚梅与陈先生的恋爱关系，认为女儿与陈先生的生辰不合命书，"逆天终有祸，婚姻不到头"。田亚梅在遭到母亲的反对后，转而祈求一向通情达理的父亲，但是田亚梅的父亲虽然一再反对田太太迷信算命先生和观音菩萨，却又借口田氏和陈氏两千五百年前是一家这一陈规，田陈通婚会被"革除祠堂"。在父亲的眼里，女儿的婚姻幸福却不及祖宗的祠规重要。面对阻挠，田亚梅收到了陈先生的来信，"此事只关系到我们两人，与别人无关，你该自己决断。"最后，田亚梅勇敢地打破父母所信守的迷信陈规，留下一张字条，"这是孩儿的终身大事，孩儿应该自己决断，孩儿现在坐了陈先生的汽车去了，暂时告辞了。"

　　剧中的田亚梅无疑是中国式的"娜拉"，她们受到个性解放婚姻自主等新思想的影响，敢于向封建旧道德旧思想进行斗争，敢于与家庭决裂，寻找自我的人生价值和幸福。田亚梅不甘于成为母亲封建迷信和父亲宗法祠规下的牺牲品，勇敢地走出了家庭。在当时的中国，女性的婚姻大事完全依靠父母之命、媒妁之言，女性没有权力决定自己的爱情婚姻，田亚梅却迈出了向封建迷信和宗法祠规挑战的一步。她的出走，在当时的青年中产生了强烈而又深远的影响。但是相对于易卜生笔下的娜拉，田亚梅的选择在很大程度上是被动的，是在陈先生的鼓励下做出的。虽然她进行了反抗，但是她始终没有成为一个自我的觉醒者，依然是依附于男性。

（杨晓花）

获虎之夜（独幕话剧）

田　汉

人物

魏福生——富裕的猎户。

魏黄氏——魏福生妻。

莲姑——魏福生独生女。

祖母——莲姑的祖母。

李东阳——邻人，甲长。

何维贵——李的亲戚，农夫。

黄大傻——莲姑表兄。

屠大、周三、李二——魏家所雇的长工。

时间

辛亥革命后某年的一个冬夜

地点

长沙东乡仙姑岭边一山村

布景

魏福生家的"火房"（即乡下人饭后的休息室，客人来时的应接室，冬夜一家人围炉向火处）。

开幕时魏福生坐炉旁吸水烟。其母老态龙钟坐在草围椅上吸旱烟。福生之妻正泡茶。莲姑，十八九岁，山家装束而不掩其美，将泡好的茶用盘子托着先奉其祖母，次奉其父，然后走出"火房"送给她家的佣工们。魏福生目送其女出去，对其妻低语。

魏福生：莲儿嫁到陈家里去不取第一也要取第二，他家那样多的媳妇，我都看见过，就人物子讲，很少及得我们孩子的。

魏黄氏：（感着一种母亲的夸耀）前几天罗大先生也这样说呢。费去了好多心血总算替她挣了这点点陪奁。要不然，单只模样儿好，陪奁太少也还是要遭妯娌们看不起。

魏福生：也当感谢仙姑娘娘，难得这几年运道还好，新近又一连打了两只虎。不然，事情哪有这样顺手？

魏黄氏：（因而想起）铳装好了没有？

魏福生：装好了，还没有上线。等再晚一点，把线上好，今晚准不会落空的。

魏黄氏：只要再打到一只，莲儿又可以多添一样嫁妆了。我还想替她到城里去买一幅锦缎被面和一个绣花帐檐子。没有多少日子就要过门了，不赶快办，怕来不及。

魏福生：若是再打到了一只大点儿的，也不必抬到城里去请赏了，就把皮剥下来替莲儿做一床褥子，倒也显得我们猎户人家的本色。我打第一只虎的时候，就有这个意思。莲儿，莲儿怎么不进来？

魏黄氏：（微笑）八成是听得说她的事，不好意思，回到自己房里去了吧。

魏福生：她这一向还好，从前她真是不听话，几乎把我气死了。

魏黄氏：我也何尝不气，只是听得她晚上那样哭，我又是恨，又是可怜她。到底是我身上的肉啊。（想了想）那颠子还在庙里吗？

魏福生：唔。还在庙里，还住在戏台下面。本想把他驱逐出境，可是地方上见他年纪轻，少爹没娘的，也并不为非作歹，都不肯赶他，我也不好把我的意思说出来。

魏黄氏：真是这些时候也没有见他打我们门口走过了。

魏福生：大约是挨了我那一次打，就不敢再来了。那种颠子单骂他一两句，他是不怕的。

祖母：这孩子也真可怜啊。你骂他一两句，要他以后别来了不就够了，打他做什么呢？

魏福生：你老人家哪里晓得，那孩子看去好像颠颠傻傻的，对莲儿可一点也不傻。起初我让他跟莲儿一块儿玩，不大管他，后来长大了，还天天来找莲儿，莲儿仿佛也离不开他，我才晓得坏了。那时颠子的娘刚死不久，我荐他到田家垗王家看牛。他说他不愿到那么远的地方去，又说他虽是无家可归了，但不愿离开仙姑岭。打那时候起，他就在庙里的戏台底下过日子。可怜也实在可怜，可一想到他害得莲儿不肯出嫁，怎么叫我不恼火！

魏黄氏：好了。现在也不必恨他了，反而叫我们给莲儿选了家好人家。

魏福生：（忽然想起）喂，前天莲儿到哪里去来？

魏黄氏：同下屋张二姑娘到拗背李大机匠家里去来。我要她送几斤虎肉给他，顺便问他那匹布织完了没有。

魏福生：以后要屠大爷送去好哪，姑娘家不要到外面跑。我仿佛看见她打那一边岭上下来的呢。

魏黄氏：你为什么问起这事？

魏福生：莲儿有好久没有出门，我怕她又跑到庙里去。

祖母：到庙里去敬敬菩萨也不要紧啊。

魏福生：敬敬菩萨自然没有什么，就怕她又去会那颠子。

魏黄氏：有张二姑娘跟着她呢。再说，莲儿自从定了人家，早已把那颠子忘了。

魏福生：但愿那样就好。

（此时外面有人声对语。李东阳带何维贵来访魏福生，屠大迎接他们）

屠大：（在内）哦！李大公来了。请进。

李东阳：（内）哦，大司务，福生在家吗？

屠大：（在内）在火房里坐。请进。

（屠大登场）

屠大：客来了。（退场）

（李东阳、何维贵登场，魏福生等起迎）

李东阳：魏老板！

魏福生：哦，甲长先生来了。请坐，请坐。这位是谁？

李东阳：这是舍亲，姓何，住在塅里。

魏福生：哦，何大哥。几时进来的？

何维贵：来的。

李东阳：他是今天下午进的。他们家几代住在塅里，难得到里来。他是我侄郎的哥哥。前回我到塅里去"散事"，在他家住了一晚。谈起里柴火怎么多，坡土怎么好，怎样晚上可以听得老虎豹子叫，又谈起你们家新近打了两只老虎，于今一只抬到城里请赏去了，还有一只关在笼子里，他们家里人没有见过老虎，都想来看看。这位老哥，尤其动了意马心猿，非同我来不可。我只好带他来。

何维贵：（忽听得什么叫，忙着扯性李东阳手）嗳呀，这、这是不是虎叫？

（魏福生同家人皆笑）

魏福生：这不是虎叫，这是后面猪圈里猪叫。

李东阳：……第二次打的老虎也抬到城里去了吗？

魏福生：抬去四五天了。

李东阳：怎么你没有去？

魏福生：我没去，要老二去了，顺便办一些货回来。我在家里还有些事情。

李东阳：那么，维贵，你来得不凑巧。你那样要看老虎，好容易到里来，老虎又抬走了。

魏黄氏：（一面献茶与客）真是，何大哥，你早五六天来就好了。嗳哟，没有抬走的时候看的人真多啊！抬走之后两三天还有好些人赶来看，都扑个空回去了。周家新屋的三太太从城里回，也来看虎，她靠近笼子站着，听得虎一吼，身子往后一仰，两手这样往前一拍，手上一对玉钏子，啪！全砸碎！

何维贵：嗳呀，好凶！

李东阳：（笑了）你家捉了老虎的事，真传得远，连春华市那一边都知道了。那地方的都总太太都想来看一看呢，可惜你们急着把老虎送到城里去了。

魏福生：不要紧。今晚若是运气好，还可以打一只，就怕捉不到活的。

李东阳：为什么？又装了陷笼啦？

魏福生：不是陷笼，是抬枪，只等人静一点，就要上线呢。

李东阳：装在什么地方？

魏福生：装在后面岭上。

李东阳：那里没有人走吗？

魏福生：这么晚谁还跑那边岭上去，再说，谁都知道昨天已经发了山。

李东阳：那么恭喜你今晚上又打一只大老虎，该请我喝一杯喜酒吧。

魏福生：那自然哪。莲儿就是这几天要过门了。今晚上再打一只老虎，我一定把喜酒办得热热闹闹的，请甲长先生多喝几杯。

李东阳：哦，不错，听说莲姑娘就是这几天要出门子了。我还没有预备一点添箱的礼物哩。

魏黄氏：嗳呀，大公不要费心了。前天承大娘驰送来了一个布，两个被面，我们已经不敢当得很哩。

李东阳：哪里的话，正应，正应。陈家几时过礼？

魏黄氏：初一过礼。

李东阳：你们这头亲事真是门当户对，不要说在我们这门前上下，就是在全乡里也是少有的。

（屠大登场）

屠大：大老板，我们可以上线去了吧。

（此时房里久已点灯。炉中柴火熊熊）

魏福生：（起视窗外）可以去了。你们得小心点啊。

屠大：晓得。

李东阳：你们家这位屠司务真是个好人。

魏福生：哼。他做事靠得住。

魏黄氏：有一句讲一句，屠司务真是个老实人。他在我们家做了五六年长工，从来没和我们闹过半句嘴。哦，我记起来了，你们二姑娘不也要出阁了吗？

李东阳：嗯。明年三月安排把她嫁到金鸡坡侯家去。

魏黄氏：侯家！那真是好人家呀。三十几人吃茶饭，长工都请了七八个。二姑娘嫁到那样的人家真是享福啊。

李东阳：嗨，分得她有什么福享？不过可以不挨饿就是了。他家的儿媳妇是有名的不好当的：要起得早，睡得晚，纺纱绩麻。烹茶煮饭，浆衣洗裳不在讲，还得到坡里栽红薯，田里收稻子，一年到头忙得个要死，若是生了个一男半女就更麻烦了。

魏黄氏：不过这样的人家才是真正的好人家啊。越是一家人勤快，省俭，越是兴旺。

李东阳：是。我也正是取他们家这一点，才把二姑娘看到他家去的。

她的娘疼爱女儿，听说侯家里是那样的人家，起初还不肯回红庚呢。

祖母：福生，你叫胡二爷到柴屋里去弄些硬柴来。今晚若是打了老虎还有好一会耽搁呢。

魏福生：我自己去吧。（起身出门）

李东阳：娭毑，你老人家真健旺得很。

祖母：咳，讲给大公听，到底上年纪了，不象从前那样结实了啊。

何维贵：你老人家今年高寿是？

李东阳：你猜猜看。

何维贵：我看……跟我的娭毑上下年纪吧？

魏黄氏：你的娭毑有多大年纪了？

何维贵：今年七十五岁。

魏黄氏：那么比她老人家还小一岁。

李东阳：他的娭毑也健旺得很。我早几天在他家里，还见她老人家替孙子绣兜肚呢。

魏黄氏：我的娭毑眼睛不如从前了，可就是脚力好。仙姑殿那样陡的山坡，她老人家还爬得上去。

李东阳：我们后班子真不及老班子啊。

魏黄氏：是啊。

祖母：我们算什么，没有见你的公公呢。他老人家八十岁那年，还跟后班子赌狠，推起两石谷子上山呢。

何维贵：嗳呀，好健旺！我怕都做不到。

祖母：你们十八九岁的人，"出山虎子"，正是出劲的时候，有什么做不到。

（魏福生抱柴来，放在火炉弯里）

魏福生：你们讲什么？

李东阳：我们正谈起现在这班年轻人还不及老班子有气力。

魏福生：这是实在的话。就拿我们猎户讲，现在的人哪里及得老一辈，不过器械方法比从前精巧些罢了。

何维贵：魏老板，你府上从前那两只老虎是怎样打的呢？

魏福生：说起来，也有趣得很。我们去年也打过几只，可没有今年这两只来得容易。第一只尤其是意外之财，那时我家刚做好一只陷笼，还没有抬到山上去，就把它放在猪圈后面，把门子打开，只望万一关只小野物。不料睡到半晚，忽然听得猪圈里乱动起来，接着是几声扯锯子似的吼叫。我们赶忙爬起来，拿了猎枪，虎叉，掌起灯，望猪圈后面一看时：原来笼子里关了一只大老虎。这老虎打我们屋边经过，听得猪叫，想来吃猪，没有别的路，就打笼子里钻进来，使劲爬猪圈，机关一动，拍嗒！后面的门就关下来了。有了这次的好处，后来我们又做了一个笼子，比前一个还要巧，装在那边岭上的树乱里，四周都用树枝子盖好，只留一条进路。笼子后面放些猪羊鸡鸭之类，都捆了腿子，让它们在里面乱踢乱叫。冬天里的饿老虎，打岭上经过，听得树乱里有生物叫，还有个不钻进去的？果然第三天晚上，我们又装了一只，这就是五天前抬到城里请赏的那一只。

何维贵：打虎这样容易吗？

魏福生：哪里会都这样容易！这不过是我走运罢了。你们走过的仙姑岭左边不是有一个长坡吗？那里原先不是象现在这样的光坡，是一带深山老林。近处的人知道那里边有老虎窝，谁也不敢去砍柴，因为长远没有人砍伐，那一带林子就越长越密，深得不见天日。后来里面虎多了，常常出来侵害附近人家的牲口，到了晚上常听得有老虎吼叫，近边人家都不敢安心睡觉。后来把长坡易四聋子的儿子也咬去了。易四聋子是我们乡里有名的猎户，他们夫妇就单生这个儿子，宠得跟性命一样，一旦给虎咬去了，那还受得了？他发誓要杀尽这一坡的老虎。他有个朋友姓袁，也是个有名的猎户，人家叫他袁打铳，也愿意帮他给地方除害。易四聋子每天背着猎枪，提着刀，到坡里找，有一天果然被他找出了一条路，照那条路走进去，就到了老虎窝。一看，母虎不在，只剩了四个小虎在窝里跳。虎窝旁边还有一堆小孩子的头腿，肉都啃没了。易四聋子不看犹可，一看见这堆骨头他又是伤心，又是冒火，一阵乱刀就将那几只小老虎都砍死在窝里。易四聋子知道母老虎一定要报复的。第二天就邀袁打铳跟许多猎户来围山。那天那母虎回来见小老虎都死了，整整吼了一夜。第二天他们围山的时候，它坐在窝里等着………

（忽闻许多猎犬声）

（屠大和二三伙友从山上回来）

（屠大、周三登场）

魏福生：装好了吗，屠大？

屠大：全都装好了。

魏福生：山上有人走吗？

屠大：这个时候什么人会走到那样的岭上去？

魏黄氏：屠大爷，周三爷，快来烘一烘，今晚冷得很哩。

周三：也不怎么冷。

（魏黄氏折些带叶的干柴，烧起熊熊的火来）

（屠大、周三二人烘着）

李东阳：屠大爷你的衣袖子烂得不成样子了。

魏黄氏：昨天我要他交给莲儿缝补缝补，他又不肯。

屠大：我的衣哪里敢烦莲姑娘补呢？反正在山里干活的人别想穿一件好衣，就有件把好衣，到深山里跑个三两趟，也完了。

李东阳：我老早劝屠大爷讨一个老婆，他总不听，不然，不早有人替你缝补了？

屠大：甲长老爷，你也得体恤民情呀。象我们这样连自己也养不活的人还能养得活老婆吗？

李东阳：话虽是这样说，老婆总是要讨的。也没有见单身汉子个个有了钱，也没有见讨了老婆的个个都饿死了。我还是替你做个媒吧。

周三：我也替你做个媒吧。

屠大：（笑向周三）你替我做个什么媒呀？你有什么姑子要嫁给我呢？

周三：这姑娘你也见过的，就是后屋朱太太的大小姐。

屠大：后屋有什么朱太太？

（魏福生和魏黄氏早笑了）

屠大：哦，（打周三）你这坏蛋。

魏福生：喂，屠大爷，你快去把器械安排好。等一会就要用呢。

屠大：好。

周三：爷你赶快替我磨刀去。

（屠大、周三下场）

李东阳：今晚上一定又该你发财呢。

魏福生：哈哈，这些事也要靠运气。法子总得想，能不能到手可说不定。这回叫"谋事在人，成事在天"哩。

何维贵：第二天又怎么样呢，魏老板？

魏福生：（突如其来，摸不着头脑）第二天？

何维贵：第二天他们去围山，捉到那只老虎没有呢？

魏福生：啊，你是说易四聋子打虎啊。对，第二天易四聋子就邀了袁打铳跟本地好几位有名的猎户去围山。易四聋子跟袁打铳奋勇当先，照着他昨天找到的那条路，一步步逼近老虎窝，等到相隔不远的时候，见那只母老虎正按着爪子等他，这真叫"仇人见面"，他举起枪，瞄准老虎头上就是一枪。老虎听得枪一响，照着枪烟，一个蹿步扑过来。易四聋子本想趁势刺它的肚子，但是来不及了，老虎扑到他的头上来了。他丢了手里的东西一把抱住母老虎的腰，把头紧紧地顶住它的咽喉，把两只脚紧紧地撑住它的后腿，任凭它怎样的摆布，他只是死命地抱着它不放。易四聋子的好朋友袁打铳，跟其他猎户们，救也不好，不救也不好。袁打铳隔得近，爬到树上，对准那老虎打了两枪，老虎打急了。等到第三枪，它就地一滚，那枪子打在易四聋子的腿上，虽然没有打中要害，但痛得他把腿一缩，头上也不由得松下来。那老虎趁这工夫大吼了一声，把易四聋子的脑袋咬了半边，几跳几蹿地就跑出去了。因为势子太凶了，猎户们谁也不敢挡它的路。袁打铳一面收拾他朋友的遗体，一面发誓除掉那只老虎，替他朋友报仇。从此以后，他就时常一个人背着枪，去找那只老虎。后来也打了好几只虎，可始终不是咬他朋友的那一只。他有一个儿子，叫友和，十四五岁了。袁打铳怕他死了之后他朋友的仇不能报，常常把母老虎的样子对友和说，要他长大了也做一个猎户，务必找到这只老虎，把它打死、祭他朋友的灵，才算孝子，因此友和心目中也常常有这么一只虎。

何维贵：他的儿子后来打到这只虎没有呢？

魏福生：你听哪。第二年春二月间，友和跟几个小朋友到枫树坡去寻惊蛰菌，这个坡里也因为林子深，没有人敢去砍柴，地下树叶子落得厚，每年结的菌子也最多。这些小孩越取越多，越多越高兴，就不顾危险往林子深处钻。正拣得高兴的时候，忽然一个小孩吓得叫也不敢叫出来，拼命地扯起他们跑。他们问："看见什么啦？"他说："有虎！"听得有虎，大家都往外跑，把取下来的菌子撒满了一地。可是跑了好一阵，却没见什么东西追出来，瞧有虎的那边林子，一点响动也没有。他们都奇怪。内中有大胆的就再跑到林子里去偷看，袁友和也是一个。一看林子里有一块小小空地，空地上坐着一只刚才吓得他们乱跑的大老虎，嘴里还咬着一块什么东西，两只眼珠鼓得有茶杯那样大，可是它不动，连哼也不哼一声，听听，好像连气息也没有。袁友和胆子最大，拣起一块小石头照那老虎头上一扔，打个正着，可它还是不动。袁友和知道世界上没有这样好脾气的老虎，一看它的头上还有一两处伤哩，心里早想起他爹爹时常对他说起的那只母老虎。他告诉那些小朋友，可是谁也不敢走近那老虎，还是友和跑过去把它一推，哗啦一声就倒了。原来那只母老虎自从咬了易四聋子，带了重伤逃出来，就藏在这林子里死了，如今只剩得皮包骨头，嘴里还衔着易四聋子的半边脑壳哩。

何维贵：那么为什么它还坐着呢？

魏福生：这就叫"虎死不倒威"嘛。后来友和回去把他老子喊来一看，果然是那只老虎。袁打铳把易四聋子那半边脑壳交给他家里跟遗体一起葬了；把老虎的皮骨祭了他的灵，才算完了他一桩心事。……

（正说到这里忽听得山上抬枪一响）

魏福生：吓！

屠大：（在内）枪响了。大老板！我们快去吧。

李东阳：福生，你的财运真好。这次包你又打了一只大虎了。

祖母：若真是只老虎，那么莲儿又多添一样陪奁了。

魏福生：但愿又是只老虎，不要打了一只什么小的野物，那就不值得了。

（屠大携猎枪、虎叉之类登场）

屠大：不会，一定是只大虎。小野物不走那条路的。

魏福生：我也这样想。

何维贵：我们也去看看吧。

魏福生：何大哥要去看看也好。

李东阳：我也同去看看。

魏福生：（对魏黄氏）你赶快去烧好一锅水，等一下有好一阵子忙呢。

魏黄氏：我早已预备好了。

周三：（在内）喂！去呀。

魏福生：（同声）去呀。（各携器械退场）

屠大：魏黄氏娭毑，你老人家睡去吧。

祖母：还坐一会也好。等他们把虎抬回来再睡。又有好一阵子忙，我在这里烧烧火也是好的。

魏黄氏：啊呀，炊壶里没有水了。莲儿！

莲姑：（在内）来了。

（莲姑登场）

莲姑：妈妈，什么事？

魏黄氏：你去添一壶水来。等一会儿他们回来了，要茶喝呢。

莲姑：是。

（莲姑携壶下场，旋即携一满壶水登场，依然把壶挂在火炉里的通火钩上。）

莲姑：妈，又打了一只老虎吗？

魏黄氏：屠大爷说一定是只老虎。别的野物，不走那条路的。再说，昨天不是发了山了吗？

祖母：若是只虎，你爹爹不知该多喜欢。他说这次就不抬到城里去请赏了，要把皮剥了给你做一铺褥子。

魏黄氏：日子近了，你那双鞋还不赶快做好！

莲姑：我不做。

魏黄氏：蠢孩子。你为什么不做？

莲姑：我不要穿鞋了。

魏黄氏：蠢话！为什么不要穿鞋了？

莲姑：我不要活了。（哭）

魏黄氏：胡说！为什么不要活了？

莲姑：爹妈若是一定要我出嫁……

魏黄氏：你还嫌陈家里不好吗？

莲姑：不是。

魏黄氏：嫌三少爷配不上你？

（莲姑摇头不语）

魏黄氏：那么为什么又不愿意去了呢？

莲姑：……不愿意去就是不愿意去嘛。

魏黄氏：好孩子，你先前说得好好的，怎么这会子又变卦了呢？这样的终身大事岂是儿戏得的！人家已经下了定了，你又不愿意去了。就是我肯，你爹爹肯吗？就是你爹爹肯，陈家里能答应吗？你总得懂事一点，你现在也不是七八岁的小姑娘了。放着陈家这样的人家不去，你还想到什么人家。

祖母：是呀。象陈家那样的人家在我们乡里是选一选二的。他家里肯要你，真是你的八字好呢。你不到他家去，还想到什么更好的人家去？就是有更好的人家，他不要你也是枉然哪。

莲姑：我什么人家也不愿意去。我在家里伺候娭毑、妈妈不好吗？

魏黄氏：你这话更蠢了。哪里有在娘边做一辈子女儿不出门子的呢？我劝你不要三心两意的了。你只赶快把鞋子做好，别的陪奁我也替你预备得有个八成了。只候你爹爹打了这只虎，替你做床虎皮褥子，还托二叔到城里买一幅绣花帐檐，锦缎被面子，就要过礼了。你刚才这些话我原晓得你是故意跟我淘气的，你要出嫁了，你妈还能把你怎样吗？只回头不要对你爹爹这样说，你爹爹若听见了这些话，你是晓得他的脾气的。

祖母：是呀。你爹爹他若听说你不愿意，你看他会怎么样气吧。

莲姑：我不管爹爹气不气，我只是不去就是了。

魏黄氏：好，你有本事等一下对你爹说去。我懒得跟你麻烦。我要到灶屋里去了。（下）

莲姑：（走到祖母前）娭毑，我……

祖母：（抚之）傻孩子，你哭什么，你的命不是比你妈、你娭毑都好吗？

莲姑：不。娭毑，我是一条苦命。

（隐约闻外面人声嘈杂，猎犬吠声。）

祖母：你听，你爹爹跟屠大爷他们抬虎来了。你出阁的时候又要添一样好陪奁了。你也可以早些到陈家里去享福去了。你还不到大门口去看看去。

莲姑：不，我不要去看。我怕这个老虎。

祖母：你又不是才看见过老虎的。怕它做什么？以前捉了活的还不怕，此刻是打死了抬回来的，更不必怕了。

莲姑：我怎么不怕它？它是催我的命的。

祖母：瞧你，你又跟黄大傻一样地发起颠来了。

莲姑：娭毑，是的，我是跟他一样颠的，我怕我会变成他那一样的颠子呢。

祖母：你越说越傻了。好好的人怎么会颠？

（人声、狗声愈近。）

祖母：好。（站起来）

（众声嘈杂中闻甲长之声："抬进去，抬进去。"）

祖母：你听，虎已经抬到门口来了。快去看看去。

莲姑：不，我不要看。老虎进来，我就要出门子了。

（人声，脚步声，猎犬吠声，已闹成一片了。）

屠大：（在内）顾三爷，你把大门推开些，推开些。

魏福生：（在内）堂屋里快安排一扇门板。

李东阳：（在内）你把脚好生抱着，抬进去。

祖母：莲儿，虎抬进来了。快去看看。

莲姑：不。我不要看。

（人声、足步声愈近。）

魏福生：（在内）抬到堂屋里去。

李东阳：（在内）不，抬到火房里去。

祖母：你快去开门，虎要抬到火房里来了。

魏福生：（在内）何必抬到火房里去？

李东阳：（在内）天气冷，抬到火房里去吧。快去安置一下。

（火房门开了，李二进来把左壁大竹床上的东西挪开，铺上一床棉褥，把衣服卷成一个枕头，放好。）

李东阳：进来，把椅凳移开。

（在莲姑和她祖母的错愕中间，魏福生和屠大早半抬半抱的抬进一只"大虎"——一个十七八岁的褴褛少年。腿上打得鲜血淋漓，此时昏过去了。让他们把他尸骸般的抬起放在那大竹床上。）

祖母：怎么哪，打了人？

魏福生：有什么说的，倒霉嘛！

李东阳：你老人家快把火烧大一点。福生，你得赶快去请一个医生来。

魏福生：这时候到哪里去请医生呢？槐树屋梁六先生又上城去了。

李东阳：不，得立刻去请一个来，他伤得很重，弄出人命来不是玩的。

魏福生：屠大爷，那么你到文家文九先生那里去一趟，请他老人家务必今晚来一趟。李二爷，你也同去，好抬他的轿子。

（屠大、李二匆匆退场）

（魏黄氏急登场）

魏黄氏：打了人？打了谁呀？

魏福生：还有谁！还不是那个晦气。

（魏黄氏与莲姑的眼光都转到那褴褛少年脸上。）

魏福生：他晕过去了。快烧碗开水灌他一下。（忽注意到莲姑）莲儿快进去，不要呆在这。

莲姑：（目不转睛地望着那面色灰败的少年，似没有听得她父亲的话，旋疑其视觉有误，拭目，挨近一看）嗳呀，这不是黄大哥？黄大哥呀！（哭）

魏黄氏：当真是那孩子，怎么瘦到这样了。咳，真是想不到。（起身，烧水去）

魏福生：不识羞的东西，他是你什么黄大哥？还不给我滚进去！

祖母：（起视）当真是那孩子吗？

魏福生：不是那个颠子，这个时候谁还跑到岭上去送死？背时人就碰上这样的背时东西。

祖母：伤在哪里？

魏福生：伤了大腿。只要再打上一点，这家伙就没有命了。

李东阳：现在还是危险得很，血出的太多。我们走近他的时候还以为是只虎，仔细一看才知道是他在那里乱滚。

魏福生：他伤的那样重，见了我还跟我道恭喜呢。这个混账东西！

祖母：快替他收血。把他喊转来。可怜这孩子已经是个颠子了，不要又弄成个残疾。

魏福生：（伏在少年腿边作法收血）功程太大了，不容易收。我去叫下屋李待诏来。甲长先生，请你替我招呼一下，我去一下就来。

李东阳：可以。你去。这里我招呼。

魏福生：谢谢你，甲长先生。（下去了）

莲姑：（等他父亲走后，挨近少年身边，寻着伤处）哦呀，伤的这么重！（摸一手的血）出这样多的血！嗳呀，怎么得了！（哭。忽悟哭也无益，急起身进房）

（闻撕布声）

李东阳：（对何维贵）今晚领你来看老虎，想不到看了这样一只虎。你先回去吧。我要等一下才能走。（送何维贵到门口）你出大门一直走，走到那株大樟树那里拐弯，进那个长坡，就看见我的家了。你看得见吗？拿个火把去吧。

何维贵：不消得，我看得见。

周三：我带何大哥去好哪。我还要顺便到一下李家新屋，问他们家要些药来。他们有云南白药。

李东阳：那更好了。你对大娭毑说，我等一下就回来。

（何维贵、李东阳退场。）

（莲姑携白布和棉花一卷登场，就黄大傻侧坐。替他洗去血迹绷裹伤处，少年略转侧，微带呻吟之声。）

莲姑：（细声呼少年）黄大哥，黄大哥！

黄大傻：（呻吟声中隐约吐出一种痛苦的答声）唔。

李东阳：壶里的水开了。快灌点开水。

（魏黄氏冲一碗开水，俟略冷，端到黄大傻身边。）

祖母：拿支筷子挑开他的口，徐徐灌下。

李东阳：好了，肚子里有点转动了。

祖母：咳，这也是一种星数。

莲姑：（微呼之）黄大哥，黄大哥。

黄大傻：（声音略大）唔。嗳哟。

祖母：可怜的孩子，这一阵子他痛晕了呢。

黄大傻：（呻吟中杂着梦呓）嗳哟。

莲姑：娘，痛啊。

魏黄氏：这孩子这样痛，还没有忘记莲儿呢！

莲姑：（抚之）黄大哥。

黄大傻：（睁开眼四望）哦呀。我怎么在这里？我怎么睡在这里？

李东阳：你刚才在山上被抬枪打了，我们把你抬到这来的。这会子清醒了一点没有？

黄大傻：好了一点。哦呀，李大公。哦呀，姑母，姑娭毑，莲姑娘。莲姑娘，我怎么刚才在山上看见你？我当我还倒在山上呢，嗳哟。（拭目）莲姑娘，我们不是在做梦吗？

莲姑：黄大哥，不是做梦啊，是真的。你睡在我们家火房里的竹床上。

黄大傻：是真的？……我没想到今晚能再见你啊，莲姐！听说你要出嫁了。听说就是这几天要过门了。我想来跟你道喜，又没有胆子进这张门。我只想，只想到你出阁那天，陈家一定要招些叫化子来打旗子的。那时候我就去讨一面旗子打了，算是我跟你道喜。是，是哪一天？日子已经定了没有？

莲姑：黄大哥……（哭不可抑）

（魏福生急上）

魏福生：李待诏不在家，找了一个空，血止了一点没有？

李东阳：止了一点。

莲姑：娘替他裹好了。

魏福生：（见莲姑）莲儿还不进去。进去！

（莲姑踌躇）

魏福生：还不进去，你这不识羞的东西！

莲姑：爹爹，我今晚要看护他一晚。女儿这一辈子只求爹爹这一件事。

魏福生：他是你什么人？为什么要你看护他？他受了伤，我自然要想法子替他诊好的，不要你过问。你还不替我滚进去！

李东阳：福生，让她招呼一下何妨呢？病人总得姑娘们招呼好些。

魏福生：甲长先生，你不大晓得这个情形。……我是决不让我女儿看护他的。第一，我就不知道他这样晚为什么要跑到那样的岭上去送死？

李东阳：心里不大明白的人，总是这样的。

魏福生：不。你说他傻吗，他有时候说出话来一点也不傻。我真不懂他为什么老寻着我们家吵。

黄大傻：姑爹，以后我再也不要你老人家操心了。再也不到你老人家府上来了。今晚上是最末一次。真没想到今晚上又能到你老人家府上来的，更没有想到会真像受了重伤的野兽一样，倒在我小时睡过的这张竹床上。我只想能在后山上隐隐约约地看得见这屋子里的灯光就够了。

魏福生：你为什么今晚要来看我们家的灯光？

黄大傻：不止今晚啊，姑爹，除了上两晚之外，我差不多每晚都来的。自从在庙里戏台下面安身以来，我每晚都是这样的。哪怕是刮风下雨的晚上都没有间断过。我只要一望见这家里的灯光，我就像见了亲人一样，把苦楚都忘记了。

祖母：咳！没有爹娘的孩子真是可怜啊。

魏福生：你既然这样想到我家来，何不好好对我说呢？

黄大傻：姑爹，我晓得我就是好好地求你老人家，你老人家也不会要我到你家里来的。我是挨过你老人家的打骂的呀！

魏福生：我打你骂你，都是愿你学好。谁叫你那样不听话呢？我要你学木匠，你不去；要你学裁缝，你也不去；你偏要在这近边讨饭，我怎么不恨呢？

黄大傻：是的。我宁愿在这近边讨饭，我宁愿一个人睡在戏台底下，我不愿离开这个地方。哪怕你老人家通知团上要把我这个无家可归的孩子驱逐出境，我也不愿离开这个地方。

魏福生：我是怕你不务正业，才要驱逐你的呀。假如你是学好的，我何至如此？

黄大傻：嗨！穷孩子总是要被人家驱逐的。我讲好了替上屋张家看牛，你老人家硬叫张大公辞退了我。哪里是怕我不务正业，无非害怕我接近莲姑娘罢了。

魏福生：你们听！我早知道他是装疯卖傻的。

黄大傻：姑爹，我实在是个傻子，我明晓得没有爱莲姑娘的份儿，我偏舍不得她，我怎么不是个傻子呢？我跟莲姑娘从小就在一块儿。那时我家里还好，你老人家还带玩带笑地说过，将来这两个孩子倒是好一对。那时我们小孩子心里也早已模模糊糊地有这个意思了。后来我爹不幸去世，家里亏空不少，你老人家已经冷了一大半。及至我妈妈也死了，家里又遭了火烛，几亩地卖光，还不够还债的，我读书的机会自然没有了。学手艺吗，也全由别人作主；今天要我学裁缝，我不愿意，逃出来，挨了一顿打骂，又拉我去学木匠。我那时候早已晓得莲姑娘不是我的了。我去学木匠那天早晨，想找莲姑娘说几句话，都被你老人家禁止了。我只怨自己的命苦，几次想打断这个念头，可是怎么样也打不断。上屋里陈八先生可怜我，叫我同他到城里去学生意。我想这或者可以帮助我忘记莲姑娘，可是我同他走到离城不远的湖迹渡，我还是一个人折回来了。我不能忘记莲姑娘，我不能离开莲姑娘所住的地方。多亏仙姑庙的王道人可怜我，许我在庙里的戏台下面安身，我时常帮他做些杂事，碰上我讨不到饭的时候，他也把些吃剩的斋饭给我吃，我就是这样过了一年多的日子。

莲姑：（哭）啊，大哥！

黄大傻：一个没有爹娘、没有兄弟、没有亲戚朋友的孩子，白天里还不怎样，到了晚上独自一个人睡在庙前的戏台底下，真是凄凉得可怕呀！烧起火来，只照着自己一个人的影子；唱歌，哭，只听得自己一个人的声音。我才晓得世界上顶可怕的不是豺狼虎豹，也不是鬼，是寂寞！

莲姑：（泣更哀）大哥！

黄大傻：我寂寞得没有法子。到了太阳落山，鸟儿都回到巢里去了的时候，就独自一个人挨到这后山上，望这个屋子里的灯光，尤其是莲姑娘窗上的灯光，看见了她的窗子上的灯光，就好像我还是五六年前在爹妈身边做幸福的孩子，每天到这边山上喊莲妹出来同玩的时候一样。尤其是下细雨的晚上，那窗子上的灯光打远处望起来是那样朦朦胧胧的，就像秋天里我捉了许多萤火虫，莲妹把它装在蛋壳里。我一面呆看，一面痴想，身上给雨点打的透湿也不觉得，直等灯光熄了，莲妹睡了，我才回到戏台底下。

莲姑：（啜泣）啊，大哥！

祖母：可怜的孩子，那不会着凉吗？

黄大傻：没爹少娘的孩子谁管他着不着凉呢！寂寞比病还要可怕，我只要减少我心里的寂寞，什么也顾不得。一年多的风霜饥饿，身体早已不成了；这几天又得上了一点寒热，所以有两个晚上没有看这边窗上的灯光了。我怕到我爹妈膝下去的时候不远了，又听说莲姑娘就是这几天要出嫁，所以我今晚又走到这边山上来，想再望望我两晚没有望见的，或许以后永远望不见的灯光，不想刚到山上便绊着药绳，挨了这一枪。……我只望那一枪把我打死了倒好，免得再受苦了，没想到还能活着见莲姑娘一面，我挨这一枪也值得，死也死得过了。

莲姑：啊，大哥！

祖母：可怜的孩子，不想他这样爱着莲儿。

魏黄氏：可怜病得这样子又受了这样重的伤。他的娘若在世，不知怎样的伤心呢！

莲姑：（抚着黄大傻的手）大哥，你好好睡。我今晚招呼你。

黄大傻：（欣慰极了）啊，谢谢。

魏福生：（暴怒地）不能！莲儿，快进去，这里有我招呼，不要你管。你已经是陈家里的人，你怎么好看护他？陈家听见了成什么话！

莲姑：我怎么是陈家里的人了？

魏福生：我把你许给陈家了，你就是陈家的人了。

莲姑：我把自己许给了黄大哥，我就是黄家的人了！

魏福生：什么话！你敢顶嘴？你这不懂事的东西！（见莲姑还握着黄

大傻的手）你还不放手，替我滚起进去！你想要招打？

莲姑：你老人家打死我，我也不放手。

魏福生：（改用慈父的口吻）莲儿，仔细想想吧，爹不是因为爱你才把你许给陈家的吗？爹辛苦半辈子，只有你这一个女儿，不想把你随便给人家。好容易千挑万选地才攀上了陈家这门亲。陈家起先嫌我们猎户出身，后来看得你人物还不错，才应允了。只望你心满意足地到陈家去，生下一男半女，回门来喊我一声外公，也算我没有儿子的人的福分。不想你这不懂事的东西存心跟我为难，可是后来你妈再三劝你，你不是已经回心转意，亲口答应了吗？……

魏黄氏：是呀，莲儿你自己答应了的呀。

莲姑：爹逼得我没有法子，只好权时答应了。原想找个机会跟黄大哥商量，在过门以前逃跑的。

魏福生：唔，你居然想逃跑！

莲姑：想逃跑。我老早就想逃跑，只是没有机会。第一次打了老虎，到我家看人很多，我就想趁那时候逃。刚走到半山碰了屠大爷，我只好回来。后来过门的日子越近，你老人家越不肯叫我出去。前几天借着送虎肉才同张二姑娘到仙姑殿去了一回。因为有二姑娘跟着我，不好问人，没有找着黄大哥。

魏福生：找着他呢？

莲姑：找着他，我就约个日子同他跑。

魏黄氏：你们安排跑到哪里去？

莲姑：跑到城里去。

魏福生：找谁？

莲姑：找张大姐介绍我到纱厂做工去。

魏福生：唔。

莲姑：没有想到我没有找着他，他倒先到我家来了。象受了重伤的老虎似的抬到我们家来了。身体瘦成这个样子，腿上还打一个大洞。……流了这许多血。黄大哥，可怜的黄大哥，我是再也不离开你的了。死，活，我都不离开你！

魏福生：我偏要你离开他。偏不许你们在一块……你这不孝的东西！（猛力想扯开他们的手，但他们抓死不放）

莲姑：爹！

祖母：（同时）福生！

李东阳：（同时）福生！你——

魏黄氏：（同时）嗳呀，莲儿，你放手吧。

莲姑：不。我死也不放。世界上没有人能拆开我们的手！

魏福生：我能够！（暴怒如雷，猛力扯开他们的手，拖着莲姑往房里走）你这畜生，不要脸的畜生，不打你如何晓得厉害！（拖进房里）

〔台上闻扑打声，抗争声。"哼！你还强嘴不？你还发疯不？你还喊黄大哥不？你还要气死我不？"每问一句，打一下。

大家：（同时）福生，福生，嗳呀，不要打！（皆拥到后房去）

台上只剩黄大傻一人，尸骸似的倒在竹床上，闻里面打莲姑声，旧病新创一齐爆发。〕

黄大傻：嗳呀，我再不能受了。（忍痛回顾，强起，取床边猎刀）莲姑娘，我先你一步吧。（自刺其胸而死）

（里面魏福生"你还不听说不？你还要喊黄大哥不？你做陈家里的人不？"之声与竹鞭响声，哀呼"黄大哥"之声益烈，劝解者、号哭者的声音伴奏之。）

——幕徐闭

［提示］

田汉（1898—1968），原名寿昌，湖南长沙人。主要话剧作品有《咖啡店之一夜》、《获虎之夜》、《苏州夜话》、《名优之死》等。田汉是中国现代话剧的开拓者和戏曲改革的先驱，是中国戏剧运动的奠基人，同时田汉也是中国早期革命音乐、电影事业的组织者和创造者。

《获虎之夜》是田汉早期优秀的独幕话剧之一，创作于1921年，1924年发表在《南国》上。这部戏剧以辛亥革命后的中国社会为背景，讲述的是发生在长沙东乡仙姑岭边一山村中富裕猎户魏福生家中的故事。魏福生的独生女儿莲姑和曾经寄居在自己家中的表兄黄大傻相爱。但是由于家庭变故，父母先后去世，家中又遭遇火灾，为了不离开莲姑，黄大傻不得不以讨饭为生，在庙里的戏台下安身。魏福生坚决反对女儿与黄大傻交往，将女儿关在家里，并且为女儿寻了一桩所谓门当户对的婚事。因为无法见到莲姑，黄大傻便每天晚上来到魏家附近的山上，深情地注视着莲姑房间的灯光。直到莲姑要出嫁前，黄大傻误中了魏家为打虎在山上安置的猎枪，受了重伤，被抬到魏家，莲姑悲痛万分，要求照顾受伤的黄大傻；但是却遭到父亲魏福生的强烈反对，莲姑与父亲发生激烈的争执并遭到父亲的毒打，黄大傻不堪忍受，拿起床边的猎刀，自杀而死。而房间里莲姑的哀呼声也越来越烈……

　　这部戏剧成功地塑造了莲姑和黄大傻两个人物形象，成为五四后年轻人争取自由恋爱的典型代表。莲姑是这部戏剧的女主角，她勇敢、坚强而又善良，敢于追求婚姻自主。莲姑照顾受伤后的黄大傻，遭到父亲反对，她不顾父亲的阻挠，大声地说："我早就想和黄大傻一起逃跑了。"在父亲说到"我把你许给陈家了，你就是陈家的人了"的时候，莲姑却坚定地说，"我把自己许给了黄大傻，我就是黄家的人了！"面对父亲的软硬兼施，莲姑大声地宣布，"世界上没有人能拆开我们的手！"通过莲姑和黄大傻的爱情悲剧，揭示了以身份地位和财富将人分等的封建旧思想的丑陋，歌颂了勇于向封建思想挑战争取恋爱自由婚姻自主的新一代青年男女。莲姑的那句"世界上没有人能拆开我们的手"是青年男女反封建、争取个体独立的时代最强音。相对而言，黄大傻作为这部作品的男主角，家庭的变故使得他感伤而又懦弱，感伤到害怕寂寞，懦弱到只能默默地注视着莲姑屋里的灯光而没有其他行动；他的感伤和懦弱在强大的封建势力面前是多么孱弱无力与不堪一击，因而他的自杀又是必然的，这也增加了这部戏剧的悲剧性效果。

（杨晓花）

一只马蜂

丁西林

剧中人

吉老太太：年约五十余岁，身材细小，体质强健，淡素服装，非常的清洁。

吉先生：吉老太太的儿子，年约二十六七，强健，活泼，极平常极自然的服装。

余小姐：年约二十五六，姿态美丽，面目富有表情，服装精致。

仆人

布景

一间小小长方形的房子，后面墙壁中间，两扇宽门。门的左边置一衣架，靠墙一小桌，桌上置鲜花。右边靠墙立一书柜，内藏成套的中西文书籍。右壁的里边，开一独门，门前为短门大窗，窗边置写字桌，上置文具。房的右壁，后半亦开一门，前半靠壁置书架，架上置装饰品。壁上悬字画。房子中央略偏前与右，置一小圆桌，上置茶具，桌的右侧置大椅（即安乐椅），左侧置可坐两人的长椅，两椅之间，置一小椅，椅上皆置腰枕。

开幕时吉老太太睡卧在大椅上，脚下置高垫，手中报纸，落地上。

吉先生：（将左门徐徐推开，见老太太睡卧椅上。轻步走至衣架，取了一件薄大衣，走至椅前，轻轻盖在老太太身上。老太太醒觉。吉含笑问）睡着了没有？

吉老太太：我本想闭了眼睛歇一会，不想一不留心，就睡着了。（坐起）

吉先生：老人家的眼睛，同小孩子的眼睛一样，闭不得的。一闭了，

就不由你做主。（将报纸拾起，坐在小椅上）

吉老太太：现在什么时候了？

吉先生：（由包里取出一个表看了一看）三点一刻。

吉老太太：你在哪里一直到现在？

吉先生：在书房里写了两封信。

吉老太太：喔，不错，你替我把那封信写了吧。

吉先生：好，现在就写。（坐到写字桌，从抽屉里拿出信纸信封，砚里倒了水，磨墨取笔，预备写字）怎样写法？

吉老太太：随便的写几句好了。你把我们动身的日子告诉他们，叫他们雇一只船到港口接一接。

吉先生：你一面说，我一面写吧，一定下星期二动身么？

吉老太太：喔，已经不是日子，还再不动身！

吉先生：（一面写，一面念，一面说）"……十九日起程回南。"（停笔用手指计算日期）十九，二十，二十一，（写）"二十一日到港。叫张宏同江妈雇一只船到港口接一接。"（问）是不是？

吉老太太：是，最好叫到李老四家的船，干净。要是李老四的船出了门，叫邓祥发家的也可以。

吉先生：（写）最好叫到李老四家的船。（一面写一面口中低声地念）……邓祥发家的也可以。（问）还有什么？

吉老太太：（自己想她的心思）这几天太阳已经很厉害，不如叫他们先把南房里的皮衣服拿出来晒一晒。

吉先生：好，还有什么？

吉老太太：没有什么。（自言自语）王妈回家，说过了节，就回来，不知现在已经回来了没有？

吉先生：（继续地写信）

吉老太太：余小姐，应该送她点礼物才好。

吉先生：（先写完了信，然后答话，再接着写信封）你不是说送她一件衣料的么？（写完了信封）好了，写完了。

吉老太太：（被吉打破她的深思）写完了么？

吉先生：（走至椅前，将这信送出）要不要看一遍？

吉老太太：你念一念吧。

吉先生：（念信）"二妹览：'已经不是日子，还再不动身！'母亲说，……"

吉老太太：这是写的什么？

吉先生：这是写信的一个帽子。（继续一句一句的念信）"母亲定于十九日动身。二十一日到港。叫张宏同江妈雇一只船到港口接一接。最好叫到李老四家的船，干净。要是李老四的船出了门，叫邓祥发家的也可以。这几天太阳已经很厉害，不如叫他们先把南房里的皮衣服拿出来晒一晒。王妈回家，说过了节，就回来，不知现在已经回来了没有？"没有写错吧？

吉老太太：（笑）喔，你们现在写信，都是这样写么？

吉先生：这是最时兴的直写式的白话文，有一句，说一句。你没有旁的话要说么？

吉老太太：没有。

吉先生：这下边是我的事。（继续念信）"这次母亲在京，一切都好，惟有两件事，不大称心……"

吉老太太：我有什么事不称心？

吉先生：（不答，继续念信）"第一，她这次来京的目的，本想劝她的儿子，赶紧讨个媳妇，她可早点抱个孙儿。方头大耳，既肥且皙。嗳！不想来京两月，绝少成绩。媳妇，毫无影响，孙子，渺无消息；第二，她满心满意，想亲上加亲，把姊妹改做亲家，侄儿变做女婿。不想她那不肖之女，又刚愎自用，不顺母意。因此上，这几日来，口中不言，心中闷闷，不过那位表侄先生，现已广托亲友，多方物色。夫诚能动神，勤能移山，况在佳人才子聚会之首都，求一称心合意之老婆乎！故数月之内，定有良缘。将来一杯喜酒，或能稍慰老年人愿天下有情人无情人都成眷属之美意也。"说得对不对？不要生气啊。

吉老太太：（稍有不快之意）我有这些闲工夫来同你们生气！你们的事，我老早就对你们讲过，由你们自己去，我一概不管。你们爱怎么说，就怎么说。

吉先生：（将信封好，贴了邮票，走至椅旁，一手放椅背上，一手理她的头发）妈，你是一个特殊的女人，你什么事都是非常。你是一个非常的良妻，一个非常的贤母。惟有这一件，你没有逃出了个母亲的公例。

吉老太太：把这件大衣挂起来。（吉将衣挂原处。老太太追想到她以前的生活）"贤妻良母"，配不上这四个字！（吉坐到原处）你父亲死的时候，你只有八岁，云儿也只有五岁。那个时候，我就不相信那私塾先生的教书方法——也一半舍不得你们去受那野蛮的管束——所以我就拿定主意，自己教你们。一直把你教到十六岁。那时所有的产业，就是那分来五十亩坏田。现在你们可以不愁穿，不愁吃。不是说大话，要是你们不是每年上千块的学费用费，现在大约十倍那么多都不止了。

吉先生：所以我说你是一个特殊的女人。

吉老太太：是的，贤妻良母，有什么稀奇？现在的一般小姐们不是一天到晚所鄙薄不屑得做的么？

吉先生：你要原谅她们。她们因为有几千年没有说过话，现在可以拿起笔来，做文章，她们只要说，说，说。连她们自己都不知道说的些什么。

吉老太太：现在这班小姐，真教人看不上眼。不懂得做人，不懂得治家。我不知道她们的好处在什么地方？

吉先生：她们都是些白话诗，既无品格，又无风韵。旁人莫名其妙，然后她们的好处，就在这个上边。

吉老太太：我问你，这样的人也不好，那样的人也不好，旧的，你说她们是八股文，新的，你又说她们是白话诗……

吉先生：是的，同样的没有东西，没有味儿。

吉老太太：那末你到底要怎样的一个人，你就愿意？

吉先生：（耸肩）坏的就是连我自己都不知道。要是找老婆如同找数学的未知数一样，能够立出一个代数方程式来，那倒容易办了。

吉老太太：怎么你们表兄弟两个。这样的不同！那一个就请这个，托那个，差不多今天等不到明天。你总是不把它当成一件正经事看。

吉先生：不把它当成一件正经事看！因为我把它看得太正经了，所以到今天还没有结婚。要是我把它当做配眼镜一样，那么你的孙子，已经进了中学。

吉老太太：（觉得她没有办法）倒一杯茶给我。（吉倒了一杯茶送给老太太，自己亦倒了一杯，慢慢饮之。老太太沉思半晌）你知道不知道，你的表兄弟已经同我说了几次，要我替他做媒？

吉先生：怎么不知道？

吉老太太：你知道他要说的是谁么？

吉先生：余小姐，是不是？你问过她了没有？

吉老太太：（很慢地答）没有。

吉先生：为什么不问她？

吉老太太：为什么不问？（少顷）我想今天问她——好不好？（语时视吉）

吉先生：很好，看护妇配医生，互助的原则，合作的精神，结婚时最好的演说资料。

吉老太太：（微微地叹了一口气）

仆人：（推开左门）老太太，余小姐来了。

吉老太太：请她进来。（仆人走出，吉放下茶杯，忙走至写字桌，整理笔砚，折好了桌上报纸）

（仆人由外面推开左门让余走进，自己随后收去了桌上的茶具）

余小姐：（带了帽子手套，一手提钱包，进来之后，一面与主人招呼，一面脱去手套，将钱包置于门旁小桌上，解下帽子）老太太，吉先生。

吉老太太：余小姐。

吉先生：余小姐。（吉接过帽子，挂衣架上）

余小姐：老太太，对不住得很，劳你们等了。

吉老太太：没有什么，请坐。（让余坐大椅）

余小姐：喔，老太太坐，老太太不用客气，我这儿坐好。（扶老太太坐大椅，自坐小椅，吉自坐长椅上）两点半钟就想来，突然来了一个病人，要替他腾出一间房间来，忙了半天，还打算打电话，说不能来了，后来我想老太太就要回南，无论怎样忙，都要来陪老太太玩半天。

吉老太太：多谢你，我们也知道你医院里事情很忙。所以一向不常请你出来。今天是因为我们快要回南，想请你来，我们好当面向你道谢。这一次实在劳苦了你。起先是我们吉先生，住了两个星期，都是你招呼，后来又是我自己，我们实在感激你的了不得。

余小姐：老太太太客气，那是我们的职务。老太太这几天饮食可好一点？

吉老太太：胃口不强，我一向就是这样，那一次到北京来，因为在路上略微受了一点辛苦，所以觉得不大舒服，实在没有什么病。我们吉先生一定要我到医院去，说医院里怎样的舒服，怎样的干净。我总是不想去。后来他又说我精神不好，一定是睡觉不好，非得到一个清静的地方去静养几天不可。我被他说不过了，方才住到医院去。我出来的时候，他还要我再多住几天。

吉先生：我的母亲是不相信医院，不相信看护妇的。

吉老太太：我并没有说我不相信看护妇，我是因为常常听见讲医院里招呼不大周到。

吉先生：没有什么，你现在不但相信她们，并且喜欢她们。

余小姐：我们也知道，外面有很多的人，说我们的坏话，现在不是我来替自己辩护，有时实在不是看护妇的疏忽，实在是这一班生病的太太小姐们的麻烦，我常时同其余的同事说了玩，说这些人什么事不会做，连生病也不会生……

吉先生：要生病生得好，本来不是一件容易的事。

余小姐：她们第一，就不肯听医生的话，要这样那样，一天要压几十次铃子。你对她们说，叫她们不要吃东西，她一回儿要到外边买些水果，一回儿想叫家里送点鸡汤。你想，要叫我们同平常人家的老妈子伺候太太小姐们一样，我们哪里有这么许多工夫？我们平均每人要招呼十个人。喔，说也是无用，她们哪里肯讲理？

吉先生：做看护妇本来是一种很苦的职业，因为世界上最不讲理的是醉汉，其次就要算病人。

余小姐：好笑得很，遇到一种奇怪的人，病快好的时候，他还要你陪他谈天。（看了吉一眼）

吉先生：那真是可想而知的讨厌。要是个男人，还没有什么，假若是个女人，那恐怕简直没有办法。

吉老太太：不过我终是不相信，其余的人，能够同你一样。纵然有你这样的能干，也一定不会这样的和善，这样的体贴。

（仆人由左门入，手里拿了一个盘，盘中置茶壶、茶杯、糖罐等物）

余小姐：（老太太欲倒茶）老太太请坐，让我自己来倒。（倒了一杯茶送老太太）

吉老太太：喔，谢谢你。（吉倒了一杯茶送余）

余小姐：（受吉之茶）谢谢。（欲代吉倒茶）

吉先生：谢谢，我不喝茶。

余小姐：（一面喝茶）老太太为什么不在北京多住几天？有吉小姐在家，难道还不放心么？

吉老太太：她倒什么都能够，不过我这次离家已经很久。我本是因为吉先生病了，所以来看看。

余小姐：我想吉小姐一定也是很能干。

吉老太太：什么叫能干？不过一个女孩子应该知道的事，我不容她们不知道。

余小姐：不过要想能像老太太一样的能干，恐怕不容易。

吉先生：做能干父母的子女，是一件很苦的事。暑假那么热的天气，回到家，只有两个星期，两个星期一过，就一个赶到乡里去种田，一个赶到厨房里去烧饭。

吉老太太：（笑）我是一个很顽固的人——我现在也有了年纪，也不怕人笑话——我以为一个人多知道一点事，一定不会有坏处。我不相信，一个女人会做了饭，就不会做文章。

吉先生：不错。不过困难的不是会做了饭的女人不会做文章，是会做了文章的女人就不会做饭。

余小姐：吉小姐会到北京来么？我很想认识她，我想她一定是同老太太一样的和气、可爱。

吉老太太：她旁的没有什么好处，不过还直爽。就是我嫌她有点新的习气。

余小姐：（高兴）我想我们一定会变做好朋友，她来的时候，老太太一定要叫她写信给我。

吉老太太：（向吉）你有她的照片没有？

吉先生：有一张的，不知到哪里去了。

余小姐：（忆起）喔，吉先生信里，说老太太要我一张照片，我今天带来了。（走向小桌）

吉老太太：（不解）我没有说要照片。（向吉）我几时……

吉先生：你怎么没有讲？真是有了年纪的人，说过去的话，不要几天就忘了。

余小姐：（装不听见，由钱包里取出一张小照片）这一张不大好，不十分像，等以后有了好的时候，再送老太太吧。（以照片送给老太太）

吉老太太：（看照片）你已经长得很好看，这张照片更加好。

吉先生：（向老太太取了照片，取笑老太太）你平常最讲究会说话的，怎么今天自己把话说差了？你应该说，这张照片固然好看，但是总不

及照片的主人好看。（与余对看了一眼）

吉老太太：我是说的老实话。

吉先生：你们还坐一会儿才去吧？（向老太太）我送你一个好看的相片框子。（吉带照片由左门走出。两人不语者片刻。老太太对余注视，余不知所语，取了一块糖来吃）

吉老太太：余小姐，我有几句话，很久就想同你谈谈。（将椅移近，余忙将口里的糖吞下，理了一理裙子，坐直了身子，用心地听）我想你一定以为我是一个很爱舒服的人，你知道我年轻的时候，很过了些辛苦的日子。我们吉先生，从小就没了父亲，家里大大小小的事情，都全靠我一个人去问，连他们的书，都是我自己教他们。差不多吃了二十年的苦，才把他们带到这么大。现在他们什么事都用不着我去担心。不过还有一件，我放不了心，就是他们还都没有成家。（余的身子略微地颤动了一下）这一层，我也同吉先生说过好几次，他都不把它当一件事。——我也不知道他到底是什么意思。现在子女的婚姻，本来也用不着父母去管，所以我也只好由他们自己去。（叹了一口气，略顿）我有一个表侄。（余转了一转身子，恢复了自然和呼吸）你大概也认识他，他到医院看过我。他虽然只看见过你几次，但是因为他时常听见我说你怎样的好，所以他很敬重你。他向我说了好多次，托我说媒，我都没有提过。因为我自己儿子的事，我都不管，我哪里有工夫去管旁人家的事？不过他说，他一来不知道你的意思，所以不好向你开口，二来就是想对你说，也没有个好的机会。他，人是一个极好的人，他学的是医道，现在预备自己挂牌行医。他的脾气很好，也会死一点坏的嗜好都没有。——喔，我知道我是一个很腐败的老太婆，说媒的事，是你们现在最不喜欢的。要是这样，我请你不要生气。

余小姐：（如梦初觉）我很感谢老太太的好意，哪有生气的道理？

吉老太太：他还想在我回南之前，得一个回信。我想这也不是立刻就要怎样的一件事，你如要细细想一想，你回去写封信告诉我，我想也没有什么不可以。（略顿）你的意思怎么样？你有什么话，尽可对我说，你知道我差不多把你同自己的女儿一样的看待。

余小姐：（思索了一会，打定了主意）我想我们年轻的人，一点经验没有，什么事都全靠年纪大一点的人到处指点教导。老太太的意思怎么样？

吉老太太：喔，这是你自己的事，总得你自己做主。

余小姐：老太太的意思，如果觉得很好，那自然不会有错。

吉老太太：那我就说你很愿意？

余小姐：不过我想总得写一封信回去，问问父母的意思。

吉老太太：不错，不错，自然应该这样。那你就写封信回去，等你接到家里回信之后，再说吧。

余小姐：我想单由我写信去，还不十分妥当。

吉老太太：那有什么不好？

余小姐：可以不可以请吉先生写一封详细的信，把老太太的意思告诉我家里，我再另外写一封，一齐寄去？

吉老太太：不错，不错，应该这样。回来我对吉先生说一说，叫他写起一封信来。写好了，我叫一个人送给你，你说好不好？

余小姐：老太太的主意很好。

吉老太太：我们还是坐一会，还是就到公园去？

余小姐：老太太的意思怎么样？

吉老太太：我们就去好不好？我叫他们去请吉先生去。（走去压电铃）

余小姐：我借你们的电话用一用。

吉老太太：在那边的院子里，你知道。（余由右门出，仆人由左门入）你去请吉先生，就说我们现在到公园去了。（仆人由左门出。老太太坐回原处，若有所思）

吉先生：（由左门入，手里拿了照片，装好了框子。进来之后，将照片放在书架上，看了一看，移动一回）余小姐哪儿去了？

吉老太太：（沉思中）打电话去了。

吉先生：（坐到小椅上，取了一块牛奶糖，慢慢取其外皮，随便地问）你的媒做得怎么样，问了她没有？

吉老太太：问过了。

吉先生：她怎么样讲？（将糖送至嘴边）

吉老太太：她很愿意。

吉先生：（将糖由嘴边拿回）她很愿意？她说很愿意么？她怎样说？

吉老太太：她没有说什么。

吉先生：她没有说什么，你怎样知道她很愿意？

吉老太太：这用不着说的。

吉先生：喔，不错，这一类的事是用不着明说的，是不是？同天气一样，只要看看天色就知道了。（老太太对他严厉地看了一看）那么，已经定了？

吉老太太：她还要写封信回去，问问她的父母，要等……

吉先生：问问她的父母！（解悟）喔！（把一块糖投入口中）

吉老太太：你笑什么？你笑她把她的父母太看重了，是不是？我听了很欢喜。

吉先生：没有的事！我听了也很欢喜！（又拿了一块放进嘴去）她说了什么时候写信没有？

吉老太太：她要请你替她写。

吉先生：要我替她写！这真奇怪。我又不是她的亲兄弟，亲叔伯，她为什么要请我替她写信，这不是奇而又奇的事？

吉老太太：你看了奇怪么？我看了一点也不奇怪。

吉先生：为什么不奇怪？

吉老太太：因为——因为还没有认出她。她是一个大户人家出来的女孩子，知道什么是应该说的，什么是不应说的。她知道害羞。

吉先生：喔喔！女孩子！害羞！（又拿一块糖放进嘴去）

吉老太太：怎么你向来不吃糖的人，今天爱吃起糖来了？

吉先生：今天的糖特别有味儿！（高兴，即起）你们现在就到公园去么？

吉老太太：等余小姐打完了电话。

吉先生：（想了一想）你不换一件衣服？

吉老太太：不过是到公园去坐一坐，谁再去换衣服？

吉先生：可是天气很凉，不换，也应该加一件。——在哪里，我替你去拿，好不好？

吉老太太：我自己去，你不知道。（吉开右门让老太太走出，将门关好，走到书架，取照片在手，细细地审看。将照片放回，在屋里走了两转。余由右门入）

吉先生：电话打通没有？

余小姐：打通了。（注意老太太不在房内，两人对看了一看）

吉先生：（将长椅向前稍推）老太太到后面去换一换衣服，叫请你在这里等一会。请坐。

余小姐：（由女人的直觉知将有有趣的谈判发生，为准备抵御起见，先摸了一摸头发，理了一理裙子，选了长椅离小椅远的一边坐了。吉坐小椅上）老太太真是一个可佩服的人，那么大年纪，穿的衣服，比年轻的小姐们还要讲究。

吉先生：一个人什么都可以不讲究，惟有衣服不可以不讲究。

余小姐：为什么？

吉先生：因为人是一个社会动物。一个人生在世上，所有的一切物质上的幸福，精神上的愉快，都是社会给他的。所以一个人对于社会，应当尽量的报答。

余小姐：那与穿衣服有关系么？

吉先生：关系大得很！因为报答社会，有种种不同的方法。有职业的，藉他的职业，有技能的，用他的技能。当兵的可以替我们杀人，做律师的可以替我们打官司，做医生的可以替我们治病。不过还有一种人，——就像我们——既无职业，又无技能，最少也应该有几件好看的衣服，才不至于走到人家面前，叫人家看了难过。

余小姐：（笑）哈，我明白了。愈无用的人，愈应该穿好看的衣服，对不对？

吉先生：对，不过有用的人，也不应该着不好看的衣服。社会上没有一种职业，我们可以承认他有不顾装束的权利。一个人，自生至死，也没有一个时期，我们可以承认他有无须掩饰的特权。假若一个女人，因为她已经结了婚，就不管她头发的高低，因为她生了儿子，就不管她袖子的长短，或是一个男人，因为他能够诌几句诗词歌赋，就不洗清他的面孔，因为能够画得几笔山水草虫，就不剃光他的下巴，拉直了他的袜筒，那都是社会的罪人。

余小姐：这样讲，恐怕我们都是社会的罪人。

吉先生：你？喔！（欲言又止）

余小姐：我怎么样？

吉先生：你？两个月前，你冤枉说我发烧的时候，我不是已经对你讲过么？

余小姐：我冤枉说你发烧？

吉先生：自然是冤枉。什么温度三十九，脉跳一百多，那都是你造的谣言，——是的。完全是谣言。——不过我很感激你，假使没有你的谣言，我如何能够住到两个星期？喔！那两个星期！那是我一生最快乐的两个星期！（叹）嗳，无论怎么，不会再有的。

余小姐：（同想到那时的景况）是的，也不知说了多少话！从来没有看见过这样爱说话的病人。

吉先生：是的，那都是些极真诚，极平常，极正当的话。为什么平常我们不能讲？为什么要男人装了病，方才可以讲？为什么女人听了一定要冤枉说他发烧？要是现在我说你的眼睛生得怎样的动人，嘴唇怎样的可爱，你会装做没有听见，把我的额角摸一摸，枕头拥一拥，说一声："现在歇一会儿吧。你说话说得太多！"社会真是一个不自然的东西！这一类的话有什么说不得？为什么现在不能说？

余小姐：因为——因为你现在不发烧！

吉先生：你怎么知道我不发烧？我一年到头，没有一天不发烧。你要不相信，你现在替我试一试。（伸手放在长椅边上，余从长椅那一边，移到这一边，先理了一理裙子，然后用右手把脉，同时看左手上的腕表。约数秒钟无语）我病的时候，说了很多的话，是不是？（余点头）说了些什么？

余小姐：（余将手缩回）你说中国是一个可怜的社会，男人尤其可怜，除了赌钱，遇不到人家的小姐太太，除了生病，得不到女人的一点同情。所以你一星期要打一次牌，一个月要装一次病。

吉先生：对呀！这像生病的人讲的话么？——发烧不发烧？

余小姐：（犹豫）七十七次。

吉先生：可见得是说谎。

余小姐：为什么？

吉先生：因为你就没有数！

余小姐：喔，一个人可以随便说谎么？

吉先生：自然不能"随便"。不过我们处在这个不自然的社会里面，不应该问的话，人家要问，可以讲的话，我们不能讲，所以只有说谎的一个方法，可以把许多丑事遮盖起来。

余小姐：我们从小就知道，说谎是不道德的。

吉先生：道德是没有标准的，随时代随个人而变的东西，平常所谓"道德"，不是多数人对于少数人的迷信，就是这班人对于那班人的偏见。

余小姐：这样说，世界上没有善恶好坏的标准了？

吉先生：世界上只有脏的习惯是坏习惯，丑的行为是恶行为。

余小姐：所以什么谎都可以说，只要说得好听。做贼，赌钱，都可以做，只要做得好看？

吉先生：一点都不错。不过世界上美神经发达的人很少。做贼同赌钱的时候，大半都是不大十分雅观。说谎，说得好的人很多，不过我最佩服的是你。

余小姐：我向来不说谎，你说我说谎，你有什么证据？

吉先生：对呀！所以佩服你的缘故，就是因为拿不出证据来。不过一个人说谎话说太多了，总有一天，转不过弯来，要露出马脚来。

余小姐：我向来不欢喜说话。

吉先生：好吧，白说是没有用的。我问你一件事。

余小姐：什么事？

吉先生：老太太替你做媒没有？

余小姐：（着急）你不应该问这句话。

吉先生：为什么不应该？

余小姐：因为这一类的话，连自己的父兄都不应该问，朋友更加不应该。

吉先生：喔，新文化！新文化！不过你知道不知道？一个人的婚事，从前，是父母专制，现在因为用不着父母去管，所以用不着父母去问。（吉先生的意见，以为婚姻的事如果不要人帮忙则已，如要帮忙，父母应该是最重要的人物，现在所以不要他们过问，一则因为他们专制，二则也因为他们不能帮忙。这一层似乎还没有人见到，所以附此说明）但是现在的婚姻是朋友专制，要想结婚，非靠朋友帮忙不可，所以你说朋友不应该过问，是完全错误。

余小姐：我去看看老太太去。（起立欲走）

吉先生：（起立阻之）不要走，不要走，我还有一件要紧的事，没有对你说。请坐。（两人同坐下）我不在这里的时候，老太太同你讲了很多的话，是不是？

余小姐：是的。

吉先生：她说到我不想结婚的话没有？

余小姐：说了很多。

吉先生：你知道，我不想结婚。

余小姐：为什么不想结婚？

吉先生：因为一个人最宝贵的是美神经，一个人一结了婚，他的美神经就迟钝了。

余小姐：这样说，还是不结婚的好。

吉先生：是的，你可以不可以陪我？

余小姐：陪你做什么？

吉先生：陪我不结婚。（走至余前，伸出两手）陪我不要结婚！

余小姐：（为他两目的诚意与爱情所动）可以。（以手与之）

吉先生：给我一个证据。

余小姐：你要什么证据？

吉先生：你让我抱一抱！（释其手，作欲抱状）

余小姐：（走开）等你再生病的时候。

吉先生：不过我母亲都告诉我，说你已经答应了做她的侄媳妇，那怎么办？

余小姐：（得意）那没有什么，我的父母不愿意我嫁给医生！

吉先生：对，我知道，我们是天生的说谎一对！（趁其不备，双手抱之）

余小姐：（失声大喊）喔！（老太太由右门，仆人由左门，同时惊慌入，吉已释手）

吉老太太：什么事，什么事？（余以一手掩面，面红不知所言）

吉先生：（走至余前，将余手取下，视其面）什么地方？刺了你没有？

吉老太太：什么事？什么一回事？

余小姐：（呼了一口深气）喔，一只马蜂！（以目谢吉）

——闭幕

［提示］

丁西林（1893—1974），原名燮林，字巽甫，江苏泰兴人，剧作家，文学家，物理学家。主要著作有《一只马蜂》、《亲爱的丈夫》、《压迫》、《三块钱国币》等。他是中国现代戏剧史上唯一专门写喜剧的剧作家。

　　《一只马蜂》是丁西林的处女作，1923 年发表。这部独幕戏剧的创作背景是在五四运动后，虽然个性解放、婚姻自主的口号已经喊了几年，但是在具体的社会实践中却是寸步难行。剧中的吉先生与余小姐，他们是青年知识分子，接受过"五四"的洗礼，但是由于社会氛围的影响，使得两人的接近、交往困难重重，只得通过伪装进行。吉先生的母亲表面上赞成婚姻自由，但在实际上却包办子女的婚姻。吉老太太在包办不成儿子的婚事后，又给余小姐说媒，让她嫁给自己的表侄，这就构成了整部戏剧的喜剧冲突效果。而吉先生假托母意向余小姐要照片，他与余小姐的爱情逐步升温，而吉老太太却不知情，还在为自己的侄儿向余小姐提亲，而余小姐推说婚姻大事需父母同意，便让吉先生写信。吉老太太赞赏余小姐的大家闺秀气质，却不懂得余小姐是对吉先生的一种暗示，吉先生心领神会，以要余小姐"陪我不要结婚"的形式向余小姐求婚，余小姐为吉先生的真情感动而同意。吉先生趁其不备拥抱余小姐，余小姐失声大喊，吉老太太闻声赶来，余小姐羞涩脸红，用手遮脸，吉先生连忙拿开余小姐的手，问刺到哪儿没有，余小姐接道："喔，一只马蜂！"整部戏剧以因吉先生和余小姐的默契配合取得恋爱胜利为结局。

　　《一只马蜂》是一篇轻松而又活泼的幽默喜剧。剧中人物简单，情节单一，但是它的情节富于变化，充满趣味性。它的成功在于艺术的构造，尤其是在人物形象的塑造上，丁西林成功地塑造了三个具有鲜明喜剧性格的人物。他们的共同特点表现为心口的不一致，吉老太太的心口不一表现为表面上赞同恋爱自由，婚姻自主，暗地里却又干涉子女婚姻，因而弄出了一连串的笑话。而吉先生和余小姐的心口不一是一种"被迫"的行为，是无法直接表达自己感情，只能通过一系列默契的伪装进行，机智地对付吉老太太，赢得了爱情。《一只马蜂》在语言上轻松俏皮，富有风趣，而且意蕴隽永，耐人寻味。丁西林用细腻的手法将自己的喜剧才能发挥得淋漓尽致，给人以会心的微笑。

（杨晓花）

五奎桥（节选）

洪　深

登场人物

（以登场先后为次序）
长工甲
长工乙
李垒生——农民
珠凤
道士若干人
大保
陈金福——珠凤之父
谢先生——大保之父
桂升——农民
徐元发——农民
老少农民若干人
周家长工若干人
周乡绅
王老爷——地方法院承发吏
周家仆人两人
轿夫五人
法警

周乡绅：我辞官居家近十年来，看见你们乡下，凡是用洋宠打水的地方，一夏天用不着车水，一群年轻小伙子，都聚在茶馆里赌钱碰麻将，（做愤世嫉俗的样子，将他手里拿的洋人做出来的洋手杖，用力敲它）这就是洋人造出来的洋东西的好处了！

（老年农民，同情于周乡绅的更多了）

周乡绅：（又和缓地）至于这座五奎桥，是我周家祖上状元公修造的；因为三代五进士，所以叫做五奎桥。自从这桥造了之后，我们周家固然是世代承香，辈辈仕宦；就是你们乡下人，住在五奎桥左近的，也都是年年丰登，岁岁平安。虽说乡下地方，一年之中，免不有点水火盗贼；但是大年多，荒年少；顺境多，逆境少；这就是风水的好处了。这座五奎桥，岂但关系我们周家祖坟上的风水，也关系你们全乡全村的风水。这样好风水，保桥还来不及呢，岂可青口白舌，轻易说拆去么？你们当中，还有几位有了年岁有点见识的老辈，请仔细想想，不要轻易听信了一般年轻小伙子的胡说。

（好一番巧妙的歪曲，乡下人被他说糊涂了；至于那年纪老的一半，现在是不要拆桥的了。

长工们早已搬了两张椅子来，周乡绅回身邀王老爷坐了，很得意的两人咬善耳朵。）

一个头发花白的农民：（对同伴）我们走吧。

一个中年农民：正是，半个早晨已经过去了，我们要紧赶回田里去车水呢。

一个中年农妇：车也没有用，咳。

另一个老年农民：总比不车好，还是回去车车吧。

（零零落落地走了十来个农民，不走的除了陈金福之外都是年轻人了。）

（李全生见了暗自发急。）

（这时珠凤忽从村里来。）

大保：（先看见低声喊）珠凤，你刚才在哪里的？为什么此刻才来！

珠凤：我在陪伴全生的病娘，煮粥给她吃，现在怎么样，桥还拆不拆呢？

大保：现在可说不定了。

周乡绅：（一眼看见珠凤）来，这位小姑娘上前来。（珠凤不愿意，但也有人推她上前，她不得已上桥去。）

周乡绅：你来，我们好像是见过的，是了是了，你是金福的女儿，是不是，名字叫珠凤？

（珠凤不响。）

周乡绅：我还是前年看见的；一年多不见，长得这样大了。

（掉头喊）金福。

陈金福：是。

周乡绅：你只有这一个女儿吧？（正经之至）相貌倒端正，一副聪明样子，一点不象乡下人。几时带她到城里来，给我做（冠冕之至的）干女儿。

陈金福：是了。

珠凤：（看见李全生）全生，你娘教我来寻你的。她又大咳起来了，教你回去。

李全生：（正在想心事）晓得了。我有事呢，不回去。

珠凤：我先去了。你娘还等着我拿粥给她吃呢。（迳去了）

（周乡绅似乎有些爽然若失的样子；举起羽扇障着太阳，仍和王老爷咬耳朵。乡下人又有几个走了。）

（这时候最急的是李全生。太阳直苪起来，时光象快马般过去。五奎桥不会动得一块砖头，那拆桥的人反而被周乡绅的花言巧语，说得三心两意，走散一半了！他看破了周乡绅的阴谋诡计，胸中有说不出的悲愤，恨不得三拳两脚一顿把他打死；但是救稻事大；出气事小，压住了心头火，严重地镇静地和周乡绅讲理，他的忍耐，正似纸包火。）

李全生：周先生。

（周乡绅似乎未听见。）

李全生：（厉声）周先生：

周乡绅：（震惊）桥！

李全生：你不能用这种下作法子来对付我们！

周乡绅：（恢复常态，随随便便地）什么对付你们？

李全生：你周先生上桥的时候，这里桥上桥下都是我们村里人；你周先生难道会不晓得他们个个是来拆桥的么？你周先生偏装做不明白，故意找出几个老年人，跟他们说家常，拉交情，（斥骂）献你的假殷勤！

周乡绅："君子不忘旧"，我们多年的乡邻，一向认得的，问问家常有什么不应该，笑话了。

李全生：你当做我们看不透你的心事么？乡下人都是老实的，直心直肚肠；你以为同他们客套几句，说两声好听话恭维他们几句，他们就会当你是好人，掉转头向着你，帮着你；至少也要顾到点情面，不好意思拉破脸皮和你闹拆桥？——好的好的，你算成功了，村里人果然好几个回去了！（咬牙）好恶毒的计策！

周乡绅：咦，笑话了！（不慌不忙）我是本地的乡绅，乡绅们讲的话，乡下人素来是听从的。我要他们怎样，他们就是怎样。何消得什么计策！笑话了！

李全生：让我告诉你，清清楚楚地告诉你，你尽管欺他们骗他们，欺骗得他们回去车水了！不过等到他们又车了一天的水，车到（沉痛）个个皮焦骨痛，可是田里的水仍旧不见多出来，田里的稻仍旧还是枯下去的时候，他们（吆喝）就会明白是上了你的当；他们不但拆你的桥，还要寻着你，不饶赦你的！

周乡绅：（看见风色不大好，立起身对王老爷）这里太阳晒，热不过，我们祠堂里去坐吧。

李全生：（再取和缓态度）就是你，也有几亩田在桥东边，是你周家的护坟田。田虽然不是你自己种，种你田的人，总不会瞒你的。你何不问问你们自己家里的佃户，你的坟田里是不是也缺水，田里的稻是不是也要干死。你不要因为你家在桥西的田多，今年不怕收成不好，你就全不顾桥东的种田人了！

周乡绅：（立定了）我的田我自己会料理，何劳你烦心，笑话了。

李全生：我们求过你不知有多少次数了，今天再求你一次，请你立刻让我们拆桥，我们总会记得你的好处，说不定也有报答你的一日的。而且我们已经商量了，我们自己聚钱，将来造一座更大更好的桥还你，即使拆了桥，有人会说，"乡下人要拆桥，就把周乡绅家的五奎桥拆了"，好像是乡下人占了上风似的。可是你周先生就让乡下人占一次上风有什么不好？你到底是帮助救活了桥东几十家的男女老小呢！让我们拆桥吧！

桂升、徐元发：（附和）让我们拆桥吧，辰光不早了！

周乡绅：（似乎活动了；一看，他的长工仆役轿夫等比乡下人多到两三倍；当着他们面前，是不可示弱的）不能，这座桥是有关风水的！

李全生：风水的话，哪里靠得住！如果五奎桥真正是十全十美的好风水，今年的雨水不会这样少，桥东四百亩田也不会这样干了！五奎桥的风水，也许对于姓周的一家还是好的，因为你周先生的田在桥西面的多；对于我们桥东几十家的种田人，五奎桥的风水是坏透的了。

周乡绅：桥是我们周家的，我姓周的一定不许拆。

李全生：一定不许拆的话，那末，（瞪着周乡绅，有用意的一字一字慢慢说）恐怕这座五奎桥，连到对于你周家的风水也是不好的了！

周乡绅：（渐渐地明白了他的意思，不觉大怒）混账，乡下人敢这样放肆么？乡下人的事，乡绅们倒不能作主，反而让乡下人作了主去么？天下真要反了！

桂升：（也怒）你只有一顶桥，我们有四百多亩田呢！

周乡绅：我早料到的，现在乡下人不安分的多。七天醮打完，天不落雨，又该要闹一闹，所以我今天特为请了地方法院的王老爷，跟我一同下乡来。（对王老爷）请他看看我这座建造得齐齐整整的桥，请他再看看近来乡下人嚣张跋扈的样子！（对李全生）桥是我周家的祖产，哪个敢动一动，动一动就是犯法，现有司法警察在这里，捉到衙门里去重办。

王老爷：（忠人之事）哼！（立起来，对众人）我在旁边看了半天了。你们有你们的苦处，我也知道了。不过我是地方法院的官，我只能代表法律说话。

（李全生等众人不得不听他。）

王老爷：法律是大公无私的！嘿！什么叫大公无私的呢？就是，犯了哪一种罪，一定有哪一种刑罚；一点没有通融，一点没有客气的，你犯罪是如此，他犯罪也是如此！居心不良而犯罪是如此；为了不得已，像你们这样，怕田里的稻枯死，发急要拆桥，因而犯罪，也是如此。法律是大公无私的！

（众人闻所未闻。）

王老爷：你们今天所做的事，几乎没有一件不是犯罪的。你们都是乡下人，不懂得法律，（从口袋内取出一本袖珍六法全书，内中几页早用白纸条夹开）第一，你们不应该聚集了许多人到桥上来！刑法第一百五十六条，"公然聚众，意图为强暴胁迫……在场助势之人，处六月以下有期徒刑拘役……首谋者，处三年以下有期徒刑。"你们聚众，就是犯法的！第二，刑法第一百九十九条，"损坏或壅塞陆路水路桥梁，或其他公众往来之设备，致生往来之危险者，处三年以下有期徒刑拘役。"还有，第三百八十一条，"损坏他人建筑物……致令不堪用者，处五年以下有期徒刑。"（有几个字，他念得格外清脆。）

（众人心里不平。）

王老爷：你们不但不应该拆桥，连嘴里论说也是犯法的。刑法第三百一十九条，"以加害生命身体自由名誉财产之事，恐吓他人。致生危害于

安全者，处二年以下有期徒刑。"这是中华民国的刑抶，印在书上；不是我想出来的。（藏起书）

（李全生冷笑一声。）

王老爷：（摆出架子）我是一个法官，不能不维护法律的尊严。我既然来了，凡是我眼睛所看见一切犯法的事，我就不能不管。哪一个犯法，我就拘办哪一个。嘿！晦！我再清清楚楚对你们说一遍。你们在桥上扳一块砖，动一块土就是犯法的，你们拿拆桥的话恐吓周先生也是犯法的。我静坐在这里看着！不要你们桥没有拆成，先去坐了三五年的监牢；而吃了官司，桥还是没有拆成！你们胡闹，是没有用的。

（众青年汉民听他这样说，果然有点迟疑起来。）

周乡绅：（得意）你们哪个敢动一动！

李全生：（上前拉住周乡绅）我不同你转圈子讲法律，我只问你一句话。

（周乡绅愕然看着他。）

李全生：如果今年田地旱荒了，怎么办？

周多绅：什么旱荒！

李全生：如果今年真的旱荒了，你养活我们村里几十一家人口么？

周乡绅：旱荒，你看田里满满的稻，今年会旱荒么？

李全生：桥西的年成是好的。可是如果桥东的稻都枯死了，你让我们到你的祠堂里，吃你周家的米么？

周乡绅：放屁，这是什么野人，敢诅这种野话！他是什么人，他姓什么？

（李全生瞪着他。）

周乡绅：（问谢先生）他姓什么，叫什么？

谢先生：他就是李全生。

周乡绅：李全生，哦，李全生。（忽然触动灵机）原来你就是李全生，我和你说了半天话，还不晓得，失敬了！

李全生：我是李全生。

周乡绅：（面孔一扳）你是什么东西！（做出愤慨的样子）你配来同我说话么？·

（李全生呆住了。）

周乡绅：我来告诉你们。（一路想一路说）他曾经有一次寻了我家一个长工，要他领了去见谢先生；说是这回拆桥的事，是由他领头，他可以作得主的。意思之间，想点好处——

李全生：好处，什么话！

周乡绅：你怕我将你的底细都揭露出来么？

（李全生上前想去揪他。）

周乡绅：（避开）拉他下去。

（仆人轿夫都上桥来。）

李全生：你的好处，放你妈的狗屁。

桂升、徐元发：（拉住李全生）你让他说。（推李全生到一边，遥对周乡绅）你说你说！

周乡绅：想问我要好处！他说拆桥的事情，都在他掌握之中；他能教乡下人拆，也能教乡下人不拆！意思之间，如果我肯允许他点好处，他就教乡下人不拆。他对谢先生说，他家里只有一个娘，一年能吃多少米，希望我照应照应他。他还要谢先生领他进城来见我——（看谢先生）

（谢先生咳嗽。）

周乡绅：谢先生为了这件事，居然特为进城来见我。我道这是不妥当的。如果乡下人真是为了洋笼打水而要拆桥的，那还情有可原。现今这样说法？竟是乡下人上了李全生的当，专为了李全生一个人发财了。我是堂堂正正的乡绅，何犯着去买通勾结一个乡下人。我难道自己说不服乡下人，来受他的竹杠么？我吩咐谢先生一口回绝了他。当时他就恨恨地说，"周乡绅这样小气，不要后悔！"他要去撺掇乡下人去闹事了。（看着谢先生）

（谢先生怕难做人，局促不安。）

周乡绅：他今天果然带着你们来拆桥了，这是他好处没有到手的缘故。

（桂升等抱住李全生，不让他上桥。）

周乡绅：谢先生现在就在这里，你们可以问问他，到底有没有过这样一件事，这种话说过没有："他家里只有一个娘，一年能吃多少米。要周乡绅照应他！"（看谢先生）

（谢先生还不说。）

周乡绅：（怒目逼视）谢先生，是不是？

（众人屏息而听。）

谢先生：（模棱）有的——他——他——他家——

周乡绅：（得意）如何？

谢先生：他家里只有一个娘，一年吃不了多少米，这是实在的。

大保：（真气不过了）呵——呵！

周乡绅：（大怒）什么人！

（众人视大保，大保不响。）

周乡绅：哪里来的野孩子！乡绅们在这里说话，你敢来打搅么？

（众人都不作声。）

周乡绅：哪里来的野种，赶他开去！

（众人看着谢先生。）

周乡绅：（问谢先生）他是哪一个的儿子？

谢先生：（不得已）我的儿子。

周乡绅：（没有法子发作）哼！

（有人悄悄教大保避开。）

一个青年农民：（怀疑）全生，真有这件事么？

李全生：哪里会有。不过他家有一个长工，有一个倒来劝过我；教我不要领头闹，周乡绅肯照应我。我没有答应他。

（一个青年农民：是么？）

桂升：这是周乡绅存心冤枉人，全生阿哥决不会做这种事的。

（青年农民还是疑疑惑惑有点不放心。）

周乡绅：你们还当李全生是好人，他完全是利用你们，向我敲竹杠。这样一个假公济私刁诈奸恶的东西，你们还好相信他的话么？

陈金福：（踌躇了半天了）周老爷。（枝枝节节有点不敢说）我是老实人，只会说老实话——我们并不是要听李全生的话，没有饭吃是真的。——我种的田在桥东，就是你老人家的坟田也是没有水。——我呢，到了真荒的时候，不愁你老人家不周济我些——别人呢，难说了。——全生不过种七亩多田，别人却是几十家人口呢！——乡下人不读书，没有城里人才情好，这是真的；不过也未见得十分容易骗，会上了全生的当。——周老爷要明白，这是大家的事，不是全生一个人的事，——不是全生一个人弄出来的！——

周乡绅：（勃然）依你说，是不是应该拆桥呢？

陈金福：眼看着桥西是大丰年，自己一粒收不着，是有点难过的。

桂升：（嚷起来）你听听，你们自己的种田人，都是这样说了。

周乡绅：（这一下真动了肝火了）你吃我的饭，种我的田，竟敢这样胡说！（举起手杖劈头劈脑地打去）

（可怜陈金福只能招架，不敢还手。）

周乡绅：（对长工等）拖他到祠堂里去，捆起来！（对谢先生）查查账簿看，他前两年还欠多少租米，带他到城里，送他到地方法院重办去！（对轿夫）把轿子搭到祠堂里来，我就要进城了。

（他看着几个长工揪住陈金福，由谢先生押到祠堂里去；他自己正待动脚。）

李全生：（跳上桥去）你不要捡忠厚人欺。我们和你客气商量着拆桥，你偏要逼得我们不得不翻脸。拆是拆定了，你答应也是拆，你不答应也是拆，官司我吃好了！现在的法律，不帮乡绅们，难道还会帮我们乡下人么！（上前便把桥栏干的砖扳了一块下来）

周乡绅：呕！（提起手杖又是没头没脑地打）

李全生：（夺过手杖来掷在河里）我不同你相打，我只拆了桥，救我田里的稻。

（此时长工、轿夫、仆人等，满布桥上，农民不得上前。）

（周乡绅急了，将手里羽毛扇在李全生头上乱敲，也被李全生夺过去，撕得粉碎。）

周乡绅：（狂喊）捉强盗，捉土匪！

王老爷：（俨然出现）你们来，捉住他！他损坏人家的财产，有罪的！

（司法医和几个仆人好容易把李全生捉住。）

周乡绅：（吩咐）也捆到祠堂里去。

（李全生挣不脱，被仆人们拖去。农民气极，奔上桥来抢他；人少力量薄，被长工们拦住。）

周乡绅：还了得，还了得，乡下人真反了！（对王老爷）我先到祠堂里去，桥上的事，拜托你了。（由一个长工搀扶着去了）

（众农民从来没有象今天这样愤慨，但是慑于积威，还是有点敢怒而不敢言。）

桂升：（对徐元发）你去多喊几个乡下人来。

（徐元发奔向村里去了。这时候珠凤听见喧闹的声音寻了来。）

大保：珠凤，不好了！

珠凤：什么事？

大保：（不平）你的爹爹被周乡绅大打了一顿。

珠凤：（失声）打了一顿！

大保：被周乡绅拿他手里的棍子打了一顿，（甚为不甘）现在捆到祠堂里去了，还要打呢！

珠凤：（变色，半晌）我去看看去。

大保：（胆量也来了）好，我陪你去。

（珠凤冷笑一声，两个人也奔向闹堂去了。）

（那些长工轿夫们，虽说是吃周乡绅的饭，看见这种事，也有点不服气；有几个甚而是怒形于色；现在都不起劲，退回桥那边去了。）

桂升：（愈想愈气）这是什么理，我倒问问他看。（奔上桥来）请问王老爷，为什么捉李全生？

王老爷：他毁坏人家财产，他扳了桥上的砖，又撕了周乡绅的羽毛扇。

桂升：请问王老爷，为什么捉陈金福？

王老爷：他——他——他说话说得不好。

桂升：（看他这样不讲理，愤怒极了，不知是哪里来的勇气，什么法院什么老爷全都不管了，握起拳头在王老爷的面上划，就要打他的样子）请问王老爷，打人——动手打人——是不是犯法的？

王老爷：（见他的拳头有点怕）打人是犯法的，犯法的。

桂升：周乡绅动手打人，你为什么不捉周乡绅！

王老爷：我——我——嘿嗨！

（这时候农民又陆陆续续来了不少，看着桂升羞辱王老爷。）

桂升：你做的是什么官？你还是做中华民国的官呢，还是做周乡绅家的官？

（王老爷闭口无言。）

桂升：姓周的养一只狗，也不会象你这样听话的。

（这时候忽然听见祠堂那面珠凤惊叫的声音。）

（众人又渐渐地静下来，倾听着。）

又听见珠凤哭喊："爹爹，他们打得你这样厉害么？"

（桥上的人听了，毛骨悚然；四五十个人一点声息也没有；忽然不约而同的像暴雷似的，众人大喊一声；连长工轿夫一起在内。）

王老爷：（面如土色，想溜）我去——我去看看去——教他们不要再打。（转身就走）

桂升：（拿着几块砖石，追上来掷他）不要逃，不要逃，你敢不把捆着的两个人放出来！

王老爷：（急急地定着）放——放。（人不见了）

桂升：（转身大喊）我们还等什么？拆呀！拆呀！（各人拿着家伙就动起手来）

（只听见村里头一片锣响，渐渐自远而近。徐元发打着锣带着不少的男女老少农民来了，看见拆桥，大家动手。）

（桂升一面拾着砖，一面指挥着大众。）

（徐元发敲着锣领着几个人又奔向祠堂那面去。）

（桥上砖石横飞。）

李全生：（奔回来，看见有人拆桥了）好，我去把洋龙船撑过来。（向西去了）

（祠堂那边锣声震天地响。

周家的长工也有来帮着扛砖头的。

大保、珠凤扶着陈金福回来。陈金福也忙着拾砖。

大保和珠凤走过桥来立在一边看着。）

大保：（看着那五奎桥一点一点没有了）啊啊，这一下周乡绅算是完全的完结了！这叫做"敬酒不吃吃罚酒"，好好和他商量，再也霸住了不肯的。一定要弄到这样，他现在也服服贴贴不声不响了！

珠凤：现在乡下人有了活路了！

（锣声又响起来，徐元发又领了更多的人来拆桥了。）

——闭幕

[提示]

洪深（1894—1955），学名洪达，字伯骏，号潜斋，别号浅哉，江苏武进人，中国电影戏剧理论家、剧作家、导演。独幕剧《五奎桥》，创作于1930年，是洪深的代表作，也是洪深"农村三部曲"之一，另两部是三幕剧《香稻米》（1931年）和四幕剧《青龙潭》（1936年）。《五奎桥》形象地表现了中国农民在贫困线上的挣扎及其自发性斗争，是中国现代戏剧史上优秀的作品。

　　整个作品以 20 世纪 30 年代江南农村抗旱为背景，反映了农民与地主和官府之间不可调和的矛盾。李全生是个坚定勇敢而警觉的青年农民，在旱灾威胁下，他不信打醮求雨的迷信作法，更反对风水保运的妄说，他旗帜鲜明地带领村民同周乡绅斗争。大旱之年，农民租来抽水机灌溉，因五奎桥太低，船无法通过，要求拆掉五奎桥。地主周乡绅认为事关周家祖坟风水，阻挠拆桥。农民终使周乡绅的阴谋和镇压失败，一起动手拆除了五奎桥。

　　"五奎桥"象征封建地主阶级的权威和利益，围绕桥的拆毁集中地反映了江南农村广大农民和豪绅地主之间的矛盾与斗争。这是现代戏剧史上较早地用比较明确的阶级观点来反映农民斗争的剧作，有力地揭露了封建剥削者的凶恶面目，歌颂了农民不畏强暴的反抗精神。该剧结构完整紧凑，矛盾冲突步步逼近。语言质朴自然、富有地方色彩。但是这部作品是在"革命文学"影响下，"对政治的认识，开始有若干转变"以后的"新思想"的产物，在阅读时也应注意到剧本思想上存在的"机械的现实主义"的倾向。

（吴超男）

雷雨（存目）

曹　禺

[提示]

　　曹禺（1910—1996），原名万家宝，湖北潜江人。中国戏剧家，主要话剧作品有《雷雨》、《日出》、《原野》、《北京人》等。

　　《雷雨》是曹禺先生的处女作，也是他的成名作和代表作之一。在1934年公开发表后，引起了强烈的反响。《雷雨》以20世纪20年代的中国社会为背景，通过一天的时间，两个场景，展开了周、鲁两家两代人的悲剧故事，时间跨越长达30年。《雷雨》采用的是欧洲古典主义的传统戏剧模式，即"三一律"结构，时间、地点、情节三者完全一致。剧本以老一代的周朴园老爷和侍女鲁侍萍的爱情纠葛，以及年轻一代的丫鬟四凤和少爷周萍之间的爱情故事为主要情节展开，其中穿插着继母繁漪与长男周萍之间的乱伦关系，周冲与四凤的情感关系。《雷雨》集中表现了周、鲁两家在爱情、血缘和阶级方面的复杂关系，戏剧冲突集中、尖锐而强烈。"雷雨"既是这部戏剧的整个外在自然环境，又构成了这部戏剧所处的社会环境，具有深刻的象征意义。这部戏剧不仅仅是对丑恶社会现实的一种揭露和鞭挞，也是作者曹禺先生某种真切的生存体验和人生诉求。

　　作为这部戏剧的主要人物形象，曹禺塑造的周朴园是一个具有复杂性格的人物：对侍萍，始乱终弃，再次面对她，周朴园是有所忏悔的，感情是真实的；对繁漪，周朴园专横跋扈、冷漠无情的封建专制大家长的一面则又表露无遗。这些方面显示了周朴园在性格上和心理上是一个冲突着的矛盾体。这部戏剧中另外一个值得探究的人物形象便是繁漪，也更能体现戏剧的主题。繁漪与其说是周朴园的太太，不如说是周朴园养在金丝笼里的一只鸟，毫无自由可言。周朴园的专横使得繁漪的性格发生扭曲，不甘于做金丝笼里的鸟儿，她要反抗。然而，繁漪的反抗也是扭曲的，毁灭性的。于是她与周萍发生乱伦关系，当周萍另有新欢、要切断这种乱伦关系时，繁漪由爱生恨，开始报复。繁漪的报复不仅仅是对自身命运的抗争，也是对封建专制践踏人性的控诉，她的悲剧不仅仅是自我的悲剧，也是社会的悲剧，她的悲剧是由专制而无人性的封建社会所造成的。

这部戏剧的创作在很大程度上留下了西方古希腊悲剧"俄狄浦斯情结"的印记，同时也受到易卜生悲剧的影响。曹禺广泛汲取了异域文学的丰富营养，加以萃取，为我们创作了一出戏剧冲突强烈、戏剧结构严谨而纯正的命运悲剧。曹禺先生的这部戏剧无论是在情节的丰富复杂、语言的运用还是在结构的安排上，都相当的精致和严谨，使得整部戏剧的剧情跌宕起伏、前后呼应。《雷雨》的创作和发表标志着中国现代话剧日臻成熟。

（杨晓花）

日出（存目）

曹　禺

[提示]

曹禺（1910—1996），原名万家宝，湖北潜江人。中国戏剧家，主要话剧作品有《雷雨》、《日出》、《原野》、《北京人》等。

《日出》是曹禺先生的主要代表作品之一，创作于1935年。《日出》的发表标志着中国话剧艺术的真正成熟。剧本以二十世纪三十年代半殖民地半封建的中国都市为背景，以陈白露为主要人物，以她的客厅和三等妓院宝和下处为活动场所，将各阶层的人物联系起来。《日出》主要讲述了都市交际花陈白露在银行家潘月亭的包养下，与一帮资本家投机家相周旋，虽然她厌倦了周围的一切，但是却无法、无力摆脱这种生活。昔日的恋人方达生在听说陈白露的经历后，试图去挽救陈白露，但是她拒绝了方达生的求婚和拯救，无法摆脱交际花的生活，直到潘月亭在投资失败后，陈白露面临巨额债务，对生活感到无比失望后服药自杀。该剧一方面抨击了资本家为了金钱尔虞我诈的丑陋面貌，暴露了人在金钱的支配下扭曲的人性；另一方面又对处于社会底层的小人物的悲惨命运寄以同情。通过人物命运的对比，对当时腐败的黑暗的不合理的社会制度进行批判。

作为整部戏剧的中心人物，陈白露是一个思想性格复杂的悲剧人物。一方面享受资本家为其提供的奢靡的物质生活，她抽烟、喝酒、打牌，自甘堕落，在昔日恋人方达生苦苦哀求跟他一起回去时，陈白露却拒绝了；另一方面却在精神上厌恶这种糜烂腐朽的生活。因而在小女孩向她求救时，她不顾金八的权势，救下了小东西并认为干女儿。但小东西还是未能摆脱黑三的魔爪，被卖到妓院。她曾无数次在窗台看日出，她知道太阳要出来了，但是太阳却不属于她。她处在一种极其矛盾之中，无法自拔，在失去潘月亭的供养后，她没有出路，只能选择自杀以求彻底解脱。陈白露作为接受过五四新文化，接受过高等教育的知识女性，却没有出路，最终无法摆脱传统女性的悲剧结局。

　　曹禺在《日出》中还成功塑造了一系列的人物形象，从未出场但却对剧情有着很大影响的上层社会的金八爷，以及底层小人物黄省三、小东西等人物形象，作者都刻画得入木三分，呈现了由整个社会各阶层所构成的丰富的现实画卷。曹禺在谈到他的创作体会时曾说，他把主要精力用来"写人"，因而他笔下的人物形象性格鲜明，富于现实的和历史的内容。人物语言个性化，同时又具有诗意化。结构上采用的是"人像展览式"结构，将各层人物混在一起，构成了错综复杂的矛盾冲突。这部话剧在舞台演出后，舞台效果具有极强的冲击力和表现性，读者在情感上产生了强烈的心灵共鸣。

（杨晓花）

上海屋檐下（存目）

夏　衍

[提示]

夏衍（1900—1995），原名乃熙，字端先，浙江杭州人。现代著名作家、戏剧家、电影艺术家，主要代表作品有《赛金花》、《秋瑾传》、《包身工》、《上海屋檐下》等。

《上海屋檐下》这部三幕剧创作于1937年，以在上海弄堂一座房子里的五户人家的生活和遭遇为描写内容，表现了底层小人物悲喜交加的人生命运。剧作在时间上采用一种令人压抑的黄梅雨时节来反映当时的社会环境。这部剧主要讲述的是十年前匡复因追求革命而入狱，他把自己的妻子和女儿托付给自己的好友林志成照顾，在匡复被释放后，他想找到自己的妻子女儿一起生活，却不料数年前因为自己一直杳无音讯，妻子生活无着落，便同他的好友林志成组成了家庭。三个人陷入了难以言说的矛盾和痛苦中，引起了一系列性格上、感情上的矛盾和冲突。林志成因内疚而想要离开，妻子彩玉想和匡复重新生活，但是又无法舍弃患难与共多年的林志成。最终匡复在女儿的启发下，寻找到一条新的革命道路，他原谅了妻子和好友，然后留下一段话便走了。另外，生活在同一屋檐下的还有失去儿子的老报贩，每天借酒消愁，吟唱着"盼娇儿"，幻想儿子当了司令，自己也成为老太爷的李陵碑。船员的妻子施小宝，因丈夫长年不归，迫于生活被流氓抢占且卖身，在卑贱的生活中却又不失人性最美好的东西。小学教员赵振宇是这部戏剧最为快乐的人物，他关心国家大事，善待他人，但也无法摆脱贫困的生活，他的妻子唠叨而又刻薄，使得他感到苦恼和无奈。大学毕业的洋行职员黄家楣刚刚失业，正好老家的父亲以为儿子在外生活很好，便来探望。黄家楣夫妻不忍父亲失望，便靠典当的钱来哄骗父亲，但还是被父亲察觉，于是父亲将仅有的几块钱放到孙子的怀里，便孤身一人连夜回乡下了。

作者采用现实主义的创作手法，通过对小人物生活的具体描写来反映大时代的某些特征，具有深厚的历史内容。剧中人物形象血肉丰满，性格鲜明，个性突出，剧作家尤其擅长人物心理的刻画。在艺术手法上，夏衍巧妙地采用了电影艺术的剪辑手法，采用多镜头的组合与衔接，将毫无关系的一个个小的冲突，组合成一个大冲突，将这五户人家的生活展现在一个舞台上。这五户人家的生活在夏衍的组织下，有条不紊地进行着，时而同时进行，时而交叉进行，多条线平行推进，但主要情节结构是以林志成一家为主要矛盾冲突，主辅两线辉映成趣，将戏剧推向高潮。

（杨晓花）

屈原（存目）

郭沫若

[提示]

郭沫若（1892—1978），四川省乐山客家人，现当代诗人，剧作家，思想家，他是中国新诗奠基人之一。著作有诗集《女神》，历史剧《屈原》等多部。

话剧《屈原》是郭沫若的代表剧作，于1942年首演于重庆，一时间轰动山城。该剧以豪迈奔放的浪漫主义艺术手法歌颂了屈原的抗争精神，以及中华民族反抗压迫、反抗侵略的豪情斗志，为抗日战争中的中国人民带来极大鼓舞，成为配合前线战斗的有力武器。

剧作第一幕，屈原给弟子宋玉讲自己的《橘颂》一诗，赞美橘树"独立不倚"、"至诚一片"的品格，告诫宋玉在这大波大澜的时代"生要生的光明，死要死的磊落"，做一个顶天立地的男子。这实际也是屈原光明磊落、爱国爱民伟大襟怀的诗意概括和自我抒发。秦国为破坏楚齐两国联盟派使者张仪游说楚王，诡称秦以商于六百里之地与楚，条件是楚齐绝交。身居左徒官职的屈原识破秦国虎狼之心，从维护楚国独立和关东六国人民利益出发，力劝楚王坚持联齐抗秦。张仪阴谋受挫，转而与楚王宠姬南后勾结。南后郑袖是个狠毒自私的女人，楚王长子正在秦国作为人质，南后为了固宠便接受张仪奸计，以离间楚王与屈原关系，破坏楚齐联盟以换取秦国对立稚子子兰为王位继承人的支持，二人共同设下阴谋。南后以帮助指导"九歌"为名，把屈原骗入宫廷，当面吹捧屈原："文章又好，道德又高，又有才能，又有操守"，待见到楚王回宫时，便诈作头疼，倒入屈原怀中，反诬屈原调戏她。昏庸暴戾的楚王，不辨真伪，便以"淫乱宫廷"的罪名，免去屈原左徒官职逐出宫廷，并宣布和齐国绝交，同秦国修好。屈原悲愤满腔，告诫国王："要多替楚国的老百姓设想。"并痛斥南后："你陷害了的不是我，是我们整个儿楚国呀！"屈原被贬。无耻文人宋玉叛离屈原，投靠南后贵族集团。屈原愤而出走，路遇楚王、张仪、南后，怒不可遏，痛骂之。楚王大怒，下令把屈原关进东皇太乙庙。侍女婵娟坚信屈原是纯洁和正义的，不为南后威逼和宋玉等利诱所动，也被囚禁。屈原身陷囹圄，眼见祖国陆沉，一腔悲愤喷涌而出。他呼唤雷、电、风，"把这黑暗的宇宙，阴惨的宇宙，爆炸了吧，爆炸了吧！"壮美的"雷电颂"把屈原的光辉品格升华到最高峰。这时庙祝郑太卜受南后之命，以毒酒与屈原，婵娟和救她的卫士赶到，婵娟误饮毒酒代屈原而死。卫士刺杀郑太卜，焚庙。熊熊火光中，屈原展读《橘颂》，祭奠婵娟，并随卫士潜往汉北，和人民一起继续坚持斗争。

郭沫若的历史剧《屈原》塑造了战国时代楚国的政治家爱国诗人屈原的光辉形象。整篇剧本充满正义之气，寄托了作者的美好愿望。在创作《屈原》时，作者大胆地提出了"失事求似"的历史剧创作原则，如剧中将屈原坎坷的一生浓缩在一天里展开，创造了婵娟形象，以"淫乱宫廷"向屈原问罪等等，都体现了作家的大胆的艺术想象，体现了艺术真实与历史真实的统一。

（吴超男）

虎符（存目）

郭沫若

[提示]

郭沫若（1892—1978），四川省乐山客家人，现当代诗人，剧作家，思想家，他是中国新诗奠基人之一。著有诗集《女神》，历史剧《屈原》等多部作品。

话剧《虎符》写于1942年，1943年首演，取材于《史记·魏公子列传》战国"四君子"之一魏信陵君（无忌）窃符救赵之事。魏安厘王二十年（公元前二五七年），秦国侵赵，形势危急，赵国平原君的夫人（信陵君之姐）亲自突围到魏国求援。魏王的异母弟信陵君认为赵魏唇齿相依，唇亡则齿寒，因此，他固请魏王发兵救赵。暴戾狭隘自私的魏王执意不肯，反劝赵投降于秦。信陵君亲率三千门下客，前往救援。侯嬴建议窃取魏王虎符，凭符调用老将晋鄙统率的十万魏兵。被视为宫中玩物的如姬夫人素来佩服信陵君"宽厚爱人"的品质和"合纵抗秦"的政治主张，对他十分心仪，同时也感念他替她报了杀父之仇，因此冒死盗符。信陵君佩符至晋鄙军中，晋鄙疑，朱亥便将其杀之，侯嬴心中有愧，便谢罪自杀。信陵君统兵八万解赵之围。魏王知晓此事，下令杀死信陵君全家，信陵君之母魏太妃把"清白"比作月亮，认为"一个人能够象这月亮一样该多好啊！"并代如姬受过自杀。如姬逃出宫后，本可以逃至邯郸请信陵君保护，但为了不损害信陵君的声名，在父亲墓前自杀。

该剧以"信陵君窃符救赵"这个故事为载体，以浓墨重彩的笔触描写了在这个过程中如姬与信陵君的情感经历。为拯救赵魏百姓，如姬舍生取义，盗虎符赠予信陵公子。而后魏赵胜，如姬与信陵公子却又不得不因"大业"而舍"小情"。该剧截取宏观历史长河中的一段故事，不仅塑造了如姬与信陵君两个人物形象，还成功地刻画了太妃、侯嬴等一系列人物角色，使整台戏既完整又显恢宏大气。这部产生于上世纪40年代的重要剧作，反映了当时立足于中国现实、在历史与现实交叉的维度上，力图发掘民族文化传统、弘扬儒家"仁义"精神的民族主义思潮。在《虎符》的创作中，剧作家郭沫若提出的"失事求似"的历史剧创作原则，仍然在剧本中沿用。

（吴超男）

忠王李秀成（存目）

欧阳予倩

［提示］

欧阳予倩（1889—1962），原名立袁，号南杰，湖南浏阳人。主要戏剧作品有话剧《潘金莲》、《青纱帐里》、《越打越肥》、《忠王李秀成》，桂剧《木兰从军》、《梁红玉》，京剧《桃花扇》、《孔雀东南飞》等。

《忠王李秀成》创作于1941年，欧阳予倩创作这部历史剧时，正值抗日战争期间，面对日本帝国主义的入侵，国民党政府却实行一党专政，奉行"消极抗日，积极反共"的政策，而且对抗日根据地进行封锁打击，迫害进步人士和民主革命战士，言论自由受阻，因而作家们只能通过历史来反映现实。作者借太平天国的故事来影射现实，谴责国民党反动派，鼓励人们团结一致共同抗日。

《忠王李秀成》主要讲述的是太平天国在经历天京变乱后的历史，作家着力塑造了李秀成这一人物形象，他是一位勇于承担责任，以天下为己任，体恤民情，忠心为国，明辨是非，处事干练的英雄式人物，却受到天王洪秀全的怀疑，致使前线战况吃紧，战果付诸东流；并且自己的手下因贪图富贵而背叛，使得战况愈加糟糕。他满腔的抱负无处施展，在腹背受敌时宁死不降，始终将天国的前途和命运放在第一位，最终舍身成仁。

欧阳予倩作为中国现代话剧的创始人之一，创作改编话剧数目多，对各种剧种都有较深的造诣。他深谙话剧艺术，又有长期的话剧演出经验，因而他的戏剧创作具有强烈的故事性，语言上精炼简洁，讲究节奏美，具有鲜明的民族色彩。同时，欧阳予倩认为，历史剧创作并非"发思古之幽情"，而是以古鉴今、借古喻今，为现实斗争服务，因而其史剧将历史融入到现实的斗争中，具有鲜明的时代特征。另外，《忠王李秀成》这部历史剧还具有强烈的悲剧性色彩，农民起义反映了一定的历史进步要求，但是这一要求在当时的历史条件下是不能够实现的，农民军和它的领袖人物其结局只能是失败和死亡，欧阳予倩严格按照历史的发展逻辑建构戏剧冲突，从而使得这一历史题材既富悲剧性色彩，又深具历史性内涵。

（杨晓花）

天国春秋（存目）

阳翰笙

［提示］

阳翰笙（1902—1993），电影艺术家、戏剧家、作家，中国新文化运动先驱者之一，原名欧阳本义，字继修，笔名华汉等，四川高县人。毕业于上海大学社会学系，1927年底参加创造社。1928年初起陆续发表小说，1933年以《铁板红泪录》开始电影创作，著有长篇小说《地泉》，中篇小说《暗夜》、《两个女性》、《义勇军》，电影文学剧本《万家灯火》、《三毛流浪记》、《八百壮士》，话剧剧本《塞上风云》、《李秀成之死》、《天国春秋》等，

1941年初，蒋介石发动震惊中外的皖南事变，第二次国共合作面临破裂的危险，为此，周恩来同志在《新华日报》上写了"同室操戈，相煎何急"的警句。郭沫若和阳翰笙决定以戏剧为武器，借古喻今，反击国民党反动派破坏抗日战线的图谋。郭沫若写出《屈原》，阳翰笙写出《天国春秋》，成为两颗投向反动派的思想炮弹。

《天国春秋》（六幕历史剧）以太平天国革命失败的历史教训，借古讽今，意在唤起民众的觉醒，鼓舞全国抗日军民的斗争意志。当年由中国剧艺社第一流演员演出此剧，引起观众强烈的共鸣。"天京内讧"是太平天国革命中惊心动魄的一幕，《天国春秋》以此为蓝本，取材于1856年太平天国的"杨韦事件"，力图揭示农民革命的历史教训。东王杨秀清执掌文武大权，遭到阴谋家、野心家韦昌辉等人的谗毁，引起天王洪秀全的猜忌，最后导致韦昌辉杀害杨秀清、屠戮数万太平军战士的悲惨结局。作家通过历史事件提炼出"血的教训"：只有维护事业的利益，团结一致，才能取得革命的胜利；如果让野心家得逞，内部自相残杀，必将导致革命的失败。由于剧本忠于历史，故人物形象真实可信。阳翰笙抓住历史和当时现实的惊人相似之处，奋笔五十天，以这一历史事件为线索，成功地刻画了在典型环境中的典型形象，杨秀清、韦昌辉以及西王娘洪宣娇、女状

元傅善祥等人物形象血肉丰满，极具个性化。结尾描写洪宣娇的内疚与忏悔，就是为了给现实生活中"那些较下层的被利用者，被蒙蔽者，与还来得及从毒杀人民的买卖中缩回手来的人"以教育。《天国春秋》以宏大的气魄再现了太平天国内外错综复杂的矛盾，展现了波澜壮阔的历史场面，表现出作家驾驭复杂事件的能力。剧本写得很有内容，冲突尖锐，人物鲜明，寓意深刻，激发人们对当时现实的联想。阳翰笙的此部剧作不仅在当时产生巨大震撼、影响，而且其精湛的艺术，一直被后人所借鉴。

（吴超男）

野玫瑰（存目）

陈　铨

[提示]

陈铨（1903—1969），别名陈正心，四川富顺县人。主要戏剧作品有独幕剧《婚后》、《黄鹤楼》、《野玫瑰》、《蓝蝴蝶》、《金指环》等。

《野玫瑰》于1941年发表在昆明《文史杂志》上，这部戏剧在演出后，成为当时国统区最具票房号召力的话剧作品之一。虽然这部作品的演出大获成功，但却受到来自不同政治立场的批评。《野玫瑰》是一部四幕话剧，时代背景是抗战初期，主人公夏艳华表面上是一个风华绝代的交际花，实际上作为国民政府的特工，她在沦陷区进行卧底工作，并与沦陷区的伪政委会主席王立民结婚。不久，夏艳华曾经的恋人刘云樵也到王立民家做卧底，并且与王立民的女儿曼丽相爱，由此展开了一场特殊的三角恋爱关系。最后刘云樵的卧底身份暴露，夏艳华帮助刘云樵顺利逃脱，并设计使伪主席与伪警察厅长自相残杀。而王立民也在杀掉伪警察厅长后自杀，这位代号为"野玫瑰"的女特工夏艳华顺利完成了卧底任务。

《野玫瑰》围绕着"特工锄奸"这一主题展开，剧情简单，场景单一，但戏剧冲突却是高潮迭起，故事环环相扣，充满了紧张气氛，人物复杂且具有多面性。虽然剧作主要讲述的是夏艳华与王立民之间曲折惊险的间谍战，但作家却没有太多的着墨，更多的是描写了刘云樵与王立民女儿曼丽之间的感情纠葛。全剧以夏艳华与刘云樵、刘云樵与曼丽三人之间的恋爱关系为主线，使得这部戏剧充满了凄丽哀婉的浪漫主义色彩。对于汉奸王立民，作家并没有对其卖国行为进行简单的道德判断，而是从人物性格的内在逻辑出发，着重表现王立民对权力的迷恋，因而在权力丧失时，他不愿苟且地活着，而是选择了自杀，以此揭示了人物形象的矛盾性和复杂性。同时，作家还展现了汉奸王立民温情的一面，作为父亲在自杀之际，他惦念女儿、期望能够见到女儿曼丽。这也是这部话剧引起较多争议之处，一度被定为"反动话剧"。整部戏剧在语言上简练优美，而且富有诗意，充满着浪漫的色彩。陈铨《野玫瑰》中所体现的爱情观，无疑是受到了德国哲学家叔本华等人的悲剧心理学的影响，即爱情为意志之冲突。

（杨晓花）

长夜行（存目）

于 伶

[提示]

于伶（1907—1997），剧作家、戏剧活动家。江苏宜兴人，早年就读于北京大学法学院。30年代初参加左翼戏剧运动，在上海左翼剧联工作。抗战时期坚守上海，在"孤岛"从事剧运，组织上海剧艺社。后赴重庆，组织中国艺术剧社。创作剧本六十余部，主要有《夜上海》、《长夜行》、《七月流火》等。于伶被誉为"中国革命戏剧的拓荒者"，作为一名现实主义剧作家，他从高度的社会责任感出发去观察生活，以诗情的灵魂去感悟并描述生活，创作了一系列洋溢着诗意的戏剧佳作。

《长夜行》是剧作家于伶"孤岛文学"的代表作。1941年1月"皖南事变"后，于伶和部分战友于3月间奉命向香港转移，1941年12月太平洋战争爆发，战火烧到香港，大批文化人逃离，于伶也于1942年抵达桂林并于当年写出《长夜行》。

以当前的抗战为背景，《长夜行》讲述了上海一幢坐落在公共租界石库门房子内三户人家的生活，故事女主人公任兰多和男主人公俞味辛是从乡下到上海的知识分子，俞先生在一家中学教书，与俞太太俩人租住在一对无儿无女的老夫妻卫先生和卫太太的小楼里。俞先生夫妇租住在一楼，二楼则由一个投机商人沈春发租下了。俞先生生活窘困，所在学校多月发不出薪水。俞太太本来也是老师，由于流产贫血而不得不在家休养。贫困的生活压得俞味辛喘不过气来，同学褚冠球暗投日本人想引诱他当汉奸，这个阴谋被俞的另一同学陈坚揭穿。在陈的帮助下，俞擦亮了眼睛，当褚用枪逼陈、俞就范时，俞夺枪击毙了褚，结果被捕。二房东卫志成只知道叹息时事的艰难，而他的太太却与房客沈春发勾结，囤积居奇发国难财。沈春发投机生意越做越大，甚至乘卫志成夫妇囤货亏本之机吞夺了他们的全部房产，并将他们赶出家门。太平洋战争爆发了，日军冲进公共租界，沈春发惊呼，自己也面临破产。俞准备离开上海，奔赴抗战前方。剧作的主题鲜明，而且富于现实意义，俞昧辛这一对知识分子夫妇初始苦闷彷徨，最终冲破绝望和黑暗，奔向革命斗争，奔向黎明，他们的举动惊醒了许多底层小知识分子，令观众震撼。剧作故事情节大起大落，先悲后喜，充满戏剧性。作家把这些普通的小人物置于不同的情境中，揭示人物灵魂深处的闪光点，犹如在当时暗沉的社会现实中投进一线鼓舞人心的光芒。

（吴超男）

风雪夜归人（存目）

吴祖光

[**提示**]

吴祖光（1917—2003），江苏常州人，著名学者、戏剧家、社会活动家。主要代表作有话剧《凤凰城》、《正气歌》、《风雪夜归人》、《闯江湖》，评剧《花为媒》，京剧《三打陶三春》和导演的电影《梅兰芳的舞台艺术》、《程砚秋的舞台艺术》等。

这部《风雪夜归人》写于 1942 年，正是抗日战争酣战之时，但剧中却从头到尾并没有点出"抗日"两个字，这是作家的一种独特艺术构思。他将人性的觉醒、民族意识等更深层次的思想内容贯穿在剧本创作中。这点与易卜生、契诃夫和高尔基的创作思想是一致的。

故事发生于上世纪 40 年代末，在一个冰天雪地的夜晚，主人公魏莲生从坍塌的围墙缺口走进富豪苏弘基的花园，手扶着一棵枯萎的海棠树，寻他过去遗留在这儿的一切。20 年前的他以演京剧花旦而红极一时，上到达官贵人，下至一般市民都被他的声色所倾倒。魏莲生交往甚广，乐于纾危济困，颇受人们的敬仰。富豪苏弘基以走私起家，过着醉生梦死的生活。四姨太玉春原是个烟花女子，后被苏弘基赎出为妾。玉春崇尚自由，羡慕平凡人的幸福，不甘心于囚笼般的富贵生活。因为学戏而结识了魏莲生，由怜生爱，俩人商定私奔，走向自由。不料莲生从窗口摘下一枝海棠花送给玉春，这一幕被由莲生推荐给苏家当管事的王新贵窥见，遂将此事禀报了苏弘基。在玉春按约出走之际，王新贵带领几名打手将其抓回，莲生也被驱逐。二人依依话别，从此天各一方。20 年后，莲生拖着过早衰老的病体重回故土，但已物是人非，玉春已被苏弘基送给天南盐运使徐辅成为妾。莲生感慨万分，在那个风雪交加的夜晚，悄然死在海棠树下。

这部剧作的最大特色是，作者实现了人物的"陌生化"，对人物进行了多重视角的审视，让我们看到了魏莲生和玉春两个活生生的人在"戏子"、"姨太太"这两个标签之外更多的身份：正红得发紫的旦角演员、乐于帮助旧日穷邻里的好心人、能与玉春终身厮守的恋人。玉春同样如此，除了无法自我掌控的"姨太太"身份，她还是一位有情有义、具有深刻灵魂的人物。在对人物"陌生化"的同时，吴祖光对魏莲生与玉春之间的爱情进行了"陌生化"的处理。魏莲生与玉春的爱情实际上是两种男女关系模式的结合产物：一种是"戏子"与姨太太的情感纠葛，另外一种为启蒙者与被启蒙者之间的爱情，在启蒙的过程中，思想的交流变成情感的交流，终于碰撞出爱情的火花。

（吴超男）

升官图（存目）

陈白尘

［提示］

陈白尘（1908—1994），江苏淮阴人，原名陈征鸿，又名陈斐，剧作家、小说家。1930年参加左翼戏剧家联盟，从事戏剧活动，曾参加南国、摩登等剧社。抗战开始后，在各地坚持进步的戏剧活动，创作了大量剧本，代表作有《乱世男女》、《结婚进行曲》、《岁寒图》、《升官图》等。

在陈白尘众多剧作中，最具代表性的是喜剧，他的喜剧作品用笔犀利，讽刺泼辣，气势挥洒纵横，构思大胆奇妙，漫画化和性格化结合，荒诞性和真实性统一，喜剧性和悲剧性交相映衬，并善于吸收中国传统的讽刺艺术特点，注重喜剧的民族化。他的喜剧作品中以政治讽刺剧最为突出，而政治讽刺剧中影响最大的当数《升官图》。

1945年10月，陈白尘因屡次发表文章抨击时弊，遭到国民党当局的嫉恨。为了避免当局的陷害，他躲进友人的住所，在短短的20多天里，写出了三幕政治讽刺喜剧《升官图》。该剧构思大胆，表现手法流畅自如，描写两个为逃避追捕的强盗在一个凄风苦雨的深夜躲进古宅所做的美梦。俩强盗在梦中假冒知县和秘书长，勾结各局局长，与满口"廉洁"、"俭朴"的省长沆瀣一气，无恶不作，丑态百出，最终发现一切只是一枕黄粱。剧本视角新颖，通过两个强盗的"升官梦"，把一个小县城肮脏的官场交易展现在舞台上。对人物丑态把握深刻，摹刻出一幅贪赃枉法、鲜廉寡耻、"关系"之学盛行、真理良心丧尽的群丑图，通过剧本中犀利辛辣、诙谐生动的语言，对国民党统治区腐朽反动的官僚政治进行了深刻揭露和辛辣讽刺。

但是，正如陈白尘本人所解释的："《升官图》讽刺了一小部分官僚是真的，但它所积极要求的是合理的民主政治。"全剧指出：这种腐败不是个别现象，而是整个统治机构的糜烂导致。这样的作品彰显了鲜明的时效性，在当时的反蒋爱国民主运动中发挥了极强烈的战斗作用。

（吴超男）

群　猴

宋之的

人物

冯霞造（孙为本的太太）

孙为本（镇长）

康公侯（三民主义青年团书记长）

马务矢（CC 分子，某办事处主任）

钱小方（一个鞋店老板，与孔祥熙有特殊关系）

玛瑞（女国大代表）

警察

时间

抗战胜利后

地点

某国大代表尚未选出的大城市

布景

孙为本镇长家里的客堂间

幕启：孙为本坐在那里，他的太太冯霞造在教训他。

冯霞造：（一面梳洗打扮着）你呀，你就是没出息，丁点儿丈夫气也没有，生就的窝囊废，真亏了你妈，怎么下出你这么个宝贝！

孙为本：（显然是怕惯了太太地）大清早起，你这是何苦呢？

冯霞造：河枯，石烂也没用啊！简直你就是个破鞋，提都提不起来的。瞧瞧，中央回来以后，哪一个在日本手下干过的，没升了官，发了财？就是你，在日本手下，是个镇长；中央来了，还是个镇长。

孙为本：（不免冤枉，细声儿解释）拿什么比人家，人家都是地下工作者。

冯霞造：（气了）那你呢？你就不做地下工作，哪一次埋死人的时候少了你？

孙为本：瞧你扯到什么地方去了？

冯霞造：（横眉竖眼）你说什么，你说——

孙为本：（赔小心地）没有，我没敢说什么！哦，我说你别气了，气坏了身子，如何得了呢！

冯霞造：（委屈地）还说呢，都是为了你，昨儿陪汤姆跳了一夜，到现在腿还酸呢！

孙为本：（更孝顺了）要不要我给你捶捶？

冯霞造：别他妈在圣人门前读《三字经》了！（命令地）把高跟鞋给我拿来。

孙为本：那一双？黄的，黑的，还是银色的？

冯霞造：（不耐烦）黄的，黄的，黄的！啊呀！连拿双鞋的本事都没有！

孙为本把鞋拿来，冯霞造把脚伸给他，他立刻蹲在地上替她穿起来。

冯霞造：（想起了一件事）哦！这两天要办国大代表选举了……啊呀！轻一点，把我的脚都扭疼了……要人们活动得很，没人找过你？

孙为本：昨儿三青团的康书记长来过，要我帮忙。

冯霞造：（急忙地）你答应了？

孙为本：（有得意之色）人家书记长亲自坐了汽车来登门拜访，我还能不答应！你平素总埋怨我不会钻，没后台，这一下子——

冯霞造：（严斥之）这下子你简直变了一个大混蛋！滚！站远点儿！

孙为本：（瞠目结舌）怎么？答应错了？

冯霞造：（狠狠地）你呀！你怎么没死！这么好的机会！几乎就叫你错过了！

孙为本：我没错过呀！

冯霞造：还犟嘴！你！

孙为本：没，没敢犟，我是不懂，我要成了康书记长的人，我——

冯霞造：你就要怨死啦！你说，现在什么世界？

孙为本：（惶惑地）什么世界？

冯霞造：民主世界，现在民主世界！你是镇长，一镇的民，都归你管，你可不是个民主是什么？他们想当代表的，不求你这个民主，倒去求个屁！求到了你，可不能随便答应，这里面大有讲究。现在各方面抢民主，抢得很厉害，什么三青呀，黄埔呀，政学啊，CCD呀，啊呀，讲也讲不清这些名堂，还有什么英美派，什么太子派，什么新运派……

孙为本：新运……

冯霞造：就是新走了运的人呐！

孙为本：（丈二和尚摸不着头脑）倒有许多讲究！

冯霞造：嗯！这里面大人物多得很，我们一定得为民做主。要是"主"的好，什么发财都在里面。一个小小的书记长，算得了什么！哼，他们要是再来，瞧我的！

孙为本：瞧你的？

冯霞造：看我对付他！

孙为本：（赞叹地）你可是真有两下子，我祖上哪辈子积了德，老天爷睁眼睛，我才娶了你这么位太太！

门外敲门声。

一个亲昵的声音："为本兄在家吗？"

孙为本：（惊慌地）来了，来了！

冯霞造：快，收拾一下，把洗脸水拿开——坐下，坐下，装作办公的样子……神气一点，翻账本，翻……哦呀！我的拖鞋……

门外又轻轻地敲了两声。

冯霞造：（娇声娇气的）哪一位呀？

开门，一位瘦绅士——康公侯走进来，手提了些东西。

康公侯：为本兄办公吗？打扰！打扰！

孙为本：（神气活现）康主任！（转身介绍）这是内人——冯霞造。

冯霞造：（鞠躬，很懂礼仪的样子）康主任！我们真是久仰了！

康公侯：哪里，哪里，自己人，不客气！

冯霞造：（作态）康主任请坐！

康公侯：（坐下）拿了一点小礼物，一件美国新进口的玻璃雨衣，嫂夫人试试看？

冯霞造：哟！我们哪儿敢当！

康公侯：小意思，小意思，请赏脸收下吧！（送过来）

冯霞造：（作态）为本，你看能要吗？

孙为本：（窘）你，你看呢？

冯霞造：（更假痴假呆了）嗯——你说，你的朋友……交情够吗？

康公侯：（急忙地）为本兄跟兄弟是老朋友，昨天就认识了！

冯霞造：那——

孙为本：你瞧着办吧！

冯霞造：（一笑）那就谢谢了。

康公侯：（放心了）还有，这是兄弟竞选国大代表的传单，我带来一些，请为本兄跟嫂夫人帮忙在这一镇散散。

冯霞造：（走近一看）倒是新鲜玩意！（慢慢地）请选爱民如子的康公侯先生——

康公侯：（得意的解释）唉，我爱老百姓就像他们都是我的儿子一样。

冯霞造：（有点夸奖）很不错！

康公侯：怎么样？（假假的）批评批评。

冯霞造：你一定当选！

孙为本：（附和）一定，一定（冯霞造横了他一个白眼，孙为本忙坐下）

康公侯：全都仰仗大力帮忙！为本兄，你看，你这镇能包多少票？

孙为本：（窘）多少？（忙转向太太）多少？

冯霞造：（向孙为本坐了个手势）少说也有十万！

康公侯：（一惊）十万？

孙为本：（洋洋得意）十万算什么，要是我高兴，一百万都办得到！

冯霞造：（转身笑着说）可不是，这谁不认识镇长，到时，他随便填就是了，保管没人说话。为本，把本镇的户口册子给康主任看看！

孙为本：（为难地）那还是民国二十六年的。

冯霞造：二十六年就二十六年吧，反正他在这镇子住过就行了。

孙为本：就行了？……（还不能无所顾忌）可是，那上面的许多名字，有许多都早已死了哇！

冯霞造：死了就死了哇，死了就不能投票啦？反正他也活过，我们又不冤枉他，康主任，你说是不是？

康公侯：（无可无不可）是！是！是！

冯霞造：再说连死人都投康主任的票，那不就更显得主任伟大吗？

康公侯：（苦笑）哈哈！

冯霞造：而且我们也应该尊敬死人，你总是这么封建！

孙为本：（抹了一鼻子灰，赶紧赔不是）是，我的脑袋是木头似的，不听使唤。

冯霞造：还有，我们还可以四处活动，把所有的人都拉来。亲戚呀，朋友啊，同学啊，同事啊，同乡啊，同胞啊，同宗啊，四川人哪，湖北人哪，广东人哪，美国人哪，一齐拉来。嗳，美国人里面，我认识很多，什么"汤"啊，"姜"啊，"糟糕以妈死"，"揪儿补袜子"，都是我的朋友！

康公侯：（大惊，如获奇珍）看不出——嫂夫人倒是走国际路线的！

冯霞造：（轻描淡写，得意之至）没什么，我也就是慰劳慰劳他们。蒋主席不是说中美机会均等吗？我就是这个主意！

康公侯：了不起，伟大，伟大！

冯霞造：（谦虚起来）哪儿，是我应尽的义务。

康公侯：（终于下了决心）好，今天晚上，兄弟在三和楼请两位便饭，一定要请赏光——

孙为本：便饭？

冯霞造：可是不巧得很，今晚上不是吴铁老——

孙为本：（大惊）吴铁老？

冯霞造：是呀，不是吴铁城铁老早约了吗？

康公侯：（也着了慌）吴铁城是政学系呀，他替谁活动？

孙为本：（狼狈）他，他替——他——

冯霞造：（机警）对不起，康主任，这是秘密！

孙为本：（如释重负）啊，啊！……

康公侯：（更急了）秘密？两位都是忠实的同志，这儿说说不要紧。吴铁城是政学系，而政学系是一群臭官僚，是党内的腐化分子！（大声疾呼，面红耳赤）我们要打到他，要请他们出党！（一转）两位是忠实同志，吾党元勋，国之干城；无论如何，不能跟这种人同流合污，请，今晚还是请到我那边。

冯霞造：（故作为难状）还有黄仁霖黄总干事……

康公侯：那更要不得，黄仁霖是新运派，靠给蒋夫人拉皮条起家，专走内线，是他妈的太监。这种人，只配扔到茅坑里喂狗。

冯霞造：而且公展先生也说……

孙为本：（早已瞠然，为之失色，自言自语地）这到底是搞什么鬼呀？

康公侯：（气急败坏的，几与孙为本同时）他说什么……他，他是CC的军师，谁不知道。CC把持本党这么多年，做过一件好事吗，你们说？因为太不像样，所以总裁才毅然决然地组织青年团，要我们代替他们。（厉声）CC已经腐化了，我们不久就要革他们的命！

一人飘然而入，手提大皮包，这就是马务矢。

马务矢：你要革谁的命，公侯兄？……哪位孙为本镇长？

孙为本：我，孙为本，孙子的孙；为本，是我的本钱。贵姓是？……

马务矢：马务矢，这是我的片子！（将一张大名片递过去）

孙为本：哦，哦，马主任。

马务矢：立夫先生派来向孙镇长致意，带了点小礼物。这是……就是，肥皂一条，牙膏半打，牙刷两对，手巾三方（一件一件地从皮包里掏出）。

孙为本：（不知所对，急忙介绍）这是内人，冯霞造！

冯霞造：（鞠躬如也）久仰得很！

马务矢：（早已注意）嫂夫人哪见过？（立刻亲热）哟，瞧，近来瘦了！

冯霞造：（也熟练的）是吗？也许是在公展先生……

马务矢：（急忙的）公展和嫂夫人熟人？

冯霞造：（含糊过去）恩……哦……恩……这礼物……

马务矢：这完全是立夫先生的一点意思，请收下。不收，立夫先生的面子就……

孙为本：那就收，收吧！（自言自语）真不晓得是怎么搞的！

马务矢：嫂夫人既然与公展先生熟人，国大代表的事，想来已经谈过了吧？

康公侯：（早已不耐烦）慢着，慢着！这儿为本兄已经答应投我的票了！

马务矢：（不加理会）那末，今晚七点钟，大西洋番菜馆，一定请两位赏光！

康公侯：（阻拦）不行！两位已答应我六和春便饭了！

马务矢：（仍不理会）我们要讨论一下，这次国大代表的选举嘛，要谨慎一点，说不定……

康公侯：务矢兄，你不能借了立夫先生的牌子在这儿唬事，这地方是我的！

马务矢：（躲过了他）说不定会有反动分子搞乱。立夫先生要兄弟布置一下，你知道，兄弟原是负中统的责任，不能……

康公侯：你怎么听不见？我告诉你，（大声）我定下了！

马务矢：啊，嗯，那么，今天晚上一定请早！

康公侯：你瞎费事，人家两位是讲究信义的！霞造，你告诉他，你不去。

冯霞造：（仿佛是左右为难的样子）嗯，我……

马务矢：（突然像发现了新大陆似的）喂呀，霞造女士，你漂亮得很哪，你真美！晚饭以后，我可以有荣幸陪你到逸园跳舞？

康公侯：（大怒）简直是流氓！（转作媚笑）霞造，别理他，我准备私人替你开个晚会！（怒声对马务矢）告诉你，我早定了！

马务矢：（也恶声想加）你想独占哪！

康公侯：事情总有个先后，我们是老朋友了！

马务矢：她和公展先生有深刻的关系！

康公侯：不管怎样，她总是我的！

马务矢：我的！

康公侯：（怒）我的！

马务矢：（更怒）我的！

康公侯：（大声喊）她是我表妹！

马务矢：（一呆）姨表还是姑表？

康公侯：我的妈是她的舅母的姐姐！

马务矢：不中用，自由竞争，当仁不让！

康公侯：我的！

马务矢：我的！

康公侯：我的！

马务矢：我的！

孙为本：（急得跺脚，看着就要打起来，只好从中阻拦）好商量。好商量。两位都有份。闹什么？

（一胖子匆匆上，这是钱小方）

钱小方：（直奔为本）为本兄，久违，久违！

孙为本：哦，钱总经理，哪阵风吹来的？

钱小方：（对冯霞造）霞造女士！早想来拜候，一来是忙，二来怕打扰，就耽误瞎了。您瞧瞧这两双皮鞋，可还合适？是本厂出的，还没上市，我就拣了两双，特地跑来送给您。

冯霞造：我哪儿当得起呀！

钱小方：自己人，能替您效劳，我是再荣幸没有咧！以后您有什么事，只管吩咐一声好了。黄金，美钞，都现成的，您只管拿去用！

冯霞造：（依然客气）我们又没替你尽过力——

钱小方：哪里，哪里！这次国大代表选举，您只要帮帮兄弟的忙，就全有了！

马务矢、康公侯：（不免一怔，同时地）你也想竞选？

钱小方：这两位？

冯霞造：这是中央调查统计局的马主任，这是三青团的康书记长。

钱小方：（抱拳）你多照顾！

马务矢：（威胁的）你干什么的？

钱小方：我……

康公侯：（为了抵抗新来的人，不免前嫌尽释）对了，务矢兄，好好盘问盘问他，说不定是共产党派来的奸细。

钱小方：我，共产党？笑话！我堂堂裕大银号兼广大鞋店的总经理，怎么会是共产党？

康公侯：这年头，难说，总经理帮共产党说话的多得很。

冯霞造：（代为解释）钱总经理也是本党分子。

康公侯：本党分子也未必可靠。

马务矢：你为什么要竞选国大代表？你居心何在？

钱小方：（负气的）做生意做腻了，也想买个官做做！

马务矢：官也是你做的？

康公侯：是呀，政府的事，也用得着你管？

马务矢：我劝你还是老老实实地做生意的好，不然，我明天就派人到你银号里查帐。

钱小方：你们去查吧，好在那个银行是孔院长开的！

马务矢、康公侯：（同时）什么，孔院长?!

钱小方：（冷笑）哈哈哈，这年头，没有后台，敢出来竞选？

马务矢：（见风声不对）何必呢？老兄，你有了钱的人，争这个代表干嘛？也留碗饭给人家吃吃！

钱小方：这还像话！

康公侯：这么，你老兄是让步了？

钱小方：我不能让步，我已经花了几百万下去了，本利都还没回来，让步？笑话！

康公侯：（进一步威胁）要是你坚持的话——

钱小方：怎么样？——

康公侯：有榜样在那里，当心你的脑袋！

钱小方：啊？——

门外又一阵敲门声，一个女人的声音："我可以进来么？"

一阵风似的，吹进来手捧一束鲜花的女性——玛瑞。

马务矢：（厌烦的）玛瑞。怎么又碰到你了？叮屁虫，走到哪儿，叮到哪儿！

玛瑞：哪位是孙镇长！

孙为本：我——

玛瑞：（直奔孙为本，旁若无人的）我叫玛瑞，是新运妇女促进会的常务理事。您当然知道我们这个机关，是蒋夫人领导的。黄仁霖黄先生就是我们的总干事。因为你在抗战期间，坚持在日本人手下做事，有功于党国，所以，所以嘛，黄总干事特意要我来给您献花——

孙为本：（不免惶恐）这个，这个——请你问我的太太，我的太太——

玛瑞：（有些尴尬，但立即一笑，机智的）自然哪，你对党国立了这么大的功！太太的督导有方，也是个主要的原因，这也可以看出女性的伟大。所以，所以嘛，这次国大代表，非选我们女性不可。孙太太，你说是吗？

冯霞造：（早有所不悦，这时便冷冷地）什么太太太太的，封建死了，你叫我冯小姐好了！

玛瑞：（"聪明"的人，立刻领悟到自己走错了路，词锋一变，立刻对症下药起来）你知道，冯小姐，蒋夫人很关心咱们妇女的幸福。（充满感情地）夫人就像一盏灯，她领导我们走向光明！冯小姐，夫人的意思，是只有咱们女性，才有资格做国大代表。只要我当选了代表，我一定介绍小姐到新运会工作……

冯霞造：呦，我能做什么工作呀！

玛瑞：什么宣传礼义廉耻呀，什么招待盟军哪，工作多着呢，你一定能够胜任愉快。而且蒋夫人就是我们的领导人，蒋夫人她……

康公侯：吹什么牛皮，蒋先生还是我们的校长呢！

钱小方：这话不假！不是兄弟说大话，孔院长的舅舅的外祖父的堂房妹子是我的姨妈的表姐的姑母，所以论起辈分来，我跟孔院长是表兄弟，这是人尽皆知的！

马务矢：我是立夫先生的人，立夫先生和蒋总裁的关系，诸位当然都晓得。想做官的话，就得选我！

玛瑞：我的名字是蒋夫人起的，她爱我就像她自己的女儿一样！

钱小方：孔院长是蒋主席的大舅子，我是孔院长的表弟，这层关系，我不说你们也明白，我其实是蒋先生的小舅子！

玛瑞：蒋夫人是蒋先生的老婆，蒋夫人爱我，所以蒋先生也爱我，他还握过我的手呢！

康公侯：握手算什么，我在黄埔军校的时候，他老人家还亲自打了我一巴掌。茫茫众生，他老人家为什么不打别人，偏偏打我？可是他不打我，他去打谁？这儿，这儿，就是打在这儿，诸位请欣赏欣赏——（他手指面颊，在众人面前走了一遭）

冯霞造：（当康公侯走到面前的时候，她摸了他一把）倒是比别处光亮一点！

康公侯：（得意地）他要是不把我当儿子，他会亲自动手打我吗？

玛瑞：这算什么，蒋夫人还天天跟委员长睡觉呢！

马务矢：（冷冷地）也不一定。

钱小方：（走近一步）我早已通知诸位啦，我是他的小舅子！

玛瑞：千真万确的，他拿我当女儿待！

康公侯：我可是已举出了证据，证明我确实是他儿子！

钱小方：（生气地）我是小舅子！

康公侯：我是儿子比你近！

玛瑞：（大叫）我是她亲生的女儿！

于是乎乱成一片，只听见"我是小舅子！""我是儿子！""我是女儿！"的吵闹声。

马务矢：（忽然奇想，跳上板凳，巨吼一声）美国人是我亲爸爸……

果然这一声生了效，群猴哑然。

马务矢：我的亲爸爸就是美国人。这你们总没得说了吧！

众默然有顷，马务矢洋洋自得。

康公侯：（无可奈何地）看不出，阁下倒是个杂种啊。

钱小方：（余怒未息）这么着，孙为本镇长，投我的票，咱现钱交易，我出你十万——

马务矢：（立刻接下去）十五万，十五万！

玛瑞：二十一万！

康公侯：二十七万五千！

钱小方：四十万！

马务矢：（冷冷地）四十万一千一百一十一块五毛！

康公侯：四十万五千！

玛瑞：八十万！

钱小方：一百，他妈的一百万！

玛瑞：一百一！

钱小方：一百二，老子索性加到二百万！二百万！怎么样！

［众默然］

冯霞造：二百万就二百万吧，有什么法子呢！

康公侯：（犹如困兽之斗，急忙签了一张支票）这儿是张支票，表妹，你先拿着！

马务矢：支票多麻烦，我这儿付现款。（一捆一捆从包掏出）

玛瑞：我付金条！这年头法币一天一个行市，比草纸都不如，金条保险！

钱小方：他妈的老子付美钞，呱呱叫的美国钞票！

冯霞造：美钞就美钞吧，真难为情死了！

康公侯：（已按不住怒火，冲上前抓住其领子）你他妈拿钱买，我告发你！你以为我不知道你们孔家门里的事，把全中国的钱都刮到你孔家的荷包袋里去了！（转身）务矢兄，我们联合打倒他，他妈的官僚资本！

马务矢：（也没好气的）得了吧，你也不是什么好货，还冒充人家表哥，什么东西！

康公侯：（大怒）你骂我，你也配骂我？你们 CC 份子，仅武汉一处，就发了接收财三十三万万——

马务矢：你三青团呢，卖鸦片一百七十七箱，你以为我不知道？

康公侯：你们的头子陈立夫是党国的罪魁祸首！

马务矢：你们的陈诚是狗养的。

康公侯：怪不得你叫务矢，简直是无耻至极！

马务矢：你呢，哪是什么公猴，简直是母猴乱咬！

康公侯：你的姨妈是尼姑！

马务矢：你的祖老太爷偷过人！

康公侯：你腐化——

马务矢；你贪污——

康公侯：你！——

马务矢：你！——

康公侯：（冷不防一个巴掌）打你个婊子的！

马务矢：你打人，你——

[二人扭在一团]

钱小方：打起来了。（顺手打玛瑞一巴掌，闯了上去，呐喊助威）

玛瑞：（大喊）干什么，又没惹你！

孙为本：这何苦呢，自己人，都是同胞，这何苦呢？（躲在角落上，蹲下）

玛瑞：（越想越气，跑去抱住冯霞造，哭了起来）欺负一个小姐呀，啊，啊……

其时，马务矢和康公侯已打成一团。钱小方叫喊，像足球赛的啦啦队一样，助威。

钱小方：打的好，重一点……眼睛上……好……左边……右边……上边……下边……

康公侯翻过沙发，马务矢扑过去，才要骑在康公侯身上痛揸，康公侯忽翻起，拔出手枪。

康公侯：枪毙你！

马务矢：（无不凄惶）你敢……我……我立夫先生的人……你敢！

康公侯：（犹豫）我……

马务矢：（见康公侯犹豫，他胆就壮了）看你今天枪毙我！给你，给你——（康公侯愤然向天空放了一枪）

妇女惊叫。钱小方跌下了凳子，孙为本钻入桌底。

康公侯：（悠然，吹一吹枪口，把枪放入衣袋）我枪毙你的灵魂！

警察急上。

警察：这儿出了什么事？

马务矢：没你的事，我们都是国民党，一个系统的。

警察：一个系统，为什么还要吵吵闹闹，弄得鼻青脸肿的？！

冯霞造：（灵机一动）没什么，他们在闹着玩，耍猴戏呢！

众人急作猴戏状。

警察：耍猴戏？…………

——剧终——

[提示]

宋之的（1914—1956），原名宋汝昭，河北丰润人。主要话剧作品有《群猴》、《谁的罪》、《雾重庆》、《武则天》等。

《群猴》这部独幕话剧创作于四十年代后期，是一部讽刺戏剧，宋之的通过这短短的一部独幕戏剧深刻地反映了抗日战争胜利后，国民党统治下的"伪民主"政治，充分地展现了国民党内部为竞选而不择手段的丑恶面目，是一部反映国民党黑暗政治的喜剧。《群猴》是宋之的为配合当时解放区的政治斗争而创作的，这部戏剧从题材、内容上都很好地体现了艺术为政治服务这一宗旨。《群猴》的成功表明，宋之的善于运用喜剧这一独特的艺术形式对黑暗的社会现实进行嘲讽与抨击。

《群猴》的故事发生在镇长孙为本家，国民党内部各派系为竞选上演了一出出肮脏丑恶的政治交易闹剧。康公侯、马务矢、钱小方、玛瑞四人先后带着礼品来镇长家拉选票，他们各自吹嘘，又相互攻击，相互竞争，继而乱打乱骂，最后对空鸣枪，直到警察赶来，自称耍猴戏，这出闹剧才结束。这出短短的独幕戏中共塑造了六个人物，这些人物都是一些有身份有地位的上层人物，但却在国大代表竞选中上演了一出耍猴戏。其中对孙为本太太冯霞造这一人物形象的塑造尤为生动，刻画出了国民党官僚太太们的丑恶嘴脸，同时也暴露出国民党内部复杂的裙带关系。孙为本对太太冯霞造听之任之，甚至自己的镇长官位也是靠冯霞造的关系获得的。冯霞造为了获得金钱、地位而不择手段，她善于利用国民党内部的矛盾，她有一套独特的处世哲学，甚至在冯霞造那里，死人也可以投票。剧作泼辣而尖锐的讽刺笔锋主要体现在人物的对话语言中，宋之的以此展开戏剧情节，人物之间的矛盾冲突随着剧情的发展愈演愈烈，跌宕起伏。

　　　　　　　　　　　　　　　　　　　　　　　（杨晓花）

白毛女（存目）

贺敬之　丁　毅

[**提示**]

贺敬之（1924—），山东峄县（今枣庄市峄城区）人。主要作品有歌剧《白毛女》（与丁毅合作）、抒情诗《回延安》等。

丁毅（1921—1999），原名顾康，山东济南人。剧作家，主要作品有歌剧《白毛女》（与贺敬之合作）、《董存瑞》（与丁洪等人合作）、《打击侵略者》（与宋之的、魏巍合作）等。

《白毛女》是贺敬之、丁毅于1945年初创作，4月份在中共七大上演出后，受到广泛好评，被公认为是中国现代歌剧史上具有划时代意义的经典作品。这部作品根据民间故事传说改编，将传统的民间故事同党的阶级斗争理论相结合，是解放区重要的文艺作品。剧本讲述了恶霸地主黄世仁逼死了佃户杨白劳，并想要霸占杨白劳的女儿喜儿，喜儿被迫逃进深山里成了"白毛女"的故事。直至八路军到来，领导农民将地主黄世仁打倒，并将喜儿从深山中解救出来，使得喜儿重见天日。通过这部歌剧，作者表达了旧社会"将人变成鬼"，而共产党领导下的新社会"把鬼变成人"这一思想主题。

喜儿作为这部歌剧的主人公，也是作者极力塑造的人物。她是旧社会年轻一代的代表，作为佃户的女儿，在父亲的呵护下长大，家庭清贫却懂得替爹爹分忧，她乐观向上、淳朴善良、坚强勇敢而且具有强烈的反抗意识。在爹爹死后，被迫到黄世仁家抵债，在遭受苦难后，她勇于反抗，躲入深山，坚强地活着。她和同村的王大春、大锁等人一样，又都是新生一代农民的代表。而黄世仁作为《白毛女》这部歌剧最主要的反面角色，是封建统治阶级的代表，也是被批判的对象，他虚伪狡诈、心狠手辣、为富不仁，剧作以生动的台词和丰富的动作将黄世仁性格上和心理上的这些特征表现得淋漓尽致。

这部歌剧采用了中国北方民间音乐的曲调，吸取了戏曲音乐及其表现手法，同时作家又借鉴西方歌剧和话剧的经验，茅盾称之为"中国式的歌剧"。《白毛女》作为一种新歌剧，与传统戏剧内容相比，具有新的主题、新的人物、新的语言以及新的表现形式等方面的特点，用现实的题材来反映当时社会的主要矛盾，揭露封建地主阶级对农民的残酷剥削以及农民群众的反抗斗争，具有强大的社会影响。在艺术上，《白毛女》采用的是民族的语言、音乐和表现形式，成为一部富有中国风的新歌剧，为以后中国歌剧的发展开辟了一条新的道路。这部歌剧深深地影响和教育了一代又一代的中国人，也见证了中国歌剧从初创到成熟的历程。

（杨晓花）

兄妹开荒

王大化　李　波

人　物

兄——青年农民，二十岁左右。
妹——青年农民，十八岁左右。

时　间

一九四三年春天。

地　点

陕北农村。

（开场锣鼓敲奏，愉快又热烈。音乐起。日出。鸡鸣，牛叫。只扛一把雪亮的锄头，踏着节拍上。）

男：雄鸡雄鸡高呀么高声叫，叫得太阳红又红，身强力壮的小伙子，

合：怎么能躺在热炕上作呀懒虫！

男：扛起锄头上呀上山岗，站在高岗上，

合：好呀么好风光

男：站得高来看得远那么依呀嗨！

合：咱们的地方，到如今成了一个好解放区，那哈依哟嗨嗨哎嗨那哈依哟嗨，到如今成了一个好解放区，那哈依哟嗨嗨哎嗨那哈依哟嗨。

女：太阳太阳当呀么当头照，送饭送饭走呀走一遭，哥哥刨地多辛苦！

合：怎么能饿着肚子来呀劳动？

女：挑起担儿上呀上山冈，一头是米面馍，

合：一头是热米汤，

女：哥哥本是庄稼汉那么依呀嗨，送给他吃了，

合：要更加油来更加劲来，更多开荒，那哈依哟嗨嗨哎嗨那哈依哟

嗨，要更加油来更加劲来，更多开荒，那哈依哟嗨嗨哎嗨那哈依哟。

[提示]

著名秧歌剧《兄妹开荒》，原名《王小二开荒》，由当时鲁迅艺术学院秧歌队的王大化、李波在延安创作。它依据当时陕甘宁边区开荒劳动模范马丕恩、马杏儿父女的事迹编写，采用秧歌的形式，反映了解放区的大生产运动，当时的延安《解放日报》以整版篇幅刊登了剧本和音乐，肯定其为一个"很好的新型歌舞短剧"，被学者称为"《兄妹开荒》是秧歌运动中涌现的第一个典范作品"，"她是革命文艺发展史上的拓荒之作"，是"中国戏剧发展史上的里程碑"，"《兄妹开荒》使小型秧歌剧在整个中国文坛上作为一个新剧种、一种新文学体裁，从此确立了不朽的历史地位。"

全剧表现的是轰轰烈烈的大生产运动中一户人家兄妹两人的开荒事件，以兄妹二人劳作时所唱的唱词贯穿其间，描绘出新型的农民形象和趣味生动的劳动场面。哥哥王小二在山上开荒，妹妹上山送饭。王小二为逗妹妹假装睡觉，妹妹误以为哥哥是个大懒汉，生气不给他饭吃。王小二见妹妹生气，赶紧去解释。

全剧语言本土化，散发出浓郁的泥土气息，同时不失农民生活中特有的诙谐。"雄鸡雄鸡高呀么高声叫，叫得太阳红又红，身强力壮的小伙子，怎么能躺在热炕上作呀懒虫"，"咱们的地方，到如今成了一个好解放区，那哈依哟嗨嗨哎嗨那哈依哟嗨"，本土方言和诙谐语调相结合，将一出剧情十分简单的小戏演得生动活泼，富有情趣，给人以焕然一新的强烈印象，在当时深受从干部到百姓的各层次群体欢迎。

这部仅仅270多字的剧作，短小精悍，它摒弃了旧秧歌中惯常出现的丑角以及男女调情的成分，发展了传统的民间秧歌，对秧歌运动的开展，对秧歌剧和后来的新歌剧创作，都产生了重要影响。

（吴超男）

放下你的鞭子

陈鲤庭（执笔）

人 物

卖艺汉五六十岁。简称"汉子"

香姐十七八岁。

青年工人二十岁左右。简称"青工"

时 间

下午五点以后

地 点

郊外广场或舞台

开幕时锣鼓声震天，卖艺汉在中间敲锣，小伙计敲鼓，香姐站在一

边；一会儿锣鼓停，卖艺汉说江湖白：

小小刀儿转圆圆，（敲一下锣鼓，以下每句说完时均如此）

五湖四海皆朋友，

南边收了南边去，

北边收了北边游，

南北两边皆不收，

黄河两岸度春秋，

不是咱家夸海口，

赛过乡间两条牛。

光说不练，（小伙计应：嘴把戏）

光练不说，（小伙计应：傻把戏）

说着练着，（小伙计应：真把戏）

伙计打家伙。（锣鼓声一片）

汉子：开了场子，就叫我这姑娘来唱支小调吧，我的姑娘是我去年从

苏州买来的，长得标致，穿得漂亮，手能耍十八套武艺，嘴能唱南腔北调，现在先叫她来唱一支吧！（高声）香姑娘！（女应：嗳！）过来过来，来唱一支小调让帮场子的老爷先生们开开心腔儿，嗯——唱个什么呢？嗯——唱支新派的小调《毛毛雨》吧，我来拉琴。（香姐唱完一曲，观众叫好声不绝）

汉子：不算好，不算好，好的还在后面哪。我的姑娘聪明伶俐，自从带她到过上海以后，她马上把这些新派的小调，什么《毛毛雨》呀，《妹妹我爱你》呀，都学得顶呱呱的了。不过话又得说回来了，如今正是国难当头，还尽唱这些个怪肉麻的调儿可真有些不对劲儿。现在咱们大中华给东洋小子欺侮得可怜，老百姓又逼得连一句气话都不敢讲，咱们虽然是走江湖的，可总也有一点爱国的心眼儿，除非他奶奶的小舅子昧了天良去当汉奸。所以我就把亲眼看见的事情编支小调来唱，叫做九一八小调，听得懂，容易学，希望老爷先生小哥儿小娘儿们，把这些小调放在嘴边上，没事就拿出来唱唱，也算咱们把东洋鬼子欺侮我们的种种是记在心头上的。好了，闲话少说，唱起来吧！（汉子拉完过门，女不接着唱，装作不理状）唱呀！怎么了？忘了吗？好，从头来，从头来。（汉子再拉完过门，女仍不唱）唱呀，干嘛不唱？（女转过头去，汉子如有所悟，向观众）哦，我知道了。这丫头俏皮得很，又想买点花呀，小手巾呀，打扮打扮，嗯，敢请老爷先生们先赏几个子吧。（观众掷钱）谢谢。（作揖，小伙计帮忙拾钱作揖）谢谢东边先生们来十个子吧。（东边观众掷钱）还有三个，三个。（东边观众掷钱）西边先生们也来十个子吧。（西边观众掷钱）还有四个，两个，一个。多谢多谢。（向香姐）香姑娘呀，瞧，老爷先生们够捧你的场子呀，钱不少啦，唱吧！（汉子拉九一八小调）

香姐：（唱）高粱叶青又青，九月十八来了东洋兵……（唱完两段，唱第三段高音时忽然咳嗽，观众骚动）

甲：嗓子不够，怎么没唱完就停了？

乙：走吧，骗钱的玩意儿，没有什么好看。（观众纷纷欲走）

汉子：诸位，别走！别走！看得好，多舍几个子儿；看得不好，老腿站稳，有钱的帮钱场，没钱的帮人场，古话说得好：在家靠父母，出外靠朋友，大家都得帮点忙呀！这丫头唱得不好，是的，唱得不好，咱们就让她来个别的玩意儿吧，包管诸们先生满意。（装着滑稽的样子向香姐）香姑娘呀！刚才唱得好好的，怎么断了气呢？

香姐：（少顷，故作媚态）瞎说，人断了气还能做玩意吗？提不起劲儿来呀！

汉子：（向观众）诸位听见么？我大姑娘说：（学腔）"提不起劲儿来呀！"哈哈哈哈，这算什么话？怕老爷先生们要看戏，做得不好，挣不到钱，来，现在也别唱啦，来几个鹞子翻身的把戏，向老爷先生们讨一个情。（汉子在一边打锣，香姐勉强支起身体，一转身，倒在地上，汉子暴躁，持鞭子走向女，打一下）来呀！（女无声，汉子连续用鞭子抽打。观众忿忿不平）

甲：他妈的，手段真辣！

青工：岂有此理！

汉子：（少顷，睁视）来呀！（又一鞭）

青工：鞭子放下来！（挺身欲前，为左右两人所阻）

汉子：请你少管闲事。（怒）

青工：我偏要管！（一跃上台）快放下！

汉子：是我的姑娘。用不着谁来管。

青工：我们都是一样穷苦的人，用不着谁来欺侮谁。

汉子：在这世界上，谁能养活她，谁就有权利使用她，朋友，你年纪轻轻，还不懂得这个道理哩！

青工：这是你拿鞭子打人的道理吗？在这世界上不应该有这种人吃人的道理！

汉子：什么？"不应该"，"人吃人"，我可顾不到这许多。（汉子又举鞭欲打）

青工：放下你的鞭子！

汉子：办不到。（观众乱叫"打呀，打这不讲理的老头子！"）

青工：我偏要你办到。

（两人扭在一起，打了起来，鞭子掉在地上，青工叉住汉子的喉，推倒在木箱上。观众叫好）

青工：你说，你还敢用鞭子打人么？

甲：叫他说，再敢用鞭子打他的姑娘么？

（汉子不应，直瞪着两眼发呆痴，惊泣着的香姐走近青工）

香姐：好先生，请你放了他吧！

青工：这畜生，我非教训他一顿不可。

香姐：请放了他吧！这不是他的错。

青工：不是他的错，这样狠毒地用鞭子打你！

香姐：（悲伤）是的。

青工：他把你当畜生看待，你还替他说好话。

香姐：不是说好话。

青工：（放开手）这怎么讲？姑娘，我说，究竟是怎么一回事呢？可以让我们探听一个仔细么？（稍顿）他为了挣钱，把你买了来？

香姐：不，他是我的爸爸。

青工：是你的爸爸？怪了，世界上哪有这样狠毒的爸爸，用鞭子打他的女儿。

香姐：这是我可原谅他的。

青工：你可以原谅他？为什么？

香姐：他也是没有法子呀！肚子逼着他这样干的。

青工：肚子逼着他这样干的？

香姐：是的，咱们有两整天没有吃一个饱啦。

青工：为着肚子饿，就鞭打自己的女儿，这不是人干的。

香姐：先生呀！没有挨过饿的人，是任怎么样也不会懂得挨饿是怎样一回事的。你知道，饿得慌的当儿，那种疯也似的心情哪！

青工：唔。

香姐：我小时候，简直不懂得有饥饿这回事，那时候我多么爱那些小猫儿呀，小白兔呀！有一次隔壁的王麻子错把我养的那只小白兔儿打死了，我就哭了一整天，人家都说我这小姑娘心眼儿好！

甲：这小姑娘的心眼哦，可真不错！

香姐：可是这一年来，在我饿得慌的当儿，我一见人家养着的小猫小兔，我就恨不得生吞活剥地吃了下去。

乙：这可了不得，你从前那种好心肠呢？

香姐：没有饭吃的时候，还顾到什么好心肠呢？这种心境，没有挨过饿的人是不会懂的……先生，这种生活我们经过了六年了。

青工：没有饭吃，真是可怕，可是谁叫你们弄得这般田地呢？

香姐：谁？谁叫我们弄到这——这般田地？

青工：是呀！谁叫你们弄到这般田地的哩！

香姐：东洋鬼子呀，可恨的东洋鬼子，夺了我们的家乡，抢去了我们

靠着活命的田地。最可恨的，我的妈也被他们杀死了。（掩面哭）

青工：那么你们是什么地方人？你们是从关外逃来的吗？

香姐：是的，我们的家就在沈阳，先生，你们不记得"九·一八"吗？（回忆）噢，说起来已经六年了！就是六年前的今天，日本兵开到沈阳，那儿十几万的中国兵说是受了什么不准抵抗的命令，都撤退了，于是就留着我们成千上万的小百姓在那儿受苦。

青工：（气愤地）他妈的！（转过气来）后来你们怎么样呢？

香姐：后来我们每家还捐了三块钱，他们说送点钱给东洋人，他们就不会来糟蹋我们了。其实你就把全部家产交给他们，还是要你的命。我们觉得日子实在过不下去了，父女两人就逃到乡下去。可是实在过不下去了，连乡下也住满了大兵，把乡下人欺侮得简直不能过日子，于是就逃的逃，不愿意逃走的，就大家合伙儿干了义勇军。我们也想过，这样子活下去，有什么意思呢？我们也投了义勇军和这些小鬼子拼了吧，可是我们俩老的太老，小的太小，怎么中用呢？

青工：你们就这样逃到南边来，靠着玩把戏过日子么？

香姐：不，那时候我们哪儿有钱到上海来呢？我们想也许躲一躲，等那些鬼子兵走了，我们可以回去过日子的。谁知道我们逃到关里，他们也跟到关里。我们空着两只手，又没有亲戚朋友，叫我们到哪里去找饭吃？幸亏咱们家乡唱小曲子玩把戏是谁也懂一点儿的，父女两人就到处流浪卖艺过活。可是在这年头儿，闲着看把戏的人也少，加上我又不内行，拼着命也挣不到一个饱，这样漂流了六年，也就没法使起劲儿来讨观众们的欢心了。可怜的爸爸，为饥饿所探测时常暴躁使气。可是在从前，他是我慈爱的爸爸呀！我一点怨恨他的心也没有，因为我懂得挨饿是自私一回事，我感到他的痛苦比鞭子打在我的身上更难过。

青工：真是，听了你的话也觉得很伤心。（后悔鲁莽）这样说，我是打错人了。

汉子：（破声而发狂似地打自己的头）你没有错，你打得对。

青工：打得对？

汉子：你打得对，我不应该打一个可怜的女孩子，而且她还是我自己的女儿呢！是的不提起来，我几乎忘了：我曾经是她的亲爸爸；我曾经爱她胜过宝贝。唉，真要命，我疯啦，怎么的，怎么，我怎么会下这样的毒手鞭打我自己的女儿呢？我疯啦，是我亲手抚养长大的，也跟我一样受苦

的女儿！怎么，怎么我刚才一点也没有想到呢？好，你打得好，我实在不是人，我现在才感觉到伤心悔恨了。（双手掩面而哭）

香姐：爸爸。

汉子：香姐呀！我的好女儿！

香姐：别伤心吧，爸爸！

汉子：你能原谅我么？

香姐：我原谅你的，爸爸是没有办法，为了要吃饭。

汉子：是的，为了要吃饭。咱们饿了两天啦！我对不起你，我不能像个父亲的样子照顾你，抚养你！可怜的女儿呀！

香姐：爸爸也是可怜的。

汉子：我曾经想积一点钱，让我们的生活过得好一点，要是我的女儿也像小姐们一样地去念书快活；可是这般可恨的东洋兵弄得我们家破人亡，性命都几乎保不住了。

香姐：爸爸的苦处我是知道的。

汉子：（痛苦地）最可怜的是你的妈，她活着的没有过一天好日子，连死也死得那么可怜……

香姐：（哭泣着）爸爸，爸爸。

汉子：而且我现在还发了疯，打你骂你，想从你身上榨出咱们的饭来！天哪，怎么的，谁使我疯的呢？

香姐：爸爸，这是因为我们没有了家乡，没有饭吃呀！饿着肚子不光是摧残了我们的身体，连我们的心也给染黑了。

汉子：好女儿，你说得对，没有家乡，没有饭吃，才使我疯的，咱们两个都是可怜的。（深思）咱们要做人，要像人的样子活下去，可是谁给我们饭呀？有家不能回去，没有田耕，没有工做，像野狗似的，叫我们怎么做人呢？

青工：那你怨恨谁呢？

汉子：人家都说是我的命不好，我的命不好，也许是的。

青工：命，不要相信什么命！谁给你这个命的？

汉子：天哪！

青工：天，你现在还在怨恨天吗？天是空的。你刚才不是说过的吗？把你们从家乡赶了出来，弄得你们有田不能去种的是谁？使你们家破人亡，挨冷受饿的是谁？——这都是人干出来的。

甲：对呀，阿根说得对。

青工：我告诉你们，使你们挨冷受苦，无家可归的是日本帝国主义，是不抵抗的卖国汉奸！

汉子：先生的话固然不错，可是叫我们怎么办呢！

青工：怎么办呢？是的，咱们穷人一碰到什么意外，就像你们一样不知道怎么办了。穷朋友，咱们"不打不相识"。现在既然在这儿碰头了，咱们就得一伙儿去，向压迫我们、剥削我们的人算账去——这才有我们的生路！

汉子：孩子，记着，要打倒那些吃人的东西，才有生路。

香姐：是的，我们要像人的样子活下！

汉子、香姐：（齐）可是叫我们拿什么去打倒他们呢？

青工：你要打倒他们，（拾起鞭子）你应该用你这个武器。我们是有我们的武器的。就是空着两只手，拳头也是我们的武器呀！

汉子：这有什么用，人家有的是飞机大炮呀！

青工：只要大家齐心，团结起来，这力量比什么都大。

观众：对呀！大家联合起来，一齐去打倒我们的仇人！

青工：你看，这都是我们的伙伴儿，等一等，我们请你们上馆子里去吃点心，我们还有很多话要对你讲哩！（对观众）现在我们大家先来帮帮这个朋友的忙。（自己先摸一把铜子儿丢在铜锣里，观众也丢钱）

汉子：慢着，慢着，今天小子承你们的先生的好意，打得我清醒了过来，告诉我团结大众的力量去找我们的生路，小子真是感激不尽哩！还要再花你们的钱吗？笑话，笑话，好吧，今天我真痛快极了，我们大家来乐一乐吧！凭我这几根老骨头，玩几套玩意向各位献丑，算是报答诸位老大哥的好意！（向伙计）伙计，打家伙！

［提示］

1931 年，由集体创作、剧作家陈鲤庭执笔写成的抗战街头短剧《放下你的鞭子》，后由田汉改编而成独幕剧，广为流传。陈鲤庭（1910—），上海人，电影导演和艺术理论家。曾用名陈思白，笔名麒麟、C. C. T 等。

1931 年夏，陈鲤庭在上海南汇县大团镇小学任教，目睹逃荒灾民的悲惨景象，利用暑假，创作短剧《放下你的鞭子》，抨击帝国主义、贪官污吏、地主豪绅对人民的残酷剥削。这部中国话剧史上的著名作品，具有鲜明的时代特色，是抗战八年里演遍华夏大地的爱国戏。全剧贯彻着一股浓烈的爱国主义激情，话剧表现场面激荡人心，催人奋起。

该剧讲述了"九一八"以后，从中国东北沦陷区逃出来的一对父女在抗战期间流离失所、以卖唱为生的故事。由于日本占领东三省，主人公即香姐的老父偕同女儿从东北沈阳沿途卖艺流落到上海。生活的极度困窘令他丧失了善良、慈爱的本性，变得暴躁乃至疯狂。一日，女儿香姐正要提嗓卖唱，不料因为饥饿难熬，晕倒在地，老父立即扬起鞭子抽打亲生女儿。观众中一名青年工人怒不可遏，高呼阻止："放下你的鞭子!"，夺下了老父的皮鞭，并加以指责。加上女儿的诉说，老父悔恨莫及，把一切痛苦、灾难、不幸变成了对日本帝国主义的愤怒和谴责——因为这是造成一切苦痛的真正原因。全场感动，高呼"打倒日本帝国主义"，抗日救国情绪高涨。

独幕剧容量小，人物较少，情节也较简单，往往通过一个生活片段，集中反映具有重大意义的主题，表现尖锐的矛盾冲突。女儿香姐的血泪申诉是全剧剧情转折的关键，将全剧推向了热烈高潮。青年工人的分析使得全剧高潮最终成型。全场观众的高呼口号则突出了全剧的主题。《放下你的鞭子》以紧凑的内容，扣人心弦的矛盾冲突，集中披露日本帝国主义侵华对人民造成的身心伤害，发人深省。

（吴超男）